मायापोत

Footfalls echo in the memory
Down the passage which we did not take
Towards the door we never opened
Into the rose-garden.

T.S. Eliot

मायापोत

स्वदेश दीपक

वाणी
प्रकाशन

प्रकाशन के उत्कृष्टतम 61 वर्ष

सजिल्द पहला संस्करण : 2024

vaniprakashan.com

वाणी प्रकाशन

4695, 21-ए, दरियागंज, नयी दिल्ली-110 002

फ़ोन : +91 11 23273167, 23275710

शाखाएँ

अशोक राजपथ, पटना-800 004, बिहार

कॉफ़ी हाउस कैम्पस, महात्मा गांधी मार्ग, प्रयागराज-211 001, उत्तर प्रदेश

महात्मा गांधी अन्तरराष्ट्रीय हिन्दी विश्वविद्यालय, वर्धा-442 001, महाराष्ट्र

36/ए, शेक्सपियर सरणी, रानी बिरला गर्ल्स कॉलेज के पास, कोलकाता-700 017, प. बंगाल

sales@vaniprakashan.in
vaniprakashan@gmail.com

Mayapot
by Swadesh Deepak

ISBN : 978-93-5775-723-2
Novel

मूल्य : ₹ 595

जी.एस. ऑफ़सेट, दिल्ली-110 095 में मुद्रित

वाणी प्रकाशन का लोगो मक़बूल फ़िदा हुसेन की कूची से

कृष्णा सोबती के लिए

एक

सरकारी हस्पताल में दाख़िल हुए मुझे दो दिन बीत चुके थे। ख़ून की कुछ उल्टियाँ हुई थीं; चाय वाला उठाकर यहाँ पहुँचा गया। छोटे डॉक्टर का ख़याल था, पेट की कोई आँत फट गयी है। शायद अलसर है। बड़ा डॉक्टर जिसने ऑपरेशन करना है, दौरे पर गया हुआ है। उसके आने पर तय होगा कि मेरा क्या होना है। एक लेडी डॉक्टर भी है जो कल आयेगी, मेरे दाख़िल होने वाले दिन छुट्टी पर थी। कोई दवा देकर छोटे डॉक्टर ने ख़ून की उल्टियाँ तो बन्द कर दी थीं।

कमरा गन्दगी और बदबू से भरा हुआ, जैसाकि सरकारी हस्पतालों के कमरे अक्सर होते हैं। मुझसे पहले शायद कोई और मरीज़ इस कमरे में था। उसके जिस्म से उतरी दो–तीन पट्टियाँ एक कोने में पड़ी थीं। पट्टियों के आस–पास छोटे–से गोल दायरे में उड़ती मक्खियाँ। उन पर चन्द लम्हों के लिए बैठतीं और फिर उड़ना शुरू कर देती थीं। चारपाई के नीचे कुछ बीड़ियों के टुकड़े, फ़र्श पर लगे काले निशान बता रहे थे कि बीड़ियों को फ़र्श पर मसलकर चारपाई के नीचे सरका दिया गया है। दरवाज़े के दोनों तरफ़ पड़े फलों के छिलकों और टुकड़ों की सडाँध कमरे में सरक आयी थी। कमरे में बिजली का बटन तो था लेकिन बल्ब नदारद। मैं अकेला पड़ा था। दोस्तों को तो कल पता लगेगा कि मैं हस्पताल में हूँ।

नर्स अन्दर आयी थी। एकदम काली–स्याह, बिना किसी बातचीत के उसने मेरे मुँह में थर्मामीटर घुसेड़ा, बाहर निकाला, हाथ में पकड़े काग़ज़ पर कुछ लिखा। जाने लगी तो कहा, कमरे में रोशनी नहीं। उसने अपनी काली गर्दन को एक कोण–विशेष पर अकड़ाकर जवाब दिया था कि वह क्या करे? बल्ब लगाना तो उसका काम नहीं।

मैं अँधेरे में ही पड़ा रहा। सफ़ाईवाला आया। अब तक मैं समझ चुका था, सरकारी हस्पताल में हक़ और अधिकार जताने का कोई मतलब नहीं,

भाईचारे की भावना ही काम करवा सकती है। सफ़ाईवाले को अपने सिरहाने के नीचे से डिब्बी निकालकर फ़िल्टरवाला सिगरेट पेश किया। अँधेरे की शिकायत की तो उसने बताया कि बल्ब तो हस्पताल के स्टोर से मिलेगा और स्टोर कल खुलेगा। मैं चाहूँ तो वह बाज़ार से बल्ब और मेरे लिए चाय ला देगा। पूछा, चाय कैसे आयेगी? मेरे पास तो बरतन नहीं। उसने हौसला दिया कि चिन्ता की बात नहीं, साथ वाले मरीज़ से वह थोड़ी देर के लिए थर्मस माँग लेगा। मैंने दस रुपये का आख़िरी नोट उसे दिया। थोड़ी देर में वह लौट आया। बल्ब लगने के बाद कमरे में मरियल–सा उजाला हुआ तो कमरा मुझे पहले से भी ज़्यादा गन्दा लगने लगा। वह काँच का एक गिलास भी ख़रीद लाया था। थर्मस के ढक्कन में उसने चाय पी और गिलास में मैंने। अब साथ–साथ मुझे हौसला भी दिये जा रहा है कि उसके रहते मुझे कोई फ़िक्र नहीं। बस, आवाज़ देनी है। जिस चीज़ की ज़रूरत होगी, बाज़ार से ला देगा। वह बोले जा रहा था और मैं सोचे जा रहा था कि चार रुपये का बल्ब आया होगा, एक रुपये की चाय, तो बाकी पाँच रुपये शायद बाहर जाते हुए मुझे लौटाएगा। दोस्त तो कल दोपहर बाद पहुँचेंगे, जेब में कुछ तो होना चाहिए। यह दस का नोट भी चायवाला दोस्त यहाँ पहुँचाने के बाद मुझे दे गया था। साथ हौसला भी दिया था कि कल सुबह आयेगा तो और पैसे दे जायेगा। फिर मैंने उससे उस काली नर्स की शिकायत की, कैसा बदतमीज़ जवाब देती है! सफ़ाईवाले ने आँख दबाकर रहस्य बताया था कि साहब बदसूरत औरतें हमेशा बदतमीज़ होती हैं। फिर आप–जैसे गोरे–चिट्टे आदमी को देखकर उसे ग़ुस्सा आना ही था। हाथ न पहुँचे थू कौड़ी। वह उठकर जाने लगा तो मैंने उम्मीद–भरी आँखों से देखा। वह समझ गया कि मेरी आँखें पाँच रुपये का तकाज़ा कर रही हैं। उसने बाहर जाते हुए बड़ी सफ़ाई से बताया कि दुकानदार के पास टूटे पैसे नहीं थे, इसलिए बाक़ी पैसे कल मिलेंगे। फिर मुझे समझाया कि साहब, हिसाब–किताब तो चलता ही रहेगा, अभी तो कुछ दिन हस्पताल में लगेंगे ही। मुझे उसे अपना आदमी समझना चाहिए वग़ैरह, वग़ैरह। क्योंकि मुझे ख़ून की उल्टियाँ आनी बन्द हो चुकी थीं, इसलिए सिगरेट सुलगा ली। ख़त्म होने पर बाँह नीचे लटकाकर फ़र्श पर मसली और टुकड़ा चारपाई के नीचे सरका दिया। शायद नींद आने से पहले मैंने चार–पाँच सिगरेट पी डाली होंगी।

सुबह आठ बजे के आस–पास सफ़ाईवाला चाय का गिलास दे गया। कमरा साफ़ करने के बारे में कहा तो जवाब मिला, मुझे 'फ़िक्कर' नहीं करनी चाहिए। स्टोरकीपर दोपहर बाद आयेगा तब फ़िनायल मिलेगी और वह कमरा शीशे की तरह चमका देगा और फिर अभी तो मुझे यहाँ पर कुछ दिन लगेंगे ही। शायद हस्पताल में काम करने वाले लोगों को बीमारी और उसे ठीक होने में कितने दिन लगेंगे, इस बारे में पता चल जाता है।

लेकिन दस बजे के आस–पास कमरे में जैसे हलचल मच गयी। मैं दरवाज़ा भेड़कर लेटा हुआ था। भूख लग चुकी थी, इसलिए सिगरेट पीकर उसे मिटाने की कोशिश कर रहा था। दरवाज़ा झटके से खुला। एक साथ चार–पाँच लोगों ने कमरे में प्रवेश किया। बड़ी डॉक्टर साहब आ गयी हैं। यह मुझे कर्मचारियों के चेहरे से ही पता चल गया। वह उनके पीछे–पीछे कमरे में आयी।

उसने सफ़ेद कोट पहन रखा है। चेहरा लम्बा, पतला है। बालों पर कसकर कंघी की हुई है और नैन–नक्श भी कसे हुए हैं। उसकी आँखों से साफ़ पता चल रहा है कि वह हमेशा गुस्से में रहती है। निचले होंठ का एक सिरा थोड़ा मुड़कर कसा हुआ है। नीचे के दाँत पर आधा दूसरा दाँत चढ़ा हुआ है, जो मखमल में रखे सुच्चे मोती की तरह चमकता है। इससे सामना होगा! होगा!! ज़रूर होगा!!! इसका पता मुझे उसी क्षणांश में चल गया। होने वाले संघर्ष ने मेरी इन्द्रियों को चौकस कर दिया है और उन्होंने घेराबन्दी आरम्भ कर दी है। आक्रमण का सामना करने और प्रत्याक्रमण की व्यूह–रचना शुरू कर दी है। उसे छूने के लिए मेरी आत्मा से दो लम्बे हाथ बार–बार बाहर निकल रहे हैं और मैं उन्हें बार–बार अन्दर खींचता हूँ। सबसे पहला ख़याल आता है कि इसे फूँक मारकर उड़ा दूँ। इतनी दुबली–पतली है। परिन्दे की तरह थोड़ी गोलाई में झुके हुए कन्धे...। और आगे कुछ न देखने का, कुछ न सोचने का आदेश मुझे मेरी आत्मा से मिलता है और इन्द्रियों का कसाव कम हो जाता है।

अब उसके कन्धे कुछ और सिकुड़ गये हैं, उड़ान भरने से पहले किसी पक्षी की तरह। वह दो लम्बे क़दम भरकर मेरे बिस्तरे के पास पहुँच गयी है। हाथ बढ़ाकर उसने मेरी उँगलियों में से जलता हुआ सिगरेट खींच लिया है। नीचे फेंककर पाँव से मसल दिया है। फिर उसकी निगाह तकिये के थोड़े–से ऊपर उठे किनारे पर पड़ गयी है। झटके–से किनारा ऊपर

उठाती है और सिगरेट की डिब्बी उठाकर दरवाज़े से बाहर फेंक देती है। बिना मेरी ओर देखे कहती है, "यह हस्पताल का कमरा है, होटल नहीं।"

उसकी आवाज़ काँप रही है, ग़ुस्से से। मेरे पास कोई जवाब नहीं, इसलिए चुप रहता हूँ। फिर वह चारपाई के बायें सिरे पर लटकी चादर को उठाकर नीचे पड़े बीड़ियों और सिगरेट के टुकड़ों को देखती है। मुड़कर छोटे डॉक्टर, काली नर्स और सफ़ाई कर्मचारियों की तरफ़ देखती है और उन्हें शब्दों के माध्यम से कुछ नहीं कहती। हाँ, उसकी आँखों का काला रंग थोड़ा–सा भूरा हो जाता है और निचले होंठ का मुड़ा हुआ सिरा लगातार काँपे जा रहा है। मेरी आत्मा से फिर दो लम्बे हाथ बाहर निकलकर काँपते होंठ के काँपते सिरे को सहलाना चाहते हैं, मैं उन्हें फिर अन्दर खींच लेता हूँ।

वह छोटे डॉक्टर से मेरी बीमारी के बारे में पूछती है। फिर डॉक्टरों वाली तकनीकी भाषा में उसे कुछ बताती है। काली नर्स से कहती है कि क्या उसे ग्लूकोज़ लगाने के लिए किसी ने नहीं बताया? कोई जवाब नहीं। फिर पूछती है कि क्या उसे कमरे की गन्दगी दिखायी नहीं दी? कुछ जवाब नहीं। फिर वह काग़ज़ पर कुछ दवाइयाँ लिखती है। काग़ज़ मुझे पकड़ाते हुए कहती है कि दवाइयाँ मँगवा लूँ। वह एक घण्टे के बाद फिर आयेगी। साथ खड़ा क्लर्क धीमी आवाज़ में उसे कुछ कहता है। वह मुझे कहती है कि दाख़िल होते वक़्त दस रुपये जमा कराने होते हैं, क्या मुझे बताया नहीं गया? मैं 'हाँ' में सिर हिलाता हूँ। तो फिर मैंने पैसे जमा क्यों नहीं करवाये? मेरे पास कोई जवाब नहीं। चाय वाला दोस्त सिर्फ़ दस का एक नोट छोड़ गया था। अगर कल शाम तक जमा करा देता तो करता क्या? दोपहर बाद दोस्त आयेंगे तभी जमा करवा पाऊँगा। वह कुछ आदेश देकर कमरे से बाहर निकल गयी। एक के बदले दो सफ़ाई कर्मचारी कमरा साफ़ कर रहे हैं। झाडू देने के बाद भी जलती बीड़ी–सिगरेट के दबाकर बुझाये जाने से जो धब्बे फ़र्श पर पड़ गये हैं, मिटे नहीं। वे दोनों गीले कपड़े से फ़र्श को रगड़कर साफ़ कर रहे हैं। एक दूसरे से पूछ रहा है कि बड़ी डॉक्टर ने तो कल आना था, आज कैसे आ गयी? दूसरा जली हुई आवाज़ में उसे बताता है कि यह बात वह डॉक्टर से ही पूछ ले। वे कमरे की खिड़की को खोलकर काँचों को साफ़ करते हैं। एक आदमी कुछ लेने बाहर जाता है। मैं रात वाले अपने नये दोस्त से कहता हूँ कि

बड़ी डॉक्टर सख़्त लगती हैं। इस वक़्त उसके चेहरे पर अपनेपन का कोई भाव नहीं। वह बिना सिर ऊपर उठाये फ़र्श साफ़ कर रहा है। मुझे पता है, वह काम का आदमी है। यहाँ रहना है तो उससे दोस्ती बनाकर ही रहना चाहिए। मैं उसे सूचना देता हूँ कि मैंने तो डॉक्टर से उन लोगों की कोई शिकायत नहीं की। उसे इस बात का पता है क्योंकि वह डॉक्टर के पीछे–पीछे ही कमरे में आया था। सिर ऊपर उठाता है। रात को बनी नयी दोस्ती का कुछ हिस्सा उसके चेहरे पर चमकता है, और मुझे कहता है, "भूखी शेरनी है, शेरनी। खा जायेगी।"

दूसरा आदमी लौट आया है। चिलमची में फ़िनायल है। कमरे का फ़र्श अब फ़िनायल–भीगे पानी से पोंछता है। रात वाला दोस्त बाहर जाता है और एक छोटा–सा मेज़ लाकर बिस्तरे के बायीं तरफ़ रख देता है। फिर वह पूछता है कि बाज़ार से दवाइयाँ कब मँगवानी हैं? मैं उसे बताता हूँ, दोपहर बाद। वह कहता है कि बड़ी डॉक्टर तो एक घण्टे बाद आने को बोल गयी है। ग्लुकोज़ चढ़ाना है। मैं कोई जवाब नहीं देता। उसके चेहरे पर दोस्ती का हिस्सा ग़ायब हो जाता है। वह मुझे यह सूचना देकर बाहर निकल जाता है कि उसकी कोई ग़लती नहीं। वह बड़ी डॉक्टर को बता देगा कि उसने तो दवाइयाँ लाने के लिए पूछा था, मैंने ही नहीं मँगवायीं।

खुली खिड़की से न धूप अन्दर आ रही है, न हवा। आस–पास के मकानों से धुआँ ऊपर उठ रहा है, पहले बिल्कुल सीधी लकीर में, और फिर ऊपर उठकर छितराता हुआ। तो लोग नाश्ता कर चुके हैं। अब शायद दोपहर के खाने के लिए अँगीठियाँ जलायी जा रही हैं। मुझे भूख लगी है। सिरहाने के नीचे हाथ सरकाता हूँ। फिर याद आता है, उस शेरनी डॉक्टर ने तो डिब्बी बाहर फेंक दी थी और चेतावनी भी दी थी कि यह हस्पताल है, होटल का कमरा नहीं। अरे हाँ, डॉक्टर भी तो एक घण्टें के बाद आने को कह गयी है और मैंने अभी तक बाज़ार से दवाइयाँ नहीं मँगवायीं। साधारण और सस्ती दवाइयाँ हस्पताल में ही मिल जाया करती हैं लेकिन विशेष और महँगी दवाइयाँ मरीज़ को ख़ुद ख़रीदनी होती हैं, यह लगभग सारे सरकारी हस्पतालों में चलता है। पैसे न होने से मुझे कोई परेशानी नहीं हो रही, किसी तरह की लिज़लिज़ी रोमांटिक बातें मुझे परेशान नहीं कर रहीं। पैसे कभी भी मेरे पास रहे ही नहीं। इसलिए इस न होने की स्थिति का मैं आदी हो चुका हूँ। लेकिन कमी कभी किसी

चीज़ की नहीं हुई। बहुत सारे दोस्त हैं और सारे के सारे बारोज़गार। मुझे पैसे देना उन्हें खलता नहीं, अच्छा लगता है। और फिर विदेशी पत्रिकाओं से साल में तीन–चार बार ढेर सारे डॉलर आ जाते हैं। और महीनों मेरे कमरे में ही महफिलें जमती हैं। अब मैं दिल ही दिल में दोस्तों के नामों की और उनके यहाँ पहुँचने की लिस्ट बना रहा हूँ। पहले वर्मा को पता लगना चाहिए। अख़बार में काम करता है। आजकल दोपहर की शिफ्ट में है। दफ़्तर जाने से पहले वह मेरे कमरे का चक्कर आदतन लगाया करता है। दो बजे के आसपास मेजर भट्टी को आना चाहिए। अभी क्वाँरा है। मैस से खाने का टिफ़िन भरवाकर रोज़ दोपहर को मेरे कमरे में आया करता है। फ़ौज वाले खाना काफ़ी 'भारी' देते हैं। एक आदमी की रोटी दो आदमी मज़े से खा सकते हैं।

कमरे के बाहर क़दमों की आहट होती है। मेरी सारी इन्द्रियों में फिर तनाव आ जाता है। जानता हूँ, डॉक्टर अपने कहे मुताबिक़ आ गयी है। वह अन्दर आती है। दरवाज़े में खड़े–खड़े कमरे का जायज़ा लेती है, उसकी आँखों में कमरा साफ़ देखकर 'सब ठीक' है का भाव दिखाई देता है। वह कुर्सी खींचकर चारपाई के पास बैठ गयी है। मेरी कलाई की उँगलियों और अँगूठे में दबाकर नब्ज़ देख रही है। उसके हाथ बिल्कुल ठण्डे हैं, हस्पताल के औज़ारों की तरह। फिर मेरा हाथ भी गरम है। जानता हूँ, ज़ोरों का बुख़ार चढ़ रहा है। वह मेरा हाथ छोड़कर साथ पड़े मेज़ की तरफ़ देखती है। जानता हूँ, दवाइयाँ तलाश रही है जो उसने मँगवाने के लिए कही थीं। मेज़ पर उसकी लिखी पर्ची पड़ी है। काली आँखों में भूरा रंग उभरना शुरू हो गया है। उसे ग़ुस्सा आ रहा है। आक्रमण सहने के लिए मेरा शरीर अकड़ गया है। उसका निचला होंठ थोड़ा मुड़ा है। दाँत पर चढ़ा दाँत मोती की तरह चमका है। वह बिना मेरी ओर देखे पूछती है, "दवाइयाँ कहाँ हैं?"

"दोपहर बाद मँगवाऊँगा। अभी पैसे नहीं हैं।" मैं जानता हूँ पैसे न होने की बात कहते वक़्त मेरी आवाज़ में आम मरीज़ों की तरह कहीं दीन भाव का लहज़ा नहीं है। अब वह आँखें उठाकर मुझे देख रही है। मेरा चेहरा देखकर उसे पता चल गया है कि न मैं मज़ाक़ कर रहा हूँ, न सहायता के लिए अपील। सिर्फ़ सच बता रहा हूँ। उसकी आँखों में सिर्फ़ कठोरता है, शायद और किसी 'भाव' का उसे पता ही नहीं।

"आप काम क्या करते हैं?"

"कुछ भी नहीं!"

अब वह चौंकी है। मेरी कनपटियों के थोड़े बालों से सफ़ेद मेरी उमर का अन्दाज़ा लगा रही है। उसे यह भी पता चल गया है कि मैं पढ़े–लिखे क़िस्म का आदमी हूँ। मेरा क़द–काठ भी शिकायत नहीं कर रहा कि मैं कोई काम नहीं करता। वह मेरा जवाब सुनने पर जो कुछ सोच रही है उसका अन्दाज़ा लगाना मेरे लिए बिल्कुल कठिन नहीं। बहुत सारे लोग मुझसे यह सवाल पूछ चुके हैं और बहुत बार वही कुछ सोच चुके हैं। दवाइयाँ न मँगवाने की वजह उसे पता चल गयी है। आँखों के भूरे रंग की जगह काला रंग लौट आया है।

"आपके पास रात को कोई ठहरा नहीं? किसी का होना ज़रूरी है।"

"कोई है नहीं। माँ–बाप मर चुके हैं।"

वह अगला सवाल पूछने के लिए मुँह खोलती है, फिर झिझककर मुँह बन्द कर लेती है। जानता हूँ, सवाल क्या है? मेरी उमर के आदमी की बीवी तो होनी ही चाहिए। मैं उसके अनबूझे सवाल का जवाब देता हूँ, "शादी नहीं की।"

अब उसके पास पूछने को, कहने को कुछ नहीं है। परेशान दिख रही है। उठी है। खिड़की के पास जाती है। कन्धे थोड़े और झुक गये हैं। मुझे पता है कि सोच रही है कि अब क्या करें? हस्पताल के स्टोर में तो पानीनुमा दवाइयाँ होती हैं, छोटी–मोटी बीमारियों के लिए। और वह मेरी मदद क्यों करे? अभी तक विनती–भाव की कोई बात मैंने की नहीं।

तभी वर्मा पहुँच जाता है। डॉक्टर खिड़की से मुड़ती है। वह बड़ी तमीज़ से उसे 'नमस्ते' कहता है। मुझे याद आता है, जैसा कि क़ायदा है मैंने आम मरीज़ों की तरह उसे अभी तक नमस्ते नहीं की है। वर्मा मुझे कहता है, "पहुँच गये यहाँ? अभी तक मरे नहीं? मैं दो दिन मिलने नहीं आ सका तो ख़बर नहीं भिजवा सकते थे? चायवाला बता रहा था, परसों से ख़ून की उल्टियाँ आ रही हैं।"

मैं कोई जवाब नहीं देता। वर्मा जानता है, मैं दोस्तों को ख़बर नहीं भिजवाया करता।

फिर बोला, "पैसे तेरे पास कहाँ होंगे! रात से कुछ खाया भी नहीं होगा! मरना है तो तरीक़े से मरो, इलाज करवाने के बाद, रोटी खाने के बाद!"

जब–जब वर्मा कड़ी बात करता है, तब–तब मैं आश्वस्त हो जाया करता हूँ। इसका मतलब होता है, पैसे का इन्तज़ाम हो गया। फिर वह डॉक्टर से बड़ी तमीज़ से पूछता है कि क्या बाज़ार से कुछ लाना है? वह मेज़ पर पड़ी पर्ची उसे पकड़ा देती है। फिर वह पूछता है, दवाइयाँ कितने की आ जायेंगी? डॉक्टर उसे बताती है, लगभग सौ रुपये की। आग का गोला पेट में चलना शुरू हो जाता है। मैं उठकर बैठ जाता हूँ। आग का गोला गले की ओर सरक रहा है। मैं बिस्तरा देखता हूँ, वर्मा को देखता हूँ। वह भागकर तौलिया उठाता है और मेरे मुँह के नीचे रखता है। आग का गोला मुँह फाड़कर बाहर आता है। ख़ून से भरा लाल तौलिया, मेरे सिर को दोनों हाथों से पकड़े डॉक्टर, सुनहरे सेब से उसके चेहरे का सफ़ेद पड़ता रंग और तौलिये के किनारे से मेरा मुँह पोंछता हुआ वर्मा। यह छोटे–छोटे दृश्य मेरे अन्दर प्रवेश करते हैं। याद्दाश्त पर ख़ुद जाते हैं, और इसके बाद मैं बेहोश हो जाता हूँ।

मेरी आँख खुलती है। दायीं बाँह क्यों नहीं हिल रही है? थोड़ा–सा सिर घुमाकर देखता हूँ। स्टैंड पर ख़ून की बोतल उल्टी लटकी है और एक बूँद धीरे–धीरे रबर की ट्यूब में सरक रही है। तो ख़ून चढ़ाने की नौबत आ गयी। वर्मा कुर्सी से उठता है और मेरे पास बिस्तर के किनारे बैठ जाता है।

"कैसे हो? कुछ चाहिए?" वह पूछता है।

"तुम अभी तक काम पर नहीं गये?" मैं पूछता हूँ। उसे तो दो बजे दफ़्तर पहुँचना होता है न।

वर्मा हैरानी से मुझे देखता है। ऐसी कौन–सी बात मैंने कह डाली है जो उसे समझ नहीं आ रही? फिर उसके चेहरे की हैरानी की जगह एक छोटी–सी मुसकराहट ले लेती है। वह मेरे माथे पर हाथ फेरते हुए बताता है, "तुम कल बेहोश हुए थे। बेहोशी में ही तेरा ऑपरेशन कर दिया गया। मैं तो घर गया ही नहीं। रात तेरे पास ही रहा।"

तब अवचेतन में दबी अँधेरी यादों के टुकड़े चमकने लगते हैं। हाँ, यहाँ से मुझे स्ट्रेचर पर डाला गया था। शायद ऑपरेशन के कमरे में ले गये थे। अगली याद चमकती है। बिना दर्द के महसूस किया था कि कोई मेरा पेट काट रहा है। बायाँ हाथ चादर के नीचे डालकर पेट छूता हूँ।

पट्टियाँ ही पट्टियाँ बँधी हैं। आगे कुछ याद नहीं आ रहा। छोटा मेज़ दिखता है। दवाइयों की शीशियों से भरा पड़ा है। वर्मा की ओर देखता हूँ। उसकी ख़ासियत है कि बिना सवाल सुने मेरी बहुत सारी बातें समझ जाया करता है। बताता है, "फ़िक्र न कर। मैं दफ़्तर से एडवांस ले आया था। चायवाला दोस्त भी दो सौ रुपये दे गया था। भट्टी भी कल यहीं था। बस, आता ही होगा।"

तभी दरवाज़े के बाहर बूटों की सधी हुई आवाज़ आती है। भट्टी अन्दर आ जाता है। उसके हाथों में बड़े–बड़े लिफ़ाफ़े हैं। शायद फल और दवाइयाँ लाया है। वर्मा बिस्तरे से उठ जाता है। भट्टी उसकी जगह बैठ जाता है। उसके फ़ौजी चेहरे पर कोई घबराहट नहीं है। है तो हमेशा की तरह बदमाशी–भरी मुसकान। "ओये हराम के। मुँह क्यों बना रखा है? दो–चार अन्तड़ियाँ ही डॉक्टर ने काटी हैं। अब मरता नहीं तू!"

मैं उसके हाथ पर हाथ रखता हूँ। वह शिकायत करता है, "यार, तेरे बीमार पड़ने का मज़ा नहीं आया।"

मेरी आँखों में 'क्यों' का सवाल देखकर जवाब देता है, "यहाँ की नर्सें बड़ी बदसूरत हैं। फिर बोलती भी तीखा हैं। वह काली वाली तो हमेशा घोड़े पर सवार रहती है।"

मैं कोई जवाब दूँ, इससे पहले ही डॉक्टर और नर्सें कमरे में आ जाती हैं। लेडी डॉक्टर पीछे खड़ी है। लाल सुर्ख रंग और गोल चेहरे वाला आदमी मुझे कहता है, "क्या हाल है यंग मैन? मैं डॉक्टर मनचन्दा हूँ। मैंने ही कल तुम्हारा ऑपरेशन किया था। कोई तकलीफ़ तो नहीं? पेट में दर्द तो नहीं हो रहा।"

मैं उसे बताता हूँ कि ठीक हूँ। दर्द नहीं। उसे पता है, ऑपरेशन के दूसरे दिन मरीज़ को दर्द होता है। शायद बड़े अरसे बाद उसे शिकायत न करने वाला मरीज़ मिला है। फिर भट्टी से पूछता है, "कहिए मेजर साहब, क्या हाल है।"

"बस मज़े हैं डॉक्टर। आप अपने मरीज़ को जल्दी ठीक न होने दें। इसी बहाने मैं भी आराम कर लूँगा। नहीं तो फिर वही पी.टी. और परेड।"

डॉक्टर मनचन्दा कहकहा लगाकर हँसते हैं। भट्टी लेडी डॉक्टर से कहता है, "डॉक्टर राधा मेहरा, आप भी अपने मरीज़ का हालचाल देख लें। वैसे इसे बचाकर आप लोगों ने अच्छा नहीं किया। इस हरामी के खाने–पीने का ख़र्चा अब फिर से करना पड़ेगा।"

तो भट्टी ने सबसे जान–पहचान कर ली है। यही उसकी ख़ूबी है। किसी भी माहौल में, किसी भी स्थिति में न वह घबराता है और न ही आउट ऑफ़ प्लेस महसूस करता है। अब राधा मेहरा मेरे बिस्तरे के क़रीब आ गयी है। उसके चेहरे पर एक चोर मुस्कान है। तो इसे मुसकराना भी आता है? बोलता फिर भट्टी ही है, "डॉक्टर मेहरा, आप इसे बताएँ कि मेरा ख़ून इसे चढ़ रहा है।" फिर वह मेरी ओर देखकर बात जारी रखता है, "बेटे, सारे ब्लड बैंक में तेरे क़ाबिल ख़ून नहीं मिला। तुम्हारे ख़ून में जितनी शराब है उतनी आम लोगों के ख़ून में कहाँ से आयेगी? आख़िर हम पहुँच गये। हमारा ख़ून तुम्हें बिल्कुल फिट बैठा!"

मनचन्दा फिर हँसते हैं। राधा मेहरा अब ज़रा खुलकर मुस्करा रही है। मनचन्दा कहते हैं, "यू आर ग्रेट मेजर!"

"आई नो दैट डॉक्टर। सारी दुनिया यही कहती है!"

अब मैं शायद थक गया हूँ। आँखें मूँद लेता हूँ।

ढलते सूरज के साये चोरों की तरह कमरे से दबे पाँव आ रहे हैं। तो बाद–दोपहर का वक़्त हो गया है। अब दर्द कम है लेकिन थकावट बहुत हो रही है। वर्मा कुर्सी पर ऊँघ रहा है। मेरे जागने का उसे पता चल जाता है। कुर्सी पास घसीट लेता है। बताता है कि डॉक्टर ने कहा है अभी यहाँ दस दिन और लगेंगे। मेरी और वर्मा की दोस्ती ख़ामोश क़िस्म की है। हम दोनों एक–दूसरे से ज़्यादा बोलते नहीं, लेकिन एक–दूसरे को सबसे ज़्यादा समझते हैं। वह हमेशा याद दिलाता है कि जान–पहचान, जो अब कई साल पुरानी है, कैसे विचित्र, 'वीयर्ड' तरीक़े से हुई थी। मैं अख़बार के दफ़्तर में 'एन्साइक्लोपीडिया ब्रिटेनिका' से कुछ नोट्स लेने गया था। वर्मा रेफ़्रेंस सेक्शन का काम देखता था। उसे शेल्फ़ तक ले गया जहाँ 'ब्रिटेनिका' रखा था। फिर उसने पूछा कि मुझे क्या देखना है। मैंने बताया था कि बिल्लियों के बारे में, उनकी आदतों के बारे में कुछ नोट्स लेने हैं। उसने मुझे घूरकर देखा था कि कहीं मज़ाक़ तो नहीं कर रहा। तब मैंने उसे अपना पूरा नाम बताया था और सूचना दी थी कि कुछ विदेशी अंग्रेज़ी पत्रिकाओं के लिए लिखता हूँ। उसने हाँ में सिर हिलाकर बताया था कि उसने मुझे पढ़ा है, अख़बार के दफ़्तर में बहुत–सी विदेशी पत्रिकाएँ मँगवायी जाती हैं।

नोट्स लेने के बाद जाने लगा था तो उसने चाय मँगवायी थी। अपनी उत्सुकता दबा नहीं पा रहा था। पूछ ही बैठा कि बिल्लियों के बारे में आख़िर क्या लिखा जा सकता है? मैंने उसे बताया था, मैं एक चालाक क़िस्म का हिन्दुस्तानी अंग्रेज़ी लेखक हूँ। खोज–ख़बर रखता हूँ कि विदेशी बाज़ार में किस तरह का माल बिक सकता है? उसे उदाहरण दिया था कि एक अंग्रेज़ी पत्रिका का हिन्दुस्तानी सम्पादक विदेश में ख़ूब लिखता है, बिकता है। वह ट्रिक–राइटिंग करता है। उसके लेखों में साठ प्रतिशत से अधिक पंजाबी की भारी–भरकम गालियों का अंग्रेज़ी अनुवाद होता है। यह गालियाँ और सेक्स–मज़ाक़ उसके लेखों से निकाल दिये जायें तो बाक़ी कुछ भी नहीं बचता।

फिर यह सुनकर उसे हैरानी हुई थी कि एक लम्बे लेख के, अमरीकन पत्रिकाओं से, आमतौर पर पाँच सौ डॉलर मिल जाया करते हैं।

बिल्लियों के बारे में उसका सवाल अब तक क़ायम था। मैंने उसे बताया है कि मैं हिन्दुस्तानी बिल्लियों और उनकी सेक्स–सम्भोग आदतों पर लिख रहा हूँ। जैसे कि बिल्ली–बिल्ला, औरत–आदमी की तरह सूरज डूबने के बाद ही सम्भोग करते हैं। जब कभी देर शाम को छतों पर 'गाँ–गाँ' की आवाज़ें आयें तो इसका मतलब है, बिल्ला बिल्ली के पीछे लगा हुआ है। यह आवाज़ें एक छत से दूसरी छत पर छलाँगती रहती हैं। दोनों किसी ऐसी जगह को तलाशते हैं जहाँ बिल्कुल प्राइवेसी हो। सेक्स को लेकर उनकी प्रवृत्ति बिल्कुल आदमज़ात की तरह है। फिर मैंने उसे यह भी बताया कि इनका सेक्स ऐक्ट आम चौपायों की तरह नहीं होता। बिल्ला बिल्ली के साथ बिल्कुल उसी तरह सम्भोग करता है, जैसा आदमी औरत के साथ। बिल्ली को नीचे लिटाकर। जानवर जब आदमियों की तरह क्रिया करेंगे तो इसे अप्राकृतिक ही कहा जायेगा न। और जब हम अप्राकृतिक क्रिया करेंगे तो अतिरिक्त दर्द तो होगा ही। इसीलिए सम्भोग के वक़्त बिल्ली की चीख़–पुकार की आवाज़ें आती हैं।

उसने पूछा था कि मेरे पास इन बातों के सबूत क्या हैं? मैंने उसे बताया था कि एक अँधेरी शाम छत के कोने में दो घण्टे दुबककर बैठा रहा था, अपनी आँखों से इनकी सेक्स क्रियाएँ देखी थीं। फिर हँसकर बताया था कि जिसे शक हो वह बिल्लियों के पीछे घूमकर देख ले। मेरी बात के सच–झूठ का पता चल जायेगा। तब उसकी आँखों में शरारत–भरी

मुसकान आयी थी लेकिन चेहरा गम्भीर था। उसने कहा था, "यू आर ए वीयर्ड मैन।"

और मेरा वीयर्ड होना ही हमारी दोस्ती का कारण बना था। उसे धीरे–धीरे मेरे बारे में कई सारी बातें पता चल गयी थीं। जैसे कि मेरे माँ–बाप नहीं हैं। मैं पढ़ा–लिखा हूँ लेकिन नौकरी नहीं करता। पैसे न होने, नौकरी न होने के साथ, लिज़लिज़े रोमांटिक होने के, सोचने के तरीक़े को नहीं जोड़ता। रोज़ शेव करता हूँ, रोज़ नहाता हूँ, रोज़ कपड़े बदलता हूँ और जहाँ तक सम्भव हो, रोज़ दोस्तों के सिर पर शराब पीता हूँ। खाना सिर्फ़ एक वक़्त, दोपहर का खाता हूँ इसलिए फ़ालतू के ख़र्चे और झंझटों से बचा हुआ हूँ। उसकी शिफ़्ट प्रायः रात को दस बजे समाप्त होती है। उसके बाद पिछले कई सालों से मेरे कमरे में अड्डा जमता है। वर्मा जब कभी अपने लिए कपड़े ख़रीदता है तो साथ ही मेरे लिए भी ख़रीद लिया करता है। वह कई बार शिकायत कर चुका है, मेरे जैसे बेरोज़गार आदमी को कम–से–कम लम्बे क़द का तो नहीं होना चाहिए। कपड़ों पर ज़्यादा कपड़ा लगता है। वैसे उसका क़द मुझसे काफ़ी छोटा है।

और एक दिन उसने हैरान होकर यह ख़बर दी थी कि मुझ पर ख़र्च करने में उसे मज़ा आता है। मैंने उसे बताया था कि मेरे बाक़ी दोस्तों को भी यही लगता है। तब उसने बताया कि मुझे देखकर, माँ–बाप या बड़ों की तरह सबसे पहले सुरक्षा देने की भावना मन में जागती है। मैंने एतराज़ किया था कि असहाय और असुरक्षित होने का एहसास तो मैं कभी देता नहीं। आमतौर पर मुझ जैसे फक्कड़ को लोग किसी रईस बाप का बिगड़ा बेटा समझते हैं। उसने बताया कि भगवान् ने मुझे काया और क़द–काठ ही ऐसा दिया है, लेकिन शायद मेरी आँखें मेरे जिस्म और व्यवहार के साथ ग़द्दारी कर जाया करती हैं। इनसे चोर–ख़बर मिलती है कि यह आदमी कहीं–न–कहीं सुरक्षित होने की तलाश में भटक रहा है।

तभी दरवाज़े के बाहर बहुत सारे लोगों के बहुत सारे पैरों की आवाज़ आती है। डॉक्टर मनचन्दा, राधा मेहरा और काली नर्स भागते पैरों से कमरे में आते हैं। नर्स मेज़ पर दवाइयों को करीने से लगाती है। राधा मेहरा बिस्तरे की चादर ठीक करती है और डॉक्टर मनचन्दा खिड़की के नीचे गिरा सिगरेट का टुकड़ा उठाकर बाहर फेंकते हैं। मैं सबकी तरफ़ हैरानी की नज़रों से देख रहा हूँ। यह हो क्या गया है अचानक? राधा मेहरा मुझे

बताती है कि लेडी गवर्नर मुझे देखने आ रही हैं। तभी लेफ़्टिनेंट गवर्नर का ए. डी. सी. कैप्टन सिंह अन्दर आता है। मुझे जानता है। हाथ मिलाकर हाल–चाल पूछता है। बताता है, गवर्नर साहब किसी ज़रूरी मीटिंग में गये हैं। आज ही मेरी बीमारी का पता चला। सिंह कमरे की सफ़ाई से सन्तुष्ट होकर बाहर जाता है।

लेडी गवर्नर अन्दर आती हैं। इस उमर में भी बहुत ख़ूबसूरत लगती हैं और बड़ा प्यारा बोल है उनका। अर्दली उन्हें फूलों का गुच्छा पकड़ाता है। देख रही हैं कि कहाँ रखें। कमरे में फूलदान नहीं है। सिरहाने के पास रखती हैं।

"क्या हुआ बरख़ुरदार? कैप्टन सिंह बता रहा था, बड़ा ऑपरेशन हुआ है। अब दुश्मनों की तबीयत कैसी है!"

मैं बताता हूँ कि बिल्कुल ठीक हूँ। डॉक्टर मनचन्दा उन्हें मेरे ऑपरेशन के बारे में बताते हैं। काफ़ी सीरियस था। वह मेरे माथे पर हाथ फेरती हैं। फिर शिकायत करती हैं, "ख़बर क्यों नहीं भिजवायी? मैं आ जाती। यह तो कल शाम तुमने आना था न। आये नहीं। साहब इन्तज़ार करते रहे। फिर कैप्टन सिंह से तुम्हारा पता करवाया। तब मालूम हुआ कि तुम यहाँ हो।"

"हाँ, कल शाम तो मुझे इनके यहाँ जाना था। हफ़्ते में एक शाम बिलियर्ड खेलना बड़े भाई साहब के साथ तय होता है। मैं अपने प्रान्त का बिलियर्ड का सबसे अच्छा खिलाड़ी हूँ। कई बार इनाम जीत चुका हूँ। गवर्नर साहब रिटायर्ड फ़ौजी हैं। उन्हें भी इसका शौक़ है। कई बार मुझे हरा चुके हैं। वर्मा भी मेरे साथ कुछ दफ़ा गवर्नर हाउस जा चुका है।" वह उससे पूछती है, मेरे खाने–पीने का क्या इन्तज़ाम है? वह बताता है, बाहर की दुकान से चाय–वाय आ जाती है। फिर वह राधा मेहरा से कहती है, "डॉक्टर मेहरा, आप यही समझें कि मेरे अपने बेटे का ऑपरेशन हुआ है। जो कुछ इसे खाने को देना है, आप रोज़ सुबह कैप्टन सिंह को फ़ोन पर बता दिया करें। हमारे यहाँ से आ जाया करेगा।"

अब वह मेरी तरफ़ अर्थपूर्ण नज़रों से देख रही हैं। ज़ानता हूँ, अगला मुश्किल सवाल पूछने वाली हैं, "ख़र्चे का कैसे चल रहा है?"

मैं चुप हूँ। वर्मा बताता है उसने इन्तज़ाम कर लिया है। वह डॉक्टर मनचन्दा को निर्देश देती हैं कि प्रतिदिन जो दवाइयाँ चाहिए हों, ख़रीदकर बिल उनके पास भेज दिया जाये। अब वह जाने लगी हैं। दरवाज़े पर

पहुँचकर सूचना देती हैं, "हाँ, रवि का फ़ोन आया था। वह कल पन्द्रह दिन की छुट्टी पर आ रहा है। तुम्हारे बारे में पूछ रहा था। मैंने कुछ बताया नहीं। अपने आप देख लेगा।"

वह सारे कमरे में निगाह घुमाकर देखती हैं, मेरे सिरहाने के पास पड़े फूलों को देखती हैं और डॉक्टर मेहरा से कहती हैं, "क्यों डॉक्टर मेहरा, आपका क्या ख़याल है? मरीज़ों के कमरों में फूलदान तो होना चाहिए न!" राधा 'हाँ' में सिर हिलाती है।

अब उनके चेहरे पर शरारती मुसकान है। मुझे मुखातिब होती हैं, "रवि आ रहा है। अब वही तुम्हें देखने आया करेगा। और देखो, यहाँ भी तुम सब मिलकर कोई बदमाशी–वाशी मत करना!"

रवि महाबदमाश है। न कभी जगह का ख़याल रखता है, न वक़्त का। पिछली बार उसकी हरकत से अच्छा–ख़ासा राजनैतिक स्कैंडल बनने से बच गया था। मोटरसाइकिल से गिरकर उसकी टाँग टूटी थी। पलस्तर चढ़ गया जो कि आठ हफ़्तों के बाद खुलना था। सैनिक हस्पताल वाले उसे दस दिन के बाद घर भेजने को राज़ी हुए थे। वैसे वह बिल्कुल ठीक था और हस्पताल में बुरी तरह बोर हो रहा था। हम सबकी दोस्ती यहाँ के एक बड़े होटल की कैबरे डांसर से चल रही थी, जो कैबरे के अलावा उचित क़ीमत पर 'और काम' भी कर लिया करती थी। रवि की बोरियत दूर करने का तरीक़ा यह खोजा गया कि कैबरे वाली को रात को हस्पताल में स्मगल किया जाये। सुबह मुँह–अँधेरे वहाँ से निकाल दिया जाये। मैट्रन रात को दस बजे आख़िरी चक्कर लगाती है, उसके बाद सुबह आती है। रवि के कमरे में एक और अफ़सर भी था। उसे मना लिया गया कि वह आख़िरी शो में कोई पिक्चर देख आये। आमतौर पर सात बजे के आस–पास देखनेवालों को हस्पताल से निकाल दिया जाता है, लेकिन ऑफ़िसर वार्ड में सब चलता है। और फिर रवि की बीमारी कोई ऐसी न थी कि देखनेवालों की वजह से परेशानी हो। उस रात मैं उसके पास था। कैबरे वाली को लाने का काम भट्टी ने करना था।

मैट्रन आयी तो रवि बड़े गम्भीर चेहरे से जीसस क्राइस्ट पर कोई किताब पढ़ रहा था। ईसाई मैट्रन काफ़ी प्रभावित और ख़ुश दिखी। भट्टी पिछली दीवार फाँदकर कैबरेवाली के साथ दस बजे अन्दर आया था। मैंने खिड़की से उन दोनों को अन्दर कर लिया। भट्टी की आवाज़ से पता

चल गया कि उसने चढ़ा रखी है। पहले उस कैबरेवाली सामूहिक दोस्त से सामूहिक प्रार्थना की गयी कि वह कपड़े उतारने वाला नृत्य, स्ट्रिप–टीज़, करके दिखाये। उसने समझाया कि बिना संगीत के वह स्ट्रिप–टीज़ नहीं कर सकती। क्या मज़ा आयेगा? रवि ने भट्टी से कहा, "साले, इस माँ को लाया है, तो साथ स्टीरियो भी उठा लाना था। तुम फ़ौजियों को तो बस पैदल चलना ही आता है।"

भट्टी ने पहले रवि को और फिर कैबरेवाली को देखा और आँख दबाकर कहा, "ओये ड्राइवर, और भी बहुत कुछ आता है। दिखाऊँ?"

अब तक हमारी सामूहिक दोस्त भी मूड में आ चुकी थी और हमारी छींटाकशी के मज़े ले रही थी। वह रवि की टूटी टाँग के पास बिस्तरे पर बैठी थी। बोला फिर भट्टी ही था, "क्यों पुत्तर! टाँग तो हिलती नहीं और इसे पास बिठा लिया है। ऐसे करो, तुम और सन्तोष थोड़ा सो लो या आँखें बन्द कर लो। मैं ज़रा बिस्तर पर तुम्हें स्ट्रिप–टीज़ करके दिखाता हूँ।"

वह बोली थी, "भट्टी, तुम बक–बक ज़रा कम किया करो। रवि बीमार है और तुम लोग मज़े ले रहे हो। आज तो मैं उसकी 'देखभाल' करूँगी।"

तब तक मैंने भी रवि के सिरहाने के नीचे से बोतल निकालकर कुछ घूँट ले लिये। सारी समस्या का हल मैंने किया। मेज़ खींचकर पास किया और उससे तबले का काम लेना शुरू कर दिया। थोड़ी पीने के बाद उस लड़की को संगीत की कमी खलनी बन्द हो गयी। कमरे में बाक़ायदा कैबरे शुरू हो गया। लेकिन लिखी को कौन टाल सकता है? अभी उसने अपनी कमीज़ उतारनी शुरू की थी कि जिस अफ़सर को पिक्चर देखने भेजा था वह वापिस लौट आया। बिना दरवाज़ा खटखटाये अन्दर आ गया। उसकी तब्दीली इस शहर में नयी–नयी हुई थी। हम लोगों से और भट्टी के ग़ुस्से से वाक़िफ़ न था। लड़की ने कमीज़ नीचे कर ली। भट्टी गरजा था, "यू बास्टर्ड! बिना 'नॉक' किये अन्दर आते हैं क्या? तू अफ़सर है कि गधा?"

उस अफ़सर ने हम तीनों को देखा। लड़की को देखा। शराब की बोतल को देखा, भट्टी की गाली को सुना और जवाब दिया, "गाली मत दो। मैं तुम लोगों की रिपोर्ट करूँगा। तुम्हारा कोर्ट मार्शल न हो तो मुझे कहना।"

भट्टी ने उछलकर उसकी गर्दन पकड़ ली थी। साँप के फन की तरह उसका मुक्का उस अफ़सर के मुँह पर पड़ा था, "भैंण दे यार! पहले मैं तेरा कोर्ट मार्शल कर लूँ, फिर देखेंगे।"

भट्टी और उस लड़की को धक्का देकर खिड़की से बाहर भगाया था। उस अफ़सर को उठाकर उसके बिस्तरे पर डाला था। शोर सुनकर साथ के कमरों के बीमार अफ़सर रवि के कमरे में आ गये। उस अफ़सर को होश आ गया। उसने बताया कि हम लोग कमरे में लड़की लाये थे। उसके अचानक आ जाने पर भट्टी ने उसे मारा। लगभग सारे अफ़सर हमें जानते थे, दोस्त थे। उन्होंने उस अफ़सर को बताया कि वह कोई नाइटमेयर, भयानक सपना, देख रहा होगा। लेकिन वह अफ़सर न माना। उसने सैनिक–पुलिस की चौकी पर फ़ोन किया। कमरे से शराब की बोतल ज़रूर मिली। मैंने स्टेटमेंट दी कि बोतल मेरी थी और मैं पी रहा था। मुझ सिविलियन का कोर्ट मार्शल करने से तो वह रहे। दूसरे दिन भट्टी के कमांडिंग अफ़सर ने स्टेटमेंट दी कि भट्टी तो रात को उसके यहाँ खाने पर था। बारह बजे खाना ख़त्म हुआ। इस तरह से सारी बात को फ़ौजी भाइचारे से हश–अप कर दिया गया। लेकिन हस्पताल के सी. ओ. ने रवि की माँ से शिकायत की थी। इशारा किया था कि ऐसे मामलों पर कोर्ट मार्शल हो सकता है। बात बाहर निकले तो कोई पॉलीटिकल स्कैंडल बन सकता है, वग़ैरह–वग़ैरह। फिर मेरी शिकायत की थी कि मैं रवि का 'ईवल दोस्त' हूँ, वग़ैरह–वग़ैरह। जिस अफ़सर ने शिकायत की थी, उसे थोड़ा–सा ख़ुश तो करना था। रवि को दूसरे दिन छुट्टी मिल गयी थी। शाम को उसके 'हाउस' मैं और भट्टी गये थे। माँ कमरे में ही थी। उसे हमारे चक्करों का पता रहता था। मुसकराकर कहा था, "बदमाशो, जगह तो देख लिया करो।"

भट्टी ने जवाब दिया था, "मैडम, वह अफ़सर बकवास करता है। ऐसा कुछ नहीं हुआ।"

माँ ने कहा था, "देख भट्टी! बहुत न बोला कर। मैं तुम तीनों को जानती हूँ। और सुना। शराब कम पिया कर। एक तो बदमाशी करते हो और ऊपर से लोगों को पीटते हो!"

तो रवि कल आ रहा है। चलो, वक़्त अच्छा कटेगा। वर्मा मेरे पास आता है। मैं उसे बताता हूँ, अब रात को मेरे पास रुकने की ज़रूरत नहीं। मैं ठीक हूँ। वह कहता है, भट्टी शाम को आयेगा। रात दस बजे तक मेरे पास रुकेगा। उसके जाने से पहले वह आ जायेगा।

मैं शायद काफ़ी देर सो लिया हूँ। कमरे में दबे पाँवों की आहट आ रही है। आँखें खोलता हूँ। डॉक्टर राधा मेहरा सिरहाने के पास रखे फूलों को उठाकर फूलदान में लगा रही है। मुझे जग गया देखकर बताती है कि वह घर से ही फूलदान लायी है। 'मैडम' जो कह गयी थीं।

इस औरत की उपस्थिति से मुझे ख़तरा क्यों महसूस होता है? मेरा अन्दर कस क्यों जाता है? अब वह कुर्सी पर बैठ गयी है। इस वक़्त उसने बाल कसकर नहीं बाँधे हुए। कन्धों तक बिखरे हुए हैं। उसका सुनहरे सेब जैसा रंग काले पुलओवर के कंट्रास्ट में और दहक रहा है। मैं पहली बार नोट करता हूँ कि उसकी दोनों आँखों के रंग में थोड़ा–सा फ़र्क़ है। एक बिल्कुल काली है और दूसरी थोड़ी–सी भूरापन लिये। वह कुछ नहीं बोलती। थर्मस का ढक्कन खोलकर चाय डालती है। सफ़ेद–सी चाय देखकर शायद मेरे चेहरे का स्वाद बिगड़ गया। वह बताती है कि इस बीमारी में बिल्कुल 'वीक' चाय पीनी है। मिर्च–मसाला नहीं खाना। शराब, सिगरेट का तो सवाल ही नहीं उठता। उसे मेरे चेहरे के भावों से पता चल जाता है कि मैं उसकी बातें फ़िज़ूल समझ रहा हूँ। इस पर अमल नहीं करूँगा। उसे शायद ग़ुस्सा आ रहा है। दोनों आँखों का रंग भूरा हो रहा है, होंठ का सिरा हिल रहा है और दाँत पर चढ़े दाँत का कोना चमक मार रहा है। अब वह कुर्सी के एक कोने में सिमट गयी है। उसके शरीर के अंग थोड़ा सिकुड़ गये हैं। छलाँग भरने से पहले बिल्ली! फिर शायद वह सोचती है कि उसे मुझ पर ग़ुस्सा होने का हक़ क्या है? वह डॉक्टर है, सलाह देना उसका फ़र्ज़ है, मरीज़ माने न माने उसकी मर्ज़ी। मैं जानता हूँ, उसने जो कहना था, नहीं कह रही। बात बदल रही है। "लेडी गवर्नर आपको कैसे जानती हैं?"

मैं उसे बताता हूँ कि उनका इकलौता लड़का रवि, मेरा दोस्त है। वायुसेना में पायलेट है। उसकी वजह से उसके माँ–बाप जानते हैं। फिर बड़े साहब को बिलियर्ड का शौक़ है। किसी आम आदमी के साथ वह शौक़ पूरा नहीं कर सकते, बाद में सौ तरह की सिफ़ारिशें पहुँचने का ख़तरा रहता है। मैं बेकाम आदमी हूँ, उन्हें पता है नौकरी–वौकरी का चक्कर नहीं है। न ही सिफ़ारिशें करने–करवाने की जरूरत पड़ती है। मेरे साथ खेलने में वह 'सुरक्षित' महसूस करते हैं। फिर रवि की माँ को मुझसे विशेष स्नेह है। उन्हें पता है, उनका लड़का उत्पाती है। तभी पिता

'विशेष कोशिश' में उसकी ट्रांसफ़र अपने प्राप्त में नहीं होने देते। लड़का पिता की पोज़ीशन का फ़ायदा न उठाये, लेकिन छुट्टियाँ तो उसे यहीं गुज़ारनी होती हैं। उसके आने से पहले बड़े साहब संकेतों की भाषा में बता दिया करते हैं कि मुझे रवि का ख़ास ध्यान रखना है। ऐसी–वैसी बात के लिए वह रोकते नहीं, ज़माना देखे हुए हैं। जानते हैं, जवानी में ऐसी–वैसी बातें ही होती हैं।

फिर वह पूछती है कि सेना के लोगों से मेरी दोस्ती क्योंकर है। मैं उसे बताता हूँ कि सेना के लोग जब लड़ाई न चल रही हो तो मेरी तरह निकम्मे होते हैं। और शराब मैं उनसे ज़्यादा पी लेता हूँ, पचा लेता हूँ। क्वाँरे अफ़सरों को अड्डा जमाने के लिए जगह की ज़रूरत भी तो होती है। मेरे जैसे छड़े–छाँट के कमरे में ही रात को महफ़िलें जमती हैं। उसे पता है मैं बात टाल रहा हूँ, ऊपर–ऊपर से बोल रहा हूँ। वह बोलती है तो शब्दों के साथ–साथ उसके हाथ की उँगलियाँ भी ऊपर–नीचे, दायें–बायें होती हैं। लगता है, शब्दों और उँगलियाँ को एक ही तार ने बाँध रखा है। अचानक एक फ़िजूल–सा ख़याल आता है कि वह अगर गूँगी भी हो, शब्द न भी बोले तो उँगलियों के संचालन मात्र से बातचीत कर सकती है। खिड़की के रास्ते अँधेरा तैरता हुआ अन्दर आ रहा है और सबसे पहले उसकी गर्दन पर बैठ रहा है। सुनहरे सेब और काले पुलोवर का कंट्रास्ट मद्धम पड़ना शुरू हो गया है। वह उठकर लाइट जलाती है। अँधेरा छलाँग मारकर खिड़की से बाहर चला जाता है। वह कुर्सी पर वापिस आकर बैठती है और मैं पहली बार महसूस करता हूँ कि वह बिल्कुल एक डिटेक्टिव की तरह चलती है, बेआवाज़। मैंने अभी तक उससे कोई पर्सनल प्रश्न नहीं पूछा। कोई इच्छा और ज़रूरत भी नहीं। लेकिन शायद एटीकेट्स दिखाने भर के लिए मैंने बात करना ज़रूरी समझा था, "आपके पति कहाँ काम करते हैं?"

उसकी उमर ध्यान में रखते हुए मैंने सोचा कि उसका पति होना ज़रूरी है। मेरा सवाल सुनकर उसके चेहरे पर काली–सी झांई आ गयी है। बड़ी मशीनी आवाज़ में कहती है, "मर गया है।"

पति के मरने की सूचना देते वक़्त न उसकी आवाज़ में कोई कम्पन है, न दिलासा प्राप्त करने का कोई भाव। मेरे अन्दर छोटा–सा भय सिर उठाता है। यह औरत पति के मरने से ख़ुश है, आम औरतों की तरह

कहीं टूटी नहीं है, बल्कि मुक्त होने का एहसास देती है। तभी दरवाज़े के बाहर भारी क़दमों की आवाज़ आती है। भट्टी पहुँच गया है। अन्दर आकर हम दोनों को देखता है, उसकी बड़ी–बड़ी मूँछों के सिरे काँपते हैं और मैं जान जाता हूँ कि वह मुसकरा रहा है। जब भी शरारती मुसकान उसके होंठों पर आती है तो हिलती मूँछें सिग्नल होती हैं कि वह कोई वाहियात बात करने जा रहा है, "सॉरी! मैंने आप दोनों को डिस्टर्ब किया!"

'डिस्टर्ब' शब्द पर उसने ख़ास तरह का ज़ोर दिया है। इसका अर्थ बदल गया है। राधा मेहरा एक झटके–से कुर्सी से खड़ी हो गयी है। उसका जिस्म हल्के–से काँप रहा है। उसकी आँखों का काला रंग फिर से भूरा पड़ने लगा है। वह भट्टी की छाती तक पहुँच रही है। भट्टी क़हक़हा लगाता, उसे कन्धे से पकड़कर फिर से कुर्सी पर बिठा देता हैं और कहता है, "डॉक्टर मेहरा, हँसने और मज़ाक़ करने से कोई बीमारी नहीं होती।"

राधा के जिस्म का कसाव बाहर सरक गया है, आँखों में काला रंग वापिस लौट आया है। वह कहती है, "मेजर साहब, आप कभी सीरियस भी होते हैं?"

भट्टी जवाब देता है, "जनाब, यही तो मुसीबत है। सीरियस होना आता तो अब तक शादी न हो जाती? एक–दो बच्चे भी होते। कोई लड़की मानती ही नहीं कि मैं उसे सीरियसली ले रहा हूँ।"

कमरे का वातावरण खुल गया है। फिर वह मुझसे शिकायत करता है, "यार, अब जल्दी ठीक हो जा। बड़ी मुसीबत है।"

मैं पूछता हूँ कि कौन–सी मुसीबत आन पड़ी? वह बताता है, "पुत्तर, शराब पीने का मज़ा ही नहीं आ रहा। मैस में प्रॉपर ड्रैस पहनकर जाओ। जब तक सीनियर अफ़सर पेग ख़त्म न करे, और पेग न माँगो। गुड मैनर्स के साथ पियो। तुझे पता ही है कि गुड मैनर्स और शराब का ईंट–कुत्ते का बैर है।"

तब राधा उसे बताती है, "लेकिन, मेजर साहब, यह तो अब शराब नहीं पी सकते। इस बीमारी में तेज़, तीखी चीज़ें मना हैं।"

भट्टी की मूँछें शरारत से काँपती हैं। उसे और मुझे देखकर कहता है, "दैट्स व्हाट यू थिंक डॉक्टर!"

राधा मुझे देखती है। उसे पता चल जाता है कि भट्टी सच बोल रहा है। थोड़ा–सा अँधेरा, मुझे लगता है, उसके चेहरे पर आ बैठता है। पर

मेरे शराब पीने न पीने से उसके चेहरे पर अँधेरा बैठने की क्या ज़रूरत? ज़रूर मुझे ग़लती लगी है।

राधा उठकर चली जाती है। भट्‌टी कमरे में निगाहें घुमाकर देखता है और मुझे यह कहकर बाहर चला जाता है कि वह कुछ सन्तरे ख़रीदकर अभी लौट आयेगा। डॉक्टर ने सन्तरों का रस देने को कहा है। भट्‌टी और मैं साथ पढ़े हैं, या यूँ कहा जा सकता है कि पढ़ा सिर्फ़ मैं हूँ और पास वह हुआ है। जब भट्‌टी दसवीं में था तो प्रान्त के ग्यारह हॉकी खिलाड़ियों में था। तब हम लोग पंजाब में रहते थे। कॉलेज में वह बस दिन–रात हॉकी के चक्कर में रहता था। पुलिस वाले उसे सब–इंस्पेक्टर लेने को तैयार थे। लेकिन वह सेना में अफ़सर बनना चाहता था और इसके लिए बी.ए. पास करना ज़रूरी था। क्लर्क को पैसे–वैसे देकर वह परीक्षा में अपनी सीट मेरे पास लगवा लिया करता था। बकौल उसके, अंग्रेज़ी में उसका हाथ शुरू से तंग था। फिर अपने कॉलेज के प्रोफ़ेसर उसकी छोटी–मोटी नकल को देखा–अनदेखा कर जाते थे। अब तक वह भारत की हॉकी टीम में खेल चुका था। लेकिन बी.ए. फाइनल में अंग्रेज़ी वाले दिन लगा कि उसकी नाव डूब जायेगी। किसी दूसरे कॉलेज की कोई लेडी प्रोफ़ेसर उस दिन कमरे में सुपरवाइज़ कर रही थी। उसे पक्का शक हो गया था कि भट्‌टी मेरे पर्चे से नकल कर रहा है। वह लगातार हम दोनों के सिर पर खड़ी थी। लम्बी बहुत थी, कोई पाँच फुट दस इंच। भट्‌टी ने बड़े प्यार से उसे दो–चार बार कहा कि वह सिर पर न ठहरे, कन्सनट्रेट नहीं किया जा रहा। लेकिन वह औरत इस तरह की सारी चालाकियों से वाक़िफ़ थी। भट्‌टी की हर प्रार्थना मुसकराकर टाले जा रही थी। कोई मर्द होता तो भट्‌टी अब तक 'बाहर निकलने पर' की धमकी दे चुका होता। उसने लिखना बन्द कर दिया, क्योंकि मेरा पर्चा देख नहीं पा रहा था। पैन बन्द करके जेब में डाला था और बहुत ऊँची आवाज़ में यह दोहा पढ़ा था;

बड़ा हुआ तो क्या हुआ, जैसे पेड़ खजूर,
पंथी को छाया नहीं फल लागे अति दूर।

'फल' शब्द उसने उस औरत के लम्बे क़द और उभरी छातियों को देखकर एक विशेष अन्दाज़ में कहा था। सारे कमरे में हँसी जो छूटी तो थमने का नाम नहीं। उस औरत ने चीख़–चीख़कर 'नो टॉकिंग,' 'नो

लॉफ़िंग' की आज्ञाएँ दीं। लेकिन हँसी थी कि बन्द होने का नाम नहीं ले रही थी। उस औरत ने उस कमरे से अपनी ड्यूटी बदलवा ली थी। प्रिंसिपल के बहुत पूछने पर भी बता न पायी थी कि उसे शिकायत क्या थी। अब कमरे में हमारी 'जान–पहचान' वाला प्रोफ़ेसर आ गया था। हम दोनों पास हो गये थे।

लेकिन भट्टी को आज तक शिकायत है कि मैंने उसकी पूरी मदद नहीं की थी। नहीं तो यह कैसे हो सकता है कि मेरी फ़र्स्ट क्लास आयी और उसकी सैकिंड क्लास। फिर वह सेना में चुन लिया गया। लेकिन ट्रेनिंग पर जाने से पहले कुछ विशेष कपड़े सिलवाने थे और दूसरी चीज़ें भी ख़रीदी जानी थीं। लगभग पाँच सौ रुपये का ख़र्चा था। कॉलेज में हमेशा फ़र्स्ट आने पर मुझे छोटे–मोटे वजीफ़े और इनाम मिलते रहते थे। दो साल ये पैसे जोड़कर मैंने छत का पंखा ख़रीदा था। अभी ख़रीदे दो महीने ही हुए थे। इसे बेचकर मैंने भट्टी को दो सौ रुपये दिये थे। बाक़ी पैसों के लिए दूसरे दोस्तों से चन्दा किया गया था। भट्टी एक बहुत छोटे किसान का बेटा था। घर से मदद मिलने का सवाल नहीं उठता था। वह अपने कोर्स में दूसरे नम्बर पर रहा। उसकी पहली पोस्टिंग लेह से आगे हुई थी। उसने चिट्ठी में बताया था कि वेतन का एक पैसा भी ख़र्च नहीं हो रहा। पन्द्रह हज़ार फुट की ऊँचाई पर उसकी चौकी है। फ़ॉरवर्ड एरिया में खाना मुफ़्त और शराब मुफ़्त। न कोई क्लब, न सिनेमा और न औरतें, जिन पर ख़र्चा किया जा सके।

भट्टी साल के बाद छुट्टी पर आया था तो सबसे पहले मेरे पास रुका था। लकड़ी की एक बड़ी–सी पेटी और चमड़े की एक छोटी–सी अटैची उसके पास थी। सबसे पहले उसने पेटी खोली। रम की बोतलों से भरी हुई थी। मैंने कहा था कि चैकिंग होती और पकड़ा जाता तो? उसने जवाब दिया था कि बेटे, आर्मी अफ़सर जब वर्दी पहनकर फ़र्स्ट क्लास में ट्रैवल कर रहा हो तो कौन माँ का यार चैकिंग करेगा? फिर उसने अटैची खोली थी। पूरी की पूरी नोटों से भरी हुई। लगभग पन्द्रह हज़ार रुपये। उसका वेतन और हाई आल्टीच्यूड अलाउंस मिलाकर। पाँच हज़ार उसने घर भेजे थे और बाक़ी दस हज़ार हम दोनों ने मिलकर फूँक डाले थे। मेरे लिए दो कोट, दो पैंट और चार क़मीज़ें ख़रीदी गयीं। मैं एम.ए. में था।

मैसवाले को साल भर का पैसा भट्टी ने एडवांस जमा करा दिया था और बाक़ी पैसा कुछ और दोस्तों की मदद से महीने में फूँक दिया गया। भट्टी की नौकरी के बाद मेरी रोटी–कपड़े की समस्या हल हो गयी। उसकी वजह से इस शहर के सैनिक अफ़सरों से दोस्ती हो गयी, इसलिए दवा–दारू लगभग मुफ़्त चल जाया करती थी। मैंने एम.ए. पास की थी, प्रान्त में तीसरे नम्बर पर आया, लेकिन साथ ही साथ नौकरी न करने का इरादा भी कर लिया था। अंग्रेज़ी में लेख लिखने का चस्का मुझे लग चुका था और फिर परजीवी, पैरासाइट, बनकर जीने का अपना मज़ा है।

तब भट्टी की बदली इसी शहर में हो गयी। यहाँ बहुत बड़ी छावनी और वायु सेना स्टेशन है। उसकी दोस्ती रवि से हुई थी और फिर हम लोगों का एक गिरोह बन गया। रवि की ज़िद थी कि मुझे नौकरी करनी चाहिए। तब तक मैंने जर्नलिज़्म का कोर्स भी कर लिया था। उन दिनों इस प्रदेश का प्रसिद्ध अंग्रेज़ी दैनिक यहीं से निकलता था। अभी चण्डीगढ़ शिफ़्ट नहीं हुआ था। सब–एडिटर की नौकरी मिल गयी। कुल मिलाकर सात सौ रुपये मिलने लगे। लेकिन आठ दिन के बाद ही यह नौकरी छोड़नी पड़ी क्योंकि शुरू में मेरी रात की ड्यूटी लगी थी और अड्डेबाज़ी ख़त्म हो गयी थी। मेरी पहली छुट्टी पर ही रवि और भट्टी की जमकर लड़ाई हुई थी। रवि फ़ाइटर–पायलेट है लेकिन भट्टी उसे 'ड्राइवर' ही कहता है। वह कहानी सुनाता कि उसके गाँव का एक लड़का पायलेट बन गया। छुट्टी पर गाँव वापिस आया तो उसके अनपढ़ दादा ने पूछा था कि वह काम क्या करता है? पोते ने सीना फुलाकर बताया कि पायलेट है। दादा ने पूछा कि वह क्या होता है? लड़के ने बताया था कि वह हवाई जहाज़ चलाता है। दादा का मुँह ग़ुस्से से लाल हो गया था और उसने गाली देते हुए कहा था, 'साले, सीधे–सीधे कह न कि ड्राइवर है। बाप ट्रक चलाता है और तू जहाज़। इतना पैसा फूँककर तुझे ड्राइवर ही बनना था तो अच्छा था कि घर में खेती करता।'

रम की पूरी बोतल हम तीनों पी चुके थे। भट्टी ने दूसरी बोतल खोलकर रवि से कहा था, "ड्राइवर के बच्चे, तूने हमारी ज़िन्दगी बरबाद कर दी है। अब इस तेरे बाप की ड्यूटी अक्सर रात को पड़ेगी। करेंगे क्या?"

तब तक मुझे नौकरी करवाकर रवि को अपनी ग़लती महसूस हो गयी थी। वह सिर झुकाये चुप था। भट्टी ने फिर कहा था, "साले, इस तेरे

बाप का ख़र्चा ही क्या है? चालीस रुपये कमरे का, पचास–साठ सिगरेटों के। रोटी तो हम दोनों मैस से स्मगल कर लेते हैं। तेरे मजबूर करने पर ही इसने नौकरी की है। तू साला बनावटी राजपूत है। दोस्त पर सौ रुपया भी ख़र्च नहीं कर सकता? और तेरी माँ वह जो नर्स मैंने फँसाई हुई है और जिसके साथ तुम दोनों भी मज़े लूटते हो, उसे किसके कमरे में ले जाया करेंगे? बैचलर्ज़–क्वार्टर्ज़ में? कोर्ट मार्शल करवाना है क्या?"

रवि को गुस्सा आता है तो भट्टी की तरह बोलता नहीं। उसने बोतल गर्दन से पकड़कर आधी गटक डाली थी, फिर दीवार से पटककर तोड़ डाली थी। मेज़ पर से काग़ज़–क़लम उठाकर सिर्फ़ दो लाइनों में मेरा त्यागपत्र लिख दिया था। हस्ताक्षर करने के लिए काग़ज़ मेरी ओर बढ़ा दिया था। मैं भट्टी की ओर देख रहा था। तब रवि ने चीख़कर कहा था, "उस बाप की ओर क्या देख रहा है? वह ठीक कह रहा है, तेरी नौकरी ने हमें बर्बाद कर दिया है।"

"लेकिन...", उसने मुझे आगे बोलने नहीं दिया, "सीधी तरह से साइन करता है या फिर कल रात पीकर तेरे दफ़्तर में आयें और तेरे एडिटर को जलवा दिखाएँ।"

मैंने त्यागपत्र दे दिया था। वह मेरी पहली और आख़िरी नौकरी थी। थोड़ा–बहुत विदेश की पत्रिकाओं में छपना शुरू हो गया था। कभी–कभार मोटा–सा चेक आ जाया करता था। रवि मिग विमानों के प्रशिक्षण के लिए रूस गया तो अपनी मोटरसाइकिल और पेट्रोल का ख़र्चा मुझे दे गया था। उसके और भट्टी के दोस्त अक्सर किसी–न–किसी ट्रेनिंग पर जाते रहते थे और मेरे पास अक्सर कोई–न–कोई गाड़ी रहती थी। जब तक भट्टी इस शहर में रहा, सेना का मुफ़्त पेट्रोल मिलता रहा और मैं दिन–भर मज़े से घूमता–फिरता रहता था। खाना–पीना हमेशा सुख से चलता रहा है, रहता है।

भट्टी फल लेकर लौट आया है। थोड़ी देर बाद राजभवन से खाने का बहुत बड़ा टिफ़िन लेकर बावर्ची नौकर आ पहुँचता है। टिफ़िन में इतना खाना है कि चार आदमी आराम से खा सकते हैं। मुझे भूख नहीं। सिर्फ़ सूप ही पीता हूँ। तब तक मेरा चायवाला दोस्त देखने पहुँच जाता है।

भट्टी में यह सिफ़्त है कि छोटे–बड़े का कोई फ़र्क नहीं करता। मेरा दोस्त उसका भी दोस्त है, उसे कहता है, "ले पुत्तर किशन, तू भी खा ले।"

"नहीं साब, मैं तो इन्हें देखने आया था। आप खा लें!" उसने आनाकानी की, "तेरे खाने से यह मर नहीं जायेगा। और पुत्तर, फिर राजभवन से खाना आया है। दुआ कर, यह साला बार–बार बीमार पड़े। मज़े हम लोग उड़ायेंगे।"

वह भी कई बार हम लोगों के साथ बैठकर पीता है। कभी पैसे न हों तो उसी के ख़र्चे से सामान आता है और फिर भट्टी और रवि उसका हिसाब पहली को चुकता कर देते हैं। वह बड़ी अर्थपूर्ण नज़रों से भट्टी को देख रहा है। मैं जानता हूँ, कहना चाहता है कि क्या इतना बढ़िया खाना बिना दो घूँट लगाये खाया जाये? भट्टी उससे पूछता है, "क्यों पुत्तर, कुछ सामान है!"

"क्यों नहीं, साहब! मुझे पता था आप यहीं होंगे!"

वह दरवाज़े का कुंडा अन्दर से लगाता है। शराब का एक पव्वा जेब से निकालता है। कमरे में गिलास एक ही है। भट्टी पव्वे के आधे हिस्से पर उंगल रखता है और एक ही घूँट में अपना हिस्सा ख़त्म कर देता है। बाक़ी शराब किशन एक घूँट में गटक जाता है। तब दरवाज़ा खोलकर वे दोनों चार आदमियों का खाना मिनटों में साफ़ कर जाते हैं। भट्टी मुझे देखकर कहता है, "क्यों सन्तोष! पीने का दिल तो कर रहा होगा।"

मैं मुसकरा भर देता हूँ। फिर वह किशन से कहता है, "क्यों किशन! तेरे कितने ख़र्च हुए हस्पताल में!"

किशन भट्टी की ओर गुस्से से देखकर जवाब देता है, "साहब, आपकी यही आदत मुझे पसन्द नहीं। साथ पिलाकर बैज़ती करते हैं। यह मेरे दोस्त नहीं क्या? अब बीमारी का ख़र्चा वसूल करूँगा।"

मैं भट्टी से कहता हूँ इस बात को रहने दे। उसे शायद पता नहीं कि किशन मेरे बहुत नज़दीक है। है तो उसकी चाय की दुकान, लेकिन सारा महीना मेरा हर तरह का ख़र्चा वही करता है। खानेवाले का बिल, धोबी के पैसे, रिक्शा में कहीं आऊँ–जाऊँ, उसके पैसे, यह सब किशन ही अदा करता है। जब कभी कहीं से पैसे आते हैं, उसे दे देता हूँ। यह सिलसिला अर्से से चल रहा है। फिर रवि और भट्टी शहर में नहीं होते तो अक्सर वह और वर्मा ही रात को मेरे पास होते हैं। कई बार तो उसका

हिसाब चुकाने में महीनों लग जाते हैं, जब तक कोई दोस्त अथवा विदेश की कोई पत्रिका पैसे न दे। फिर किशन बताता है कि आजकल वह रोज़ शिवजी के मन्दिर में जाता है। मेरे जल्दी ठीक होने के लिए। भट्टी उसे डाँटकर कहता है, "पुत्तर, यह तो ठीक हो ही जायेगा। मेरे लिए प्रेयर किया कर। बस, जल्दी से शादी हो जाये!"

किशन बदमाशी मुसकराहट के साथ जवाब देता है, "साहब, आपको लड़कियों की क्या कमी है?"

उसकी दुकान के ऊपर मेरा कमरा है। उसे पता रहता है कि भट्टी कब–कब, किस–किसके साथ ऊपर आता है। हम तीनों हँसते हैं। किशन को दुकान सँभालनी है, कल आने के लिए कहकर चला जाता है।

भट्टी एकदम चुप बैठा है। उसका इस तरह से चुप होना ख़तरे का संकेत है। मैं उसे कहता हूँ कि बताये, बात क्या है? वह जवाब देता है कि कोई जल्दी नहीं। मेरे ठीक होने पर बात करेगा। मैं कहता हूँ कि मुझे कुछ नहीं हुआ, अब बिल्कुल ठीक हूँ। वह बात नहीं करेगा तो मैं सारी रात डिस्टर्ब रहूँगा, ठीक से सो नहीं सकूँगा। तब वह धीमी आवाज़ में कहता है, "सुन सन्तोष! मैं शादी की सोच रहा हूँ!"

मैं थोड़ी देर के लिए परेशान हो जाता हूँ। मुझे पता है, शादी की बात बताने के साथ–साथ भट्टी और क्या सोच रहा है? शादी के बाद वह मेरा ख़र्चा नहीं चला पायेगा। मुझे जीने का ढंग बदलना पड़ेगा। अपने लिए कोई काम तलाशना पड़ेगा। लेकिन आगे की फिर देखी जायेगी। मैं पूछता हूँ, "लड़की कौन है?"

"यहीं के एक नर्सरी स्कूल में पढ़ाती है। बड़े ग़रीब घर की है। लेकिन मुझे अच्छी लगती है!"

"पहले क्यों नहीं बताया? मुझे दिखाया क्यों नहीं?" मैंने शिकायत की।

"यार, शर्म आती थी। मेरे जैसे आदमी की शादी की बात सुनकर तुम सब मज़ाक़ न उड़ाते?"

लगता है कि मुझे और अपनी शादी की बात को लेकर अब भी भट्टी कहीं परेशान है, गिल्टी महसूस कर रहा है। मैं उसे कहता हूँ, "देखो भट्टी! ऐसी बातों में बहुत नहीं सोचते। दिल 'हाँ' कहता है तो शादी कर डालो। रही मेरी बात, उसकी चिन्ता छोड़ो। अब मैं साल–भर में लगभग दो हज़ार डॉलर कमा लेता हूँ, मज़े से चल जायेगा।"

उसे थोड़ी राहत मिलती है। यह कहकर कमरे से उठ जाता है, "देखो, मेरी शादी का यह मतलब नहीं कि तुम्हारा अलाउंस टोटली बन्द। मैं जहाँ कहीं भी हूँगा, तुम्हारे लिए जब ज़रूरत पड़ेगी, जो कुछ भी होगा, करूँगा। बस, अब तुम जल्दी ठीक हो जाओ। तुम्हें यहाँ से छुट्टी मिलते ही कोर्ट में शादी कर डालूँगा।"

भट्टी कल आने के लिए कहकर चला जाता है। कमरे में रोशनी है, लेकिन मेरे अन्दर के किसी कोने में अँधेरा घुटने टेककर बैठ गया है। क्या मैं असुरक्षित महसूस कर रहा हूँ? जिप्सी ज़िन्दगी में अब क्या कोई पड़ाव तलाशना पड़ेगा? ज़िन्दगी का एक ढर्रा रहा है, न आये की ख़ुशी, न गये का ग़म। शहर पर शहर बदले हैं। जड़ें कहीं जमने का सवाल ही नहीं। जब–जब भट्टी की किसी अच्छे शहर में तब्दीली हुई है, मैं भी उस शहर में रहा हूँ। इस क्षेत्र की कमान के मुख्यालय में भट्टी दो साल पहले बदलकर आया था। मैं भी यहाँ आ गया। मैदानों से पहाड़ों में। कई बार लगा है कि यह इलाक़ा छोड़ने पर दुःख होगा। सीज़न के दो–तीन महीनों के भीड़–भड़क्के को अगर छोड़ दिया जाये तो यह शहर और यह प्रदेश बाक़ी समय लम्बी नींद सो जाता है। और मैं शायद जन्म से ही सोया हुआ हूँ। यह अरसा दराज़ तक सोया रहता प्रदेश मुझे शारीरिक और मानसिक रूप से रास आ गया है। चलो, अच्छा है। भट्टी शादी कर रहा है। अब उसकी तब्दीली होने पर मुझे यहाँ से उखड़ना तो नहीं पड़ेगा, लेकिन जमूँगा भी कैसे?

वर्मा रात रहने के लिए आता है। वह मेरी चारपाई के नीचे से फ़ोल्डिंग बैड बाहर खींचता है, खोलता है। सामने वाली दीवार के साथ बिछा लेता है। मैं उसे कहता हूँ, मुझे नींद आ रही है। वह लेट जाता है। मैं उसे बताता हूँ कि भट्टी शादी करने जा रहा है। वह उठकर चारपाई पर बैठ जाता है। एक लम्बी 'अच्छा' कहकर सिगरेट सुलगा लेता है। वह अँगूठे और उसके साथ वाली उँगली में सिगरेट दबाकर, बन्द मुट्ठी के साथ लम्बे–लम्बे कश ले रहा है। जब परेशान होता है तो ऐसा ही करता है। मेरे दोस्तों में सबसे कम वही बोलता है और वक़्त पर सबसे ठीक बात वही करता है। लेकिन इस समय इस विषय पर 'कि मेरा क्या होगा' वह बात नहीं करता। उठकर सिगरेट बाहर फेंकता है और यह कहकर लेट जाता है, "पहले तुम ठीक हो जाओ, फिर देखा जायेगा। उसकी शादी से कोई मौत नहीं आ जायेगी!"

वह लाइट नहीं बुझाता। उसे रात को कई बार उठकर मुझे देखना होता है, लेकिन रोशनी आज मेरी आँखों में चुभ रही है। उसे बन्द करने के लिए कहता हूँ। लगता है, वह 'न' कर देगा। फिर मेरा चेहरा देखता है, उठकर मेरे पास आता है, मेरा माथा छूता है, कम्बल ठीक करता है और 'रिलेक्स सन्तोष' कहकर लाइट बन्द कर देता है। वर्मा की यही अच्छी आदत है कि कभी भी बहसबाज़ी नहीं करता।

मैं शायद अधसोया था। लगता है, कमरे में कोई आया है। लेकिन ज्ञानेन्द्रियाँ गवाही देती हैं कि कोई नहीं आया। किसे आना है? वर्मा है। सोया हुआ है, तुम भी सो जाओ। कोई आया है के भ्रम को भूलो। धीरे–धीरे इन्द्रियाँ भी शिथिल पड़कर सुप्तावस्था में पहुँच जाती हैं। बाहर से सारे सम्बन्ध कट जाते हैं। मैं अन्दर की ओर लौट जाता हूँ। अचेतन मन ज़ोर–ज़ोर से संकेत देता है कि किसी ने कन्धे को छुआ है। कारण अचेतन को डाँटता है कि इसे सोने दो, कोई नहीं है, कोई नहीं छू रहा। अचेतन के संकेत अवचेतन ग्रहण करना शुरू कर देता है। इन्द्रियाँ फिर से जाग्रत होने के लिए करवट बदलने लगती हैं। अब दोनों कन्धों पर दबाव पड़ रहा है, किन्हीं उँगलियों का स्पर्श गले पर होता है। फिर मैं मुँह खोलता हूँ। अवचेतन बताता है कि उबासी लेने के लिए मुँह अपने आप खुल रहा है। खुला मुँह एक अँधेरी सुरंग के प्रवेश द्वार में बदल जाता है। बेआवाज़ क़दमों से कोई अन्दर प्रवेश कर जाता है। अवचेतन, चेतन मन को ख़बरदार करता है। एक झटके–से मेरी आँखें खुल जाती हैं और इनके खुलने के साथ ही साथ मुँह का सुरंग द्वार अपने आप खुलता है और जो कोई अन्दर गया था, बेआहट बाहर निकल जाता है। आँखें धीरे–धीरे अँधेरे की अभ्यस्त होती हैं। कमरे का दरवाज़ा दिखता है, बन्द है। अन्दर से कुंडा लगा है। खिड़की के काँच–पट लगभग दो इंच खुले हैं। वर्मा ने ताज़ा हवा के लिए खुले रखे होंगे। तो क्या खिड़की से कोई...? 'नहीं' कारण समझता है। कांच–पटों के बाहर लोहे की सलाखें लगी हैं। हवा के पंखों पर सवार होकर धुन्ध तैरती हुई कमरे में प्रवेश कर रही है। कमरे के अन्दर लाने के बाद हवा धुन्ध को अपने कन्धों से नीचे उतार देती है। और यह धुन्ध कमरे के फ़र्श पर लेट जाती है। लम्बी यात्रा करके आयी है। थक गयी है। फ़र्श पर लेटे हुए लगातार करवट

बदल रही है। थोड़ा ऊपर उठ रही है। न हवा की आवाज़ है, न किसी और चीज़ के हिलने, चलने की। हस्पताल शान्त क्षेत्र, साइलेंट ज़ोन, में है। कोई हॉर्न भी नहीं बजा सकता। हाथों पर ज़ोर देकर उठ बैठता हूँ। सिरहाने की तरफ़ लगी लोहे की पाइपों के साथ तकिया खड़ा करके अधलेटा हो जाता हूँ। खिड़की के दो इंच खुले हिस्से से धुन्ध के झीने पर्दे के आर–पार साफ़ दिखाई दे रहा है। खिड़की के बाहर वाले मकान की मुँडेर का छोटा–सा हिस्सा दिखाई दे रहा है। लगता है, वहाँ कुछ हिला है, वहाँ से आगे सरक गया है। लेकिन इससे पहले कि दृष्टि उस कुछ को बाँध कर मेरे अन्दर वापिस लाती और कोई जाना–पहचाना आकार देती, उस ख़ाली जगह को धुन्ध भर देती है।

मैंने दोनों हाथ छाती पर रखे हुए हैं। अब साफ़ महसूस होता है कि हाथ धीरे–धीरे काँप रहे हैं। इन्हें कसता हूँ, इनका हिलना बन्द हो जाता है। गर्दन के छोटे–से हिस्से पर ठण्ड चिकोटी काटती है और पीठ की ओर सरक जाती है। एक कसे हुए स्प्रिंग की तरह शरीर अपनी ही शक्ति से धीरे–धीरे काँप रहा है। पैरों पर निगाह जाती है। उँगलियाँ बाहर की ओर मुड़ी हुई हैं। इनके नीचे के हिस्से के पास दोनों पाँव की नसें उभर आयी हैं। उँगलियाँ ढीली करता हूँ, थोड़ी–सी नीचे मुड़ती हैं और उभरी हुई नसें मांस में वापिस चली जाती हैं। तनाव धीरे–धीरे सारे शरीर से बाहर निकलता है और फ़र्श पर बैठी धुन्ध में मुँह छिपा लेता है। लेकिन भय अब भी दिल–द्वार पर खट्–खट् कर रहा है।

मैं डर क्यों गया? मैं जाग क्यों गया? वह क्या था जिसकी आने की सूचना अचेतन ने अवचेतन को दी और सोयी हुई इन्द्रियों ने इसे ग्रहण करके मुझे जगा दिया। जो बीत चुका है, जो अतीत है, उसमें तो ऐसी कोई घटना अथवा दुर्घटना नहीं जो वर्तमान को कुरेदे, झिंझोड़े? अतीत की स्मृतियाँ सर्दियों के साँप की तरह कुंडली मारकर अन्दर बैठी रहती हैं। वर्तमान की कोई बात बीते कल की स्मृति से जुड़ती है तो कुंडली खुलना शुरू हो जाती है। लेकिन मेरा बीता कल तो इतिहास के पन्नों की तरह स्पष्ट है। मशीनी सूचनाओं भर से भरा हुआ। यह कल तो वह है जिसका मुझे पता है, जो मेरे जन्म के बाद आरम्भ हुआ है। कल इससे और पीछे जाता है। जातीय कल। सांस्कृतिक कल। जिस जगह हमने शरीर धारण किया है वहाँ का भौगोलिक कल। जन्म से पहले अतीत का

तो मुझे पता नहीं। जिस स्थान विशेष पर मेरा वर्तमान है, नदी के मात्र उसी जगह के बहाव का मुझे पता है। यह तो बहाव का एक अंश मात्र है जो मुझे दिखाई दे रहा है। बहाव का कहीं बँटवारा नहीं होता, सुविधा के लिए इसे भौगोलिक अथवा ऐतिहासिक नाम दे दिया जाता है। समय और बहाव को टुकड़ों में बाँटकर क्या हम इसका सम्पूर्ण स्पर्श और अर्थ महसूस कर सकते हैं, जान सकते हैं?

गले के अन्दर का हिस्सा सूखे चमड़े की तरह खुरदरा हो रहा है। छोटे–छोटे काँटे उग आये हैं। पानी का घूँट? लेकिन मेज़ बिस्तरे से दूर है। वर्मा को जगाऊँ? नहीं। पानी के बिना चल जायेगा। मैं वर्मा को देखता हूँ। वह मेरी ओर मुँह करके सोया हुआ है। उसका चेहरा और उस पर के भाव बिल्कुल शिथिल हैं। अब तक मेरा अन्दर का 'कारण' मुझ पर, मेरे भय पर हावी हो चुका है। अगर कमरे में कोई आया होता तो क्या वर्मा जाग न जाता? उसकी नींद तो बहुत 'कच्ची' है।

मैं शायद बिन जाने वर्मा को बहुत देर से देखे जा रहा हूँ। उसके सोये होने पर भी उसका शरीर मेरे 'देखने' को ग्रहण कर लेता है। वह बिना हिले–जुले आँखें खोलता है। मेरी ओर देखता है। एक हाथ के पिछले हिस्से से आँखें मलता है और मुझे अधलेटा देखकर उठ बैठता है।

"क्या हुआ सन्तोष?"

"पहले लाइट जलाओ!"

कमरे में रोशनी हो जाती है, लेकिन फ़र्श पर बैठी धुन्ध इस रोशनी को मटमैला कर देती है।

"क्या बात है? तुम उठकर क्यों बैठे हो? मुझे जगाया क्यों नहीं? दर्द तो नहीं हो रहा!"

मैं उसे कोई जवाब नहीं देता। शायद भय का अँधेरा उसे मेरे चेहरे पर दिखाई देता है। उठता है, मेरी चारपाई के बाज़ू पर बैठ जाता है। वह मेरी ओर लगातार देख रहा है। उसे पता है कि मैं किसी भी सवाल का जवाब तब देता हूँ जब मुझे जवाब देने की ज़रूरत महसूस हो, नहीं तो सवाल सुनकर भी अनसुना कर देता हूँ। मैं उसे बताना चाहता हूँ कि मैं जागा क्यों? लेकिन शब्द ध्वनि ग्रहण करने से पहले डर जाते हैं, मुँह से बाहर नहीं निकलना चाहते। दोनों पैरों की उँगलियाँ फिर अकड़ जाती हैं, छाती पर रखे हाथ फिर से कस जाते हैं और 'अन्दर' डाँटता है कि यह

भय तुम्हारा निजी है, अपना है, इसको किसी और के साथ भोगा–बाँटा नहीं जा सकता। लेकिन बीमार शरीर 'अन्दर' की आज्ञा मानने में असमर्थ और असफल है, हथियार डाल देता है। वर्मा मेरे दोनों हाथ पकड़कर मेरी छाती से हटा देता है और इन्हें बिस्तरे पर रख देता है। वह अब भी मेरे जवाब का इन्तज़ार कर रहा है।

"कोई अन्दर आया था वर्मा?"

उसकी आँखों में हैरानी दिखती है, "कब? मुझे तो पता नहीं!"

वह समझता है कि सचमुच कोई शरीर–धारी अन्दर आया था। अगर ऐसा है तो उसे तो पता चलना चाहिए, क्योंकि उसकी नींद बहुत कच्ची है, हमेशा हल्की–सी आहट पर खुल जाती है।

कहता है, "दरवाज़ा किसने खोला? तुम उठे थे क्या?"

"नहीं! दरवाज़ा तो बन्द है। लेकिन कोई आया था।"

अब हैरानी की जगह उसकी आँखों में डर फैल जाता है। वह मेरा माथा छूता है, हाथ झट–से पीछे खींच लेता है, "तुम्हें तेज़ बुख़ार है। ज़रूर कोई बुरा सपना देखा होगा।"

मेरे शरीर के तनाव को 'बुरा सपना' शब्द सोख लेते हैं। शब्दों का बहुत बड़ा सहारा होता है। चाहे वे सही कार्यकारण सम्बन्ध न बता पाते हों लेकिन हमें सांत्वना तो देते हैं। मैं उससे कहना चाहता हूँ कि सामने की छत के मुँडेर के एक हिस्से पर मैंने कुछ हिलता देखा था। लेकिन 'बुरा सपना' शब्द मलहम की तरह इन्द्रियों को सुखद स्पर्श देता है, चेतन सारी बात को धकेलकर वापिस अवचेतन में फेंक देता है और बीता कल फिर से कुंडली मारकर सो जाता है।

वर्मा खड़ा हुआ सिरहाना हिलाता है, मुझे भी नीचे सरकाकर सीधा लिटा देता है।

मैं उससे समय पूछता हूँ। वह घड़ी देखकर बताता है, "दो बजे हैं।"

वह फिर मेरा माथा छूकर देखता है, "बुख़ार तेज़ है। नर्स को बुलाता हूँ!"

"रहने दो। सुबह देखा जायेगा!"

उसके माथे पर वल पड़ते हैं। न वह फ़िज़ूल बात करता है और न सुनता है। 'आई नो बैटर' कहकर नर्स को बुलाने चला जाता है।

वह काली नर्स के साथ वापिस आता है। अब उस नर्स की गर्दन एक टेढ़े कोण पर अकड़ी हुई नहीं। उसे पता है कि मैं वी.आई.पी. पेशेंट,

महत्त्वपूर्ण मरीज़ हूँ। लेडी गवर्नर जो मुझे देखने आ चुकी हैं। वह थर्मामीटर लगाती है, थोड़ी देर बाद मुँह से निकालती है और मेरे चेहरे को ध्यान से देखती है। वर्मा के पूछने पर कि बुख़ार कितना है, वह बताती नहीं। मुझे पूछती है, "और कैसा लग रहा है?"

बताता हूँ, मुझे वॉमिटिंग सेंसेशन हो रही है। फिर मुँह खुलता है, नर्स और वर्मा मेरा सिर ऊँचा करते हैं। गले में जैसे कुछ अटक गया है, 'हाँ–हाँ' की आवाज़ निकलती है, लेकिन बाहर कुछ नहीं आता। भरे हुए गले में से कुछ छाती में नीचे लौट जाता है और मैं निढाल हो जाता हूँ। नर्स जानती है, ताज़ा–ताज़ा ऑपरेशन हुआ है, उल्टी आना, बुख़ार चढ़ना ठीक नहीं है। ऑपरेशन–पश्चात् ऐसी बातें मरीज़ के लिए ख़तरनाक होती हैं। वह वर्मा से कहती है, "आप इनका ध्यान रखें। मैं डॉक्टर मेहरा को बुलाती हूँ।"

"इतनी रात गये। सुबह बुला...", वह मेरी बात बीच में काटती है, "डॉक्टर साहब का मकान हस्पताल में ही है। फिर उन्होंने कहा हुआ है कि कुछ बात हो तो उन्हें फ़ौरन बुलाना है!"

वह बाहर जाती है। मेरा माथा गीला हो रहा है। वर्मा तौलिए से पोंछता है। कहता है कि मैं बिल्कुल ठीक था, यह बुख़ार और उल्टी आने की क्या वजह है? वह कमरे के कोने में बड़ा–सा ख़ाली हुआ पड़ा टिफ़िन देखता है। मैं उसे बताता हूँ, भट्टी और किशन ने यहीं खाना खाया था। उसके माथे पर बल पड़ जाते हैं, "तुमने उनके साथ कुछ ली तो नहीं?" 'ली' से उसका मतलब शराब से है। मैं ज़ोर–से 'न' में सिर हिलाता हूँ। वह मान लेता है। उसे पता है, मैं उसके साथ झूठ नहीं बोलता।

डॉक्टर मेहरा आती है। सिर पर ऊन का बना स्कार्फ़ बाँध रखा है। चेहरे का सुनहरा सेब काले कपड़े में लिपटा हुआ। वह कुर्सी खींचकर मेरे पास बैठती है। नर्स चार्ट आगे बढ़ाती है। उसे शायद चार्ट में दर्ज बुख़ार पर विश्वास नहीं होता, ख़ुद थर्मामीटर लगाकर देखती है। फिर स्टेथस्कोप लगाकर धड़कन देखती है, नर्स को ब्लड–प्रेशर यन्त्र लाने के लिए कहती है। मेरे जिस्म के हर अंग पर जैसे अंगारे रख दिये गये हैं और अन्दर से भाप निकल रही है। वह वर्मा के हाथों से तौलिया लेती है, मेरा कुरता ऊपर उठाकर छाती पोंछती है। पूछती है, खाया क्या था? मरी हुई आवाज़ में बताता हूँ सिर्फ़ सूप पिया था। नर्स वापिस आती है।

वह मेरी दायीं बाँह पर मोटी–सी पट्‌टी लपेटकर रक्तचाप देखती है। नर्स को कोई टीका लाने के लिए भेजती है। वर्मा पूछता है, "क्या ब्लडप्रेशर है, डॉक्टर साहब?"

"हाँ, बहुत है। पहले भी कभी हुआ है क्या?"

वर्मा उसे बताता है कि आज तक मुझे यह बीमारी नहीं हुई।

"आपको इन्होंने जगाया क्या?" वह वर्मा से पूछती है।

"नहीं। मेरी नींद अचानक खुल गयी। देखा, यह बैठा हुआ है। बहुत डरा हुआ लग रहा था।"

"डरा हुआ? डरने की क्या बात हो गयी?"

"कहता है, कमरे में कोई आया था। दरवाज़ा तो अन्दर से बन्द था। कोई कैसे आ सकता है? मुझे लगता है, इसने कोई नाइटमेयर देखा होगा।"

मैं डॉक्टर मेहरा के चेहरे को देखता हूँ, उसकी सारी परेशानी ख़त्म हो चुकी है और वह मुसकराती है। होंठ के कोने में दाँत पर चढ़ा दाँत मखमल पर रखे मोती की तरह चमकता है। वह बहुत आश्वस्त दिखाई दे रही है। मैं डर जाता हूँ क्योंकि मुझे पता चल जाता है कि कमरे में किसी के आने की बात को वह सच समझ रही है। वर्मा की तरह इसे भयानक सपना कहकर टाल नहीं रही। लेकिन इसे कैसे विश्वास हो गया है कि कमरे में कोई आया था? क्या सचमुच कोई बन्द दरवाज़े से अन्दर आ सकता है? डॉक्टर होकर इस तरह की बात का यक़ीन वह क्यों कर सकती है?

उसने मेरे दोनों हाथों को अपने हाथों में पकड़ रखा है। इन्हें धीरे–धीरे मल रही है। फिर वह मेरा कुरता उठाकर पेट और छाती पर हाथ फेरती है। शरीर के अन्दर कुछ चलता महसूस हो रहा है। अब वह मेरे चेहरे पर हाथ फेर रही है। जहाँ–जहाँ उसका स्पर्श हो रहा है, जलते हुए अंगारे बुझते जा रहे हैं। वह एक हाथ की उँगलियाँ फैलाकर मेरी दोनों आँखों को हल्के–से दबाती है। मेरा मुँह खुलता है और मुझे साफ़ पता चल जाता है कि खुले मुँह से 'कोई' बाहर निकल गया है। अब जिस्म पर पसीना आना बन्द हो गया है, अकड़े हुए अंग शिथिल हो गये हैं। महसूस होता है, ब्लडप्रेशर ठीक हो गया है। अब छटपटाने का अहसास ख़त्म हो गया है। क्या इसके हाथों में कोई दैवी शक्ति है? स्पर्श–मात्र से क्या किसी शक्ति को इसने मेरे शरीर के अन्दर भेज दिया है? नर्स

टीका ले आयी है। डॉक्टर मेहरा फिर मेरा ब्लडप्रेशर लेती है। बिल्कुल आश्वस्त लगती है। नर्स को कहती है, "अब इंजैक्शन की कोई ज़रूरत नहीं। सुबह तक अपने आप इनका बुख़ार उतर जायेगा।" नर्स वापिस चली जाती है। डॉक्टर मेहरा कम्बल खींचकर मेरे गले तक कर देती है। पूछती है, अब कैसा लग रहा है? मैं ठीक आवाज़ में बताता हूँ, अब कोई जलन और परेशानी नहीं। वह वर्मा से कहती है, "अब आप भी आराम से सोयें। यह बिल्कुल ठीक है!"

वर्मा अपनी चारपाई पर बैठ गया है। डॉक्टर के उठने की इन्तज़ार कर रहा है ताकि वह लेट सके। वह मेरी आँखों पर उँगलियाँ रखती है, बर्फ़ के छोटे टुकड़ों की तरह सर्द। फिर कहती है, "अब मैं जाऊँ, सन्तोष?"

उसने पहली बार मुझे नाम लेकर पुकारा है। अजीब लगता है। मैं मरीज़ों की पंक्ति से निकलकर व्यक्ति–विशेष बन गया हूँ। फिर मैं हैरान होता हूँ कि उसे मुझसे पूछने की क्या ज़रूरत है कि जाये? डॉक्टर मरीज़ों के कहने पर आते हैं, जाते तो अपनी मर्ज़ी से हैं, बिना पूछे। मैं 'हाँ' में सिर हिलाता हूँ। मेरी सारी इन्द्रियाँ सुप्तावस्था के किनारे पर पहुँच चुकी हैं। वह उठती है। बेआवाज़ क़दमों के साथ बाहर निकली है किसी डिटेक्टिव की तरह। अचेतन इस ध्वनिहीन ध्वनि को ग्रहण करता है और अवचेतन की ओर उछालता है। जो कोई बन्द दरवाज़े से कमरे में आया था, उसका आना भी ध्वनिहीन था। तो क्या डॉक्टर मेहरा ही...? मैं इससे आगे सोचने को ख़ुद 'स्टूपिड बास्टर्ड' कहकर रोक देता हूँ। इसके बाद मैं बाक़ी रात निद्रा के काले पालने पर धीरे–धीरे झूलता रहता हूँ।

खुली खिड़की से अन्दर आती रोशनी की लकीरें मेरी आँखों में उँगलियाँ चुभोती हैं। आंखें खोलता हूँ। खिड़की से आसमान का एक टुकड़ा दिखाई देता है। नीली चादर धोकर सूखने के लिए डाली हुई है। वर्मा उठकर शायद बाहर गया है। एक अधेड़ उमर की औरत अन्दर आती है, हाथों में थर्मस है। वह काँच के चमचमाते दो गिलास मेज़ पर रखती है। मैं उसे सवालिया निगाहों से देख रहा हूँ। वह बताती है, "डॉक्टर मेहरा ने चाय भेजी है!" वह थर्मस खोलकर चाय गिलास में डालती है, मुझे पकड़ाती है और चली जाती है। वर्मा वापिस लौटता है, चाय देखता है, मुझे देखता

है और बिना बोले सवाल करता है। मैं बताता हूँ, डॉक्टर मेहरा के यहाँ से चाय आयी है।

चाय पीने के बाद वह शेव का सामान निकालता है। गर्म पानी लेने बाहर जाता है। वर्मा बिल्कुल सलीके से जीता है। रात को सोने के लिए आता है तो सुबह बदलने के कपड़े साथ ले आता है। सवेरे–सवेरे नहा–धोकर तैयार हो जाता है तो लगता है यह आदमी रात को सोया ही नहीं। वह मग में गर्म पानी लिये वापिस आता है। फिर मेरे चेहरे को देखकर कहता है, "चलो, आज तुम्हारी शेव कर डालूँ!"

मैं उसे कहता हूँ इसकी कोई ज़रूरत नहीं। वह मेरा कहा सुनता ही नहीं। मेरी बग़लों के नीचे हाथ रखकर मुझे बिठाता है, गोद में तौलिया रखता है। मैं उसे फिर रोकता हूँ, वह कहता है, "अपनी सूरत देखी है? मुरदों के बादशाह लगते हो!"

वह शेव के बाद मेरा सारा जिस्म गीले तौलिये से पोंछता है। शायद वह मेरे कमरे से मेरे कपड़े कल ही ले आया था। कुरता बदलता है। मुझे पीला रंग अच्छा लगता है। सारे कुरते इसी रंग के हैं। फिर अपनी पैंट की जेब से कंघी निकालकर मुझे पकड़ाता है और बाल ठीक करने के लिए कहता है। अब वह मुझे नीचे से ऊपर देखता है, जैसे कोई फ़ोटोग्राफर किसी मॉडल को देख रहा हो। कहता है, "यार, पता ही नहीं चलता कि यह पीला कुरता कहाँ ख़त्म होता है और तुम्हारा जिस्म कहाँ शुरू होता है? बिल्कुल मैचिंग कलर है!"

हम दोनों हँसते हैं। वर्मा चुस्त फ़िक़रे कहने में माहिर है। वह बताता है, आठ–दस दिनों में मुझे यहाँ से छुट्टी मिल जायेगी। तब सीरियस होकर पूछता है, "लेकिन इसके बाद क्या होगा?"

मैं यह बात सुनकर हैरान होता हूँ, 'बाद क्या होगा' का मतलब क्या?

वह कहता है, "डॉक्टर ने बिल्कुल सादा खाना खाने को कहा है। मिर्च–मसाला निल। होटल में ऐसा खाना कहाँ मिलता है?"

"डोंट बी अ फूल। डॉक्टरों का कहा मानो तो साँस लेना भी बन्द करना पड़ जाये। टू हैल विद दैम!"

वर्मा थोड़ा उदास हो जाता है। उसे पता है मैं जीऊँगा बिल्कुल वैसे ही, जैसे चाहता हूँ। इसमें किसी की सलाह या दख़ल देने का सवाल ही नहीं उठता। वह अपनी तरह कई बार मुझे भी सलीके से जीने के लिए

कह चुका है लेकिन असफल रहा है। अब इस बारे में बहस नहीं करता।

राजभवन से नाश्ते का टिफ़िन लेकर अर्दली आता है। वह पूछता है कि क्या रात को मेरी तबीयत ख़राब हुई थी? मैं और वर्मा हैरान होकर उसे देखते हैं। वह बताता है सुबह–शाम 'मैम साहब' डॉक्टर मेहरा से मेरा हाल फ़ोन पर पूछती है। आज सुबह फ़ोन की थी तो डॉक्टर मेहरा ने बताया था, रात को आप बीमार हो गये थे। हम नाश्ता ख़त्म करते हैं। वह जाते हुए बताता है कि 'मैम साहब' आज दोपहर को देखने आयेंगी। मैं वर्मा को भी घर जाने के लिए कहता हूँ। 'घर से कुछ चाहिए तो नहीं' पूछकर वह उठ खड़ा होता है और रात को आने के लिए कहकर जाने ही लगता है कि राउंड पर दोनों डॉक्टर कमरे में आते हैं, नर्स साथ है। डॉक्टर मनचन्दा मुझे साफ़–सुथरा देखकर हँसते हैं।

'क्यों साहब! क्या आज ही हस्पताल छोड़ने का प्रोग्राम है? लगता है किसी पार्टी में जा रहे हैं। इस पीले कुरते में तो आप किसी योगी के फ़िल्मी चेले दिखते हैं।"

डॉक्टर मेहरा के होंठों पर भी मुसकान है, केवल डॉक्टरों वाली मशीनी मुसकान नहीं, कहीं कुछ निजीपन भी है। वह मेरी ओर अख़बार बढ़ाकर कहती है, "आपने बताया ही नहीं, आप इतने बड़े राइटर हैं!"

पहले सफ़े पर मेरे बीमार होने की ख़बर है। क्योंकि लेडी गवर्नर मुझे देखने आयी थी, इसलिए मैं जो अंग्रेज़ी में लेख–वेख लिखता हूँ, बड़ा राइटर बन गया हूँ। इस शहर में ख़बरें कम ही होती हैं। यहाँ का पत्रकार रोज़ पुलिस–स्टेशन और हस्पताल का एक चक्कर काटता है, उसे यहाँ के किसी कर्मचारी ने बताया होगा कि लेडी गवर्नर मुझे देखने आयी थीं। बस, मैं एक मरीज़ से 'ख़बर' बन गया।

मैं डॉक्टर मनचन्दा से कहता हूँ, "डॉक्टर साहब, आपका भी नाम है। लिखा हैं, सर्जन मनचन्दा के अनुसार अब कोई ख़तरा नहीं। फ़ेमस राइटर जल्दी ठीक हो जायेगा।"

वह क़हक़हा लगाकर कहते हैं, "तब तो भाई थोड़े दिन और यहाँ रहो। देखो न, पहली बार अखबार में मेरा नाम आया है, तुम जैसे राइटर कभी–कभार हाथ चढ़ते रहें तो मैं जल्दी ही डायरेक्टर बन जाऊँगा।"

जवाब वर्मा देता है, "डॉक्टर साहब, यह राइटर नहीं टाइप राइटर है!"

"क्यों?" डॉक्टर मेहरा हैरान होकर पूछती है।

"बाहर की पत्रिकाओं में छपता है। अंग्रेज़ी में हिन्दुस्तान के बारे में जो भी ट्रैश लिखता है, छप जाता है।"

"साहब, बाहर वाले ट्रैश तो छापते नहीं।" डॉक्टर मनचन्दा कहते हैं।

"इसका लिखा बड़ा कैल्कुलेटेड होता है। अब देखिए न, बिल्लियों की सेक्स हैबिट्स, फ़िल्मी गायिका लता मंगेशकर और हिन्दुस्तानी हिजड़ों वग़ैरह पर यह लिखता है, छप जाता है, और अच्छे–ख़ासे डॉलर आ जाते हैं। ऐसे लेखों का कहीं कोई तालमेल है आपस में? तो फिर यह राइटर कहाँ हुआ, टाइप राइटर ही है न!"

डॉक्टर मनचन्दा की छतफाड़ हँसी बुलन्द होती है। वह मुझे कहते हैं, "आप लेटे क्यों हैं? उठिए। कमरे में थोड़ा–सा चलिए। थोड़ी देर कुर्सी पर बैठिए!"

"डॉक्टर साहब, रात को इसकी तबीयत ख़राब हो गयी थी। उठने से कहीं... ।"

वर्मा की बात बीच में काटकर डॉक्टर मनचन्दा, डॉक्टर मेहरा से पूछते हैं कि क्या हुआ था। वह बताती है, शायद मैंने कोई नाइटमेयर देखा था, ब्लडप्रेशर बढ़ गया था।

डॉक्टर मनचन्दा मुझे कहते हैं, "अरे भाई, बिल्लियों की सेक्स–हैबिट्स जैसे लेख लिखोगे तो नाइटमेयर ही आयेंगे। चलो, उठो। कुछ नहीं हुआ!"

वह ख़ुद मुझे सहारा देकर उठाते हैं। नीचे पैर रखता हूँ। वह दोनों हाथ पकड़कर खड़ा करते हैं। शरीर हिल रहा है, पैर वज़न नहीं सँभाल रहे। डॉक्टर मनचन्दा मुझसे चार क़दम दूर खड़े हो जाते हैं और अपने तक क़दम उठाने के लिए कहते हैं। मेरे हर क़दम पर ऐसे शाबाशी देते हैं, जैसे छोटे बच्चे को दी जाती है। मैं उन तक पहुँचता हूँ। अब वह कुर्सी पास खींच लेते हैं, मुझे बिठाते हैं। पूछते हैं, "चलने से पेट के ज़ख़्म में खींच तो नहीं पड़ी!"

"नहीं, लेकिन साँस चढ़ गया है। बहुत थकावट हुई है।"

"अरे साहब, लेटे–लेटे राजभवन का खाना खाते रहेंगे तो चलने पर थकावट तो होगी ही।" फिर मुझे समझाते हैं, "आजकल मरीज़ को ऑपरेशन के दूसरे–तीसरे दिन हम लोग चलाना शुरू कर देते हैं। नयी–नयी दवाइयाँ आ गयी हैं। बहुत जल्दी अन्दर से वूंड्स सुखा देती हैं। अब थोड़ी देर कुर्सी पर ही बैठो। जब थक जाओ तो अपने आप बिस्तरे पर जाना। और

हाँ, किसी के साथ शाम को ज़रा कमरे के बाहर टहल लेना, बट डोंट टायर योर सेल्फ!"

फिर डॉक्टर राधा मेहरा उन्हें बताती हैं कि ए. डी. सी. कैप्टन सिंह का फ़ोन आया था। लेडी गवर्नर ग्यारह बजे के आसपास मुझे देखने आयेंगी। डॉक्टर मनचन्दा मुझे छेड़ते हैं, "आपने तो हमारे लिए मुसीबत खड़ी कर दी है। सारा हस्पताल रगड़–रगड़कर चमकाना पड़ता है। यहाँ कौन रोज़–रोज़ लेडी गवर्नर आती हैं?"

वर्मा घर पर चला जाता है। बरामदा और साथ के कमरे धुलने की आवाज़ें आ रही हैं। फिनायल की कड़वी ख़ुशबू मेरे कमरे तक पहुँच रही है। फिर दो आदमी मेरा कमरा साफ़ करने के लिए पहुँचते हैं। गीले कपड़े से इसे चमकाते हैं। और तो और, वह बिजली के स्विच को भी, जिस पर धूल पड़ी हुई है, पोंछकर साफ़ करते हैं। उनके जाने के बाद डॉक्टर राधा मेहरा कमरे का मुआयना करने पहुँचती है। उसकी निगाह कमरे में घूमती है, 'सब ठीक है' का भाव चेहरे पर आता है। आँखें फूलदान पर टिकती हैं। पहले के फूलों की गर्दनें नीचे लटकी हुई हैं। वह पुराने फूल निकालती है, बाहर जाती है और ताज़ा फूलों के साथ वापिस लौटती है। चारों ओर छोटे–छोटे डॉग–फ़्लावर्ज़ लगाती है और इनके बीच चमकता हुआ लाल–सुर्ख गुलाब। लगता है कमरा ख़ुश हो गया है। मुझे कहती है, "सन्तोष, थकावट हो रही है क्या? बिस्तरे पर लिटा दूँ?"

मैं 'हाँ' में सिर हिलाता हूँ। वह मेरे दोनों हाथ पकड़कर उठाती है। मैं उसके बिल्कुल क़रीब खड़ा हूँ। मेरे पीले कुरते के रंग में उसका सुनहरे सेब का रंग समाये जा रहा है। एक वाहियात–सी इच्छा होती है कि उसका हाथ पकड़े थोड़ी देर और खड़ा रहूँ। फिर सिर झटककर इस इच्छा को निकाल बाहर फेंकता हूँ। मुझे इसका हाथ पकड़कर क्या लेना? वह डॉक्टर, मैं मरीज़। हमारा प्रोफ़ेशनल सम्बन्ध है। मैं उसके सहारे क़दम उठाकर बिस्तरे तक पहुँचता हूँ। वह मुझे लिटाती है। उसका चेहरा देखता हूँ। मुसकरा रही हैं। घबरा जाता हूँ। यह औरत क्या सचमुच डिटैक्टिव है? मेरी चोर–इच्छा क्या इसे पता चल गयी है? बिल्कुल उसी तरह मुसकरा रही है जैसे हम किसी का कोई रहस्य भाँप लेने पर सुपीरियर ढंग से मुसकराते हैं।

मैं कोई बात करने के लिए कहता हूँ, "डॉक्टर, भगवान ने आपके हाथों में क्या मैजिक की शक्ति दी है? रात आपके छूने भर ने मुझे ठीक कर दिया।"

वह थोड़ा गम्भीर हो जाती है। कहती है, "हाँ, लेकिन यह शक्ति मेरे हाथों में हर वक़्त नहीं रहती। किसी विशेष क्षण और स्थिति में आती है। इसके लिए बहुत साधना की है।"

मैं चुप हो जाता हूँ। वह औरत कैसी रहस्यमयी है? पेशे से डॉक्टर है, लेकिन बातें संन्यासियों की तरह करती है, उनकी चमत्कारिक शक्तियों में, लगता है विश्वास भी करती है। अन्दर से चेतावनी मिलती है कि ऐसे लोगों के संसर्ग से दूर रहना चाहिए। इनका सम्पर्क हमारे अन्दर को हमेशा डिस्टर्ब करता है। मेरे अन्दर का भय शायद वह भाँप लेती है, कहती है, "आज से आप आराम से सोयेंगे। आपको कुछ भी डिस्टर्ब नहीं करेगा। अब आप बिल्कुल नॉर्मल हैं।"

मैं विरोध में बोलना चाहता हूँ। उसे क्योंकर पता चल गया है कि अब मुझे कुछ भी डिस्टर्ब नहीं करेगा? वह तो ऐसे बोल रही है जैसे कल उसने ख़ुद मुझे डिस्टर्ब...! लेकिन इससे आगे सोचने से मैं इनकार कर देता हूँ। उसकी दुनिया का जो कोई भी है, जैसी है, मुझे इसके बारे में कुछ नहीं जानना। मेरे अन्दर ख़तरे के छोटे–छोटे सिग्नल आ रहे हैं, मुझे 'बचकर' रहने की चेतावनी दे रहे हैं।

तभी कैप्टन सिंह कमरे में आता है, निगाह घुमाकर 'सब ठीक है' देखता है और बाहर चला जाता है। लेडी गवर्नर आती है, रवि भी साथ है, डॉक्टर मनचन्दा भी। हस्पताल का बहुत सारा स्टाफ़ कमरे के बाहर खड़ा है। डॉक्टर मेहरा उनका अभिवादन करती है। किसी और के कुछ बोलने से पहले रवि दो डग भरकर मेरे पास पहुँचता है। मैं मिलाने के लिए हाथ उठाता हूँ, वह इसे दोनों हाथों में पकड़ लेता है, दबाये खड़ा है। उसका सारा प्यार, सारी दोस्ती उसके हाथों के माध्यम से मेरे शरीर में आ रही है। वह माँ से शिकायत करता है, "ममा, तुमने मुझे फ़ोन करके उसी दिन बुला क्यों नहीं लिया?"

"बेटा, मुझे ख़ुद दूसरे दिन पता चला। और फिर तुम़ छुट्‌टी पर पहुँच तो रहे थे।"

उनके हाथों में आज भी फूलों का गुच्छा है। फूलदान देखती हैं। उसमें लगे ताज़ा फूल देखती हैं। राधा को देखती हैं। मुसकराती हैं। जवाब में राधा भी मुसकराती है। वह कहती हैं, "डॉक्टर मेहरा, आप तो बहुत स्यानी हो गयी हैं। अब मेरे फूलों को अपने घर में लगा लेना।"

फिर वह उससे पूछती हैं, रात को मेरी तबीयत ख़राब क्यों हो गयी थी? क्षणभर के लिए मुझे भ्रम हुआ जैसे राधा के चेहरे पर कसूरवार होने का भाव आया हो। फिर वह उन्हें बताती है, ख़ास कुछ नहीं हुआ था, थोड़ा बुख़ार आ गया था। अब सब ठीक है। वह डॉक्टर मनचन्दा से पूछती है, "क्यों डॉक्टर मनचन्दा, ज़रूरत हो तो यहाँ के मिलिटरी हस्पताल के किसी एक्सपर्ट को बुला लें?"

डॉक्टर मनचन्दा उन्हें हौसला देते हैं कि इसकी कोई ज़रूरत नहीं। बताते हैं कि आज मैं चार क़दम चल भी लिया हूँ। यह सुनकर उनके चेहरे से चिन्ता दूर हो जाती है।

मुझे कहती हैं, "मेरे अच्छे बेटे, मेरे सामने उठकर दिखा। मेरे सामने चलेगा तो ही मुझे हौसला आयेगा।"

रवि मुझे उठाने के लिए हाथ बढ़ाता है। डॉक्टर मनचन्दा उसे सिर के इशारे से रोक देते हैं। मैं बिस्तर से उठता हूँ। पाँव नीचे रखता हूँ। थोड़ा काँपते हैं। लेकिन इतने देख रहे हैं, शर्म मुझे ताक़त देती है और चार क़दम चलकर कुर्सी तक पहुँचता हूँ। बैठ जाता हूँ। रवि की माँ मेरे सिर पर हाथ फेरती हैं, कहती हैं, "ग्रेट, बेटे यहाँ से छुट्टी मिलते ही तुमने हमारे पास ठहरना है। रवि भी पन्द्रह दिन की छुट्टी आया है। साथ–साथ रहेंगे।"

फिर वह डॉक्टर मेहरा से कहती हैं, "देखो डॉक्टर मेहरा, इसे ठीक करना तुम्हारी पर्सनल जिम्मेवारी है। तुम और डॉक्टर मनचन्दा न होते तो मैं इसे मिलिटरी हॉस्पिटल में शिफ़्ट करवा देती। हाँ, यहाँ से कब छुट्टी मिलेगी?"

जवाब डॉक्टर मनचन्दा देते हैं, "मैडम, सात–आठ दिन और लगेंगे। टाँके खोलने के बाद यह जा सकते हैं!"

वह पूछती हैं कि नाश्ता और खाना ठीक पहुँच जाता है न? मैं हाँ में सिर हिलाता हूँ। फिर राधा मेहरा से पूछती हैं कि फल और टॉनिक वग़ैरह

कौन–से देने हैं? डॉक्टर मेहरा बताती है। "थोड़ी देर में पहुँच जायेंगे" कहकर वह ए.डी. सिंह की ओर देखती हैं। कैप्टन सिंह "आप फिक्र न करें" कहता है। वह रवि की ओर देखती हैं। आँखों–आँखों में पूछती हैं, साथ चलना है कि नहीं? रवि कहता है, "ममा, मैं अभी यहीं ठहरूँगा। आप मेरा लंच भी यहाँ भिजवा दें।"

फिर वह कैप्टन सिंह से कहती हैं कि यहाँ के क्लास फ़ोर कर्मचारियों को मिठाई का एक–एक डिब्बा दिया जाये, आज शाम तक। कैप्टन सिंह "यस मैडम, हो जायेगा" कहता है। वह सबको विश करके चली जाती हैं। राधा अभी भी कमरे में खड़ी है। रवि कहता है, "डॉक्टर साहब, अब चाय आप ही पिलवाइये। इस साले के पास तो चाय मँगवाने के पैसे भी न होंगे।"

राधा मुसकराकर कहती है, "अभी नौकर को घर भेजती हूँ। थर्मस भरकर ले आयेगा।"

"सन्तोष, ख़र्चे का कैसे चल रहा है?" मैं उसे बताता हूँ, दवाइयों के बिल उसकी माँ के पास भेज दिये जाते हैं, वहीं पे करती हैं। वह मुझे डाँटता है, "अरे गधे, माँ से कैश पैसे लेने थे न। दवाइयाँ हम डॉक्टर मेहरा से रिक्वेस्ट करके हस्पताल से ले लेते। यू आर ए ब्लडी मोरोन!"

मैं हँसता हूँ, राधा हँसती है। वह समझती है, रवि मज़ाक़ कर रहा है, मुझे पता है वह सच बोल रहा है। पैसे वह हमेशा से फूँकता है, हमेशा हाथ ख़ाली रहता है, हमेशा किसी–न–किसी बहाने माँ से पैसे 'माँगे' जाते हैं। राधा फिर आने के लिए कहकर चली जाती है। रवि मुझे बताता है, उसकी प्रमोशन हो गयी है, पिछले हफ़्ते ही वह स्क्वाड्रन लीडर बना है। मैं पूछता हूँ कि जल्दी प्रमोशन कैसे हो गयी? वह तो अगले साल उम्मीद कर रहा था। वह हँसकर बताता है कि लैंडिंग करते हुए उसने एक और जहाज़ तोड़ा है, बस, प्रमोशन हो गयी। याद नहीं, पिछली लड़ाई में उसने जहाज़ तोड़ा था तो 'वीरचक्र' मिला था। रवि की शुरू से यह आदत रही है कि अपने बारे में बहुत कम बताता है। यह मुझे पता है कि वायुसेना में उसका बहुत नाम है, वह मास्टर ग्रीन पायलेट है। पिछली लड़ाई में उसने शत्रु के चार सेबर विमानों पर अकेले आक्रमण कर दिया था। उनकी फ़ॉर्मेशन, ब्यूह रचना तोड़ डाली थी, एक जहाज़ मार किराया था। उसके अपने जहाज़ में लगभग पचास सूराख़ हो गये थे। एक विंग भी आधा टूट गया था, लेकिन फिर भी वह इस टूटे हुए विमान को अपने

अड्डे पर वापिस लाने और नीचे उतारने में सफल हो गया था। रूस के तकनीकी कर्मचारी उन दिनों यहीं थे। मिग भी रूस का ही था। टूटे जहाज़ को देखकर उन्होंने कहा था कि इसे नीचे उतारना असम्भव है, मिरेकल है। मैं जानता हूँ, उसकी जल्दी प्रमोशन भी किसी विशेष घटना पर हुई होगी, जहाज़ तोड़ने की बात कहकर टालना चाहता है, अपने बारे में कुछ बखान नहीं करना चाहता।

मैं उसे बताता हूँ, भट्टी शादी कर रहा है। रवि 'ब्लडी बास्टर्ड' कहकर गम्भीर हो जाता है। जानता हूँ, मेरे बारे में मेरे ख़र्चे के बारे में सोच रहा है। मैं उसे हिसाब–किताब देता हूँ कि आजकल साल भर में लगभग दो हज़ार डॉलर आ जाते हैं। चल जायेगा। वह कहता है कि देखा जायेगा। वक़्त पड़ा तो माँ से कहकर मुझे कोई नौकरी दिलवायी जा सकती है। हम दोनों नॉर्मल हो जाते हैं। वह कहता है, "यार, यह तेरी डॉक्टर बड़ी ए–वन औरत है। दिल करता है, मैं भी कोई छोटा–मोटा ऑपरेशन करा डालूँ। यह चक्कर क्या है? डॉक्टर कब से मरीज़ों को अपने घर से चाय भेजने लगे हैं।"

मैं उसे बताता हूँ कि राधा विधवा है। वह 'ओह' करके चुप हो जाता है। फिर बताता हूँ, चक्कर–वक्कर कोई नहीं। यह सारी विशेष सेवा उसकी माँ के कारण हो रही है। लेडी गवर्नर मुझे देखने आती हैं, इसलिए मैं वी.आई.पी. मरीज़ हूँ। घर से चाय भेजकर मुझे नहीं, लेडी गवर्नर को ख़ुश किया जा रहा है। रवि हाँ में सिर हिलाता है। उसे भी पता है, मैं अपने बारे में किसी झूठ को, किसी ग़लतफ़हमी को कभी भी नहीं पालता।

तभी लोहे का टोप पहने एक राइडर अन्दर आता है। हाथ जोड़कर रवि को सलाम करता है और जूस से भरा थर्मस "ए.डी.सी. साहब ने भेजा है", कहकर मेज़ पर रखता है। रवि मुझे कहता है कि आज थोड़ी गर्मी है। मैं उसका मतलब समझता हूँ। जब भी वह मौसम की बात करता है, इसका मतलब है 'कुछ पिया' जाये। मुझे कहता है, "बेटे, तू माशूक का भेजा जूस पी। मैं तो बीयर मँगवाता हूँ।"

उसकी माँ मुझे उस जितना प्यार करती हैं। रवि और भट्टी मुझे हमेशा छेड़ते हैं कि माँ को मुझसे प्लेटॉनिक क़िस्म का इश्क़ है, बेटा–बेटा कहकर नशे लेती हैं। रवि राइडर को बीयर के पैसे देता है। ताक़ीद करता है कि बीयर बिल्कुल चिल्ड होनी चाहिए। फिर वह शिकायत करता है

कि कम–से–कम मुझे उसकी छुट्टियों में तो बीमार नहीं पड़ना चाहिए था। अब अकेले वह राजभवन क्या ख़ाक उड़ायेगा? रवि को अपने पिता की पोज़ीशन का हमेशा ख़याल रखना पड़ता है। अपने ऊपर बहुत–सी रुकावटें रखनी पड़ती हैं। सबको पता है, वह बड़े साहब का साहबज़ादा है। मैं साथ होता हूँ तो मेरी आड़ में सबकुछ चलता है। यहाँ के क्लब में लड़की चाहे वह ही ले जाये, मेरी दोस्त कहकर परिचय कराया जाता है।

राइडर बीयर ले आता है। लम्बूतरे ख़ाकी लिफ़ाफ़ों में ढकी बोतलें। राइडर 'कुछ और' की मुद्रा में खड़ा है। रवि कहता है, "बस, अब तुम जाओ। और देखो, बीयर लाने की बात ए. डी. सी. से मत करना।"

राइडर 'समझ गया साहब' वाली मुसकान देकर चला जाता है। मैं रवि से कहता हूँ कि ओपनर तो है नहीं। वह हाथ में पहने कड़े का नीचे का हिस्सा ढक्कन में फँसाकर बोतल खोल लेता है। फिर थर्मस में से मेरे लिए गिलास में जूस डालता है। हम दोनों 'चीयर्ज़' करके पीना शुरू कर देते हैं। तभी राधा मेहरा के घर से नौकरानी चाय लेकर आती है। हम दोनों एक–दूसरे की तरफ़ देखते हैं। अब इस चाय का क्या करें? रवि 'नहीं चाहिए' कहकर चाय वापिस भेज देता है। मैं उसे कहता हूँ जल्दी पी ले। कोई आ गया...। वह बात काटता है, "साले? डरता है? मैं बीमार हुआ था, तो हस्पताल में कैबरे डांसर लायी जाती थी। फ़िक्र न कर, तेरा कौन–सा कोई कोर्ट मार्शल कर देगा।"

हम दोनों मुसकराते हैं। वह एक बोतल पीकर इसे खिड़की के बाहर फेंकता है। दूसरी बोतल में कड़ा फँसाकर खोलता है। तभी राधा मेहरा अन्दर आ जाती है। "क्या बात! आप लोगों ने चाय वापिस भेज दी।"

हमारे कोई जवाब देने से पहले वह रवि के हाथ में पकड़ी बीयर की बोतल देख लेती है। उसकी आँखों का काला रंग भूरा पड़ना शुरू हो जाता है, शरीर बिल्ली की तरह थोड़ा–सा सिकुड़ता है और वह रवि के हाथ से बोतल छीनकर खिड़की के बाहर फेंक देती है और एक झटके के साथ कमरे से बाहर निकल जाती है। मैं डर गया हूँ। रवि कोई–न–कोई तमाशा ज़रूर करेगा। किसकी मज़ाल है उसके साथ इस तरह से दुर्व्यवहार करे? मैं शर्मिन्दा आवाज़ में सफ़ाई देता हूँ, "बड़ी सख़्त है। हस्पताल वाले इसे 'शेरनी' कहते हैं।"

रवि ज़ोर का क़हक़हा लगाता है। आज तक चालू क़िस्म की औरतों से हमारा वास्ता रहा है। किसी औरत के हाथों पहली बार अपमानित हुआ है, मज़े ले रहा है। मैं सुख की साँस लेता हूँ। बला टली।

"बेटे, मज़ा आ गया। साली ऐसे बिहेव करती है जैसे तुम्हारी बीवी हो। चलो, एक बोतल तो मैंने पी ही ली। पर कहीं माँ से शिकायत न कर दे? बीयर तो पी नहीं, लैक्चर पीना पड़ जायेगा!"

मैं उसे कुछ भी जवाब नहीं देता। राधा का गुस्सा मैं भी भुगत चुका हूँ। रवि की शिकायत कर डाली तो? रवि यह कहकर बाहर जाता है कि उसे मना लायेगा, माफ़ी माँग लेगा। थोड़ी देर में वह राधा के साथ ही वापिस आता है। मुझे पता चल जाता है, उसने अपनी चिकनी-चुपड़ी अंग्रेज़ी में राधा को मना लिया है। वह जब 'बिहेव' करने पर आ जाये तो उस जैसा सीधा बच्चा कोई नहीं। शुरू में आमतौर पर इसी हथियार से लड़कियाँ फाँसता है। वह जूस का गिलास भरता है, राधा की ओर बढ़ाता है। राधा 'न' में सिर हिलाती है। वह बनावटी गुस्से से कहता है, "देखो डॉक्टर, सीज़-फ़ायर हो गया है। अब गुस्से का मतलब?"

राधा मुसकराकर गिलास पकड़ लेती है, छोटे-छोटे घूँट भरना शुरू कर देती है। रवि को मैं बता चुका हूँ, राधा विधवा है। वह कोई बात करने की नीयत से बोलता है, "बड़ी यंग उमर में आपके हस्बैंड की डैथ हो गयी!"

राधा की उँगलियाँ गिलास पर कसती जा रही हैं, कसती जा रही हैं। लगता है या उँगलियाँ चटक जायेंगी या गिलास। लेकिन ऐसा कुछ नहीं होता। वह ठण्डे लोहे की-सी सर्द सख़्त आवाज़ में जवाब देती है, "लैट्स नॉट टॉक ऑफ़ दैट बास्टर्ड।" वह चली जाती है। हम दोनों स्तब्ध हैं, शॉक्ड हैं। अपने मृत पति को क्या कोई औरत गाली दे सकती है? क्या रहस्य है? क्या कोई ऐसी मिस्ट्री है जिससे यह औरत अभी तक मुक्ति नहीं पा सकी?

मेरी आँखें मुँद रही हैं। रवि यह कहकर उठ जाता है, "तुम सो लो। मैं ज़रा हस्पताल का राउंड ले लूँ। तुम्हारी डॉक्टर तो हाथ चढ़ने वाली नहीं, सचमुच शेरनी है। चलो देखो, किसी नर्स-वर्स से चक्कर चलाते हैं।"

दो

मैं शायद लगभग दो घण्टे से सोया–सोया था। फिर से लगता है दबे पाँव कोई कमरे में आया है। रात की दहशत मुझे जकड़ती है, आँखें अपने आप खुलती हैं। राधा मेहरा कमरे में है। कुर्सी पर बैठी है। कुछ कहना चाहती है, लेकिन कह नहीं पा रही। बात बदलती है, "ऐसा लगता है, आप डरकर जागे हैं!"

"हाँ। मैंने समझा रातवाला 'कोई' फिर आ गया है।"

मेरा जवाब सुनकर उसके चेहरे पर सम्पूर्ण सन्तोष दिखाई देता है। मुझे थोड़ा–सा बुरा लगता है, मेरे दहशतज़दा होने से, रात को ब्लड–प्रैशर बढ़ जाने से यह इतना सन्तुष्ट और ख़ुश क्यों दिखती है? डॉक्टर है, इसे तो चिन्तित होना चाहिए। मैं और कसकर अपने अन्दर की खिड़कियाँ और दरवाज़ा बन्द कर लेता हूँ। यह पास होती है, कमरे में आती है तो ख़तरे के संकेत क्यों मिलने शुरू हो जाते हैं? फिर सोचता हूँ क्या ही अच्छा होता, मैं आज ही ठीक हो जाता। हस्पताल से छुट्टी मिल जाती, फिर इस रहस्यमयी डॉक्टर से तो मुक्ति मिलती। मेरी अपनी ज़िन्दगी साफ़–सपाट रही है, न कोई रहस्य, न कोई तीखा मोड़। यह नहीं कि औरतें जीवन में आयी नहीं। लेकिन केवल वैसी औरतों का साथ रहा है जो रात के अँधेरे में आती हैं और दिन के उजाले से पहले चली जाती हैं। किसी के साथ इन्वॉल्व होकर, किसी के नज़दीक होकर मैं आज तक जिया ही नहीं। दोस्त हैं तो सेना के, रवि और भट्‌टी जैसे। उनके साथ ज़िन्दगी गुज़ारनी है, थमना, सोचना कभी हुआ ही नहीं। 'गैट समथिंग एंड फॉरगैट समथिंग' ही ज़िन्दगी का आधार रहा है।

मुझे इतना चुप देखकर यह बोलती है, "आपके दोस्त के साथ...!"

मैं उसकी बात बीच में काटता हूँ, "देखिए डॉक्टर मेहरा, उस बात को भूल जाइए। मैं या रवि ऐसी बातों का बुरा नहीं मानते। शरारत करेंगे,

डाँट तो पड़ेगी ही। अपनी माँ की डाँट खा–खाकर रवि इसका आदी हो चुका है।"

मेरी बात को वह मुसकराकर मान लेती है, चेहरा हल्का दिखाई देता है। तभी दरवाज़े के बाहर भारी क़दमों की आवाज़ आती है। भट्टी आ गया है। कमरे के अन्दर आता है। साथ एक लड़की है। हम दोनों को कहता है, "कौंग्रैचुलेट मी। आम गोइंग टू मैरी दिस चिट ऑव अ गर्ल!"

राधा मेहरा उसे बधाई देती है। लड़की को देखकर पहला ख़याल यह आता है कि भट्टी इसके साथ सोयेगा तो इसे क्रश कर देगा। कितनी दुबली है? भट्टी, जो मैं सोच रहा हूँ, भाँप लेता है। बदमाशी के लहजे में कहता है, "पुत्तर, इसका दुबला–पतला जिस्म मत देख। स्टील है, स्टील। टैस्टिड एंड फ़ाउंड करैक्ट!"

लड़की का चेहरा सुर्ख़ हो जाता है। राधा मेहरा और मेरी शरमाने की उमर जा चुकी है। उस लड़की का चेहरा देखकर मज़े लेते हैं। वह भट्टी से कहती है, "तुम हस्पताल में भी बक–बक से बाज़ नहीं आते। यह बीमार हैं, ऐसी वाहियात बातें करते हो। यू शुड बी एशेम्ड!"

"साला तुझे बीमार दिखता है? मज़े ले रहा है। राजभवन के खाने उड़ाये जा रहे हैं।" और राधा मेहरा की तरफ़ देखकर बात पूरी करता है, "और ऐसी ख़ूबसूरत डॉक्टर लुक आफ़्टर कर रही हैं। ऐसी बीमारी भगवान सबको लगाये।"

भट्टी उसका नाम बताता है। जूही। जितनी छोटी ख़ुद है उतना छोटा नाम। वह फलों का लिफ़ाफ़ा मेरे पास रखती है। तभी रवि भी हस्पताल का चक्कर काटकर वापिस आ जाता है। दोनों 'जफ्फी' डालकर गाली देकर एक–दूसरे से मिलते हैं। भट्टी कहता है, "देख पुत्तर ड्राइवर, मैंने तो आख़िर लड़की तलाश ही ली। अब अपनी सोच!"

"तुम इससे शादी कर रहे हो?" रवि हैरानी से आँखें फैलाता है, "मैंने समझा, इसे गोद ले रहे हो!"

जूही का मुँह फिर लाल हो जाता है, हम फिर मज़े लेते हैं। राधा मेहरा चली जाती है। राइडर खाने का टिफ़िन लेकर आता है। हम सब मिलकर खाते हैं। भट्टी कहता है, उसे जल्दी जाना है।

जवाब रवि देता है, "जल्दी है तो तू चल बेटा। मोटरसाइकिल और जूही को यहीं छोड़ता जा। मैं जरा इसके साथ आवारागर्दी कर लूँ। यह

साला भी अब खाकर सोयेगा ही। मैं अकेला कहाँ बोर होऊँगा? शाम को आ जाना इसे कलैक्ट कर लेना। नहीं तो..." रवि आँख दबाकर बात अधूरी छोड़ देता है। भट्टी 'डन' कहकर चला जाता है। जूही को भट्टी शायद हम दोनों के बारे में बता चुका है। रवि उसका हाथ थामकर उठाता है, दोनों मुझे 'बाय' कहकर और शाम तक लौटने को बताकर चले जाते हैं। मुझे नींद आ घेरती है।

शायद थोड़ी–सी ठण्ड लगती है, इसलिए आँख खुल जाती है। खिड़की के काँचों की चमक हल्की पीली पड़ गयी है। तो शाम होने को आयी है। पाँच बज रहे होंगे। मेरे पास घड़ी नहीं है, कभी बाँधी ही नहीं। हमेशा से बाहर, मुक्त चला हूँ, जीया हूँ। फिर घड़ी की क्या ज़रूरत? समय आज तक मुझे अपनी गिरफ़्त में नहीं ले सका, बाँध नहीं सका।

डॉक्टर मनचन्दा अन्दर आते हैं, शायद शाम का ड्यूटी ख़त्म करके वापिस घर जा रहे हैं। कहते हैं, "अरे भाई, अभी भी लेटे हो? उठो, थोड़ा टहला करो। चलो, आज कमरे के बाहर निकलते हैं!"

मैं उठता हूँ। उनके साथ कमरे से बाहर आता हूँ। शरीर में झुरझुरी–सी होती है। वह अन्दर जाते हैं, कम्बल लाकर मुझे ओढ़ा देते हैं। बरामदे में खड़ा हूँ। सामने लॉन है। बरामदा लॉन से कोई आठ इंच ऊँचा है। डॉक्टर की तरफ़ देखता हूँ। वह इशारे से अपने आप नीचे पाँव रखने के लिए कहते हैं, सहारे की ज़रूरत नहीं। नीचे पाँव रखता हूँ, टाँगें थोड़ी काँपती हैं, फिर सन्तुलित होकर शरीर का बोझ सँभाल लेती हैं।

डॉक्टर मेरे साथ चहलक़दमी करते हैं। कहते हैं, "आपका ऑपरेशन बहुत सीरियस था। ख़ून इतना निकल गया था कि एक बार तो मैं भी डर गया। अब ज़रा परहेज़ से जीना चाहिए। ऑपरेशन तुम्हारी बीमारी का आख़िरी इलाज नहीं। ऐसा–वैसा खाओ–पीओगे तो फिर तकलीफ़ हो सकती है।"

उन्हें मेरे ज़िन्दा करने के तौर–तरीक़े का अन्दाज़ा लग चुका है। शायद जान गये हैं कि ऐसा–वैसा ही खाता–पीता हूँ। मैं क्या जवाब दूँ? वह यह कहकर चले जाते हैं, "मैं चलता हूँ। थोड़ा–सा घूमकर वापिस कमरे में चले जाना। डोंट टायर योरसेल्फ आउट।"

वह जाने से पहले बरामदे की लाइट जला जाते हैं। चलना अच्छा लग रहा है। लॉन की घास मटमैली–सी पड़ गयी है। फूलों की गर्दनें नीचे

झुकी हुई हैं। बारिश का इन्तज़ार है। एक सुनहली तितली अलग–अलग फूलों पर बैठती है, उड़ जाती है, सुगन्ध और रस की तलाश कर रही है। देवदार के दो पेड़ चौकीदारों की तरह खड़े हैं। दोनों की टहनियाँ हल्के–हल्के हिल रही हैं, गूँगों की तरह संकेत भाषा में बातें करती हुईं। दो परिन्दे एक देवदार के ऊपर छोटे–छोटे दायरों में उड़ रहे हैं, घोंसले में उतरने के लिए पर तौलते हुए। पहले एक परिन्दा पंख लपेटकर पेड़ की टहनियों के अन्दर तैर जाता है। खड़–खड़ की हल्की आवाज़ें आती हैं। टहनियाँ हिलना बन्द कर देती हैं। घोंसले में बैठ चुका परिन्दा 'चीं–चीं' की आवाज़ें करता है, ऊपर उड़ रहे परिन्दे को पता चल जाता है कि सब ठीक है और वह भी पंख बन्द करके पेड़ के अन्दर चला जाता है। खड़–खड़ फिर होती है। बन्द हो जाती है। टहनियाँ फिर से बतियाना शुरू कर देती हैं।

लॉन के सामने के मकानों से धुआँ उठ रहा है और छोटी–छोटी छतरियों के आकार में छतों के ऊपर मँडरा रहा है। स्टाफ़ के रहने के मकान हैं। किनारे पर बना मकान दूसरे मकानों से बड़ा है। अन्दर कोई लाइट जलाता है। खिड़कियों के काँच चमक उठते हैं। एक खिड़की के काँच धुँधले पड़ जाते हैं। कोई शीशों के सामने आ खड़ा हुआ है। तभी खिड़की खुलती है। लाल स्कार्फ में लिपटा राधा मेहरा का सिर खिड़की से बाहर निकलता है। वह मुझे देखकर हाथ हिलाती है, जवाब में मैं भी हाथ हिलाता हूँ। लेकिन उसके हाथ का हिलना बन्द क्यों नहीं हुआ? अब मैं ध्यान से हस्त–संकेत देखता हूँ। वह मुझे अपने घर बुला रही है। एक बार ज़रूर सोचता हूँ न जाऊँ। अपने कमरे में लौट जाऊँ। लेकिन मेरे क़दम बिना मेरे अन्दर की आज्ञा लिए उसके घर की ओर बढ़ जाते हैं।

उसके बरामदे में पहुँचता हूँ। वह बाहर आती है, लाइट जलाती है। बरामदे की दीवारों पर लिपटी बेल के साथ गोल–गोल फूल लगे हैं, जिनका बीच का हिस्सा बैंजनी है। सारा बरामदा हल्की नशीली सुगन्ध से भरा हुआ है। मैं फूलों की ओर ध्यान से देख रहा हूँ। वह समझ जाती है। इन्हें इनका नाम देना चाहता हूँ। धीमी आवाज़ में बताती है 'पैशन फ़्लावर्ज़' हैं। बरामदे से घर के अन्दर प्रवेश करने के लिए सीमेंट की एक ऊँची सीढ़ी है। पेट में लगे टाँकों के कारण पाँव बहुत ऊँचा नहीं उठ रहा। वह मेरा एक हाथ पकड़ती है, दूसरा मेरी कमर पर रखकर थोड़ा–सा दबाव देती है और मैं सीढ़ी चढ़ जाता हूँ।

कमरे के अन्दर पहुँचने पर सबसे पहला आभास होता है कि किसी भिक्षुणी के कमरे में आ गया हूँ। गेरुआ कालीन, गेरुआ रंग के पर्दे और गेरुआ रंग के सोफ़ा कवर्ज़। बीचोंबीच गोल मेज़, जिसका टॉप सफ़ेद संगमरमर का है। वह मुझे बड़े सोफ़े पर बैठाती है। अब वह मेरे काले कम्बल की ओर देख रही है जो कमरे की सारी कलर–स्कीम को बिगाड़ रहा है।

"आप कम्बल क्यों ओढ़े हुए हैं? कोई शाल नहीं है क्या?" मैं 'न' में सिर हिलाता हूँ। "मैं लाती हूँ।" कहकर वह दूसरे कमरे के अन्दर जाती है। मुझे पता है वह शाल भी गेरुआ रंग की लायेगी। वह लाती भी गेरुआ रंग की शॉल ही है। मैं कम्बल उतारता हूँ, वह मेरे कन्धों के इर्द–गिर्द शॉल लपेटती है और कम्बल तह करके बाहर बरामदे में रख देती है। चाय बनाने के लिए कहकर रसोई में जाती है।

दीवार के अन्दर बनी अलमारी किताबों से भरी पड़ी है। उठकर पास जाता हूँ। लगभग सारी किताबें विचक्राफ़्ट, अन्धविश्वासों के शब्दकोश, प्रेत साधना के बारे में हैं। एक मोटी–सी पेपरबैक बाहर निकालता हूँ। कॉलिन विल्सन की 'द आकल्ट' है। वापिस रख देता हूँ। एक लम्बे आकार की किताब बाहर खींचता हूँ, 'ब्लैक मैज़िक एंड मैजिक'–प्रतीकों तथा प्रेत साधना का सचित्र इतिहास है। खोलता हूँ। भयानक चेहरों वाले चित्र है, कहीं–कहीं अंकों के वर्ग बने हैं और इनके अर्थ साथ लिखे हुए हैं। कैसी विचित्र किताबें पढ़ती है? वह चाय लेकर अन्दर आती है, संगमरमर के टॉप वाले मेज़ पर ट्रे रखती है। मैं किताबों को अलमारी में रख वापिस सोफ़े पर आ जाता हूँ। वह ट्रे में से चायदानी बाहर निकालकर मेज़ पर रखती है, इसे गेरुआ रंग की छोटी–सी रज़ाई ओढ़ा देती है। प्याले छोटे–छोटे हैं, जापानी दिखते हैं। वह दोनों प्यालों में चाय डालती है, एक प्याला मेरी ओर बढ़ाती है। उसका एक हाथ सफ़ेद संगमरमर के टॉप पर रखा है। उँगलियाँ खुली हुई हैं। किसी पुराने जाली लगे लैम्प के शीशे से निकलती रौशनी की पाँच मोटी लकीरें मेज़ पर फैल गयीं। मैं चाय का घूँट भरता हूँ, प्याला नीचे रखकर सिर ऊपर उठाता हूँ और पहली बार सामने की कार्निस पर निगाह पड़ती है। फ्रेम में जड़ा चित्र है। कटे बालों ने दोनों गालों को ढाँप रखा है। चित्र का सारा का सारा बैकग्राउंड काला है। काले स्याह बैकग्राउंड के कंट्रास्ट में सुनहरे सेब

का–सा चेहरा दमक रहा है। नाक हल्की टेढ़ी है, जिसकी परछाईं निचले होंठ पर पड़ रही है। आँखों से लेकर होंठ तक एक शरारती मुसकान में लिपटे हैं। चेहरा बना रहा है आठ–नौ साल की बच्ची है। लगता है यह चेहरा फ्रेम से निकलने के लिए मचल रहा है, अभी–अभी बाहर आयेगा और मेरे पास बड़े सोफ़े पर बैठ जायेगा। मैं कहता हूँ, "आपके बचपन की फ़ोटो है क्या? चेहरे पर कोई फ़र्क़ नहीं आया।"

वह उठती है, कार्निस तक जाती है, तस्वीर उठाकर इसे उल्टा करती है, काँच अपने पुलोवर से पोंछती है और तस्वीर मुझे पकड़ाकर बताती है, "मेरी बेटी निक्की की फ़ोटो है। लोग आमतौर पर ग़लती खा जाते हैं, मेरे बचपन की फ़ोटो समझ लेते हैं, पर उनकी ग़लती नहीं। बिल्कुल मेरे जैसी है।"

बेटी की बात करते हुए उसका चेहरा स्नेह से भीग जाता है। मैं नज़दीक से तस्वीर देखता हूँ। निक्की से मिलने को जी चाहता है। बिल्कुल माँ पर गयी है। मैं सोचता हूँ, बच्ची बेडरूम में लेटी है। कहता हूँ, "इसे बुलाइये न। बातें करने को जी कर रहा है।"

वह बताती है, बच्ची उसके पास नहीं रहती। सात–आठ मील दूर स्कूल है, वहीं बोर्डिंग में है। छुट्टियों में उसके पास आती है।

"लेकिन इस शहर में इतने अच्छे स्कूल हैं, फिर आपने निक्की को हॉस्टल में क्यों रखा है?"

"सरकारी नौकरी है। ट्रांसफ़र होती रहती है। कई बार इंटीरियर में बनी डिस्पेंसरियों में भी तब्दीली हो जाती है। बच्ची को बार–बार उखाड़ना ठीक नहीं।"

मैं फिर कार्निस की ओर देख रहा हूँ। वहाँ एक फ़ोटो और होना चाहिए, उसके मरे हुए पति का। यह तो हमारे यहाँ होनी बात है कि मृत पति की तस्वीर हो, उस पर रोज़ ताज़ा फूलों की माला डाली जाये और उसे लेकर भावुक हुआ जाये, टेसवे बहाये जायें। लेकिन जो कुछ 'होनी बात' है, नॉर्मल रुटीन है, वे कुछ तो भिक्षुणी के–से कमरे में रहने वाली यह औरत करती नहीं। तब याद आता है इस औरत ने रवि के पूछने पर अपने मृत पति को गाली दी थी। क्या यह औरत शब्दहीन भाषा समझती है, प्रश्न सुने बिना इसे बात का पता चल जाता है? क्योंकि वह सख़्त पड़ गयी आवाज़ में कहती है, "आप उसकी तस्वीर खोज रहे हैं? मैंने नहीं लगायी। जो थी, फाड़ डाली।"

वह इन्तज़ार में है, मैं उसके पति के बारे में पूछूँ। लेकिन मुझे कुछ नहीं पूछना। उसके निजी जीवन के बारे में कहीं कुछ जानने की उत्कंठा या इच्छा नहीं हो रही। मैं दोस्तों में 'कोल्ड' कहा जाता हूँ। जिसे अपने आप कुछ बताना है, बताये। मैं किसी और के दुःख का भागीदार कभी बना नहीं, बनना भी चाहता नहीं। वह समझ जाती है, मैं कुछ पूछूँगा नहीं। उसके चेहरे पर बताने या न बताने का संघर्ष है, लेकिन मृत पति को दी हुई गाली वह जस्टीफ़ाई करना चाहती है। कई बार बिना पूछे हम अपनी सफ़ाई देकर हल्का होना चाहते हैं, गिल्ट से मुक्त होना चाहते हैं।

वह बताती है, डॉक्टरी के पहले साल में ही उसने शादी कर ली थी। पति भी डॉक्टर था, आयु में उससे दस साल बड़ा था, इसलिए उसे ज़िन्दगी का तजुर्बा था। काफ़ी समय साथ–साथ गुज़रता। तब वे दोनों इस शहर में नहीं थे। एक क़स्बे की बड़ी डिस्पेंसरी में थे। उसके सिवा, साथ के लिए, बात के लिए, वक़्त गुज़ारने के लिए उस गाँव में और था ही कौन? दोनों डॉक्टर थे, औरत, मर्द का शरीर किसलिए बना है, इसको लेकर बीच में नैतिकता की कोई दीवार न थी। राधा मेहरा प्रेग्नेंट हो गयी, दोनों ने शादी कर ली।

बताती है, पति बहुत बदसूरत था। शादी की पहली रात को ही जब पहली बार उसने सारे कपड़े उतारे तो हीन भावना के कारण पति को उससे नफ़रत हो गयी। जो हाथ पहले प्यार और चापलूसी से शरीर को छूते थे उनमें कठोरता आ गयी। पति का कायापलट हो गया। वह इस तरह से सब कुछ कर रहा था, जैसे पत्नी के साथ न सोया हो, किसी परायी औरत के साथ बलात्कार कर रहा हो।

बच्ची पैदा हुई, बिल्कुल माँ पर थी। हू–ब–हू माँ की तरह नैन–नक्श और सुनहरे सेब का रंग। पति की शत्रुता और बढ़ गयी। वह राधा को अपमानित करने के नये–नये तरीक़े हमेशा खोजता रहता। बदसूरत आदमी की पत्नी अगर ख़ूबसूरत हो तो पति को कमीना बना देती है। तब उनका यहाँ तबादला हो गया था। हस्पताल में दूसरे कमरे में वह बैठता था। थोड़ी–थोड़ी देर बाद राधा के कमरे में झाँक जाता, किससे बातें कर रही है? डॉक्टर मनचन्दा इसी हस्पताल में सर्जन तब भी थे। बहुत हँसमुख आदमी हैं, अच्छी उमर है, अगले साल रिटायर हो जायेंगे। राधा उनके साथ हँसती–बोलती थी तो भी पति को बहुत बुरा लगता था। जो आदमी

ख़ुद न हँसता हो, उसे दूसरों का हँसना बुरा लगता है। एक दिन वह डॉक्टर मनचन्दा के साथ खुलकर हँस रही थी कि पति उसके कमरे में आ गया। दोनों को हँसता देख उसका चेहरा काला पड़ गया। ऊँची आवाज़ में पूछा, "किस बात पर क़हक़हे लग रहे हैं!" अब वह क्या बताती?

डॉक्टर मनचन्दा ने जवाब दिया था, "डॉक्टर, हँसने के लिए किसी बात का होना ज़रूरी है क्या? तुम भी हँसा करो। बहुत रिलीफ़ मिलेगा।"

"आपका मतलब है मैं टेंस हूँ। सड़ियल हूँ।" उसने गुस्से में कहा था।

डॉक्टर मनचन्दा ने उसका चेहरा ग़ौर से देखा, उन्हें पता चल गया कि यह आदमी आज लड़ाई पर उतारू है। बिना कोई जवाब दिये कमरे से बाहर चले गये।

उस रात पति ने पहली बार उसे पीटा था। चीख़–चीख़कर बोल रहा था, होंठों पर झाग आ गयी थी, "साली, हरामज़ादी! दूसरों के साथ हँसती है, क़हक़हे लगाती है, मुझे देखते ही साँप सूँघ जाता है। तुम हो ही गन्दी औरत। पता नहीं शादी से पहले कितनी बार प्रेग्नेंट हो चुकी हो? मैं कहता हूँ, यह बच्ची भी किसी और की है। अपने पाप को ढाँपने के लिए तूने मुझसे शादी की।"

वह मुझे मारे जा रहा था, मैं बिल्कुल चुप थी, एक आँसू भी आँख में न आया था। वह मारकर थक जाता था तो गालियाँ देना शुरू कर देता था। शोर सुनकर बच्ची ने चीख़ना शुरू कर दिया था। उसने गर्दन से पकड़कर बच्ची को सोफ़े पर फेंक दिया था। बच्ची ने चीख़ना बन्द कर दिया। फटी–फटी आँखों से बाप को और मेरे मुँह से निकलने वाले ख़ून को देखे जा रही थी।

और उस रात से पति ने नशीली गोलियाँ खानी खुरू कर दीं। वह दिन के वक़्त भी गोलियाँ खाता रहता। मुझे हमेशा डर लगा रहता था, कोई ग़लत दवा देकर किसी मरीज़ को मार देगा। उसके हाथ काँपने शुरू हो गये। आवाज़ उखड़ गयी। रात को गोलियाँ खाकर मेरे पास लेटता था तो घण्टों मेरे शरीर को नोचता रहता था। उससे होता कुछ न था। जोंक की तरह घण्टों मुझे नोचने के बाद गालियाँ देते हुए उठ जाया करता था। "हरामजादी, तूने इम्पो बना दिया है, नामर्द कर दिया है।"

डॉक्टर मनचन्दा को ज़िन्दगी का अनुभव था, ज़माना देखे हुए थे। एक बार सलाह भी दी थी कि मैं उससे अलग क्यों नहीं हो जाती।

मैंने कहा था, अपनी मरज़ी से शादी की है, लव–मैरिज है। किससे शिकायत करूँ, कैसे हार मानूँ कि मेरा चुनाव ग़लत था?

और एक दिन उसने बाहर बरामदे में सबके सामने उसे पीटा, गालियाँ दीं। अंडे बेचने एक जवान पहाड़ी लड़का आया था। उसकी नयी–नयी शादी हुई थी। पत्नी के साथ रात को सोने का सुख सुबह भी उसके चेहरे पर होता था। बातूनी भी बहुत था। अंडे लेते वक़्त मैं उसे छेड़ा करती थी, उसकी बीवी के बारे में छोटे–छोटे सवाल किया करती थी। उस सुबह किसी बात पर हम दोनों हँस रहे थे। धड़ाम–से दरवाज़ा खोलकर वह बाहर आया। मुझे बालों से पकड़कर घसीटा और चीख़कर कहा, "हरामज़ादी, अब अंडेवालों से भी इश्क़ लड़ाने लग गयी है? मैं तेरा ख़ून कर दूँगा। तुझे ज़िन्दा नहीं छोड़ूँगा।"

फिर उसने धक्के मारकर अंडेवाले को बरामदे से बाहर धकेल दिया।

अब मैं हर वक़्त उसकी हत्या करने के तरीक़े सोचने लगी। कौन–सी चीज़ दूँ, दवाई दूँ, जिससे यह आदमी मर जाये? आत्महत्या के बारे में मैंने कभी नहीं सोचा। जो दोषी है दण्ड तो उसे ही मिलना चाहिए? फिर बच्ची? वह बिल्कुल आतंकित हो गयी थी। उसने हँसना बन्द कर दिया। मैं गोदी में लेती थी तो बार–बार गर्दन घुमाकर दरवाज़े की ओर देखती थी। कहीं पिता तो अन्दर नहीं आ रहा? उसके चेहरे पर दहशत का प्रेत हर वक़्त बैठा रहता। हस्पताल के स्टाफ़ में हमें लेकर कानाफूसी चलती रहती। अब कोई भी मुझसे हँसकर बात नहीं करता था।

लेकिन मुझे उसकी हत्या करने की ज़रूरत नहीं पड़ी। अपने आप मर गया। उस सुबह उसने चाय के साथ तीन नशीली गोलियाँ खायी थीं। किसी मरीज़ को देखने के लिए उसके घर जाना था। जिस स्पीड से उसने स्कूटर बाहर निकाला था, मेरे अन्दर ने बता दिया था, आज बचेगा नहीं।

मैं टेलीफ़ोन के पास बैठी रही। पता था जब भी घण्टी बजेगी, उसके मरने की ख़बर होगी। वही हुआ। बीस मिनट के बाद घण्टी बजी। पुलिस स्टेशन से फ़ोन आया था, बस के साथ उसका स्कूटर टकराया था। उसी क्षण, उसी जगह वह मर गया था, सिर कुचला गया था। कसूर उसी का था। 'रांग साइड' से बस से आगे निकलने की कोशिश की थी।

वह चुप हो जाती है। सबसे पहला ख़याल मुझे यह आया था कि इस सारी बात में उसने एक बार भी मृत पति का नाम न बोला है, न बताया है।

मैंने पूछना ज़रूरी नहीं समझा। क्या सब कुछ सुनने के बाद मुझे उससे सहानुभूति की कोई बात करनी चाहिए? नहीं। वह तो मुक्त लग रही है। पति की काली छाया अन्दर से बाहर सरक गयी है। अब उसका निचला होंठ किनारे से टेढ़ा नहीं लग रहा। शायद मैं पहला आदमी हूँ जिससे उसने खुलकर अपने बारे में बताया है। विष बाहर निकल गया है, वह असामान्य से सामान्य हो गयी है। मेरी आत्मा में से फिर दो बाँहें बाहर निकलना चाहती हैं, उसे लपेट लेना चाहती हैं। मैं पूरी शक्ति लगाता हूँ, इन्हें बाहर नहीं निकलने देना चाहता। मैं एक सपाट जीवन जी रहा हूँ, घटना–दुर्घटना रहित। इस डॉक्टर पर कोई काली छाया है। अन्दर से लगातार ख़तरे के सिग्नल आ रहे हैं, चेतावनी दे रहे हैं, इस काली छाया से बचो। बचो! बचो!!

वह चाय बनाने के लिए दोबारा किचन में जाती है। वापिस आती है तो चेहरा धुला–धुला लग रहा है। बीते हुए दुख का कहीं नामोनिशान नहीं। लगता है, उसने जैसे किसी और की कहानी सुनायी हो, अपनी नहीं। कहानी सुनाने के साथ–साथ ही जो बीत चुका है उससे मुक्त हो गयी है।

खुली खिड़की से सर्द हवा अन्दर आ रही है और मेरी पीठ पर थपकी देकर उठने को कह रही है। कमरे में रोशनी जल रही है, इसलिए बाहर का अँधेरा और काला दिखाई दे रहा है। फिर मुझे ख़याल आता है वर्मा कमरे में आ गया होगा, मुझे वहाँ न पाकर परेशान होगा। एक लम्बे घूँट में छोटे प्याले की सारी चाय ख़त्म करता हूँ। डॉक्टर मेहरा कहती है, "आप बोलते बहुत कम हैं!" वह ठीक कहती है। मेरे जीने का, मेरे बात का माध्यम हमेशा से ख़ामोशी है। शुरू से ही समझ आ गया था कि जो कुछ हम बोलते हैं, उसका अस्सी प्रतिशत फिजूल होता है, व्यर्थ होता है, सिर्फ़ कोई बात करने के लिए बात करते हैं। बाक़ी का बीस प्रतिशत बोलने का अवसर आता ही कहाँ है? फिर जब मेरी माँ ज़िन्दा थी तो हमेशा सीख दिया करती थी–'एक चुप सौ सुख।'

उठता हूँ। शाल उतारता हूँ, अपना कम्बल ओढ़ना है। वह कहती है, "इसे ओढ़े रखो। कम्बल बाहर बुरा लगता है। हस्पताल से जायेंगे तो लौटा देना।"

मैं फिर से शाल ओढ़ लेता हूँ। वह मेरे साथ बाहर आती है। पहले ऊँची सीढ़ी से ख़ुद नीचे उतरती है। मुझे सहारा देने के लिए हाथ बढ़ाती है।

मैं उसका हाथ पकड़कर नीचे उतरता हूँ। आत्मा फिर कहती है–इसका हाथ थोड़ी देर और पकड़े रखो। मैं फिर आत्मा का कहना नहीं मानता। उसका हाथ छोड़ देता हूँ। मुझे किसी का सहारा नहीं लेना। कोई सहारा नहीं चाहिए। मैं पैरासाइट हूँ, और पैरासाइट कभी किसी से जुड़ा नहीं करते। लम्बे लॉन में अँधेरा लम्बा लेटा हुआ है।

वह कहती है, "मैं कमरे तक छोड़ आती हूँ। कहीं ठोकर–वोकर न लग जाये।"

बरामदे में पड़ा कम्बल वह उठा लेती है। हम कमरे के बाहर पहुँचते हैं। अन्दर से आवाज़ें आ रही हैं। भट्टी ऊँचा–ऊँचा बोल रहा है, रवि को गाली दे रहा है, "तुम उसे छोड़कर गये क्यों? अब ढूँढ़ो। मैं कहता हूँ अकेला बाहर निकला है। कहीं कुछ..."

हम दोनों अन्दर पहुँचते हैं। रवि, भट्टी, वर्मा और जूही–चारों कमरे में हैं। मुझे देखकर भट्टी और उबल पड़ता है, "कहाँ मर गये थे? तुझे पता नहीं हमें फ़िक्र लगेगी? रवि दो बार बाहर की सड़क के आसपास का चक्कर लगा आया है।"

मुझे पता है, ग़लती हो गयी है। बीमारी में हमेशा अपनों को उल्टे–सीधे ख़याल आते हैं। डॉक्टर मेहरा की ओर संकेत करके बताता हूँ, "इनके घर बैठा था। चाय पीने में देर लग गयी!"

रवि शब्दों को चबाकर बोलता है, "जिस मरज़ी 'माँ' के पास बैठ! लेकिन किसी को बताकर जाना चाहिए। मैं तो माँ को फ़ोन करने लगा था कि पुलिस को ख़बर दे। हद है तुम्हारी भी।"

मैं चुप हूँ, कसूरवार जो हूँ। वर्मा प्यार से समझाता है, "हम डर रहे थे। सोचा, बाहर सड़क पर निकल गये हो। अँधेरे में कहीं ठोकर लगी हो, नीचे न गिर गये हो।"

मैं चुप हूँ, राधा मेहरा चुप है। भट्टी और रवि अब भी खा जाने वाली नज़रों से मुझे देख रहे हैं। जूही उनको डांटकर कहती है, "अब इसका पीछा छोड़ोगे भी या नहीं? इतनी ख़ूबसूरत डॉक्टर के पास तुम दोनों बैठोगे तो उठना भूल न जाओगे!"

भट्टी की मूँछों के सिरे शरारत से काँपते हैं। वह जूही की गाल पर हल्की चुटकी काटकर कहता है, "डार्लिंग, इतनी क़िस्मत हमारी कहाँ!"

इस छेड़ छाड़ को देखकर कमरे का तनाव बाहर निकल जाता है। रवि राधा मेहरा को कुर्सी पर बिठाता है। वह अब भी झेंपी लग रही है। उनकी वजह से मुझे इतनी गालियाँ पड़ी हैं।

रवि वर्मा को कहता है, "चलो भाई, टिफ़िन खोलो। खाना हो जाये। आज डॉक्टर मेहरा भी हमारे साथ खायेंगी। ममा ने तो पूरी बटालियन का खाना भेज दिया है!"

राधा इनकार में सिर हिलाती है। रवि हल्की डाँट मारता है, "देखो डॉक्टर मेहरा, कसूर आपका है और गुस्सा इस बेचारे पर उतरा है। अब चुपचाप खा लो नहीं तो...।" जूही उसके मुँह पर हाथ रखकर उसे गाली नहीं बकने देती। खाना ख़त्म करके सब चले जाते हैं। वर्मा मेरी चारपाई के नीचे से फ़ोल्डिंग चारपाई निकालकर खोलता है, बिछाता है और मेरी ओर देखते हुए सिगरेट के लम्बे–लम्बे कश खींचता है। जानता हूँ, मुझे किसी बात से रोकने की तैयारी कर रहा है। सिगरेट के लम्बे कश होने वाली बात की भूमिका है।

"आज बहुत देर डॉक्टर मेहरा के घर बैठे!"

"मैं ख़ुद नहीं गया। बाहर लॉन में घूम रहा था। उसने देख लिया, बुला लिया।" मैंने सफ़ाई पेश की।

थोड़ी देर वह चुप रहा, मैंने जो सफ़ाई दी उससे वह सन्तुष्ट नहीं।

"क्या वह तुम्हें अच्छी लगने लगी है?"

"डोंट बी सिली। मुझमें है क्या? उसकी अच्छी–खासी नौकरी है, वेतन है, फिर तुमने देखा है, कितनी सख़्ती से पेश आती है, बोलती है!"

"देखो, अपने–आपको धोखा मत दो। मैं मानता हूँ वह ज़रूरत से ज़्यादा कठोर है, लेकिन तुमने उसकी कठोरता को अनदेखा किया है। इग्नोर किया है। बताना क्या चाहते हो? कि उसके कठोर होने–न–होने से तुम्हें कोई फ़र्क़ नहीं पड़ता। पूरी लापरवाही दिखाकर तुम किसी को अपनी ओर आकर्षित करते हो, फिर..."

"देखो वर्मा..."

वह मेरी बात बीच में काट देता है, "मैं तुम्हें दोष नहीं दे रहा कि तुम जान–बूझकर ऐसा करते हो। यह तुम्हारा जीने का ढंग बन चुका है। यही तुम्हारा घातक आकर्षण है। तुम एक मारविड प्रकार के आदमी हो। किसी को दुख देकर अपनी ओर खींचते हो!"

"देखो वर्मा, तुम्हें हो क्या गया है? तुम्हें ग़लती लगी है। मुझे उससे कुछ नहीं लेना। कोई इंट्रेस्ट नहीं!"

"सन्तोष, तुम अनजाने में सब कुछ कर जाते हो। हमेशा दूसरे से ऊँची जगह खड़े होकर बात करते हो। जब दूसरा तुम्हारे पास ऊँची जगह पहुँच जाता है तो तुम ऊँची जगह जा खड़े होते हो। तुम्हारा मन दूसरों को पीड़ा देने में, उन्हें दुख पहुँचाने में कहीं आनन्द प्राप्त करता है। दूसरों के लिए तुम्हारी यह मुद्रा, यह पोस्चर पीड़ा देने वाला है, टॉर्चर है!"

"वर्मा, तुम मेरी बात मानते क्यों नहीं? तुम जानते हो किसी से इनवॉल्व होना मेरे बूते के बाहर है। इतनी देर उसके घर बैठा, मैं तो कुछ नहीं बोला। वही अपने पति के मरने की कहानी सुनाती रही!"

"जानता हूँ। यह भी जानता हूँ, उसके पति के मरने की बात सुनकर तुमने कोई सहानुभूति नहीं दिखायी होगी।"

वर्मा ठीक कहता है। मैंने कुछ नहीं कहा था, उसकी व्यथा–कथा सुनकर। वर्मा इतने अरसे से मेरे साथ रह रहा है। अन्तर्मुखी आदमी है। कई बार तो लगता है, वह मेरे अन्दर का एक हिस्सा है, जो सामने बैठा मुझे मेरे बारे में बताता रहता है, समझाता रहता है। मेरी अन्तर्छाया है, शैडो है।

मुझे चुप देखकर वह कहता है, "मुझे ओमर शरीफ़ की वह अंग्रेज़ी पिक्चर याद आ रही है, जो हम दोनों ने देखी थी। नाम भूल रहा हूँ। सारी पिक्चर में वह जंगली घोड़े टेम करता रहता है। पालतू बनाता रहता है। एक घोड़ा टेम करने के बाद वह उसे छोड़ देता है, दूसरे जंगली घोड़े को टेम करने के लिए वह तलाशता रहता है। और जब तुनकमिज़ाज सोफ़िया तारा उसकी ज़िन्दगी में आती है तो उसे भी वह बिल्कुल वैसे ही टेम करता है। वश में करना, टेम करना उसके जीवन का ढंग है, ज़िन्दा रहने का स्टाइल है। तुम भी वही हो। सिर मारने के लिए तुम्हें दीवार चाहिए। और अगर यह दीवार न हो तो तुम पैदा कर लेते हो!"

"लगता है, आज तुमने मेरे पीछे पड़ने का इरादा कर लिया है!"

"मैं तुम्हारे पीछे नहीं पड़ रहा। तुम्हें बता रहा हूँ कि किसी को भी दुख देने की भयानक योजनाएँ और स्कीमिंग तुम्हारे अन्दर हमेशा चलती रहती हैं, बिल्कुल ब्लेक के टाइगर की तरह। लेकिन देखो, आख़िर में यह सब कुछ तुम्हें लपेट लेगा, नाश कर देगा। तुम सामान्य आदमी क्यों नहीं

बन सकते? कोई ऊँचा बोलता है, गुस्सा खाता है तो जवाब में गुस्सा क्यों नहीं खाते? नॉर्मल ढंग से बिहेव क्यों नहीं करते? आगे से मुसकराते क्यों हो? इसलिए कि तुम उस दूसरे को जता रहे होते हो कि तुम सुपीरियर हो, उसके गुस्से, उसकी खीझ या उसके दुख से ऊपर और दूर।"

मुझे पता है वर्मा सच कह रहा है और इस आदमी के साथ जो सच है, उस पर बहस नहीं हो सकती। मैं दूसरों पर ज़िन्दा रहता हूँ, पैरासाइट हूँ, लेकिन कहीं–न–कहीं उनसे ऊँचा होने का आभास उन्हें देता रहता हूँ। इसलिए दूसरे मुझ पर ख़र्च करके, मेरा बोझ उठाकर ख़ुश होते हैं, अहसान मानते हैं।

"लेकिन मैं जानबूझकर तो ऐसा नहीं करता," यह सफ़ाई मैं वर्मा को नहीं दे रहा, अपने आपको दे रहा हूँ।

"मैंने कब कहा कि तुम जान–बूझकर, कैल्कुलेट करके ऐसा करते हो। नहीं, यह तुम्हारे ज़िन्दा रहने का तरीक़ा है। ईश्वर ने तुम्हें ऐसा ही बनाया है। बात इसलिए कर रहा हूँ कि तुम्हें और डॉक्टर मेहरा को लेकर मुझे ख़तरा लग रहा है। तुम्हारे पास होती है तो पल–पल में उसका व्यवहार बदलता रहता है। क्यों? तुम मरीज़ हो वह डॉक्टर, और कुछ तो नहीं। फिर वह इतनी स्ट्रेंज क्यों हो जाती है? अपने पति के मरने की घटना तुम्हें सुनाने की क्या ज़रूरत? यह तुम्हारा मारबिड व्यक्तित्व है, घातक आकर्षण है जो उस पर हावी हो रहा है।"

वह बिल्कुल सच कह रहा है। मैं असहाय हो रहा हूँ। राधा मेहरा को लेकर ख़तरे के संकेत मुझे कई बार अन्दर से मिल चुके हैं, वर्मा को भी उनका पता है। वह मेरी ज़िन्दगी जीता है, मेरे अन्दर की छाया है, जितने शरीर धारण कर लिया है, जो मुझे हमेशा रोकती है, ख़तरे से आगाह करती है, बरजती है।

"मैं क्या करूँ वर्मा! तुम्हीं बताओ, मेरा क्या कसूर है?"

उसने जलती सिगरेट से दूसरा सिगरेट लगाया। एक लम्बा कश खींचा, एक लम्बी साँस ली, पराजय स्वीकार करने वाली आवाज़ में बोला, "तुम क्या कर सकते हो? कुछ भी नहीं। तुम जिस सुख की तलाश कर रहे हो वह है नहीं। सिर्फ़ फैंटम शिप है। जानते हो, जब नाविक डूब रहे होते हैं, लगातार तैरने के बाद अधमोये हो जाते हैं तो ऊँची उठती लहरों में उन्हें लगता है कोई जहाज़ उन्हें बचाने के लिए आ रहा है।

जहाज़ होता नहीं। उनका अपना अन्दर इस फैंटम शिप का निर्माण कर लेता है। उठती हुई लहरों का जहाज़ समझकर उनकी ओर तैरते हैं और वही लहरें उन्हें निगल जाती हैं। इस नाम की कोई चीज़ नहीं। सब कुछ फैंटम शिप है, माया है। जिस मायापोत के मोह में तुम हो, जिसके पीछे सुख की तलाश में भागे जा रहे हो, वह कहीं है ही नहीं।"

आज वह बहुत बोला है, अपनी आदत के ख़िलाफ़। मेरा सिर नीचे झुका है, छाती को ठोड़ी छू रही है। जब से होश सँभाला है, तब से 'कुछ विशेष' तलाश कर रहा हूँ। क्या सचमुच मायापोत के आने की प्रतीक्षा में ज़िन्दगी के इतने बरस गुज़ार दिये हैं? क्या सचमुच मैं मारबिड हूँ? मुझमें घातक आकर्षण है जो अन्त में विनाश ही करता है, हमेशा तोड़ता है, जोड़ता कभी नहीं।

वर्मा उठकर मेरे बिस्तरे पर आता है। चेहरे से कसूरवार लगता है। उसे कहीं महसूस हो रहा है कि आज मुझे लेकर वह बहुत निर्दय हो गया है। मुझे लिटाता है, कम्बल गले तक डालता है और यह कहकर अपनी चारपाई पर चला जाता है, "सॉरी सन्तोष! मैं आज बहुत बक–बक कर गया। लेकिन क्या करूँ? तुम्हें लेकर कनसर्न्ड महसूस करता हूँ। चलो, मारो गोली। जो होना है, सो होना है।"

मुझे नींद नहीं आ रही। मेरे अन्दर का पर्त–दर–पर्त खुल रहा है। लगता है वर्मा ने किसी अँधेरी गुफ़ा का दरवाज़ा खोल दिया है। उसकी बहुत सारी बातें सही लगती हैं, विशेषकर औरतों को लेकर। इनके प्रति मैं अनजाने में हमेशा से निर्दय रहा हूँ, ठण्डा रहा हूँ। याद करता हूँ कितनी बार भट्टी और रवि किसी–न–किसी को कमरे में लाये हैं। वे अपने काम में लगे रहते और मैं मज़े से कोई किताब पढ़ता रहता। एक तो एक बार शराब पीकर बिफर गयी थी। भट्टी और रवि के होते हुए पहले मेरे साथ सोने की ज़िद कर रही थी। बार–बार कह रही थी, "नो, नॉट विद यू। पहले यह हैंडसम, फिर तुम!" मैं जानता था, यह वह नहीं बोल रही, उसकी शराब बोल रही है। नंगा होने के बाद उसने शायद पहली बार किसी मर्द की 'न' सुनी थी, ज़िद पर उतर आयी थी। मुझे इस तरह का सामूहिक–मशीनी–सेक्स हर बार अच्छा नहीं लगता। रवि ने कहा था, "मान जाओ। दो सौ रुपये दिए हैं। ए वन चीज़ है।" मैंने फिर भी इनकार कर दिया था। भट्टी ने मुझे खाना लाने के लिए कहकर

बात सँभाली थी, "इसे खाना लाने दो। हम दोनों तो थोड़ी देर बाद चले जायेंगे। तुमने तो रात–भर यहीं रहना है। सुबह जाना है। सारी रात अपने हैण्डसम को देख लेना।"

मैं जान–बूझकर काफ़ी देर लगाकर लौटा था। जब तक शायद रवि और भट्टी भुगत चुके थे। जल्दी–जल्दी खाना खाकर चले गये। वह औरत अब भी इन्तजार भरी आँखों से मुझे देख रही थी, बार–बार हाथ पकड़ रही थी। मैंने खीझकर कहा था, "अब आराम से सो जाओ। दो आदमी काफ़ी नहीं क्या?"

उसने घूरकर मुझे देखा था, चारपाई से उठी थी, जींस डाली थी, और कैन्वेस के बूटों के तस्मे बाँधकर जाने के लिए उठी थी। उसका चेहरा अपमान से जल रहा था। कटी हुई आवाज़ में कहा था, "यू आर अ बास्टर्ड। यू मस्ट बी इम्पो।"

सुबह वर्मा को रात वाली बात बतायी थी तो उसने हल्के कहा था कि जिस काम के लिए उसे बुलाया था, पैसे दिये थे, वह काम कर देना था। दोपहर बाद भट्टी ने भी डाँटा था। शायद उस लड़की ने फ़ोन पर मेरी शिकायत की थी।

"उस माँ को नाराज़ कर दिया न। साले, अब कभी नहीं आयेगी। अब तू ही खोज किसी और को।"

उस लड़की का बिफरा हुआ चेहरा और चाकू–सी आवाज़ अब भी मेरे आस–पास घूम रही है। क्या सचमुच दूसरों को हर्ट करने में, दुख देने में मुझे कहीं मज़ा आता है? क्या मैं जान–बूझकर राधा मेहरा के साथ कोल्ड हो रहा हूँ। क्या मैं उसे तोड़ना चाहता हूँ, पराजित करना चाहता हूँ, टेम करना चाहता हूँ?

वर्मा का घर मेरे मकान के पास है। जिस शाम बीमार हुआ था और चायवाला दोस्त हस्पताल लाया था, उसी शाम मैंने वर्मा को ख़बर क्यों नहीं की? चायवाला दोस्त वर्मा का घर जानता है। क्या मैं बीमारी की ख़बर न भिजवाकर वर्मा को भी हर्ट कर रहा था? जता रहा था कि मुझे तुम्हारी कोई ज़रूरत नहीं। क्या मैं जान–बूझकर दूसरों के प्रति ठण्डा इसलिए नहीं होता कि मेरे प्रति उनका मोह और बढ़े? लेकिन ऐसा कुछ कैसे हो सकता है? अगर मैं सचमुच कोल्ड हूँ, मारबिड हूँ, घातक हूँ तो ये सारे दोस्त मुझे इतना चाहते क्यों हैं? नहीं, मैं ऐसा कैसे हो सकता हूँ?

वर्मा ने आज मेरा ग़लत विश्लेषण किया है। बीमारी की ख़बर न भेजने का ग़ुस्सा उतारा है। मैं तो हार्मलैस हूँ। लोग अपने आप हर्ट होना चाहते हैं, मेरे नज़दीक आकर दुख पाना चाहते हैं, तो मैं क्या करूँ? फैंटम शिप की प्रतीक्षा मैं नहीं कर रहा, वे कर रहे हैं। मायापोत की तलाश दूसरों को है जो मुझसे सुख तलाश रहे हैं, मुझे नहीं।

फिर यह निर्णय करने के बाद नींद आ जाती है कि अब राधा मेहरा के घर नहीं जाऊँगा। उससे सामान्य व्यवहार करूँगा जैसे कि एक मरीज़ को डॉक्टर से करना चाहिए, सम्मानपूर्ण और मशीनी व्यवहार।

सुबह वर्मा शेव के लिए गर्म पानी लाता है। मैं अपने आप बैठकर शेव करता हूँ। वह गीले तौलिये से मेरा शरीर पोंछता है, पाउडर छिड़कता है। फिर रात वाले कुर्ते की तरफ़ देखकर कहता है, "यह तो मैला है! और कपड़े मैं लाना भूल गया। ऐसा कर, तू मेरा पुलोवर डाल ले।"

उसका पुलोवर मेरे शरीर पर स्वेटर बन जाता है क्योंकि मैं उससे बहुत लम्बा हूँ। बाँहें चार–चार इंच नंगी हैं। पुलोवर का निचला हिस्सा मुश्किल से पेट ढाँप रहा है।

"तू इसे उतार दे। जोकर दिख रहा है। ऊँची चादर ओढ़कर लेटा रह। जाते हुए किशन के हाथ तेरा धुला हुआ कुर्ता भेज दूँगा।"

वह पुलोवर उतारता है। सिर में फँसता है। बाल बिखर जाते हैं। वर्मा जेब से छोटी कंघी निकालकर मेरे बाल बनाता है। यह उसी की सलाह थी कि मुझे कसकर बाल नीचे बिठाने चाहिए, नहीं तो मैं ज़रूरत से ज़्यादा लम्बढींग लगता हूँ।

वह जाते हुए कहता है, "और सुन, रात की बकवास भूल जा। तुम जैसे हो, वैसे रहो। अपनी तरह से जीओ। मैं शायद रात को कमीना बन गया था।"

वह चला जाता है। मुझे उसकी बात का बहुत सहारा मिलता है। मेरे अन्दर का दूसरा अगर कह गया है कि मैं ठीक हूँ तो इसका मतलब है मैं ठीक हूँ। रात भर फ़िज़ूल में अपने टुकड़े करता रहा, अपने आपको कोसता रहा।

आज सुबह के राउंड पर डॉक्टर मनचन्दा अकेले आते हैं, राधा मेहरा साथ नहीं। शायद मैं उसके आने की भी प्रतीक्षा कर रहा था। क्षण भर के लिए मेरा चेहरा बुझ जाता है। डॉक्टर मनचन्दा भाँप जाते हैं।

"हाँ भाई, हम बूढ़ों का देखने आना कहाँ अच्छा लगता है? फ़िक्र न करो। डॉक्टर मेहरा थोड़ी देर में तुम्हें देख जायेंगी। आज सुबह–सुबह मरीज़ों की भीड़ लग गयी है।"

मैं फ़ैसला नहीं कर पाता कि डॉक्टर मनचन्दा मुझे छेड़ रहे हैं या उन्हें किसी सच का आभास हो गया है?

वह ज़ख़्म देखते हैं, सन्तुष्ट लगते हैं। मैं पूछता हूँ, "सर, छुट्टी कब मिलेगी? अब तो मैं ठीक हो गया हूँ!"

"अरे भाई, यहाँ कोई तकलीफ़ है क्या? वी.आई.पी. पेशेंट हो, मज़े से रहो। घर जाकर क्या करोगे? अब तो जब तक बिल्कुल ठीक न हो, छुट्टी नहीं दूँगां। लेडी गवर्नर तुम्हें हमारे ज़िम्मे कर गयी हैं!"

मैं थोड़ा उदास हो जाता हूँ। अब और यहाँ नहीं रहना चाहता। कोई अज्ञात भय मुझे धीरे–धीरे घेर रहा है। डॉक्टर मनचन्दा मज़ाक़ करते हैं, "जल्दी क्या है? कुत्ते–बिल्लियों पर आर्टिकल बाद में लिख लेना!"

मैं भी हँस पड़ता हूँ। डॉक्टर मनचन्दा न ख़ुद उदास होते हैं न किसी और को पल भर के लिए उदास होने देते हैं। कितने सहज हैं। एक बार इच्छा होती है, मैं भी इन जैसा होता, सामान्य, सहज, हमेशा हँसता–हँसाता।

कुर्सी पर बैठने का जी कर रहा है, लेकिन पहना कुछ नहीं हुआ। अब तक तो वर्मा को मेरा कुर्ता भिजवा देना चाहिए था। कहीं भूल तो नहीं गया? एक बार सोचता हूँ, रात का उतारा कुर्ता पहन लूँ, लेकिन फिर नाक सिकोड़ लेता हूँ। एक बार उतारे हुए कपड़े नहीं पहनता। दिन में दो बार कपड़े बदलता हूँ। वर्मा ने कई बार कहा है कि कम–से–कम सर्दियों में तो दो दिन एक जोड़ा पहना जा सकता है। लेकिन नहीं। मेरे ज़रूरत से ज़्यादा साफ़ कपड़े पहनने पर, सलीके से जीने पर, अंग्रेज़ी में लिखने पर, कम बोलने पर वर्मा और दूसरे दोस्त मुझे 'ब्राउन साहब' कहते हैं।

राजभवन से राइडर नाश्ता लाता है। बताता है, रवि साहब दोपहर को आयेंगे। उसके जाने के बाद भी नाश्ता करने का जी नहीं कर रहा। ऐसा क्यों लगता है कि मैं कुछ मिस कर रहा हूँ। किसी ने नहीं आना, फिर भी प्रतीक्षारत हूँ। यह कुछ पहले तो कभी नहीं हुआ। किसी के आने न आने से कभी कोई अन्तर नहीं पड़ा। क्या ग़ालिब साहब वाले फ़ुर्सत के रात–दिन आ गये हैं? लेकिन किसका तसव्वुर लिए बैठा हूँ? सोया भी तो नहीं।

सच का कहीं–न–कहीं मुझे पता है, लेकिन तर्कों के द्वारा इसे परे खदेड़ना चाहता हूँ। मानते क्यों नहीं कि राधा मेहरा के न आने से तुम उखड़े हुए हो? जिससे तुमने कुछ नहीं लेना–देना, जिससे बचकर चलना चाहते हो, रहना चाहते हो, उसी का इन्तज़ार कर रहे हो। अपने पौरुष पर हमें इतना घमण्ड होता है कि किसी के लिए उदास होने को स्वीकारना हमें हठी लगता है। अपमानजनक लगता है।

मुँदी आँखों पर नींद दरवाज़ा उढ़क देती है। सोयी हुई इन्द्रियाँ संकेत देती हैं कि कोई आया है, आया है। अन्दर के राडार पर बिना आहट के क़दमों की आहट सुनाई देती है। आँखें खोलता हूँ। राधा मेहरा बिस्तरे के पास खड़ी है। सोये हुए शायद कम्बल छाती से नीचे सरक गया था। शरीर नंगा है। कम्बल ऊपर खींचता हूँ। वह कहती है, "क्या बात? आज कुछ पहना नहीं?"

मैं बताता हूँ धुला हुआ कुर्ता वर्मा ने भेजना था, अभी तक नहीं भेजा। कहीं भूल न गया हो।

"क्या साइज़ है? मैं नौकर भेजकर खादी भंडार से बना–बनाया कुर्ता मँगवा देती हूँ।"

"नहीं–नहीं। अभी आ जायेगा। आप परेशान न हों।"

शायद मैंने 'नहीं' कुछ अतिरिक्त ज़ोर से की है। वह समझ जाती है, मैं उसका एहसान नहीं लेना चाहता। बड़ी सपाट आवाज़ में कहती है, "बिल आप दे देना। इतने ज़ोर से 'नहीं–नहीं' करने की क्या ज़रूरत है?"

तभी चायवाले दोस्त का नौकर कुर्ता लेकर आ जाता है। बताता है धोबी के घर से जाकर लाना पड़ा। इसलिए देर हो गयी। मैं सिरहाने के नीचे में एक रुपया निकालकर उसे देता हूँ। वह ख़ुश चला जाता है। अब डॉक्टर मेहरा जाये तो कुर्ता पहनूँ। इसके सामने कम्बल उतारने में झिझक हो रही है। वह मुसकराती है, "डॉक्टरों से क्या शरमाना? मैं वैसे भी ऑपरेशन के वक़्त आपको नंगा देख चुकी हूँ।"

मैं कम्बल उतारता हूँ। कुर्ते के बटन नहीं खोले, इसलिए सिर में फँस जाता है। वह बटन खोलकर कुर्ता सिर के नीचे उतार देती है। फिर उसकी निगाह बन्द टिफ़िन पर पड़ती है। "यह क्या? अभी तक नाश्ता नहीं किया। पता है, दोपहर होने को है। अब तो लंच का टाइम हो गया है।"

"मन नहीं किया।"

"मन नहीं किया? क्यों नहीं किया? मन और नाश्ते का क्या सम्बन्ध? मुझे समझ नहीं आता आप अपनी बीमारी को सीरियसली क्यों नहीं लेते? ठीक से खायेंगे नहीं तो ठीक कब होंगे?"

मैं न–न करता हूँ। फिर भी उसका मुझे लेकर चिन्तित होना अच्छा लगता है। यह अच्छा लगना मुझे भूख लगा देता है। वह टिफ़िन खोलती है, अपनी थोड़ी–सी टेढ़ी नाक सिकोड़कर 'ठण्डा है' कहकर बन्द कर देती है। "चलो, आज फल खा लो। वैसे भी खाना आने वाला होगा!"

वह लिफ़ाफ़े से सेब निकालती है। उसके हाथों को देख रहा हूँ। इनका रंग सेब के रंग से मिल गया है। पता है, पहले सेब के चार टुकड़े करेगी और फिर छिलके उतारेगी। लेकिन नहीं। हाथ ठुमरी की लय में घूमते हैं। सेब के एक सिरे पर चाकू रखती है और एक ही बारी में गोलाकार घूमते हाथ से सारा छिलका उतार देती है। छिलका एक लम्बी रस्सी की तरह नीचे लटक जाता है। उसका इस तरह से छिलका उतारना मुझे अच्छा लगता है। वह छोटे–छोटे टुकड़े करती है और मेरी ओर बढ़ाती है।

"आप भी लें न!" लगता है, वह न कर देगी। फिर मुझे देखती है, सेब के टुकड़ों को देखती है, एक टुकड़ा उठाती है और छोटे बच्चों की तरह से दाँतों से कुतरकर खाती है। मुझे अच्छा लगता है। मुझे और भूख लग रही है। उसे इस बात का पता चल जाता है।

"और सेब काटूँ?"

"आप भी साथ खायें तो काटिए।?"

"नहीं। मुझे जल्दी है। अभी लंच बनाना है। फिर शाम को भी तो ड्यूटी पर जाना है न? हम आप जैसी क़िस्मत वाले कहाँ? काम तो करना ही पड़ता है।"

वह सेब काटकर प्लेट में रखती है। जाने लगी है। मुझे देखती है, फिर मेरे बिन कहे एक टुकड़ा उठाती है, कुतरती है, इस तरह से मुसकराती है जैसे किसी छोटे बच्चे की ज़िद मानकर हम मुसकरायें।

थोड़ी देर बाद रवि आता है, लंच का टिफ़िन उसके हाथ में है। टिफ़िन खोलने से पहले मुझे आँख दबाकर कहता है, "क्यों बेटे, क्या बात है? आज तो चमक रहे हो। कहीं कोई चक्कर तो नहीं? वर्ना तुम्हारी सूरत तो हमेशा रोनी बनी रहती है!"

मैं जवाब में मुसकरा देता हूँ। पूछता हूँ, "माँ कैसी है?"

"तेरी माशूक बिल्कुल ठीक है। बस, तेरी ही बातें करती रहती है। आजकल तेरा कमरा तैयार किया जा रहा है। गार्डन में जो गेस्ट हाउस है न, अब तू वहीं सजेगा!"

"देख रवि, अपनी माँ को लेकर तो तमीज़ से बोलाकर!"

"तमीज़ क्या प्यारे! सच्ची बात तो कड़वी होती है न! मेरी टाँग टूटने पर उसे इतनी फ़िक्र नहीं हुई थी जितनी तेरी एकाध आँत कटने पर!"

उसकी माँ को लेकर हममें यह छेड़–छाड़ चलती ही रहती है। खाना खाने के बाद मैं पूछता हूँ, "कल जूही के साथ काफ़ी देर रहे। भट्टी के साथ उसकी गुज़र हो जायेगी?"

"गुज़र? क्या बात करते हो! छोटी न देखो। उसके सारे बल निकाल देगी। बड़े क़ायदे–क़ानून से चलने वाली लड़की है।"

पता नहीं, यह बात मुझे उदास क्यों कर देती है। रवि से कहता हूँ, "सुन, तू भी किसी को तलाश ले। अब तो शादी कर ही डालो। माँ कहती नहीं, यह दूसरी बात है। लेकिन मुझे पता है वह चाहती है, तुम जल्दी शादी कर डालो!"

"ठीक है, कर लूँगा, लेकिन तुम अपनी कहो?"

मैं अपनी क्या कहूँ? न नौकरी, न क़ायदे से जीना, न किसी के साथ रहने की इच्छा! मैं अपनी क्या कहूँ? कहने को है क्या?

मैं रवि से कहता हूँ वह जाये, मैं सोऊँगा। फिर याद आता है, आज क्लब में तम्बोला है। उसे कहता हूँ, "देख, शाम को मत आना। यहाँ कहाँ बोर होगा!"

"ख़ैर, बोर होने की बात तो रहने दो। आज क्लब ही चलते हैं। देखें, शायद क़िस्मत चमक जाये, कोई मान जाये।"

वह टिफ़िन बन्द करता है, गीला तौलिया करके मेरा मुँह साफ़ करता है और दरवाज़ा बन्द कर चला जाता है।

आजकल मुझे नींद ख़ूब आती है। बन्द आँखों में कमरे का प्रकाश बन्द हो गया। आधा सोया, आधा जागा हूँ और अपने बारे में सोच रहा हूँ। भट्टी शादी कर रहा है, रवि की शादी भी हो जायेगी, वर्मा का वेतन कुछ ज़्यादा नहीं। फिर मैं क्या करूँगा? कामहीन और समयमुक्त जीवन गुज़ारने की आदत बन चुकी है। क्या मैं घण्टों और मिनटों में बाँटकर ज़िन्दगी गुज़ार सकता हूँ? जैसा अच्छा रहने, अच्छा पहनने, अच्छा खाने

का ज़िन्दगी का ढर्रा बन चुका है, क्या वह थोड़े–से लेख लिखकर चल सकेगा? बीसवीं सदी में आदि मानव का यायावर जीवन जीना क्या सम्भव है? और यह सोचते–सोचते अवचेतन इन्द्रियों पर मलहम की–सी छुअन–सा हावी हो जाता है, सोने से पहला आख़िरी ख़याल आता है कि अब मुझे घड़ी ख़रीदनी पड़ेगी।

सोये हुए कान शायद छोटी–छोटी आवाज़ें ग्रहण करते हैं लेकिन यह ध्वनियाँ आज अन्दर नहीं जातीं, कानों से ही बाहर लौट जाती हैं, कानों और आँखों के बीच के अदृश्य सम्बन्ध में कोई कम्पन नहीं होती, इसलिए आँखें बन्द ही रहती हैं। शरीर में पैरों की उँगलियों से एक छोटा–सा तनाव शुरू होता है और यह तनाव ऊपर की ओर चढ़ता हुआ प्रत्येक इन्द्री को छुए जा रहा है। उस रात की तरह लगता है फिर कोई अदृश्य कमरे में आया है। बार–बार करवट लेता हूँ। टाँगें, हाथ और कमर लगातार मुड़ रही है, कसमसा रही है। मुँह खुलने को होता है। पिछली बार का आतंक अवचेतन को चेतावनी देता है, खुल रहे मुँह को ज़ोर–से बन्द कर लेता हूँ। कसमसाना बन्द हो जाता है। आँखें खोलता हूँ। कमरे में घुप्प अँधेरा है। यहाँ शाम होती ही नहीं। बाद दोपहर के सीधे रात हो जाती है। कमरे के दरवाज़े पर खड़ा अँधेरे का टुकड़ा हिलता दिखाई देता है। क्या वह अदृश्य जो अन्दर आया था, बाहर जा रहा है? नहीं। खिड़की के रास्ते अन्दर आती हवा दरवाज़े में खड़े अँधेरे को हिला रही है, बाहर धकेलने की कोशिश कर रही है। कोई नहीं आया था। त्रस्त भ्रम है जो अमूर्त कुछ को आकार देने की कोशिश कर रहा है। खिड़की के काँच के पार रौशनी का मटमैला धब्बा दिखाई दे रहा है। कोई जल्दी निकल आया तारा है या किसी ने बल्ब जला दिया है?

मस्तिष्क आज्ञा देता है, पड़े रहो, तुम्हें कहीं नहीं जाना है। अन्तरात्मा संकेत दे रही है, उठो। तुम्हें जाना है। वह कोई अदृश्य, निराकार जो कमरे में आया था, तुम्हें बुला रहा है। विचार और कारण हार मान जाते हैं। उठता हूँ। मेज़ पर एक चिट पड़ी है। भट्टी आया था। लिखा है, मैं सोया हुआ था, बहुत गहरी नींद, उसने जगाया नहीं। कल आयेगा। शाल ओढ़ता हूँ, बाहर निकलता हूँ और ज़रा तेज़ क़दम उठाकर लॉन पार करता हूँ, राधा मेहरा के बरामदे में पहुँच जाता हूँ।

पैशन–फ़्लावर्ज़ सिर हिलाकर मेरा स्वागत करते हैं। दरवाज़ा खुला है। बिना खटखटाये अन्दर चला जाता हूँ। संगमरमर के सफ़ेद टॉप वाले मेज़ पर छोटी–सी रज़ाई ओढ़े चायदानी पड़ी है। मेज़ पर दो प्याले रखे हैं। मेरे क़दमों की आवाज़ सुनकर राधा मेहरा अन्दर के कमरे से बाहर आती है। मुझे लगता है आज यहाँ आकर ग़लती की। चायदानी और प्याले संकेत हैं कि उसने किसी को घर बुलाया है। मेरी परेशानी समझकर वह कहती है, "आ गये? मैं इन्तजार कर रही थी। आज थोड़ी देर कर दी!"

मैं अवाक् उसकी ओर देख रहा हूँ। उसे कैसे पता था कि मैं आ रहा हूँ! उसने क्योंकर चायदानी और प्याले पहले से ही मेज़ पर रख छोड़े हैं? मेरे यूँ पहुँच जाने से उसे कहीं कोई हैरानी क्यों नहीं हो रही, अचम्भा क्यों नही लग रहा? वह मुझे बैठने को कहती है। उसका अपना चेहरा भावहीन है, बिल्कुल सपाट है। "आज परेशान लग रहे हो। क्यों? तबीयत तो ठीक है न?"

इसे बताऊँ कि न बताऊँ कि फिर कोई अदृश्य कमरे में आया था। क्या सोचेगी? इस लिखे–पढ़े आदमी को आशंका और भय के दौरे तो नहीं पड़ते? लेकिन वह तो डॉक्टर है, उस रात भी जब नर्स बुलाकर लायी थी तो इसने मेरे आतंक का मज़ाक़ थोड़े उड़ाया था, धीरज बँधाया था।

"आज फिर कोई कमरे में आया था!"

"अच्छा! कभी–कभी ऐसा होता है!" वह यह बात इस तरह से करती है जैसे उस अदृश्य के आने का इसे पता है, इससे पूछकर आया है। कुर्सी से उठती है, फिर मेरी दोनों आँखों को एक उँगली से दबाती है। मेरे शरीर के अन्दर से विद्युत किरणें बाहर निकली हैं। उसकी उँगली इन्हें सोख लेती है, अपने में जज़्ब कर लेती है। हाँ, इसके हाथों में हीलिंग टच है, कोई दैवी शक्ति है। मैं सामान्य महसूस करने लगता हूँ।

मेरा चेहरा देखकर वह कहती है, "मुँह धो लो। फिर चाय पी लें। ठण्डी हो रही है!" वह मुझे बाथरूम ले जाती है। नल का ठण्डा पानी चेहरे को सुख–स्पर्श देता है। मैं मुँह पोंछकर बाहर आने लगता हूँ तो कंघी आगे बढ़ाकर कहती है, "बाल बना लो!" मैं आदतन कसकर कंघी करता हूँ। बालों को सिर के साथ बिल्कुल चिपकाकर। उसे कंघी लौटाता हूँ। वह हाथ सिर की ओर बढ़ाती है, शायद इस तरह से बाल बनाना उसे अच्छा नहीं लगता। बढ़ते–उठते हाथ की गति टूटती है, वह कंघी मेज़ पर रख

देती है और हम दोनों बैठक में आ जाते हैं। टिकोज़ी से हल्की–हल्की भाप निकल रही है। वह चाय बनाती है। हम दोनों पीना शुरू कर देते हैं।

पूछती है, "आपने अभी तक शादी क्यों नहीं की?"

सोचता हूँ, उसने यह प्रश्न सिर्फ़ बातचीत के लिए किया है या सचमुच पूछ रही है? उसकी आँखें देखता हूँ। काली–स्याह, किसी गहरी खाई की तरह, पहले कम अँधेरी, फिर गहराते अँधेरे से भरी हुई। एक धुँधली–सी इच्छा पीठ पर धक्का दे रही है। कह रही है, 'खाई में कूद जाओ'। इसका सारा अँधेरा देख लो। अँधेरे का अपना एक आकर्षण होता है, जिसका सम्मोहन हमें हमेशा बुलाता रहता है। वह अब भी मेरे जवाब का इन्तज़ार कर रही है। उसे बताता हूँ कि मैं एक जिप्सी हूँ, ड्रिफ़्टर हूँ। समाज का, इसकी व्यवस्था का कभी भी अंग नहीं बना। शादी करता तो मैं एक तयशुदा पात्र बन जाता। समाज द्वारा निर्धारित मेरा एक निश्चित रोल होता। और एक ही पात्र को हमेशा जीने, एक ही रोल हमेशा करना मेरे बस का नहीं। मन ने न इसे कभी स्वीकारा है न इस रोल को खेलने का, जीने का प्रशिक्षण देने को तैयार है। किसी भी जगह के साथ, किसी भी व्यक्ति के साथ जुड़ पाना मेरी प्रकृति के ख़िलाफ़ है।

मेरा जवाब सुनकर वह थोड़ी देर चुप रहती है, फिर पूछती है कि लगातार शहर क्यों बदलता रहता हूँ? उसे बताता हूँ कि पैरासाइट हूँ। जब–जब भट्टी या रवि की किसी ठीक शहर में ट्रांसफ़र होती है, मैं वहीं चला जाता हूँ। अब यहाँ भी तभी आया जब भट्टी की बदली इस शहर में हुई।

वह कहती है, "इसका मतलब यह तो नहीं कि औरत का संग आपको अच्छा नहीं लगता।"

मैं उसे बताता हूँ, "ऐसी बात नहीं। औरतें मेरी ज़िन्दगी में आयी हैं। मैं संन्यासी नहीं। औरत का एक रात का ख़र्च तो कर सकता हूँ, सारी ज़िन्दगी का नहीं। और फिर प्रत्येक औरत एक विशेष आर्थिक सुरक्षा चाहती है, उसे बँधा–बँधाया ख़र्चा चाहिए, जो मेरे बस का नहीं।"

मेरी बात उसे कड़वी लगी है। वह हाथ उठाकर मुँह पर आये बाल पीछे करती है। कन्धे पर से काली शाल नीचे खिसक जाती है। थोड़ा गुलाई में झुका कन्धा किसी परिन्दे के कन्धे की तरह धीमे–धीमे ऊपर–नीचे उठ रहा है। एक बार इच्छा ज़रूर होती है कि शाल इसके शरीर से

नीचे गिर जाये और इसकी नंगी बाँहें देख लूँ। फिर इस इच्छा को कुचल देता हूँ। वह काली शाल खींचकर ऊपर करती है और परिन्दे की तरह गोलाकार झुका कन्धा छुप जाता है। मैं कार्निस की तरफ़ देखता हूँ। उसकी बेटी निक्की हम दोनों की तरफ़ तस्वीर में से देख रही है और बाहर आने के लिए मचल रही है। वह पूछती है, "आप क्या लिखते हैं? पढ़ने को दीजिए न!"

मैं उसे बताता हूँ कि मैं ट्रैश लिखता हूँ, वाहियात। पढ़ने की कोई ज़रूरत नहीं। वह कहती है कि एक लेखक को अपने लेखन के प्रति ऐसा नहीं सोचना चाहिए कि यह ट्रैश है, वाहियात है। मुझे लगता है आम लोगों की तरह लिखने को लेकर उसकी कुछ रोमानी धारणाएँ हैं। कहता हूँ, डॉक्टर मेहरा, मैं लेखक नहीं हूँ, पत्रकार हूँ। और पत्रकारिता में, लेख लिखने से आदमी ख़ुद कहीं भी इन्वॉल्व नहीं होता, जुड़ता नहीं। मैं वही टॉपिक चुनता हूँ, उसी विषय पर लिखता हूँ जिसकी विदेशों में माँग है। वर्मा उस दिन आपको ठीक बता रहा था कि मैं राइटर नहीं, टाइपराइटर हूँ।

"चाय और हो जाये।" कहकर वह मेरी हाँ—न सुने बिना किचन में चली जाती है। मैं दीवार में बनी अलमारी में रखी किताबों की ओर देखता हूँ। आज ज़रूर पूछूँगा कि ऐसी किताबें वह क्यों पढ़ती है? विज्ञान—मन होकर भी क्या इन किताबों में लिखे अन्धविश्वासों पर यह विश्वास करती है? मैं तो इस विषय पर सोचना तो दूर, बात तक करना पसन्द नहीं करता।

वह आती है। चायदानी मेज़ पर रखती है। मुझे किताबों की तरफ़ देखते देखती है, मेरे चेहरे पर व्यंग्यात्मक सन्देह देखती है, और पूछती है, "क्यों आपको तन्त्र, योग, प्रेत—साधना और इनसे मिली शक्तियों पर विश्वास नहीं?"

मैं अतिरिक्त ज़ोर के साथ 'न' में सिर हिलाता हूँ। वह कहती है, "पहले मुझे भी न था। किसी चीज़ की जानकारी के बिना उसके होने से इनकार करती थी, लेकिन अब है।"

"कैसे?" मैं पूछता हूँ। वह कहती है कि पति जब ज़िन्दा था तो प्रत्येक रात वह मुझ पर शारीरिक अत्याचार करता था और इसमें असफल होता था। मेरा शरीर और मन, दोनों विकृत हो चुके थे। तनाव इतना बढ़ गया था कि दिन में आठ—दस काम्पोज़ की गोलियाँ खानी पड़ती थीं। पति

मर गया, लेकिन तब तक नर्वसरैक बन चुकी थी। चेहरे पर का मांस फूल गया था, उठते–बैठते साँस चढ़ी रहती थी। तब डॉक्टर मनचन्दा की सलाह पर यहाँ के एक रिटायर्ड आई.ए.एस. अफ़सर के यहाँ योगाभ्यास के लिए जाने लगी। वह पैंसठ साल के ऊपर थे, लेकिन सिर का हर बाल अब भी काला स्याह था, शरीर में बैले नर्तकों जैसी लोच थी। योग क्रियाओं के बाद जब मैं शवासन में होती तो धीरे–धीरे एक–एक करके मेरा प्रत्येक शरीर–अंग मृत हो जाता। और फिर धीरे–धीरे शरीर से विष बाहर निकलना शुरू हो जाता। वह कहते थे, तुम हवा में तैरो, फ़्लोट करो। विचारों की दुनिया से बाहर निकल जाओ, क्योंकि यह दुनिया झूठ की दुनिया है, प्रपंच का संसार है। कोई विचार तुम्हारा अपना विचार नहीं। सदियों से चलते आये विचारों को सोचने के, जीने के तुम आदी हो। जिसे तुम अपना जीवन कहते हो वह सदियों का सँजोया हुआ जूठन है। शुरू–शुरू में बीस मिनट के शवासन में मैं अपने को अपने शरीर से एक–दो मिनट मुक्त कर पाती थी। लेकिन अभ्यास जारी रहा। इसके लिए विश्वास का सम्बल ज़रूरी है। किसी भी वस्तु में वह सम्बल मेरे पास आ गया। अब मैं बीस मिनट तक मृतावस्था में रह सकती हूँ। अपने दृश्य शरीर से मुक्त हो सकती हूँ।

इतनी बात करने के बाद वह मेरी आँखों में देखती है, विश्वास आया कि नहीं की मुद्रा में। मेरी आँखों में उसे अविश्वास ही दिखाई देता है। मैं उसे कहता हूँ कि योगाभ्यास एक तरह का व्यायाम है। और व्यायाम से तनाव से मुक्ति मिलती है, यह साधारण–सी सच्चाई है। योग की क्रियाओं से उसका शरीर थक जाता था, श्लथ हो जाता था इसलिए नींद अपने आप आ जाती थी, काम्पोज़ की गोलियों से निजात मिल गयी। अब उसका यह कहना कि एक कोई जीवित मृतावस्था में पहुँच जाये, यह झूठ है, तान्त्रिक पाखण्ड है।

मेरी बातें सुनकर उसमें तनाव आ गया है, आँखों का काला रंग भूरा होना शुरू हो गया है। तीखी आवाज़ में कहती है, "आपका मतलब है कि मैं अपनी काया का कुछ समय के लिए त्याग नहीं कर सकती?"

"डोंट मी सिली, डॉक्टर। तुम बिल्कुल तान्त्रिक की–सी बातें कर रही हो।"

वह थोड़ी देर मुझे देखती है। पता है, जवाब देने न देने के बीच द्वन्द्व चल रहा है। फिर मेरा उसे सिली कहना, उसके बोलने का निर्णय पक्का कर देता है। दबी आवाज़ में पूछती है, "उस रात कमरे में कौन आया था? आज शाम कमरे में कौन आया था? मैं चाय बनाकर तुम्हारी प्रतीक्षा क्यों कर रही थी?"

मुझे अपनी रीढ़ की हड्डी में सरसराहट महसूस होती है। भय के लम्बे हाथों की उँगलियाँ मेरे शरीर को छू रही हैं और ज़ोर–ज़ोर से यह भय अन्दर प्रवेश कर रहा है। पूछता हूँ, "कौन आया था? कोई नहीं था। मेरे अन्दर का कोई सुप्त भय अमूर्त को बता रहा था। कोई नहीं था।" दोबारा 'कोई नहीं था' शायद मैं अपने आपको हौसला देने के लिए कह गया।

वह कहती है कि मैं ग़लत कह रहा हूँ। "मैं तुम्हारे कमरे में आयी थी। तुम्हारे शरीर में प्रवेश किया था। तभी तुम्हारा रक्तचाप बढ़ गया था, शरीर का हर अंग मुड़ रहा था, ज़ोर की कन्वलशंज़ हो रही थी। मैं आयी थी। तुम्हें छुआ था। तुम कहते हो मेरे हाथों में हीलिंग टच है। हाँ, है। तुम्हें छूकर मैंने तुम्हें अपने से मुक्त कर दिया था। आज शाम भी तुम्हारे कमरे में मेरा कायाहीन शरीर आया था तुम्हें बुलाने। तुम आ गये। परेशान थे। मैंने तुम्हारी आँखों को हाथ की उँगली से छुआ, तुम मुक्त हो गये। सामान्य हो गये।"

अब मैं बिल्कुल भयग्रस्त हूँ। क्या यह सुनहरे सेब के रंगवाली औरत कोई डाकिनी है, विच है? क्या इसके पास काली शक्तियाँ हैं? मुझे यहाँ से उठना चाहिए, यहाँ कभी नहीं आना चाहिए। इसकी छाया से बचना चाहिए। डॉक्टर मनचन्दा से कहकर कल ही हस्पताल से छुट्टी ले लूँगा। वह ज़ख्मों के टाँके रवि के घर आकर खोल लेंगे।

वह समझ गयी है कि मैं इस क्षण त्रस्त हूँ। मुसकराती है, आँखों के भूरे रंग की जगह काला रंग लौट आता है। कहती है, "डर क्यों गये? जब तन्त्र विद्या में विश्वास नहीं तो मेरी बात क्यों मान गये कि मैं तुम्हारे कमरे में दो बार आयी थी, अशरीर और कायाहीन।"

मैं तनाव–मुक्त हो जाता हूँ। ठीक ही तो कह रही है। जिस किसी के अस्तित्व से, होने से मुझे इनकार है उससे डरने का क्या मतलब? शायद इस कमरे के वातावरण ने, कलर स्कीम ने, उसके सुनहरे सेब से रंग ने, मेरे बीमारी से कमज़ोर शरीर ने मुझे थोड़ी देर के लिए सम्मोहन

में बाँध दिया था और मैं उसकी शरीर त्यागने की बातों में आ गया था। सामान्य हो जाता हूँ, पूछता हूँ, "लेकिन शरीर होते हुए शरीर त्यागना क्योंकर मुमकिन है?"

वह बताती है, शरीर क्या केवल वही है, उतना ही है जितना दिखाई देता है? क्या वही आकार है जो माँस और हड्डियों में कैद है? नहीं? यह बाहर का शरीर है जो दिखाई देता है। अन्दर का शरीर अलग है, हर क्षण, हर जगह है। कठिन साधना से हम अपने दिखाई देनेवाले शरीर से मुक्ति पा लेते हैं। तब एक कायाहीन शरीर बाहर आता है जिसे अंग्रेज़ी में 'एस्ट्रल' कहते हैं। यह कायाहीन शरीर गति से नहीं बँधा हुआ और न ही अन्तरिक्ष से। क्षणांश में यह कई कल्पों की, सारे अन्तरिक्ष की यात्रा तय कर लेता है। यही उस रात और आज शाम हुआ था। उस रात मैं पूरी तरह से समाधिवस्था में थी, पूरी तरह से अपनी काया त्याग सकी और मेरा कायाहीन शरीर तुम्हारे कमरे में गया था, तुम्हारे अन्दर प्रवेश किया था।

"लेकिन क्यों? मेरे कमरे में क्यों? मेरे साथ यह प्रयोग क्यों?"

"पता नहीं। पहले कभी मैंने ऐसा नहीं किया। मेरा कायाहीन शरीर किसी और के शरीर में नहीं गया। लेकिन मैं शायद इस विद्या की, अपने तन्त्र गुरु की परीक्षा लेना चाहती थी। उस रात जब नर्स मुझे बुलाने आयी, तुम्हें बहुत बीमार देखा तो समझ गयी कि मैं अपनी परीक्षा में पूरी उतरी। गुरु का पढ़ाया–सिखाया सच है।"

मेरी शंका सवाल करती है, "लेकिन यह हार्मफुल हो सकता है, नुक़सान कर सकता है!"

"नहीं, जिन्हें पता नहीं, वह समझते हैं तन्त्र का केवल एक अर्थ है। एक ही प्रभाव है। नहीं। एक काला–तन्त्र है जो नेगेटिव है, हार्मफुल है। एक श्वेत है जो पाज़ेटिव है, हानिरहित है। मैंने श्वेत तन्त्र की दीक्षा ली थी, इसी का अभ्यास करती हूँ।"

मैं हँसकर कहता हूँ, "डॉक्टर, उम्मीद है, आप डाकिनियों की तरह ख़ून नहीं पीतीं!"

वह हँसकर कहती है, "नहीं, मैं चाय पीती हूँ। यह तो ठण्डी हो गयी। और बना लाती हूँ।"

वह चाय लाती है। फिर सलाह देती है कि अपने देश के अन्धविश्वासों, प्रेत–साधना, वशीकरण विद्या पर मैं अंग्रेज़ी में लेख क्यों नहीं लिखता।

मुझे उसकी बात जँचती है, क्योंकि लेख का मतलब है पाँच सौ डॉलर। जब कहता हूँ, इस बारे में कुछ नहीं जानता तो तन्त्र विद्या पर पढ़ने के लिए एक शब्दकोश देती है। मज़ाक़ करती है कि मुझसे ज़्यादा तो उसकी बेटी इस विद्या के बारे में जानती है। सारी छुट्टियाँ यही किताबें पढ़ती है और माँ–बेटी इस विषय पर बातचीत करके मज़े लेती हैं। देर हो गयी है, उठते हुए कहता हूँ, "डॉक्टर, अब अपना शरीर त्यागकर मेरे कमरे में न आना। आज भरपूर सोने का दिल है। प्रयोग करना है तो किसी और पर करना।"

वह कहती है, मैं खाना उसी के यहाँ क्यों नहीं खा लेता? मैं कहता हूँ, खाना आ गया होगा, फिर वर्मा इन्तज़ार भी कर रहा होगा। वह हँस के पूछती है, आज डाँटेंगे नहीं? मैं बताता हूँ नहीं, रवि और भट्टी आयेंगे नहीं, वर्मा को पता है मैं यहाँ हूँ। वह कहती है कि क्या मैं वर्मा के लिए सूचना छोड़ आया था कि यहाँ हूँ? बताता हूँ, सूचना की ज़रूरत नहीं, मेरे बारे में वह हमेशा से सही अन्दाज़े लगा लिया करता है। हम उसके बरामदे में खड़े हैं, शाल उसके कन्धे से फिर नीचे सरक गयी है। कन्धे पर सर्दी लग रही है, मांस थोड़ा सिकुड़ता, सिहरन लेता दिखाई दे रहा है। शायद बरामदे की हवा में पैशन–फ़्लावर्ज़ की नशीली गन्ध फैली है, इसलिए मेरा मन करता है, अपने हाथ से उसकी शाल पकड़कर कन्धे पर ओढ़ा दूँ। लेकिन क्यों? क्या इसका कारण सिर्फ़ पैशन–फ़्लावर्ज़ की नशीली गन्ध है? वह पूछती है, कमरे तक छोड़ आये? मैं कहता हूँ, नहीं। अपने आप चला जाऊँगा। मैं इन्तज़ार तो कर रहा हूँ कि हाथ उठाकर मुझे 'बाय' कहे, लेकिन चाहता नहीं कि 'बाय' कहे। उसके पास और बैठने का, और बातें करने का मन हो रहा है। वह सिर झुकाये खड़ी है। पैशन–फ़्लावर्ज़ की बेल के पत्ते धीरे–धीरे हिल रहे हैं। उसके दायें गाल पर इन पत्तों की छाया पड़ती है, नीचे गले की ओर सरकती है, फिर ऊपर उठ आती है। मैं उसके चेहरे पर बनता, हिलता छाया का यह पैटर्न कई क्षण देखता रहता हूँ। उसके कन्धे किसी उड़ान भरने लगे पक्षी की तरह धीरे–धीरे हिल रहे हैं। चेहरे को ध्यान से देखता हूँ और यह महसूस करके थोड़ा डर जाता हूँ कि वह मेरे पास खड़ी है और अनुपस्थित भी है। किसी यात्रा पर निकल गयी है। बौद्ध भिक्षुणी अपने मठ की कन्दरा में वापिस लौट रही है। फिर वही अँधेरे का अकेलापन

और फिर वही कठोर साधना। चाहता हूँ, उसे कन्धों से पकड़कर इस यात्रा पर जाने से रोक लूँ। तभी अन्तरात्मा कहती है, यहाँ से चल पड़ो, और एक क्षण भी ठहरोगे तो कमज़ोर हो जाओगे। इस कृशकाय, सुनहरे सेबी रंग की भिक्षुणी के सम्मोहन के दायरे में आ जाओगे, बँध जाओगे और तुम्हारा यायावर बन्दी बन जायेगा।

मैं हाथ हिलाता हूँ, उसे गुडनाइट डॉक्टर कहता हूँ, वह कोई जवाब नहीं देती। मुझे बुरा नहीं लगता, क्योंकि पता है कि वह तो वहाँ है ही नहीं, किसी लम्बी यात्रा पर निकल गयी है। जल्दी–जल्दी क़दम उठाकर बीच का लॉन पार करता हूँ, अपने कमरे के दरवाज़े पर पहुँच जाता हूँ। कोई मेरी शाल का सिरा पकड़कर रोकता है। थमता हूँ, पीछे मुड़ता हूँ, लॉन के अँधेरे के पार देखता हूँ। वह हाथ हिला रही है। अँधेरे को उसका हाथ किसी चमकीले चाकू की तरह दायें–बायें काट रहा है। मैं भी फिर हाथ हिलाकर अपने कमरे में चला आता हूँ।

वर्मा ने अपना फ़ोल्डिंग–बैड बिछा लिया है। छोटा मेज़ बीच में रखा है। टिफ़िन की ओर इशारा करके पूछता है, खाना लगाये? मैं हाँ में सिर हिलाता हूँ। वह डिब्बे खोलता है। एक डिब्बे से सूप गिलास में डालता है, चम्मच और गिलास मुझे पकड़ाता है। मुझे गुस्सा आ रहा है कि वह पूछता क्यों नहीं कि इतनी देर मैं कहाँ था? सोचता हूँ पूछे क्यों, जबकि उसे पता है कि मैं राधा मेहरा के घर था। चम्मच से सूप मुँह में डालता हूँ। अच्छा नहीं लगता। गिलास मेज़ पर रख देता हूँ। वर्मा मेरी ओर देख रहा है। सवाल कर रहा है कि सूप क्यों नहीं पी रहा?

"मुझे भूख नहीं है!"

"भूख नहीं है? क्यों नहीं है? गुस्सा है तो खाने पर क्यों उतारते हो!"

उसे मेरी इस आदत का पता है। गुस्सा आता है तो कहता कुछ नहीं, इसे पी जाता हूँ। हाँ, खाना नहीं खाता। यह कई बार कई दिन तक चलता रहता है। वह मुझे खाने के लिए ज़ोर नहीं देता। चुपचाप खाता है, टिफ़िन के डिब्बे बन्द करता है। मेज़ साफ़ करता है और अपनी चारपाई पर बैठकर सिगरेट सुलगाता है, लम्बे–लम्बे कश खींचता है।

"अब गुस्सा किस बात का है?"

"तुम रवि की माँ को फ़ोन करो। उन्हें कहो, मुझे कल यहाँ से छुट्‌टी दिला दें। टाँके घर में ही खुल जायेंगे।" मैं उसके सवाल का जवाब नहीं देता।

"डोंट टॉक नानसेंस। यहाँ तुम्हारी इतनी देखभाल हो रही है। रवि की माँ जल्दी छुट्टी के लिए कहेगी तो डॉक्टर क्या समझेंगे? इसका मतलब है यहाँ तुम्हें कोई तकलीफ़ है, परेशानी है।"

अब मुझे अपने साथ वर्मा पर भी गुस्सा आ रहा है। यह कैसा आदमी है? हमेशा ठीक बात करता है। इसके लिए ज़िन्दगी हमेशा से एक लॉजिक रही है, कार्य–कारण सन्तुलन पर टिकी हुई। बोलता फिर वही है, "सन्तोष, अपने से लड़ना बन्द कर दो। हमेशा लड़ते हो, कब तक लड़ते रहोगे?"

वह ठीक कह रहा है, लेकिन कुछ तो जवाब देना है, जो सच है, उसे दलीलों के द्वारा झूठा साबित करता है।

"क्या मतलब? अपने से कैसे लड़ता हूँ?"

"देखो, बनो मत। तुम जानते हो, डॉक्टर मेहरा तुम्हें अच्छी लगती है। इसीलिए तुम्हें गुस्सा चढ़ा हुआ है। तुम्हारी मारबिड ईगो यह कैसे स्वीकार कर ले कि तुम्हें कोई अच्छा लगने लग गया है? तुम यह चाहते हो कि जब कोई तुम्हें प्यार दे, दोस्ती दे लेकिन जवाब में तुम कुछ न दो। यह तुम्हारी अपनी ईगो को फीड करने का तरीका है, दूसरों को हर्ट करने का, दुःख देने का ज़रिया है!"

मुझे पता है वह ठीक कह रहा है, इसलिए गुस्सा और बढ़ रहा है। अपने मन पर आज तक मेरा अपना एकछत्र राज्य रहा है। कितने लोग, पुरुष, नारी, दोनों ज़िन्दगी में आये हैं, मन का द्वार खटखटाया है, लेकिन मैंने इसे हमेशा बन्द रखा है।

वह मुझे चुप देखकर बोलता है, "अगर वह तुम्हें अच्छी लगती है तो इसमें अपमानित महसूस करने की कौन–सी बात है? बी ए नॉर्मल मैन? अपनी छाया से द्वन्द्व करना बन्द कर दो। इसमें उसका क्या कसूर है अगर वह तुम्हें अच्छी लगती है। हस्पताल जल्दी छोड़ना चाहते हो, रवि की माँ से फ़ोन करवाना चाहते हो? क्यों? क्योंकि तुम उसे हर्ट करना चाहते हो। यहाँ के स्टाफ़ को हर्ट करना चाहते हो। बताना चाहते हो, तुम यहाँ ख़ुश नहीं। जिन लोगों ने तुम्हारी जान बचाई है, उन्होंने क्या कसूर किया है?"

वह फिर ठीक कह रहा है, लेकिन मैं आज तक क्या लॉजिक को, जो ठीक है, उसको मानता आया हूँ? कारण के आधार पर जीता तो आज क्या अच्छी–खासी नौकरी न कर लेता? ज़िन्दगी में कुछ बना न लेता? यूँ ख़ानाबदोशों की तरह शहर–दर–शहर, दोस्त–दर–दोस्त बदलता रहता?

नहीं। ठहरी हुई ज़िन्दगी मुझे रास नहीं आयी, नहीं आयेगी। इसे कहता हूँ, "तुम रवि की माँ को फ़ोन करो। मैं यहाँ नहीं रहना चाहता।"

वह मेरा चेहरा देखता है। उसे पता है मैंने निर्णय ले लिया है। उसे पता है एक बार कोई फ़ैसला कर लूँ, चाहे ग़लत, चाहे सही, बदलता नहीं। ज़िन्दगी एक ज़िद के साथ जीता हूँ। वह दोस्त है। आख़िर बात तो उसे मेरी माननी है। "ठीक है। पर रवि की माँ को फ़ोन नहीं करूँगा। सुबह डॉक्टर मनचन्दा से खुद बात करूँगा। शायद वह मान जायें!"

मैं अब भी उसकी ओर ग़ुस्से से देख रहा हूँ।

"प्लीज़ सन्तोष। कभी तो किसी की बात मान लिया करो। अब सो जाओ। सुबह देखेंगे।"

मैं अब भी बैठा हूँ, वह मेरे कन्धे पकड़कर लिटाता है। उसे कहता हूँ, "ला, एक सिगरेट पिला।"

पहले वह न करना चाहता है। कहना चाहता है, अभी मेरा सिगरेट पीना ठीक नहीं। फिर मेरा चेहरा देखता है। सिगरेट सुलगाता है और मेरे होंठों में लगा देता है। लम्बा कश खींचता हूँ। मुँह बदस्वाद हो जाता है, कड़वा हो जाता है, शायद इसलिए कि दिनों बाद लिया है। हाथ नीचे लटकाकर फ़र्श पर इसे मसल देता हूँ। वर्मा ख़ुश दिखाई देता है कि मैंने पूरा सिगरेट नहीं पिया। वह बत्ती बुझाकर लेट जाता है।

मुझे नींद नहीं आ रही। आँखें खोले अँधेरे को देखे जा रहा हूँ। तेज़ चाकू की तरह अँधेरे को काटता उसका गोरा हाथ बार–बार मेरे अन्दर कौंध रहा है। कन्धे से सरक गयी उसकी शाल को मैंने ऊपर क्यों नहीं किया? उसे छू तो लेता। लेकिन उसे छूना इतना ज़रूरी क्यों है? उसमें ऐसा क्या है, जिसने मेरे अन्दर युद्ध शुरू कर दिया है? ज़िन्दगी में बहुत औरतों को मैंने छुआ है, उन्होंने मुझे छुआ है, लेकिन तब तो अपने अन्दर जंग जारी नहीं हुई। नींद नहीं है लेकिन आँखें बन्द कर लेता हूँ। सारी इन्द्रियाँ समेटकर उसके कायाहीन शरीर के यहाँ आने की प्रतीक्षा कर रहा हूँ लेकिन यह सोचकर उदास हो जाता हूँ कि अब वह नहीं आयेगी क्योंकि मैं ख़ुद उसे न आने के लिए कह आया हूँ। फिर यह निर्णय दुहराकर सो जाता हूँ कि कल मुझे यहाँ से छुट्टी लेनी है, चले जाना है। नींद के अँधेरे काले तालाब में उसका नंगा कन्धा और अँधेरे को काटता चाकू–चमकाता हाथ सारी रात कौंधता रहता है और मेरे अवचेतन में यह कटे हुए दृश्य घर कर जाते हैं।

तीन

सुबह वर्मा उठाता है तो एकदम बोझहीन महसूस होता है। जब–जब अन्दर की लड़ाई में मैं जीत जाता हूँ, ऐसा ही लगता है। वह शेव का सामान देता है, मेरा शरीर पोंछता है, धुला हुआ कुर्ता पहनाता है। राधा मेहरा की नौकरानी चाय का थर्मस रख जाती है। वर्मा गिलासों में चाय डालकर कहता है, "कितनी केयर करती है तुम्हारी।"

मुझे पता है, अब वह मेरे ऊपर पीछे से आक्रमण कर रहा है। किसी और माध्यम से मुझे पराजित करना चाहता है। मेरा निर्णय बदलवाना चाहता है। तो उसे सच बता ही दूँ।

"वर्मा, उसका पक्ष मत लो। जानते हो, वह तान्त्रिक है। कहती है, अपना शरीर त्याग लेती है। उस रात जब मैं बीमार हुआ था, उसका कायाहीन शरीर इस कमरे में आया था, मेरे अन्दर प्रवेश किया था।"

वह ध्यान से मेरी ओर देखता है, कहीं मज़ाक़ तो नहीं कर रहा? झूठ तो नहीं बोल रहा? विश्वस्त हो जाता है कि नहीं।

"मेरा ख़याल है, तुम्हारी अपनी कल्पना तुमसे खिलवाड़ कर रही है, तुम्हें धोखा दे रही है। उसने बताया कि वह यहाँ आयी थी, तुम्हारी कल्पना को दलील मिल गयी कि हाँ, वही आयी थी, इसीलिए तुम बीमार पड़े। और कुछ नहीं।"

हो सकता है वर्मा ठीक कह रहा हो। सन्देह फिर सम्बल देता है कि राधा मेहरा मुझसे झूठ बोल गयी है। उसने शायद मुझे सम्मोहन की स्थिति में लाकर मनवा लिया था कि शरीर छोड़ना सम्भव है, कायाहीन शरीर कहीं भी जा सकता है, समय और अन्तरिक्ष के बन्धनों से मुक्त है।

वर्मा बोलता है, "लगता है उसने ज़िन्दगी में बहुत दुख पाया है। चेहरा देखा है? कितनी हंगरी लुक्स है। शायद तुम्हारे साथ गुज़ारा वक़्त उसे

कुछ देर के लिए अपने आपसे मुक्त कर देता है। अगर ऐसा है तो तुम क्यों परेशान हो? पहले तो तुम ऐसे न थे! फिर यह बात ठीक भी तो है कि तुम्हारा साथ एक वीयर्ड, विचित्र सुख देता है। अब मुझे देखो, भट्टी को देखो, रवि को देखो, और दोस्तों को देखो। सबने तुमसे क्या लेना है? कुछ भी नहीं। लेकिन तुम्हारे साथ होना अच्छा लगता है। डॉक्टर मेहरा को भी एक और दोस्त मान लो।"

वर्मा की बात मुझे ठीक लगती है। राधा मेहरा के चाय पिलाने को मैं बढ़ा–चढ़ाकर तो नहीं देख रहा? कई बार अपनी कल्पना को सच का रूप देकर हम सुख प्राप्त करते हैं, स्वयं को धोखा देते हैं। मैं इतनी जल्दी हार मानने वाला नहीं। उसे रात की बात कहता हूँ, "अच्छा! तुम डॉक्टर मनचन्दा से बात तो करके देखो।"

वह मुसकरा देता है क्योंकि उसे पता है कि मैं हारने के बाद भी हार नहीं मानता। बच्चों की तरह अपनी ज़िद पर अड़ा रहता हूँ।

वर्मा की घड़ी देखता हूँ, नौ बजने वाले हैं। भूख लग आयी है। तभी रवि आता है, नाश्ते का टिफ़िन उसके हाथ में है। उसका चेहरा हँसी में धुला हुआ है। जानता हूँ, रात क्लब में कुछ हुआ है। ज़रूर दंगा किया होगा। जब भी लड़ाई–झगड़ा करता है, दूसरे दिन ख़ुश दिखाई देता है। वह टिफ़िन खोलता है। हम लोग खाना शुरू कर देते हैं।

वर्मा उससे पूछता है, "क्यों, क्या बात है? हँसी फूट रही है!"

"कुछ नहीं। रात क्लब में थोड़ा झगड़ा हो गया।"

मैं जानता हूँ, अच्छी–ख़ासी लड़ाई को वह हमेशा 'थोड़ा झगड़ा' कहा करता है।

"लेकिन हुआ क्या? भट्टी साथ था कि नहीं?" मैं जानता हूँ, भट्टी साथ होता है तो बात सँभाल लेता है।

"हाँ था। अब मनाने गया है।"

"किसे मनाने गया है?" वर्मा पूछता है।

"उस साले क्लब के सेक्रेटरी को। रिटायर्ड फ़ौजी है। क्लब में भी आर्मी रूल चलाता है। रात मैंने और भट्टी ने ज़रा ज़्यादा पी ली थी। ग्यारह बजे बार बन्द करने की घण्टी बजी तो हमने एक पेग और माँगा। बारमैन ने न कर दी। कहने लगा, नये सेक्रेटरी ने रोका है। भट्टी ने बारमैन और नये सेक्रेटरी को गाली दी। शोर सुनकर नया सेक्रेटरी अन्दर आ गया था। पीछे खड़ा था, उसने गाली सुन ली थी।"

"तो तुम मना लेते। ग़लती तुम्हारी थी।" मैंने कहा।

"मना तो लेता, लेकिन उसका पेट बहुत मोटा था। तुम तो जानते हो, मोटे पेट वालों को पीटने का दिल मुझे हमेशा करता है। फिर वह भट्टी से उसका नाम और यूनिट पूछने लगा। कहता था आजकल के अफ़सर घटिया हैं। क्लब मैनर्ज़ नहीं आते। ब्रिटिश डेज़ में क्लब में ऐसी हरकत पर रैंक उतार लेते थे।"

"ठीक ही तो कहता था।" वर्मा ने कहा।

"तू चुप रह। साले को एक थप्पड़ मारा और नीचे लुढ़क गया। बारमैन ने डर के मारे एक–एक पेग हमें दे दिया। मुझे और भट्टी को बाक़ी दोस्तों ने वहाँ से निकल जाने का इशारा किया।"

"अब भट्टी कहाँ है?"

"उसका फ़ोन आया था। मोटे से माफ़ी माँगने गया है। आधा तो भट्टी के दोस्तों ने उसे रात को मना लिया था। हल्की धमकी भी दे दी थी। नये–नये सेक्रेटरी लगे हो। भट्टी से दुश्मनी ठीक नहीं। बड़ा ख़तरनाक अफ़सर है। रिपोर्ट करोगे तो कभी भी अकेले में हाथ–पैर तोड़ देगा। मोटा डर गया है। भट्टी के माफ़ी माँगने पर रिपोर्ट न करने को राज़ी हो गया है। सच सन्तोष, तुम होते तो मज़ा आ जाता। साले मोटे का मुँह देखना था, जब मेरा थप्पड़ पड़ा तो आँखें फटी की फटी रह गयीं।"

मैं थ्रिल्ड महसूस कर रहा हूँ। रात की बात सुनकर बीते दिन याद आ गये हैं। जी चाहता है, आज ही ठीक हो जाऊँ और हम सब मिलकर ग़दर करें।

वर्मा कहता है, "कहीं माँ तक यह बात पहुँच गयी तो?"

"तो क्या? भट्टी कह देगा थप्पड़ उसने मारा था, मैंने नहीं।"

हम तीनों हँसते हैं। रवि को मेरी और भट्टी की शह हमेशा रहती है। दंगा आमतौर पर वह करता है, माँ तक शिकायत पहुँचे तो इल्ज़ाम मैं या भट्टी अपने सिर ले लेते हैं। माँ अपने बेटे को जानती है। लेकिन क्या करे? पति को इशारे में शिकायत करती है तो वह हँसकर कहते हैं कि क्वाँरे अफ़सर ऐसे ही होते हैं। फिर वह अपने दिनों का कोई–न–कोई क़िस्सा भी सुना दिया करते हैं।

तभी डॉक्टर मनचन्दा, राधा मेहरा और नर्स वग़ैरह सुबह के राउंड पर कमरे में आते हैं।

रवि को वहाँ देखकर डॉक्टर मनचन्दा कहते हैं, "क्यों साहब! आज सबेरे–सबेरे पहुँच गये? घर दिल नहीं लगता शायद?"

"क्या करें, डॉक्टर! इस गधे को मेरी छुट्टियों में ही बीमार पड़ना था। सारा मज़ा किरकिरा हो गया। पता होता यह बीमार है तो लीव कैंसिल करवा लेता।"

डॉक्टर मनचन्दा मुझे पूछते हैं कि अभी तक उठकर क्यों नहीं बैठा। जवाब वर्मा देता है, "रात ग़ुस्से में था। खाना नहीं खाया। अब भूखे पेट उठे कैसे?"

"गुस्सा किस बात का? क्या हुआ?" डॉक्टर मनचन्दा पूछते हैं।

वर्मा मेरी ओर देखता है। आँखों–आँखों में पूछता है, मेरे जल्दी हस्पताल छोड़ने की बात करे? मैं हाँ में सिर हिलाता हूँ। वह कहता है, "बात यह है डॉक्टर साहब कि सन्तोष यहाँ से छुट्टी लेना चाहता है। कहता है, अब ठीक है। टाँके तो घर पर भी खोले जा सकते हैं।"

कमरे में ख़ामोशी है। राधा मेहरा को देखता हूँ। चेहरा हल्का पीला लग रहा है। मैं सिर झुका लेता हूँ। वह समझ जाती है कि उसके कारण हस्पताल जल्दी छोड़ना चाहता हूँ। उसकी आँखों का रंग भूरा पड़ना शुरू हो गया है, निचला होंठ टेढ़ा हो जाता है। डॉक्टर मनचन्दा असमंजस में पड़े हैं। हाँ करे या न? यह असमंजस मेरे कारण नहीं। मैं उनके लिए एक मामूली मरीज़ हूँ। असली परेशानी तो यह है कि जल्दी छुट्टी दें तो कहीं लेडी गवर्नर नाराज़ न हो जायें। राधा मेहरा कठोर आवाज़ में कहती है, "ठीक है डॉक्टर साहब, जाना चाहते हैं तो छुट्टी दे दें। नर्स घर जाकर टाँके खोल देगी।"

डॉक्टर मनचन्दा उसे देखते हैं, मुझे देखते हैं और हम दोनों के बीच बह रही तनाव–तरंगों को महसूस करते हैं। उनकी परेशानी और बढ़ जाती है।

रवि बोलता है, "तुम पागल तो नहीं हो गये, सन्तोष? क्या लॉजिक से सोचना बन्द कर दिया है? तुम तब ही घर चलोगे जब टाँके खुल जायेंगे और डॉक्टर मनचन्दा परमिट करेंगे।"

डॉक्टर मनचन्दा के चेहरे से परेशानी का बोझ हट जाता है। वर्मा चुप है। रवि मुझे घूर रहा है। जवाब का इन्तज़ार कर रहा है। मैं जानता हूँ, रवि जब ग़ुस्से में हो तो उसकी बात काटना असम्भव है, कोई भी बावेला

खड़ा कर सकता है। सिर हिलाकर उसकी बात मान लेता हूँ। मेरे हाँ कहने पर सब सन्तुष्ट हैं सिवाय राधा मेहरा के। उसकी आँखों का रंग अब भी भूरा है, निचला होंठ अब भी टेढ़ा है, दाँत पर चढ़ा दाँत अब भी चमक मार रहा है। तनाव की लहर अब भी हम दोनों के बीच तैर रही है। डॉक्टर मनचन्दा मेरा घाव देखते हैं, नब्ज़ देखते हैं, चार्ट में कुछ नोट करते हैं और राधा मेहरा यह सब कुछ कोने में खड़ी इस तरह देख रही है, जैसे मैं कमरे में हूँ ही नहीं। और मुझे अचानक लगता है कि मैं उसके लिए अनुपस्थित हो गया हूँ। जान–पहचान के धागे, जिन्होंने हमें बाँधा था, उसने तोड़ डाले हैं। वह अपनी सुरंग में वापिस चली गयी है, द्वार बन्द करते हुए। मुझे ख़ुशी होती है कि अब इन्वॉल्व होने से बच गया, मुझे दुख होता है कि जान–पहचान के सूत्र टूट गये। वे सब कमरे में जाते हैं।

वर्मा कहता है, "वैसे, सन्तोष, तुम्हें दूसरों को हर्ट करना अच्छा लगता है। ये लोग तुम्हारी इतनी देखभाल कर रहे हैं, क्या सोचते होंगे? डॉक्टर मेहरा को देखा था? कैसे चुप थी, कभी–कभी तो नार्मल आदमी बना करो!"

मैं चुप हूँ। रवि का ग़ुस्सा अभी दूर नहीं हुआ, कड़ी आवाज़ में कहता है, "यह क्या नार्मल आदमी बनेगा? जैसा जीता है वैसा एबनार्मल ही बिहेव करेगा। छोड़ो। इसकी पूँछ को चाहे जितने साल नलकी में रखो, रहेगी टेढ़ी ही। चलो, तुम्हें बाहर तक छोड़ आऊँ।"

वह दोनों बाहर जाते हैं। जो लोग बँधी–बँधाई ज़िन्दगी गुजारते है, एक ही पात्र का जीवन निभाते हैं, उन्हें मुझ जैसे लोग एबनार्मल ही लगेंगे। हमने किस तरह से जीना है, कौन–सा रोल करना है, यह वह समाज तय करता है, जिसमें हम रहते हैं। जब हम यह तयशुदा रोल करने से इनकार कर देते हैं तो हमें 'एबनार्मल' क़रार दिया जाता है।

हस्पताल छोड़ने की बात कहकर क्या सचमुच मैं राधा मेहरा को हर्ट कर रहा था? हाँ, कर रहा था। क्या पहले दिन से ही मैं उससे डर नहीं गया था? हाँ, डर गया था। क्यों? क्या वह मुझे अच्छी लगती है? इस बात का जवाब मेरा अन्दर नहीं देता। लेकिन यह बात तय है कि जब कोई मुझे अच्छा लगता है तो मैं डर जाता हूँ। किसी का भी अच्छा लगना हमें कमज़ोर बना देता है। जो अच्छा लगता है उसका हम पर कुछ अधिकार हो जाता है। दूसरों पर निर्भर ज़िन्दगी गुज़ारने का, पैरासाइट होने का पहला नियम ही यही है कि कोई भी हमें ज़रूरत से ज़्यादा अच्छा नहीं

लगना चाहिए। नहीं तो वह कोई हमें कहीं–न–कहीं बाँधकर कमज़ोर कर देता है। शायद अपने आसपास बनी दीवार को और मज़बूत करने के लिए मैंने राधा मेहरा को हर्ट किया है, क्या दीवार में कोई दरार पड़ गयी थी? हाँ, पड़ गयी थी।

तभी कमरे के बाहर बहुत सारे क़दमों की आवाज़ आती है। डॉक्टरों के साथ प्रदेश के शिक्षा मन्त्री अन्दर आते हैं। मेरा हालचाल पूछते हैं। फिर दो हज़ार का चेक देते हुए बताते हैं, "मुख्यमन्त्री ने भेजा है, आपकी बीमारी के ख़र्चे के लिए। यह कैसे हो सकता है कि हमारे प्रदेश का लेखक बीमार पड़े और हम कुछ न करें? और ज़रूरत पड़े तो ख़बर भिजवाइए। मैं मुख्यमन्त्री से सिफ़ारिश कर चुका हूँ कि फ्री–लांस लेखकों को कुछ बँधी–बँधाई रक़म सरकार को देनी चाहिए।"

फिर उनके साथ जनसम्पर्क विभाग से आया फ़ोटोग्राफ़र हम सबको ग्रुप में खड़ा करके तस्वीर लेता है। वह शुभकामनाएँ देने और जल्दी ठीक होने की बात कहकर चले जाते हैं।

मैं जानता हूँ मुख्यमन्त्री ने दल बदलकर सरकार बनायी है। अन्दर–ही–अन्दर झगड़े चल रहे हैं। उनकी सरकार का चलना–न चलना बहुत कुछ गवर्नर पर निर्भर करता है। उन्हें पता है, लेडी गवर्नर मुझे देखने आती हैं। इसका मतलब है मैं विशेष व्यक्ति हूँ। मुझे सहायता देने का मतलब है, बड़े साहब को ख़ुश करना। वैसे आज तक यहाँ हुए किसी साहित्यिक समारोह में मुझे बुलाया तक नहीं गया। जानता हूँ, मुझे लेकर अब फ़िज़ूल का प्रचार होगा, अख़बारों में ख़बरें आयेंगी। यह सब कुछ मुझे अच्छा नहीं लगता।

तभी रवि, वर्मा को छोड़कर, वापिस आता है। छूटते ही पूछता है, "क्यों बेटे! दो हज़ार का चेक मिल गया?"

तो यह सब कुछ रवि ने किया है। पूछता हूँ, "क्या माँ से किसी को टेलीफ़ोन करवाया था?"

"पागल हो? पब्लिक रिलेशंस का डायरेक्टर क्लब में मिल गया था। इशारे से उसे बताया कि तुम बिग राइटर हो। बस, बात आगे पहुँच गयी।"

"लेकिन इसकी ज़रूरत क्या थी?"

"बेटे, ज़रूरत तुझे नहीं, मुझे थी। ला, चेक दे। कैश करवा लाऊँ। फॉर चेंज सेक, इस महीने तेरे पैसों से पियेंगे।"

मैं साइन करके चेक उसे देता हूँ। वह शाम को आने के लिए कहकर चला जाता है। अकेले पड़ा मैं फिर उदास हो जाता हूँ। आने वाले दिन मुझे डराना शुरू कर देते हैं। भट्टी शादी कर रहा है, रवि भी करेगा। मैं क्या करूँगा? यह प्रदेश, शहर तो मैं छोड़ना नहीं चाहता, लेकिन रहूँगा भी कैसे? दूसरी उदासी आ घेरती है। राधा मेहरा से झगड़ा क्यों हो गया है? मैं सुलह क्यों चाहता हूँ? अन्दर का पैरासाइट बताता है कि वह बारोज़गार है, तुमसे दोस्ती चाहती है, क्या कभी–कभी ज़रूरत के वक़्त उस पर निर्भर नहीं किया जा सकता? मैं अन्दर की बात से इनकार कर देता हूँ। नहीं, पैरासाइट औरतों पर निर्भर नहीं किया करते। वह कमज़ोर बनाती हैं, भावुक बनाती हैं, बँधी–बँधाई ज़िन्दगी की पक्षधर होती हैं। राधा मेहरा से झगड़ा होना ठीक है। बहुत ज़रूरत पड़ेगी तो यहाँ के किसी भी अंग्रेज़ी स्कूल में नौकरी कर लूँगा।

बारह बजे के आसपास वक़्त होना चाहिए। बाहर बरामदे में आ जाता हूँ। इसलिए कि हस्पताल लगभग साढ़े बारह बन्द होता है और राधा मेहरा इसी बरामदे से होकर घर जाती है। वह सामने से आ रही है। मैं उसकी तरफ़ मुँह करके खड़ा हूँ। उसके क़दमों की गति में कोई फ़र्क़ नहीं आता। जानता हूँ, रुकेगी नहीं। पास पहुँचती है, मेरी तरफ़ देखती तक नहीं। मैं बोलता हूँ, "हैलो डॉक्टर।"

वह थमती है, मेरी ओर देखती है। चेहरा बिल्कुल भावहीन है।

"क्यों, कुछ चाहिए क्या?" वह इस तरह से बोलती है, जैसे मैं वहाँ हूँ ही नहीं।

"डॉक्टर मेहरा, सुबह यहाँ से छुट्टी की बात इसलिए की थी कि अब मैं ठीक हूँ। फिर और बोझ नहीं बनना चाहता। इसके पीछे आपकी शिकायत नहीं थी।"

अब वह पूरी आँखें खोलकर मुझे देख रही है। उसकी आँखें मुझे आरपार बेध जाती हैं, बिल्कुल एक्स–रेज़ की तरह। वह धीमी आवाज़ में कहती है, "बोझ! आपको तो बोझ बनकर जीने की आदत है। फिर दो बार चाय पिलाने में सिर पर कोई बोझ नहीं पड़ा करता। दिस इज़ नार्मल ह्यूमन एक्टीविटी। डोंट सी सिल्ली मीनिंग्ज़ इन इट।"

वह चली जाती है। मैं अपनी जगह पर जम गया हूँ। इस औरत को अपमान करने की कला ख़ूब आती है। ठीक अपमान कर गयी है।

ज़ब हमारे अपने मन में चोर होता है तो हर बात का मतलब, हम वही निकालते हैं जो हमें सही बैठता है। उसके चाय पिलाने के मतलब अगर मैं बदल–बदलकर देखता हूँ, समझता हूँ तो कसूर मेरा अपना है, उसका नहीं। लेकिन मेरा अहं क्यों ज़ख़्मी हो रहा है? इसलिए तो नहीं कि अपने–आपको कुछ समझता हूँ? मुझे पता है, औरतें मेरे साथ को, संसर्ग को हमेशा से पसन्द करती आयी हैं। रवि, भट्‌टी और वर्मा मुझे ठीक ही लेडीज़–मैन कहते हैं। आकर्षण है, वर्मा के शब्दों में मारबिड ही सही। फिर कभी–न–कभी अपनी टक्कर का कोई–न–कोई, कहीं–न–कहीं मिल ही जाता है। अपना गर्व टूटने पर मुझे हल्की–सी ख़ुशी भी होती है। पहली बार पता चलता है कि प्रत्येक औरत अवेलेबल नहीं होती।

दोपहर को थोड़ा खाता हूँ, मन नहीं कर रहा। नींद आ जाती है। शाम को रवि, भट्‌टी और जूही आकर मुझे जगाते हैं। रवि ने भट्‌टी को सुबह वाली बात बता दी है।

भट्‌टी कहता है, "यह बैठे बैठाये तुम्हारे दिमाग़ में फितूर क्यों आ जाया करता है? अपने जिस्म के साथ ज़्यादती करके साबित क्या करना चाहते हो? देखो पुत्तर, एक सबक सीख लो। ज़िन्दगी में डॉक्टरों से न बहस करनी चाहिए और न ही डिसेग्री।"

मैं रवि और भट्‌टी, दोनों से कहता हूँ, "तुम सारे फ़ौजी एक ही तरह से सोचते हो।"

"क्योंकि सारे फ़ौजी अक्लमन्द होते हैं।" जवाब रवि देता है।

फिर भट्‌टी बताता है कि रवि ने मेरा दो हज़ार का चेक कैश करा लिया है। आज मेरे पैसों से सामान आया है, पार्टी हो जाये। मैं कहता हूँ, हस्पताल के कमरे में पार्टी का क्या मज़ा? जवाब जूही देती है, "चलो, सारे डॉक्टर मेहरा के घर चलते हैं। वहीं पार्टी हो जाये।"

"जूही, तुम देखने में जितनी छोटी हो, दिमाग़ उससे बहुत बड़ा है। गुड आइडिया।" रवि कहता है।

मैं चुप बैठा हूँ। डॉक्टर मेहरा के घर नहीं जाना चाहता। भट्‌टी मज़े लेता है, "क्यों पुत्तर, शेरनी क्या फिर भभका मार गयी? चल उठ। अब तक तो तुम्हें उसकी डाँट की आदत पड़ जानी चाहिए।"

मैं अनमना–सा उठता हूँ। शायद अपने–आपको यह सिद्ध करना चाहता हूँ कि मैं मारबिड नहीं हूँ, दूसरों को दुख नहीं देता, देना चाहता। हम

सब राधा मेहरा के घर पहुँचते हैं। वह दरवाज़ा खोलती है, हमें देखती है, भट्टी के हाथ में बड़ा–सा थैला देखती है, हैरान होती है। भट्टी बताता है, "इस साले को सरकार महान लेखक समझती है। आज दो हज़ार की हैल्प दी है। उसी पैसे से पार्टी हो जाये।"

वह मुसकराती है, बिल्कुल यान्त्रिक मुसकान। हम दोनों के बीच तनाव–तरंगें फिर चलना शुरू हो जाती हैं। भट्टी आज वर्दी में है, आधी छाती तमगों से भरी हुई है।

डॉक्टर मेहरा पूछती है, "मेजर साहब, आज वर्दी में कैसे? इतने सारे मैडल किस बात के हैं?"

"अरे भाई, जनरल साहब के साथ इंस्पैक्शन पर गया था। ऐसे मौक़ों पर फ़ार्मल ड्रैस डालना होता है। कमरे में गया ही नहीं। सीधा यहाँ आ गया।"

"सच क्यों नहीं बताता कि जूही को इम्प्रैस करने के लिए सारे मैडल डाल रखे हैं। बेटे, मैं तुम्हें ख़ूब जानता हूँ।" रवि छेड़ता है।

सबसे बड़े और चमकदार मैडल की ओर इशारा करके मेहरा पूछती है, "यह कौन–सा मैडल है? किस बात पर मिला था?"

"महावीर चक्र है, बंगलादेश युद्ध में वीरता के लिए इसे मिला था।" मैं बताता हूँ।

"साले का होना कोर्ट मार्शल था और मिल गया महावीर चक्र" रवि कहता है।

"क्यों?" जूही और मेहरा दोनों पूछती हैं।

"अरे छोड़ो, सामान निकालो, पार्टी हो जाये।" भट्टी टालता है। अपनी वीरता का बखान करना उसे कभी अच्छा नहीं लगा। उसके टालने पर जानने की इच्छा जूही और राधा की और प्रबल हो जाती है। वह सिर हिलाता है, असहाय आँखों से मुझे देखता है। राधा मुझे कहती है, "आप ही बताइये न। मुझे लगता है, रवि साहब मज़ाक़ कर रहे हैं। भला कोर्ट मार्शल और महावीर चक्र में क्या सम्बन्ध?"

मैं उन्हें बताता हूँ, रवि ठीक कह रहा है। भट्टी के कर्नल ने तो कोर्ट मार्शल की सिफ़ारिश की थी लेकिन ब्रिगेड कमांडर ने महावीर चक्र दिलवाया था। भट्टी तब कैप्टन था। युद्ध शुरू होने से एक महीना पहले वह अपनी सैनिक टुकड़ी के साथ सिवलियन कपड़ों में बंगलादेश

पहुँच गया था। मुक्तिवाहिनी के सैनिकों ने उन्हें अपनी सुरक्षा में रखा था। वह और उसके सैनिक वाहिनी के सैनिकों को गुरिल्ला युद्ध का प्रशिक्षण दे रहे थे। साथ ही साथ एक बहुत बड़े सामरिक महत्त्व के पुल को उड़ाने की ज़िम्मेदारी उनकी थी। भट्‌टी का कर्नल कलकत्ता बैठा था, वहीं से आज्ञाएँ देता था। वायरलैस पर उससे सम्बन्ध था। कर्नल पुरानी तरह का अफ़सर था, युद्ध में भी उसूलों की बात करता था। उसकी आज्ञा थी, जब प्रधानमन्त्री युद्ध की घोषणा करें, उसके बाद ही पुल उड़ाया जाये। वह ख़ुद हैलिकॉप्टर से वहाँ पहुँचेगा, पुल उड़ाते वक़्त वह वहीं होगा। लेकिन भट्‌टी का सोचना अलग था। रूस से कमांडो फोर्स करके आया था। उसे पता था कि पुल पहले न उड़ाया गया तो शत्रु के टैंक पुल पार कर जायेंगे। हमारी छापामार टुकड़ियों ने बंगलादेश में टैंक तो स्मगल किये ही न थे। पैदल सैनिकों का टैंकों का सामना करना मर्डर है।

और भट्‌टी को वायरलैस पर पता चल गया था कि पाकिस्तानी वायुसेना ने शाम को उत्तर भारत के वायु अड्डों पर आक्रमण कर दिया। प्रधानमन्त्री दिल्ली में न थीं। युद्ध की घोषणा नहीं हुई थी। मुक्तिवाहिनी के सैनिकों ने बताया कि शत्रु के टैंकों की मूवमेंट शुरू हो गयी है। भट्‌टी के सैनिकों के चेहरे उतर गये थे। उन्हें भी पता था कि कर्नल साहब की आज्ञा है कि पुल युद्ध–घोषणा के बाद उड़ाना है। भट्‌टी ने सूबेदार से पूछा था, "क्यों साहब, क्या सलाह है?"

"साहब, वह कर्नल ब्रिगेडियर बनने की जल्दी में है। कलकत्ता बैठा है। युद्ध–घोषणा का इन्तज़ार किया तो सारे मारे जायेंगे। मैं अपने जवानों को बिना लड़े मरने नहीं दूँगा।"

फिर भट्‌टी ने अपनी सैनिक टुकड़ी को वर्दी डालने की आज्ञा दी थी। उसे पता है सिवलियन कपड़ों में लड़ाई होती ही नहीं। सैनिकों ने अपनी–अपनी जगह सँभाल ली थी। भट्‌टी और सूबेदार ने पुल का अपनी तरफ़ का हिस्सा शाम को ही उड़ा दिया। युद्ध–घोषणा आधी रात को हुई थी। शत्रु के टैंक पुल पर आ गये थे। अगला हिस्सा टूटा हुआ था। अब न टैंक आगे बढ़ सकते थे, न पीछे हट सकते थे। टैंक–बेधी हथियार भट्‌टी के सैनिकों के पास थे। जमकर छोटी–सी लड़ाई हुई। शत्रु के बारह टैंक पुल पर ही जला दिये गये। भट्‌टी के चार सैनिक मरे थे। वह और सूबेदार साहब घायल हो गये थे। आधी रात को हमारी

तरफ़ से युद्ध–घोषणा हुई थी। कर्नल जब सुबह छाताधारी सैनिकों के साथ वहाँ उतरा तो पुल उड़ चुका था। भट्टी पर आज्ञा उल्लंघन का इल्ज़ाम था। कर्नल ने कोर्ट मार्शल के लिए लिखा था। लेकिन ब्रिगेड कमांडर भी दूसरे दिन अग्रिम टुकड़ी के साथ वहाँ पहुँच गये थे। उन्हें पता था वक़्त से पहले पुल उड़ाकर भट्टी ने सैन्य सूझबूझ और साहस का परिचय दिया था। नहीं तो वे बारह टैंक कई दिन हमारी पैदल सेना को रोककर रख सकते थे। उन्होंने भट्टी के लिए महावीर चक्र की सिफ़ारिश की थी।

"उस कर्नल ने कुछ नहीं किया?" जूही ने पूछा।

"उसे ब्रिगेड कमांडर ने सलाह दी थी कि हज़ारों मील दूर बैठकर, व्हिस्की पीकर गुरिल्ला युद्ध का संचालन नहीं किया जाता। वह त्यागपत्र दे दे तो कम–से–कम पेंशन तो मिलेगी। नहीं तो...और कर्नल ने त्यागपत्र दे दिया था।"

जूही के चेहरे पर चमक है, भट्टी बेचारा कुछ शर्मिन्दा महसूस कर रहा है। जूही राधा को बताती है–

"डॉक्टर साहब, भट्टी को इसके आर्मी के दोस्त 'पैंथर' कहकर बुलाते हैं।"

"अब बक–बक बन्द करेगी कि नहीं? चल, खाने का सामान निकाल, " भट्टी ने उसे डाँटा।

बड़े थैले से भुना हुआ मांस, सैंडविचेज़ और दूसरी चीज़ें बाहर निकालकर जूही ने मेज़ पर रखीं। मेहरा चाय बनाने के लिए अन्दर जाने लगी तो जूही उसे रोक देती है। वही चाय बनाकर लाती है। खाने के बाद रवि कहता है, "भाई, पार्टी आधी रह गयी। कुछ गाना–वाना हो जाये।"

राधा मेरी ओर देखकर कहती है, "आप कुछ सुनाइए न?"

भट्टी क़हक़हा लगाकर कहता है, "यह साला क्या गायेगा? इसे तो बस कुत्ते–बिल्लियों और हिजड़ों पर लिखना आता है। हाँ, इसकी सूरत देखकर ज़रूर ग़लती लगती है कि गाता होगा।"

मैं मुसकरा देता हूँ क्योंकि भट्टी ठीक कह रहा है। मुझे देखकर प्रायः लोगों को लगता है, मैं गा लेता हूँ। और सच तो यह है कि मैं बाथरूम में गाने से भी शरमाता हूँ। जूही राधा मेहरा को गाने के लिए कहती है, वह भी न में सिर हिलाती है। रवि कहता है, "तुममें से कोई नहीं गाता तो फिर मैं शुरू होता हूँ।"

"न बेटे, क्यों खाने का मज़ा बरबाद करता है? चल जूही, तू कुछ सुना।"

"कौन–सा गाना गाऊँ?" वह बड़े राज़दार तरीक़े से पूछती है।

"वोह वाली फ़ैज़ की ग़ज़ल सुना, जो उस दिन सुनायी थी।"

"बेटे, तुम्हें शायरों के नाम कब से मालूम हो गये? पहले तो लैफ़्ट–राइट के सिवा तुझे कुछ आता ही न था।" रवि ने फ़िकरा कसा।

"यह तेरी माँ जब भी कमरे में आती है बस गाने ही सुनाती है, और कुछ करने ही नहीं देती।" भट्टी ने जवाबी हमला किया।

जूही बनावटी गुस्से से भट्टी की ओर देखती है। उसे चुप होने के लिए कहती है। उठकर कमरे की लाइट बुझा देती है। काँच की खिड़की से रौशनी का चौड़ा टुकड़ा अन्दर आ रहा है और सिर्फ़ राधा मेहरा के चेहरे को हल्का उजला कर रहा है। हम सब चुप हैं। कमरे का अँधेरा भी चुपचाप, दमसाधे जूही के गाने की प्रतीक्षा कर रहा है। कार्निस की ओर देखता हूँ। बाहर की रोशनी और अन्दर के अँधेरे की मिलावट में मुसकान धुला राधा मेहरा की बेटी निक्की का चेहरा लगता है, तस्वीर में हिल रहा है, बाहर आने के लिए मचल रहा है।

जूही ग़ज़ल को क्लासिकल गीत के ढंग पर गाती है, एक लाइन को अलग–अलग तरह से कहती है। ग़ज़ल बीच से शुरू करती है–*चले भी आओ कि गुलशन का कारोबार चले*–लगता है वह हम सबके लिए अलग–अलग गा रही है। वह मुझसे दूर बैठी गा रही है। फिर भी महसूस होता है बिल्कुल पास है, उसकी गर्म–गर्म साँस मेरे गले को छू रही है। शीशे के काँच से रोशनी नीचे सरकती है, ऊपर उठती है। हल्की हवा चल पड़ी है। शीशे के ऊपर पैशन–फ़्लावर्ज़ की बेल गाना सुनकर धीरे–धीरे झूम रही है। जूही की आवाज़ जब बिल्कुल ऊपर उठती है, पिच पर पहुँचती है तो हल्की फट जाती है। वह अगली लाइन उठाती है–*बड़ा है दर्द का रिश्ता, यह दिल ग़रीब सही... ।* शीशे पर लटकी बेल झूमती है, नीचे सिर हिलाती है, रोशनी की लकीर जब–जब राधा मेहरा के गले पर पड़ रही है, सुनहरे सेब के रंग में हल्की नीली नसें कँपकँपाती लगती हैं। गले की हड्डी दोनों तरफ़ गढ़े पड़ने के कारण और उभर आयी है। एक बार जी चाहता है, अपनी जगह से उठूँ और अपनी छोटी उँगली से उसकी कँपकँपाती नसें छू दूँ।

जूही की ओर देखता हूँ। अँधेरे में भी पता चल जाता है, आँखें बन्द करके गा रही है। फिर लाइन दुहराती है–*चले भी आओ कि गुलशन का कारोबार चले।*

मैं एकदम उदास हो जाता हूँ। दिल करता है, मुझे भी भट्टी की तरह कोई जूही प्यार करे। मुझे भी कहे कि चले भी आओ...बाहर की हवा खिड़कियों के साथ कान लगाये गाना सुन रही है। हिलती है तो छोटी हल्की सी साँय–साँय करती है। पैशन–फ़्लावर्ज़ की बेल ऊपर उठती है। रोशनी का टुकड़ा छोटी छलाँग लगाकर राधा मेहरा के चेहरे पर पहुँच जाता है। उसकी आँखें खुली हैं, निस्पन्द और भावहीन। अथाह काली गहराइयाँ। गहरी खाई का अँधेरा। मेरा अन्दर इस खाई में छलाँग लगाने के लिए उठता है, मैं इसे रोक देता हूँ।

जूही की आवाज़ फटने की स्टेज पर पहुँच गयी है–*बड़ा है दर्द का रिश्ता...*वह क्षणांश के लिए थमती है, खिड़की पर झूलती पैशन–फ़्लावर्ज़ की बेल भी थम जाती है, खिड़कियों के बाहर खड़ी हवा साँय–साँय की थपकी देकर कहती है, आगे गाओ। जूही फिर आवाज़ उठाती है...*यह दिल ग़रीब सही, यह दिल ग़रीब सही...*बेल फिर झूलती है, हवा फिर दम साधकर चुप हो जाती है, जूही फिर आगे बढ़ती है...*चले भी आओ...*

मैं राधा मेहरा की ओर देखता हूँ। उसके चेहरे को देखकर पता चल जाता है, अपनी जगह से अनुपस्थित हो गयी है। उठ गयी है। मैं सोफ़े पर बैठा हूँ। साथ जगह ख़ाली है। लगता है राधा मेहरा का कायाहीन शरीर अपनी जगह से उठा है, मेरे पास सोफ़े पर आ बैठा है। छूकर देखता हूँ। कोई नहीं। साथ की जगह ख़ाली पड़ी है। राधा मेहरा को देखता हूँ, अब भी वहाँ से अनुपस्थित है, अपनी गुफ़ा में वापिस चली गयी है।

जूही लगातार तीन शब्द–*चले भी आओ*–गाये जा रही है, उसकी आवाज़ नीची हो गयी है, गाने की गति मद्धम पड़ गयी है, खिड़की पर बेल ने झूलना बन्द कर दिया है, हवा ने फिर साँय–साँय शुरू कर दी है। बेल को, हवा को, रोशनी को, अँधेरे को, सबको पता चल गया है, ग़ज़ल ख़त्म हो रही है, जूही आख़िरी बार दबी आवाज़ में, एक–एक शब्द में अन्तराल डालकर कहती है–*चले भी आओ...!*

मेरे गले को अब भी उसकी गर्म साँसें नहीं छू रहीं। वह चुप हो गयी है। रोशनी का टुकड़ा राधा मेहरा के चेहरे पर टिककर बैठ गया है।

वह अपनी गुफ़ा से वापिस बाहर आ गयी है। उठती है, जूही का माथा चूमती है और लाइट जला देती है। अँधेरा छलाँग लगाकर बाहर भाग जाता है। राधा मेहरा की आँखों में पनियायी चमक है। आँसू का कोई टुकड़ा है या रोशनी की परछाईं।

भट्टी अपनी जगह से उठकर जूही के पास बैठ जाता है। उसके छोटे–छोटे दोनों हाथ अपने एक ही हाथ में लपेट लेता है। रवि सिगरेट सुलगाता है। मेरा दिल बेकाबू हो जाता है। उसकी ओर देखता हूँ। वह इशारे से न करता है। राधा मेहरा कॉफ़ी बनाने के लिए किचन में जाती है।

रवि मेरी ओर सिगरेट बढ़ाकर कहता है, "झटपट दो–चार कश लगा ले। उसने देख लिया तो फिर वार शुरू हो जायेगी।"

मैं दो–तीन लम्बे कश लगाकर सिगरेट आधा कर देता हूँ, रवि को वापिस करता हूँ, राधा मेहरा कॉफ़ी ले आती है।

हममें से कोई भी जूही के गाने की प्रशंसा करने की ज़रूरत नहीं समझता। वह जानती है, उसने हम सबको कहीं–न–कहीं छू लिया है।

जूही रवि से कहती है, "पार्टी हो गयी। अब बाक़ी रुपये भाई साहब को वापिस करो।"

जवाब भट्टी देता है, "इसने रुपयों का क्या करना है? हस्पताल में गुम कर देगा। फिर जब से तुमसे इश्क़ किया है और रवि आया है, क्लब का बिल जानती हो, हज़ार रुपये से ऊपर है। इन पैसों से बिल पे करूँगा। नहीं तो क्लब जाना बन्द।"

मैं मुसकरा देता हूँ। कतई बुरा नहीं लगता। अपने पैसे कभी कमाये नहीं, इसलिए पैसों से कभी मोह हुआ नहीं।

भट्टी रवि को कहता है, "यार, माँ से कहकर इसे कहीं और से भी मदद दिलवाओ न। आगे ख़र्चे ही पड़ेंगे शादी–वादी जो करनी है।"

मैं रवि से कहता हूँ कि बहुत हो लिया। अब और चक्कर न चलाये। वह भट्टी और जूही से कहता है, "जल्दी कॉफ़ी पी लो। क्लब चलना है। आज ग्रेट राइटर के पैसों से तम्बोला खेलेंगे। फुल हाउस है। शायद क़िस्मत जाग जाये।"

जूही मुझसे कहती है, "भाई साहब, अब आप भी शादी कर डालें न।"

कमरे में एक असहाय–सी चुप्पी छा जाती है। राधा मेहरा जवाब के इन्तज़ार में मेरी ओर देखती है। मैं क्या जवाब दूँ? शायद भट्टी ने मेरे बारे में खुलकर जूही को नहीं बताया। नहीं तो ऐसा मूर्खतापूर्ण प्रश्न न पूछती।

भट्टी उसे डाँटकर जवाब देता है, "क्यों, तेरी अक्ल चरने गयी है क्या? इसकी अपनी रोटी चलती नहीं और ऊपर से तू शादी की सलाह दे रही है। यह नौकरी करेगा नहीं और कोई लड़की इससे शादी करेगी नहीं। ऐसा सफ़ेद हाथी कौन पालेगा?"

"क्यों, कोई नौकरी वाली लड़की तो मान सकती है।" जूही ने ज़िद की।

"किस देश की बातें कर रही हो? कौन–सी बीवी यह सहेगी कि वह नौकरी करे और हस्बैंड घर में बैठा मस्तियाँ मारे। चल, बक–बक बन्द कर। क्लब चलें।"

कॉफ़ी ख़त्म करने के बाद हम सब उठते हैं। बड़े दिनों के बाद बैठक जमी थी, यह सब लोग बीच में उठकर जा रहे हैं तो हल्का–सा बोझ कहीं दिल पर पड़ता है। अभी आठ भी नहीं बजे। दिन में बहुत सोया हूँ। कमरे में क्या करूँगा? फिर आज वर्मा भी नहीं आयेगा। भट्टी का अर्दली मेरे कमरे में सोयेगा।

राधा मेहरा अब सामान्य हो चुकी है। मेरी परेशानी भाँप लेती है, कहती है, "आप बैठिए, थोड़ी देर और। कमरे में जाकर क्या करेंगे?"

वह तीनों हमें 'बाय' कहकर कल आने के लिए कहकर चले जाते हैं। मैं सोफ़े पर बैठ जाता हूँ। राधा मेहरा मेज़ पर का सामान प्लेटें, प्याले वग़ैरह उठाकर किचन में ले जाती है। मैं कार्निस की ओर देखता हूँ। फ्रेम में क़ैद निक्की मुझे देखकर मुसकरा रही है, बाहर आने के लिए मचल रही है। डॉक्टर मेहरा आकर बैठती है तो कहता हूँ, "अपनी बच्ची से मिलवाइये न। कब आयेगी?"

वह सिर नीचे किये सोच रही है। मैंने ऐसी कौन–सी अनहोनी बात कर दी जिसने उसे सोच में डाल दिया है। वह धीमी आवाज़ में कहती है, "छुट्टियों में अभी देर है। उसका स्कूल सात–आठ किलोमीटर है। मैं हर संडे को उसे मिल आती हूँ।"

अब उसे कहूँ कि न कहूँ कि किसी रविवार को मुझे स्कूल साथ ले चले...निक्की से मिलवाये। नहीं कहना चाहिए। वह मेरे अनपूछे प्रश्न का अन्दाज़ा लगा लेती है।

"बात यह है कि मेरे साथ किसी भी मर्द को देखकर निक्की टैरीफ़ाइड हो जाती है, डर जाती है।"

"क्यों?"

"वह अपनी उम्र के हिसाब से बहुत सैंसिटिव है। पिता के प्रेत से अभी तक मुक्त नहीं हुई। चाहे वह दो साल की थी लेकिन पिता को मुझे मारते, पीटते, गालियाँ देते उसने हर रोज़ देखा था। उसके अन्दर पिता अब भी बैठा हुआ है–चीख़ता, चिल्लाता जानवर। वह किसी भी मर्द को मेरे साथ देखती है तो उसके अन्दर बैठा मरा हुआ पिता दहाड़ना शुरू कर देता है। वह टैरीफ़ाइड हो जाती है। सिर्फ़ डॉक्टर मनचन्दा हैं जिनसे वह खुलकर बोलती है, जिनकी प्रेजेंस में सहज महसूस करती है।"

इस औरत की ज़िन्दगी में कितनी उलझनें हैं? शायद तभी इसने कठोरता का कवच पहन रखा है, किसी की भी हमदर्दी को बुरा मानती है। और निक्की? क्या छोटी–सी बच्ची सारी उमर अपने मरे हुए पिता की लाश उठाये रखेगी? उसके निर्मल मन पर कौन–कौन से क्रूर दृश्य खुद गये हैं जो किसी भी पुरुष को अपनी माँ के साथ देखकर उसे आतंकित कर देते हैं। निक्की के बारे में यह सब कुछ सुनकर उससे मिलने की इच्छा और भी प्रबल हो जाती है। क्या निक्की के कारण ही इस सुनहरे सेब के–से किताबी चेहरे वाली डॉक्टर ने दूसरी शादी नहीं की? अब पता चलता है कि राधा मेहरा की उपस्थिति में मेरे अन्दर ख़तरे का संकेत क्यों उठने लग पड़ता है? पहला निर्णय हमेशा ठीक होता है। तभी मेरा अन्दर इसे देखते ही व्यूह–रचना को मज़बूत करना शुरू कर देता है। आत्मा से इसे छूने के लिए निकलते हाथों को रोक देता है। शायद मैं डरता हूँ इसलिए जब भी अवसर मिलता है, राधा मेहरा को हर्ट करने की कोशिश करता हूँ। अवचेतन बार–बार चेतावनी देता है कि इसका मित्र बनकर, इसके समीप आकर, इसका दुख, इसका काला रहस्य तुम्हें भी घेर लेगा, बाँध लेगा। शारीरिक कष्ट सहने का मैं आदी हूँ, इससे कहीं कभी भय नहीं लगता। लेकिन आज तक मन की घेराबन्दी मज़बूत रही है, किसी दीवार में कोई दरार नहीं पड़ी। शायद इस तरह कहकर जीने की आदत ने मुझे ड्रिफ़्टर बना दिया है, यायावर बना दिया है। किसी भी शहर में कुछ साल गुज़ारता हूँ। जब शहर छोड़ता हूँ तो इसके साथ ही वहाँ के लोगों से, दोस्तों से, जो कोई भी समीप आ गया है, उससे सारे सम्बन्ध टूट जाते हैं। नया शहर, नया जीवन, नये लोग। इसी वजह से मन की घेराबन्दी अभी तक मज़बूत है।

हम दोनों शायद बहुत देर से चुप बैठे हैं। वह कहती है, "बुरा न मानें तो एक बात पूछूँ?" मैं हाँ में सिर हिलाता हूँ।

"आपके दोस्त भट्टी की शादी हो रही है। रवि की भी हो जायेगी। फिर कैसे करेंगे?"

उसे मेरे जीने का तरीक़ा मालूम हो चुका है। जानती है परजीवी हूँ, पैरासाइट हूँ, लेकिन शायद वह नहीं जानती कि पैरासाइट्स सख़्त क़िस्म के लोग होते हैं।

"डॉक्टर मेहरा, यह मेरे लिए कोई नयी बात नहीं। हमेशा भट्टी और रवि का सहारा नहीं रहा। चला लेता हूँ। मेरा ख़र्चा ही क्या है? खाना एक वक़्त खाता हूँ, कमरे के चालीस रुपये देता हूँ और ख़रीदकर शराब पीता नहीं। फिर विदेशी पत्रिका में कोई लेख छप जाता है तो तीन–चार महीने का ख़र्चा चल जाता है।"

"अच्छा, आपको कभी बुरा नहीं लगता कि दूसरों पर डिपैंड करते हैं।"

"नहीं। आपने शायद नोट नहीं किया कि मेरे ऊपर ख़र्च करना लोगों को अच्छा लगता है। फिर मैं आने वाले कल के लिए कभी नहीं जीता, इसलिए इसकी फ़िक्र कि कल क्या होगा, मुझे कभी नहीं होती। कल के डर से अपना आज ख़राब करने में मुझे विश्वास नहीं। आई लिव इन द मोमेंट।"

"कोई काम करने का, किसी नौकरी का क्या मन भी नहीं करता? बँधी–बँधाई आमदनी एक तरह की सुरक्षा तो देती है न!"

"ऐसा वे लोग सोचते हैं जो बँधी–बँधाई ज़िन्दगी गुज़ारते हैं। अच्छा छोड़िए। अपने तान्त्रिक गुरु से तो मिलवाइये। कुछ बातचीत हो जाये तो एक लेख लिख डालूँ।" मैंने यह बात बड़े हल्के ढंग से की है। वह जान जाती है इसमें मेरा विश्वास नहीं, मात्र लेख लिखने के लिए, पैसे कमाने के लिए उसके गुरु से मिलना चाहता हूँ।

"वह तो अमेरिका चले गये हैं। उनके कई विदेशी शिष्य भी हैं। उन लोगों ने वहाँ एक योग–आश्रम बनवा दिया है। जाने का ख़र्चा भी भिजवाया था। अब वह पत्रों के माध्यम से मुझे शिक्षा देते हैं। आप तान्त्रिक शब्दकोश ले गये थे। पढ़ा कि नहीं?"

"हाँ, देखा था। कुछ पल्ले नहीं पड़ा।"

"इसके लिए सबसे पहली शर्त है विश्वास। किसी भी चीज़ में, भगवान के किसी भी रूप में, नाम में, चाहे वह पत्थर का टुकड़ा ही क्यों न हो। एकाग्रता के लिए, ध्यानावस्था में पहुँचने के लिए यह बहुत ज़रूरी है।"

"लेकिन जिसे देखा नहीं, जिसके होने का सबूत नहीं, उसमें विश्वास क्योंकर किया जा सकता है?"

"क्या देखना ही सबूत होता है? आपके दादा की आपको याद है?" वह बात बदलकर पूछती है।

"नहीं। मेरे जन्म से पहले ही वह मर गये थे।"

"तो आपने उन्हें देखा नहीं। क्या इसका यह मतलब है कि आपके दादा थे ही नहीं?" वह मुसकराकर पूछती है। उसके तर्क से मैं हार जाता हूँ लेकिन सन्तुष्ट नहीं होता। फिर बहस की मेरी आदत भी नहीं। शुरू से स्वाभाविक प्रवृत्ति के आधार पर जिया हूँ, तर्क का ज़िन्दगी में कभी कोई स्थान नहीं।

मुझे अचानक ख़याल आता है कि बहुत देर हो गयी यहाँ बैठे हुए। उठता हूँ। डॉक्टर मेहरा खाने के लिए पूछती है। मैं कहता हूँ बिल्कुल भूख नहीं। वह कहती है कि एक कप दूध पी लूँ। मैं बताता हूँ, दूध अच्छा नहीं लगता। बीमार हूँ तो पी रहा हूँ वर्ना इसकी शक्ल तक नहीं देखी जाती। वह मुसकराकर कहती है, "हाँ, पीने की और भी बहुत सारी चीज़ें हैं।" मैं जवाब में मुसकराता हूँ।

"अच्छा, निक्की छुट्टियों में आयेगी तो ज़रूर मिलवाऊँगी। आप तो यही हैं न?"

मैं बताता हूँ, अब यह प्रदेश, यह शहर छोड़ने का मन नहीं करता। वहाँ की सुस्त ज़िन्दगी अच्छी लगती है, यहीं रहूँगा। वह पूछती है, "आप रोज़ तो लिखते नहीं। फिर दिन भर वक़्त कैसे गुज़रता है?"

मैं उसे बताता हूँ कि सुबह से दोपहर तक आमतौर पर बिलियर्ड खेलता हूँ। आमतौर पर रोज़ पन्द्रह–बीस रुपये जीत भी लेता हूँ। उसके बाद दोपहर को खाना और सोना। शामें गुज़रने की कोई परेशानी नहीं। कहीं–न–कहीं महफ़िल जम ही जाती है। जब कुछ लिखना हो तो बिलियर्ड रूम नहीं जाता।

वह कहती है, "अच्छी ज़िन्दगी है। जलन होती है। हमें तो सुबह से शाम तक बीमारियों से घिरे रहना पड़ता है।"

मैं बाहर निकलता हूँ। वह बरामदे तक मेरे साथ आती है। पैशन–फ़्लावर्ज़ की बेल हिलती है, मुझे विदा देती है। डॉक्टर मेहरा की पतली सुनहरी सेब के रंग की बाँह ऊपर उठती है, नीचे आती है, अँधेरे को काटती हुई फिर ऊपर आती है और मुझे विदा देती है।

कमरे में पहुँचता हूँ। भट्टी के अर्दली ने चारपाई बाहर बरामदे में लगायी है। उठकर मुझे 'जयहिन्द साहब' कहता है। उसे कमरे में सोने के लिए कहता हूँ। वह बताता है बाहर अच्छा लग रहा है, यहीं सोयेगा।

मैं लेटने से पहले लाइट बुझा देता हूँ। बिल्कुल हल्का महसूस कर रहा हूँ। शायद राधा मेहरा को हर्ट करने का कहीं–न–कहीं मुझे अफ़सोस ज़रूर था। अब सुलह हो गयी है तो ठीक महसूस कर रहा हूँ। फिर नींद आने से पहले फ्रेम में क़ैद निक्की का चेहरा याद आता है, बाहर निकलने के लिए मचलता हुआ। मिलने का मन करता है। लेकिन राधा मेहरा ने तो कहा है कि पुरुष को देखकर आतंकित हो जाती है। मुझे पता है उससे मुलाक़ात होगी और मुझे देखकर आतंकित नहीं होगी। फिर हैरान हो जाता हूँ कि मुझे कैसे पता है मुलाक़ात होगी? एकाध दिन में यहाँ से छुट्टी मिल जायेगी और राधा से भविष्य में मिलने का सवाल ही नहीं उठता।

मुझे राजभवन के मेहमान–घर में आये चार दिन हो चुके हैं। जब हस्पताल से छुट्टी मिली तो राधा मेहरा वहाँ न थी। पास के गाँव की डिस्पैंसरी का डॉक्टर छुट्टी पर गया था। कुछ दिन के लिए वह वहाँ डयूटी देने गयी थी। जिस सुबह टाँके खुले उसी शाम राधा मेहरा ने वापिस आना था। वर्मा ने हल्की–सी सलाह भी दी थी कि राधा मेहरा को थैंक्स कहकर जाना चाहिए। डॉक्टर मनचन्दा ने भी संकेत किया था कि डॉक्टर मेहरा शाम तक लौट आयेंगी। लेकिन मैंने उससे मिलना ज़रूरी नहीं समझा था। रवि राजभवन की लम्बी गाड़ी में मुझे वहाँ से ले आया था।

मेहमान–घर मुख्य भवन से थोड़ी दूर है। तीन कमरे हैं। रवि भी आजकल रात को यहीं मेरे पास रहता है। जिस दिन वहाँ पहुँचा था, उस दोपहर राजभवन की नयी कर्मचारी मिसेज़ खन्ना को देखा था। मेहमानों की देखभाल का काम वह करती थी। हाउसकीपर थी। सारी गृह–व्यवस्था की ज़िम्मेदारी उस पर। उमर कोई चालीस के आसपास रही होगी। पति सीनियर अफ़सर था, युद्ध में मारा गया था, यह नौकरी देकर उसकी सहायता की जा रही थी। दोपहर के भोजन के समय वह बार–बार रवि को और खाने के लिए कह रही थी। लाड़ लड़ा रही थी। रवि के पिता ने मेरी ओर देखा था, उनके होंठों पर रहस्यपूर्ण मुसकान आयी थी, जवाब में मैं भी हँसा था और हम दोनों समझ गये थे कि मिसेज़ खन्ना रवि की 'पूरी देखभाल' कर रही हैं। इस औरत का जिस्म मादा जानवरों की तरह

कसा हुआ है, पास होती है तो उसके शरीर से विशेष प्रकार की मादक गन्ध आती है, जो जिस्म में झंकार–सी पैदा कर देती है। रवि उठकर बाहर गया तो माँ ने कहा था कि मिसेज़ खन्ना की किसी और विभाग में नौकरी लगवा देनी चाहिए। उन्हें भी पता है कि बेटे का मिसेज़ खन्ना से चक्कर है। पिता ने जवाब दिया कि इससे कुछ नहीं होने का। शादी करेगा तो सब ठीक हो जायेगा। फिर मुझसे शरारत में कहा, "आई होप, दे आर टेकिंग प्रीकाशेंसज़।"

माँ की परेशानी पति के मज़ाक़ से ख़त्म हो गयी थी। चेहरे पर भाव था कि आप पिता हैं, बेहतर जानते हैं।

मेहमान–घर में पहली रात ही मुझे रहस्य समझ आ गया कि रवि यहाँ मेरे पास क्यों रह रहा है, रात को मिसेज़ खन्ना सोने से पहले यहाँ का चक्कर लगाने आयी थी तो रवि ने बाँह पकड़कर उसे वहीं बिठा लिया। उसने घबराकर मेरी ओर देखा तो रवि ने बताया कि चिन्ता की कोई बात नहीं, सन्तोष को सब पता है। फिर उसने मुझसे कहा, "अभी–अभी बीमारी से उठा है। जा, अपने कमरे में जाकर सो। बहुत देर जागना तेरे लिए ठीक नहीं।"

मैं और मिसेज़ खन्ना उसका मतलब समझ गये थे। मैं हँसकर उठा था, जवाब में वह भी मुसकरायी थी। उसके जिस्म से निकलती मादक गन्ध और तेज़ हो गयी थी।

मैं अधसोया था कि रवि कमरे में आया था। मुझे कहा था, उसके कमरे में जाऊँ। मिसेज़ खन्ना मेरे लिए भी मान गयी है। मैंने न में सिर हिलाया था। रवि ने लालच दिया कि वह फैंटास्टिक है, चला जाऊँ, ज़िन्दगी–भर का मज़ा आ जायेगा। मैंने फिर इनकार किया था तो वह यह कहकर अपने कमरे में चला गया था, "तेरी क़िस्मत बेटे, यू आर मिसिंग समथिंग ग्रेट।"

वर्मा, भट्टी और जूही भी बहुत वक़्त यहीं मेहमान–घर में गुज़ारते हैं। आज सुबह रवि ने माँ से कहा था कि मेरे ठीक होने की पार्टी दी जाये। माँ ने पूछा, किस–किसको बुलाना है? रवि ने बताया कि दोस्तों के अलावा हस्पताल से डॉक्टर मनचन्दा और डॉक्टर मेहरा को भी बुलाया जाये। माँ ने डॉक्टर मनचन्दा को फ़ोन कर दिया कि उन्हें डॉक्टर मेहरा के साथ सात बजे राजभवन आना है। मेरे ठीक होने की पार्टी वह दे रही हैं।

मैंने रवि की काली पैंट और काला पुलोवर डाल लिया है। अभी पार्टी में थोड़ी देर है। रवि के पिता का मेहमान–घर से मैसेज आया कि आज बिलियर्ड की एक गेम हो जाये।

बिलियर्ड रूम में पहुँचता हूँ। वह पूछते हैं, गेम प्वायंट्स पर खेलनी है या टाइम के हिसाब से? फिर घड़ी देखकर कहते हैं, प्वायंट्स रहने दो, एक घण्टे की गेम हो जाये। जिसके ज़्यादा प्वायंट्स बनें, वह जीता।

हम खेलना शुरू करते हैं। बेयरर उनको व्हिस्की का छोटा पेग देता है। ट्रे मेरे आगे करता है, मैं इनकार कर देता हूँ। आज मेरा हाथ जम नहीं रहा। बीस मिनट में वह मुझसे तीस प्वायंट्स की लीड ले चुके हैं।

पूछते हैं, "क्यों? थोड़े दिनों में खेलना भूल गये कि जान बूझकर मुझे जिता रहे हो?"

मैं बताता हूँ कि पता नहीं क्या बात है, कंसंट्रेट किया ही नहीं जा रहा है।

वह कहते हैं कि इसीलिए खेल का मज़ा नही आ रहा। फिर पूछते हैं, "ऑपरेशन हुए कितने दिन हो चुके हैं?"

मैं थोड़ा सोचकर जवाब देता हूँ कि पन्द्रह दिन तो हो ही गये होंगे। "तो ठीक है" कहकर वह बेयरर से मेरे लिए जिन का पेग बनाने के लिए कहते हैं। शायद मेरे चेहरे पर हल्का–सा इनकार है। हँसकर कहते हैं, "जिन से कुछ नहीं होता। मैं जब फ़ौज में था तो एक बार पेट का ऑपरेशन हुआ था। टाँके खुलने से पहले ही पीनी शुरू कर दी थी। कम ऑन। बी अ मैन।"

मैंने जिन का पेग दो लम्बे घूँटों में ख़त्म कर दिया है। बेयरर को दूसरा पेग बनाने के लिए कहता हूँ। वह भी दूसरा पेग लेते हैं। हम दोनों चीयर्ज़ करते हैं। अब खेल जमा है। मैं छोटे–छोटे सिप लेता हूँ। अपनी बारी आने पर उनकी लीड घटा देता हूँ, अब सिर्फ़ पाँच प्वायंट्स की रह गयी है। वह अपना पाइप जलाते हैं, मैं बेयरर की तरफ़ देखता हूँ, वह सिगरेट–ट्रे आगे बढ़ाता है, मैं एक सिगरेट सुलगा लेता हूँ। वह मुसकराकर कहते हैं, "तुम्हें ड्रिंक देकर मैंने ग़लती कर ली। नाओ यू हैव गेट यूअर ओल्ड टच।"

मिसेज़ खन्ना कमरे में आती है। बताती हैं, मेहमान आ गये हैं। मेम साहब ने बुलाया है। वह घड़ी देखकर कहते हैं, बीस मिनट के बाद आयेंगे।

अब उनकी बारी है। खेलना शुरू करते हैं। रवि और भट्‌टी बिलियर्ड रूम में आ जाते हैं। मेरे हाथ में शराब का गिलास और सिगरेट देखकर उनकी बाँछें खिल जाती हैं। रवि पूछता है, "पपा, कौन जीत रहा है?"

"पहले तो मैं जीत रहा था। इसको शराब ऑफ़र कर दी। एक ही पैग पीकर पच्चीस प्वायंट्‌स जीत गया है।"

भट्‌टी कहता है, "सर, इसके ठीक होने की ख़ुशी में एक पैग हमारे साथ भी हो जाये।"

वह मुसकराकर कहते हैं, "भट्‌टी, तुम्हें तो पीने का बहाना चाहिए। तुझे देखकर एक क़िस्सा याद आता है। एक किसान था। उसे पीने की बहुत आदत थी। रोज़ रात को देसी की एक बोतल ख़त्म करता था। लड़के जवान हो गये। बाप को समझाया कि रोज़ न पिया करे। किसी मौक़े पर पीने में कोई हर्ज़ नहीं। बाप मान गया, लेकिन अगली शाम फिर बोतल खोलकर बैठ गया। लड़कों ने शिकायत की कि फ़ैसला तो यह हुआ था कि कोई ख़ुशी का मौक़ा होगा तो पिता पियेंगे। पिता ने बड़े प्यार से बताया कि आज बहुत ख़ुशी का दिन है। लड़कों ने पूछा कि कैसे, क्या हुआ? बाप ने हँसकर जवाब दिया कि पड़ोसियों की गाय के आज बछड़ा पैदा हुआ है। यह ख़ुशी का मौक़ा नहीं तो और क्या है?"

रवि और भट्‌टी ने ग्रेट कहकर क़हक़हा लगाया। हम चारों ने पेग लिया।

रवि ने शिकायत की, "पपा, यह जिन क्यों पी रहा है, लेडीज़ ड्रिंक?"

उन्होंने राज़भरी मुसकान से कहा, "सन्नी यू आर आलवेज़ अ फूल। इसे जिन ही पीने दो। व्हिस्की की बू आ गयी तो तेरी माँ इसके साथ मुझ पर भी बरसेगी।"

वह घड़ी देखकर बताते हैं, दस मिनट की गेम बाक़ी है। वह फिर मुझसे पन्द्रह प्वायंट्‌स की लीड ले चुके हैं। आख़िरी बारी मेरी है। आज मुझे उन्हें बीट करना ही है। मैं अपने आपको सिद्ध करना चाहता हूँ कि मैं बिल्कुल ठीक हो चुका हूँ। मेरी बारी के सिर्फ़ पाँच मिनट बाक़ी है। शराब पीने के बाद शरीर में ताज़गी आ गयी हैं, एकाग्रता बढ़ गयी है। रवि और भट्‌टी को देखकर कहता हूँ, "एनी बैट्‌स?"

भट्‌टी पचास रुपये मेज़ पर रखकर कहता है कि आज मैं नहीं जीतूँगा, मैं रवि की ओर देखता हूँ। वह मेरी तरफ़ से बैट लगाता है, पचास रुपये मेज़ पर रख देता है।

मुझे उन्हें हराने में सिर्फ़ तीन मिनट लगते हैं। उनसे पाँच प्वायंट्स आगे निकल जाता हूँ। भट्टी गाली देता है, "ब्लडी गैम्बलर।"

वह मुसकराकर कहते हैं कि हारने के बाद गाली नहीं देनी चाहिए।

रवि, भट्टी के पचास रुपये उठाकर अपनी जेब में रख लेता है। भट्टी उसे जलती आँखों से देखता है, जवाब में रवि आँख दबाकर मुसकरा देता है।

मिसेज़ खन्ना फिर आकर कहती है मेहमान आ गये हैं। बड़ी मेम साहब अभी बुला रही हैं। हम अपना–अपना पेग ख़त्म करके बिलियर्ड रूम से बाहर आ जाते हैं।

हमारे बैठक में प्रवेश करते ही सब खड़े हो जाते हैं। राधा मेहरा ने गेरुआ रंग की साड़ी पहनी हुई है और कानों में बड़े–बड़े जिप्सी रिंग्ज़। वह खड़ी होती है तो रिंग्ज़ हिलते हैं। उसके गालों पर छोटे–छोटे साये बनते हैं, मिटते हैं। रवि की माँ उसका परिचय कराती है, "यह हमारी बिटिया डॉक्टर राधा मेहरा है। सन्तोष की इसने बहुत देखभाल की है।"

वह हाथ जोड़कर उन्हें 'नमस्ते सर' कहती है। वह आगे बढ़ते हैं, उसके कन्धे पर अपना बड़ा हाथ रखकर अपनी ओर करते हैं, माथा चूमकर कहते हैं, "घर में 'सर' नहीं कहते। फिर तुम्हें तो हमारी वाइफ़ ने बिटिया बना लिया है।"

मैं उसे 'गुड ईवनिंग, डॉक्टर मेहरा' कहता हूँ। वह बड़ी बेदिली से मुझे 'गुड ईवनिंग' कहती है। जानता हूँ, मिलकर नहीं आया था, ग़ुस्सा है, जायज़। रवि की माँ मेरी ओर देखती है, मेरे चेहरे पर आयी अतिरिक्त लाली को देखती है और मिसेज़ खन्ना से कहती है, "थोड़ी कालिख ले आओ, हमारे बेटे को नज़र न लग जाये।"

जवाब भट्टी देता है, "नज़र और इसे? मेरी सारी रेजिमेंट इसे दिन भर देखती रहे तो भी नज़र न लगे।"

क़हक़हा बुलन्द होता है। मिसेज़ खन्ना काजल की डिबिया लाती है। वह छोटी उँगली से काजल छू मेरे कान के पीछे लगाती है। मैं डॉक्टर मेहरा से पूछता हूँ, "क्या बात है, डॉक्टर मनचन्दा नहीं आये?"

"एक सीरियस केस आ गया था। वह वहीं हैं।"

बड़े साहब जूही से पूछते हैं, "क्यों बिटिया, शादी कब की तय की है?"

"जब भट्टी के पास शादी के पैसे होंगे, तभी।" जूही ने जवाब दिया।

"तो फिर सारी उमर क्वाँरी बैठी रहना।" रवि ने फ़िकरा चुस्त किया।

भट्टी रवि को मुँह–ही–मुँह में गाली देता है। रवि माँ से कहता है, "ममा, यह कैसी गैट–बैल पार्टी है? पीने को कुछ नहीं।"

वह बेयरर की ओर देखती है। वह ट्रे में ड्रिंक्स के गिलास ले आता है।

कैप्टन सिंह बड़े साहब से पूछता है, "आइस सर?"

"हाँ, दो–तीन क्यूब्ज़।" हम लोग भी आइस डालने के लिए सिर हिलाते हैं। मैं अपना जिन का गिलास उठा लेता हूँ। हमारे चीयर्ज़ कहने से पहले डॉक्टर मेहरा कठोर आवाज़ में मुझे कहती है, "आपको कहा नहीं था कि इस बीमारी में शराब नहीं पीते। यू मैन आर फूल्ज़।"

रवि के पिता उसकी ओर हैरानी से देख रहे हैं। शायद सोच रहे हैं कि इस दुबली–पतली लड़की का साहस कैसे हुआ उनकी उपस्थिति में यह बात करने का? बैठक में एक खटकने वाली चुप्पी छा गयी है। मैं उतनी ही सख़्त आवाज़ में उसे कहता हूँ, "डॉक्टर मेहरा, यह आपका हस्पताल नहीं, घर है। पार्टी में बात करने के मैनर्स सीख लो तो अच्छा है।"

वह घूरकर मेरी ओर देखती है, उसका सुनहरा सेबी रंग लाल हो गया है। आँखें काली से भूरी होना शुरू हो गयी हैं। निचला होंठ टेढ़ा हो गया है, दाँत पर चढ़ा दाँत चमक मारता है, और वह मुझे जवाब दिये बिना बाहर की ओर क़दम बढ़ाती है। रवि उसकी बाँह पकड़कर रोकता है और तेज़ आवाज़ में मुझे कहता है, "यू बास्टर्ड। से सॉरी। घर बुला कर ऐसे बिहेव करते हैं?"

रवि की माँ उसे डाँटती है, "रवि, मेरे सामने आगे से गालियाँ मत देना।"

"सॉरी ममा। अपालोजाइज़ सन्तोष।"

"ग़लती डॉक्टर मेहरा की है। मैं क्यों माफ़ी माँगूँ?"

बड़े साहब हमारे झगड़े का मज़ा ले रहे हैं। मुसकराकर मुझे कहते हैं, "सन्तोष, औरत कभी भी ग़लती नहीं करती। सुना नहीं, अ वोमेन इज़ नैवर इन द रांग।"

मैं डॉक्टर मेहरा को सॉरी कहता हूँ। उसकी आँखों का रंग अभी भी भूरा है। कमरे का माहौल बिगड़ चुका है। रवि के पिता कैप्टन सिंह से संकेत में कुछ कहते हैं। वह हम सबको कहता है, "चलिए, बाहर लॉन में बैठते हैं।"

मैं जिन का गिलास मेज़ पर रखकर बाहर आ जाता हूँ। बड़े साहब अब डॉक्टर मेहरा से बातें कर रहे हैं। जूही–भट्टी, रवि और मिसेज़ खन्ना एक ग्रुप में खड़े हैं। मैं सबसे अलग ठहरा हुआ हूँ। जिस्म अब

तक गुस्से से काँप रहा है, बेयरर मुझे कोल्ड ड्रिंक का गिलास पकड़ाता है। मैं उसे सिगरेट लाने के लिए कहता हूँ, वह सिगरेट–ट्रे ले आता है, मैं एक सिगरेट सुलगा लेता हूँ, लम्बे–लम्बे कश लेता हूँ, अपने–आपको फट पड़ने से रोकने के लिए।

रवि के पिता मुझे इशारे से अपने पास बुलाते हैं, "सन्तोष, एक सबक़ सीख लो। डॉक्टरों की बात का कभी बुरा नहीं मानते। फिर राधा अभी–अभी मुझे बता रही थी कि तेज़–तीख़ी चीज़ें तुम्हारे लिए ठीक नहीं।"

मैं जानता हूँ, यह बात वह इसलिए कह रहे हैं कि मेरे और राधा के बीच मन–मुटाव ख़त्म हो जाये। मैं राधा को साथ लेकर फूलों की क्यारियों की तरफ़ बढ़ जाता हूँ।

हवा का तेज़ झोंका आता है और उसका पल्लू नीचे सरक जाता है। मैं इसे कोने से पकड़कर फिर उसके कन्धे पर डाल देता हूँ।

"डॉक्टर मेहरा, आप तो योग और तन्त्र करती हैं। क्या इसमें ग़ुस्से पर क़ाबू पाना नहीं सिखाया जाता?"

मुझे लगता है वह फिर ग़ुस्सा खा जायेगी। मेरे चेहरे की ओर देखती है, मुझे मुसकराता देखती है और समझ जाती है, शरारत कर रहा हूँ। वह सिर ऊपर उठाती है, जिप्सी रिंग हिलते हैं, गालों पर साये बनते हैं, मिटते हैं, हल्के अँधेरे में उसकी आँखों की खाइयाँ और गहरी–काली लगती है, इनमें छलाँग लगाने की प्रबल इच्छा होती है और वह पूछती है, "हस्पताल से भाग क्यों आये? पता था मैं उस शाम लौट रही थी। क्या मिलकर जाने में कोई अपमान था?"

अब मैं उसे कैसे बताऊँ कि मिलकर आने की इच्छा पर कितने हठ के साथ क़ाबू पाया था। सोचा तो यह था कि इसके बाद कभी मिलना होगा ही नहीं। लेकिन रवि ने आज पार्टी देनी थी, राधा को बुलाना था और फिर हमारा टकराव होना था। क्या मैं नियति के विरुद्ध युद्ध करके इसे बदलने की कोशिश कर रहा हूँ? क्या डेस्टिनी को हटाया जा सकता है? वह मेरे जवाब का इन्तज़ार कर रही है। मैं बात टालने के लिए कहता हूँ–

"हाँ, वह मेरी ग़लती थी। मिलकर आना चाहिए था, लेकिन वहाँ से छुट्‌टी मिलने की ख़ुशी में भूल गया।" मैं झूठ बोल जाता हूँ।

हवा का झोंका फिर आता है। उसका पल्लू फिर सरक जाता है, मैं फिर इसे उसके कन्धे पर डाल देता हूँ।

"मुझे तुम्हें पीने से नहीं रोकना चाहिए था। लेकिन क्या करूँ? कोई भी ज़िन्दगी बचाने के बाद डॉक्टरों का उस पर हक़ हो जाता है। यह जो जीवन हमें मिला है, वेस्ट करने के लिए नहीं है।"

इसे कैसे बताऊँ कि क्या इसका अपना जीवन वेस्ट नहीं हो गया? क्या लगातार कोई काम करना ही जीवन होने का अर्थ है? इससे परे क्या और कोई सार्थकता नहीं? जिस सच को मैं मानता हूँ, इसे बताऊँगा तो क्या फिर हर्ट नहीं होगी। उसकी ओर देखता हूँ। हल्की मुसकरा रही है। अचानक यह सोचकर डर लगता है कि मैं बिना बोले जो कुछ सोच रहा हूँ, समझ गयी है। हाँ, बकौल इसके शरीर त्यागा जा सकता है, दूसरे के शरीर में कायाहीन शरीर से प्रवेश किया जा सकता है तो फिर ध्वनिहीन शब्दों को भी क्या पता सुन लेती है, समझ लेती है।

वह घास पर बैठ जाती है। फूलों के पेड़नुमा ऊँचे पौधे से फूल गिरता है, उसकी नाक के कोने को छूता हुआ उसकी गोदी में सरक जाता है। वह साड़ी से सिर ढक लेती है। अब अँधेरे ने हमें चारों ओर से घेर लिया है। मुझे उसका चेहरा पूरी तरह दिखायी नहीं दे रहा। लेकिन लगता है, पक्षियों की तरह नीचे झुके उसके कन्धे धीरे–धीरे हिल रहे हैं। क्या वह रो रही है? वह हाथ ऊपर उठाती है, साड़ी के कोने से आँखें पोंछती है और उसी वक़्त मेरी आत्मा से दो लम्बे हाथ बाहर निकलकर उसकी ओर बढ़ते हैं। इस बार इन बढ़ते हाथों को मैं रोक नहीं सकता, रोकना नहीं चाहता। मैं नीचे झुककर उसके कन्धों के नीचे के हिस्से पर अपने हाथ रखता हूँ और थोड़ा–सा ज़ोर लगाकर उसे खड़ा कर देता हूँ। उसके जिप्सी रिंग फिर हिलते हैं। मैं उँगलियों से छूकर इनका हिलना बन्द कर देता हूँ। मुझे इसी क्षण पता चल जाता है कि नियति ने द्वन्द्व युद्ध में मुझे हरा दिया है। जो कुछ डेस्टिनी ने तय किया हुआ है, उसे बदला कैसे जा सकता है?

मैं उसे कहता हूँ "यू आर अ सिल्ली लिटिल गर्ल।" वह मुसकरा देती है।

तभी भारी क़दमों की आवाज़ आती है। भट्टी है। कहता है, "क्यों, क्या अभी तक सुलह नहीं हुई? अब चलो, खाना खा लो। सब इन्तज़ार कर रहे हैं। बाक़ी की लड़ाई फिर निपटा लेना।"

मैं भट्टी को बताना चाहता हूँ कि हमारे बीच की लड़ाई हमेशा–हमेशा के लिए ख़त्म हो गयी है। मैंने हथियार डाल दिये हैं। चलो, फिर बता दूँगा।

अँधेरा गहरा गया है। राधा सँभलकर पैर रखती है। कहीं गीली क्यारियों में पैर न आ जाये। भट्‌टी उसकी बाँह थाम लेता है। मैं उन दोनों के पीछे–पीछे चलता हुआ बैठक में पहुँच जाता हूँ।

राधा का चेहरा एकदम धुला–धुला लग रहा है। इस बात को सब लोग नोट करते हैं। वह रवि की माँ के पास जा बैठती है। माँ हाथ बढ़ाकर उसे बालों में अटके लम्बे तिनके को बाहर निकालती है, देखती है और नीचे फेंक देती है। निजता की, समीपता की इस छोटी–सी क्रिया ने राधा को कहीं छू लिया है, उसकी आँखें भर आयी हैं। आज वह बहुत दुर्बल हो गयी है। माँ उसकी भरी आँखों को देखती है, राधा अपने पर क़ाबू पाने की पूरी कोशिश करती है, लेकिन नहीं। माँ हाथ पकड़कर उसे उठाती है, बाथरूम की तरफ़ ले जाती है।

रवि मुझे पूछता है, "क्यों रो रही है? तुमने फिर तो कुछ नहीं कहा?"

उसके पिता जवाब देते हैं, "नहीं, सन्तोष ने कुछ नहीं कहा। शी इज़ इन लव। और प्यार हमें हमेशा कमज़ोर बनाता है।"

"इन लव पपा? बट विद हूम?"

जवाब जूही देती है, मेरी ओर देखते हुए। "रवि, हमेशा बहस मत किया करो। पपा ठीक कह रहे हैं।"

रवि हम सबकी ओर हैरानी से देख रहा है। पपा मुझे कहते हैं, "सन्तोष, रवि की माँ बता रही थी, राधा ने बहुत दुख पाया है। शायद तुमने उसे राधा के बारे में बताया होगा। टेक केयर आव हर।"

"सर, ऐसी कोई बात नहीं। आपको ग़लती लग रही है।"

वह क़हक़हा लगाकर हँसते हैं, मैं झेंप जाता हूँ। रवि और भट्‌टी मुझे अजीब नज़रों से देख रहे हैं, सिर्फ़ जूही है जिसके चेहरे पर हैरानी–परेशानी का कोई भाव नहीं है।

रवि की माँ और राधा कमरे में वापिस आती हैं। दोनों इस तरह से मुसकरा रही हैं जैसे कोई रहस्य बाँटकर शेयर करके मुसकराया जाता है। रवि के पिता कैप्टन सिंह से कहते हैं, "सिंह, सबके लिए वाइन मँगवाओ। फ़ार लेडीज़ आल्सो।"

मैं राधा की ओर देखता हूँ, वह कहते हैं, "राधा बेटा, अब ज़्यादा डॉक्टरी मत झाड़ना। वाइन कुछ नहीं कहती।"

बेयरर लम्बे–लम्बे गिलासों में लाल वाइन डालता है, हम सब गिलास उठाते हैं और वह कहते हैं, "लैट्स विश सन्तोष अ हैल्दी एंड हैप्पी लाइफ़।"

सब गिलास उठाकर मुझे विश करते हैं। रवि मुँह बनाकर कहता है, "पपा, आपने वाइन पिलाकर मुँह का टेस्ट बिगाड़ दिया।"

"बेटे, मुझे न बताओ। मैं जानता हूँ, तुम्हारे कमरे में बोतल पड़ी है और तुम और भट्टी खाने के बाद भी पियोगे।"

रवि की माँ और राधा अब भी मुसकरा रही हैं। रवि कहता है, "माँ, यह साझेदारी में कौन–सी हँसी आ रही है? क्या सीक्रेट शेयर हुआ है?"

"बेटे, कल तक पता चल जायेगा।" उसने अपने पति की ओर देखते हुए कहा। अब वह भी उन दोनों की सीक्रेट हँसी में शामिल हो गये हैं।

खाना ख़त्म हुआ। शुरू सर्दी की हवा अन्दर आ रही है, हम सबको चिकोटियाँ काटकर रोशनदानों में जा बैठती है। खाने के कमरे से उठकर हम कॉफ़ी पीने के लिए बैठक में आते हैं। राधा के कन्धे थोड़े सिकुड़ गये हैं। सर्द हवा उसकी शाल के कवच को तोड़–तोड़ रही है। रवि की माँ मिसेज़ खन्ना से कुछ कहती है। मिसेज़ खन्ना बैठक से बाहर जाती है और थोड़ी देर में उनका चमड़े का कोट लेकर लौटती है। रवि की माँ राधा को कोट पहनाती है। उसके चेहरे पर छोटा–सा इनकार देखकर कहती है, "लौटा देना बेटा। बाहर सर्दी बढ़ गयी है।"

रवि के पिता काले चमड़े के कोट के कंट्रास्ट में पहले से कहीं ज़्यादा सुनहरा पड़ गया राधा का चेहरा देखते हैं। पत्नी की ओर देखकर कहते हैं, "राधा को देख करके जी करता है फिर से जवान हो जाऊँ।" और उसके गोल्डन ऐपल चेहरे पर सुर्ख़ी दौड़ जाती है।

मैं सबसे पहले कॉफ़ी ख़त्म करता हूँ। मैगज़ीन–स्टैंड तक जाता हूँ। भट्टी मेरी ओर देखता है, इशारे से उसे पास बुलाता हूँ। वह उठता है, रवि भी साथ आ जाता है, मैं उसे बताता हूँ, "सुन भट्टी। मैं तेरी मोटरसाइकिल ले जाऊँगा, राधा को घर तक छोड़ने के लिए। कल संडे है, दोपहर को आकर ले जाना।"

भट्टी बात समझा नहीं, "मैं और जूही कैसे जायेंगे?"

रवि उसे हल्के–से डाँटता है, "ओये खोते, मैं जीप पर छोड़ आऊँगा। आगे भी सुन ले। यह तेरी माँ का यार रात को रहेगा भी शेरनी के घर।"

भट्टी की मूँछें हिलती हैं। रवि घूरकर हँसने से रोकता है। अब इन दोनों के चेहरे पर भी वही सीक्रेट मुसकान है जो राधा, रवि की माँ और पिता के चेहरे पर थोड़ी देर पहले थी।

सब उठ ठहरे हैं। माँ रवि से कहती है, "बेटा, तू राधा को जीप पर छोड़ आ।"

"सॉरी, ममा। मुझे नींद आ रही है। सन्तोष राधा को मोटरसाइकिल पर ड्राप कर देगा।"

वह पति की ओर देखती है। मैंगज़ीन–स्टैंड के पास हुई हम तीनों की बात को वह भाँप लेते हैं, मेरी ओर देखकर कहते हैं, "गुड टैक्टिक्स।" फिर रवि को हल्के–से आँख दबाकर कहते हैं, "बड़ी जल्दी नींद आ गयी? हाँ भाई, नींद बेचारी का जवानी के आगे क्या बस? अब हमारी तरह थोड़े हैं? आधी रात तक राधा के चेहरे को याद करते हुए करवट बदलते रहेंगे।"

माँ उन्हें प्यार से डाँटती है, "यू आर बीइंग नॉटी।"

भट्टी मुझे अपने चमड़े के दस्ताने देता है। जूही अपना स्कार्फ उतारकर मेरे सिर पर बाँधती है। हम सब एक–दूसरे को 'गुडनाइट' करते हैं। मोटरसाइकिल पहली किक में स्टार्ट हो जाता है। भट्टी मुझे घूरकर देख रहा है, ज़ोर से कहता है, "देख, तमीज़ से चलाना। और राधा, तुम ज़रा सँभलकर बैठना।"

वह पीछे बैठ गयी है। सीट को साइड से पकड़ रखा है। पता नहीं कि मर्द की कमर पकड़कर बैठना चाहिए। अन्दर–ही–अन्दर हँसता हूँ। फाटक आने तक समझ जायेगी।

मोटरसाइकिल की आवाज़ फाटक पर खड़े कांस्टेबल ने सुन ली है। लेकिन वह फाटक खोलता नहीं। उसे पता है, रात को हम लोग फाटक के एक ओर बने छोटे दरवाज़े से, जहाँ वह खड़ा होकर पहरा देता है, मोटरसाइकिल निकाला करते हैं। मैं रेस देता हूँ। पहरेदार हम लोगों की इन हरकतों पर मज़ा लेता है। वह आख़िरी क्षण छोटे दरवाज़े से कूदकर परे हटेगा। मोटरसाइकिल मैं चौथे गीयर में डाल चुका हूँ। राधा का शरीर तन रहा है, उसके शरीर से निकल रही भय–तरंगों को मैं महसूस कर रहा हूँ। मोटरसाइकिल बन्द फाटक की ओर बढ़ रही है। मैं गति और बढ़ा देता हूँ, वह दोनों बाँहें मेरी कमर के गिर्द लपेट लेती है। पहरेदार उछलकर छोटा दरवाज़ा ख़ाली करता है। मैं जाँघों के दबाव

से मोटरसाइकिल एक ओर झुकाता हूँ और इसे थोड़ा–सा मोड़कर छोटे दरवाज़े से बाहर निकल जाता हूँ।

आगे उतराई है। पेट्रोल बन्द करता हूँ, मोटरसाइकिल की आवाज़ ख़त्म हो जाती है। उसने अब भी मेरी कमर को कसकर पकड़ा हुआ है। एक हाथ छोड़कर दोनों हाथ थपथपाता हूँ। ठण्डे पख़ है। सर्दी से या डर से। मोटरसाइकिल रोकता हूँ, वह नीचे उतरने को होती है। रोक देता हूँ। उसके बैठे हुए ही गाड़ी स्टैंड पर लगाता हूँ। चेहरा देखता हूँ। डरी हुई है लेकिन आँखों में चमक है, ख़तरा हमें डराता है तो थ्रिल भी तो देता है।

"अगर छोटे दरवाज़े से टक्कर हो जाती तो?"

"तो क्या? मेरी दोनों कलाइयाँ फ्रैक्चर हो जातीं। फिर तुम्हारे हस्पताल में आ जाता।"

"इतनी तेज़ चलाते क्यों हो? इस उमर में कालेज के लड़कों वाली हरकतें मत किया करो। कभी भी एक्सीडेंट हो सकता है।"

"देखो, हर वक़्त बूढ़ी औरतों की तरह 'यह न करो, वह न करो' की रट मत लगाया करो। लिव, लिव डेंजरसली।"

मैं दस्ताने उतारकर उसे पहनने को देता हूँ। वह न में सिर हिलाती है, "तुम चला रहे हो, सर्दी लगेगी।"

"मुझे सर्दी–गर्मी, कुछ भी नहीं लगती।" और मैं अपने एक हाथ में उसके दोनों हाथ पकड़कर दस्ताने डाल देता हूँ। मोटरसाइकिल स्टार्ट होते ही वह मुझे क़मर से पकड़ लेती है। हँसता हूँ। तो इसे इतनी जल्दी बैठना आ गया। उसे पता चल जाता है, मैं हँस रहा हूँ। मेरी पीठ पर हाथ मारती है। बाज़ार आ गया है। सड़कें लगभग ख़ाली हैं। बत्तियों का धुन्ध ने घेराव कर रखा है। सिगरेट की दुकान के पास मोटरसाइकिल रोकता हूँ। वह मुझे जानता है। दो पैकेट आगे बढ़ाता है, उसे रात के कोटे का पता है। जेब में हाथ डालने की सोचता हूँ। रुक जाता हूँ। कपड़े तो रवि के पहन रखे हैं। साले ने कपड़े देने से पहले पर्स निकाल लिया होगा। मैं हल्के–से सिर हिलाता हूँ। सिगरेट वाला जवाब में मुसकराता है और मैं आगे बढ़ लेता हूँ।

राधा का घर आ गया है। मैं गेट के पास मोटरसाइकिल रोकता हूँ, वह कुंडा खोलने के लिए नीचे उतरना चाहती है, रोक देता हूँ। हाथ बढ़ाकर कुंडा खोलता हूँ। उसके बरामदे तक की पन्द्रह गज़ लम्बी जगह

को आँखों में मापता हूँ। बरामदे पर चढ़ने के लिए पौढ़ी की ऊँचाई का अन्दाज़ लगाता हूँ और मोटरसाइकिल को रेस देकर क्लच छोड़ देता हूँ। अगला पहिया सीढ़ी पर चढ़ गया है, दरवाज़े से टकराया कि टकराया, हैंडल दायें मोड़ता हूँ, मोटरसाइकिल टेढ़ा होकर लगभग ज़मीन से छूता है और पिछला पहिया भी सीढ़ी पार कर जाता है।

वह नीचे उतरती है, काँप रही है। हाथ उसके कन्धों पर रखता हूँ। काँपना बन्द कर देती है। वह कहती है, "तभी भट्टी ने कहा था कि मोटरसाइकिल तमीज़ से चलाना।"

मैं जवाब में मुसकराता हूँ। बरामदे से नीचे उतरकर गेट का कुंडा लगाता हूँ। वह ताला खोल चुकी है। अन्दर जाने लगती है, हाथ पकड़कर रोक देता हूँ। हैरानी से मुझे देख रही है। "कहते हैं, शादी की पहली रात बीवी को उठाकर कमरे में ले जाते हैं।"

इससे पहले कि वह कोई जवाब दे, मैं उसे उठा लेता हूँ। ज़ोर बिल्कुल नहीं लगता। जब पहली बार देखा तो ठीक सोचा था। इतनी हल्की है कि फूँक से उड़ जाये।

मैं बैडरूम में उसे पलंग पर लिटाता हूँ। पहली रात की बात से शायद उसे शॉक लगा है। आँखें फाड़े मेरी ओर देख रही है। चमड़े के कोट के बटन खोलता हूँ, उसके कन्धों के नीचे हाथ रखकर उसे आधा ऊपर उठाता हूँ और कोट उतार देता हूँ। काले रंग की कोट की बाँहों से सुनहरे सेब रंग की बाँहें बाहर निकलकर लश्कारे मारती हैं। नीचे झुककर उसके कन्धे की हड्डी चूमता हूँ। वह थर–थर काँप रही है। मेरा मुँह हाथ से परे करती है, धीमी आवाज़ में कहती है, "सन्तोष, प्लीज़। नहीं।"

मैं उसके बालों में हाथ डालकर उसका सिर ऊपर उठाता हूँ और सख़्त आवाज़ में कहता हूँ, "बोलो मत। इस मैजिक मोमेंट को मत तोड़ो। तुम जानती हो, मैं तुमसे शादी कर रहा हूँ।"

मैं उसके हाथों को छोड़ता हूँ। जहाँ से कसकर पकड़े थे, उस जगह उँगलियाँ फेरता हूँ, जानता हूँ, बाल खिंचने से दर्द हुआ होगा। अब उसने मुँह उल्टा करके मेरी गोद में रखा है। पीठ ज़ोर–ज़ोर से हिल रही है। जानता हूँ, बेआवाज़ रो रही है। दस सालों से थमी आँसुओं की झील जम गयी है। आज उसमें दरारें पड़ रही हैं। टूटकर पिघल रही है, आँखों के बाँध तोड़कर पानी बाहर आ रहा है। अच्छा है।

उसकी पीठ का हिलना धीमा हो रहा है। उसके कन्धों के नीचे हाथ रखकर उसकी करवट बदलकर सीधा कर देता हूँ। उसकी आँखें अब भी पनियाई हुई हैं लेकिन होंठ का किनारा धीरे–धीरे हिल रहा है और चेहरे पर तपिश–सी आ गयी है। आँखों का काला रंग कहीं भी भूरा होना शुरू नहीं हुआ। सारा दुख आँखों के रास्ते बाहर बह गया है। जहाँ दाँत पर चढ़े दाँत के कारण होंठ थोड़ा–सा टेढ़ा है, उस जगह को चूमता हूँ। वह मुझे देखती है, फिर लाइट की ओर देखती है। जानता हूँ, बुझाने के लिए कह रही है। मैं न में सिर हिला देता हूँ। आज तो पूरी–की–पूरी राधा को देखना है।

वह अँगूठे और तर्जनी के बीच एक–एक बटन पकड़कर उन्हें खोलती है। मैं उठ खड़ा होता हूँ। उसकी ओर पीठ करके कमीज़ उतारता हूँ। मुड़ने लगता हूँ तो पीठ पर हाथ रखकर मुझे रोक देती है। अब वह भी उठ ठहरी है। दोनों हाथ मेरी पीठ पर फेरते हुए कहती है, "माई गाड सन्तोष! तुम्हारी पीठ कितनी ख़ूबसूरत है?"

मैं जानता हूँ। भट्टी ने एक बार आगाह किया था कि तुम्हारी पीठ देखकर काटने को जी चाहता है। अब उसने मेरी पीठ को अपनी दोनों बाँहों में कस लिया है। उसके स्तनों की उठान को, दबाव को पीठ पर महसूस कर रहा हूँ। फिर उसके दोनों हाथ अपने दोनों हाथों से परे करता हूँ, पलटकर उसके सिर को अपनी ओर खींचता हूँ। छाती के निचले हिस्से तक पहुँच रही है। वह मुँह थोड़ा–सा ऊपर उठाकर कहती है, "तुम बहुत टॉल हो। अब मुझे हमेशा हाई–हील के सैंडल पहनने पड़ेंगे।"

मैं उसके सिर को हथेली से दबाकर उसका थोड़ा मुँह नीचे कर देता हूँ। मैं बिल्कुल नहीं चाहता कि वह बोले। पीठ पर हाथ बढ़ाकर उसकी ब्रा के हुक खोल देता हूँ। वह उड़ान भरने लगे परिन्दे की तरह बाँहों के पंख आधे ऊपर उठाती है। हल्के–से इन्हें हिलाती है और ब्रा नीचे कालीन पर गिर जाती है। मैं उसे उठाकर बिस्तरे पर लिटाता हूँ। वह कन्धों पर लाल रंग का कम्बल खींच लेती है। मैं उसे आँखें बन्द करने का संकेत करता हूँ। क्षणांश के लिए वह हैरान होती है, फिर आँखें मूँद लेती है। मैं वहीं कालीन पर पैंट उतारकर उसके साथ कम्बल में लेट जाता हूँ।

बिस्तरे पर सिरहाना एक ही है जो उसके सिर के नीचे है। खींचकर अपने सिर के नीचे कर लेता हूँ। अपनी बायीं बाँह को अंग्रेज़ी के अक्षर

'वी' के आकार में मोड़कर उसका सिर इस पर रख देता हूँ। वह अब भी सीधी लेटी है। मेरी ओर अभी तक करवट नहीं ली। उसके दायें कन्धे को एक हाथ में पकड़कर उसका मुँह अपनी ओर कर लेता हूँ। वह मुझे देखती है। मेरी 'वी' बनी बाँह के जोड़ में मुँह छुपा लेती है। मैं इसकी पीठ पर हाथ फेर रहा हूँ। जहाँ–जहाँ मेरी उँगलियाँ छूती हैं, वहाँ–वहाँ हल्की कँपकँपाहट होती है, वह–वह हिस्सा कस जाता है, तन जाता है। वह मुँह ऊपर करती है, आँखों से छोटी–सी मुसकान छलाँग लगाती है और होंठों पर आ बैठती है। होंठ हिलते हैं, दाँत पर चढ़ा दाँत मखमल में रखे मोती–सा चमकता है, मैं उसके बाल पकड़कर सिर ऊपर करता हूँ और दाँतों के बीच उसके होंठों के कोने को दबा लेता हूँ। ज़बान से दाँत पर चढ़े दाँत को छूता हूँ। बिल्कुल मोती की तरह ठण्डा है। उसके होंठ अभी तक कसकर बन्द हैं। मैं अपने दाँतों के बीच दबे उसके होंठों के किनारे को धीरे–से काटता हूँ। उसे होंठों की साँकल खुल जाती है। अब उसके पूरे के पूरे होंठ मेरे मुँह में हैं। मेरी जीभ उसके दाँतों को छू रही है। खिड़की पर हवा दस्तक देती है, कहती है, इसे छोड़ दो, इसे साँस चढ़ गयी है। मैं अपना मुँह परे कर लेता हूँ। हवा दस्तक देना बन्द कर देती है। वह ज़ोर–ज़ोर से साँस ले रही है। उसके नाक के सिरे पर पसीने की छोटी–सी बूँद चमक आयी है। अपनी छोटी उँगली से इसे छिटक देता हूँ।

अब उसका सिर मेरी छाती पर है, हमारे बीच की कुछ इंचों की दूरी को उसने फलाँग लिया है। वह मेरे साथ लगी हुई है, मैं उसके हिप्स को धीरे–धीरे दबा रहा हूँ, उसका शरीर फिर से काँपना शुरू हो जाता है।

मैं उसके ऊपर से अपनी दायीं बाँह चारपाई के नीचे लटकाता हूँ और कालीन पर पड़ी पैंट उठाता हूँ। जेब से सिगरेट–माचिस निकालकर पैंट फिर नीचे फेंक देता हूँ। वह मेरी ओर देखती है। रोकने का कोई सन्देश उसकी आँखों में नहीं है। मैं सीधा होकर लेटता हूँ। उसका सिर अपनी छाती पर रखता हूँ। सिगरेट सुलगाता हूँ, आसपास देखता हूँ। ऐशट्रे नहीं है, तीली बुझाकर माचिस में डाल देता हूँ। माचिस आधी खोलकर सिरहाने के पास रखता हूँ। राख इसी में डाल दूँगा। वह कहती है, "मेरा ख़याल है, कल दो–तीन ऐशट्रे ख़रीद लें।"

मैं जवाब में उसका माथा चूम लेता हूँ। फिर सिगरेट उसके होंठों के पास करता हूँ। वह न में सिर हिलाती है। 'कम ऑन' कहकर उसके

होंठों में सिगरेट लगाता हूँ, वह कश लेती है, एकदम से धुआँ बाहर निकाल देती है।

"कुछ काम आराम से करने चाहिए। धुआँ धीरे–धीरे बाहर निकालते हैं।"

वह दूसरा कश लगाकर आहिस्ता–आहिस्ता धुआँ बाहर निकालती है।

"अच्छा लगता है।"

"ठीक है। बस और नहीं।" मैं सिगरेट उसके होंठों से निकाल लेता हूँ।

अब वह मेरे कन्धे के मांस को दाँतों की नोकों से धीरे–धीरे काट रही है, फिर रुककर पूछती है, "सुनो सन्तोष, तुम मुझसे दुश्मनों की तरह पेश क्यों आते रहे?"

"इसलिए कि मुझे दोस्त बनने–बनाने में डर लगता है। फिर तुम्हें देखा था तो उसी क्षण पता चल गया था कि मेरी डेस्टिनी तुम हो। लेकिन मानना नहीं चाहता था, इसलिए लड़ाई करता रहा। आज शाम को इस सच का पता चला कि डेस्टिनी से लड़ा नहीं जा सकता। और अब हम दोनों साथ हैं, साथ–साथ लेटे हैं। मैं ढीठ क़िस्म का आदमी हूँ। जो कुछ सच है, जो कुछ होना है, मुझे इसका पता भी हो तो लड़ाई किये बिना, स्ट्रगल किये बिना इसे मानता नहीं।"

वह अब फिर मेरे कन्धे के मांस को दाँतों से कुतर रही है। मैं सिगरेट बुझाकर माचिस में डाल देता हूँ। हल्का–सा धुआँ उठकर बल्ब के पास पहुँच गया है। अब उसने अपनी दोनों टाँगों को मेरी टाँगों के बीच रख लिया है। मैं हल्का–सा दबाव देता हूँ, जवाब में हल्का–सा दबाव ऊपर से भी मिलता है। अब उसकी साँस तेज़ हो गयी है। गर्म–गर्म साँस का सेंक मेरे गले पर हो रहा है।

हम दोनों के बीच गोल्डन ब्रिज, सोने का पुल, बनना शुरू हो जाता है। मैं उसकी टाँगों को अपनी टाँगों के बीच से निकालकर उसे सीधा लिटा देता हूँ। अधबैठा होकर उसके स्तन के सिरे को अपने होंठों में क़ैद कर लेता हूँ। वह बिस्तरे पर थोड़ा–सा उछलती है। उसकी कमर अकड़कर बिस्तर में एकाध इंच ऊपर उठ जाती है। मेरे दाँतों का दबाव बढ़ता है, वह एक छोटी–सी सुखद सिसकार भरती है। मेरे बालों को ज़ोर से खींचकर मेरा सिर ऊपर उठाती है। मैं झटके से उसके हाथ परे करके दूसरे स्तन को दाँतों में भींच लेता हूँ। अब वह ज़ोर–ज़ोर से हिल रही है।

सोने का पुल हम दोनों के बीच झूल रहा है। अब मैं पुल पर पहला क़दम रखता हूँ, उसकी टाँगें अकड़कर भिंच जाती हैं, मैं कहता हूँ,

रिलेक्स। वह भी गोल्डन ब्रिज पर पहला क़दम रख देती है। एक–एक क़दम आगे रखने के साथ–साथ मैं उसके बालों को अपनी उँगलियों में फँसाकर लगातार खींचे जा रहा हूँ।

अब हम दोनों सोने के पुल के बीचोंबीच पहुँच गये हैं। वह आख़िरी क़दम रखने पर छटपटाती है। मेरा हिलना बन्द हो जाता है और फिर सोना पिघलना शुरू हो जाता है। अब उसके शरीर से मुझे रिस्पोंस मिलना शुरू हो गया है। वह हिलती है, आगे क़दम बढ़ाती है। मैं भी आगे क़दम रखता हूँ। मेरे शरीर में छोटी–छोटी लहरें उठ रही हैं, जानता हूँ, थोड़ी देर में वे लहरें एक–दूसरे में घुलकर बड़ी लहर में बदल जायेंगी और फिर यह विशालकाय लहर किनारे से टकरायेगी, इसे पीछे धकेलकर ख़ुद भी पीछे लौट जायेगी, टूटकर समतल पानी में बदल जायेगी। अभी मैं लहर को टूटने नहीं देना चाहता।

अब लगता है जैसे वह तड़प रही है। उसकी छोटी लहरें बड़ी लहर में बदल रही हैं और यह विशालकाय लहर किनारे को तोड़ने के लिए आगे झपट रही है, अभी। इसी क्षण इस हाँफती हुई लहर की साँस टूट जायेगी। वह मेरी पीठ को नाख़ूनों से कुरेदते हुए कहती है, "किल मी। सन्तोष, किल मी।"

मैं उसके चेहरे पर धीरे–धीरे हाथ फेरता हूँ। लहर को थपथपाता हूँ, वह थम जाती है। हम दोनों बिना हिले–जुले गोल्डन ब्रिज के बीचोंबीच खड़े हैं। अब पुल के बीच का सोना पिघलना शुरू हो गया है और यह पिघला हुआ सोना हमारे शरीरों को एक–दूसरे के साथ जोड़ देता है।

पुल हिलता है। मैं हिलता हूँ। वह हिलती है। सोना और तेज़ी–से पिघलता है। छोटी लहरें बड़ी लहर का रूप धारण कर लेती हैं। मेरी लहर ऊँची उठ रही है। उधर से भी लहर आगे बढ़ रही है। पुल का बीच का हिस्सा टूट जाता है, दोनों विशाल लहरें आमने–सामने से आगे बढ़कर एक–दूसरे से टकराती हैं, एक–दूसरे पर सवार होकर आगे–पीछे निकल जाती हैं। हम दोनों लहरों के पालने में सवार होकर तेज़–तेज़ झूल रहे हैं। अब पालने के हिलने की गति धीरे–धीरे मन्द हो रही है। पिघला हुआ सोना फिर ठोस हो जाता है। बीच से टूटा हुआ पुल जुड़ जाता है। मैं पुल के अपने हिस्से पर पाँव रखकर वापस क़दम उठाना चाहता हूँ। वह नहीं कहकर मेरे उठते हुए पाँव पकड़ लेती है। मैं अपनी छाती का हिस्सा

उसके ऊपर से उठाकर नीचे बिस्तरे पर रख लेता हूँ। उसके हिस्से के गोल्डन ब्रिज पर भार थोड़ा कम हो जाता है। फिर धीरे–धीरे नीचे वाले हिस्से से सरककर मैं पुल से नीचे उतर आता हूँ। उसने फिर से मेरी 'वी' की आकार में मुड़ी बाँहों पर सिर रख लिया है। शरीर पर पसीने की पानी की परछाईं–सी चमक आयी है। हाथ फेरकर इस परछाईं को पोंछ देता हूँ। उसकी आँखें अधमुँदी हो रही हैं।

"यह किसी के शरीर में प्रवेश करने की विद्या सीखने में तुम्हें कितना समय लगा?"

"क्यों?" वह हैरान है।

"वैसे ही। बताओ न।"

"एक साल से ऊपर लग गया था।"

"तुमने यूँ ही एक साल वेस्ट किया।"

"क्यों?" वह हैरान है।

"देखो न, मैंने यह विद्या कितनी जल्दी सीख ली। पाँच मिनट भी नहीं लगे तुम्हारे शरीर में प्रवेश करने के लिए।"

"यू आर अ रास्कल।" उसने मेरा कन्धा ज़ोर से काट लिया।

अब वह सो गयी है। सिर अब भी मेरी मुड़ी हुई बाँह पर रखा है। मेरी बाँह थक गयी है। हल्का दर्द हो रहा है। धीरे–से उसका सिर पीछे सरकाता हूँ। वह आँखें खोलती है। सिर फिर से मेरी मुड़ी हुई बाँह पर रखती है और फिर से सो जाती है।

मैं आधी करवट बदलता हूँ, उसकी पीठ पर हाथ रखकर थोड़ा–सा अपनी ओर सरकाता हूँ उसकी एक बाँह को जो कम्बल के बाहर है, अन्दर करता हूँ और समतल हो गये पानी के ठहरे हुए पालने में मैं भी सो जाता हूँ।

चार

सुबह मैं राधा से पहले जाग जाता हूँ। उसका चेहरा सिरहाने में टेढ़ा होकर अधछुपा पड़ा है। गले के नर्म मांस पर छोटा–सा निशान पड़ा है। ज़रूर मैंने यहाँ ज़ोर–से चूमा होगा। अपने आप हँसी आ जाती है। जब चूमने से किसी लड़की के गले पर निशान पड़ जाये तो भट्टी इसे 'ट्रंक' बनाना कहता है। अब पता नहीं यह कोड–वर्ड उसने कहाँ से खोजा है? आज राधा को देखते ही समझ जायेगा कि रात को मैंने ट्रंक बना दिया।

किचन में जाता हूँ। हर चीज़ करीने से रखी हुई है। सब डिब्बों के बाहर चिट पर लिखा हुआ है कि अन्दर क्या है। चाय की पत्ती और चीनी के डिब्बे आसानी से मिल जाते हैं। दूध कहीं नहीं दिखता। डिब्बों पर लिखी चिटें पढ़ता हूँ। पाउडर के दूध का डिब्बा पिछली लाइन में है। बाहर निकाल लेता हूँ। चाय बनाने के बाद थोड़ा–सा पानी कोसा करता हूँ।

हल्के गर्म पानी में रूई भिगोकर राधा का चेहरा अपनी ओर मोड़ता हूँ। उसकी आँखें अब भी बन्द हैं। कोसी रूई का टुकड़ा धीरे–से उसकी आँखों पर फेरता हूँ, चेहरे की त्वचा पर हल्का–सा कम्पन होता है और वह आँखें खोल देती है। हल्की हैरानी है, शायद मेरा रात को यहाँ होना भूल गयी है। फिर उसे याद आ जाता है और छोटी–सी मुसकान की किरण होंठों पर चटकती है। मैं उसके होंठों पर रूई फेरता हूँ, फिर सारे चेहरे पर, और गले पर बने छोटे से निशान पर भी। वह मेरा हाथ धीरे–से छूती है "वैरी गुड मार्निंग।" वह जवाब में मेरी छोटी उँगली को धीरे–से दाँतों में दबा लेती है।

मैं उसकी पीठ के नीचे हाथ रखकर आधा उठाता हूँ, सिरहाना खड़ा करके उसे अधबैठा करता हूँ, चाय का गिलास उसके हाथ में थमाकर मैं भी कम्बल के अन्दर सरक जाता हूँ। मैंने पैंट पहन ली है। वह अब भी

निर्वस्त्र है। मेरी पैंट के छूने से उसे पता चलता है कि वह बिना कपड़ों के है। उठने को होती है।

"कुछ पहन लूँ।"

मैं हाथ दबाकर उसे फिर अधलेटा कर देता हूँ। वह चाय के छोटे–छोटे घूँट भरती है, "मुझे जगा देते। कप नहीं मिले क्या?"

मैं उसे बताता हूँ कि बैड टी गिलासों में पीनी चाहिए। और कुछ नहीं तो हाथ तो गर्म हो जाते हैं। वह मुझसे पहले चाय ख़त्म करती है, उसका गिलास हाथ नीचे लटकाकर पलंग के नीचे रख देता हूँ। वह नीचे सरककर फिर से लेट जाती है, 'वी' के आकार में मुड़ी मेरी बाँह पर सिर रखकर। मैं करवट लेकर उसकी ओर मुड़ता हूँ, उसके सिर के नीचे हाथ रखकर ऊपर अपने कन्धे पर खींच लेता हूँ। अब हम दोनों एक–दूसरे को देख रहे हैं। वह उँगलियों से छूकर मेरी आँखें मींचती है, "प्लीज़ सन्तोष, आँखें बन्द कर लो। मुझसे देखा नहीं जाता।"

खिड़की से सूरज का टुकड़ा अन्दर ताक–झाँक कर रहा है, उन बूढ़ों की तरह जो जवानों को छुप–छुपकर साथ लेटे देखते हैं और उधार के मज़े लेते हैं। अब किरणों की उँगलियाँ उसकी आँख़ों में चुभ रही हैं। वह भी खिड़की से ताकते–झाँकते सूरज के टुकड़े को देखती है।

"पता है, सूरज की इस ताक–झाँक की आदत पर जान डन्न ने इसे क्या गाली दी है? बिज़ी ओल्ड फूल।" वह फिर से उँगलियों से मेरी आँखें मींच देती है। 'जस्ट अ मिनट' कहकर मैं उठता हूँ, खिड़की के पास पहुँचता हूँ। चोरी पकड़े जाने पर बूढ़े सूरज का मुँह फीका पड़ जाता है, मैं खिड़की का पर्दा खींचकर उसे वहाँ से भगा देता हूँ। फिर से कम्बल में सरक जाता हूँ। अब उसकी एक बाँह मेरी छाती पर रखी हुई है। सुनहरे सेबों को हल्के–से छूता हूँ। वह थोड़ा हिलती है। "यह पेट में चुभ क्या रहा है?" पूछती है।

मैं उसका अपनी छाती पर रखा हाथ नीचे सरकाकर बताता हूँ, "छोटा सन्तोष।"

"छोटा..." वाक्य पूरा करने से पहले ही वह मेरी बात समझ जाती है। मेरे बालों को खींचकर मेरी छाती में सिर छुपा लेती है।

रात वाला सोने का पुल फिर से बन जाता है। अब की बार छोटी–छोटी लहरें नहीं उठतीं बल्कि शुरू से ही वह विशालकाय लहर जन्म ले लेती

है और किनारे की ओर दनदनाती भागती है। हम दोनों के पुल के अधबीच पहुँचने से पहले ही सोना पिघलना शुरू हो जाता है। वह 'डोंट स्टॉप' कहकर घायल जानवर की तरह तड़पती है। दोनों लहरें आपस में टकरा जाती हैं और समुद्र हम दोनों के अन्दर प्रवेश कर जाता है। प्यार की हिंसा हमें एक हाथ से रिक्त करती है तो दूसरे हाथ से भर देती है। वह कहती है, "तुम्हें नींद लग रही है। सो लो। अच्छा, नाश्ते में क्या लोगे?"

उसे बताता हूँ कि मैं नाश्ता नहीं किया करता।

"आज से करना शुरू कर दो।" वह घुड़की देती है।

उसे यह कहकर कि जो मर्ज़ी बना ले, सो जाता हूँ।

साइकिल की घण्टी की आवाज़ से नींद टूटती है। जानता हूँ, अख़बार वाला है। बाथरूम से पानी गिरने की आवाज़ आ रही है, तो वह नहा रही है। बाहर निकलकर अख़बार लेता हूँ। फिर उससे 'रोज़गार समाचार' भी ख़रीद लेता हूँ। अभी से नौकरी की तलाश करनी चाहिए न!

मैं उन 'ख़ाली स्थानों' पर पैंसिल से निशान लगा रहा हूँ, जो मेरी शिक्षा के अनुसार मुझे मिल सकते हैं।

"यह क्या कर रहे हो?" वह शायद नहा चुकने के बाद मेरे पीछे आ ठहरी है, जिसका मुझे पता नहीं चला।

"कोई ठीक–ठाक नौकरी खोज रहा हूँ।"

"क्यों?"

"क्यों क्या? हम शादी नहीं कर रहे क्या? फिर नौकरी तो करनी है न?"

उसकी आँखों का रंग भूरा पड़ना शुरू हो जाता है। होंठ थोड़ा टेढ़ा हो गया है, दाँत पर चढ़ा दाँत चमकता है। हैरान हूँ कि उसे ग़ुस्सा किस बात पर आ रहा है? मेरे हाथ से 'रोज़गार समाचार' खींचकर रद्दी अख़बारों के ढेर पर फेंक देती है।

"तुम मरद लोग औरत को लेकर हमेशा फ़्यूडल क़िस्म के होते हो। इसे पालना है, इसका बोझ उठाना है, घर में बँधा–बँधाया पैसा लाना है ताकि टाँग ऊपर रहे। जानते हो मेरी कितनी पे है? तुम जैसे हो, जिस तरह से जीते हो, मुझे वैसे ही अच्छे लगे हो। नौकरी वाले मरद से शादी करनी होती तो कब की कर लेती।"

मैं उसे कोई जवाब नहीं देता। बहस करके इस सुबह के मैजिक को

तोड़ना नहीं चाहता। उसे कहता हूँ कि चलो, नाश्ता कर लें। वह अपनी बात के जवाब का अब भी इन्तज़ार कर रही है।

"ठीक है। जो तुम कहती हो, ठीक है। चलो, अब कुछ खा लें। और सुनो, शेरनी तुम अपने हस्पताल वालों के लिए हो, मेरे लिए नहीं। नहीं तो तीसरी बार टेम कर दूँगा।"

वह सहज हो जाती है। नाश्ता करते हुए उससे पूछता हूँ कि क्या उसके पास कुछ रुपये हैं।

"हाँ, क्यों!"

"तुम्हारे लिए जींस और कमीज़ ख़रीदनी है। मोटरसाइकिल पर साड़ी–वाड़ी पहनकर नहीं बैठा करते। कभी चेन में फँस गयी तो...?"

वह एतराज़ करती है कि अब इस उमर और इस नौकरी में उसे जींस नहीं पहननी।

मैं उसे छेड़ता हूँ, "क्यों, तुम्हारी उमर को क्या हुआ है? यू हैव पैशन आव अ टीन एजर।"

वह बहाना करती है कि उसके पास नाप लेने के लिए टेप नहीं और ख़ुद दुकान जाकर उसे जींस ख़रीदने में शर्म आती है।

मैं उसे हिप्स से पकड़कर खड़ा करता हूँ। फिर कमर पर हाथ रखकर अपनी ओर खींचता हूँ। एक हाथ की उँगलियों से उसकी कमर नाप लेता हूँ। फिर उसके गले का नाप भी हाथ से ही ले लेता हूँ, कमीज़ के लिए। मेरे छूने भर से उसका जिस्म हल्के हिलना शुरू हो गया है। होंठों से उसके पेट को छूकर उसे परे कर देता हूँ।

"अब बदमाशी नहीं। मैं कपड़े बदलकर अभी आता हूँ। तुम तैयार हो जाओ। रवि को फ़ोन कर दूँगा। खाना वहीं खायेंगे। और हाँ! तीन–चार सौ रुपये मुझे दे दो।"

वह दूसरे कमरे में जाती है। अचानक कार्निंग पर रखी निक्की की फ़ोटो पर निगाह पड़ती है। तस्वीर में बैठी हिल रही है बाहर आने के लिए। तभी याद आता है, आज रविवार है। राधा ने निक्की से मिलने जाना होगा। तय कर लेता हूँ, मैं भी साथ जाऊँगा।

वह मुझे रुपये पकड़ाती है।

"सुनो, आज तुमने निक्की से नहीं मिलना क्या? मैं भी चलूँगा। उसे अपने साथ ले आयेंगे।" वह हौले–से कुर्सी पर बैठ जाती है। चेहरे का

सुनहरे–सेब का रंग फ़ीका पड़ना शुरू हो गया है। मुझे याद दिलाती है कि निक्की उसके साथ किसी भी मरद को देखकर आतंकित हो जाती है। अब उसके लिए हर पुरुष उसका मरा हुआ बाप है, क्रूर। ड्रग एडिक्ट और पशु। क्या मेरा निक्की से मिलना ठीक है? इस बारे में ठीक से सोच लेना चाहिए।

"देखो राधा, बात टालने से कभी ख़त्म नहीं हुआ करती। ज़िन्दगी में कोई फ़ैसला लेने के बाद उसे पूरा करने के लिए क़दम भी उठाने पड़ते हैं। फिर निक्की को आज नहीं तो कल सब कुछ बताना ही है। तुम यह मेरे ऊपर छोड़ दो। अगर मैं निक्की की माँ को हैंडल कर सकता हूँ तो निक्की को भी कर लूँगा।" मैं जवाब को हल्के मज़ाक़ के साथ ख़त्म करता हूँ।

वह अब भी सिर झुकाये कुछ सोच रही है। लगता है, फिर यहाँ से अनुपस्थित हो जायेगी। उसका कन्धा छूकर 'चियर अप' कहता हूँ और थोड़ी देर में लौटने को कहकर बाहर निकल जाता हूँ।

हम निक्की के स्कूल के गेस्ट रूम में बैठे हैं। उसके स्कूल की मदर वहाँ आती है। राधा मेरा परिचय कराती है। वह राधा की जींस, कमीज़ और चमड़े के कोट को देखती है, उसके चेहरे की धुली–धुली आभा को देखती है, मुझे देखती है और फिर सब कुछ समझ जाती है। लगता है, उसका चेहरा कुछ उदास हो गया है। शायद वह निक्की के क्रूर अनुभवों के बारे में जानती है। "गाड ब्लैस यू" कहकर वहाँ से चली जाती है। छोटे–छोटे क़दमों की छोटी–छोटी आवाज़ें आ रही हैं। निक्की पहुँच रही है। राधा उठकर दरवाज़े पर पहुँच जाती है। वह माँ को देखती है, उसके कपड़ों को देखती है, ठिठकती है। फिर किलकारी मारकर उसके गले में झूल जाती है।

"ओ ममा, यू लुक फैंटास्टिक इन दिस ड्रेस।" राधा उसका माथा चूमती है।

निक्की को देखकर पहला एहसास यह होता है कि अपनी उमर के हिसाब से वह लम्बी है। साथ–साथ खड़ी माँ–बेटी छोटी–बड़ी बहिनें लगती हैं। दूसरा एहसास यह होता है कि यह हू–ब–हू वही निक्की है जो तस्वीर में हिलती रहती है। एक क़दम उठाकर तस्वीर से बाहर हो गयी है।

मैं कुर्सी से उठता हूँ। निक्की को पता चल जाता है कि कमरे में कोई और है। दरवाज़े के पास पहुँचता हूँ। अब उसने माँ का हाथ छोड़

दिया है। मेरा चेहरा देखने के लिए उसे अपना चेहरा ऊपर उठाना पड़ रहा है। आँखों से निकलकर हल्की–सी काली पर्त उसके चेहरे पर फैल जाती है। राधा टैंस आवाज़ में उसे कहती है, "यह सन्तोष है।" वह बड़ी बेदिली से 'हैलो' कहकर दरवाज़े के बाहर निकल जाती है। राधा अब भी टैंस है। उसका चेहरा कह रहा है 'मैंने तो बताया था न'...मैं जवाब में आश्वासन से मुसकराता हूँ।

अब माँ–बेटी आगे चल रही हैं, मैं पीछे। अभी उन दोनों के बीच में आने की जल्दी मुझे नहीं। जानता हूँ, पिछले नौ साल से जो प्रेत निक्की के कन्धों पर सवार है उसे उतार फेंकने में वक़्त लगेगा, कड़ा मुक़ाबला होगा। राधा उससे स्कूल के बारे में पूछ रही है, वह हर बात का जवाब बोलकर नहीं बल्कि हाँ या न में सिर हिलाकर दे रही है। हम स्कूल के गेट के बाहर पहुँच जाते हैं।

निक्की माँ को देखती है, मुझे देखती है, मोटरसाइकिल को देखती है और सिर झुकाये खड़ी है। राधा पूछती है, "बैठेंगे कैसे?"

मैं तस्वीर में ही देख चुका था कि निक्की के बाल कटे हुए हैं और चेहरे पर बिखरे रहते हैं। अपनी जैकेट की जेब से स्कार्फ़ निकालता हूँ, निक्की के दोनों गालों पर बिखरे बाल पीछे कर देता हूँ और उसके सिर पर बाँध देता हूँ। फिर उसे आगे बैठने के लिए कहता हूँ। मैं बुलेट स्टार्ट करता हूँ, निक्की मेरे आगे बैठी मेरी दोनों बाँहों के घेरे में सुरक्षित है। वह बिना हिले–जुले बैठी है, स्प्रिंग की तरह कसी हुई।

मैं बुलेट रोकता हूँ। निक्की का पैर नीचे बायीं तरफ़ ब्रेक पर रखता हूँ। उसे बताता हूँ कि स्पीड कम करनी हो तो इसे धीरे–से दबाना होता है। फिर एक्सीलरेटर उसका हाथ खोलकर उसकी मुट्ठी में पकड़ाता हूँ। बताता हूँ कि इससे गति कम करते हैं, बढ़ाते हैं। राधा हैरानी से पूछती है, "यह सब तुम निक्की को क्यों बता रहे हो?"

"इसलिए कि अब आगे बैठकर निक्की मोटरसाइकिल चलाएगी।"

"नो, इट्स डेंजरस।" वह सख़्त आवाज़ में मुझे रोकती है।

निक्की अब तक गति की थ्रिल को महसूस कर चुकी है। "ओ ममा! डोंट बी अ मिस्सी।" मैं मुसकराता हूँ। मुझे साफ़ पता चलता है कि मेरे और निक्की के बीच का परिचय का पहाड़ थोड़ा हिला है।

हैंडल मैंने सँभाल रखा है, एक्सीलरेटर वह दे रही है। उसे कहता

हूँ कि डरो मत। स्पीड थोड़ी और बढ़ाये। वह पूछती है, "आप बायें पैर से क्या कर रहे हो?"

"स्पीड बढ़ाने के साथ गियर भी तो बदलना पड़ता है।"

"मुझे बदलने दो न।"

"नहीं। एक दिन में सब कुछ सीखोगी क्या? नेक्स्ट टाइम।"

स्कार्फ़ से उसके बाल बाहर निकल आये हैं। हवा इन बालों को मेरे चेहरे पर पटक रही है। उसे कहता हूँ कि स्पीड थोड़ी कम करे। हैंडल को हौले–से पकड़े रहे। फिर मैं हैडल छोड़ देता हूँ। राधा काँपती है। मेरी कमर पर उसका कसाव बढ़ जाता है। वह नहीं जानती कि असल में मैंने दोनों जाँघों के दबाव से मोटरसाइकिल बैलेंस कर रखा है। मैं निक्की का स्कार्फ़ खोलकर बाल अन्दर करता हूँ। फिर से स्कार्फ़ बाँध देता हूँ। हैंडल पर हाथ रखने लगता हूँ तो वह रोक देती है, "नहीं, मैं चलाऊँगी।"

अब उसके जिस्म में कहीं तनाव नहीं। लगता है, उसके मरे हुए बाप का प्रेत उसके कन्धों से नीचे उतरने के लिए हिल रहा है। वह स्पीड बढ़ा रही है। राधा उसे तेज़ न चलाने के लिए रोकती है। मैं उसके हाथों को थपथपाकर उसे हौसला देता हूँ।

आगे एक जीप जा रही है। सड़क का यह टुकड़ा लगभग आधा किलोमीटर सीधा है। बीच में कोई तीखा मोड़ नहीं, अन्दाज़ा लगाता हूँ, जीप की गति साठ किलोमीटर से ऊपर होनी चाहिए। निक्की कहती है, "जीप से आगे निकालें?"

"नहीं। पहाड़ों में ओवर टेक नहीं किया करते।"

"प्लीज़। आप आगे निकालो न। बड़ा मज़ा आयेगा।"

गति के रोमांच ने उस पर बिल्कुल क़ाबू पा लिया है। मैं सोचता हूँ न कर दूँ। फिर सोचता हूँ शायद उसकी बात मानने से अपरिचय का पहाड़ थोड़ा तो हिल जाये। उसके हाथों से हैंडल लेता हूँ। स्पीड बढ़ाता हूँ, छोटा–सा हॉर्न देता हूँ। जीप का ड्राइवर हाथ उठाकर अपना पीछे देखनेवाला शीशा एडजेस्ट करता है। शीशे में उसे मोटरसाइकिल दिखाई देती है। वह भी स्पीड बढ़ा देता है। जानता हूँ, रास्ता नहीं देगा। बड़ी गाड़ी छोटी गाड़ी को रास्ता देने में हत्तक महसूस करती है।

अब मोटरसाइकिल का अगला पहिया जीप के पिछले हिस्से के पास है। जीप का ड्राइवर 'न' में हाथ हिला रहा है। वह भी मज़े ले रहा है।

मैंने आते हुए नोट कर लिया था कि जहाँ सीधा सड़क का तीखा मोड़ है वहाँ रास्ता चौड़ा है। मैं मोटरसाइकिल की गति और कम कर देता हूँ। अब जीप का ड्राइवर लगातार हाथ हिलाकर खिलवाड़ कर रहा है। वह बायें तरफ़ बिल्कुल किनारे पर जीप चला रहा है, ताकि मैं ओवरटेक न कर सकूँ।

मुझे पता है मोड़ आया कि आया। राधा से कहता हूँ, मुझे कसकर पकड़ ले। निक्की को बाँहों के घेरे में जकड़कर एक्सीलरेटर खोल देता हूँ। मोटरसाइकिल गरजती है और मैं रांग साइड से जीप को ओवरटेक कर लेता हूँ। राधा अब भी थर–थर काँप रही है। निक्की ठीक उस ड्राइवर की तरह हाथ हिलाकर उससे खिलवाड़ कर रही है। मोटरसाइकिल दनदनाती हुई आगे बढ़ रही है। जीप की गति धीमी पड़ गयी है। उसे पता है मुझे ओवरटेक नहीं कर सकेगा।

मैं राधा से पूछता हूँ कि उसके घर चलें या सीधे रवि के। वह कहती है रवि के यहाँ ही चलते हैं। मैं निक्की को बताता हूँ कि रवि कौन है, उसके पिता क्या हैं। गवर्नर–हाउस जाने की बात सुनकर वह ख़ुश हो जाती है। बड़े गेट से पहले ही मैं हॉर्न देता हूँ। छोटे दरवाज़े पर खड़ा कॉन्स्टेबल थोड़ा परे होता है और निक्की को बाँहें अन्दर की ओर सिकोड़ने के लिए कहकर मैं छोटे दरवाज़े से बुलेट अन्दर कर देता हूँ। सोचता हूँ शायद रवि मेहमान–घर में हो। राधा से समय पूछता हूँ। बताती है बारह से ऊपर है। तो रवि बैठक में ही होगा।

मोटरसाइकिल की आवाज़ सुनकर रवि और भट्टी बाहर बरामदे में आ जाते हैं। तो रवि ने भट्टी को भी यहाँ बुला लिया है। सुबह फ़ोन पर रवि को निक्की के बारे में बताया था। उसने बाक़ी सबको भी समझा दिया होगा।

राधा भट्टी से कहती है, "क्या बात है, आज संडे को वर्दी में? और हाँ, यह मेरी बेटी निक्की है।"

भट्टी निक्की को देखता है, उसके कन्धे के नीचे हाथ रखकर यूँ ऊपर उठा लेता है जैसे गुड़िया हो। और फिर पटाख़े की आवाज़ करते हुए उसके दोनों गालों पर 'चुम्मा' लेता है, भट्टी की मूँछें उसके गालों को छूती हैं, हल्का–सा चुभती हैं। वह गालों पर हाथ फेर रही है और मुसकरा रही है।

राधा रवि से उसका परिचय कराती है, "यह रवि हैं, एयरफ़ोर्स में पायलेट हैं।"

रवि किसी शहज़ादे के अन्दाज़ में नीचे झुकता है, निक्की का हाथ पकड़ता है और उसकी उँगलियों को होंठों से छूकर कहता है, "गुडमॉर्निंग, स्वीट यंग लेडी!"

निक्की थोड़ी शरमा गयी है। उससे पूछती है, "आपको प्लेन उड़ाने में डर नहीं लगता?"

"बहुत लगता है स्वीट हार्ट! पर न उड़ाऊँ तो नौकरी से निकाल देंगे।"

वह हमारे साथ ख़ुश–ख़ुश बैठक में आती है। रवि की माँ और जूही बैठी बातें कर रही हैं। माँ आगे बढ़कर निक्की के सिर पर हाथ फेरती है, उसे आगे खींचकर अपने साथ लगा लेती है। फिर मेरा माथा चूमती है। भट्‌टी जूही का परिचय निक्की से कराता है, "यह मेरी फ़ियांसी जूही है। कैसी लगी?"

जूही और निक्की हाथ मिलाती हैं। निक्की कद्दावर भट्‌टी और छोटी–सी जूही को देख रही है। भट्‌टी सीना फुलाकर निक्की को कहता है–

"यार निक्की, है तो यह गिट्‌ठी–सी, लेकिन क्या करूँ? वी आर इन लव। सुना नहीं वह क्या कहते है? जोड़ियाँ जग थोड़ियाँ।"

जूही तुनककर कहती है, "देख फूक न ले। याद है, कितने महीने मेरे पीछे चक्कर काटे हैं?"

अब भट्‌टी राधा के गले को ध्यान से देख रहा है। उसके गले पर जहाँ थोड़ा–सा निशान पड़ा हुआ था, सुबह मैंने स्टिकिंग–प्लास्टर लगा दिया था। भट्‌टी की मूँछें धीरे–धीरे काँप रही हैं, जान जाता हूँ कोई बकवास करेगा। उसे आँखों से रोकता हूँ लेकिन कहाँ?

"तो फिर ट्रंक बना ही दिया।"

रवि हँसता है, उसकी माँ और जूही हँसती हैं, राधा शर्माती है और निक्की हैरान होकर पूछती है कि ट्रंक बनाना क्या होता है?

तभी रवि के पिता अन्दर आ जाते हैं। हम सब उन्हें गुड मॉर्निंग कहते हैं। माँ निक्की से उनका परिचय कराती है, वह बिल्कुल भट्‌टी की तरह उसको ऊपर उठा लेते हैं, उसके दोनों गालों पर चुम्मा लेते हैं। निक्की को उनकी मूँछें थोड़ी–सी चुभती हैं, गाल मल रही है। माँ उन्हें कहती

है, इतनी ज़ोर से प्यार नहीं किया करते। फिर अपनी बड़ी–बड़ी मूँछें तो देखो। बच्ची को चुभ गयी हैं।

निक्की उनके पास ही खड़ी है। वह उसके सिर पर हाथ रखे हुए हैं। अचानक उदास हो जाते हैं, "हमारी बच्ची अब इतनी ही बड़ी होती।" वह मेज़ के पास जा ठहरे हैं। पीठ हिल रही है। वह लोहे जैसे जिस्म और लोहे जैसे दिल वाला आदमी रो रहा है।

मैं धीरे–से राधा और निक्की को बताता हूँ, उनकी एक महीने की बच्ची, उन्हीं के हाथों मर गयी थी। वह मोटरसाइकिल चला रहे थे, बहुत तेज़। रवि की माँ पीछे बैठी थी बच्ची को गोद में लिये। शायद सामने से आ रहे ट्रक ने बिना हाथ दिये मोड़ काटा था। उन्होंने ब्रेक लगायी। मोटरसाइकिल तो स्किड करके रुक गयी लेकिन बच्ची माँ की गोदी से उछलकर सड़क पर गिर गयी थी। उसका सिर पक्की सड़क से टकराया, वहीं, उसी वक़्त बच्ची मर गयी। वह आज तक अपने आपको माफ़ नहीं कर सके।

कमरे की ख़ामोशी और तनाव को दरवाज़े के पास बैठे अल्सेशियन के जोड़े ने सूँघ लिया है। जोड़ा उठ ठहरा है। सारे कमरे में आँखें घुमाकर देखते हैं। कहीं कोई शत्रु नज़र नहीं आता। फिर मालिक की पीठ क्यों हिल रही है। छोटी–सी गुर्राहट के साथ दोनों उनके पास दायें–बायें जा खड़े होते हैं? उनकी टाँगों से मुँह मल रहे हैं। रवि की माँ बाहर चली गयी है। जानता हूँ, थोड़ी देर रोयेगी। हल्की हो जायेगी, लौट आयेगी। मैं राधा और जूही को माँ के पास बाहर जाने का इशारा करता हूँ।

रवि अपनी जगह पर बिना हिले–जुले खड़ा है। भट्टी अन्दर जाता है। जिन के दो लार्ज पेग लाता है। एक रवि को पकड़ाता है। उनको देने की हिम्मत न भट्टी की हो रही है, न मेरी। भट्टी निक्की के हाथ में गिलास पकड़ाता है। उन्हें देने को कहता है। वह पास जाती है। उनकी पीठ को छूकर कहती है, "प्लीज़, डोंट क्राई।"

वह मुड़ते हैं। आँखें भरी हुई हैं। रवि उन्हें रूमाल देता है। वह निक्की के हाथ से गिलास लेते हैं। उसका माथा चूमते हैं और एक ही घूँट में पेग ख़त्म कर देते हें। कैप्टन सिंह आगे बढ़कर उनसे गिलास लेता है और कहता है, "शैल वी गो इन द लान, सर?"

वह हाँ में सिर हिलाते हैं और निक्की का हाथ पकड़कर बाहर चले जाते हैं। रवि अन्दर गिलास रखने जाता है। वहीं रुक जाता है। मैं और भट्‌टी जानते हैं और पी रहा है। भट्‌टी बताता है आज मैस में लंच का प्रोग्राम है। मैं उसे कहता हूँ कि रहने दो। रवि कुछ जरूर कर बैठेगा। हाँ में सिर हिलाकर कहता है कि वह तीन दिन के लिए आज दोपहर को टेम्प्रेरी ड्यूटी पर बाहर जा रहा है, इसीलिए वर्दी पहन रखी है। फिर राधा और मेरे बारे में पूछता है।

"हाँ, भट्‌टी। हम शादी कर रहे हैं, लेकिन अभी वह बात निक्की को नहीं बतानी।"

वह हैरान दिखता है। उसे निक्की के अपने मरे हुए पिता के साथ क्रूर अनुभवों के बारे में बताता हूँ। मर्दों को पिता के रूप में लेकर उसके दिल में जो दहशत है उसे टूटने में देर लगेगी। वह हाँ में सिर हिलाता है लेकिन एकदम चुप हो गया है। हम दोनों आँखों ही आँखों में पूछते हैं, रवि को बाहर कौन लायेगा? दोनों जानते हैं, लगातार पी रहा होगा। दोनों अन्दर जाते हैं।

भट्‌टी उसके हाथ से गिलास लेकर सख़्ती से कहता है, "दैट्स इनफ़।"

रवि हमें घूरकर देखता है, कुछ कहने के लिए मुँह खोला है, फिर लम्बे क़दम रखते हुए बाहर चला जाता है।

निक्की और वह कुत्तों के साथ खेल रहे हैं। निक्की रबर की बाल बार–बार फेंक रही है और अल्सेशियन की जोड़ी होड़ लगाकर अन्धड़ की तरह इसके पीछे भाग रही है कि पहले कौन उठाये। दोनों खिड़–खिड़ करके हँस रहे हैं।

जूही, राधा और रवि की माँ धीरे–धीरे बातें कर रही हैं। राधा शायद अपने–मेरे–निक्की के बारे में बता रही है। रवि 'अभी आया' कहकर अपने कमरे में जाता है। स्टैम्प्स की अपनी एलबम लाता है। पापा के पास जाकर आगे बढ़ाता है कि निक्की को दें। वह इशारा करते हैं कि ख़ुद दे। रवि शहज़ादे की तरह थोड़ा झुककर निक्की को एलबम देता है, "स्वीट हार्ट, अ हम्बल गिफ़्ट फ्राम अ पुअर प्रिंस।"

मैं और भट्‌टी सुख की साँस लेते हैं। रवि नार्मल हो गया है। वे तीनों हमारे पास आ जाती हैं।

रवि के पिता राधा से कहते हैं, "अब निक्की हमारी बेटी है। हर संडे को तुमने इसे यहाँ लाना है। सुना।"

राधा हाँ में सिर हिलाती है। कैप्टन सिंह धीरे–से रवि की माँ से कहता है, खाना लग गया। हम अन्दर आ जाते हैं। वे भट्टी और मुझसे पूछते हैं कि कुछ लिया कि नहीं।

भट्टी कहता है, "आज नहीं, सर। खाने के बाद जनरल के साथ इंस्पैक्शन पर जाना है। बू–वू आ गयी तो..."

"भाई, आजकल कैसे जनरल आ गये हैं? फ़ौजी शराब नहीं पियेगा तो क्या गंगा जल पियेगा?"

खाने के बाद राधा कहती है कि जाना है। रवि पूछता है कि जल्दी क्या है?

"निक्की को चार बजे तक वापिस छोड़ना है। यह स्कूल का रूल है।"

"नहीं, रात के खाने के बाद चली जायेगी। माँ स्कूल की मदर को फ़ोन कर देगी।"

निक्की और राधा मेरी ओर देख रही है। मुझे पता है बच्चे से प्यार के लिए उससे थोड़ी दूरी रखना ठीक होता है और फिर निक्की सिर्फ़ बच्ची ही नहीं, मेरी होने वाली बेटी है। जाने कब–कब उसे न करनी होगी, टोकना होगा।

"नहीं रवि। लैट्स ड्रॉप हर बैक। अगले संडे को ले आयेंगे।"

निक्की का चेहरा थोड़ा बुझ गया है। मुझे पता है, उसे आज पहली बार इतने सारे लोगों का सुखद साथ मिला है। स्कूल वापिस नहीं जाना चाहती। रवि के पिता सारी बात भाँप चुके हैं।

निक्की से कहते हैं, "नाउ बी अ गुड गर्ल...स्कूल का रूल ब्रेक करोगी तो कोर्ट मार्शल कर दूँगा। तुम्हें पता है, मैं जनरल रहा हूँ।"

निक्की के चेहरे पर मुसकान लौट आयी है। उनसे पूछती है, "आपको प्रामिस याद है न!"

"बिल्कुल। आई आलवेज़ रिमेम्बर माई प्रामिस।"

हमारे पूछने पर भी दोनों नहीं बताते कि बात क्या है। उनके बीच जो गुप्त प्रामिस हो चुका है उसके मज़े ले रहे हैं।

भट्टी कहता है, उठा जाये। रवि माँ से कहता है वह भी साथ चले, भट्टी और निक्की को छोड़ आयेंगे, थोड़ी सैर भी हो जायेगी। पिता बताते हैं कि वह नहीं चल पायेंगे। मुख्यमन्त्री ने मिलने आना है। जूही कहती है, उसे भी उसके यहाँ उतार दें।

भट्टी, मुझे और रवि को कहता है, "देखो, मैं तीन–चार दिन तक लौट आऊँगा। शाम को जब भी घूमने–वूमने निकलो, जूही को साथ ले लेना। अकेले मज़े न उड़ाते रहना।"

"तू कहे तो साथ रखकर मिलकर मज़े उड़ायें। साले को फ़िक्र तो यूँ लगी है जैसे इंस्पैक्शन पर नहीं, जंग पर जा रहा हो।"

"रवि, कभी तो ज़बान पर लगाम दिया करो। और नहीं तो बच्ची का ही ध्यान कर लो।" माँ ने डाँटा।

निक्की इस नोंक–झोंक के मज़े ले रही है। रवि उससे पूछता है, "क्यों स्वीट हार्ट, मैंने कोई बुरी बात की है क्या?"

वह मुसकराकर न में सिर हिलाती है और रवि का हाथ पकड़ लेती है। ड्राइवर बड़ी गाड़ी पोर्च में ले आया है। रवि उसे कहता है कि वह ख़ुद गाड़ी चलाएगा। हम सब उनको बाय करते हैं। निक्की कहती है, "सी यू नैक्स्ट संडे।"

वह उसके कन्धों के नीचे हाथ रखकर उसे ऊँचा उठाते हैं, दोनों गालों पर चुम्मे लेते हैं और कहते हैं, "आईल वेट फ़ार यू निक्की।"

माँ, राधा, भट्टी और जूही पीछे बैठते हैं। राधा निक्की को गोदी में आने के लिए कहती है तो रवि रोक देता है, "नहीं, स्वीट हार्ट तो आगे बैठेगी, अपने दोस्त के साथ।"

रवि, निक्की और मैं आगे बैठ जाते हैं। गाड़ी वही चला रहा है। जूही निक्की से कहती है कोई गाना सुनाये। निक्की बताती है उसे तो अंग्रेज़ी गाने आते हैं, स्कूल में तो हिन्दी बोलने पर फ़ाइन हो जाता है। रवि जूही से कहता है कि वह निक्की को गाने सिखाये क्योंकि स्वीट हार्ट हिन्दी गाने गायेगी, तभी तो प्यार होगा। जहाँ–जहाँ कांन्स्टेबल खड़ा है; गवर्नर हाउस की लम्बी गाड़ी देखकर सैल्यूट कर रहा है। निक्की ख़ूब तनकर बैठी हुई है। रवि उसे समझा रहा है कि गाड़ी कैसे चलाई जाती है। पहले हम भट्टी और जूही को उतारते हैं। फिर निक्की के स्कूल की ओर गाड़ी मोड़ लेते हैं।

स्कूल के लान में छोटी–सी भीड़ है। और माँ–बाप भी अपने–अपने बच्चों को वापिस छोड़ने आये हैं। बहुत–से लोग रवि की माँ को पहचानते हैं। पास आकर उन्हें विश करते हैं। मदर बाहर घूम रही हैं।

पास आ जाती हैं। रवि की माँ उनसे 'हैलो' करती हैं। दोनों स्कूल के बारे में बातें कर रही हैं। निक्की राधा से कहती है, "ममा, अगले संडे जल्दी आना।"

"सारी निक्की। अगले संडे तो मैं ड्यूटी पर हूँ, दो बजे तक।"

आने को मैं भी निक्की को लेने आने के लिए कह सकता हूँ, लेकिन चुप हूँ। देखूँ, वह ख़ुद कहती है कि नहीं? माँ के न आने की बात सुनकर उसके चेहरे की चमक फ़ीकी पड़ गयी है। फिर उसे जैसे कुछ याद आ जाता है। मेरी ओर मुड़कर कहती है, "सन्तोष प्लीज़। आप आ जाना। सब लोग संडे को बाहर निकलते हैं। जब ममा नहीं आती तो मैं अकेली बैठी बोर होती हूँ।"

मैं उसके दोनों गालों पर आये बाल पीछे हटाकर वायदा करता हूँ कि अगले संडे लेने आऊँगा। रवि की माँ और स्कूल की मदर पास आ गयी हैं। मैं माँ से धीरे–से कहता हूँ कि वह मदर को कह दें कि निक्की को मेरे साथ भेज दिया करें। जानता हूँ, स्कूल में गार्जियन का नाम लिखा होता है, बच्चे उसी के साथ बाहर जा सकते हैं। वे मदर को थोड़ा परे ले जाकर कुछ कहती है और दोनों हमारे पास आ जाती हैं। निक्की उम्मीद भरी आँखों से मदर को देख रही है। सुबह की तरह मुझे और राधा को मदर देखती हैं और 'गाड ब्लैस यू' कहती हैं। मान जाती हैं कि निक्की को मेरे साथ भेज देंगी।

रवि निक्की से कहता है, "स्वीट हार्ट, लम्बी–सी बाय करो और लम्बी–सी किस दो।"

"क्यों? आप नहीं आओगे?"

"सारी, मेरी तो छुट्‌टी ख़त्म। फिर जब तुम बुलाओगी तो आ जाऊँगा।"

निक्की थोड़ी–सी उदास हो जाती है। रवि की माँ उससे कहती है, "बेटा, लाइफ़ मीन्ज़ मीटिंग एंड पार्टिंग।"

रवि निक्की से पूछता है कि क्या सबके सामने उसे गुडबाय, किस कर ले? माँ आँखों से बरजती है, निक्की थोड़ा–सा शरमाकर हाँ में सिर हिलाती है। रवि उसके कन्धों के नीचे हाथ रखकर उसे ऊपर उठाता है और दोनों गालों पर चूमता है।

सब बाहर निकलते हैं। निक्की दरवाज़े में खड़ी हाथ हिला रही है। अँधेरा घिर आया है। अँधेरे को काटती उनकी गोरी बाँह चाकू की तरह

लिशकारे मार रही है। गाड़ी में बैठने से पहले पीछे मुड़कर देखते हैं। हाथ उठाता हूँ। उसके बाल फिर से उसके गालों पर बिखर आये। जवाब में वह भी हाथ हिलाती है। अँधेरे को उसकी गोरी बाँह फिर से चाकू की तरह काटती है और रवि गाड़ी स्टार्ट कर देता है।

माँ को वापिस उतारने के बाद रवि के कहने पर मेरे कमरे में गये थे। माँ से वायदा करना पड़ा था कि रात का खाना नहीं खायेंगे। माँ ने उतरते हुए रवि से कहा था, बार–वार में न टिक जाना। जो कुछ खाना–पीना हो, घर में है। फिर सुबह वह चला जायेगा, आज की रात सब साथ गुज़ारेंगे।

मेरा कमरा पहली मंज़िल पर है। नीचे मेरे दोस्त किशन की चाय–पानी की दुकान है। कार रुकते ही वह दुकान से नीचे उतरा, राधा को हाथ जोड़कर 'नमस्ते' की। बताया कि हमारे ऊपर पहुँचते ही चाय भेज देगा। रवि ने मज़ाक़ किया, "की न लाख़ों वाली बात। प्यारे, सरदी तो देख। कुछ और गरम चीज़ भेज।"

मैं किशन को आँख के इशारे से कुछ और भेजने को मना करता हूँ।

सीढ़ियाँ तंग हैं और अँधेरी हैं। मैं राधा का हाथ पकड़कर उसे अपने पीछे ऊपर चढ़ाता हूँ। वह कहती है कि सीढ़ियों में लाइट लगवा लेनी चाहिए। रवि उसे बताता है कि लाइट जान बूझकर नहीं लगवाई गयी। इसी बहाने लड़की का हाथ पकड़ने का मौक़ा मिल जाता है। दरवाज़े पर कुंडा ही लगा है। ताला लगाने की ज़रूरत क़भी हुई नहीं, सीढ़ियों के नीच ही किशन की दुकान है। किसी ऐसे–वैसे आदमी के ऊपर चढ़ने का सवाल ही नहीं उठता।

कमरा लगता है, आज ही किशन ने साफ़ करवाया है। वैसे भी मैं सलीके से रहता हूँ। राधा नीचे बिछे कालीन को देखती है, क़ीमती पर्दों को देखती है, लाल रंग की चार गार्डन चेयर्ज़ को देखती है, दीवार पर ख़ाली कारतूसों से बने फूलों को देखती है और कहती है, "अरे, कमरा ख़ूब सजा के रखा हुआ है!"

जवाब रवि देता है, "यह साला ख़ुद ही गन्दा है। बाक़ी चीज़ें इसीलिए इतनी साफ़ रखता है।"

मैं, राधा और रवि बैठ जाते हैं। मैं सूरज की तरफ़ खुलने वाली खिड़की खोल देता हूँ। पीली रोशनी का सैलाब कमरे में आता है। बिछ जाता है। नीचे से नौकर आया है। रवि समझ जाता है, टी–सैट लेने आया है।

किसी भी लड़की के कमरे में आने पर किशन महाराज ज़रूरत से ज़्यादा चौकन्ने हो जाया करते हैं। रवि उसे टी–सैट निकालकर देता है। राधा ध्यान से इम्पोर्टेड सैट को देखती है। कहती है, "लगता है, लिखने से काफ़ी इनकम हो जाती है। सारी चीज़ें इतनी क़ीमती हैं।"

रवि मुझे देखकर पूछता है, "बता दूँ?" मैं हाँ में सिर हिलाता हूँ। राधा हैरान दिखती है।

रवि कहता है, "यह सारा सामान भट्टी ने और मैंने अपने–अपने मैंस से उठवाया है। यह सलाह भट्टी की थी कि इन चीज़ों पर पैसे क्यों ख़र्च किये जायें? जब मौक़ा लगा, मैंस से एकाध चीज़ उड़ा ले आये। इसकी आमदनी तो बरसात है, हुई न हुई।"

नौकर के साथ किशन ख़ुद भी ऊपर आया है। राधा से पूछता है, "गर्म पकौड़े खायेंगे, डॉक्टर साहब? बस, एक मिनट में आ जायेंगे।" राधा हाँ में सिर हिलाती है। मैं किशन से कहता हूँ, वह भी चाय पी ले। वह 'नहीं साहब' कहकर नीचे जाने के लिए मुड़ता है।

रवि उसे कहता है, "महाराज, कभी–कभी चाय भी पी लिया करो। फिर अभी सूरज कहाँ डूबा है?"

वह जवाब में मुसकराकर नीचे उतर जाता है। राधा रवि से पूछती है कि यह सूरज डूबने की क्या बात है? रवि कहता है कि सन्तोष ही बतायेगा। मैं उसे बताता हूँ कि तब मैं मैदानों में रहता था। रवि और भट्टी की पोस्टिंग भी वहीं बड़ी छावनी में थी। हम लोगों के दोस्त थे, कर्नल गिल। बीवी से पिछले दस साल से तलाक़ का केस चल रहा था। इतने बड़े मकान में वह थे और उनका अर्दली। पीने वाले आमतौर पर सूरज डूबने पर ही शुरू किया करते हैं। गिल साहब को पीने का ख़ूब शौक़ था। एक बार गर्मियों में हम तीनों पाँच बजे उनके घर पर पहुँच गये। अब मैदानों में गर्मी के मौसम के कहीं साढ़े सात के बाद थोड़ा–सा अँधेरा होना शुरू होता है। अर्दली ने कोल्ड–ड्रिंक्स दी, जो दो मिनट में ख़त्म हो गयी। इधर–उधर की बातें करने की कोशिश हुई लेकिन जमी नहीं। गिल साहब परेशान हो गये। अर्दली को बुलाकर कहा, "जा, बाहर जाकर देख, सूरज डूबा कि नहीं?"

उसने लौटकर बताया कि अभी तो दोपहर जैसी धूप है। वह फिर कोल्ड ड्रिंक्स लाया। हमने फिर दो मिनट में ख़त्म कर दी। उन्होंने फिर

अर्दली से बाहर जाकर सूरज का हाल–चाल देखने को कहा। अर्दली ने लौटकर बताया कि अभी नहीं। साहब को थोड़ा गुस्सा आ गया। सूरज को माँ की मोटी गाली दी, 'लेज़ी–बास्टर्ड' कहा और खड़े हो गये। हम तीनों की ओर देखकर कहा कि अभी इसे डुबोता हूँ। हम हैरान। गिल साहब बिना पिये नशे में।

उन्होंने सारी खिड़कियाँ बन्द कीं। दरवाज़ा बन्द किया। दोहरे लगे हुए पर्दे खींचे। कमरे में अँधेरा हो गया क्योंकि पर्दे ख़ूब मोटे कपड़े के बने हुए थे। उन्होंने लाइट जलाकर अर्दली से पूछा, "क्यों, सूरज डूब गया?" अर्दली ने 'हाँ' में सिर हिलाया। तब उन्होंने कहा, "जा। भागकर व्हिस्की और सोड़ा निकाल।"

राधा ने हँसकर कहा कि यह पीने वाले ख़ूब इन्वैन्टिव होते हैं। रवि ने हँसकर पूछा कि वह कहे तो आज इस कमरे में भी सूरज डुबो दिया जाये।

मैं रवि को रोककर कहता हूँ कि माँ ने जल्दी लौटने के लिए कहा है। यहाँ वह शुरू कर बैठा...

राधा उससे पूछती है, "अब कब छुट्‌टी आयेंगे?"

रवि हम दोनों को देखता है। गम्भीर हो गया है। "तुम लोग अब शादी की टैलिग्राम देना, तभी छुट्‌टी मिलेगी।"

राधा ने अपने दोनों हाथों को अपनी गोद में रख लिया है। अब डूबते सूरज की रौशनी उसकी गोदी में आ बैठी है। मैं अपना हाथ उसके हाथों पर रख देता हूँ। मैं और रवि उसके जवाब की इन्तज़ार में हैं।

वह धीमे–से बोलती है। आवाज़ में हल्का–सा कम्पन है, "मैं क्या कहूँ? सन्तोष ने पता नहीं तुम्हें निक्की के बारे में कुछ बताया है कि नहीं? अपने पहले पिता को लेकर उसकी हारीबल यादें हैं। अब किसी भी मर्द को मेरे साथ देखकर वह डर जाती है। सुपर–सेंसिटिव लड़की है। उसे लेकर शादी की बात सोचने पर ही मैं टैरीफ़ाइड हो जाती हूँ।"

अब उसका सिर भी नीचे झुक गया है। ठोड़ी का निचला हिस्सा वक्ष को छू रहा है। हवा का हल्का–सा झोंका आता है, उसकी गोदी में बैठी रोशनी को छेड़ता है। रोशनी थोड़ा–सा ऊपर उछलकर उसकी ठोड़ी छू लेती है, झोंका गुज़र जाता है, रोशनी फिर उसकी गोदी में लौटकर लेट जाती है। रवि उठकर खिड़की बन्द कर देता है, रोशनी जला देता है। उसकी गोदी में बैठी सूरज की रोशनी यकायक जाने कहाँ गुम हो जाती है?

अब वह मुझे देख रही है, रवि मुझे देख रहा है। दोनों को मेरे कुछ कहने की प्रतीक्षा है। "राधा ठीक कहती है। हमें जल्दी नहीं करनी चाहिए। तभी मैं चाहता हूँ कि पहले निक्की मुझे अपना दोस्त मान ले ताकि उसे जब बताया जाये तो मेरे पिता बनने के सच को सहज स्वीकार कर ले। आज थोड़ा–सा ओपन–अप तो हुई है।"

यह जवाब देने के बाद अचानक मुझे वर्मा की बात याद आ जाती है कि मैं सिर मारने के लिए दीवार तलाशता रहता हूँ। दीवार न हो तो ख़ुद खड़ी कर लेता हूँ। शादी की सोची भी तो राधा से और हम दोनों के बीच नौ साल लम्बी दीवार खड़ी है, जिसका नाम निक्की है।

कमरे में अतिरिक्त उदासी भर गयी है। मेरी बात के जवाब में राधा सिर हिलाती है। उसके कानों में पड़े जिप्सी–रिंग्ज़ हिलते हैं। गालों पर साये बनते हैं, मिटते हैं। इन्तज़ार में हूँ कि ये जिप्सी–रिंग्ज़ हिलना बन्द करें तो आगे बोलूँ। रवि चलने के लिए कहता है। हम तीनों नीचे उतरते हैं। किशन दुकान से नीचे उतरकर पूछता है कि क्या मैं रात को वापस आऊँगा। मैं हाँ में सिर हिलाता हूँ। वह राधा मेहरा को 'नमस्ते डॉक्टर साहब' कहता है और रवि को 'हमारी चीज़' की याद दिलाता है। रवि उसे काग़ज़–क़लम लाने के लिए कहता है। बारह बोतल रम की चिट बनाकर देता है। यहाँ के वायुसेना मैस से किशन रम ले आयेगा। मैस का प्रेज़िडेंट रवि का दोस्त है। इतनी बोतलें कहीं एडजस्ट कर लेगा।

हम सीधे घर पहुँचते हैं। रवि के पिता हमारा इन्तज़ार ही कर रहे हैं। वह 'एक गेम हो जाये' कहते हैं। हम सब बिलियर्ड–रूम में आते हैं। गेम शुरू होती है। मेरा ध्यान आज बँटा हुआ है। शॉट ठीक से लग नहीं रहा। वह थोड़ी देर में ही मुझे बुरी तरह हरा देते हैं। दूसरी गेम के लिए पूछते हैं तो रवि कहता है, "छोड़िये पापा। पीते हैं। आज यह हारेगा ही।"

वह मुझे और राधा को ध्यान से देखते हैं। समझ जाते हैं, हम दोनों में कोई झड़प नहीं हुई। उनकी आँखों में हैरानी का भाव आता है कि फिर मैं आज उनसे इस बुरी तरह हारा क्यों हूँ। हम बैठक में आ गये हैं। माँ और राधा धीरे–धीरे बातें कर रही हैं। शायद माँ उससे कुछ पूछ रही है।

बेयरर ट्रे में गिलास लगाकर अन्दर आता है। मेरे सामने ट्रे करता है तो न में सिर हिला देता हूँ। माँ और राधा मेरी ओर देख रही हैं। वह राधा से पूछते हैं, "तुमने रोका है, बेटे?"

राधा न में सिर हिलाती है। माँ कहती है, "सन्तोष, ले लो। सुबह तो रवि चला जायेगा। देखें, फिर कब साथ बैठते हैं?"

रवि माँ के पास चला गया है। उसके कन्धे पकड़कर खड़ा करता है। फिर उसे एक बाँह के घेरे में ले लेता है। "पपा, आज माँ भी पियेगी।"

"ग्रेट।" वह बेयरर को वाइन के दो गिलास लाने के लिए कहते हैं।

माँ बोलती है, "रवि, अब तू भी शादी की सोच। कहे तो हम लोग लड़की खोजें।"

"अरे ममा। मेरी सन्तोष जैसी लक कहाँ? राधा जैसी ख़ूबसूरत लड़की मिले और निक्की जैसी पली–पलाई बेटी।"

हमारे दिलों से उदासी भाप की तरह उड़ जाती है, राधा सिर नीचे कर मुसकरा रही है। माँ कहती है, "सन्तोष बेटे ने पिछले जन्म में सुच्चे मोती दान किये होंगे। तभी राधा बिटिया मिली है।"

राधा के चेहरे पर सुर्खी आ गयी है। वाइन पीने से? खुशी से? या शैंडलियर के प्रकाश से?

मेरा पेग ख़त्म हो गया है। रवि मुझे देखता है। चुपके–से अपना भरा हुआ गिलास मेरी ओर सरका देता है और मेरा ख़ाली गिलास अपने हाथ में ले लेता है। यह हमारी पुरानी ट्रिक है। और लोगों की प्रेजेंस में हम में से जिसने ज़्यादा पीना है, यही तरीक़ा करता है। रवि बेयरर को बुलाता है। ख़ाली गिलास ट्रे में रखकर भरा गिलास उठा लेता है, माँ कहती है, "रवि! क्या बात है? जल्दी क्या है?"

जवाब पिता देते हैं, "रवि जल्दी नहीं पी रहा। आज सन्तोष स्लो चल रहा है।"

यह कहकर वह मेरी ओर देख़ते हैं, उनकी बड़ी–बड़ी मूँछें हिल रही हैं। बन्द मुँह में मुसकरा रहे हैं। तो उन्हें हमारी ट्रिक का पता है।

बेयरर, माँ और राधा के पास ट्रे लेकर जाता है। राधा हल्की–सी न करती है। माँ उसे पहला गिलास ख़त्म करने के लिए कहती है। राधा गिलास ख़ाली करके ट्रे में रख़ती है। माँ उसके हाथों में दूसरा गिलास

पकड़ा देती है। वह 'रहस्य समझ गया हूँ' वाली निगाहों से पत्नी को देख़ते हैं। जानते हैं, दूसरा गिलास देकर राधा को अपने से बाहर निकलने में वह मदद कर रही है।

मैं राधा के पास खड़ा हूँ। पता नहीं, मुझे क्या होता है कि दूसरे पेग पर राधा के गिलास से अपना गिलास टकराकर चीयर्ज़ कहता हूँ। वह मेरी आँखों में देखती है। मुसकराती है। दाँत पर चढ़ा दाँत चमक मारता है। चीयर्स कहती है। और हम दोनों के बीच से दीवार हट जाती है।

हम मोटरसाइकिल पर लौट रहे हैं। खाने के बाद जल्दी ही उठ ठहरे। चाहता था, रवि माँ—बाप के साथ कुछ वक़्त अकेले बैठ ले। सुबह तो चला जायेगा।

मोटरसाइकिल मैंने अपने कमरे की ओर मोड़ दी है। राधा हल्का—सा एतराज़ करती है, "सुबह काम पर जाना है, कपड़े बदलने हैं।"

"कमरे से जल्दी निकल पड़ेंगे।"

शायद मैंने ज़्यादा पी ली है। मोटरसाइकिल बहुत तेज़ चला रहा हूँ। पीने के बाद आत्मविश्वास बढ़ जाया करता है। राधा ने कसकर मुझे पकड़ा हुआ है और मेरी पीठ में मुँह दबा रखा है। घर के नीचे पहुँच गये हैं। मोटरसाइकिल की आवाज़ सुनकर किशन बाहर आता है। चाय से भरा थर्मस मुझे पकड़ाता है। उसे बताता हूँ सुबह डॉक्टर ने जल्दी जाना है, चाय सात बजे दे दे। 'फिक्र न करें साहब' कहकर वह मोटरसाइकिल सँभाल लेता है।

कमरा एकदम ठण्डा है। थर्मस से दो प्याले चाय बनाता हूँ। राधा लम्बे—लम्बे घूँट लेती है। मुँह खोलती है तो हल्की—सी भाप बाहर आती है। मैं उसके चमड़े का कोट उतारता हूँ। अलमारी खोलकर अपना सफ़ेद गाउन उसे देता हूँ। वह हाथ मलते हुए कहती है, "बहुत सर्दी है।"

"अभी दूर हो जायेगी।" मैं उसे छेड़ता हूँ। उसे उठाकर बिस्तरे में बिठाता हूँ। रज़ाई ओढ़ाकर कहता हूँ कि कपड़े बिस्तरे में बैठकर ही बदल ले, जिस्म ठण्डा नहीं होगा। अब उसने रज़ाई ओढ़े हुए ही जींस उतार दी है, मैं कमीज़ उतारने के लिए कहता हूँ, वह मेरा मुँह चिढ़ाती है। मैं उसे कहता हूँ कि गाउन पट्टी का बना है, जिस्म से छुएगा तो ही गर्मी आयेगी। वह थोड़ी—सी ज़बान निकालकर मुझे फिर चिढ़ाती है। मैं अपना कुर्ता और तहमद लेकर गुसलख़ाने में चला जाता हूँ।

बाहर निकलता हूँ तो वह बिल्ली की तरह सिकुड़कर रज़ाई में बैठी है। वह रज़ाई का एक सिरा उठाती है। मैं भी उसके साथ रज़ाई के अन्दर बैठ जाता हूँ। सिरहाना दीवार के साथ करता हूँ। उसकी पीठ सिरहाने के साथ लगाता हूँ। अब हम दोनों की पीठ दीवार से लगी है।

उसके दोनों हाथ ठण्डे हैं। अपने हाथों में लेकर धीरे–धीरे मलना शुरू कर देता हूँ। गाउन की बाँहें उसे बहुत खुली हैं। मेरा हाथ आसानी से अन्दर चला जाता है। अब धीरे–धीरे उसके कन्धों तक हाथ गाउन के अन्दर पहुँच जाता है।

वह मेरे सिर पर हाथ रखकर इसे नीचे करती है। अब मेरा सिर उसकी गोदी में है और वह मेरी ओर झुकी हुई है।

"आँखें बन्द कर लो।"

"क्यों? तुम्हें देखूँ न?"

"प्लीज़ सन्तोष। क्लोज़ योर आइज़। तुम देख़ते हो तो मुझे कुछ होता है।"

वह सिर नीचे झुकाती है। बारी–बारी से दोनों आँखों को चूम कर उन्हें बन्द करती है। अब मैं धीरे–धीरे हाथ पीछे करके उसकी पीठ को मल रहा हूँ। उसका शरीर बार–बार सिहर रहा है।

वह मेरा हाथ खींचकर बाहर निकालती है। अब हम दोनों चारपाई पर लेट गये हैं। इस बार उसने कसकर मुझे अपनी बाँहों में जकड़ा हुआ है। बेतहाशा मेरा गला, मेरा चेहरा चूमे जा रही है और लगातार कह रही है, "ओ सन्तोष, तुम मुझे पहले क्यों नहीं मिले? क्यों नहीं मिले?" मैंने उसके गाउन की बेल्ट की गाँठ खोल दी है। अपनी गाल उसकी छाती पर रख देता हूँ। एक सरसराहट–सी उसके स्तनों से उठ रही है, मेरे गालों से होती हुई मेरे अन्दर प्रवेश कर रही है। अब वह लगातार मेरे कुर्ते को ऊपर की ओर खींच रही है। झुँझलाकर कहती है, "इसे उतारो।" मैं 'ठहरो' कहकर बिस्तरे से बाहर निकलता हूँ। अलमारी से टेप रिकार्डर निकालता हूँ, कैसेट्स देखता हूँ और पण्डित ओंकारनाथ ठाकुर का 'जोगी मत जा' लगा देता हूँ।

बिस्तरे में लौट आता हूँ। गायक मनुहार करता है, 'जोगी मत जा'...ध्वनियों के छोटे–छोटे टुकड़े कमरे में तैरना शुरू हो जाते हैं। उसने अपना सिर मेरे कन्धे पर रख लिया है। मैंने बाँह 'वी' के आकार में मोड़ ली है। "तुमने 'जोगी मत जा' क्यों लगाया है?"

"आज शाम को मुझे लगा था, जैसे तुम चली जाओगी।"

"सिल्ली!" वह मेरे कन्धे के मांस को होंठों में दबाकर कहती है।

पाँव पड़ूँ मैं तोरे...। मनुहार स्वीकार नहीं हुई। अब पण्डित जी की आवाज़ में थोड़ा कम्पन आ गया है। गायक को आशंका हो गयी है कि जोगी कहीं ज़रूर चला जायेगा। अब वह मेरे कानों पर से बाल परे हटाकर देख रही है, "तुम्हारे कान बहुत छोटे हैं। अच्छा! एक प्रामिस करोगे?"

मैं छोटी–सी करवट लेता हूँ। उसका सिर थोड़ा ऊपर हो जाता है। उसके होंठों को अपने होंठों से छू भर देता हूँ, "तुम्हारी नाक थोड़ी–सी टेढ़ी है। अच्छा! क्या प्रामिस करूँगा?"

वह अपनी दो उँगलियाँ जोड़कर मेरे नाक के सिरे को ज़ोर से दबा देती है, "बदमाश! अच्छा, प्रामिस करो, तुम जैसे हो वैसे ही रहोगे। मेरी वजह से नौकरी करने की कभी नही सोचोगे।"

सोचता हूँ, बताऊँ कि उसे पता नहीं साथ रहकर ज़िन्दगी गुज़ारना कितना कठिन है लेकिन इस समय नहीं। जोगी ने बाहर क़दम निकाल लिया। मनुहार अस्वीकृत हो गयी है। अब आवाज़ में आशंका है। पीछे से पुकार लग रही है, "जोगी...जोगी...जोगी।"

वह मेरे जवाब का इन्तज़ार कर रही है। मैं उसका सिर बाँह से उठाकर अपनी छाती पर ऱख लेता हूँ। उसकी पीठ थोड़ी ऊपर उठ आयी है। उस पर हाथ फेरते हुए कहता हूँ, "जैसा वक़्त होगा देख लेंगे।"

जहाँ–जहाँ मेरा हाथ लगता है, पीठ का वह–वह हिस्सा थोड़ा–सा तन जा रहा है। बाहर हवा चलनी शुरू हो गयी है। इसकी गति की एक लगातार लयबद्ध आवाज़ बन्द खिड़कियों, बन्द दरवाज़े से लगातार अन्दर आ रही है।

अब आशंका भय में बदल गयी है...पण्डित जी जाते हुए जोगी से कह रहे हैं, अग्नि चन्दन की चिता जलाऊँ...क्षणांश के लिए उनकी आवाज़ रुकती है, धमकी सुनकर जाते हुए जोगी के पाँव शायद पलभर के लिए थम गये हैं, आशा बँधती है, और ऊँची आवाज़ में धमकी दी जाती है, शायद जोगी रुक जाये, 'अग्नि चन्दर की...।'

अब उसके शरीर में बिल्कुल तनाव नहीं है। शायद जाते हुए जोगी ने उसे उससे बाहर कर दिया है। कभी–कभी जब हम अपने होने को भूल जाते हैं तो समय और स्थान की परिधि से बाहर निकल आते हैं। कारागार के दरवाज़े उस समय थोड़ी देर के लिए खुल जाते हैं। अब

उसकी साँस मेरे गले को गर्मा रही है। हवा को भी पता चल गया है कि शायद जोगी रुकेगा नहीं। गायक की आवाज़ के साथ वह भी उसका पल्ला पकड़कर रोकने की कोशिश कर रही है।

मैंने अपने घुटने से उसकी दोनों टाँगों को थोड़ा–सा ऊँचा किया और अपनी टाँग उसकी टाँगों में रख दी। वह थोड़ा–सा हिलती है, टाँगों को एडजेस्ट करती है और मेरी कनपटी के बालों पर उँगली फेरना शुरू कर देती है। हमारे शरीर के ऊपर के हिस्से बहुत देर से साथ लगे हैं, गर्म हैं। उसकी टाँगों का अन्दर का हिस्सा सर्द है।

"तुम्हारी टाँगें तो अभी भी ठण्डी हैं।" मैं उसकी टाँगों के अन्दर रखी अपनी टाँग को धीरे–धीरे रगड़ना शुरू कर देता हूँ।

"तो गर्म कर दो न।" वह मुझे कसकर अपने में लपेट लेना चाहती है।

चिता में डालने की धमकी कारगर साबित नहीं हुई। फिर से मिन्नत–समाजत की बात शुरू हो जाती है, 'जोगी मत जा...मत जा... जोगी...।' लेकिन लगता है, जोगी मानेगा नहीं। अब तो आवाज़ के साथ हवा भी तेज़ हो गयी है। जोगी के पीछे–पीछे भाग रही है। उसकी टाँगों का अन्दर का हिस्सा बहुत गर्म हो गया है! वह हाथ अन्दर करके मेरी टाँग पर रखती है, हिलने से रोकने के लिए। मैं टाँग हिलाना बन्द कर देता हूँ। उसका हाथ अब मेरी टाँग को मल रहा है, नीचे से ऊपर की ओर आ रहा है। फिर वह मेरी टाँगों के जोड़ पर इधर–उधर हाथ मार रही है, "छोटा सन्तोष कहाँ है? दो न।"

मैं उसका हाथ ठीक जगह पर रख देता हूँ। वह धीरे–धीरे अपना हाथ फेरना शुरू कर देती है। मैं उसके बालों को ज़ोर–ज़ोर से खींचता हूँ। उसे दर्द होता है, लम्बी 'सी' करती है, फिर भी कहती है, और ज़ोर से खींचो, और ज़ोर से। मैं बालों को खींचकर उसका सिर ऊपर उठाता हूँ, अब उसका मुँह मेरे मुँह के ऊपर है, होंठों का दरवाज़ा थोड़ा–सा खुलता है, इस खुले दरवाज़े को मैं अपने होंठों में जकड़ लेता हूँ। उसका दाँत पर चढ़ा दाँत मेरे मुँह के अन्दर थोड़ा–सा चुभ रहा है। उसके बाल और ज़ोर से खींचकर उसके होंठ पूरे के पूरे अपने मुँह में डाल देता हूँ। अब मेरी जीभ उसके पीछे वाले दाँतों को छू रही है।

मनुहार से आवाज़ शुरू हुई थी। आशंका भय में बदल गयी थी और अब आतंक में बदल गयी है। गायक की आवाज़ लगता है अब फट

जायेगी, आर्तनाद करता है, "जोगी मत जा," लेकिन जोगी मानता नहीं। अब शायद पीछे मुड़कर भी नहीं देख रहा। आवाज़ और हवा, दोनों उसके पीछे–पीछे भाग रही हैं...जोगी...

उसके जिस्म का निचला हिस्सा आधा ऊपर उठ गया है। वह सिर झटक–झटककर अपना मुँह मेरे मुँह से बाहर निकालने की कोशिश कर रही है। मैं और ज़ोर–से अपने होंठ भींच लेता हूँ। आर्तनाद बढ़ रही है, जोगी...। हवा चलना बन्द हो गयी है। हवा ने अपनी हार मान ली है। अब उसका निचला हिस्सा मेरे निचले हिस्से के ऊपर आ गया है। उसके टाँगों के बीच के कटे बाल मेरे पेट में चुभ रहे हैं। क़द में मुझसे बहुत छोटी है न! उसके होंठों को अपने होंठों से मुक्त कर देता हूँ। उसकी कमर पर हाथ रखकर उसे थोड़ा नीचे सरकाता हूँ। अब ठीक जगह पर है। उसके नितम्बों को पकड़कर उसे थोड़ा ऊँचा उठाता हूँ, नदी और सागर का मुँह आपस में जुड़ जाता है, उसे धीरे–धीरे नीचे करता हूँ। अब मैं उसमें प्रवेश कर गया हूँ। वह हिलती है। उसके नितम्बों को दोनों हाथों से नीचे दबाता हूँ, उसे हिलने से रोकता हूँ।

कमरे में आर्तनाद बढ़ गया है। मनुहार, मिन्नतें, धमकियाँ–कुछ भी कारगर नहीं हुआ। लगता है, गायक की आवाज़ फटकर टुकड़े–टुकड़े हो जायेगी। आख़िर हल्ला हो रहा है। जोगी...जोगी...जो गी...जो...गी...जो...गी

आवाज़ बन्द हो गयी है। लेकिन छोटी–छोटी गूँजें अब भी कमरे में तैर रही हैं। वह मेरे ऊपर सीधी लेटी हुई है। रज़ाई सरककर नीचे गिर गयी है। मैं पूछता हूँ, "अब ठण्ड तो नहीं लग रही?"

"तुम पूरे बदमाश हो।" वह अपने नितम्बों पर से मेरे हाथ झटके से परे कर देती है। अब हिलना शुरू हो गयी है। उसकी छातियाँ मेरे पेट के ऊपरी भाग को रगड़ रही हैं। मैं इन्हें दोनों हाथों से पकड़कर थोड़ा ऊपर खींचता हूँ। वह हँसकर कहती है, "सच, तुम बहुत लम्बे हो।"

अब उसकी साँस फूल गयी है। हिलते–हिलते थक गयी है, अधबैठी है।

"नीचे आओगी?" वह हाँ में सिर हिलाती है।

उसके कटे बालों ने गालों को ढक रखा है। मैं बालों के अन्दर हाथ डालकर उन्हें ऊपर उठाता हूँ। देखना चाहता हूँ कि जिप्सी–रिंग्ज़ हिल रहे हैं या नहीं। हाँ, हिल रहे हैं।

"ऊपर आओ न!"

"ठहरो, जिप्सी–रिंग्ज़ हिलना बन्द हो जायें।"

पहले उसे मेरी बात समझ नहीं आती। जिप्सी–रिंग्ज़ और मेरे ऊपर आने की बात की क्या तुक है? और जब बात समझ आती है तो इस छोटी–सी बात पर वह लाल सुर्ख़ हो जाती है। फिर उसका शरीर ज़ोर–से काँपता है। नदी का पानी सागर में आ मिला है। पानी के पानी में गिरने की छोटी–छोटी आवाज़ें होती हैं। उसकी पीठ का ऊपर–नीचे उठना कम हो रहा है, कम हो रहा है। मैं छोटी–सी करवट लेकर उसे टेढ़ा करके नीचे उतारता हूँ। अभी सागर और नदी का मुँह आपस में मिला हुआ है। अब मैंने उसके दोनों नितम्बों को खींचकर अपनी टाँगों के बीच कर लिया है। वह हिलती है, मैं हिलता हूँ। नदी और सागर दोनों सुख की मुद्रा में आ जाते हैं।

मैं थोड़ा परे होने की कोशिश करता हूँ।

"थकी तो नहीं?"

वह मेरी पीठ को अपनी ओर दबाकर मुझे परे होने से रोकती है और तीन बार 'नो, नो, नो' करके आँखें मूँद लेती है। पिघलते स्वर्ण का पुल बन गया है। पुल धीरे–धीरे हिल रहा है और इससे पुल के पालने में हम दोनों सो जाते हैं। सोने से पहले आख़िरी ख़याल आता है, वह टेप–रिकार्डर बन्द कर दूँ। हाथ बाहर करता हूँ। और सोये–सोये ना कहकर मुझे हिलने से रोक देती है। पुल हवा के पंखों पर सवार है, झूम–झूम कर झूल रहा है, नदी का मुँह सागर के मुँह से मिला हुआ है, दोनों एक–दूसरे को पी रहे हैं, एक–दूसरे की प्यास बुझा रहे हैं, और...

सुबह मेरी नींद जल्दी खुल गयी। धीरे–से सरककर बिस्तरे से नीचे आता हूँ। उसकी एक बाँह रज़ाई से बाहर लटकी है। हाथ पकड़कर इसे अन्दर करता हूँ। किसी छोटे बच्चे की उँगलियों की तरह वह हल्के–हौले–से मेरे हाथ पर अपनी उँगलियाँ लपेट लेती है। जानता हूँ अभी जागी नहीं। हाथ छुड़ा लेता हूँ। सीढ़ियों से नीचे उतरता हूँ। किशन ने अँगीठी जला ली है। हम हँसकर एक–दूसरे को नमस्ते करते हैं। उसको पता है कमरे में कोई 'ऐसी वैसी' लड़की नहीं रही, जैसे कि आमतौर पर रहती है। उसकी मुस्कान में 'हाँ मैं जानता हूँ' वाली रहस्यपूर्ण शरारत नहीं, सिर्फ़

अपनेपन की ख़ुशी है। मुझे सलाह देता है, "भाई साहब, डॉक्टर साहब से शादी कर लो। बहुत अच्छी है।"

मैं उसे बताता हूँ कि हम लोग जल्दी ही शादी कर रहे हैं। वह कहता है कि अभी दो मिनट में चाय ऊपर भेज रहा है। साथ ही गर्म पानी की बाल्टी भेज देगा।

एक अच्छी औरत हमें सलीकेदार बना देती है। मेरे लिए बिना कहे उसने गर्म पानी आज तक नहीं भेजा। मैं ऊपर आ जाता हूँ। नौकर सैट में चाय ले आता है। बताता है, पानी गर्म हो रहा है, बस अभी लाया। मैं दो प्यालों में चाय बनाता हूँ। बिस्तरे के पास वाली खिड़की में प्याले रखता हूँ और रज़ाई में घुस जाता हूँ। उसके माथे को धीरे–से छूता हूँ। वह आँखें खोलती है, लम्बी 'हूँ' करके फिर बन्द कर लेती है। उसके कन्धों के नीचे हाथ रखकर ऊपर उठाता हूँ, अब वह अधबैठी है। कप उसके होंठों के पास लाता हूँ। वह हाथ बाहर निकालकर कप पकड़ना चाहती है, रोक देता हूँ। कहता हूँ, चाय मैं पिला दूँगा, हाथ रज़ाई से बाहर मत निकाले, ठण्डे हो जायेंगे। उसे घूँट पिलाने के बाद कप खिड़की में रखकर अपने कप से अपना घूँट पीता हूँ। अब वह पूरी जग चुकी है।

"रात कब सोये? मुझे तो पता ही नहीं कब नींद आ गई।"

मैं उसे बताता हूँ कि मुझे भी पता नहीं। उसे चेहरे पर एक सुखद थकान की तृप्त चमक है। छोटे बच्चों की तरह मेरे कन्धे पर रखा सिर इधर–उधर हिला रही है। दरवाज़े पर बाल्टी रखने की आवाज़ होती है। नौकर वहीं से 'साहब गर्म पानी' कहकर नीचे उतर जाता है।

"गर्म पानी किसलिए?"

"क्यों, काम पर नहीं जाना?"

"आज तो बिस्तरे से निकलने का रत्तीभर दिल नहीं कर रहा।"

यह सुनकर मैं सोच में पड़ जाता हूँ। हमारी शादी होगी। रोज़ साथ सोयेंगे। इसे सुखद थकान होगी और रोज़ इसे तैयार होकर काम पर जाना पड़ेगा। शायद इसीलिए मर्दों के नौकरी पर जाने का चलन है। क्या अब आगे से अपनी तरह जीना नहीं चलेगा? जब हम किसी के साथ रहते हैं तो आधी ज़िन्दगी तो उस किसी की सुविधानुसार व्यतीत करनी होती है। घबराहट होती है, कहाँ, कब किसी की सुविधा के बारे में सोचकर अपनी ज़िन्दगी चलाऊँगा?

"किस सोच में पड़ गये?"

"कुछ नहीं, उठो, तुम नहा लो। फिर चलते हैं।"

वह बेमन बिस्तरे से निकली है। मैं उसके लिए धुला हुआ तौलिया निकालता हूँ। बाल्टी से शेव के लिए गर्म पानी लेता हूँ।

"थोड़ा पानी बचा लेना। मैं आज हाथ–मुँह धो लूँगा।"

मैं शेव कर लेता हूँ। वह अभी भी बाथरूम में है। बिस्तरा ठीक करता हूँ। कपड़े से कमरे में रखी चीज़ें पोंछता हूँ। वह नहाकर बाहर निकलती है।

"लाओ, मैं पोंछ देती हूँ।"

"नहीं, ठीक है, बस काम हो गया। तुम कपड़े बदल लो। मैं एक मिनट में मुँह धोकर बाहर आया।"

मैं तौलिया लपेटकर बाहर आता हूँ। उसने कपड़े बदल लिये हैं। अलमारी खोल हैंगरों में टँगे मेरे पुलोवर देख रही है।

"कौन–सा पहनोगे?"

"जो तुम्हें अच्छा लगे।"

"कोट एक भी नहीं दिख रहा।"

"कम ही डालता हूँ। एक है, ट्रंक में रखा है। लैदर कोट से चल जाता है।"

वह मेरून रंग का हाई–नैक पुलोवर बाहर निकालती है। मैं डालने लगता हूँ तो 'ठहरो' कहकर बाथरूम में जाती है। पाउडर का डिब्बा लाती है। 'पीछे मुड़ो' कहती है। मेरी पीठ पर पाउडर डालकर हाथों से मल देती है। उसके हाथों के स्पर्श से छोटी–सी सनसनाहट होती है। मैं पुलोवर डालकर बालों में कंघी करता हूँ। बिल्कुल चिपकाकर नीचे बिठा देता हूँ। वह मेरे हाथ से कंघी लेती है, बालों में हल्के–से फेरती है, थोड़ा ऊपर उठाती है।

"लड़कियों की तरह बालों में कंधी कसकर मत किया करो।"

"अच्छा साहब।"

अब मैं उसके सामने खड़ा हूँ। वह जी भरकर मुझे देख रही है। पाँव ऊपर उठाती है, फिर भी मेरी छाती से ऊपर उसका मुँह नहीं पहुँचता।

"तुम बहुत लम्बे हो। थोड़ा नीचे झुको न?"

"क्यों?"

"यू फूल। आई वांट टू गिव यू गुडमार्निंग किस।"

मैं नीचे नहीं झुकता। उसके कन्धों के नीचे हाथ रखकर थोड़ा ऊपर उठाता हूँ। वह मेरे होंठों को हल्का–सा अपने होंठों से छू भर देती है।

"मैं तुम्हें सिखाता हूँ गुडमार्निंग किस क्या होती है?"

अब उसके पाँव ज़मीन से कुछ इंच ऊपर हैं। मैं लगातार उसके माथे, उसकी आँखों, उसके नाक, उसके होंठों और उसके गले को चूमता हूँ। वह छोटा–सा धक्का देकर मेरा चेहरा पीछे कर देती है।

"क्यों? क्या हुआ? दिल बेईमान हो रहा है क्या?"

"हटो, बदमाश।"

हम सीढ़ियों से नीचे उतर आते हैं। पूछता हूँ, मोटरसाइकिल निकालूँ या पैदल चलें? वह घड़ी देखती है। कहती है, समय है, अभी पैदल ही निकलते हैं। किशन उसे नमस्ते करता है। कहता है, नाश्ता करके जाना था। वह उसे हँसकर बताती है कि देर हो जायेगी।

अभी दुकानें बन्द हैं। सड़कें सोयी हुई हैं। किसी–किसी घर की चिमनी से धुआँ उठ रहा है। सर्दी काफ़ी है। सूरज अभी सोच रहा है कि बाहर निकले कि न निकले। मुझे तेज़ चलने की आदत है। वह पीछे रह जाती है। बार–बार रुकना पड़ रहा है। फिर उसका हाथ पकड़कर साथ–साथ चलना शुरू कर देता हूँ। सड़क के किनारे बने होटल के बरामदे में कुछ लोग बाहर खड़े हैं। पैसे जोड़कर साल में एक बार यहाँ आते हैं। आदमी ने सिर पर मंकी कैप डाली हुई है। हाथों को बगलों के नीचे दबा रखा है। पास खड़ी गोलमटोल बीवी को देखता है, जिसने कोट पर भी शाल लपेट रखी है। हम पास से गुज़रते हैं तो बीवी से कहता है, "व्हाट ए हैंडसम कपल।"

मैं राधा का हाथ कसकर पकड़ लेता हूँ। वह मुसकराकर कहती है, "मुझे लगता है साथ चलते हुए सब लोग सिर्फ़ तुम्हें देखते हैं। इस पुलोवर में तुम्हारा रंग कितना खिल गया है?"

मैं उसका हाथ और कसकर पकड़ लेता हूँ। वह शिकायत करती है, "तुम बोलते इतना कम हो। बात का जवाब तक नहीं देते।"

मैं चलते–चलते उसके बालों को चूम लेता हूँ।

बिलियर्ड–रूम के नीचे सिगरेट की दुकान खुल गयी है। उससे एक

पैकेट लेता हूँ। तभी दावर सीढ़ियों से नीचे आता है। मुझे और राधा को 'गुडमार्निंग' करता है। "आज आ रहे हैं सन्तोष साहब।"

"नहीं दावर। आज खेलने के लिए पैसे नहीं।"

"पैसों की छोड़ो भाई। मैं लगाऊँगा। जीत गये तो आधो–आध।"

"क्यों? आज कोई ख़ास बात है क्या?"

"हाँ, बम्बई से कोई साहब आये हैं। कहते हैं वहाँ के चैम्पियन है। लगता है पैसा तगड़ा है। कल तो मुझे भी हरा दिया।"

मैं समझ जाता हूँ, कोई बहुत अच्छा खेलने वाला है। दावर ख़ुद भी कोई कम खिलाड़ी नहीं। सोचता हूँ हो जाये। हार गया तो पैसे दावर के ही जायेंगे। आमतौर पर बाहर के लोगों से बड़ी गेम होती है तो पैसे दावर के ही लगते हैं। इस शहर के खिलाड़ी तो पैसे लगाकर मुझसे कभी–कभार ही खेलते हैं।

"ठीक है, दस बजे तक आ जाऊँगा। आपके बम्बई वाले साहब को भी देख लिया जाये।"

हम आगे बढ़ते हैं। राधा मुझसे "बिलियर्ड कैसे खेलते हैं" की बात पूछती है। फिर कहती है कि क्या वह कुछ पैसे दे? मैं उसे बताता हूँ, नहीं चाहिए। यह तो रोज़ का सिलसिला है। मुझे पैसों के बिना जीने की आदत है। उसे बताता हूँ कि मैं दावर के पैसों पर ही बड़ी गेम खेलता हूँ।

वह घड़ी देखती है। "देर हो जायेगी" कहकर थोड़ा तेज़ चलना शुरू कर देती है। यह सड़क लम्बा मोड़ काटकर उसके हस्पताल पहुँचती है। थोड़ा आगे जाकर हमें मुड़कर नीचे की सड़क पर उतरना है। उतरा यहाँ से भी जा सकता है लेकिन रास्ता कोई नहीं। ऊपर से नीचे की सड़क लगभग आठ फुट नीची है। मैं उसे 'ठहरो' कहकर रोकता हूँ। दोनों सड़क के बीच एक छोटी–सी चट्टान है। पहला क़दम उस पर रखता हूँ, पलभर जिस्म तौलता हूँ और साथ के साथ शरीर की गति तोड़े बिना नीचे छलाँग लगा देता हूँ।

अब मैं निचली सड़क पर खड़ा हूँ। वह हैरान होकर पूछती है–

"अब मैं कैसे नीचे उतरूँ? इस चट्टान तक तो मेरा पाँव पहुँचता ही नहीं।"

"जम्प। मैं पकड़ लूँगा।"

"ओ नो। मुझे डर लगता है।"

चौक पर खड़ा ट्रैफ़िक–कांस्टेबल वहाँ आ गया है। कहता है, "साहब, सड़क बहुत नीचे है। डॉक्टर साहब को चोट आ जायेगी।"

इस शहर के निवासी लगभग एक–दूसरे को पहचानते हैं। फिर राधा तो डॉक्टर है। कांस्टेबल के उसे पहचानने पर मुझे कोई हैरानी नहीं होती। राधा शशोपंज में पड़ी हुई है।

"नाउ जम्प।"

वह मुझे देखती है, शरारत से मुसकरा रहे कांस्टेबल को देखती है और नीचे कूद जाती है। मैं बड़े आराम से उसे अपनी बाँहों में जकड़कर उसकी गति तोड़ता हूँ और फिर सड़क पर खड़ा कर देता हूँ। वह हौले–हौले काँप रही है।

"क्यों? डर गयी।"

वह हाँ में सिर हिलाकर कहती है, "तुम बड़ी आसानी से नीचे कूद गये।"

मैं उसे बताता हूँ कि भट्‌टी के साथ कई बार ट्रैकिंग पर गया हूँ। हम दोनों को पैदल चलने का शौक़ है। दिन में तीस–चालीस किलोमीटर आराम से कर जाते हैं।

हस्पताल सामने है। उसे बताता हूँ, लगभग एक किलोमीटर चलने की बचत हो गयी है। हम उसके कमरे में पहुँच गये हैं। वह फिर घड़ी देखकर कहती है, "अभी आधा घण्टा है।"

"ठीक है। तुम साड़ी–वाड़ी डालो। मैं कॉफ़ी बनाता हूँ।"

वह डॉक्टरों वाले प्रॉपर कपड़े पहनकर बाहर आती है। हम दोनों कॉफ़ी पीना शुरू करते हैं। कार्निस पर खड़ी निक्की की तसवीर को देखता हूँ। लगता है हिल रही है। मुझे बुला रही है। उससे मिलने का मन कर आता है पर मिलना तो संडे को ही होगा।

"शाम को कब आओगे?"

"इन्तज़ार मत करना। आया भी तो देर हो जायेगी।"

"क्या सारा दिन बिलियर्ड खेलोगे?"

"देखो, बम्बई वाला कितना बड़ा खिलाड़ी है और उसके पास कितने पैसे हैं।"

वह थोड़ा–सा बुझ गयी है। उसका चेहरा देखकर कहता हूँ, "अच्छा, ऐसा करो, खाना मत बनाना। बाहर खायेंगे। मैं वर्मा को भी बुला लूँगा। कई दिनों से उससे नहीं मिले।"

वह खिल जाती है।

"सुनो, कुछ पैसे लेती आना। जीत गया तो खाने का बिल मैं दूँगा, नहीं तो तुम।"

हम दोनों बाहर निकलते हैं। हस्पताल के बरामदे में डॉक्टर मनचन्दा खड़े हैं। मैं नमस्ते करता हूँ। हँसकर कहते हैं, "वाह भाई। ख़ुद तो ठीक हो गये। हमारी डॉक्टर को मरीज़ बना दिया।" मैं और राधा जवाब में मुसकराते हैं।

"फिर ख़ुशख़बरी कब मिल रही है?"

हम दोनों कोई जवाब नहीं देते। डॉक्टर मनचन्दा चाय पीकर जाने के लिए कहते हैं। मैं न करता हूँ, बताता हूँ, अभी–अभी कॉफ़ी पी है। वह छेड़ते हैं, "खाने–पीने की जो प्रीकाशंस बताई थी, अब उन्हें भूल जाओ। मज़े से रहो। डॉक्टर तो अब तुम्हारे पास परमानेंट है।"

मैं जवाब में हँसकर बाहर निकलता हूँ। राधा मुझे बड़े दरवाज़े तक छोड़ने आती है। हस्पताल के कर्मचारी मुझे भी नमस्ते करते हैं। शायद उन्हें कुछ न कुछ पता चल गया।

हम दोनों गेट पर रुकते हैं।

"तो, मैं चलूँ?"

"हाँ, शाम को जल्दी आना। मैं वेट करूँगी।"

और मैं शाम को नहीं जा सका। साफ़–साफ़ सिलसिलेवार याद नहीं कि हुआ क्या? उसके यहाँ से लौटकर अपने कमरे में आया था। रबर–सोल के हल्के जूते डाले थे। हो सकता है गेम लम्बी चल जाये, जाने कितने घण्टे खड़े होना पड़े? थोड़ा–सा नाश्ता नीचे दुकान पर किशन के पास ही किया। उसे बताया कोई बम्बई वाला आया है, दावर साहब के यहाँ गेम लगेगी। वह जानता है, गेम लम्बी लग जाये तो थोड़ा–बहुत पीना भी चल जाता है। टोस्ट पर मक्खन की मोटी तह जमाकर मुझे खिलाया। मक्खन से शराब अन्दर टिक जाती है। उसने कहा था कि दोपहर बाद वह भी बिलियर्ड–रूम आयेगा। मैंने कहा था, वर्मा को भी साथ लेता आये।

सुबह से दोपहर कब हुई, पता भी नहीं चला। वह बम्बई वाला, जिसने अपना नाम रौनी बताया, बहुत अच्छा खिलाड़ी निकला और बहुत अमीर भी। सस्ते हिन्दुस्तानियों की तरह उसने अपना निक नेम अमरीकनों वाला

रखा हुआ था। दोपहर तक वह मुझसे दो हज़ार जीत चुका था। लेकिन न मुझे चिन्ता थी न दावर को। हम दोनों को पता था कि उसे जीत और शराब दोनों का नशा हो रहा है, आख़िर जायेगा कहाँ। फिर वह जिन के लार्ज पी रहा था और मैं स्माल।

दोपहर बाद वर्मा पहुँचा, मुझे हौले–से सलाह दी थी, खेलना बन्द करूँ, नया–नया बीमारी से उठा हूँ, स्ट्रेन पड़ेगा। उसने कहा तो ठीक ही। टाँगें इतने घण्टे खड़ा रहने और चलने पर पत्थर हो रही हैं। दोनों कन्धे भी अकड़ गये। साथ मालरोड पर बने क्लब में बड़ी गेम की बात पहुँच गयी। वहाँ से उठकर बहुत सारे लोग बिलियर्ड–रूम में आये गये हैं। वे लोग मुझे जानते हैं। बाकी टेबल्ज़ पर गेम नहीं चल रही। सारी भीड़ हमारी टेबल के आसपास जमा हो गयी। रौनी ने यह बाज़ी भी जीत ली है। उसका आख़िरी शाट गज़ब का रहा। वाह–वाह और जिन की तपिश ने उसका चेहरा लाल कर दिया है।

केवल पन्द्रह मिनट के लिए ब्रेक किया गया। रौनी और उसके चमचे क़िस्म के लोग सामने क्लब में कुछ खाने के लिए गये। वह अब भी जीत रहा था। जाते हुए मुझे कहा, "सन्तोष साहब, डोंट रन अवे। सुना है, आप यहाँ के चैम्पियन हैं। आज हो ही जाये।"

दावर ने आधी केतली काली कॉफ़ी पिलाई। मुझे लगा कि मेरा जिस्म हौले–हौले काँप रहा है। थकावट से या जिन से? लेकिन अभी तो चार–पाँच स्माल ही लिए हैं। दावर ने बताया कि रौनी किसी फ़िल्म वाले का लड़का है। मैंने दावर को सलाह दी कि वह कहे तो और न खेला जाये। कहीं और न हार जायें। दावर मुसकरा दिया। हारना–जीतना उसका पेशा है। उसने सलाह दी कि बाज़ी और बड़ी कर देनी चाहिए। रौनी क्लब गया है। हैवी खाकर आयेगा। अब उसका जिस्म थका हुआ होगा। मैं अपनी बाँहें ऊपर–नीचे करके उनमें ताज़गी ला रहा हूँ। मार्कर मेरी बाँहों पर कोई मलहम लगाकर उनकी अकड़ कम कर रहा है।

वर्मा ने अपनी आदत के मुताबिक़ धीरे–से सलाह दी थी कि मुझे और नहीं खेलना चाहिए। फिर पी भी काफ़ी चुका हूँ। टोका उसे दावर ने था कि साहब हमारे शहर की प्रेस्टीज स्टेक पर लगी है। बाहर वाला हरा जाये, भला यह कैसे हो सकता है?

अगली बाज़ी मैं जीता था। सुबह से दोपहर तक का हारा सारा पैसा एक बाज़ी पर लगा था। अब रौनी के चेहरे पर गुस्से की झलक है। उसने जिन का डबल पेग लिया। थोड़ी देर के लिए ब्रेक किया गया। मेरा सारा शरीर काँप रहा है। जानता हूँ और खड़े रहना कठिन है। दावर मेरी तरफ़ उम्मीद–भरी नज़रों से देखकर कहता है, "अब लक चेंज हुई है। वह हारे ही हारेगा। स्टेक बढ़ा दें?"

वर्मा मुझे और खेलने से फिर रोकता है। मैं उसे यह कहकर कि वह मेरा कीपर नहीं है, चुप करा देता हूँ।

अब तक उस हालनुमा रूम में भीड़ हो चुकी है। दावर सब लोगों को थोड़ा और पीछे होकर ठहरने के लिए कहता है। मेरी उँगलियों में पकड़ी सिगरेट तक हिल रही है। क्यू में कम्पन है या मेरे हाथ में? रौनी हर शॉट से पहले मुझे और टेबल दोनों को घूरता है। मुझे पता है, वह मुझे 'इरिटेट' करके मेरी कंसंट्रेशन तोड़ना चाहता है। उसकी आँखें लाल हो रही हैं। वह और जिन लाने का इशारा करता है। पूरा पेग एक ही बार में ख़त्म कर देता है। मुझे निश्चय हो जाता है कि आज यह आदमी बुरी तरह हारेगा। वह यह गेम भी, जो दो हज़ार की थी, हार जाता है। बहुत सारे लोग मेरे पास आकर मुझे बधाई देते हैं। रौनी के साथ जो एक्स्ट्रा क़िस्म की लड़की है वह भी मुझसे हाथ मिलाती है। मैं दावर को आँखों से इशारा करता हूँ कि अब बस।

तभी भीड़ को चीरता हुआ भट्टी मेरे पास पहुँच जाता है। किशन उसके साथ है। समझ जाता हूँ वह घर गया होगा, किशन ने बताया होगा कि मैं सुबह से यहाँ खेल रहा हूँ। मैं उससे पूछता हूँ कि आज कैसे लौट आया? उसे तो तीन दिन में वापिस आना था? वह बताता है, रास्ते में लैंड–स्लाइड हो गया था। जीप आगे नहीं जा सकी। वापिस आना पड़ा। रौनी क़ाफी देर से मुझे घूरे जा रहा है। मेरे क्यू उठाने की प्रतीक्षा कर रहा है। मैं उसे सिर हिलाकर मना करता हूँ। अब उसे लोगों की प्रशंसा–भरी आँखों की तपिश नहीं मिल रही। शायद इसलिए ग़ुस्से में है। हार रहा है, शायद इसलिए ग़ुस्से में है। शराब ज़्यादा पी ली है, शायद इसलिए ग़ुस्से में है। कड़ी आवाज़ में कहता है, "बस, जीतते ही भाग खड़े हुए? बास्टर्ड!"

भट्टी उसे घूर कर कहता है, "बहुत हो लिया। अब यह और नहीं खेलेगा।"

रौनी के चमचे दोस्त उसके क़रीब आ गये हैं।

"तुम बीच में आने वाले कौन हो?" फिर वह वहाँ जमा भीड़ को देखकर कहता है, "आप लोगों का चैम्पियन बड़ी जल्दी भाग खड़ा होता है।"

बहुत सारे लोग एक गेम और के लिए कहते हैं। भट्टी और दावर में कुछ बात होती है। बावर सबको सुनाकर कहता है, "ठीक है। लेकिन यह आख़िरी गेम होगी दस हज़ार की। कैश डाउन।"

अब रौनी के चेहरे पर घबराहट है। इतनी बड़ी रकम का नाम सुनकर लोगों में जोश आ गया है। रौनी दावर को कहता है कि इस वक़्त इतना कैश उसके पास नहीं। दावर सबको सुनाकर कहता है कि वह ट्रैवलर्ज़ चेक एक्सैप्ट करने को तैयार है। रौनी एक चमचे को होटल से ट्रैवलर्ज़ चेक लाने को भेजता है।

मैं दावर के कमरे में बैठा हूँ। वर्मा और भट्टी मेरे पास हैं। जिस्म किसी कसे हुए स्प्रिंग की तरह अपने कसाव से ही हिल रहा है। मार्कर मेरे कन्धों को दबा रहा है। मैं काली कॉफ़ी पी रहा हूँ। मार्कर भट्टी को बताता है, "इन्हें ज़ोर का बुख़ार चढ़ रहा है। मेरा ख़याल है, अब और नहीं खेलना चाहिए।"

भट्टी दावर से ब्रांडी का लार्ज पेग मँगवाने को कहता है। बिना पानी मिलाये गिलास मेरे मुँह से लगाता है। ब्रांडी जलते अंगारे की तरह अन्दर जाती है। ख़ून की हरारत बढ़ती है, काँपना बन्द हो जाता है, लेकिन पैरों में लरज़िश आ जाती है। जानता हूँ नशा हो रहा है। सुबह से ख़ाली पेट खेल रहा हूँ, पी रहा हूँ।

गेम शुरू होती है। कमरे में सन्नाटा छा गया है। शुरू–शुरू में रौनी जीता है। धीरे–धीरे मेरी सारी इन्द्रियाँ मेरी उँगलियों में आ जाती हैं। अब मैं किसी को नहीं देख रहा, सिर्फ़ क्यू की नोक और बाल्ज़ ही दिखाई देती है या दीवार पर लगी बड़ी घड़ी की टिक–टिक। दस मिनट बाक़ी हैं। रौनी लीड कर रहा है। आख़िरी बारी मेरी है। दर्शकों की आत्माएँ मेरी पीठ पर आ बैठी हैं। अपने शहर के लोग हमेशा अपने शहर के खिलाड़ी का साथ देते हैं। रौनी का चेहरा देखता हूँ। पीला पड़ गया है। उसे पता है, उसकी लीड थोड़ी है, फिर अभी मुझे गाली का जवाब भी देना है।

उसकी आँखों में आँखें डालकर देखता हूँ। भय और हार–जीत का फ़ैसला तो आँखें ही करती हैं। जिसने पहले आँखें झुका लीं वह पराजित हो जाता है। भट्टी जानता है, मैं गाली देने वाला हूँ। धीरे–से सरककर रौनी के चमचों के आगे खड़ा हो जाता है। सब लोग साँस रोके खड़े हैं। मैं उँगली से रौनी का चेहरा ऊपर उठाता हूँ और ऊँची आवाज़ में कहता हूँ, "यू बल्डी सिस्सी!"

उसके चमचे आगे आने की कोशिश करते हैं, लेकिन भट्टी दीवार की तरह उनके आगे खड़ा है। दावर रौनी का हाथ पकड़कर उसे टेबल से परे करता है और मैं क्यू उठाता हूँ। समय ख़त्म होने पर रौनी से दस प्वायंट की लीड ले लेता हूँ।

भीड़ की रुकी साँसें चल पड़ती हैं। शोर में भी रौनी की गालियाँ सुनाई दे रही हैं। उसके चमचे उसे पकड़कर बाहर लिए जा रहे हैं।

कमरे में कैसे पहुँचा, न याद है, न पता है। शायद दावर अपनी कार में पहुँचा गया। दावर जाने लगता है तो उसे कहता हूँ, मेरे जीते पैसों में से हीरे की बहुत अच्छी अँगूठी ख़रीददार कमरे में भिजवा दे। दावर हाँ में सिर हिलाकर चला जाता है।

"अँगूठी किसलिए?" भट्टी पूछता है।

"आज राधा को 'सेसिल' में खाने पर बुलाया है। अँगूठी पहनाऊँगा।"

पेट से कुछ ऊपर की ओर उठ रहा है। भट्टी मुझे थामकर बाथरूम ले जाता है। सिंक में सिर रखता हूँ। 'हूँ, हूँ' की आवाज़ें मुँह से निकलती हैं, लेकिन बाहर कुछ नहीं आता। भट्टी पीछे की तरफ़ से मेरी गर्दन को बाँह में जकड़ लेता है। अँगूठे और तर्जनी से मेरे नाक को दबाकर बन्द कर देता है। साँस रुकती है तो मुँह खुल जाता है। दूसरे हाथ की दो उँगलियाँ मेरे मुँह के अन्दर, बहुत आगे तक डाल देता है। पेट में छोटा–सा गोला उछलता है, वह मुँह से उँगलियाँ बाहर निकाल लेता है और सिंक कैसे भर जाता है। मैं ज़ोर–ज़ोर से सिर दायें–बायें हिला रहा हूँ, आँखें बन्द हैं। वह मेरे बाल खींचकर कहता है, "आँखें खोल, हरामी। सिंक देख।" यह उसकी आवाज़ में गुस्सा क्यों है?

सिंक देखता हूँ। लाल–लाल छींटे छितरे पड़े हैं। फिर ख़ून आया है। तो राधा ठीक कहती थी। परहेज़ ज़रूरी है।

"भैंण दे यार। उस माँ से शादी करने की सोच रहा है और ख़ून की

उल्टियाँ कर रहा है! पहले तगड़ा–सा बीमा करा ले। दोबारा विधवा हो तो तीसरा मर्द तो न तलाशे।"

मैं कमरे में आता हूँ। बिस्तरे पर लेटता हूँ। भट्टी सच कह रहा है, फिर इस वक़्त सफ़ाई दूँगा तो और बिगड़ेगा, और गालियाँ देगा। वह कुर्सी पर बैठा मुझे घूर रहा है।

"इस हालत में होटल जायेगा? उसे अँगूठी पहनायेगा? यू आर स्टिकिंग लाइक अ पिग। अब आज रहने दे। कोई बहाना बना लेंगे।"

"नहीं। अँगूठी आज ही पहनाऊँगा।"

भट्टी जानता है मैं मानूँगा नहीं, ज़िद का पक्का हूँ। खिड़की खोलकर किशन को आवाज़ देकर ऊपर आने को कहता है।

किशन कमरे में पहुँचकर मुझे देखकर मुसकराता है।

"आज बहुत हो गयी, साहब। पर हाथ तो उस बम्बई वाले को अच्छा मारा।"

"हाथ तो इस माँ के यार को आज डॉक्टर मारेगी, इसकी यह हालत देखकर। ऐसे कर, नौकर भेजकर कैमिस्ट की दुकान से नशा उतारने वाली गोलियाँ मँगवा ले। और देख, ठण्डा पानी पड़ा है क्या?"

"हाँ जी, कल रात के दो मटके भरे पड़े हैं।"

"तो ऊपर मँगवा ले। तेरे साहब को आज खच्चर–ट्रीटमेंट देनी पड़ेगी।"

मुझे बाथरूम में नंगा बिठाकर भट्टी और किशन दोनों मटकों के पानी से मुझे नहलाते हैं। ठण्डा–यख़ पानी जोंक की तरह जिस्म से शराब की गर्मी धीरे–धीरे चूस रहा है। फिर भट्टी उस ठण्डे पानी से बाल्टी भरता है, मेरे सिर को बार–बार इसमें डुबोता है।

थर–थर काँप रहा हूँ। किशन तौलिए से जिस्म पोंछते हुए कहता है, "यह तो थर–थर काँप रहे हैं। हीटर जला दूँ?"

"नहीं। क्यों मूरखों वाली बातें करता है? सब किये–कराये पर पानी फेरेगा। काँपने दे साले को।"

फिर वह मेरे मुँह के पास मुँह लाकर मुझे साँस लेने को कहता है। मैं साँस लेता हूँ। भट्टी मुँह बनाकर किशन से कहता है, "साले से गन्दी नाली की तरह बू आ रही है। चाय की पत्ती ले आ।"

किशन कटोरी में चाय की पत्ती ले आता है।

"इसे चबा और थूकना मत। रस अन्दर ले जा।"

मैं पत्ती की आधी कटोरी चबा जाता हूँ। अब की बार किशन मेरा मुँह सूँघता है। उसकी बड़ी–बड़ी मूँछें शरारत से हिलती हैं।

"लगता है साहब के अन्दर टी–गार्डन उग आया है।"

तभी वर्मा कमरे में आ पहुँचता है। भट्टी पूछता है, "तू कैसे आया? दफ़्तर नहीं गया? आजकल रात की ड्यूटी चल रही है न?"

"गया था। छुट्टी ले आया हूँ। पता था, इसके पास आज रात रहना पड़ेगा।"

मैं कपड़े डालता हूँ। भट्टी अपना विंड–चीटर मुझे पहनने को देता है। अब ठीक लग रहा है, लेकिन टाँगें लगातार काँप रही हैं। भट्टी से कहता हूँ, "ऐसे कर, तू राधा और जूही को लेकर 'सेसिल' पहुँच जा। मैं और वर्मा आ जायेंगे। मोटरसाइकिल नीचे है। ले जा, देर हो रही है।"

"बेटे, देरी होने पर माशूक से इतनी दहशत होती है तो शराब पीनी बन्द कर दे। मैं नीचे से राधा को फ़ोन कर दूँगा। और हाँ, वर्मा, कोई तेज़–सी परफ़्यूम मँगवाकर इस पर छिड़क दे। साला मँगनी वाले दिन तो ड्रिंक नहीं लगना चाहिए।"

भट्टी हम दोनों को एक घण्टे तक 'सेसिल' पहुँचने के लिए कहकर चला जाता है। वर्मा नीचे से परफ़्यूम ले आता है। मेरे हाथों पर मलता है, कपड़ों पर छिड़कता है।

"आज सारा दिन नहीं खेलना चाहिए था। मेरा ख़याल है, तुम्हें तीन–चार बुख़ार है।"

"मैंने सोचा था दो–तीन गेम लगेगी लेकिन उसने चैलेंज कर दिया।"

"हाँ। तुम्हें तो जीने के लिए चैलेंज चाहिए। न हो तो पैदा कर लेते हो। कुछ लोगों का साथ तो सुख देता है। लेकिन अन्त में दुख का कारण बन जाते हैं। तुम उन्हीं लोगों में से हो।"

जानता हूँ, वह राधा के सन्दर्भ में यह बात कह रहा है। उससे बहस नहीं करता। जानता हूँ, वह ठीक कह रहा है। लेकिन भविष्य में भी ऐसा ही होगा, यह ज़रूरी तो नहीं? कहीं, कभी तो अतीत भविष्य से कटता होगा। उसे कहता हूँ, "सुन! दावर को फ़ोन कर दे। अपनी कार में नीचे वाली सड़क से 'सेसिल' के पास उतार दे। और हाँ, कहना अँगूठी भी लेता आये।"

वर्मा फ़ोन करने जाता है। सिंक में छिटके लाल छींटे आँखों में आ बैठते हैं। काँप जाता हूँ। जाने डर से या ज्वर से। फिर सोच लेता हूँ, अब ड्रिंक्स की जगह सिर्फ़ सोशल ड्रिंक्स ही लूँगा। भट्‌टी अचानक न पहुँचता तो क्या होता। खच्चर–ट्रीटमेंट देकर उसने ठीक कर दिया है। वर्मा इस हालत में राधा से मिलता...

भट्‌टी ने एक बार बताया था कि बहुत ऊँचाई पर सेना में सामान ढोने के लिए खच्चरें होती हैं। इन्हें सर्दी में रम पिलाई जाती है। लेकिन जब कभी खच्चर अड़ जाये तो टस–से–मस नहीं होती। तब उन पर बाल्टी से बर्फ़ीला पानी डाला जाता है। फ़ौज में यही खच्चर–ट्रीटमेंट शराबी हो गये आदमी को ठीक करने का सबसे लोकप्रिय तरीक़ा है।

नीचे कार रुकने की आवाज़ आती है। दीवार का सहारा लेकर एक–एक सीढ़ी पर पाँव रखकर उतरता हूँ। दावर अँगूठी की डिबिया खोलता है। काले मखमल के कंट्रास्ट में हीरे–कण चमक मारते हैं। उसकी पसन्द की दाद देता हूँ। वह मुझे जीत के आधे रुपये देता है।

"क्यों? अँगूठी कितने की आयी? इसके पैसे काट लो।"

"अरे साहब, कम–से–कम दोस्तों के मुँह पर तो मत थूका करो। अँगूठी हमारी ओर से प्रेज़ेंट है।"

दावर ने मेरी वजह से बहुत पैसे कमाये हैं। जानता है, आगे भी कमायेगा। दोस्त है। लेकिन शार्प बिज़नेसमैन भी। बड़ी अच्छी फ़्यूचर इनवेस्टमेंट कर रहा है।

"देखो दावर, अँगूठी के पैसे मैं दूँगा ही।"

"अजी छोड़िए न। मैं कौन किसी को बताने जा रहा हूँ कि मैंने प्रेजेंट की है।"

वर्मा मुझे आँख के इशारे से चुप हो जाने के लिए कहता है। दावर हमें लोअर माल पर उतारता है। 'बेस्ट ऑफ़ लक' कहकर चला जाता है।

"तुम सेंटिमेंटल क्यों होते जा रहे हो। दावर ने तुम पर अहसान नहीं किया। हिसाब लगाकर देखो। तुम्हारी वजह से तीस–चालीस हज़ार आज तक कमा चुका होगा।" वर्मा मुझे समझाता है।

दरबान दरवाज़ा खोलते हुए बताता है कि भट्‌टी साहब आ चुके हैं। हम दोनों हाल में दाख़िल होते हैं। स्टेज पर आर्केस्ट्रा बज रहा है। आवाज़ें

बाहर निकलने के लिए भागती हैं, दरबान दरवाज़ा बन्द कर देता है। आवाज़ें वापस लौटकर ऊपर उठती हैं और रोशनदानों में जा बैठती हैं।

भट्टी ने शैंडलियर के नीचे वाला टेबल लिया है। वह, जूही और राधा रोशनी के नीचे बैठे हैं। सामने दो कुर्सियाँ हैं, जो थोड़े–से अँधेरे में हैं। मुसकराता हूँ। भट्टी ने बैठने का प्रबन्ध भी सैनिक–स्ट्रेटजी से किया है। एक तो मैं राधा से दूर बैठूँगा। बीच में खाने की चौड़ी–सी मेज़ है। दूसरे, मेरे चेहरे पर शैंडलियर की रोशनी नहीं पड़ेगी। न बू से और न चेहरे से राधा को मेरी असली हालत का पता चलेगा।

मैनेजर हम लोगों को पहचानता है, जानता है। पास आकर विश करता है, टेबल तक ले जाता है। कुर्सी पर बैठने से पहले रोशनी मेरे चेहरे पर पड़ती है। मैनेजर कहता है, "आज तो आपने कमाल कर दिया। सुना है बम्बई वाले की सारी अकड़ निकल गयी है। सारे शहर को पता चल गया है कि आज कितना बड़ा गेम हुआ था।"

मैं उसे थैंक्स कहता हूँ। जीत का अपना नशा होता है। राधा को भट्टी ने आज के गेम के बारे में बता दिया है। हाथ बढ़ाकर मेज़ पर रखे मेरे हाथ को छूकर कहती है, "वंडरफुल सन्तोष। मुझे नहीं पता था, तुम इतना अच्छा खेलते हो। तुम तो जनरल साहब से हार जाते हो, फिर बाम्बे के चैम्पियन को कैसे हरा डाला!"

"जनरल साहब से तो यह जानबूझकर हारता है।" जवाब वर्मा देता है।

राधा फिर चहकती है, "देखो सन्तोष, इतनी बड़ी बाज़ी पहले कभी नहीं जीते न? इसका मतलब है मेरी क़िस्मत ने तुम्हारा साथ दिया है। लाओ, हमारा हिस्सा।"

मैं मेज़ पर रखे उसके हाथ को पकड़ता हूँ। रोशनी की लकीर की–सी उसकी दूसरी उँगली को ऊपर उठाता हूँ और हीरे की अँगूठी इसमें डाल देता हूँ।

आर्केस्ट्रा बन्द है। आवाज़ें बन्द हैं। राधा की साँस चलना बन्द है। वह मुझे देखे जा रही है। उसकी आँखें अतीत–यात्रा पर लौटीं कि लौटीं। वह सिर को थोड़ा–सा झटका देती है। जिप्सी–रिंग्ज़ गालों पर साये बनाते हैं और एक छोटा–सा साया उसकी नाक की नोक पर बिछलता रहता है। उसकी आँखें गीली हो रही हैं। उसने अपने आपको अतीत में जाने से रोक लिया है।

भट्टी इस असहाय चुप्पी को तोड़ता है। मुझे डाँटता है, "यू फूल! किस हर हैंड।"

मैं उसकी अँगूठी वाली उँगली चूमता हूँ। उसके नाक के सिर पर बैठा साया उठकर भाग जाता है। आर्केस्ट्रा फिर से शुरू हो जाता है। छोटी–छोटी आवाज़ें उस हाल कमरे में सब ओर छिटकने लगती हैं।

वेटर हमारी मेज़ के पास खड़ा आर्डर का इन्तज़ार कर रहा है। राधा और जूही गर्म चाकलेट के लिए कहती हैं। भट्टी धीरे–से इशारा करता है तो मैं भी चाकलेट के लिए हाँ कर देता हूँ। भट्टी अपने और वर्मा के लिए ड्रिंक्स का आर्डर देता है।

जूही बोलती है, "यह कैसी सैलीब्रेशन है, सन्तोष? साहब, इत्ती ख़ूबसूरत लड़की को इत्ती ख़ूबसूरत अँगूठी डाली है। इट काल्ज़ फ़ार अ ड्रिंक।"

"ज़्यादा बड़–बड़ मत कर। सन्तोष को आज चाकलेट ही पीने दो। कुछ ढीला है।"

"तुम हमेशा मुझे डाँटकर बात क्यों करते हो?" जूही ने रूठते हुए कहा।

"शादी से पहले इसे गरजने दो। बाद में तो तुम्हारी ही चलेगी।" जवाब वर्मा ने दिया।

"तुम बड़े कमीने और कंजूस हो। देखो तो सन्तोष ने राधा को हीरे की अँगूठी पहनाई है। तुमने तो बस पतली–सी सोने की गोल तार ही डाली थी।"

"प्यारी, सन्तोष किश्तों में अमीर होता है, महीने में एक बार अच्छी रोटी खाता–खिलाता है। मैं तुम्हें रोज़–रोज़ अच्छा खाना दूँगा।"

राधा ने हाथ आगे बढ़ाकर मेरी कलाई पकड़ ली है।

"तुम्हें तो तेज़ फ़ीवर है। फिर चेहरा भी एकदम पीला है। क्या हुआ? मुझे बताया क्यों नहीं? दवाई किससे ली है?"

मैं क्या जवाब दूँ? भट्टी तरफ़दारी करता है, "डोंट मी फ़स्सी, राधा। इतने बुख़ार से इसे कुछ नहीं होने का। सारा दिन खेलता रहा है, थकान से हो गया होगा। इसकी फ़िक्र मत किया कर। बड़ा कड़ियल जवान है।"

"लेकिन दवाई तो..." राधा बात पूरी नहीं कर पायी। आर्केस्ट्रा के साथ गाने वाला जोड़ा हमारी मेज़ पर आ गया है। पति–पत्नी हैं। गाने के साथ–साथ एक–दूसरे से छेड़छाड़ करते रहते हैं। भट्टी उनसे ड्रिंक्स के लिए पूछता है।

पति कहता है, "मेजर साहब, रात ज़रा जवान तो हो लेने दीजिए।"

उसकी पत्नी आरती मुझसे कहती है, "ख़ुदा ख़ैर करे। दुश्मनों को किसकी नज़र लग गयी? आज आप चाकलेट पी रहे हैं।"

जवाब जूही देती है, राधा की ओर संकेत करते हुए, "इनकी नज़र लगी है। आज सन्तोष ने राधा को अँगूठी पहनाई है। बीबा बच्चा बनकर इसे इम्प्रेस कर रहा है।"

आरती की मुसकान बड़ी घातक है। उठकर राधा के पास जाती है। उसके माथे को हल्के–से होंठों को छूकर कहती है, "कांग्रेट्स। नज़र तो मेरी सन्तोष पर थी? पर क्या करूँ; इस मोटे से शादी के बाद ही सन्तोष से मुलाक़ात हुई।" वह अपने ज़रूरत से ज़्यादा स्वस्थ पति की ओर घातक मुसकान फेंककर कहती है।

"देखिए साहब, एक ड्रिंक का कोई मतलब नहीं। ग्यारह बजे हमारा प्रोग्राम ख़त्म होगा। आज तो स्काच की पूरी बोतल आनी चाहिए।"

मैं हाँ में सिर हिलाता हूँ। वह दोनों स्टेज पर चले जाते हैं। पहला गाना हमेशा आरती गाया करती है। जवाब में पति गाता है। दोनों की ख़ूबी यह है कि आमतौर पर हिन्दी गाने गाते हैं। कोई अंग्रेज़ी गाने की फ़रमाइश करे तो बात दूसरी है। आरती में अजीब आदत है। उदास गाने हमेशा मुसकराते हुए गाती है। वह आर्केस्ट्रा के लड़कों से कुछ कहती है। माइक पकड़ती है। थोड़ा मेरी ओर झुकती है, धुन शुरू हो जाती है। जानता हूँ, मुझे जताकर गायेगी। फ़ैज़ की शरारती ग़ज़ल शरारत भरे अन्दाज़ में शुरू करती है :

न गुल खिले, न उनसे मिले, न मय पी है,
अजब रंग में अब के बहार गुज़री है।

उसका पति हाथों से बोतल का आकार बनाकर हमारी ओर इशारा करता है। भट्टी हाथ का अँगूठा ऊपर उठाकर हाँ का इशारा करता है। राधा अपनी कुर्सी से उठकर मेरे पास आती है, वर्मा उसकी कुर्सी पर जा बैठता है।

वह धीरे–से कहती है, "तबीयत ख़राब थी तो आज रहने देना था।"

मैं उसका हाथ दबाता हूँ। कोई जवाब नहीं देता।

तभी बड़े ज़ोर–से दरवाज़ा खुलता है। बड़े होटल में लोग बदतमीज़ी से अन्दर नहीं आया करते। सब निगाहें दरवाज़े पर हैं। रौनी अपने दोस्तों

के साथ अन्दर आ जाता है। दो दोस्तों ने उसे दोनों ओर से थाम रखा है। तो हार का ग़म ग़लत करने के लिए इसने और पी ली है। वे लोग आर्केस्ट्रा के साथ ही लगी मेज़ पर बैठ जाते हैं। मेरे जिस्म में तनाव आना शुरू हो गया है। जानता हूँ, आज झगड़ा होगा ही। ख़तरे की पूर्व–सूचना के एनिमल–इंस्टिंक्ट मुझमें बहुत तेज हैं। भट्‌टी तक भी ख़तरे की बू पहुँच गयी है। वह वर्मा को इस किनारे से उठाकर उसकी कुर्सी बदलकर मेज़ के कोने के साथ बैठ जाता है।

आरती ग़ज़ल ख़त्म करती है। हॉल में तालियाँ बजती हैं। रौनी अपनी जगह से उठकर स्टेज के पास पहुँच जाता है। पर्स से सौ का नोट निकालकर आरती की ओर बढ़ाता है। उसका पति न में सिर हिलाकर कहता है, "नो थैंक्स, सर। हम लोग इस होटल के एम्प्लाई हैं। हमें पे मिलती है। लोगों से पैसे नहीं लेते।"

उसने यह बात ज़रा ऊँची आवाज़ में कही है, सबने सुन ली है। रौनी का चेहरा लाल हो गया है। मैनेजर ख़ुद वहाँ आता है और रौनी को उसकी जगह वापिस ले आता है।

राधा मुझसे कहती है, "लगता है, यहाँ कोई नया आया है। सिल्ली फूल।"

जवाब वर्मा देता है, "हाँ, बाम्बे का कोई अमीरज़ादा है। यही आदमी आज सन्तोष से लगभग दस हज़ार रुपये हारा है, शायद पीकर हार का ग़म मिटा रहा है।"

आर्केस्ट्रा का पाँच मिनट का ब्रेक हुआ है। आरती और उसका पति हमारी मेज़ की तरफ़ आते हैं। रौनी की आँखें उन दोनों का पीछा कर रही हैं। फिर उसकी निगाह मुझ पर पड़ जाती है। वह भी उठ खड़ा होता है और हमारी मेज़ के पास आ जाता है।

बेटर पास की ख़ाली टेबल से तीन कुर्सियाँ खींचकर हमारी टेबल के पास करता है। वे बैठ जाते हैं। रौनी आरती से कहता है, "यू सिंग वंडरफुल। आज प्रोग्राम के बाद मिलिए न।"

आरती उसकी आँखों की हवस को देखती है, पहचानती है। अपनी घातक मुसकान उस पर फेंककर कहती है, "अब देखिए न, साहब, आपके हर मर्ज़ का इलाज तो हमारे पास है नहीं।"

भट्‌टी उसके इस अपमानजनक जवाब पर क़हक़हा लगाता है। रौनी

उसे घूरकर देख रहा है। मुझसे कहता है, "क्यों, भूल गये क्या? एटलीस्ट इंट्रोड्यूस मी टू दिस ब्यूटीफुल लेडी।"

मैं चाहता हूँ बात आगे न बढ़े। राधा से उसका परिचय कराता हूँ।

वह अमीरों वाला हरामी वाक्य बोलता है, "आप जैसी ख़ूबसूरत औरत इस छोटे–से शहर में क्या कर रही है? यू शुड बी इन बाम्बे।"

भट्टी उससे पूछता है, "बाम्बे में राधा करेगी क्या?"

"क्यों? करना क्या है। माई फ़ादर इज़ अ प्रोड्यूसर। आई विल गैट हर इन फिल्म्ज़।"

"अच्छा, तो तुम्हारे फ़ादर फ़िल्मों में हैं। पंजाबी में हम लोग गाने–बजाने वालों को 'कंजर' कहते हैं।"

"क्या कहा? व्हाट डू यू मीन?" रौनी ऊँची आवाज़ में बोलता है। उसके चमचे दोस्त हमारी मेज़ के पास आ गये हैं। मैनेजर भी मेज़ के पास आ जाता है। भट्टी रौनी को धीमी और सख़्त आवाज़ में जवाब देता है, "सुनाऊँ, क्या कहा? तो सुन; कंजर की औलाद कंजर ही होती है।"

भट्टी जब बहुत गुस्से में होता है तो मुसकराना शुरू कर देता है। इससे विरोधी को हमेशा ग़लती लगती है कि वह लड़ेगा नहीं। मेरे अन्दर बैठे साँप ने करवट ले ली है। सुबह से खेला हूँ, जीतने के बावजूद डिप्रेस्ड हूँ। भट्टी की गालियाँ सुनी हैं। वर्मा की डाँट सही है। इतनी देर से राधा के साथ झूठ का नाटक खेल रहा हूँ। उसे अँगूठी अपने पैसों से ख़रीदकर नहीं पहनाई। बुख़ार बढ़ रहा है। ऊपर से रौनी बके जा रहा है। भट्टी की ताक़तवर आदमी की मुसकान उसे गुस्से से अन्धा कर देती है। वह मेज़ पर हाथ रखकर उठना चाहता है। साँप का फन हिल रहा है।

मैं भट्टी से कहता हूँ, "आई विल बस्ट हिम।"

लड़ाई के आसान लेकिन ख़तरनाक तरीक़े भट्टी अक्सर मुझे सिखाता रहता है। मैं रौनी की मेज़ पर रखा हाथ पकड़ता हूँ। उसे नीचे करता हूँ। वह ऊपर उठाता है। फिर मैं यकदम अपने दबाव का रुख़ मोड़कर उसका हाथ ऊपर उठाता हूँ। उसके ज़ोर की गति भंग होती है। मैं उसकी छोटी उँगली को अँगूठे और तर्जनी में पकड़कर पहले नीचे करता हूँ, फिर झटके के साथ ऊपर उठा देता हूँ। 'टक' की छोटी–सी आवाज़ होती है और उसकी उँगली टूट जाती है। वह कुर्सी से अधखड़ा हो चुका था। नीचे फ़र्श पर गिर जाता है। अब मैं उसकी ख़ाली कुर्सी को पाँव से

आगे कर देता हूँ। तेज़ किनारा उसके दोनों घुटनों से टकराता है। वह दोनों घुटनों पर हाथ रखकर वहीं बैठ जाता है।

भट्ठी अपनी जगह से उठता है। उसके बाकी दोस्तों को उनके मेज़ पर बिठा आता है। वे उसकी ख़तरनाक मुसकान से डर गये हैं। भट्टी रौनी का मुँह ऊपर उठाता है, धीमी आवाज़ में कहता है, "रौनी साहब, देखकर चला कीजिए, आपकी उँगली टूट चुकी है। अभी प्लास्टर करो लें। सुबह तक हाथ मटका बन जायेगा। अगली बार गिरेंगे तो टाँग भी टूट सकती है।"

मैनेजर रौनी से माफ़ी माँगता है कि फ़र्श की फिसलन की वजह से वह नीचे गिर गया। अपने सहायक को बुलाकर कहता है कि होटल की गाड़ी में रौनी साहब और उसके दोस्त को हस्पताल छोड़ आये।

रौनी चुप है। उसके चेहरे से साफ़ पता चल रहा है कि वह पुलिस में रिपोर्ट नहीं करेगा। सब लोग इस कांस्प्रेसी में हिस्सा लेंगे कि उसने बहुत पी रखी थी, पैर फिसल गया, नीचे गिर गया और उसकी उँगली टूट गयी। आरती आज शरारती ग़ज़लों के मूड में है। ग़ालिब साहब को छेड़ रही है।

बना है शाह का मुसाहिब, फिरे है इतराता...

डोरमैन रौनी और उसके दोस्तों को बाहर लिवाये जा रहा है। आरती आवाज़ कसती है...*फिरे है इतराता...'*

राधा का चेहरा सफ़ेद पड़ चुका है। मुझे घूरे जा रही है। कहती है, "यू आर अ वायलेंट मैन। उसकी उँगली क्यों तोड़ दी?"

वर्मा मुझे अच्छी तरह जानता है। उसे पता है जब गुस्से में होता हूँ, किसी को नहीं बख़्शता। जवाब वही देता है, "देखो, सन्तोष ने ठीक ही किया है। वह आदमी सीन क्रिएट कर रहा था। भट्टी बीच में कूद पड़ता तो पता नहीं क्या होता? जब समझाने के सब तरीक़े ख़त्म हो जायें तो आदमी को वायलेंट हो जाना चाहिए।"

राधा को अपनी ग़लती का अहसास हो जाता है। लेकिन डरी हुई अब भी है, "कहीं कल वे लोग सन्तोष के साथ कुछ कर न बैठें!"

भट्टी उसे डाँटता है, "फ़िक्र मत करो। कल तक ये लोग यह शहर छोड़ जायेंगे।"

मेरा जिस्म फिर ज़ोर–से काँपता है।

"आज डिनर रहने दो। सन्तोष का फ़ीवर बढ़ रहा है।"

"बढ़ रहा है तो उतर जायेगा। खाना तो यहीं खायेंगे।"

आर्केस्ट्रा तेज़ धुन के साथ बजता है, फिर बन्द हो जाता है। अपने–अपने साज़ सब लोग सँभालते हैं। आरती और उसका पति हमारी मेज़ पर आ जाते हैं। वेटर स्काच की बोतल ले आता है। आरती मुझसे कहती है, "थैंक्स सन्तोष, दैट बास्टर्ड नीडिड सच लैसन।"

मैनेजर को भी मैं बुला लेता हूँ। राधा और जूही के गिलास में भी थोड़ी–थोड़ी स्काच डाली जाती है। मैं न में सिर हिलाता हूँ। भट्टी डाँटता है, "थोड़ी–सी ले ले। बुख़ार या स्काच से कभी कोई मरता नहीं। दिस क्यूट डॉक्टर बिल लुक आफ़्टर यू दिस नाइट।"

वर्मा सब वेटर्ज़ को मेज़ के पास बुलाता है। पन्द्रह–सोलह वेटर लाइन में खड़े हो जाते हैं। वह हरेक को दस रुपये टिप देता है। सारा माहौल हल्का हो जाता है। हाल में बैठे बाक़ी लोग भी खाने के बाद हमारी मेज़ के पास आते हैं। मुझे और राधा को बैस्ट विशेज़ देते हैं। इतने सारे लोगों की बधाई और हमारे सुख में शरीक होना राधा के चेहरे पर गर्वीली मुसकान ले आते हैं। उसने अपना सिर मेरे कन्धे पर रखा हुआ है। मैं कहता हूँ, "उठें?"

वह कहती है, "अभी नहीं!"

वर्मा कॉफ़ी का आर्डर देता है।

वह मैनेजर से कहती है, "ज़रा स्टेशन पर फ़ोन करके पूछें, नीचे से आने वाली गाड़ी पहुँच गयी कि नहीं?"

"क्यों? किसी ने आना है क्या?" मैं हैरान होता हूँ।

"औरतों से सब बातों का कारण नहीं पूछा जाता।" वह मुझे सलाह देती है।

मैनेजर आकर बताता है कि गाड़ी आये आधा घण्टा हो गया। वह आश्वस्त होकर कहती है, "ठीक है।"

सब लोग कॉफ़ी ख़त्म करते हैं। तभी बाहर मोटरसाइकिल रुकने की आवाज़ आती है। भट्टी कहता है, "कहीं मुझे बुलाने कोई डिस्पैच राइडर न आया हो।"

"नहीं, आपको बुलाने कोई नहीं आ रहा।" राधा ने जवाब दिया।

हम सब हैरान हैं कि वह इतनी रहस्यमयी क्यों हो रही है? गवर्नर साहब का ए.डी.सी कैप्टन सिंह अन्दर आता है। हम सबको वश करने के बाद राधा को बताता है, "मैडम, आपकी चीज़ आ गयी।"

फिर वह राधा की उँगली में पड़ी अँगूठी देखता है और मुझे कहता है, "सन्तोष, एक डबल लार्ज पिलाओगे तो कांग्रेट्स दूँगा।"

वेटर भरा हुआ गिलास लाता है। कैप्टन सिंह 'बड़ी सदी है' का बहाना बनाकर एक ही लम्बे घूँट में ख़त्म कर देता है। हम जाने के लिए उठते हैं। सारे के सारे वेटर दरवाज़े के पास खड़े होकर राधा को विश करते हैं। डोरमैन पैर ठोककर उसे सलाम बजाता है। भट्टी उसे छेड़ता है, "क्यों, रम की बोतल चलेगी या टिप?"

डोरमैन जवाब में सिर झुकाकर मुसकराता है। वर्मा उसे दस का नोट देता है। भट्टी कहता है कि उसका अर्दली कल रम की बोतल दे जायेगा।

बाहर चमचमाता बुलेट का डीलक्स मॉडल खड़ा है। मैं सिंह से पूछता हूँ, "नयी मोटरसाइकिल कब ली?"

"मेरी नहीं है, आपके लिए राधा मैडम ने मँगवाई है। रवि साहब को इन्होंने रुपये दिये थे। उन्होंने नीचे से भिजवाई है।"

राधा किसी डिटेक्टिव की तरह मुसकरा रही है। भट्टी मुझे छेड़ता है, "साले, थैंक्स तो कर। शुक्र है, अब मेरी मोटरसाइकिल का नास तो नहीं मारेगा।"

मैं राधा का माथा होंठों से छूकर कहता हूँ, 'इसकी क्या ज़रूरत थी?"

वह हीरे की अँगूठी डली उँगली आगे बढ़ाकर कहती है, "इसकी क्या ज़रूरत थी?"

राधा मोटरसाइकिल पर बैठती है। मैं ऊपर बैठकर किक लगाता हूँ। हाफ़ किक में स्टार्ट हो जाती है। सबको 'गुडनाइट' कहकर मैं थ्राटल घुमा देता हूँ।

"तुम्हारे घर या मेरे कमरे में।"

"मेरे घर।" वह मेरी कमर को दोनों बाँहों में जकड़कर कहती है।

घर पहुँचने पर वह सबसे पहले थर्मामीटर से मेरा बुख़ार देखती है।

"कितना है?"

"अबव फ़ोर।"

सारे दिन की थकान एक जगह जमा होकर छाती पर चट्टान की तरह बैठ जाती है। बिना कपड़े बदले लेट जाता हूँ। वह कमरे में घबराई–सी खड़ी है, कुछ सोचती हुई।

"डॉ. मनोचा को बुला लाऊँ? इतना बुख़ार तो नहीं होना चाहिए।"

"तुम पगला गयी हो क्या? अच्छी डॉक्टर हो। बुख़ार का इलाज नहीं कर सकतीं? लगभग सारा दिन खड़ा रहा हूँ। थकान से है।"

वह मेरे पास पलंग पर बैठ गयी है। एक–एक करके मेरे कपड़े उतारती है। मुझे उल्टा होकर लेटने के लिए कहती है। कन्धों पर हाथ लगाती है तो दर्द होता है। 'सी' की आवाज़ निकलती है।

"आराम से पड़े रहो। मैं मालिश कर देती हूँ।"

उसकी उँगलियाँ जैसे सोखकर धीरे–धीरे दर्द और थकान बाहर खींच रही हैं। जिस्म का हल्का होना शुरू हो गया है। छोटी–छोटी सनसनाहटें टाँगों में बज रही हैं।

उसका हाथ पकड़कर कहता हूँ, "अब आ जाओ न।"

"बदमाश, हमेशा एक ही बात सूझती है। आराम से पड़ा रह।"

वह कपड़े उतारकर मेरे पास लेटी है। हर अंग को छूती है, मलती है और थकान को सोखती जाती है। मुझे अब नींद आनी शुरू हो रही है।

सोने से पहले उससे पूछता हूँ, "मोटरसाइकिल इतनी जल्दी नीचे से कैसे आ गयी? अभी तो रवि वहाँ पहुँचा ही है।"

"उसने कुछ दिन पहले यहाँ से फ़ोन कर दिया था। वहाँ का डीलर उसे जानता है। उसने ट्रेन से रवि के वहाँ पहुँचने से पहले ही भेज दिया।"

"बहुत रुपये लग गये। फालतू पैसे हैं क्या?"

"हाँ, हैं! दस साल से पे बैंक में जमा हो रही है। घर का ख़र्चा तो थोड़ी–बहुत प्राइवेट प्रैक्टिस से चल जाता है।"

"फिर भी..."

"देखो, सो जाओ। इस वक़्त तुम किसी एकाउंटेंट की तरह बातें कर रहे हो।"

वह करवट बदलती है, उसकी पीठ मेरी ओर है।

"पहले गुडनाइट किस दो। नहीं तो मैं सोता नहीं।"

वह मेरी ओर मुड़ती है।

"बस इससे आगे कुछ नहीं। प्रामिस?"

मैं हाँ में सिर हिलाता हूँ। उसके होंठों पर होंठ रखता हूँ। वह मुँह परे करना चाहती है। उसके निचले होंठ हल्के–से दाँतों में दबा लेता हूँ। थकान की चट्टान छाती से नीचे लुढ़क जाती है। वह मेरे बालों में उँगलियाँ फेर रही है। गर्दन की किसी नस–विशेष को अँगूठे से दबा रही है और इससे पहले कि गोल्डन ब्रिज पर मैं चलना शुरू करूँ, सो जाता हूँ।

जब तक बुख़ार नहीं उतरा, मैं राधा के पास ही रहा।

अब बहुत सारी बातें एक साथ हो गयीं। मेरी निक्की से दोस्ती हो गयी। राधा की यहाँ से पन्द्रह मील दूर जगह पर बदली हो गयी। रवि की माँ ने पूछा कि क्या ट्रांसफर रुकवानी है, लेकिन हम दोनों ने फ़ैसला किया कि कुछ अर्सा शहर से दूर गुज़ारने में कोई हर्ज़ नहीं। फिर निक्की के नज़दीक आने का, उसका विश्वास जीतने का समय वहाँ पर और अधिक मिलेगा। राधा, रानी की कोठी में रहेगी। मैं शुरू में वहीं पास के डाक–बँगले में रहूँगा। हम दोनों को निश्चय था कि निक्की अपने आप मुझे साथ कोठी में रहने को कहेगी।

उस रविवार राधा की एमरजेंसी ड्यूटी थी। निक्की को लेने मैं ही स्कूल गया। चमचमाती मोटरसाइकिल को देखकर उसने किलकारी मारी। बाकी बच्चे भी और उनके माँ–बाप प्रशंसायुक्त निगाहों से नयी मोटरसाइकिल देख रहे थे। यहाँ, पहाड़ी शहरों–स्थानों में, इक्का–दुक्का मोटरसाइकल दिखाई दिया करती है। निक्की ने पूछा था तो उसे झूठ बोला था कि मैंने ख़रीदी है। कैसे बताता कि उसकी माँ ने दी है?

शाम को उसने माँ की नयी हीरे की अँगूठी के बारे में पूछा था। राधा ने झूठ बोला था कि पुरानी है, लॉकर से निकाली है। कैसे बताती कि मैंने दी थी?

वह मोटरसाइकिल का हैंडल पकड़कर सारा रास्ता चलाती आयी थी। सिर्फ़ थोड़ी देर के लिए हम लोग हस्पताल गये थे। मैंने निक्की को रास्ते में ही बता दिया था कि उसे आज स्केटिंग रिंक ले जाऊँगा। उसने राधा से जल्दी–जल्दी 'हैलो' की। तय हुआ कि शाम को चार बजे ड्यूटी ख़त्म करके राधा रवि के घर पहुँच जायेगी। हम दोनों उसे वहीं मिलेंगे। पहले निक्की को मैं अपने कमरे में ले गया। मोटरसाइकिल मकान के नीचे पहुँचते

ही किशन ने दुकान से नीचे उतरकर हम दोनों का स्वागत किया। निक्की से चाय–कॉफ़ी के लिए पूछा। निक्की ने कॉफ़ी के लिए कहा। जब किशन ने दोनों पैर पटाख़–से जोड़कर 'यस मैडम' कहा तो निक्की खुलकर हँसी थी। कमरे में पहुँचकर उसने किशन की तारीफ़ की। मैंने उसे बताया कि किशन मेरा दोस्त है।

करीने से लगी हर चीज़ को उसने तारीफ़ी आँखों से देखा। टेप–रिकार्डर पर उसकी निगाह पड़ गयी। पूछा, चलाये? मैंने बहुत सारे कैसेट उसके सामने रख दिये कि वह चुनाव कर ले।

किशन का नौकर शेव के लिए गर्म पानी रख जाता है। मैं वहीं कमरे में बैठकर शेव शुरू करता हूँ। निक्की जब कैसेट चुन लेती है तो उसे सिखाता हूँ कि कैसे लगाया जाता है।

वह बड़े ध्यान से मुझे शेव करता देख रही है। पूछती है, "ब्लेड चुभता नहीं?"

"क्यों, किसी को शेव करते देखा नहीं?"

"नो, हमारे स्कूल की नन्ज कभी शेव नहीं करतीं।" वह मज़ाक़ करती है।

कॉफ़ी आ जाती है। मैं साथ–साथ तैयार होना शुरू करता हूँ। कपड़ों की अलमारी खोलकर निक्की से पूछता हूँ कि कौन–सा पुलोवर पहनूँ? वह मैरून रंग के हाई–नैक पुलोवर को हैंगर से उतारती है।

मैं पहले सिर डालता था। पुलोवर थोड़ा–सा फँस जाता है। वह इसे सिर से उतारकर कहती है, "सिल्ली। पहले बाँहें डाली जाती हैं, फिर सिर में नहीं फँसता।" यह बात वह बड़े अधिकार के साथ मुझे कहती है। बच्चों पर जितना निर्भर किया जाये, वे उतना ही नज़दीक आते हैं।

मैं कपड़े पहन लेता हूँ। कसकर बालों में कंघी करता हूँ। वह बिल्कुल राधा की तरह हाथ से मेरे बाल ऊपर उठाती है। बिल्कुल राधा की तरह कहती है, "लड़कियों की तरह इतना कसकर कंघी क्यों करते हो? थोड़ा उठे हुए बाल अच्छे लगते हैं।"

मैं उसे छेड़ता हूँ 'यस मम्मी', और हम खुलकर हँसते हैं। मैं पूछता हूँ पैदल कि मोटरसाइकिल पर? वह कहती है, पैदल। छुट्टी वाले दिन स्केटिंग रिंक में सुबह के वक़्त छोटे बच्चे ही होते हैं। निक्की के साइज़ के लोहे के बूट निकालकर मैं उसे पहनाता हूँ। समझाता हूँ कि चलना तो स्केट्स पर है, लेकिन शरीर को बाँहों के बल पर बैलेंस करना है।

हाल के दो राउंड मैं उसके साथ चलकर लगवाता हूँ। मेरे हाथ को पकड़े होने की वजह से वह आराम से स्केट्स पर चल रही है। उसकी टाँगों का, शरीर का तनाव मैं महसूस कर रहा हूँ।

"बी नार्मल, नेचुरल निक्की। लैट योर बाडी लूज।"

वह शरीर ढीला छोड़ती है, उसकी मूवमेंट में कुछ सहजता आ जाती है। वह दनदनाकर दौड़ते हुए बच्चों को बड़ी हसरत–भरी आँखों से देख रही है।

"तुम भी दो–तीन बार के बाद ऐसे ही दौड़ोगी।"

वह जवाब में मुसकरा देती है। दस–बारह साल का एक लड़का हमारे पास आता है।

"आई विल हैल्प योर डाटर सर।" 'डाटर' शब्द सुनकर निक्की का चेहरा तन जाता है। मैं उसका कन्धा थपथपाता हूँ।

"थैंक्स सन्नी।"

वह लड़का निक्की का हाथ पकड़कर स्केटिंग शुरू कर देता है। मैं रेलिंग के साथ खड़ा होकर सिगरेट लगाता हूँ। तो क्या निक्की किसी भी मर्द की बेटी बनने से हमेशा–हमेशा के लिए घृणा करती रहेगी? सोचा था, मेरी दोस्त बन गयी है। अब जल्दी ही इसे जो सच है, बता दूँगा। लेकिन मेरी छठी इन्द्री; जो ख़तरा–सूचक है, बताती है, अभी नहीं। नहीं, जल्दी मत करो।

वह लड़का और निक्की हाल में तेज़–तेज़ चक्कर काट रहे हैं। दोनों में कोई बहस चल रही है। लड़का न की मुद्रा में सिर हिलाये जा रहा है। फिर वह निक्की को मेरे पास ले आता है। मैं पूछता हूँ कि क्या बहस हो रही है?

लड़का बताता है, "सर, शी वांट्स टु डू इट अलोन।"

जवाब निक्की देती है, "तुम भी तो अकेले स्केटिंग करते हो।"

"मैं यहाँ का जूनियर्ज़ चैम्पियन हूँ।" लड़का गर्दन टेढ़ी करके कहता है।

मैं उन दोनों को स्केट्स खोलने के लिए कहता हूँ। थक गये होंगे। पहले कुछ कोल्ड ले लें। मैं उन दोनों के लिए पाइन एपल के टिन लाता हूँ। लड़का 'थैंक्स' करके सिप करना शुरू कर देता है।

"सन्तोष, मैं अकेले स्केटिंग करूँगी।"

लड़का हैरानी से इस छोटी–सी लड़की को देख रहा है जो इतने बड़े

आदमी को नाम लेकर बुलाती है। उसे पता चल जाता है कि मैं निक्की का पिता नहीं। वह और अधिक फ़ार्मल दिखने लगता है।

"मुझसे क्यों पूछती हो? इस चैम्पियन से गाइडेंस लो न।"

लड़का फिर से ख़ुश दिखने लगता है, "इट्स टू अर्ली। अभी तो थोड़े दिन और प्रैक्टिस करनी चाहिए।"

निक्की ज़िद में है, "नो, आई विल डू इट अलोन।"

मैं बीच–बचाव करता हूँ, "ओ के, डोंट फ़ाइट। तुम बीच–बीच में थोड़ी देर के लिए इसका हाथ छोड़ देना।" मैं लड़के को सलाह देता हूँ। वह एक प्रोफ़ेशनल की तरह मुझे झुँझलाहट भरी आँखों से देखता है, "ओ के।"

दोनों फिर से लोहे के बूट पहन लेते हैं। हाल के बीचोंबीच पहुँचते हैं। लड़का उसे समझा रहा है कि किस तरह शरीर का कोण थोड़ा–सा बदलकर घूमा जा सकता है। निक्की जब रेलिंग के पास पहुँचती है तो लड़का उसका कन्धा दबाकर उसे गोलाकार घुमा देता है। अब थोड़े–थोड़े वक़्त के लिए वह उसका हाथ छोड़ रहा है। निक्की के कटे बाल बार–बार आँखों में पड़ रहे हैं। इन्हें हाथ से पीछे करती है तो उसका बैलेंस बिगड़ जाता है। लड़का उसे पकड़कर रोकता है। अपने गले से स्कार्फ़ खोलकर उसके बाल पीछे करके बाँध देता है। हाथ हिलाकर जूनियर्ज़ चैम्पियन की प्रशंसा करता हूँ।

अब निक्की तेज़–तेज़ घूम रही है। लेकिन मोड़ काटते वक़्त उसका बैलेंस थोड़ा बिगड़ जाता है। लड़का एक ओर झुककर उसे समझाता है कि गति कैसे भंग की जाती है। निक्की बेसब्री से हाँ में सिर हिला रही है। हर नये सीखने वाले की तरह गति के रोमांच ने उसे बाँध लिया है। वह फिर लड़के से कुछ कहती है। वह चिढ़ गया है। मेरे पास आकर रेलिंग पकड़कर रुक गया है। शिकायत करता है, "शी इज़ वैरी इम्पेशेंट। शी कैन नैवर बिकम अ चैम्पियन।"

मैं हाँ में सिर हिलाकर लड़के को ख़ुश करता हूँ। अब निक्की धीरे–धीरे अपने आप हाल में चक्कर काट रही है। वह गति पकड़ती जा रही है। मोड़ काटने से पहले हम दोनों को विजयी मुद्रा से देखती है और हिलाने के लिए हाथ उठाती है। लड़के का शरीर तन जाता है। वह चीख़कर कहता है, "लुक आउट।" हाथ उठाने की वजह से निक्की के शरीर का

बैलेंस बिगड़ गया है। वह एक ओर झुक गयी है। लड़का शरीर नीचे झुकाता है, जर्क देकर स्टार्ट लेता है, निक्की को पकड़ने के लिए आगे बढ़ता है। तब तक वह टेढ़ी होकर रेलिंग के पास पहुँच गयी है। रेलिंग पकड़ने के लिए हाथ खोलती है, रेलिंग पर उसका हाथ पड़ता है, लेकिन कलाई सारे जिस्म का बोझ सँभाल नहीं पाती। झटके के साथ हाथ रेलिंग से झिटक जाता है। मैं जानता हूँ या उसकी कलाई टूट गयी है, नहीं तो मोच तो ज़रूर आ गयी होगी।

वह नीचे गिर गयी है। मैं उसे उठाता हूँ। लड़का उसके स्केट्स खोलता है। उसके चेहरे पर 'मैंने कहा था न' वाला गुस्सा है।

निक्की की कलाई थोड़ी टेढ़ी है। लड़का हाथ मलकर देखता है, "नहीं, टूटी नहीं, बट इट्स स्प्रैड।"

निक्की का चेहरा दर्द के मारे सफ़ेद पड़ गया है। आँखों में पानी भर आया है। मैं उसे बहुत हौसला देकर कमज़ोर नहीं करना चाहता, "इट्स नथिंग। थोड़ा दर्द तो होगा ही।"

लड़का भागकर बाहर गया है। कैमिस्ट से क्रेप बैंडेज और दर्द दूर करने की गोली ले आया है। जब निक्की गोली खाने से इनकार करती है तो वह एक चैम्पियन की तरह उसे डाँटकर 'टेक इट' कहता है। फिर वह उसकी कलाई पर क्रेप बैंडेज बाँध देता है। हम दोनों को नीचे सड़क तक छोड़ने आता है। मैं उससे उसका नाम पूछता हूँ। वह हर्ट दिखाई देता है, "हैवंट यू सीन माई फ़ोटोग्राफ़ इन द पेपर? आई एम जूनियर्ज़ चैम्पियन संदीप शर्मा।"

निक्की अपना पट्टीवाला हाथ उठाकर उसे बाय करती है। लड़का जवाब में कहता है, "होप टु सी यू नैक्स्ट संडे।"

सड़क पर आठ–दस जान–पहचान वालों ने पूछा कि बच्ची को क्या हुआ। इतना महत्त्व मिलने पर निक्की अब गर्व के साथ हाथ पर बँधी पट्टी को देख रही है। लेकिन वह बार–बार अपने होंठों को दाँतों से दबाती है। जानता हूँ, दर्द की लहरें उठ रही होंगी। उससे बताता हूँ कि अंग्रेज़ी इलाज करवायेगी तो हो सकता है हाथ पर प्लास्टर लगे। मालिशवाले से जल्दी ठीक हो जायेगा।

"मालिशवाला क्या बाँधेगा? दर्द होगा क्या?"

"बाँधेगा कुछ नहीं। दर्द तो होगा ही। तेल से मालिश करके ठीक कर देगा।"

वह कहती है कि मालिशवाले के पास ही चला जाये। हम कमरे में लौटते हैं। किशन को सारी बात बताता हूँ। उसका भी ख़याल है कि मालिश ठीक रहेगी। वह हड्‌डी चढ़ानेवाले बूढ़े पहाड़िये को कमरे में ले आता है। बूढ़े ने लाल पट्‌टीवाली टोपी पहन रखी है। निक्की की कलाई से पट्‌टी उतारता है। उँगलियों के पोरों से टोहकर कलाई देखता है। कहता है, कुछ नहीं हुआ। धीरे–धीरे उसकी कलाई पर हाथ फेरता है।

"मलने से हाथ ठीक हो जाता है क्या?" निक्की पूछती है।

वह बताता है, "तुम्हारा हाथ तो छोटा–सा है। मैं तो मलकर घोड़ों की टूटी टाँगें जोड़ देता हूँ।"

फिर वह उसे कहानी सुनाने लग पड़ता है कि कैसे एक घोड़े का पाँव फिसला था। घोड़ा नीचे गिरा था। उसकी टाँग टूट गयी थी। अब घोड़ा कोई निक्की जितना हल्का–फुल्का तो नहीं कि उसे उठा लिया जाये... निक्की का ध्यान बँट गया है। मैं और किशन जानते हैं कि वह झटका देकर कलाई ठीक करेगा। उस वक़्त तो बेहद दर्द होगा।

"फिर आपने क्या किया?" निक्की की उत्सुकता बढ़ गयी है।

उसने बताया कि वह घोड़े के पास बैठ गया। उसने मुझे और किशन को इशारा किया। किशन ने झपटकर निक्की की टाँगें पकड़ लीं। मैंने गले में हाथ डालकर उसके शरीर को थाम लिया। बूढ़े ने झटका दिया। निक्की ज़मीन से उछली। गले के क़ैदख़ाने को तोड़कर चीख़ बुलन्द हुई। आवाज़ बन्द दरवाज़ों से टकराई और खिड़की के रास्ते बाहर निकल गयी।

निक्की बेहोश हो गयी है। मुझे घबराया देखकर किशन हौसला बँधाता है कि कुछ नहीं हुआ। बूढ़ा निक्की की कलाई पर पुल्टिस का लेप करता है और फिर पट्‌टी लपेट देता है। किशन को हल्दी डालकर गर्म दूध लाने को कहता है। किशन खिड़की से आवाज़ देकर दूध मँगवा लेता है। निक्की आँखें खोलती है। हल्दी वाला दूध देखकर नाक चढ़ाती है।

"टेक इट।" मैं सख़्त आवाज़ में कहता हूँ। वह दूध ख़त्म कर देती है। जब कोई शारीरिक कष्ट हो तो किसी की सहानुभूति हमें और भी कमज़ोर बना देती है। और फिर मैं निक्की को ग्रोन–अप की तरह ही ट्रीट कर रहा हूँ, करना चाहता हूँ।

बूढ़ा उसे हाथ हिलाने के लिए कहता है। निक्की डरती है। मेरी ओर देखती है। सहानुभूति की कोई उम्मीद नहीं मिलती। हाथ हिलाती है। बड़ी हैरान होकर कहती है, "दर्द तो हो ही नहीं रहा।"

बूढ़ा बताता है, कल तक सोज़िश भी उतर जायेगी।

मैं उसे बाथरूम ले जाता हूँ। मुँह धुलवाता हूँ। उसके बालों पर कंघी करता हूँ, कसकर। वह तुनककर कहती है, "मेरे बाल भी बिगाड़ दिये न? कितनी बार समझाऊँ कि कसकर कंघी नहीं करते।"

मैं उसको सुबह की तरह 'सारी मम्मी' कहता हूँ। हम दोनों क़हक़हा लगाते हैं।

मैं उससे पूछता हूँ कि लंच होटल में करें या रवि के घर? उसे अचानक कुछ याद आता है, "रवि के। उसके पापा से आज मिलने का प्रामिस किया था। फिर उन्होंने एक चीज़ देनी है।"

मेरे 'क्या चीज़' पूछने पर निक्की इनकार में सिर हिलाती है। मैं उसे मोबाइक पर आगे बिठाकर रवि के घर पहुँचाता हूँ।

माँ उसके हाथ पर पट्टी बँधी देखकर सारी बात पूछती हैं। निक्की बढ़ा–चढ़ाकर मालिश का क़िस्सा सुनाती है। वे मुझसे पूछती हैं कि राधा को निक्की को चोट लगने का पता है? मेरे न कहने पर वे डाँटती है, "तुम्हें इसे राधा के पास ले जाना चाहिए था। डॉक्टर लोग मालिश–वालिश में फ़ेथ नहीं रखते।"

हाँ, वे ठीक कह रही हैं। मुझे राधा के पास ही जाना चाहिए था। लेकिन क्यों? मैं क्या निक्की का पिता बनने नहीं जा रहा? हर बात के लिए राधा से पूछना क्योंकर ज़रूरी है?

कैप्टन सिंह बताता है कि बड़े साहब अभी बाहर आ जायेंगे। विरोधी दल के नेता के शिकवे सुन रहे हैं। फिर वह सलाह देता है कि निक्की को थोड़ी–सी ब्रांडी देनी चाहिए। वे हाँ करती हैं। मुझसे बीयर के लिए पूछता है। मैं न करता हूँ।

तभी जनरल साहब बाहर आ जाते हैं। निक्की भागकर उनके पास जाती है। वह उसे ऊपर उठाने के लिए हाथ बढ़ाते हैं, पट्टी देखते हैं, नीचे झुककर उसके दोनों गालों पर चुम्मा लेते हैं।

उनकी मूँछें उसकी गाल पर चुभती हैं, हाथ से मलकर कहती है, "बड़ी टिकली–टिकती होती है।"

वह पत्नी की ओर देखकर कहते हैं, "रवि की माँ भी यही कहती है।"

हम सब हँसते हैं। जनरल साहब को 'शर्म नहीं आती' की मीठी डाँट पड़ती है। फिर वह निक्की से हाथ पर चोट लगने की सारी बात सुनते हैं। जब वह बताती है कि बिल्कुल नहीं रोयी तो उसका कन्धा थपथपाते हैं। मालिशवाले की बात निक्की ख़ूब चस्के लेकर सुनाती है। वे मुझे कहते हैं, "तुमने अच्छा किया। प्लास्टर के चक्कर में नहीं पड़ना चाहिए।"

वह बीयर लेते हैं, निक्की ब्रांडी। हम दोनों से वे दोनों चीयर्ज़ कहने से इनकार करते हैं।

"सुना है, कल बहुत बड़ी गेम जीते?"

मैं हाँ में सिर हिलाता हूँ। जानता हूँ, कैप्टन सिंह ने उन्हें सब कुछ बता दिया होगा।

"झगड़ा किस बात पर हुआ? सिंह बता रहा है उस आदमी की उँगली तुमने तोड़ दी।"

मैं सफ़ाई देता हूँ कि वह आदमी फ़र्श पर फिसल गया था।

वे कहते हैं, "अच्छा। सेसिलवालों ने फ़र्श पर कालीन बिछाना बन्द कर दिया है क्या?"

निक्की सारी बात सुनकर मुझे पूछती है, "आर यू अ गैम्बलर?" उसकी आँखों में मेरे लिए नयी तरह का मान है। जानता हूँ, किसी वेस्ट्रन के गैम्बलर नायक से मुझे मिला रही है।

"मेरी चीज़ आयी है?" निक्की पूछती है।

"कौन–सी चीज़?" वह छेड़ते हैं।

"मैं नहीं बोलती। आप प्रामिस करके भूल जाते हैं।"

वे उसके बालों पर हाथ फेरकर कहते हैं कि अपनी बिटिया से किया प्रामस वे कैसे भूल सकते हैं। हम सबको बाहर लान में आने के लिए कहते हैं। सिंह एक टोकरी वहाँ लाता है। ऊपर से कवर हटाता है। छोटे से पप की 'कूँ–कूँ' की आवाज़ आती है।

निक्की उसका मुँह ऊपर उठाकर देखती है। शिकायत करती है, "इसके दो दाँत तो टेढ़े हैं।"

वह बताते हैं कि बुलडाग है। इसके दाँत ऐसे ही होते हैं। निक्की के क्यों पूछने पर समझाते हैं कि इन टेढ़े दाँतों से बुलडाग जब किसी

को पकड़ ले तो छोड़ता नहीं। दाँतों की बनावट ऐसी है कि टेढ़े होकर अन्दर घुसते हैं और फँस जाते हैं।

कैप्टन सिंह टोकरी के नीचे से दूध पीने वाली बोतल निकालकर देता है। निक्की पप के मुँह में निप्पल डालती है। वह निक्की को आँखें खोलकर देखता है, आश्वस्त हो जाता है, दो–चार घूँट पीकर आँखें बन्द कर लेता है।

"यह तो सो गया।" वह शिकायत करती है।

वे बताते हैं कि बुलडाग आमतौर पर दिन के वक़्त ख़ूब सोता है। फिर रात–भर जागता है। इसके नाम को लेकर काफ़ी बहस होती है। आख़िरकार 'ब्रांडी' नाम पर समझौता होता है।

लंच के बाद निक्की बाहर लान में ब्रांडी से खेल रही है। वे कहते हैं, "अब तक तो निक्की तुम्हारे काफ़ी क्लोज़ आ गयी है। उसे कब बताना है?"

मैं कहता हूँ कि अभी तो हम दोस्त बने हैं। उसे मेरा साथ शायद इसलिए अच्छा लग रहा है कि पहली बार पुरुष के संसर्ग में आयी है, लेकिन अभी कुछ बताना क्या बहुत जल्दी नहीं होगा? माँ मेरे से सहमत हैं। उसका ख़याल है कि जल्दी कौन–सी आन पड़ी है? फिर राधा अपनी बेटी को हम सबसे ज़्यादा जानती है। वह जब ठीक समझेगी तब निक्की को सब कुछ बता देगी।

हस्पताल से राधा सीधी यहाँ पहुँचती है। हम सब लान की कोसी धूप में बैठे चाय पी रहे हैं। वह किसी को भी विश करने से पहले निक्की के हाथ पर बँधी पट्टी देखती है।

"क्या हुआ?"

मैं बताता हूँ निक्की को स्केटिंग सिखा रहा था, गिर गयी, मोच आ गयी। उसका होंठों के कोने वाला दाँत चमकता है। आँखों का रंग बतलाता है, सख़्त आवाज़ में कहती है, "इसे मारना है क्या? कभी मोबाइक चलवाते हो, कभी स्केटिंग। फिर मुझे क्यों नहीं ख़बर की?"

'इसे मारना है' सुनकर मुझे पता चलता है कि अभी तो माँ को मुझ पर विश्वास नहीं हुआ, बेटी की बात तो दूर है। हाथ में सनसन हो रही है। ऐसी वाहियात बात का जवाब मुँह से नहीं, हाथ से देने को कर रहा है। निक्की बात सँभालती है।

"डोंट मी सिस्सी मम्मा। कभी सुना है कि कोई स्केटिंग सीखने से मरा हो? आयम ओ के। यू शुड से सारी।"

राधा देखती है कि हम सब उसके विरोधी पक्ष में हैं। वे उसे कहते हैं, "बच्चों को काँचघर में नहीं रखना चाहिए। लेट हर ग्रो–अप लाइक अ नार्मल चाइल्ड।"

निक्की अब मेरे पास आ बैठी है। मुझे मनाती है, "मम्मा ऑलवेज़ शाउट्स। गैट यूज़्ड टू इट लाइक मी। फिर मैंने तो कुछ नहीं कहा न। नाउ स्माइल!"

मैं उसका सिर अपने सीने से लगा लेता हूँ। राधा अपने कहे पर शर्मिन्दा है। मुझसे आँखों–आँखों में माफ़ी माँगती है। निक्की उसे ब्रांडी दिखाती है। बताती है, इन्होंने दिया है। वे राधा को समझाते हैं कि कुत्ते की देखभाल कैसे करनी है। बताते हैं, बहुत फ़ीराशास ब्रीड है! सात–आठ महीने में बड़ा हो जायेगा। कुत्ते को जितना बाँधकर रखा जाये उतना गुस्सेवाला बनेगा।

तब राधा बताती है कि उसकी यहाँ से ट्रांसफ़र हो गयी है, पन्द्रह मील दूर क़स्बे में। रानी की कोठी में डिस्पेंसरी है और रहने की जगह भी।

वे बताते हैं कि यह जगह उन्होंने देखी हुई है। वहाँ गोल्फ़ कोर्स है। कई बार खेलने गये हैं। बहुत अच्छा डाकबँगला भी वहाँ है। फ़िल्मों वाले अक्सर शूटिंग के लिए वहाँ जाते हैं।

माँ कहती है कि ट्रांसफर अगर राधा चाहे तो कैन्सिल हो सकती है। राधा कहती है, नहीं। कुछ दिन शहर से दूर रहने का मन कर रहा है। फिर निक्की से सलाह माँगती है। बच्ची नयी जगह जाने के, देखने के, रहने के जोश में है। कहती है वहाँ जायेंगे। फिर मुझसे पूछती है, "सन्तोष, आप वहाँ मेरे पास रहोगे न? मुझे गोल्फ़ सिखाना। विंटर–ब्रेक में ख़ूब घूमेंगे।"

रवि की माँ निक्की को जवाब देती हैं, "हाँ–हाँ, सन्तोष के लिए डाक बँगले में कमरा बुक हो जायेगा। यह कौन–सी कोई नौकरी करता है? वहाँ रहकर तुम्हें मिल भी लिया करेगा और अपना लिखने का काम भी आराम से कर लेगा।"

राधा और मैं मुसकराते हैं। माँ ज़मानाशनास है। कैसी आसानी से मेरे राधा के क़रीब रहने का रास्ता खोज लिया है।

वे मुझे कहते हैं कि भट्टी को ट्रांसफर की बात बता दूँ। वह कुछ जवान भेज देगा। वे लोग सारी शिफ़्टिंग कर देंगे।

फिर वे निक्की से वायदा लेते हैं कि एक संडे मम्मी के पास रहेगी, एक उनके पास।

राधा कहती है कि निक्की आज स्कूल वापिस न जाये तो ठीक रहेगा। हो सकता है रात को दर्द बढ़ जाये। फिर वह एक्स–रे भी कल सुबह ले लेगी। माँ कहती है कि वह फ़ोन कर देगी। राधा मुझे उठने का इशारा करती है। वे लोग रात के खाने के लिए ज़ोर देते हैं, लेकिन हम इनकार करते हैं।

राधा और निक्की पीछे बैठती हैं। निक्की से पूछता हूँ, खाना कहाँ खाना है? होटल में या घर? वह कहती है घर ही खायेंगे।

"क्या तुम्हारी मम्मा खाना बना लेती है?"

राधा जवाब में मेरी पीठ पर मुक्का मारती है।

मैं और निक्की बैठक में बैठे हैं। राधा रसोई में है। अचानक रसोई से चीख़ की आवाज़ आती है। मैं दो लम्बे क़दमों में वहाँ पहुँच जाता हूँ। निक्की मेरे पीछे है। राधा रसोई से बाहर आ गयी है। लगातार काँप रही है। बताती है, रसोई में साँप है।

मैं उसे दरवाज़े से परे करता हूँ।

"क्या बाहर निकल गया है?"

वह इशारे से बताती है कि बर्तनों वाली अलमारी के नीचे है। मैं निक्की के हाथ में झाड़ू पकड़ा देता हूँ। पूछता हूँ कि साँप से डरती तो नहीं? वह न में सिर हिलाती है।

"अच्छा, झाड़ू पकड़कर दरवाज़े पर ठहर जाओ। मैं डण्डे से अलमारी के नीचे से साँप निकालूँगा। दरवाज़े के पास आये तो झाड़ू से अन्दर कर देना।"

"नहीं, निक्की को रहने दो। कहीं कुछ..."

"प्लीज़ मम्मा, झाड़ू मैं पकडूँगी। तुम हट जाओ न। बड़ा मज़ा आयेगा।"

मैंने बड़े बूट पहने हुए हैं। साँप पैरों पर काट लेगा, ऐसा कोई ख़तरा नहीं। किचन के कोने में रखा डण्डा उठाता हूँ। राधा कहती है, "सन्तोष, टेक केयर।"

मैं डण्डा अलमारी के नीचे घुमाता हूँ। साँप नीचे से निकलकर दरवाज़े

की ओर झपटता है। 'शी–शी' करके निक्की दरवाज़े पर झाड़ू पटकती है। साँप क्षणांश के लिए थमता है। मैं अपना बड़ा बूट उसके सिर पर रख देता हूँ। पूँछ तड़प रही है। निक्की को डण्डा देकर पूँछ पर मारने के लिए कहता हूँ। वह डर रही है। माँ की ओर देखती है। मैं उसे शह देता हूँ। "कम ऑन निक्की।"

वह मेरे हाथ से डण्डा लेकर उसकी पूँछ पर मारती है। मरियल–से साँप का सिरे तो पहले ही बूट से कुचल चुका हूँ, थोड़ी देर में पूँछ हिलना बन्द हो जाती है। मैं किचन की खिड़की खोलता हूँ। डण्डे से उछालकर साँप बाहर फेंक देता हूँ। निक्की का चेहरा उत्साह से चमक रहा है। मुझसे पूछती है, "डर नहीं लगता, सन्तोष?"

मैं उसे बताता हूँ कि नब्बे प्रतिशत साँप ज़हरीले होते ही नहीं। बस, इनकी दहशत ही होती है। निक्की ने मेरा हाथ पकड़ रखा है। राधा हम दोनों को देखती है, फिर किचन की ओर देखकर कहती है, "मैं तो खाना नहीं पकाती। कहीं कोई और साँप हुआ तो?"

"तुम बहुत डरपोक हो मम्मा। चलो। मैं और सन्तोष तुम्हारे साथ ठहरेंगे।"

मैं राधा को कहता हूँ पहले ब्रांडी के लिए दूध बोतल में डाल दें। साँप मारने के खेल में निक्की टोकरी में पड़े पप को भूल गयी थी। राधा फीडर में दूध डालती है। अब भी डरी हुई है। निक्की हँसकर कहती है, "सन्तोष, आप मम्मा के पास ठहरो। मैं ब्रांडी को दूध पिला लूँगी।"

निक्की बाहर बरामदे में चली जाती है। राधा से कहता हूँ चावल ही बना ले। वह डाँटकर कहती है कि रसोई के मामले में दख़ल देने का मुझे कोई मतलब नहीं। वह काम करते हुए बार–बार अपनी दायीं ब्रेस्ट हाथ से दबा रही है। पूछता हूँ कि क्या बात है तो मेरा कान चुटकी में पकड़कर कहती है, "सारी रात तो मेरी दायीं ब्रेस्ट पकड़कर सोये हो। कई बार हाथ परे किया। तुम सोये–सोये भी इसे हाथ में पकड़े रहे। अब दर्द तो होगा ही।"

"सॉरी। आज बायीं ब्रेस्ट पकड़कर सोऊँगा। हिसाब बराबर।" मैं छेड़ता हूँ।

थोड़ी देर में निक्की अन्दर आ जाती है। इसकी आँखें नींद से भरी हुई हैं। आज सुबह से मेरे साथ रहकर कुछ–न–कुछ कर रही है।

राधा उसे दूध का कप और टोस्ट देती है। वह जल्दी–जल्दी ख़त्म कर लेती है। मैं उसके साथ बैडरूम में आता हूँ। उसे कम्बल ओढ़ाता हूँ। सोने से पहले वह कहती है, "मम्मा की तो ट्रांसफर हो रही है। आप हर संडे मुझे मिलने आओगे न?"

"श्योर। फिर बुलेट पर हम दोनों राधा से मिल आया करेंगे। शाम को तुम्हें कॉन्वेंट छोड़ दिया करूँगा।"

मैं उसके बाल आँखों से पीछे करता हूँ। वह मेरा हाथ पकड़कर कहती है, "प्रामिस?"

मैं हाँ में सिर हिलाता हूँ। वह आँखें बन्द कर लेती है। मैं उसका माथा चूमकर गुडनाइट करता हूँ। वह पल–भर के लिए आँखें खोलती है, मुसकराती है, गुडनाइट कहकर सो जाती है।

मैं रसोई में आता हूँ। वह अण्डा फेंट रही है। उसे पीछे से आलिंगन में लेकर साथ खड़ा हो जाता हूँ। उसके कन्धे में थोड़ी–सी सिहरन होती है। उभरी हुई हड्डी पर होंठ रख देता हूँ।

"परे हटो। अब मेरी याद आयी? दिन–भर निक्की के साथ घूमते रहे हो। कोई और भी है?"

मैं उसके गले पर होंठ घुमाता हूँ। हम दोनों के जिस्म में हरारत आ रही है।

"रोटी खानी है या नहीं? खानी है तो परे हो जाओ। मुझे कुछ होता है।"

"तुम्हें खाना पकाने से मैं रोक थोड़े रहा हूँ? तुम अपना काम करो, मैं अपना।"

मेरी बाँहों का दबाव बढ़ता है। वह अण्डे फेंटना बन्द कर देती है। मेरी बाँह को परे करती है, मेरी ओर मुड़ती है। अब हमारे शरीर गुँथ गये हैं। मैं उसके बालों को मुट्ठी में पकड़कर उसका सिर ऊपर उठाता हूँ। उसके होंठों के कोने वाले दाँत को चूमता हूँ।

"ज़रा एड़ियाँ ऊपर उठाओ न शार्टी।"

"ज़रा सिर नीचे झुकाओ न लम्बू!"

उसकी साँस की रफ़्तार तेज़ हो गयी है। मुझे हल्का–सा धक्का देकर परे करती है। पूछती है कि यहाँ से ट्रांसफर हो जायेगी तो कैसे होगा? बताता हूँ कि बेवकूफ़ी की बातें मत करे। कैसे क्या होगा? मैं रैस्ट हाउस

में आ जाऊँगा। रानी की कोठी तो पास ही है। अब वह कुछ उदास हो गयी है।

"ऐसे कब तक चलेगा? नाउ आई वांट टू लिव विद यू।"

मैं उसे फिर किस करना चाहता हूँ। वह झटके–से सिर परे करती है तो छोटी–सी आवाज़ होती है, होंठों के होंठों से अलग होने की।

"देखो सन्तोष, आराम से ठहरो। निक्की जाग गयी तो?"

"स्टोलन किसेज़ आर ऑलवेज़ स्वीट।" मैं उसके कन्धे पर हाथ रखता हूँ।

मैं पूछता हूँ कि निक्की को छुट्टियाँ कब होंगी? वह बताती है कि शुरू दिसम्बर में।

"ठीक है, छुट्टियों में साथ रहेंगे।" मुझे लगता है, निक्की के दिल में मरदों का डर निकल रहा है। किसी अच्छे दिन उसे बताऊँगा कि मैं उसका पापा बन रहा हूँ फिर नये साल वाले दिन शादी करेंगे। द होल वर्ड विल सैलीब्रेट अवर मैरिज।

मैं छोटी मेज़ बैठक से रसोई में ले आता हूँ। वहीं बैठकर खा लेंगे, वह कहती है। मैं खाना शुरू करूँ, गर्म–गर्म फुल्के का अपना मज़ा होता है। पहले सोचता हूँ, न कर दूँ, लेकिन नहीं। जीवन में सुख और ख़ुशियाँ तो छोटी–छोटी चीज़ों से, बातों से मिलती हैं।

मैं पहला कौर उसके मुँह में डालता हूँ। वह मेरी तर्जनी हौले–से काट लेती है। छोटी 'सी' करता हूँ तो छेड़ती है, "मुन्ने, तुम खा ही लो। सारी उँगलियाँ कटवा लोगे अगर मुझे खिलाने के चक्कर में पड़े।"

"कोई बात नहीं। खाने के बाद सारी कसर निकाल लूँगा।"

वह तुनककर मुझे 'फ़ारगेट इट' कहती है। डाँट पिलाकर मेरे न करने के बावजूद दो फुल्के और खिलाती है। सलाह देती है कि मुझे अपनी सेहत का ध्यान रखना चाहिए। मैं उसकी कमर पर उँगली छूकर पूछता हूँ–

"क्यों? कमज़ोर कहाँ से लगता हूँ तुम्हें?"

वह मुझे 'डर्टी रास्केल' कहकर तरेरती है।

हम दोनों अब बैठक में आ गये हैं। निक्की गहरी नींद सोयी हुई है। सोते हुए भी उसके चेहरे पर धुली–धुली मुसकान है। दिन–भर की ख़ुशियाँ रात को चेहरे पर आ बैठा करती हैं। राधा ज़ीरो का बल्ब जला देती है।

मैं सोने के कमरे का दरवाज़ा बन्द कर देता हूँ। बैठक की लाइट बुझाकर मैरून शेड का टेबल लैम्प जला देता हूँ।

तस्वीर में बैठी निक्की बाहर आने के लिए मचल रही है। साफ़ लगता है वह तस्वीर में बैठी हिल रही है। हम दोनों सोफ़े के साथ पीठ लगाकर कालीन पर बैठे हैं। राधा कहती है कि उसके पैर ठण्डे हो रहे हैं। मैं बूट–जुराबें उतारकर उसके दोनों पैरों को अपने पैरों के बीच लेकर धीरे–धीरे रगड़ता हूँ। उसका सिर अपने कन्धे पर रखकर उसकी गर्दन पर लटके बालों में उँगलियाँ फेरता हूँ। मैं सिगरेट लगाता हूँ। एक वह भी माँगती है। अपने वाला उसके होंठों में लगाता हूँ। वह छोटा–सा कश लेकर कहती है कि अच्छा लगता है। मैं हँसकर कहता हूँ कि शुक्र है, अब वह शादी के बाद कम–से–कम मुझे सिगरेट छोड़ने का लेक्चर तो नहीं पिलायेगी। उसको नया सिगरेट सुलगाकर देता हूँ और बताता हूँ कि अपने हाथ में पकड़कर कश लेने का मज़ा अपना ही है।

वह मुझे बताती है कि उसका मरा हुआ पति बहुत सिगरेट पिया करता था। एक बार राधा ने उसकी डिब्बी से निकालकर एक सिगरेट सुलगा ली थी। ऊपर से वह आ गया था। राधा के हाथ से सिगरेट खींचकर मसला था और उसे काल–गर्ल और रण्डी कहा था। पति को अब विश्वास हो गया था कि राधा का करैक्टर वाकई गन्दा है। राधा ने जब पूछा था कि सिगरेट का करैक्टर से क्या सम्बन्ध है तो वह बिफर गया था। उसे घसीटकर चारपाई से नीचे गिरा दिया था। पीठ में लात मारकर कहा था कि एक तो रण्डियोंवाले काम करती है और ऊपर से बहस करती है। फिर उसने ग़ुस्से से काँपते हाथों से अपने लिए सिगरेट सुलगा ली थी। राधा भी उस दिन जंग पर उतारू थी। उसका सिगरेट छीनकर कहा था, "हरामी, सिगरेट पीने से तेरा करेक्टर ख़राब नहीं होता क्या?"

फिर पति ने उसे जमकर मारा था। वह कहती है कि पति के मारने से अब उसे शारीरिक दर्द नहीं होता था। ड्रग्स और ड्रिंक्स ने उसमें ताक़त ही कहाँ छोड़ी थी? आख़िर हरामज़ादा ख़ुद ही हाँफ गया था। जिससे हम हद दर्जे की नफ़रत करते हों, न उसके प्यार से और न उसकी मार से कोई फ़र्क़ पड़ता है।

यह सारी बात सुनाते–सुनाते उसके जिस्म में कसाव आ गया है। पैरों के पंजे अन्दर की ओर मुड़ गये हैं। मैं उसके पैर अपनी गोदी में रखकर

धीरे–धीरे मलता हूँ, अकड़ी हुई उँगलियाँ फिर से ढीली और सीधी हो रही हैं, तो क्या वह मृत आदमी इसी तरह से मेरे, राधा और निक्की के बीच बार–बार प्रकट होता रहेगा? अनुपस्थित लोग ज़्यादा पीड़ा देते हैं क्योंकि हम उन्हें कह भी तो कुछ नहीं सकते। उनका बिगाड़ भी तो कुछ नहीं सकते। छोटा–सा डर दिल में सिर उठाता है। यह औरत एक मर चुके आदमी को माफ़ नहीं कर सकती, अगर मुझ जिन्दा से इसे कभी नफ़रत हो गयी तो? हम जब किसी से लगातार घृणा करते हैं तो क्या यह इस बात का सबूत नहीं कि हमारे अन्दर सिर्फ़ घृणा ही है, और कुछ नहीं?

"राधा, मरे हुओं को गाली नहीं दिया करते। किसी को क्षमा करके ही हम उससे मुक्ति पा सकते हैं।"

"गाली? वह कुछ और वक़्त जिन्दा रहता तो मैं उस बास्टर्ड का मर्डर कर देती। मरने के बाद भी क्या उसने मेरी और निक्की की जान छोड़ी है? वह अब भी मुझे डराता है, टेरेराइज़ करता है। निक्की के अन्दर ज़हरीले साँप की तरह कुण्डली मारकर बैठा है। तुम उससे डरते नहीं क्या? डरते हो। तभी तो निक्की के साथ हम दोनों आजकल नाटक कर रहे हैं। झूठ–पर–झूठ बोल रहे हैं। उस हरामी ने तो बच्ची को भी कहीं एबनॉर्मल बना दिया है।"

उसके चेहरे पर अंगारे धधक रहे हैं। आँखों का रंग बदल गया है। नीचे का होंठ टेढ़ा होकर लगातार काँप रहा है। इसे क्या जवाब दूँ? सच ही तो कह रही है। हम दोनों के बीच थोड़ी देर पहले जो कोसापन था उस पर बर्फ़ पड़ गयी है। मैंने उसका हाथ पकड़ा हुआ है, लेकिन उसके शरीर से कोई भी गर्मी मेरे शरीर में नहीं आ रही। मृत आदमी ने आज के चहकते हुए दिन की हत्या कर दी है। वह अनुपस्थित कमरे में उपस्थित है। हम दोनों के बीच खाई खोद रहा है। राधा की कलाई पकड़कर उसकी घड़ी में समय देखता हूँ। दस बजने को है। चलूँ? लेकिन नहीं। यह थोड़ी सहज तो हो ले। उठता हूँ। शायद उसे पता ही नहीं चला कि मैंने उसका हाथ छोड़ा है, उठ ठहरा हूँ। मरे हुए आदमी से उसकी जंग अब भी जारी है। रसोई में जाता हूँ। चाय के दो प्याले बनाकर बैठक में लाता हूँ। छोटा स्टूल खींचकर नज़दीक करता हूँ। प्याले उस पर रखता हूँ। राधा का सिर उसकी छाती पर धरा हुआ है। हाथ से ऊपर करता हूँ।

कप उसके होंठों से लगाता हूँ। वह छोटा–सा घूँट लेती है, "मुझे कहते, मैं बना देती।"

हम दोनों चुपचाप चाय पी रहे थे। लगता है वह थोड़ी–सी नार्मल हो रही है।

"सुनो सन्तोष। कहीं हम दोनों शादी की सोचकर ग़लती तो नहीं कर रहे?"

शाम को वह निक्की की चोट को लेकर मुझसे कड़वा बोली थी। अब इस वक़्त भी वह अनुपस्थित आदमी मुझे धमका रहा है। सुबह से निक्की को, इसको ख़ुश रखने की कोशिशें कर रहा हूँ। आज के दिन का सारा कड़वापन शब्दों में बदल जाता है, "देखो, बिगड़ा अब भी कुछ नहीं। तुम्हारी उँगली में अँगूठी है, हथकड़ी नहीं। चाहो तो अभी उतार दो, लौटा दो।"

वह झटके–से सिर ऊपर उठाती है। देखती है कि मेरे शब्दों का अर्थ मेरे चेहरे पर बैठा हुआ है। बालों से पकड़कर मेरा सिर नीचे करती है, नाक के सिरे को चूमकर छेड़ती है, "साले! तुझे लाल नाक कितनी जल्दी लग जाती है?"

मैं हँसता हूँ, वह हँसती है और अनुपस्थित आदमी हम दोनों की हँसी के आक्रमण से डर जाता है, कमरे से बाहर निकल जाता है।

"राधा, न तुम टीनएजर हो और न मैं। मेरा ख़याल है, हमें टोटल हैपीनेस को कभी भी तलाशना नहीं चाहिए। ख़ुशी तो छोटे–छोटे टुकड़े हैं। कभी एक टुकड़ा मिल गया, कभी दूसरा। पूरी ख़ुशी पाने के चक्कर में हम इन टुकड़ों को भी खो बैठते हैं।"

वह मेरा सिर अपनी गोद में रख लेती है। बालों में उँगलियाँ फेर रही है। उसे कहता हूँ कि अब मुझे चलना चाहिए।

"नहीं, मैं अकेली नहीं सोऊँगी।"

मैं उसका सिर खींचकर नीचे करता हूँ, होंठों के कोने की छोटी उँगली से छूकर पूछता हूँ कि क्या उसे आज बायीं ब्रेस्ट में दर्द करवाना है? वह हाँ में सिर हिलाती है, अपनी बेशर्मी पर आँखें बन्द कर लेती है।

कार्निस पर रखी निक्की की तस्वीर पर निगाह पड़ती है। वह तस्वीर में बैठी हिल रही है, बाहर आयी कि आयी। राधा को परे करता हूँ, उठता हूँ और तस्वीर को उल्टा कर देता हूँ। बादल के कन्धों पर सवार चाँद

खिड़की के सामने आ ठहरता है। राधा के सिर के नीचे कुशन रखता हूँ। उसके हाउस कोट के बटन खोलता हूँ। उसकी दायीं ब्रेस्ट पर सचमुच छोटे–छोटे चकत्ते पड़े हुए हैं। जीभ की नोक से इन पर टकोर करता हूँ। वह मेरा मुँह अपनी छातियों पर रखती है, सिर पर हाथ रखकर उसे दबाती है, मैं हिलने की कोशिश करता हूँ तो हाथ के दबाव से रोकती है। उनींदी आवाज़ में 'ऐसे ही लेटे रहो' कहती है।

उसकी छाती के उतार–चढ़ाव में एक लय, एक रिद्म आ गया है। सो गयी है। चेहरा बिल्कुल धुला–धुला है। थोड़ी देर पहले वाली घृणा प्यार की गर्मी से पिघलकर बह गयी है। हाथ बढ़ाकर सोफ़े से दूसरा कुशन उठाता हूँ। धीरे–से अपना सिर उठाकर उसकी छाती पर कुशन रख देता हूँ। वह इसे हाथ से दबा लेती है। अन्दर से कम्बल लाकर उस पर डालता हूँ। बाहर निकलने से पहले कार्निस पर रखी निक्की की तस्वीर सीधी करता हूँ। अब वह हिल नहीं रही।

मोबाइक बाहर निकालता हूँ, गेट तक ले जाता हूँ। स्टार्ट की तो राधा की नींद खुल जायेगी।

किशन की दुकान अभी खुली है। बताता है, भट्टी साहब दो बार आ चुके हैं। कोई ज़रूरी काम है। सुबह मिलने को या फ़ोन करने को कहा है। 'अच्छा' कहकर ऊपर आता हूँ। कमरा हमेशा की तरह साफ़–सुथरा है, हर चीज़ करीने से लगी है। लेकिन आज अच्छा नहीं लगता। अपने आपसे पूछता हूँ, "क्यों?" अपने आपको गाली देता हूँ, "साले क्यों क्या? राधा जो नहीं।"

भट्टी सवेरे ख़ुद ही आ गया। पहले मुझे उस माँ को लेकर गालियों का प्रसाद दिया और फिर बताया आज उसकी शादी की तारीख़ है, कोर्ट में मुझे और वर्मा को गवाही के लिए पहुँचना है। रात को मैस में पार्टी दे रहा है। राधा को लाना है।

"और देख, सारा वक़्त उस माँ से चिपके न रहना। उसे मेरे जनरल से मिला देना। बूढ़ा जरा ठरकी है, ख़ुश हो जायेगा।"

मैं पूछता हूँ कि रवि आ रहा है या नहीं? वह बताता है कि रात को ट्रंककाल तो की थी। कोई बड़ी बात नहीं कि एकाध फ़रलो मारकर आ ही जाये। वह जल्दी में है। यह कहकर कि वर्मा को ख़बर ख़ुद

कर देगा, वह हमेशा की तरह तीन–तीन सीढ़ियाँ छलाँगता हुआ नीचे उतर जाता है।

मैं जल्दी–जल्दी तैयार होता हूँ। निक्की को उसके स्कूल पहुँचाना है।

राधा के यहाँ पहुँचता हूँ। माँ–बेटी दोनों नाश्ता कर रही हैं। वह मुझसे 'कुछ लोगे' पूछती है। मेरे न में सिर हिलाने के बावजूद दूध का गिलास देती है।

मेरे नाक चढ़ाने पर निक्की सलाह देती है, "चुपचाप पी लो। नहीं तो दूध के साथ लेक्चर भी पीना पड़ेगा।"

निक्की के चेहरे पर थोड़ा पीलापन है। राधा बताती है उसे सुबह से कलाई में दर्द हो रहा है। एक्स–रे ले लेना चाहिए। मैं निक्की के स्कूल में एप्लीकेशन दे आने के लिए उठता हूँ। निक्की साथ जाने के लिए मचल रही है। राधा न कर देती है। बच्ची तरफ़दारी के लिए मेरी ओर देख रही है। राधा को कहता हूँ कि वह तो हस्पताल चली जायेगी, निक्की घर में क्या करेगी? हम दोनों गये और आये।

"देखो, जल्दी लौट आना। तुम दोनों बहुत आवारागर्द होते जा रहे हो।"

"बस। गोली की तरह जायेंगे और मौत की तरह आयेंगे!"

निक्की से कहता हूँ, अन्दर जाकर स्कार्फ़ बाँध आये। वह जाती है तो राधा की अँगूठी वाली उँगली को होंठों से छूकर गुडमार्निंग करता हूँ।

"रात तुम कब गये, पता ही नहीं चला।"

"तुम बड़ी सुख की नींद सो गयी थीं। फिर घर तो जाना ही था। बट आई मिस्ड यू द होल नाइट।"

निक्की काला स्कार्फ़ बाँधकर आ गयी है। चाँद–सा चेहरा स्कार्फ़ में लिपटा और भी चमक रहा है। उसे खींचकर अपने साथ लगाता हूँ। दोनों को बताता हूँ आज भट्टी की शादी है। शाम को मैस में पार्टी दे रहा है। राधा से कहता हूँ, ख़ूब बढ़िया–सी साड़ी निकाल लो। पार्टी में आर्मी–वाइव्ज़ को जलायेंगे।

निक्की को बुलेट के पीछे बिठाता हूँ। उसने एक हाथ से मेरी कमर को पकड़ रखा है। सुबह–सुबह सड़क ख़ाली है। मैं मज़े में चला रहा हूँ।

"कितनी तेज़ चल सकता है?"

"बहुत। तुम बताओ, कितनी स्पीड पर चलाऊँ?"

"लैट्स टच हंड्रेड।"

सड़क का सीधा टुकड़ा आया कि आया। निक्की से 'होल्ड फ़ास्ट' कहकर एक्सीलरेटर घुमा देता हूँ। हम दोनों अब हवा के कन्धों पर सवार हैं। जूँ–जूँ की लयबद्ध आवाज़ से सड़क के साथ–साथ झाड़ियों, पेड़ों में बैठे परिन्दे छोटी–छोटी उड़ानें भरते हैं। मोड़ आता है। स्पीड किल कर देता हूँ। हम हवा के कन्धों से नीचे उतर आते हैं।

मोबाइक स्कूल के गेट के बाहर खड़ा करता हूँ। निक्की स्कार्फ़ खोलती है। जेबी कंघी निकालकर उसके बाल ठीक करता हूँ। बच्चे सुबह की प्रार्थना के बाद अपने–अपने कमरों में जा रहे हैं। निक्की पूछती है, "सन्तोष, क्या आप मम्मा के बी.एफ. हैं?"

मैं हैरान होकर कहता हूँ कि यह बी.एफ. क्या होता है?

"सिल्ली। बी.एफ. मींस ब्वाय फ्रेंड।"

"मैं तुम्हारा और राधा दोनों का बी.एफ. हूँ। ठीक?"

वह 'ग्रेट' कहकर मेरा हाथ पकड़ लेती है। मदर अपने ऑफ़िस के बरामदे में ही खड़ी है। हम दोनों उन्हें किस करते हैं। वह निक्की का पट्टी बँधा हाथ छूकर पूछती है कि दर्द बहुत तो नहीं। निक्की कहती है, "नो मदर।"

मैं उन्हें बताता हूँ चोट कैसे आयी। आज एक्स–रे होना है। निक्की को दो दिन की छुट्टी मिल जाये तो ठीक रहेगा। वे हाँ में सिर हिलाकर निक्की से कहती हैं, "चाइल्ड गो एंड विश यूअर टीचर।"

निक्की जाती है। मैं मदर के पीछे उनके आफ़िस में जाता हूँ। वे मुझे बैठने के लिए कहती हैं। आँखें बन्द कर लेती हैं। फिर क्रास का निशान बनाकर मुझसे पूछती हैं कि क्या मैं निक्की की माँ से शादी कर रहा हूँ? मेरे 'हाँ' में सिर हिलाने पर फिर से क्रास का निशान बनाती हैं। मुझे बताती हैं कि निक्की जब स्कूल में आयी थी तो कैसे हमेशा आतंकित रहती थीं। राधा ने उनको इस दहशत का बैकग्राउंड बताया था। बच्ची अब भी कहीं–न–कहीं नार्मल नहीं हैं। माँ और बेटी ने एक क़िला बनाया है, जिसमें वे दोनों रहती हैं, सुरक्षित और पुरुषों से दूर। निक्की क्या मुझे इस क़िले में प्रवेश करने देगी? रहने देगी?

मैं उन्हें बताता हूँ कि निक्की ने मुझे दोस्त तो मान ही लिया है। फिर अभी हम उसे कुछ नहीं बता रहे। सही वक़्त और मौक़ा देखकर

उसे बतायेंगे। उनके चेहरे पर मेरा जवाब सुनने के बाद भी संशय है, आने वाले समय का भय है। फिर 'गाड ब्लैस यू' कहकर उठ खड़ी होती हैं।

निक्की अपनी टीचर को विश करके लौट आयी है। हमारे चलने से पहले मदर कहती हैं, "डू गिव मी अ रिंग अबाउट हर एक्स–रे।"

हम दोनों बाहर निकल रहे हैं। मुझे लगता है दो आँखें अब भी मेरी पीठ पर बैठी हैं। मदर ज़रूर बरामदे में खड़ी हमें देख रही है। क्रास बना रही होंगी। मुड़कर देखता हूँ। हाँ, खड़ी हैं। क्रास बना रही हैं। मैं और निक्की हाथ हिलाते हैं। वे हमें 'बाय' में हाथ हिलाकर आफ़िस में चली जाती हैं।

मैं निक्की को छेड़ता हूँ कि क्या उसकी टीचर सुन्दर है? वह हैरान होकर हाँ में सिर हिलाती है और पूछती है, "क्यों?"

"सिल्ली। सुन्दर है तो हमसे शादी करवा दो।"

वह मेरी पीठ पर हाथ मारकर कहती है, "यू आर अ प्रिंस, शीज़ नाट दैट ब्यूटीफुल।"

हस्पताल पहुँचते हैं। डॉक्टर मनोचा मज़ाक़ करते हैं, "क्यों भाई, कभी ख़ुद बीमार पड़ते हो कभी दूसरों की कलाइयाँ तोड़ते हो। डॉक्टर राधा के नज़दीक रहने का यह अच्छा तरीक़ा तलाशा है। कहो तो यहीं कोई छोटी–मोटी नौकरी दिला दूँ?"

वह एक्स–रे के लिए निक्की को अन्दर ले जाते हैं। हम सब उनके कमरे में आ बैठते हैं। रेडियालॉजिस्ट थोड़ी देर के बाद वहाँ आता है। बताता है कि हड्डी टूटी नहीं; ज़रा–सी तिड़क गयी है। डॉक्टर मनोचा राधा को कहते हैं, "यह देखो डॉक्टर राधा, यहाँ दबाव पड़ा है। मेरा ख़याल है मालिश ही होती रहे तो अच्छा है। हाँ, पेन–किलर एकाध दिन में दिया करो।"

निक्की एक्स–रे ध्यान से देख रही है। डॉक्टर मनोचा उसे भी नहीं बख़्शते, "बेटे, इसे फ़ोटो का नेगेटिव समझो। तुम्हारा तो नेगेटिव भी ख़ूबसूरत आता है। देख। सन्तोष के तो बहुत से एक्स–रे हैं। क्यों न तुम दोनों के नेगेटिव की एग्ज़ीबीशन लगवा दें।"

"यू नाटी ओल्ड मैन।" निक्की कहती है।

"डोंट अब्यूज़ बाई कालिंग मी ओल्ड मैन।" डॉक्टर मनोचा हँसे।

उनके कमरे से बाहर आते हैं। राधा पूछती है कि भट्टी और जूही

को प्रेजेंट क्या देना है। निक्की नर्स से बातें करने में लगी है। जवाब देता हूँ, "निरोध का एक डिब्बा ठीक रहेगा।"

"ओये बदमाश, कभी तो मौक़ा देख लिया करो। हाँ, मेरे पास कुछ बिल्कुल नयी साड़ियाँ पड़ी हैं। आज तक अनपैक भी नहीं की। तुम एक साड़ी दे दो।"

"नहीं। मैं बाज़ार से कुछ ख़रीद लूँगा।" हिचकता हूँ।

"डोंट बी सेंटीमेंटल। मैं साड़ी निकाल रखूँगी।"

निक्की पास आ जाती है। बताता हूँ। मुझे कोर्ट जाना है, भट्टी की शादी की गवाही देने।

"मैंने आज तक कोर्ट नहीं देखी। साथ चलूँ?"

मैं हाँ में सिर हिलाता हूँ। राधा से बताता हूँ, हम लोग दोपहर का खाना बाहर खा लेंगे। शाम को वह तैयार रहे। सात बजे पार्टी है।

निक्की और मैं 'ब्रांडी' को फीड देने घर जाते हैं। वह गन्ध से निक्की को पहचानने लगा है। टोकरी से कूँ-कूँ की छोटी-छोटी आवाज़ें आती हैं। निक्की फीड बनाने किचन में जाती है। मैं ब्रांडी को टोकरी से बाहर निकालकर कालीन पर रखता हूँ। निक्की अन्दर आती है तो उसकी ओर बढ़ता है। छोटी-छोटी टाँगें मोटे जिस्म का बोझ सँभालती नहीं, गेंद की तरह लुढ़क जाता है। शिकायत में 'कूँ-कूँ' करता है। निक्की इसे गोदी में लेकर कानों के पीछे उँगलियों से खुजाती है, "माई लेज़ी सन्नी" कहकर वह उसे दूध देती है। बोतल ख़त्म होने से पहले ही ब्रांडी सो जाता है। "बहुत सोता है, लेज़ी फैटी" वह शिकायत करती है। मैं उसे समझाता हूँ कि बच्चे चाहे आदमी के हों, चाहे जानवरों के, हमेशा बहुत सोते हैं। बहुत छोटा बच्चा तो दिन में लगभग अठारह घण्टे सोता है। निक्की ब्रांडी को टोकरी में रखने लगती है। उसे बताता हूँ बाहर बरामदे में रखे। थोड़ा हिलजुल लेगा। अब टोकरी में नहीं रखना चाहिए। पहले ही लेज़ी है।

हम कोर्ट पहुँचते हैं। वर्मा, भट्टी और जूही पहले से वहाँ आये हुए हैं। जूही निक्की का माथा चूमती है। निक्की ने सोचा था जूही दुल्हन वाले कपड़ों में होगी। उसे जींस और कमीज़ में देखकर हैरान होती है। शिकायत करती है, "आप ब्राइड तो बनी नहीं?"

जवाब भट्टी देता है, "बेटे, यह कई बार ब्राइड बन चुकी है।"

"इनकी पहले भी शादी हो चुकी है क्या?"

वर्मा भट्टी को डाँटता है, "ओये खोते, ज़बान को कभी ताला भी लगाया कर। और नहीं तो बच्ची की शर्म तो कर।"

निक्की हैरान है कि वर्मा किस बात पर भट्टी को डाँट रहा है? जूही उसे बताती है कि शाम को पार्टी में वह दुल्हन बनकर आयेगी। चपरासी हमें अन्दर बुलाता है। हम सब रजिस्ट्रार को विश करते हैं। वह निक्की को देखकर मुसकराता है, "इनकी गवाही नहीं चलेगी।"

कुछ मिनटों में हम लोग रजिस्टर पर साइन करके बाहर आ जाते हैं।

"सन्तोष, आप ऐसे शादी मत करना। बैंड बजना चाहिए।"

भट्टी मेरी कनपटी पर के सफ़ेद बाल निक्की को दिखाकर कहता है, "निक्की पुत्तर, इस बूढ़े से कौन शादी करेगा?"

"डोंट कॉल हिम ओल्ड। ही इज़ सो हैंडसम।" निक्की चिढ़कर कहती है।

"समवन एल्स ऑलसो थिंक्स सो।" भट्टी फिर छेड़ता है।

निक्की ने कसकर मेरा हाथ पकड़ रखा है, जैसे सबको जला रही हो कि यह हैंडसम मैन उसका है, सिर्फ़ उसका। जूही उसका हाथ पकड़कर उसे अपने पास कर लेती है। उससे सलाह लेती है कि शाम की पार्टी के लिए कैसे ड्रैस–अप होना चाहिए। निक्की अपने महत्त्वपूर्ण होने पर बहुत ख़ुश है। उसे कलर–कॉम्बीनेशन के बारे में सलाहें दे रही है और जूही लगातार 'हाँ' में सिर हिलाये जा रही है।

हम सबने निक्की को बराबर का दर्जा दे रखा है। जान बूझकर उसके साथ एडल्ट की तरह बर्ताव कर रहे हैं ताकि जब उसकी मम्मा से मेरी शादी की बात की जाये तो वह इसे एक वयस्क की तरह सहज स्वीकार कर ले। अपने आप पर थोड़ी–सी शर्म आ रही है। इस बच्चों के साथ हम लोग नाटक तो नहीं कर रहे? फिर सिर झटककर ख़ुद को गाली देता हूँ। नाटक कहाँ है? निक्की से सचमुच मुझे मोह हो गया है। मैं अभी से उसे एक पिता की तरह ट्रीट कर रहा हूँ। वर्मा ने एक बार कहा था कि टक्कर मारने की मेरी आदत है। कोई दीवार न मिले तो तलाश लेता हूँ, खड़ी कर लेता हूँ। कहीं अपने विजयी होने के अहं को तो फीड नहीं कर रहा? पहले माँ को जीता है, अब बेटी को जीतकर योद्धा साबित होना चाहता हूँ। क्यों न निक्की को इसी क्षण सब कुछ बता दूँ? अब हर रोज़ राधा के साथ रहने को मन करता है। नहीं। अभी नहीं,

निक्की के स्कूल की मदर ने केयरफुल होने की सलाह दी थी। यह याद करके वह बात–बात पर क्रास बनाती है, थोड़ा–सा डर लगता है। राधा निक्की को मुझसे ज़्यादा जानती है। जब वह ठीक समझेगी तभी इसे जो सच है, वह बतायेंगे।

दोपहर का खाना हम लोअर मॉल के ढाबे में खाते हैं। सिख मालिक हमें अच्छी तरह जानता है। शिकायत करता है, "सोहण्यों, हमारे साथ क्या ग़ुस्सा है, इतने दिन बाद याद किया।"

मैं उसे बताता हूँ कि अभी–अभी भट्टी और जूही की शादी हुई है। वह जूही को ध्यान से देखता है, "भट्टी साहब। वधाइयाँ। सोंहणा हत्थ मारिया जे।"

फिर वह वेटर को बीयर लाने के लिए कहता है। वर्मा और भट्टी उसे टोकते हैं, शाम की पार्टी की दुहाई देते हैं लेकिन वह ऐंठ जाता है, "क्या बात करते हो जी? आज बीयर और खाना हमारी तरफ़ से। बड़ी मुश्कल नाल तो भट्टी साहब ने ब्याह कीत्ता है।"

हम हार जाते हैं। सबके लिए बीयर आती है। मैं जूस का टिन मँगवाने के लिए कहता हूँ। सरदार साहब फिर ऐंठ जाते हैं, "क्यों जी, साड्डी बीयर नाल की दुश्मनी है?"

वर्मा उसे मेरी बीमारी की बात बताता है तब कहीं जाकर मुझे जूस नसीब होता है। जूही निक्की के लिए भी गिलास में बीयर डालती है। निक्की मेरी ओर देखती है, आज्ञा–माँगती आँखों से।

"यस यू कैन टेक वन ग्लास। नो मोर।"

जूही भट्टी को सलाह देती है कि मेरी तरह उसे भी कम पीनी चाहिए। भट्टी आँखें तरेरकर कहता है, "देख साली को। अभी–अभी बीवी बनी है और लेक्चर देना शुरू। माँ दी यार, पहले कुछ और तो दे ले।"

वर्मा भट्टी को ज़बान सँभालकर बात करने के लिए कहता है।

खाना ख़त्म करने के बाद तय होता है कि शाम को पार्टी में मिलेंगे। हम अलग होते हैं। कैप्टन सिंह को फ़ोन करता हूँ। बताता है बड़े साहब और मेम साहब पार्टी में जायेंगे। उसे कहता हूँ कि क्या पहले हमें राधा के घर से पिकअप कर लेगा। वह 'नो प्रॉब्लम' कहकर फ़ोन रख देता है।

मेरे कमरे में आते हैं। किशन मालिशवाले को बुला लाता है। निक्की का मुँह उसे देखकर पीला पड़ गया है। कलवाला दर्द वह भूली नहीं।

"आज दर्द नहीं होगा। सिर्फ़ बोन सैट करते हुए दर्द होता है। आज तुम्हें अच्छा लगेगा।"

वह आश्वस्त हो जाती है। उसे पता है, मैं झूठे दिलासे नहीं दिया करता। मालिशवाला टोहकर उसकी कलाई देखता है। 'कल तक छोटी मेम साहब ठीक हो जायेगी' कहकर हौले–हौले हाथ और कलाई की मालिश करता है। उसके जाने के बाद निक्की से पूछता हूँ कि क्या मैं थोड़ी देर सो लूँ। वह 'हाँ' में सिर हिलाती है।

"तुम क्या करोगी? बोर तो नहीं हो जाओगी?"

"डोंट यू वरी। मैं मैगज़ींस देखूँगी।"

मैं काफ़ी देर सोया हूँ शायद। वह मुझे कन्धे से पकड़कर हिला रही है। चारपाई के पास छोटी मेज़ पर चाय के दो प्याले रखे हैं। कमरे में इतना अँधेरा क्यों है? लाइट जलाता हूँ। घड़ी तो है नहीं। नीचे किशन को आवाज़ देकर टाइम पूछता हूँ। वह बताता है कि छः बजनेवाले हैं।

"निक्की, मुझे उठा देना था न, पार्टी में देर हो जायेगी।"

"दो–तीन बार हिलाया। बट यू वर साउंड एसलीप।"

कमरे में निगाह घुमाता हूँ। सारी चीज़ें उजली–उजली लग रही हैं। निक्की की ओर देखता हूँ, बताती है, उसने गीले कपड़े से सब कुछ पोंछा है, किताब भी। उसने रैक में साइज़ के हिसाब से किताबें लगा दी हैं। चाय पीते हैं।

"चलो देर हो रही है।"

वह हैरानी से मुझे देखती है।

"चेंज नहीं करोगे? इन्हीं कपड़ों में सोये, इन्हीं में पार्टी में चलोगे?"

"देर हो रही है। अच्छा ऐसे करते हैं, मैं अपने कपड़े साथ ले चलता हूँ। तुम्हारे घर बदल लूँगा।"

निक्की के घर पहुँचते हैं। राधा हमारा इन्तज़ार कर रही है।

"क्या हुआ? इतनी देर से क्यों आये? निक्की को दर्द तो नहीं हुआ?"

"मम्मा, यू आर रियली फस्सी। सन्तोष सो गया था। इसलिए देर हो गयी।"

वह निक्की को मुँह धोने के लिए कहती है। मेरे कपड़े देखकर पूछती है, "पार्टी में यह कपड़े डालोगे? सूट लाना था।"

मैं उसे बताता हूँ कि न तो सूट–टाई मेरे पास है और न पहनता हूँ। फार्मल ड्रैस पहनना मुझे पसन्द नहीं।

"अपनी पसन्द बदलो। कल सूट का कपड़ा ख़रीदेंगे। पार्टीज़ में पुलोवर नहीं चलेगा?"

निक्की मुँह धोकर बाहर आती है। मैं दोनों को जल्दी से तैयार होने के लिए कहता हूँ, कैप्टन सिंह पहुँच रहा होगा।

"मैं तो तैयार ही हूँ। बस, साड़ी डालनी है।"

मैं कपड़े बदलकर बैठक में आता हूँ। निक्की ने मैक्सी डाल रखी है। बच्चों की किताबोंवाली फेयरी लग रही है। राधा ने पीले–पीले फूलोंवाली साड़ी पहनी है। कानों में पुराने रिवाज़ वाले लम्बे–लम्बे काँटे हैं, लाल मोतियों से जड़े हुए। मोतियों की लाली उसके गले पर छिटक गयी है। निक्की ब्रांडी को किचन में फीड देने के लिए ले गयी है। राधा को महसूस होता है कि मैं उसे लगातार देखे जा रहा हूँ। वह ब्लश करती है, हैरान होता हूँ कि आजकल के ज़माने में भी कोई ब्लश कर सकती है?

"बाई गाड, यू लुक स्टनिंग।"

"ऐसे तारीफ़ करते हैं? सिल्ली बास्टर्ड। किस मी।"

"किस करने की तो हिम्मत नहीं हो रही। तुम मैली न हो जाओ।"

"रास्कल।"

कैप्टन सिंह अन्दर आता है। हम उसके साथ जीप में बैठकर राजभवन पहुँचते हैं। बड़े साहब और माँ बरामदे में खड़े हैं, बिल्कुल तैयार। निक्की का चुम्मा लेने के बाद वह मुझे घूरकर देखते हैं और डाँटते राधा को हैं।

"पुलोवर में इसे पार्टी में ले चलोगी? कुडंट यू टैल हिम टु वेयर कोट एंड टाई।"

"इसके पास है ही नहीं।"

माँ पहले कैप्टन सिंह को आँखों से नापती हैं। फिर मुझे। सिंह से कहती हैं, "मेरे ख़याल में तुम दोनों का क़दकाठ एक–जैसा है। अपना ब्लेज़र, कमीज़ और टाई इस बग़ैर को आज लोन कर दो।"

सिंह मुझे अपने कमरे में ले जाता है। देर हो रही है। जब तक मैं कमीज़ डालूँ वह स्ट्राइप्सन वाली टाई की नाट बाँधता है, मुझे देता है। ब्लेजर डबल–ब्रेस्ट है, ब्रास के लिशकते बटन लगे हैं। कमीज़ का कालर थोड़ा ढीला है। सिंह की गर्दन मुझसे मोटी है। टाई की नाट सेंटर में नहीं टिक रही। 'नो प्राब्लम' कहकर सिंह छोटा–सा डिब्बा खोलता है, बटन उखाड़ता है, थोड़ा आगे करके जल्दी–जल्दी लगाता है। अब कालर ठीक है।

मैं उसे कहता हूँ कि हर चीज़ उसके पास तैयार कैसे रहती है? वह सूई–धागे और बटनों वाले डिब्बे की ओर इशारा करके बताता है कि यह 'हज़वाइफ़' है। सब बेचलर अफ़सर्ज की यही बीवी होती है।

मैं और सिंह बाहर आते हैं। माँ मुसकराकर कहती है कि अब मैं 'बन्दा' दिखता हूँ।

निक्की मेरा हाथ पकड़ती है, "यू लुक डैशिंग इन दिस ब्लेज़र।"

हम लोग बड़ी कार में बैठते हैं, मैं और राधा अगली सीट पर। राधा मेरी बाँह छूकर धीरे–से कहती है कि मैं अच्छा लग रहा हूँ। मैं भी धीरे–से पूछता हूँ कि इस अच्छा लगने का इनाम रात को मिलेगा न? वह मेरे हाथ में ज़ोर–से नाख़ून चुभोती है।

हम लोगों को पहुँचने में थोड़ी देर हो चुकी है। भट्टी के जनरल साहब हमें रिसीव करते हैं। मेरे और राधा के प्रवेश करते ही सब आँखें इधर उठ जाती हैं। मुझे और राधा को देख रहे हैं। उसकी साड़ी के बड़े–बड़े पीले फूल साड़ी हिलने से झूम रहे हैं। जूही आगे आती है, हम दोनों को देखती है, मुसकराकर कहती है, "जोड़ियाँ जग थोड़ियाँ।"

मुझे भट्टी के अफ़सर दोस्त जानते हैं, लेकिन राधा के पास परिचित होने के लिए यंग अफसर्ज़ का घेरा बन गया है। भट्टी सबसे उसका परिचय कराता है और उन्हें बताता है, "किसी चक्कर में न पड़ना। इस तुम्हारी माँ राधा मेहरा को सन्तोष ने फिट कर रखा है और दोनों शादी करने वाले हैं।"

'हार्ड–लक' कहकर दोस्त हँसते हैं। वे भट्टी के जनरल के पास खड़े हैं। निक्की ने उनका हाथ पकड़ा हुआ है। उसका जनरल से परिचय कराते हैं।

"यह मेरी गर्लफ्रेंड निक्की है।" राधा की ओर इशारा करके, "शीज़ राधा। निक्की की माँ और मेरी बेटी।"

भट्टी ने पहले ही बता रखा था कि उसका जनरल थोड़ा ठरकी है। लगता है, राधा ने उसे चकाचौंध कर दिया है। राधा से 'हम पहले क्यों नहीं मिले' की शिकायत कर रहे हैं। स्काच खुल रही है। मैं वेटर को इशारे से कोल्ड ड्रिंक लाने के लिए कहता हूँ।

भट्टी के जनरल राधा से मेरी ओर इशारा करके पूछते हैं, "हैव यू टेम्ड दिस टाइगर?"

राधा उस गर्व से मुसकराती है जो हमारा किसी पर अधिकार जताता है। "सन्तोष, तुम एक पेग ले लो। नहीं तो सब मुझे छेड़ेंगे।"

मैं गिलास उठा लेता हूँ। जूही को सब लोग गिफ़्ट दे रहे हैं। राधा अपनी और मेरी ओर से साड़ी देती है।

निक्की जूही से पूछती है, "हनीमून के लिए कहाँ जायेंगे?"

इससे पहले कि जूही जवाब दे, भट्टी के जनरल हनीमून पर एक क़िस्सा सुनाना शुरू कर देते हैं, "निक्की बेटे, एक आदमी शादी के बाद जब दफ़्तर गया तो उसके दोस्तों ने पूछा कि हनीमून पर गये कि नहीं? वह आदमी कम पढ़ा–लिखा था। हनीमून का मतलब उसे आता नहीं था। दोस्तों ने बताया कि भाई, पहाड़ पर जाते हैं, होटल में ठहरते हैं, घूमते–फिरते हैं, बस, इसको हनीमून कहते हैं। शाम को वह आदमी घर आया तो बीवी आटा गूँध रही थी। उससे बोला, 'तैयार हो जाओ, हनीमून के लिए चलना है।' अब बीवी भी अनपढ़ थी। उसे क्या पता हनीमून क्या बला होती है? जवाब दिया, 'मैं आटा गूँध रही हूँ। आप माँ को हनीमून पर ले जायें।' "

क़हक़हा बुलन्द होता है। रवि की माँ जनरल से कहती है, "तुम सारे के सारे फ़ौजी बदमाश होते हो।"

"क्यों नहीं? आपको फर्स्ट हैंड एक्सपीरियंस है। फ़ौजी से जो शादी की है।"

भट्टी से रवि के बारे में पूछता हूँ। बताता है कि उसका बधाई का तार आया है। शायद आफ़ नहीं मिला होगा।

निक्की भट्टी के दोस्तों की दोस्त बन गयी है, एक–एक के साथ मटक रही है। उससे पूछता हूँ, "आर यू एंजॉयिंग, निक्की?"

"इट्स अ फ़ेंटास्टिक पार्टी।"

"देखा, भट्टी के दोस्त कितने स्मार्ट हैं, हैंडसम हैं।"

"हाँ," वह मेरी उँगलियाँ दबाकर कहती है, "बट यू आर द मोस्ट हैंडसम।"

जूही बताती है कि भट्टी को मकान दो–तीन दिन में मिल जायेगा। तब तक वे दोनों रवि के यहाँ गैस्ट हाउस में ठहरेंगे। भट्टी मुझे और राधा को कहता है, "सालो, जल्दी–जल्दी शादी क़र लो। और देख सन्तोष, यह

तेरी डॉक्टरनी इतनी ख़ूबसूरत है कि उठाकर ले जाने का दिल चाहता है। अब देर मत कर। कहीं कोई और न उड़ा ले जाये।"

भट्टी के जनरल खाने की मेज़ की ओर बढ़ रहे हैं। बाक़ी अफ़सर्ज़ को पीना बन्द करने का संकेत है। मैं निक्की की प्लेट में चावल और चिकन डालता हूँ। भट्टी का जनरल उसे सलाह देता है, "भट्टी, अब तुम एक रेस्पांसिबल आदमी हो गये हो। इधर–उधर झख मारना बन्द। समझे?"

"आपको ग़लती लगी है, सर। मैं तो..."

जनरल उसे बनावट गुस्से से घूरता है, "व्हाई आर यू आन द डिफेन्सिव? मैं तुझे अच्छी तरह जानता हूँ, समझे?"

पार्टी ख़त्म होती है। फ़ैसला होता है कि मैं और भट्टी मोबाइक पर रवि के यहाँ पहुँचेंगे, बाक़ी सब कार में।

रवि की माँ कॉफ़ी पीकर जाने के लिए कहती हैं। निक्की की आँखें बोझिल हैं, नींद से भरी हुईं। वह सोफ़े पर बैठते ही सो जाती है। हम लोग जल्दी–जल्दी कॉफ़ी ख़त्म करते हैं। कैप्टन सिंह कहता है कि वह हमें कार में छोड़ आयेगा। हम लोग उठते हैं। वे निक्की को गुड़िया की तरह गोद में उठा लेते हैं, कार की पिछली सीट पर लिटाते हैं और मुझे छेड़ते हैं, "यू आर लक्की, सन्तोष। बीवी और बेटी दोनों ख़ूबसूरत मिली हैं।"

कैप्टन सिंह हमें राधा के घर तक छोड़ जाता है। मैं निक्की को गोद में उठाकर बैडरूम में ले आता हूँ। देखता हूँ राधा के चेहरे से पार्टी की सारी की सारी चमक बुझ गयी है। बड़े मशीनी ढंग से लम्बे वाले काँटे उतार रही है।

उसके कटे हुए बाल गले से थोड़ा परे हटाता हूँ। गले को होंठों से छूकर उससे पूछता हूँ, "क्यों? क्या हुआ? यह अचानक बुझ क्यों गयी हो?"

वह होंठों के दरवाज़े को दाँतों से कसकर बन्द कर लेती है। अपने को रोने से रोक रही है। उसके कन्धों को बाँह से घेरकर अपनी ओर खींचता हूँ। वह निढाल–सी कालीन पर बैठ जाती है। बोलती अब भी नहीं।

"क्यों? किसी ने कुछ कह दिया क्या?"

वह न में सिर हिलाती है। मैं उसका सिर खींचकर गोद में रख लेता हूँ। अब वह चुपचाप रोये जा रही है। न मैं उसे रोने से रोकता हूँ, न उसके आँसू पोंछता हूँ। उसके रोने की वजह अब समझ आ गयी है। दूसरों की

ख़ुशी हमें कई बार उदास कर जाती है। पता नहीं, भट्टी और जूही की शादी ने राधा को अपनी पहली शादी की याद दिला दी है, रुला दिया है, या मेरे साथ शादी होने की सोचकर रुलाई फूट पड़ी है?

मैं उसका सिर कुशन पर रखता हूँ। किचन से पानी का गिलास लाता हूँ और उसके सिर के नीचे हाथ देकर अध–उठा करता हूँ, पानी पिलाता हूँ। बचे हुए पानी के छींटे उसके मुँह पर मारता हूँ। रूमाल से पोंछता हूँ। पता नहीं रोने या पानी के छींटे मारने से उसका चेहरा एकदम धुला–धुला हो गया है। वह उठकर बैठना चाहती है, कन्धे से दबाकर गोदी में सिर रखकर लेटे रहने के लिए कहता हूँ। वह बताती है, हम लोगों ने चोरों की तरह शादी की थी। मैं प्रेग्नेंट हो चुकी थी। शो भी कर रही थी। औरत मजिस्ट्रेट थी, जिसकी कोर्ट में शादी के काग़ज़ों पर साइन होने थे। उसने मेरा चेहरा देखा था, थोड़ा मोटा हो रहा पेट देखा था, उसके चेहरे पर अपमान–भरी मुसकान आ गयी थी। पूछा था, तो आप डॉक्टर हैं?" जैसे वह कहना चाह रही हो कि सब डॉक्टर बदमाश होती हैं, शादी से पहले प्रेग्नेंट हो जाया करती हैं।"

मुझे अचानक ख़याल आता है कि मैं उसके मरे हुए पति का नाम नहीं जानता, क्या नाम रहा होगा? लेकिन मरे हुए लोगों के नाम न पूछने चाहिए, न लेने चाहिए।

"जानते हो, शादी के बाद उसने पहला फ़िकरा क्या बोला था?"

मैं फ़िकरा सुनने के लिए उसके चेहरे की ओर देख रहा हूँ।

"मेरा उभरा पेट देखकर उसने नाक सिकोड़ा था और कहा था, 'चलो जान छूटी'।"

मैं सिर झुकाकर उसका माथा चूमता हूँ। मैं उसके कान के नीचे वाले हिस्से पर उँगली फेर रहा हूँ। अब उसके शरीर का तनाव कम हो रहा है। मरे हुए पति का प्रेत उसे छोड़ रहा है, कमरे से बाहर जा रहा है।

"तुम कुछ बोलते क्यों नहीं?" वह मेरे नाक की नोक को चुटकी से मसल देती है।

"आज तुम्हारे ब्लाउज़ के हुक मैं खोलूँगा।"

"क्या?" वह झटके–से उठ बैठती है। उसे यह बात बहुत बेतुकी लगी है।

"मैंने आज तक किसी औरत के ब्लाउज़ के हुक नहीं खोले।" मासूम–सा जवाब उसे देता हूँ।

उसके होंठ हिलते हैं, फिर उनमें से खनकती हुई हँसी का फव्वारा फूटता है। शीशों से टकराकर हँसी के टुकड़े–टुकड़े कमरे में बिखर जाते हैं। वह मेरे बालों को खींचकर कहती है, "यू आर अ बास्टर्ड।"

मैं उसकी पीठ अपनी ओर करता हूँ। एक हाथ से हुक खोलने की कोशिश करता हूँ, दूसरा हाथ धीरे–धीरे कमर पर फेर रहा हूँ।

"हुक खोलते हुए कमर पर हाथ नहीं फेरा जाता।"

"सारी, मुझे पता नहीं था।" मैं उसकी ब्रा का हुक खोलकर पीछे से उसकी ब्रेस्टस पर हाथ फेरते हुए जवाब देता हूँ।

वह मेरा हाथ परे करती है। मेरा सिर अपने स्तनों पर रखकर ज़ोर से दबा रही है।

"तुम मुझे छोड़ोगे तो नहीं?"

मैं उसकी छाती पर सिर रखे हुए न में हिलाता हूँ।

"तुम आज यहीं रहोगे। मैं नहीं जाने दूँगी।"

मैं सिर उठाकर बैडरूम की ओर देखता हूँ, जहाँ निक्की सोयी हुई है।

"कोई बात नहीं, आई वोंट लैट यू गो। मैं और अकेली नहीं रह सकती। टू हैल विद एवरीथिंग। तुम सुबह निक्की को सब कुछ बता दो।"

मैं उठकर बैडरूम का दरवाज़ा उढ़का देता हूँ। वापिस आकर उसके पास कालीन पर लेट जाता हूँ। वह मेरी कमीज़ को खींचती है, "जल्दी उतारो न।"

वह ज़ोर–ज़ोर–से मेरे बाल खींच रही है। आज हम दोनों के जिस्मों में बहुत ताक़त है, हिंसा है, खूँखार जानवरों की तरह भेट कर रहे हैं। वह बार–बार मेरे कन्धे को काट रही है, मैं क्षण–भर के लिए हिलना बन्द करता हूँ।

"डोंट स्टाप।"

जिस्मों की जंग फिर शुरू हो रही है, घायल मादा जानवर की तरह तड़प रही है, लेकिन मैं उसे और ज़ोरों से दबोच रहा हूँ।

"लैट्स किल दैट बास्टर्ड।"

और हम दोनों उस रात हमेशा–हमेशा के लिए उसके मरे हुए पति को किल कर देते हैं। उसका प्रेत राधा के अन्दर से पूरी तरह निकल

भागता है। जानता हूँ, आज के बाद वह हम दोनों के बीच नहीं आयेगा। प्यार की हिंसा की मार बहुत कड़ी होती है।

सनीचर को भट्टी ने ट्रक और कुछ जवान भेज दिये। शाम तक इन लोगों ने राधा का सामान दुर्गापुर शिफ़्ट कर दिया। मैं और राधा ट्रक के साथ वहाँ नहीं गये। मोबाइक पर उनसे पहले ही रानी की कोठी में पहुँच गये। अभी यहाँ तक बिजली नहीं आयी। बीचवाले गोल कमरे में बड़े–बड़े लैम्प पड़े हैं। खिड़कियों में रंग–बिरंगे काँचों के शीशे लगे हुए हैं। हमारे वहाँ पहुँचने के थोड़ी देर बाद कम्पाउंडर भी आ गया। राधा ने आज के दिन पहुँचने का ख़त उसे लिख दिया था।

छत पर लोहे की टंकी बनी है, इसी में बारिश का पानी जमा किया जाता है, नहाने, कपड़े वग़ैरह धोने के लिए। पीने के पानी के बारे में पूछने पर बताता है कि थोड़ी दूरी पर ही छोटा–सा झरना है, चौकीदार पीने के लिए पानी वहाँ से ले आया करेगा।

सामान का ट्रक पहुँचता है। जवान तुरत–फुरत सामान उतारकर अन्दर रख देते हैं। राधा ने नीचे सड़क पर बनी दुकान से चाय मँगवा ली है। वे जल्दी–जल्दी पीते हैं, वापिस जो जाना है।

फिर एक जवान दूसरों से कहता है, "ओह, मैं तो भूल ही गया," और कोठी से थोड़ी दूर तक पार्क किये ट्रक के पास जाता है।

वापिस लौटता है तो उसके हाथ में हाट–केस है। बताता है, मेजर साहब ने खाना पैक करवा दिया था ताकि डॉक्टर साहब को आज कुछ न बनाना पड़े।

हम उन लोगों का थैंक्स करते हैं। वे लौट जाते हैं। राधा कम्पाउंडर को कल सुबह आने के लिए कहती है। उसके जाने के बाद चौकीदार की मदद से हम लोग किचन का सामान लगाते हैं। भट्टी जानता है, यहाँ बिजली नहीं है। तेल का जैरीकेन उसने सामान के साथ भिजवाया है। मैं चौकीदार को लैम्प साफ़ करने के लिए कहता हूँ। वह ब्रास के बने भारी–भारी लैम्प वहीं रसोई में उठा लाता है। नीचे बैठकर बड़ी फुर्सत के मूड में साफ़ करना शुरू करता है। मुझे बताता है कि विलायत के बने हुए हैं। शायद पचास साल पहले राजाजी ने मँगवाये थे। हिन्दुस्तानी

लैम्पोंवाली बात नहीं। आज ठीक, कल ख़राब। पचास सालों में कोई ख़राबी नहीं आयी। खट्–से जल जाते हैं।

फिर बताता है कि अपने यहाँ बने लैम्पों की तरह शीशा उतारकर नहीं जलाना पड़ता। "तो कैसे?" मेरे पूछने पर नीचे लगे पेंच को घुमाता है। शीशा ऊपर उठ जाता है। बत्ती तक माचिस पहुँचने के लिए बड़ा सूराख़ बन जाता है। वह तीली सुलगाकर लैम्प जलाता है, पेंच घुमाकर शीशा नीचे करता है और जवाब देता है, "ऐसे।"

राधा चाय की बात करती है। चौकीदार दूध लाने के लिए उठता है। सूचना देता है कि साथवाले गाँव से रोज़ ताज़ा दूध कोई दे जाया करेगा। उसने पहले से ही कह रखा है। उसके बाहर जाने के बाद राधा कहती है कि ये बूढ़े लोग बोलते बहुत हैं।

"दस–पन्द्रह साल के बाद मुझे भी यही कहोगी।"

वह मेरा कान खींचती है, "सिल्ली, यू विल नेवर ग्रो ओल्ड।"

किचन का सामान ठीक से लग गया है। हम लोग सब सोने का कमरा ठीक करना शुरू करते हैं।

"बस आज बिस्तर ही बिछायेंगे। बाक़ी चीज़ों को कल हाथ लगायेंगे।"

"तुम्हें बिस्तर की बहुत फ़िक्र रहती है।"

"बास्टर्ड। हमेशा मत छेड़ा करो।"

"तुम्हारा अपना छिड़वाने का दिल करता है। है कि नहीं?"

"बको मत। बैडशीट पकड़ो, बूढ़ा आता होगा।"

चौकीदार दूध लेकर लौट आया है। कहता है, चाय बना देगा। पूछता है, चीनी कितनी डालनी है तो राधा उसे कहती है कि चीनी अलग से रख दे।

हम पलँगों के पास ही दो कुर्सियाँ लगाते हैं। छोटी मेज़ पर चौकीदार गिलासों में चाय रखता है। घूँट भरता हूँ। स्वाद में कुछ नयापन है। मेरे कहने पर कि क्या डाला है, वह चिन्तित आवाज़ में पूछता है कि क्या चाय ठीक नहीं बनी। उसे बताता हूँ, बहुत ठीक बनी है। वह सुख की साँस लेकर बताता है कि थोड़ा–सा अदरक पीसकर इसमें डाला है। इससे चाय घनी बनती है। फिर सर्दी–जुकाम का डर भी नहीं रहता।

वह रात की रोटी को पूछता है तो उसे बताता हूँ कि बनी–बनायी है। कल तक का काम चल जायेगा।

राधा कहती है कि सड़क पर तो दो–तीन छोटी–छोटी दुकानें हैं। सब्ज़ियाँ और दूसरा छोटा–मोटा सामान कहाँ से आयेगा?

वह ख़बर देता है कि फ़िक्र की कोई बात नहीं। सुबह रोज़ एक बस शहर को जाती है, वही बस शाम को वापिस आती है। दिन में एक ही बस चलती है। उसके ड्राइवर को जो चाहिए, सुबह लिखकर दे दिया करें। बस शाम को सात बजे शहर से वापिस आती है। वह सामान ले आयेगा। फिर बताता है कि कभी–कभी डाकबंगले में लोग कुछ दिनों के लिए ठहरते हैं। वे भी इसी ड्राइवर से सामान मँगवा लेते हैं।

मेरे पूछने पर कि ड्राइवर को कुछ देना पड़ता है क्या, वह जवाब देता है कि नहीं साब, देना क्या है? हाथ को गिलास की तरह होंठों से लगाकर बताता है कि ड्राइवर को घूँट लगाने का शौक़ है। कभी–कभार पव्वा दे दिया। बस, ख़ुश। फिर यहाँ कोई डॉक्टर साब से थोड़े कुछ लेगा? बड़ी मुश्किल से तो सरकार ने यहाँ हस्पताल शुरू किया है। आस–पास के गाँवों के लोग सारा काम कर दिया करेंगे। फिकर नहीं।

राधा मुझे इशारे से कहती है कि बातचीत बन्द करूँ। बूढ़े की बातों का जवाब देना बन्द कर देता हूँ। थोड़ी देर में अपने आप उठ पड़ता है, सुबह आने के लिए कहकर कोठी के बाहर बने अपने कमरे की तरफ़ चला जाता है।

राधा से कहता हूँ वह थोड़ी देर सो ले। वह बैडरूम में जाती है। मैं चाय बनाता हूँ। गिलास लेकर अन्दर जाता हूँ तो वह आँखें मूँदे पड़ी है। साँस बड़ी हमवार चल रही है। क्या सो गयी है? आहट सुनकर आँखें खोलती है, थोड़ा परे सरककर बिस्तरे पर ही मेरे लिए जगह बनाती है। हम एक ही सिरहाने पर पीठें टिकाकर अध–बैठे हो जाते हैं। साइड टेबल मेरी तरफ़ पड़ा है। उसके हाथ से गिलास लेकर इस पर रखता हूँ।

फिर आँखें बन्द कर लेती है। पूछती है, "अब कैसे होगा?"

जानता हूँ, इस 'कैसे होगा' में बहुत सारे सवाल शामिल हैं। हम हर रोज़ कैसे मिलेंगे? रोज़ रहूँगा तो देखनेवाले क्या कहेंगे? उनको यह डॉक्टर क्या रिश्ता बतायेगी? निक्की को सब कुछ कब बताऊँगा? मैं इन दिनों कहाँ रहूँगा। शहर या उसके पास? पहली बार मुझे पता चलता है कि प्यार के बहुत सारे दुःख होते हैं।

"गोल्फ़ कोर्स के पास वाले डाकबंगले में आ जाऊँगा। कैप्टन सिंह ने गवर्नर हाउस से बुकिंग करवा ली है।"

वह मेरी ओर करवट बदलती है। मेरी कमीज़ के बटन खोलती है, बन्द करती है।

"बड़ा मुश्किल होगा।"

"मुश्किल क्या? तीन रुपये रोज़ किराया है। तुम दे दिया करना।"

"प्लीज़ बी सीरियस सन्तोष। नहीं, मैं अब अकेली नहीं रह सकती। तुम्हें रात को यहीं मेरे पास सोना होगा।"

मैं भी उसकी ओर करवट लेता हूँ। उसका सिर अपने कन्धे पर रखता हूँ, उँगली के सिरे से उसकी आँखें बन्द करता हूँ, दाँत पर चढ़े दाँत को चूमता हूँ। वह फिर आँखें खोलती है। जानता हूँ, मेरे जवाब की इन्तज़ार में है।

"अच्छा, यहीं रहूँगा। नाउ क्लोज़ योर आइज़।"

ठण्डी हवा पैर के तलवों पर चुटकी काटती है। कम्बल उसके और अपने पैरों पर डाल देता हूँ। वह मेरे कन्धे से सिर हटाती है। मेरी ओर पीठ करके लेट जाती है। मेरी छाती उसकी पीठ से जुड़ी हुई है। हाथ ब्रेस्ट पर अपने–आप रखा जाता है। पल–भर के लिए याद आता है कि उसने कहा था मेरे इस तरह हाथ रखकर सोने से उसकी ब्रेस्ट में दर्द हो जाता है। हाथ परे करने लगता हूँ तो वह अपने हाथ दबाकर वहीं पर रखे रहने को कहती है। शिफ़्टिंग की वजह से थक वह भी गयी है। थक मैं भी गया हूँ। दोनों को नींद आ जाती है।

शायद कोई खटका हुआ है। आँख खुलती है। कमरे में घुप्प अँधेरा है। जिस्म के हल्के होने से अन्दाज़ा होता है, बहुत देर सोया हूँ। बिस्तरे पर हाथ फेरता हूँ। राधा नहीं है। शूँ–शूँ की आवाज़ आ रही है। उसने स्टोव जलाया है। खाना गर्म कर रही होगी। उसे आवाज़ देता हूँ। बड़ा–सा लैम्प उठाकर कमरे में आती है, छोटी मेज़ पर रखती है। रोशनी छोटे–से दायरे में कमरे में फैल जाती है।

"मुझे जगा देती।"

"नहीं। तुम बड़ी सुख की नींद सो रहे थे। सुनो, मैंने आज नोट किया है कि तुम सोये–सोये मुसकराते हो।"

"आई मस्ट बी ड्रीमिंग आफ़ यू।"

"सिल्ली। उठो, खाना गर्म हो गया।"

"तुम उठाओ न। जान नहीं रही।"

"क्यों? कौन–सी कमज़ोरी आ गयी? कुछ किया–कराया तो है नहीं।"

वह मुझे उठाने के लिए नीचे झुकती है। उसे खींचकर अपने ऊपर गिरा लेता हूँ। उसे क्रश कर रहा हूँ। उसके होंठ दाँतों में पकड़ लिये हैं। वह सिर हिलाकर छुड़ाना चाहती है। दर्द होता है। सिर हिलाना बन्द कर देती है। मेरे बाल खींचकर मुँह पर करने की कोशिश करती है। मैं दाँतों को थोड़ा और कसता हूँ। उसकी पीठ को दोनों हाथों से मलता हूँ। वह जिस्म ढीला छोड़ देती है। और रात एक लम्बे, बहुत लम्बे चुम्बन में बदल जाती है।

मुँह परे करता हूँ। वह लम्बा साँस लेकर अपने अन्दर हवा इकट्ठी करती है। झिड़कती है, "मार डालोगे क्या?"

उसके झिड़कने का मतलब है कि मार डालो। बुरी तरह मार डालो। पूरी तरह मार डालो। इस तरह मरना तो नसीब से मिलता है।

चौकीदार ने रसोई के कोने में पानी की बाल्टी रख छोड़ी है। कमीज़ उतारकर जिस्म का ऊपर का हिस्सा धोता हूँ। पानी बहुत ठण्डा है। पीठ में पिनों की नोक की तरह चुभता है। मुँह पर पानी छिड़कता हूँ। काम फिर भी नहीं बनता। लम्बी–लम्बी लहरें अब भी अन्दर उठ रही हैं जो मुझे चैन से खाना नहीं खाने देंगी। सिर पर दो–तीन गिलास डालता हूँ। राधा छेड़ती है, "अब बाकी कितना हिस्सा रह गया? पूरा नहा डालो।"

वह मजाक कर रही है, मुझे उसकी बात सही लगती है। 'क्लोज़ योर आइज़' कहकर वहीं रसोई के कोने में ही जींस उतारकर पूरा नहाना शुरू कर देता हूँ, वह मुझे नंगा देखती है, ताली बजाकर 'शेम–शेम' कहती है और 'तौलिया लायी' कहकर दूसरे कमरे में चली जाती है।

अब मुझे भरपूर ठण्ड लग रही है। हाथों की उँगलियाँ अकड़–सी गयी हैं। जिस्म ऐसे लगातार हिल रहा है जैसे ज़मीन के उस हिस्से पर जहाँ मैं खड़ा हूँ, भूचाल आ रहा हो।

वह तौलिया लाती है। स्टूल खींचकर मेरे पास करती है, बैठने को कहती है और मेरी पीठ पोंछती है।

"तुम तो काँप रहे हो। सर्दी लग गयी तो? यू आर मैड। आधी रात को कौन नहाता है?"

मैं उठने लगता हूँ। 'बैठे रहो' कहकर वह तौलिए से मुझे रगड़ना शुरू कर देती है। जिस–जिस हिस्से पर वह रगड़ रही है, वहाँ–वहाँ ख़ून का बहाव शुरू हो रहा है, गर्मी आ रही है।

अब वह मेरी छाती को रगड़कर पोंछ रही है। कन्धे पर गहरा लाल चकत्ता बना हुआ है। उसके अन्दर का डॉक्टर चौकस हो जाता है।

"यह निशान कैसा है?"

"तुमने ज़ोर से काटा है। साथ लेटने पर तुम्हें होश थोड़े रहता है?"

'बास्टर्ड' कहकर अब वह मेरी टाँगें पोंछ रही है। एक दूसरी तरह की गर्मी आनी शुरू हो गयी है। मैं उसका हाथ परे करता हूँ।

"रहने दो। मैं अपने–आप पोंछ लूँगा।"

मेरे रोकने पर पल–भर के लिए वह हैरान होती है, फिर टाँगों के बीच के हिस्से को देखती है और उस पर तौलिया रख देती है। मैं उसका सिर नीचे करता हूँ, नाक के टिप को ज़बान से छूता हूँ। वह मुझे धकेलकर कहती है, "चलो, जल्दी से खाना खा लें।"

मैं तौलिया लपेट लेता हूँ। उसके पास ही, स्टोव के पास खड़ा हो जाता हूँ। उससे हाट केस नहीं खुल रहा। मेरी ओर बढ़ाती है। खोलता हूँ, पहले डिब्बे में चिकन है। दूसरे में चावल है, सलाद और स्लाईसेज़ है। तीसरा डिब्बा खोलता हूँ। शराब का क्वार्टर है, साथ एक चिट रखी है। पढ़ता हूँ, भट्टी को ज़ोर से 'माँ दाँ यार' कहता हूँ। वह पूछती है कि क्या हुआ? गाली किस बात पर?

उसे शराब का क्वार्टर दिखाता हूँ, पढ़ने के लिए भट्टी की चिट आगे करता हूँ, जिस पर लिखा है : "हज–वार्मिंग के लिए थोड़ी–थोड़ी पी लो। लेकिन इसके बाद कोई शरारत मत करना। भले बच्चों की तरह अलग–अलग सोना। कुछ काम शादी के बाद के लिए छोड़ दो।"

"बड़ा मज़ेदार आदमी है।"

"मज़ेदार नहीं, बदमाश कहो।"

"थोड़ी–सी ले लो।" वह क्वार्टर मेरी ओर बढ़ाती है।

"रहने दो। खाना खाते हैं।"

उसे ग़लती लगती है कि उसे नाराज़ न करने के लिए मैंने न की है। अभी वह जानती नहीं कि दूसरों के नाराज़ होने या न होने के हिसाब से मैं नहीं जीता।

"ले लो। आधी रात को नहाये हो। दवाई का काम करेगी।"

मैं दो गिलासों में डालता हूँ। पानी मिलाता हूँ, वह न कहती है। कड़वी लगेगी। पहले तो वाइन पी है। मैं 'कुछ नहीं होता' कहकर गिलास उसे थमाता हूँ। वह छोटा–सा घूँट भरती है, मुँह बनाती है, 'बहुत कड़वी है, तुम जाने कैसे पी लेते हो?' कहकर गिलास नीचे रख देती है।

उसे समझाता हूँ कि किसी भी चीज़ का स्वाद जीभ के टिप से सिरे से पता लगता है। शराब को सीधा गले में जाने दे, जीभ के टिप से न छुए तो कड़वी नहीं लगेगी। गिलास उठाकर मुँह को लगाता हूँ, शराब ग्ल्प करता हूँ। वह भी ऐसे ही पीती है।

"अरे सच। अब बहुत तेज़ नहीं लगी।"

मैं दो प्लेटें नेपकिन से पोंछता हूँ। वह चिकनकरी गर्म करती है!

"चावल भी गर्म करूँ क्या?"

"नहीं, रहने दो। कोसे तो हैं ही, चिकन ख़ूब ज़ोर–से गर्म हो लेने दो।"

वह अपना छोटा पेग ख़त्म करती है। उसके गिलास में फिर स्माल डालता हूँ, अपने में लार्ज। वह घूँट लेकर कहती है, "तुम कपड़े डाल लो। सर्दी नहीं लग रही क्या?"

मैं सिर हिलाकर 'नहीं' कहता हूँ। पूछती है, यहीं खड़े–खड़े खा लें क्या? मैं 'हाँ' में सिर हिलाता हूँ।

मैं सलाद का टुकड़ा उठाता हूँ। वह मेरे हाथ से लेकर वापिस प्लेट में रख देती है। मीट का पीस मेरे मुँह में डालते हुए कहती हे, "कुछ खा भी लिया करो।"

खाना ख़त्म होता है। क्वार्टर में थोड़ी–सी बची है। दोनों गिलासों में डालकर अन्दर कमरे में ले आता हूँ। फ़ायर प्लेस के पास चौकीदार ने सूखी लकड़ियाँ पहले से रख छोड़ी हैं। छोटे टुकड़े नीचे रखता हूँ। बड़े ऊपर लगाता हूँ। रसोई में से मिट्टी के तेल की बोतल उठाने जाता हूँ। वह बर्तन सँभाल रही है। अन्दर आकर लकड़ियों पर तेल छिड़कता हूँ। 'कट–कट' की छोटी आवाज़ें होती हैं, सूखी लकड़ियाँ आग पकड़ लेती हैं। फ़ायर प्लेस के पास कम्बल बिछाता हूँ, ऊपर सफ़ेद चादर और तकिये रखता हूँ। जलती लकड़ियों की गर्मी कमरे की ठण्ड को धक्के मारकर बाहर निकाल देती है। दो सिरहाने कम हैं, मैं कुर्सियों से कुशन उठाकर नीचे रख लेता हूँ। रसोई से आवाज़ें आनी बन्द हो गयी हैं। तो उसने काम

ख़त्म कर लिया? कमरे में आती है। रसोई और इस कमरे के टैम्परेचर के फ़र्क़ को महसूस करती है, 'इट्स कोज़ी' कहकर मेरे पास आ खड़ी होती है। मेरे अध–लेटे जिस्म को देखती है, कमर पर बँधे तौलिए को देखती है और 'मैं आयी' कहकर उस कमरे में चली जाती है जहाँ हम लोगों ने उसके ट्रंक और अटैची रखे हैं।

वह इस कमरे का लैम्प भी साथ उठा ले गयी है। अभी यहाँ बिजली जो नहीं आयी।

वह वापिस लौटती है। उसने क्रीम कलर की नाइटी डाल रखी है। बायें वक्ष पर बड़ा–सा सुर्ख़ फूल बना हुआ है। क्रीम कलर पर ख़ून के छींटे की तरह छिटके हुए आग की लपट लपकती है। फूल का आकार बड़ा होता है। ख़ून के छींटे और फैलते हैं।

वह लैम्प मेज़ पर रखती है। मेरी ओर क़दम उठाती है। फिर मेज़ के पास लौटती है। लैम्प नीचा करती है, 'अब ठीक है' कहकर पीछे सिरहाना रखता हूँ, ऊपर कुशन रखता हूँ, वह इनसे पीठ टिका लेती है। उसका गिलास उसे थमाता हूँ। हम हौले–से गिलास टकराते हैं। वह छोटा–सा घूँट लेकर गिलास नीचे रख देती है।

मैं नाइटी पर बायें वक्ष पर बने लाल सुर्ख़ फूल को देखता हूँ। उसका आकार उसके वक्ष के उठने–गिरने के साथ बढ़–घट रहा है। सिहर जाता हूँ। मेरे शरीर की लहरों को उसका शरीर ग्रहण कर रहा है, हालाँकि हमारे जिस्म आपस में छू नहीं रहे।

"क्या हुआ?"

मैं उसे बताता नहीं कि लाल सुर्ख़ फूल ने मुझे डरा दिया है। बड़ा मारबिड लग रहा है। जैसे उसके दिल में किसी ने लम्बा तेज़ चाकू भोंक दिया है। ख़ून का क़तरा–क़तरा बाहर आ रहा है, नाइटी पर फूल के आकार में बदलकर फैल रहा है। अपना पेग एक ही घूँट में ख़त्म करता हूँ। लपट लपकती है। नाइटी पर बने फूल पर चमकती है, छोटी–सी छलाँग लगाकर उसके चेहरे पर बिछती है, बिछलकर छत की तरफ़ बढ़ती है और अँधेरा छोटी–सी रोशनी को अपने काले कम्बल में लपेटकर छुपा लेता है।

वह कुशन कोहनी के नीचे रखती है। मेरे चेहरे को देखती है, घबराकर पूछती है, "क्या हुआ?"

"कुछ नहीं।"

"बट यू आर क्राइंग।"

वह मेरा सिर खींचकर अपनी छाती पर रखती है। फिर उसे ऊपर करती है। गले के पासवाला बटन खोलकर नाइटी को अपनी छाती से पीछे करती है और मेरा सिर वहाँ रख लेती है।

सिर ऊपर–नीचे हो रहा है। ज़िन्दगी में पहली बार रो रहा हूँ और खुलकर रो रहा हूँ।

वह मेरी पीठ पर हाथ फेर रही है। घबराकर कहती है, "प्लीज़ सन्तोष। क्या हुआ? बताओ न? प्लीज़ डोंट क्राई। मुझे डर लग रहा है।"

उसे क्या बताऊँ कि क्या हुआ? कैसे बताऊँ कि सख़्त होने का, टफ़ होने का मेरा कवच आज टुकड़े–टुकड़े हो गया है? कैसे समझाऊँ कि आज जब वह पूरी की पूरी मेरी हो गयी है तो उसने मुझे कमज़ोर बना दिया है। कोई अपना हो जाये तो डर लगना शुरू हो जाता है।

वह मेरा चेहरा ऊपर उठाती है, "क्या हुआ? बताओगे नहीं? तुम ऐसे रोने लगोगे तो मैं क्या करूँगी?"

उसे कैसे बताऊँ कि उसके कभी–कभी रोने की वजह यह है कि कभी उसका कोई था। उस पर जुल्म करता था। उसे उसकी कड़वी यादें रुला देती हैं। मैं रो पड़ा हूँ। आज पहली बार यह महसूस करके कि आज तक किसी के अपना न होने का दुख कितना बड़ा है।

वह नाइटी की बाँह से मेरा चेहरा पोंछती है, मेरी गीली आँखों को चूमती है। मुझे नीचे लिटाती है। सिर के नीचे सिरहाना रख़ती है। फिर मेरी ओर करवट लेकर ख़ुद लेटती है। नाइटी परे करती है। मेरा सिर अपनी छाती की ओर करती है। मैं छोटे बच्चे की तरह इधर–उधर होंठ हिलाता हूँ, वह हाथ से अपना स्तन थोड़ा ऊपर उठाती है। मेरे मुँह में डालती है। मेरी पीठ पर हाथ फेरे जा रही है।

"स्लीप माई चाइल्ड। डोंट क्राई। माँ पास जो है।"

मैं थोड़ा–सा मुँह हिलाता हूँ, वह थोड़ा–सा ऊपर सरकती है। अपने स्तन को मेरे मुँह के साथ ठीक से सैट करती है, सटाती है और मुझे बिल्कुल उसी तरह से सुला देती है जैसे मेरी माँ सुलाया करती थी।

नींद खुल जाती है। क्यों? फ़ायर प्लेस में आग बुझ गयी है। सर्दी बाहर से हवा के पंखों पर सवार होकर अन्दर आ गयी है, कमरे के

कोसेपन को उसने बाहर निकल दिया है। हवा कहाँ से अन्दर आ रही है? रसोई का दरवाज़ा खुला पड़ा है। किसी छापामार की तरह यहीं से ही अन्दर घुस आयी है।

उसका स्तन अब भी मेरे मुँह में है। मुँह परे करता हूँ। उसकी टाँगें सिकुड़ी हुई हैं। घुटने मेरे पेट में चुभ रहे हैं। उसकी बाँहों पर सुनहले रोयें सर्दी से खड़े हो गये हैं। पीठ को छूता हूँ। एकदम ठण्डी यख़ है। उठता हूँ। एक बाँह उसके हिप्स के नीचे डालकर और दूसरी को गर्दन के नीचे रखकर उसे उठाता हूँ। बिस्तरे पर लिटाता हूँ। बिस्तरे का ठण्डापन उसकी आँखें खोलता है।

"क्या हुआ,?" वह उनींदी पूछती है और फिर से टाँगें सिकोड़ लेती है।

दो कम्बल जोड़कर उस पर डालता हूँ। मैं भी अन्दर सरक जाता हूँ। उसके घुटने सीधे करता हूँ। वह फिर सिकोड़ लेती है। रानों के अन्दर हाथ डालकर धीरे–धीरे मलना शुरू कर देता हूँ। थोड़ी गरमाइश होती है। वह घुटने ढीले करती है। अब मैं उसके पैरों से रानों तक टाँगों के बीच ज़ोर–ज़ोर से 'रब' करता हूँ।

"बहुत सर्दी है," वह बच्चे की तरह कुनमुनाती है, मेरी गर्दन में मुँह छिपाती है।

उसकी नाइटी के सारे बटन खोलकर परे करता हूँ। खींचकर अपने साथ सटाता हूँ। जोर–जोर से उसकी पीठ को हाथों से रगड़ता हूँ। कूल्हों के उभार बर्फ़ की सिल की तरह सर्द हैं। दोनों हाथों से वहाँ का मांस मुट्ठियों में भरता हूँ, दबाता हूँ, ढीला छोड़ता हूँ, फिर दबाता हूँ।

अब उसकी कालर–बोन पर अँगूठे और बीच की उँगली से दबाव डाल रहा हूँ। छोटी–सी 'सी' करती है। दर्द–भरी मिठास हो रही है।

वह आँखें बन्द किये मुसकरा रही है, इसका पता मुझे अपने गले पर रखे उसके होंठों के हिलने से चल जाता है।

वह और साथ लगती है। उसकी कालर–बोन को ज़रा ज़ोर–से दबाता हूँ। वह आँखें खोलती है, "और आगे कहाँ जाओगे?"

"तुम्हारे अन्दर। कम्पलीट। टोटल।"

उसका दाँत पर चढ़ा दाँत मख़मल पर रखे मोती की तरह लश्कारे मारता है। उसके शरीर से सुनहरे सेबों की ख़ुशबू उठ रही है, खटास लिये हुए मीठापन।

वह मेरी दोनों टाँगों के बीच अपनी टाँगें डालती है। हिलाती है।

"आराम से लेटी रहो। नाउ स्लीप।"

"डाँटते क्यों हो? सुला दो न?"

वह फिर से हिलती है। मैं उसकी पीठ अपनी ओर करता हूँ। थोड़ा नीचे सरकता हूँ। गोल्डन ब्रिज बनना शुरू हो जाता है। हम दोनों का पहला क़दम पुल के छोर पर रखा जाता है। वह कूल्हे पीछे करती है। हम दोनों पुल के बीचोंबीच पहुँच जाते हैं। वह पुल में झूलने के लिए हिलती है।

"डोंट मूव। ऐसे ही सोयेंगे।"

मैं उसका अन्दर मोटा हो रहा हूँ। मोटा, और मोटा। लगता है, बर्स्ट कर जाऊँगा। उसे पता चल जाता है पुल टूटा कि टूटा।

"नहीं, अभी नहीं। प्लीज़।"

मैं आँखें बन्द करता हूँ। सौ तक गिनता हूँ, साँस रोककर, पुल टूटने से बच जाता है। मैं बर्स्ट नहीं होता।

वह मेरा हाथ पकड़ती है। अपनी पीठ पर आगे खींचती है, ब्रेस्ट पर रखती है।

"बहुत पेन हो रहा है। कितनी देर तुमने मुँह में डाले रखी।" मैं उसकी ब्रेस्ट मलना शुरू कर देता हूँ।

"अभी हट जायेगा। लैट्स स्लीप।"

वह मेरा हाथ दबाकर इसका हिलना–मलना बन्द कर देती है। गोल्डन ब्रिज हिल रहा है, हम दोनों इसके बीचोंबीच पड़े झूल रहे हैं। वह मेरा हाथ ऊपर अपने मुँह के पास ले जाती है। छोटी उँगली को अपने दाँतों के बीच रखती है, "इसे खा जाऊँ?"

मैं उसके कन्धे के मांस को अपने दाँतों में दबाकर कहता हूँ, "हाँ, खा जाओ। दाँत मेरे भी हैं।"

"बास्टर्ड।" वह मेरी उँगली दाँतों से छोड़ती है।

"बिच।" मैं उसके कन्धे का मांस दाँतों से छोड़ता हूँ।

उसकी साँसें तेज़ चलना शुरू हो गयी हैं। वह तड़प रही है, बिस्तरे पर ऊपर उछलती है, हाथों से नीचे दबाता हूँ। उसका हिलना बन्द करने की कोशिश करता हूँ।

"नहीं, ओ गाड। मैं मर जाऊँगी। प्लीज़ सन्तोष। मूव। हिलो न!"

उसका जिस्म एकबारगी ज़ोर–से हिलता है, धीरे–धीरे तड़पता है। मुँह से छोटी–छोटी सिसकारियाँ निकली हैं।

मैं फिर साँस बन्द करता हूँ। फिर सौ तक गिनता हूँ और पुल को दोनों तरफ़ से टूटने से बचा लेता हूँ।

"थक तो नहीं गयी? परे हो जाऊँ?"

"नो, नो, नो।" वह मेरे हिप्स पर हाथ रखकर दबाती है।

उसे बताना चाहता हूँ कि एक शब्द तीन बार नहीं बोलना चाहिए, अपशकुन होता है। अच्छा, सुबह बता दूँगा।

"तुम तो नहीं थक गये?"

मैं उसके कन्धे के मांस को फिर से दाँतों में दबा लेता हूँ।

"बड़ा अच्छा लग रहा है।"

मैं मुसकराता हूँ। वह डाँटती है, "ऐसे मत हँसा करो। मेरा मज़ाक़ करते हो?"

मैं उसके दाँत पर चढ़े दाँत को छोटी उँगली के पोटे से छूता हूँ। वह थोड़ा–सा होंठ खोलती है, उँगली दाँतों के बीच रख लेती है।

रात और लम्बी हो जाती है। ऐसी रात, जिसकी सुबह कभी नहीं होती।

रसोई के दरवाज़े से हवा का छापामार दस्ता बार–बार अन्दर आता है, बार–बार हम दोनों से हार अपना–सा मुँह लिये लौट जाता है, हवा और सर्दी के ख़िलाफ़ हमारी क़िलेबन्दी मज़बूत है।

"अब ठण्ड बिल्कुल नहीं लग रही।"

"हूँ, सो जाओ।"

हम दोनों गोल्डन ब्रिज के बीचों बीच लेटे वैसे के वैसे सो जाते हैं। हवा अपना सिर धुनती रह जाती है।

पाँच

थोड़े–से महीने। थोड़े–से रविवार और निक्की की सर्दियों की छुट्टियाँ आ गयीं।

थोड़े–से महीने। थोड़े–से रविवार। निक्की से दोस्ती गहरा गयी। और निक्की की सर्दियों की छुट्टियाँ आ गयीं।

थोड़े–से महीने। थोड़े–से रविवार। ब्रांडी मोटा–ताज़ा हो गया और निक्की की सर्दियों की छुट्टियाँ आ गयीं।

एक बात तीन बार नहीं कहनी चाहिए। अपशकुन होता है।

निक्की को स्कूल से पहली बार दुर्गापुर लाया था तो नीचे दुकानों के पास मोबाइक रोककर उसे रानी की कोठी दूर से दिखायी थी।

दो दूर–दूर खड़े पेड़ों की शाखाओं ने गलबहियाँ डाल ली हैं, गोलाई में मुड़कर शाखों ने एक–दूसरे के पत्तों के हाथ कसकर पकड़ लिए हैं। हमेशा के लिए इन शाखों के दायरे के बीच से सामने दरवाज़े का ऊपरी हिस्सा और रोशनदान का नीला काँच झाँक–झाँककर बाहर देखते हुए। फ़ायर प्लेस के ऊपर बनी चिमनी शाखों के दायरे से ऊपर उठकर बाहर निकल गयी है। बादल का टुकड़ा चलते–चलते थक गया है। चिमनी से पीठ टिकाकर साँस लेता हुआ। न कहीं हवा, न किसी परिन्दे की उड़ान या चहक और न पत्तों का खड़खड़ाना। कोठी साँस लेती है तो गोलाई में हाथों में हाथ डाले शाखों के पत्ते थोड़ा हिलते हैं, फिर और कसकर उँगलियों में उँगलियाँ फँसा लेते हैं। हवा के चलने की आवाज़ नहीं आ रही तो क्या? चल तो रही है। कोठी की दीवारें, दरवाज़े, छत, छतरियाँ छूती हैं, कोठी इस हवा को वापिस बाहर निकालती है तो साँस लेती है। साँस लेती है तो हल्का हिलती है। शाखों के दायरे से दरवाज़े का ऊपर

का हिस्सा और नीले काँच का रोशनदान बाहर निकलने के लिए हिलते हैं, शाखाएँ अपना दायरा मज़बूत करती हैं, इन्हें घेरे में रखे रखने के लिए।

निक्की कोठी देखती है, शाखाओं का दायरा देखती है, चिमनी पर पीठ टिकाकर बैठे बादल को देखती है, नीली चादर से बिछे आसमान को देखती है और तभी कोठी हल्की साँस लेती है, हिलती है। निक्की के कन्धे काँपते हैं। उसके चेहरे पर कहीं थोड़ा–सा डर है।

"सन्तोष, कोठी हिलती है।"

मुझे पता है, वह सही कह रही है। लेकिन जो सही है वह हमेशा माना तो नहीं जाता। उसे बताता हूँ कि शाखों के दायरे से कोठी का सामने का हिस्सा दिखाई देता है, हवा से दायरा हिलता है तो सहज ही भ्रम हो जाता है कि कोठी हिल रही है। वह 'हाँ' में सिर हिलाती है।

"बिल्कुल हांटेड लगती है।"

हम ऊपर कोठी की ओर चलने को हुए तो उसने पूछा था कि मोबाइक पर क्यों नहीं? पैदल क्यों? समझाया कि पगडंडी कई जगहों पर बहुत कम चौड़ी है। मोबाइक पर ऊपर जाना डेंजरस है। इसलिए मोबाइक नीचे दुकान में ही रखता हूँ।

"डर लगता है क्या?"

"इज़ इट रियली डेंजरस? लैट्स गो आन द मोबाइक।"

उसकी आवाज़ में छोटा–सा चैलेंज। कम चौड़ी पगडंडी मुझे भी कई बार चैलेंज दे चुकी है। पता नहीं क्यों इस चैलेंज को टालता रहा हूँ?

"राधा नाराज़ होगी।"

"ममा डरपोक है। मैं नहीं डरती। आप क्यों डरते हो?"

बच्चे को पता चल जाये कि पिता कमज़ोर है, डरपोक है तो पिता में उसका विश्वास, उसकी आस्था कम हो जाती है क्योंकि पिता उसका सम्बल होता है। और कमज़ोर सम्बल किसे अच्छा लगता है?

मोबाइक स्टैंड से उतारता हूँ। उसे पीछे बैठने को कहता हूँ। कसकर मेरी कमर पकड़े रहे। एक सैकिंड के लिए हाथ ढीले नहीं छोड़े। जर्क और जम्प लगेंगे। मोबाइक का मुँह कोठी की ओर हुआ देखकर दुकानदार थड़ी से नीचे आ गया है। मैं किक मारता हूँ। वह हाथ ऊपर उठाकर कहता है, "नहीं साब, नहीं। ख़तरा है।"

इंजन की गर्जन उसकी 'नहीं–नहीं' को खा जाती है। बाक़ी दुकानों पर खड़े लोग भागकर इधर आ रहे हैं। मैं रेस दे रहा हूँ क्योंकि पगडंडी के शुरू होते ही सीधी चढ़ाई है।

"गो। सन्तोष, गो। लैट्स गो।" वह मेरी पीठ से चिपके हुए हल्ला करती है।

क्लच छोड़ता है। अगला पहिया पहला क़दम सीधी चढ़ाई पर रख देता है। इंजन की हमवार गर्जना थोड़ी–सी टूटती है, और रेस देता हूँ, दूसरा पहिया भी सीधी चढ़ाई पर पाँव रख देता है।

वह मुझे और कसकर पकड़ती है। बताता हूँ कि हाथ इतने न कसे। दूसरे का तनाव हमारे अन्दर तनाव पैदा कर देता है। वह कसाव कम करती है, इंजन की आवाज़ हमवार हो जाती है। छोटी–छोटी झाड़ियों में बैठे छोटे–छोटे परिन्दे इस अनजानी अनसुनी आवाज़ से फड़फड़ाकर ऊपर उठते हैं, और 'चाँय–चाँय' की तीखी आवाज़ों में आगे की झाड़ियों के बैठे परिन्दों को इस दानव आवाज़ की ख़तरा–ख़बर देते हैं। इस पगडंडी से कई बार उतरा–चढ़ा हूँ। चढ़ाई जहाँ ख़त्म होती है, उतराई जहाँ एकदम शुरू होती है, उस जगह पर एक बड़ा–सा पत्थर है, जिससे उतरने या चढ़ने के लिए छोटी छलाँग लगानी पड़ती है। लगातार बारिश और कुरेदती हवा ने पत्थर का किनारा नोकीला और तेज़ बना दिया है। अगला टायर यह धारीला पत्थर फाड़ देगा। रेस और देता हूँ। पत्थर आया कि आया। गर्जना बढ़ती है, चौतरफ़ा ख़ामोशी को चीरती हुई परिन्दों के झुंड के झुंड छोटी ऊँचाई पर उड़ रहे हैं, चायँ–चाँय। आवाज़ों के इस कुहराम में चीख़कर निक्की को 'स्टेडी' कहता हूँ। उसने पत्थर देख लिया है। छाती मेरी पीठ से चिपक गयी है। उसकी डरी हुई धड़कनें मेरी पीठ के रास्ते मेरे अन्दर आ रही हैं। एक डाइव करते हुए विमान की तरह मैं कमिटेड हो चुका हूँ। मोबाइक अब मेरे चाहने पर भी रुकेगी नहीं।

पत्थर आया। रेस बढ़ी। पूरे ज़ोर से दायाँ पाँव ब्रेक पर दबा। अगले पहिये ने छलाँग मारी, पत्थर फलाँग गया। पिछले पहिये ने हल्की–सी आनाकानी की। ब्रेक आधी ढीली छोड़ी। स्पिलिट–सैकिंड के लिए रेस देकर फिर ब्रेक पर पाँव दबा और पिछला पहिया भी फलाँग गया। हैंडिल पर हाथ ढीले। घर लौटते घायल जानवर की तरह अगले पहिये ने पगडंडी पकड़ी, पिछले पहिये ने भी ज़मीन की छाती अपनी गिरफ़्त में ले ली।

निक्की थर–थर काँप रही है। ख़तरा टल गया है, मैं थर–थर काँप रहा हूँ। इंजन की हुआँ–हुआँ। हुंकार हमवार हो रही है। शायद परिन्दों का चीख़ना राधा ने सुना। शायद इंजन की हुंकार राधा ने सुनी। वह भागकर दरवाज़े के बाहर आ गयी है। वह नीचे भाग रही है। सफ़ेद गाउन सफ़ेद परिन्दे की तरह फड़फड़ा रहा है। इंजन पर बहुत स्ट्रेन पड़ा है। घायल जानवर की तरह घर पहुँचने का आख़िरी हल्ला मार रहा है।

वह पगडंडी पर हमारी ओर दौड़ रही है। जानती नहीं कि मोबाइक को ब्रेक मारूँगा तो नीचे गड्ढे में जायेगी। हाथ को ज़ोर–ज़ोर से दायें–बायें हिलाकर उसे पगडंडी छोड़ने के लिए कहता हूँ।

वह रुकती है। दायें–बायें हिलते हाथ को देखती है। समझ क्यों नहीं रही? मुँह में उसे गाली देता हूँ–ब्लडी बिच। अनबोली गाली उस तक पहुँचती है, अगला पहिया उस तक पहुँचता है, अब ख़तरा समझती है। छोटी छलाँग लगाकर पगडंडी छोड़ती है और मोबाइक कोठी के आँगन में पहुँच जाती है। एकदम बन्द नहीं करता, धीरे–धीरे रेस कम करता हूँ। निक्की के हाथ मेरी कमर पर सीमेंट–से सख़्त हो गये हैं। मोबाइक बन्द करता हूँ। अपने हाथ की उँगलियों से उसके हाथों की उँगलियों को एक–एक करके खोलता हूँ। हाथ पीछे करके उसे नीचे उतरने में सहारा देता हूँ।

मोबाइक स्टैंड पर नहीं लग रही। डर बाहर निकलता है तो साथ–साथ शक्ति भी बाहर ले जाता है। फिर ज़ोर लगाता हूँ। गाड़ी स्टैंड पर चढ़ जाती है। वहीं ज़मीन पर बैठ जाता हूँ। लम्बे साँस खींचकर जिस्म को नार्मल करने की कोशिश करता हूँ।

निक्की का चेहरा कहाँ गया? चेहरे की जगह बर्फ़ की सिल किसने रख दी?

राधा भागती हुई ऊपर चढ़ रही है। हवा भरने से गाउन सफ़ेद परिन्दे के सफ़ेद पंखों की तरह फड़फड़ा रहा है। वह निक्की के पास पहुँची है। थमी है। खुले पंख बन्द हो गये हैं। अब उसने निक्की को उठा लिया है। बेतहाशा उसका माथा, आँखें, नाक, होंठ, गला और सिर के बाल चूम रही है। निक्की के चेहरे से बर्फ़ की सिल सरक गयी है। उसका अपना चेहरा चमक रहा है। राधा की गोदी से नीचे उतरी है। मेरे पास आयी है। माथे पर बिखरे मेरे बालों को पीछे कर रही है।

राधा मेरे क़रीब आयी, मुझे देखा, उस नफ़रत से जिस नफ़रत से हम किसी ख़ूनी को देखते हैं और अन्दर चली गयी। हमारी पहली ख़ामोश लड़ाई। ठण्डा गुस्सा ठोस होता है, जल्दी नहीं जाता।

"शी इज़ इन अ रेज।" निक्की की डरी हुई आवाज़ में कहीं शक है कि आज वह भी माँ को मना नहीं पायेगी।

मैं सिगरेट सुलगाता हूँ। निक्की मेरे उठने की इन्तजार में है, "अन्दर नहीं चलना क्या?"

"तुम चलो, मैं थोड़ी देर में आऊँगा।"

"उठो न प्लीज़। मेरे साथ चलो। ममा को हम दोनों मना लेंगे।"

यह छोटी–सी लड़की कुछ–न–कुछ कराके रहेगी। मेरे नज़दीक आ रही है तो राधा को मुझसे दूर कर रही है। इसने माँ का औरतवाला ग़ुस्सा देखा है। मेरा नहीं। ओ गाड, मुझे ग़ुस्सा न आये। गाड मानता नहीं। झपटकर उसका कन्धा पंजे में दबोचता हूँ।

"तुम्हें सुनायी नहीं देता क्या? आई सैड गो इन। डोंट यू अंडरस्टैंड सिम्पल इंग्लिश?"

उसका अपना चेहरा कटकर फिर नीचे गिर गया है। बर्फ़ की सफ़ेद सिल फिर वहाँ आ बैठी है। अचानक पता चलता है कि अनजाने में मेरे पंजे का उसके कन्धे पर कसाव कस गया है। और कसेगा तो कालर–बोन टूट जायेगी। जिस्म के एक सौ अस्सी पाउंड की ताक़त पंजे में सरक आयी है।

पंजा हटाता हूँ। वह फटी–फटी आँखों से मुझे देख रही है। कन्धे के दर्द की वजह से खड़ा–खड़ा जिस्म हिल रहा है। मैं अपने ग़ुस्से पर शर्मिन्दा हूँ। शायद मनाने वाली मुसकान मेरे चेहरे पर आती है। बर्फ़ की सफ़ेद सिल सरक जाती है और उसका अपना चेहरा वहाँ वापिस आ जाता है।

वह कुछ कहने के लिए मुँह खोलती है लेकिन डरे हुए शब्द बाहर नहीं निकलते। अन्दर चली जाती है। नीचे देखता हूँ। साँप–सी सरकती पगडंडी। क्या इस पर से मैं मोबाइक ऊपर लाया? पगडंडी का साँप अपनी जगह से उठता है और मेरी ओर बढ़ता है। जानता हूँ डर का यह साँप अन्दर चला आया तो फिर मैं कभी भी मोबाइक नीचे उतार न सकूँगा।

रवि ने एक बार बताया था कि जब भी कोई जहाज़ क्रैश कर जाता है, पायलेट मर जाता है, तो उस हवाई–अड्डे के वैज्ञानिक उसी समय

उड़ान भरने लग पड़ते हैं। मेरे 'क्यों' पर उसने जवाब दिया था कि हमें हमेशा दूसरों का डर कमज़ोर बनाता है। किसी और के प्लेन क्रैश करने में प्रत्येक पायलेट की कल्पना में उसका अपना प्लेन क्रैश करना शुरू कर देता है। इससे पहले कि किसी दूसरे की मौत हमें मार दे, हम लोग उड़ान भर लेते हैं। आसमान में उड़ रहे होते हैं तो दूसरे की मौत का डर बाहर निकल जाता है, अपने ज़िन्दा रहने की भावना फिर से हम पर हावी हो जाती है।

वह ठीक कहता है। इससे पहले कि पगडंडी का साँप मेरे अन्दर बैठ जाये, मुझे नीचे उतरना चाहिए। डर को एक बार अन्दर जाने का मौक़ा दिया नहीं कि वह स्थायी घर बनाकर बैठ जाता है। सिगरेट फेंकता हूँ, खड़ा होता हूँ। पगडंडी का साँप मेरा इशारा भाँप जाता है। इसे माँ की गाली देता हूँ। इंजन अभी ठण्डा नहीं हुआ। पहली किक में स्टार्ट हो जाता है। आवाज़ अन्दर जाती है। राधा और निक्की को बाहर घसीट लाती है, मोबाइक मोड़ ली है।

"सन्तोष, प्लीज़ डोंट गो।" निक्की।

मेरी ओर भागती हुई राधा, "सन्तोष, मत जाओ।"

इससे पहले कि वह मेरे पास आये, मैं मोबाइक नीचे उतार देता हूँ। पगडंडी के डर के साँप को कुचलता हुआ नीचे उतर रहा हूँ। आती बार मैंने आस–पास बिल्कुल नहीं देखा था, कहीं डरा हुआ था। अब 'चाँय–चाँय' करते परिन्दे देख रहा हूँ। हिलती झाड़ियाँ देख रहा हूँ और बड़ी तेज़ी–से नीचे उतर रहा हूँ। मशीनी हरकत की तरह हाथ रेस देते हैं, क्लच दबाते हैं, पाँच गियर बदलते हैं, ब्रेक दबाते हैं, छोड़ते हैं और तभी रवि की बात याद आती है कि प्लेन उड़ाना तो सबको आता है लेकिन असली पायलेट वही है जो इंस्टिंक्ट के साथ फ्लाई करता है, कहीं कोई मानसिक दबाव नहीं। जानता हूँ, अब जब राधा के पास आऊँगा, मोबाइक नीचे दुकानदार के पास खड़ा नहीं करूँगा। कोठी तक ले जाया करूँगा।

पीछे मुड़कर नहीं देखता लेकिन जानता हूँ राधा पगडंडी से नीचे आ रही है। सोचती है, मैं उससे नाराज़ हो गया हूँ। जा रहा हूँ। सिल्ली बिच। उसे क्या पता मैं अपने डर को पालतू बना रहा हूँ, टेम कर रहा हूँ।

मोबाइक नीचे पहुँचती है। दुकानों पर खड़े लोग छोटी–सी भीड़ में बदल गये हैं। उनके चेहरों पर भयमिश्रित प्रशंसा है। हाथ हिलाकर मेरा

स्वागत करते हैं। मोबाइक फिर कोठी की तरफ़ मोड़ देता हूँ। अब नीचे आ रही राधा को देख रहा हूँ। मुझे वापिस लौटते देखकर पगडंडी के किनारे खड़ी हो गयी है। कोई दस फुट की समतल चट्टान है। मोटरसाइकिल चट्टान पर रोकता हूँ। स्टैंड पर लगाता हूँ।

वह पहला सवाल करती है, "अगर निक्की को कुछ हो जाता तो?"

"मरती तो साथ मैं भी मरता। मुझे कुछ हो जाने का ख़याल तुम्हें क्यों नहीं आया?"

वह सिर झुकाकर खड़ी है। अपना कमीना सोचने का सच उसे मेरे जवाब से पता चल गया है। समझ गयी है कि उसे हमेशा निक्की, सन्तोष और राधा को एक ही सन्दर्भ में सोचना चाहिए।

"मैंने सोचा तुम गुस्से में लौट रहे हो, फिर नहीं आओगे। निक्की भी रो रही है।"

"सिल्ली बिच। हमेशा बुरा मत सोचा करो।"

"सिल्ली बास्टर्ड। हमेशा ख़तरा मोल मत लिया करो।"

"बकबक कम किया करो। चलो, पीछे बैठो।"

जानता हूँ, उसने इनकार किया कि किया।

"सुना नहीं? पीछे बैठो।"

उसके चेहरे पर डर है। मेरे गुस्से का या मोबाइक पर बैठने के ख़तरे का? मैं साँप–सी सरकती पगडंडी को फिर रौंद रहा हूँ, हमेशा–हमेशा के लिए डर को कुचलता हुआ। उसके हाथों का कसता कसाव कमर पर होता है। 'रिलेक्स' कहने पर वह सहज हो जाती है।

मोबाइक कोठी के आँगन में आ गयी है। निक्की के चेहरे पर आँसुओं के निशान साफ़ दिख रहे हैं। मेरा हाथ पकड़ती है। आँसू फिर आँखों में भर आते हैं।

"नैवर लीव मी लाइक दिस।"

"डोंट बी क्राई बेबी। मैं ज़रा प्रैक्टिस कर रहा था।"

मैं उसका सिर अपने पेट के साथ दबाये अन्दर चला जाता हूँ। पीछे–पीछे राधा है।

चौकीदार किचन से ब्रंच का सामान लाता है। बड़ी खुली–खुली–सी नमस्ते करता है क्योंकि बतियाने के लिए मैं आ गया हूँ। मैं टोस्ट को कुतर–कुतरकर खा रहा हूँ, भूख मर गयी है, जिस दिन बेइन्तहा गुस्सा

आता है भूख को भगा देता है। राधा देखती है, मैं न के बराबर खा रहा हूँ। कुछ नहीं कहती, डरी हुई है। मेरे गुस्से से या मोबाइक पर बैठकर ऊपर आने से? निक्की ने एक टोस्ट ख़त्म कर लिया है। मेरे टोस्ट के कुतरे कोने को देखती है, "आपसे ज़्यादा तो मैं खाती हूँ। रोटी से लड़ाई नहीं करनी चाहिए।"

मैं उसकी छेड़छाड़ का कोई जवाब नहीं देता। अब वह लगातार मेरे चेहरे को देख रही है। कुर्सी से उठती है। मेरी कनपटी के सफ़ेद बालों को उँगली से छूती है। कुर्सी पर वापिस जा बैठती है। बड़ी हैरान आवाज़ में राधा से कहती है, "ममा, सन्तोष बिल्कुल बारबरा कार्टलैंड के हीरोज़ की तरह है न?"

अब मुझे हँसी आ जाती है। निक्की के अन्दर वेस्टर्न्ज़ और रोमांटिक नावलों के नायक बैठे हुए हैं। मुझमें कभी उसे कोई काउब्वाय दिखाई देता है और कभी कार्टलैड के उपन्यासों का नायक, हैंडसम, अमीर, किसी अतीत रहस्य से घिरा हुआ, कहीं–न–कहीं कमीना और कभी–कभी काले गुस्से से तमतमाया हुआ।

मैं टोस्ट ख़त्म करके दूसरा उठाता हूँ। निक्की राधा की बाँह छूकर कहती है, "देख ममा, मैंने मना लिया। तुम तो डर गयी थीं न?"

ब्रंच ख़त्म होता है। राधा ने कोठी के एक कमरे में दवाइयाँ वग़ैरह लगानी हैं, कम्पाउंडर भी आ जाता है।

मैं और निक्की अब अकेले हैं। वह कहती है कि चलो, हांटेड हाउस को एक्सप्लोर किया जाये। एक–एक करके हम सातों कमरों में जाते हैं। हर कमरे में प्रवेश करने से पहले निक्की होंठों पर उँगली रखकर 'शी' कहती है और हम जासूसों की तरह दबे कमरों में जाते हैं। रानी के प्रेत या किसी और मृतात्मा की तलाश में।

कोठी के बाहर निकलते हैं। चारों ओर गोलाई में पगडंडी है। साथ–साथ किनारे रंग–बिरंगे फूलों की झाड़ियाँ हैं और कहीं–कहीं ग्लास के पेड़ भी।

बड़े दरवाज़े पर खड़–खड़ की आवाज़ होती है। ब्रांडी अपनी कुम्भकर्णी नींद से जाग चुका है। पहले मेरी टाँगों में मुँह रगड़ता है। फिर निक्की को देखता है। आँखों में पहचान उभरती है। दौड़कर उसके टखनों को जीभ से छूता है। निक्की उछलकर परे होती है। मेरी आँखों में 'क्या हुआ',

सवाल देखकर कहती है, "टिकली–टिकली होती है। ब्रांडी इतनी जल्दी कितना बड़ा हो गया है? फैटी लगता है।"

मैं उसे समझाता हूँ कि बुलडाग गिट्टे होते हैं, लेकिन बहुत ताक़तवर और खूँखार। इसके बाहर को निकले टेढ़े दाँत जब कहीं खुभ जायें तो इसका मुँह अपने आप बन्द हो जाता है और फिर जल्दी–जल्दी खुलता नहीं।

सूरज सिर पर आ गया है लेकिन गर्मी की बारिश को ठण्डी हवा छूकर ठण्डे ताप में बदल रही है। ब्रांडी को देखकर पेड़ पर बैठा पहाड़ी कव्वा छोटी–सी उड़ान भर के नीचे चट्टान पर आ बैठता है। अपनी कर्कश आवाज़ में ब्रांडी को छेड़ना शुरू कर देता है। ब्रांडी का पेट अब ज़मीन को छू रहा है। वह लगातार घूरकर पहाड़ी कव्वे को देख रहा है। जैसे कह रहा हो कि साले मुझ पर क्या भौंकता है? कव्वा उसके लगातार घूरने से 'काँव–काँव' करना बन्द कर देता है। हार मानकर सिर नीचा करता है, छोटी–सी उड़ान भरकर अपने पेड़ पर वापिस जा बैठता है। ब्रांडी पेड़ की ओर देखकर जीत की छोटी–सी 'भौं' करता है और कव्वे को उस पेड़ से उड़ा देता है। गर्व से निक्की को देखता है। वह उसकी गर्दन खुजाती है। ब्रांडी अब पगडंडी पर खड़ा है। गर्दन मोड़कर निक्की को देखता है, सिर नीचे करके पगडंडी पर भागता है, रुकता है, फिर निक्की को देखता है। कह रहा है, 'रेस' दो।

आगे–आगे ब्रांडी, पीछे–पीछे निक्की। उसकी स्कर्ट में हवा भर रही है और वह गोलाई में ब्रांडी के पीछे–पीछे पगडंडी पर भाग रही है।

राधा डिस्पेंसरी वाले कमरे से बाहर आ गयी है। मेरे पास खड़ी है। ब्रांडी हमारे पास से गुज़रता है, निक्की पीछे–पीछे है। हमारे क़रीब थमती है तो ब्रांडी फिर 'भौं' करके शिकायत करता है कि 'खेलो न'। निक्की 'ठहरो' कहकर उसके पीछे भागना शुरू हो जाती है।

मैं उँगली से राधा के कन्धे की हड्डी छूता हूँ। वह मेरा हाथ धीरे–से दबाती है, छोड़ देती है। नीचे से हाँफता हुआ हवा का झोंका ऊपर चढ़ता है, बड़े मरियल तरीक़े से राधा के बालों को उड़ाता है और दूसरी ओर से फिर नीचे उतर जाता है।

सुख! सुख! सुख! यही है न! आगे भागता ब्रांडी, पीछे भागती निक्की। मेरे पास खड़ी राधा। सूरत की ठण्डी तपिश, पेड़ पर बैठा हमें देखता

हुआ पहाड़ी कव्वा। हवा के हाँफे झोंके। सुख! सुख! सुख! यही है न!

राधा मेरी तरफ़ देखती है। हमारी आँखें एक–दूसरे को बताती हैं कि सुख यही है। हमने इसे पा लिया है। और फिर उसके होंठों पर एक उदास मुसकान आती है, किसी कड़ी जंग के बाद कुछ हासिल करके थकी हुई उदास मुसकान।

पगडंडी के पास पत्थर पर बैठी गिलहरी फटी–फटी आँखों से ब्रांडी और निक्की का गोल–गोल भागना देख रही है। उसे पता हो गया है कि कहीं यह कुत्ता और यह लड़की पागल हो गये हैं। पगडंडी के बीचोंबीच आ बैठी है, दोनों को इस पागलपन से रोकने के लिए। ब्रांडी हमारे पास से गुज़रता है, गिलहरी को देखता है और टाँगों पर ब्रेक लगता है। थोड़ा–सा लुढ़ककर रुक जाता है। गिलहरी अब भी रास्ता नहीं छोड़ती। पूँछ उठाती है, पूँछ के बाल खड़े होते हैं। 'चीं–चीं–चीं चच' की आवाज़ में ब्रांडी को इस मूर्खता पर डाँटती है और वह हमारे क़दमों के पास लेट जाता है।

निक्की हमारे पास पहुँच गयी है। हाँफ रही है। राधा उसके चेहरे पर आयी पसीना–पर्त को साड़ी से पोंछती है।

"ओ ममा! मज़ा आ गया।"

मैं उसे अपने पास कर लेता हूँ। उसके बाल पीछे हटाता हूँ, "ब्रांडी ने तुम्हें हरा दिया।"

"फ़ैटी। बहुत तेज़ भागता है। लेकिन देखो न, छोटी–सी गिलहरी से डर गया।"

राधा बताती है कि यह गिलहरी ब्रांडी की दोस्त है। बरामदे में जब ब्रांडी देर तक सोया रहे तो गिलहरी पास आ बैठती है। उसके कानों के पास 'चीं–चीं चच' का अलार्म बजाती है। ब्रांडी तब भी न उठे तो तेज़ी से उसके पेट में मुँह मारकर पेड़ पर चढ़ जाती है। कच्ची नींद से उठने पर ब्रांडी 'भौं' की गाली देता है। गिलहरी तने पर और ऊपर सरककर उसे डाँटती है कि इतना भी क्या सोना! ब्रांडी अन्दर से ब्रेड या रोटी का टुकड़ा लाता है। पंजों से छोटे–छोटे टुकड़े करता है, पेड़ के पास फेंककर गिलहरी की तरफ़ देखता है—ले, खा। सोने दे। और फिर बरामदे में सो जाता है।

ब्रांडी का पेट लयबद्ध तरीक़े से ऊपर–नीचे उठ रहा है।

"लो, फिर सो गया।" राधा हल्की–सी शिकायत करती है। हम अन्दर आ जाते हैं।

"ममा! मुझे फिर भूख लग गयी है।" निक्की कहती है।

"बहुत खाओगी तो ब्रांडी की तरह बन जाओगी। फ़ैटी।"

राधा उसे दूध का गिलास देती है। लगता है, पीते–पीते सो जायेगी। आँखें मूँदे मुझसे पूछती है, "मैं थोड़ी देर सो लूँ। प्लीज़ डोंट माइंड।"

मैं उसे उठाकर बैडरूम में ले जाता हूँ। तकिया ठीक करता हूँ। वह आँखें खोलती है, मेरी कनपटी के सफ़ेद बाल उँगली से छूती है, मुसकराती है, करवट बदलती है और सो जाती है।

राधा ने बाहर लकड़ी के बरामदे में लाल रंग की गार्डन चेयर्ज़ रख दी है। हवा में थोड़ी–सी ठण्डक है। उसकी नंगी बाँहों को बार–बार छूकर गुज़रती है। मैं अन्दर जाता हूँ, काली शाल लाता हूँ, उसकी बाँहों को ढक देता हूँ। वह मेरी आधी बाँहों की कमीज़ देखती है, "तुम कुछ पहन लो। सर्दी नहीं लगती क्या?"

मैं न में सिर हिलाता हूँ। मेरी बाँह छूकर 'टफ़ मैन' कहती है और गोल दायरे में गलबहियाँ डाले पेड़ों की शाखों को देखने लगती है।

सूरज की वापिसी हो रही है। हवा ने उसके ताप को अभी से सोख लिया है। गोलाकार टहनियाँ हिलती हैं, रानी की कोठी एक लम्बी साँस लेकर हिलती है, राधा शाल में सिकुड़ती है, "सर्दियाँ आ रही हैं।"

यह सर्दियाँ हमारे लिए 'विंटर आव अवर डिस्कांटेंट' नहीं होंगी। घमण्ड नहीं करना चाहिए था कि हमारी 'विंटर आव कांटेंट' आ रही है, लेकिन तब मुझे कहाँ पता था कि महाकवि झूठ नहीं लिखा करते, नहीं कहते।

सूरज हवा से दुबककर शाखाओं के दायरे में घुस गया है। लेकिन हवा उसका पीछा वहाँ भी नहीं छोड़ती। दायरे से बाहर नीचे सरक जाता है।

"निक्की की छुट्टियाँ आ रही हैं।" यह बात राधा ने सिर हिलाकर कही है, जिप्सी–रिंग शब्दों की धुन पर नाचना शुरू हो गया है।

वर्मा झूठ कहता था। मुझे फ़िज़ूल में डराता है। वह बेवकूफ़ है। उसे क्योंकर पता है कि सुख का और मेरा साथ नहीं। कहता है, जिसे मैं तलाश रहा हूँ, फैंटमशिप है। मायापोत। जो है ही नहीं उसे तलाशा क्योंकर जा सकता है? वह मिल क्योंकर सकता है? मुझसे जलता तो नहीं? मुझे 'मारबिड' कहकर कहीं कोई बदला तो नहीं ले रहा? झूठा है।

मुझे उसे कोसना नहीं चाहिए था। वह मेरी शैडो है, मेरा अन्दर का दूसरा हिस्सा है जो सच जानता है। सच बोलता है, लेकिन तब मुझे कहाँ

पता था कि वर्मा झूठ नहीं बोलता है। मुझे घमण्ड नहीं करना चाहिए था कि मायापोत मुझे मिल गया है। लेकिन तब मुझे पता क्या था कि घमण्ड नहीं करना चाहिए।

"निक्की को तुम मुझसे ज़्यादा अच्छे लगते हो।" एक पत्ती उड़कर आयी है। उसके बालों में कानों के पास बैठ गयी है। कान में कुछ कह रही है। चुटकी से इसे कान के पास से उठाता हूँ और हवा में उड़ा देता हूँ।

अन्दर–ही–अन्दर हँसता हूँ। बिन बोले उसे कहता हूँ कि पहले तुम्हें टेम किया, वश में किया। अब निक्की को भी टेम कर लिया है। मेरे जाने पर सुबह कैसे रोयी थी! तुम भी पीछे–पीछे भागी थीं न? मुझे रिज़िस्ट करना नामुमकिन है। इम्पॉसीबल। मुझे ऐसा नहीं सोचना चाहिए था। लेकिन तब मुझे क्या पता था कि ऐसा नहीं सोचना चाहिए था।

"छुट्टियों में निक्की को सब कुछ बता दोगे न?"

मैं अपनी कुर्सी उसकी कुर्सी के पास करता हूँ। उसके कान के निचले हिस्से में हल्की लकीर उँगली से खींचता हूँ। वह मेरे नाक की नोक को चुटकी में मसल देती है। आधी शाल मेरी उस बाँह पर डाल देती है जो उसकी तरफ़ है।

गिलहरी पेड़ से उतर आयी है। ब्रांडी के पास बैठी अलार्म बजा रही है। ब्रांडी आँखें खोलता है, उसकी ओर देखता तक नहीं और हमारे पाँवों के पास आकर लेट जाता है। खेल इतनी जल्दी ख़त्म होने पर गिलहरी उदास हो जाती है और बेआवाज़ पेड़ पर चढ़ जाती है। हवा अब तेज़ी–से खुले दरवाज़े से अन्दर जा रही है। कोठी के कमरे हवा भर जाने से धीरे–धीरे हिल रहे हैं। तिरछी छत से सूखे पत्तों की बौछार हो रही है।

"तुम कुछ बोलते क्यों नहीं? बहुत बोर करते हो। बात किया करो न?"

मैं राधा को कैसे समझाऊँ कि जब सब कुछ जो हम चाहते हों, मिल जाये तो फिर बोलने को रह ही क्या जाता है? मुझे ऐसा नहीं सोचना चाहिए था कि सब कुछ, जो मैं चाहता हूँ, मिल गया है। लेकिन तब मुझे क्या मालूम था कि मुझे ऐसा नहीं सोचना चाहिए था? राधा से बोलना चाहिए था। वक़्त आयेगा जब न कुछ बोलने को रह जायेगा, न कुछ सुनने को।

"निक्की को शाम को ही छोड़ने जाना है न?" उसने अपना एक पाँव मेरी टाँगों पर रख दिया है। मैं हाँ में सिर हिलाता हूँ।

"छोड़कर वापिस आओगे न?" उसने मेरा हाथ अपनी गोद में रख लिया है। मैं 'न' में सिर हिलाता हूँ। आज भट्टी से मिलने का दिल कर रहा है। कई दिनों से मुलाक़ात नहीं हुई। मर्द के साथ का अपना सुख होता है। मर्दाना सुख!

उसकी आँखों का रंग बदला कि बदला। दाँत पर चढ़े दाँत ने लिश्कारा मारा कि मारा।

"मैं अकेली नहीं रहूँगी। यू मस्ट कम बैक। मुझे रात को डर लगेगा।"

मैं उसके सिर पर थपकी देता हूँ। दोनों एक झूठ तय करते हैं। वह शहर मेरे और निक्की के साथ चलेगी। अगर निक्की पूछेगी तो बतायेगी कि वह रात रवि की माँ के पास रहेगी, मैं अपने घर। हमें निक्की से इतने झूठ नहीं बोलने चाहिए थे, लेकिन तब हमें कहाँ पता था कि बच्चों से लगातार झूठ नहीं बोला करते; पाप लगता है।

आसपास के गाँवों में शोर मच गया है कि 'लाल साहब' रानी की कोठी का हस्पताल देखने आ रहे हैं; 'दरबार' भी लगायेंगे। साथ बड़े अफ़सर और मन्त्री भी आयेंगे, क्यास आराइयाँ भी हो रही हैं कि 'लाट साहब' नयी डॉक्टरनी के कुछ लगते हैं। इलाक़े का एम.एल.ए. वर्करों की भीड़ के साथ दो दिन से लगातार कोठी पर आ रहा है। कोठी को नहलाया जा रहा है, चमकाया जा रहा है। टूटे काँच बदले जा रहे हैं। पी.डब्लू.डी. वाले रंग–रोग़न में लगे हुए हैं। डॉक्टर मनचन्दा सी.एम.ओ. बन गये हैं। दो दिन से यहीं रुके हैं। लम्बी नौकरी है, अफ़सरशाही के काम के तरीक़ों से अच्छी तरह वाक़िफ़ हैं। मुझे शक है, उन्होंने रवि की माँ के माध्यम से 'लाट साहब' को हस्पताल के उद्घाटन के लिए मनवाया है। लाट साहब आ रहे हैं तो सारी दवाइयाँ और मेज़–कुर्सियाँ पहुँचेंगी। सरकार को रूटीन से सिफ़ारिश करते तो कम–से–कम साल भर तो लग ही जाता।

मैंने कहा कि हस्पताल में सब कुछ मँगवाने की अच्छी चाल है तो हँसकर डॉक्टर मनचन्दा ने छेड़ा था, "बर्खुरदार, सिर्फ़ हस्पताल का नहीं, तुम्हारा भी काम कर रहा हूँ। अब किसकी हिम्मत है कि हमारे यहाँ रहने पर चीं–चाँ करे। डॉक्टर राधा का गवर्नर से रिश्ता जो क़ायम कर दिया है।"

वे आये तो पूरे ताम–झाम के साथ। निक्की उस इतवार उन्हीं के साथ बड़ी कार में आयी। कैप्टन सिंह की मैडलों से भरी छाती और तलवार की

नोक–सी क्रीज़ वाली वर्दी को लोग आँखें फाड़े देखते रहे। निक्की उनका हाथ पकड़े रही। रवि की माँ ने राधा का माथा चूमा। मेरे सिर पर हाथ फेरा। लोगों के दिलों में हमारा उनसे रिश्ता पक्का हो गया।

औरतों ने रवि की माँ से दो मील दूर झरने से पानी भर लाने की शिकायत की। उन्होंने मुख्यमन्त्री की ओर देखा। मुख्यमन्त्री ने विभाग से सम्बन्धित मन्त्री की ओर देखा। मन्त्री ने चीफ़ इंजीनियर की ओर देखा। उसने डायरी में कुछ नोट किया। लोग ख़ुश हो गये कि पानी की सहूलियत ज़रूर मिल जायेगी।

वे हस्पताल के कमरे में आये। ब्रांडी अपना मुँह उनकी टाँग से रगड़ता हुआ चल रहा है, सबको घूरता हुआ। कहीं कोई दुश्मन तो नहीं। वे नीचे झुककर ब्रांडी की गर्दन खुजाते हैं, रिलेक्स कहते हैं, ब्रांडी दरवाज़े में चला जाता है। हर अन्दर आनेवाले को चेक कर रहा है।

फ़ौज में जनरल रहे हैं, इंस्पैक्शन करना ख़ूब जानते हैं। सिर उठाकर छत की तरफ़ देख रहे हैं।

"यहाँ बिजली नहीं है क्या?"

मुख्यमन्त्री बताते हैं कि पाँच मील पीछे तक बिजली की तारें पहुँच गयी हैं। यहाँ तक तो अगली योजना में बिजली लाने की बात है।

वे डॉक्टर मनचन्दा से पूछते हैं, "अगर रात को कोई मरीज़ आ जाये, छोटा ऑपरेशन करना पड़ जाये तो क्या लैम्प की लाइट में हो सकता है?"

"नहीं, योर हाईनेस।"

वे कैप्टन सिंह से कहते हैं, "सिंह, क्या कोई दूसरा कमरा है जहाँ किसी सीरियस पेशेंट को रखा जाये एक दिन के लिए, जब तक शहर के हस्पताल में उसे नहीं भेजा जा सकता?"

सिंह एक दिन पहले सब कुछ देख गया है, "नो, सर।"

फिर मुख्यमन्त्री विभागीय मन्त्री की ओर देखता है, नीचे देखने का सिलसिला शुरू होता है, डायरियाँ खुलती हैं। नोट्स लिए जाते हैं। कैप्टन सिंह सारी शिकायतें अपनी डायरी में लिख रहा है, वहाँ के एम.एल.ए. को घूरकर देख रहा है, जैसे कह रहा हो कि अगले साल होने वाले चुनावों में टिकट लेना है कि नहीं? सिंह की खा जाने वाली नज़रों का असर होता है। एम.एल.ए. की डायरी भी खुल जाती है।

डॉक्टर मनचन्दा बोलते हैं, "योर हाईनैस! मरीज़ों के लिए कमरा आज शाम तक तैयार हो जायेगा। दो बैंड्स कल बड़े हस्पताल से आ जायेंगे।"

"गुड!"

सब लोग बाहर आते हैं। आँगन में गाँव वालों ने चाय का प्रबन्ध किया है। 'लाट साहब' सबके साथ चाय पियेंगे। सिंह मुखिया को कुछ कहता है। वह अन्दर जाता है, ट्रे में एक कप लाता है, लाट साहब को गिलास में चाय नहीं देनी चाहिए। लाट साहब की पीठ कैप्टन सिंह की ओर है। वह मुखिया से गिलास में थोड़ी–सी चाय डालने को कहता है। एक घूँट में ख़त्म करके 'ठीक है' का इशारा करता है। गाँव वाले समझ जाते हैं कि लाट साहब तो राजा हैं। पहले सब कुछ यह फ़ौजी चखता है, फिर वे खाते हैं।

चाय शुरू होती है। सबके हाथों में गिलास है। वे कप देखते हैं, उठाते हैं और निक्की को पकड़ा देते हैं। सिंह 'येस सर' कहकर उनको गिलास में चाय पकड़ाता है।

उन्होंने सेना वाला दरबार लगाया है। हर आदमी से कोई–न–कोई बात कर रहा है। एक एक्स–सर्विसमैन वर्दी में आया है। उसकी छाती पर लगे मैडल के बारे में पूछते हैं तो उसका सीना दो इंच और फूल जाता है।

चाय ख़त्म होने पर वह सबसे पूछते हैं कि डॉक्टर मेहरा से कोई शिकायत तो नहीं? बहुत सारे लोग कानों पर हाथ रखकर 'नहीं, नहीं' कहते हैं।

मुखिया बोलता है, "नहीं, साहब बहादुर। हमारी डॉक्टर तो देवी है देवी।"

वह मुख्यमन्त्री की ओर देख़ते हैं कि क्या कुछ कहना है? मुख्यमन्त्री लोगों को वायदा करता है कि हस्पताल में बिजली और टेलीफ़ोन पन्द्रह–बीस दिन में लग जायेगी। पानी की दिक़्क़त दूर करने की कोशिश की जायेगी। लोगों को चाहिए कि सरकार की मदद करें। अगले साल ही यह डिस्पेंसरी छोटा हस्पताल बन जायेगी। चीरा देने वाला डॉक्टर भी यहाँ भेजा जायेगा। आसपास के लोगों को छोटे चीरे के लिए शहर नहीं जाना पड़ेगा वग़ैरह...वग़ैरह...।

खाने का इन्तज़ाम नीचे रेस्ट हाउस में है। शहर से ही वैन में पका–पकाया खाना आया है। लाट साहब शाम को लौटेंगे। मुख्यमन्त्री

अपने जुलूस के साथ शहर लौट जाता है। अब सिर्फ़ 'घर के आदमी' रेस्ट हाउस में हैं। रवि की माँ बड़ी देर से राधा से धीमी आवाज़ में बातें कर रही हैं। दोनों के चेहरों पर 'सब ठीक है' की चमक है। वे राधा को डाँटते हैं।

"जब से यहाँ आयी हो, यहीं की हो गयी हो। उधर का चक्कर क्यों नहीं लगाया?"

राधा बताती है कि दूसरा डॉक्टर नहीं। हस्पताल ख़ाली कैसे छोड़े? वह सिंह को आदेश देते हैं कि हफ़्ते में एक दिन शहर से दूसरा डॉक्टर आना चाहिए ताकि उस दिन राधा छुट्टी मना सके, उनके घर आ सके।

फिर निक्की को डाँट पिलाते हैं, "यू डोंट कीप योर वर्ड। प्रामिस किया था न कि हमें मिला करोगी? हर संडे यहाँ भाग आती हो। अब से एक संडे हमारे पास और एक यहाँ। ओ.के.?"

निक्की ने बड़ी स्टेजी आवाज़ में जवाब दिया, "थैंस, योर हाईनैस।"

और उन्होंने उसे ऊपर हवा में उछाला, दोनों गालों पर चुम्मा लिया और निक्की ने गालें मलते हुए टिकली–टिकली होने की शिकायत की।

चलते वक़्त मुझसे पूछा, "सब ठीक है न, सन्नी?"

'ठीक है' से समझ गया कि सवाल मुझे, राधा और निक्की को लेकर है। उन्हें बताया कि निक्की को छुट्टियों में किसी अच्छे दिन सब कुछ बता देंगे। रवि की माँ ने ख़बर दी कि रवि क्रिसमस पर आ रहा है। बड़ा दिन सब उनके यहाँ मनायेंगे। तब मुझे कहाँ पता था कि बड़ा दिन बुरा दिन होगा...

मेरे साथ की वजह से अब राधा को भी पैदल चलने की आदत होती जा रही है। शाम को हस्पताल बन्द करने के बाद लम्बा घूमना। नये रास्ते, शार्टकट्स और पगडंडियाँ तलाश करना। निर्जन सड़क। चुपचाप चलते हम और सिर हिला–हिलाकर हमारे बारे में बातें करते पेड़।

अब राधा मेरे कम बोलने की शिकायत नहीं करती। आदतन मैं तेज़ चलता हूँ, वह पीछे रह जाती है। रुकता हूँ, पास आती है, शिकायती मुसकान दिखाती है और हम चलना शुरू कर देते हैं। एक बार मेरे तेज़ चलने के बारे में पूछा था तो हैरान होकर जवाब दिया था कि डॉक्टर होते हुए भी उसे पता नहीं कि 'ब्रिस्क वाकिंग' ही चलना है। उसने मीठा

ताना दिया कि अब आधा डॉक्टर मैं भी हूँ। बदलते मौसम की बीमारियों का ज़ोर है। राधा से इंजेक्शन लगाना मैंने सीख लिया है। सुबह–शाम उसका हाथ बँटाता हूँ। लोगों का कहना है कि मेरे टीका लगाने पर उन्हें बिल्कुल दर्द नहीं होता। हाथ हल्का है।

अब चलते हुए न हमें हाथ पकड़ने की ज़रूरत होती है, न बोलने की। ख़ामोशी के माध्यम से हमने बातें करनी सीख ली हैं। शब्द व्यर्थ है। एक ही वेव लेंथ पर जब दो लोग हों तो शब्द घुसपैठिए बन जाते हैं। चलते–चलते उसका सुनहरी सेब चेहरा तपिश से लाल और गीला हो जाता है तो रुकते हैं। हवा तपिश और गीलेपन को आनन–फानन में सोख लेती है।

सड़क के ऊपर की तरफ़ चढ़ती पगडंडी और एक ही जगह पेड़ों का पड़ाव। नीचे बिछा पत्तों का बिस्तर। अक्सर हम आराम के लिए यहाँ लेटते हैं और घर लौटते परिन्दों को गिनते रहते हैं।

मैं लेटा, पत्तों का बिस्तर चरमराया। फिर पीठ और पत्तों का तालमेल। ख़ामोशी। 'वी' के आकार में मुड़ी मेरी बाँह। वह लेटी। पत्तों का प्रोटेस्ट। ख़ामोशी। सिगरेट सुलगाया। उसने मुझे देखा। जानता हूँ, आज मेरी सिगरेट शेयर नहीं करना चाहती। अलग अपना सिगरेट माँग रही है। अपने सिगरेट से उसका सिगरेट सुलगाता हूँ। पकड़ाता हूँ। सुलगता सिगरेट उसकी उँगलियों में सजता है।

ब्रांडी हम दोनों को आराम से लेटे देखता है। नीचे बिछे पत्तों के बिस्तर को देखता है। उसे पसन्द नहीं। थोड़ी दूर चौड़े पत्थर पर छलाँग लगाकर चढ़ता है, लेट जाता है, हमारी तरह घर लौटते परिन्दों को गिनता है।

छोटी–सी सुबकी। मैं सिर मोड़ता हूँ। ब्रांडी सिर उठाता है। दोनों आश्वस्त हो जाते हैं कि यह रोना सुख का रोना है। कहीं कोई भय नहीं।

मैं राधा को चुप होने के लिए क्यों कहूँ? आँसू की बूँद गले से छाती पर सरक आयी है।

"लव हैज़ मेड मी मैड।"

मैं उसके जिप्सी रिंग में छोटी उँगली फँसाकर हौले–हौले हिला रहा हूँ। वह मेरी बाँह से सिर उठाती है। अब उसका मुँह मेरे मुँह पर झुका हुआ है।

"आँखें बन्द करो।" मैं कर लेता हूँ।

वह मेरा माथा चूमती है। मैं आँखें खोलता हूँ। उसकी गालों को घेरे, कटे बालों के नीचे हथेलियाँ रखता हूँ और उसका चेहरा अपने चेहरे पर रख लेता हूँ।

"कितना अच्छा है? तुम्हें मेरे साथ देखकर लोग कैसे रश्क करते हैं?"

"तुम बोलती बहुत हो।" मुझे क्या पता था कि यह बात किसी को भी नहीं कहनी चाहिए। नज़र लग जाती है।

"तुम इतने सिगरेट पीते हो, फिर भी तुम्हारे दाँत कितने चमकदार हैं?"

प्यार का होना तो यह छोटी–छोटी फ़िज़ूल बातें हैं न। जो प्यार नहीं पाते इन बातों का मज़ाक़ उड़ाते हैं। बदक़िस्मत हैं।

उसके होंठों ने मेरे चेहरे पर छेड़खानी छेड़ दी है। उसे अपने ऊपर उल्टा लिटाता हूँ। पीठ पर बाँहों का शिकंजा बनाता हूँ। दबाव देता हूँ। वह मीठी गाली देती है "ब्रूट।" शिकंजा और कसता है।

"साँस नहीं आ रही।"

बाँहें ढीली छोड़ता हूँ। पूछती है, "पूरे ज़ोर से दबाओ तो मेरी पीठ की बोन्ज़ टूट जायेंगी।"

हाँ में सिर हिलाता हूँ। उसे भी पता है, मुझे भी पता है कि उसकी छोटी हड्डियाँ टूट जायेंगी। उसके चेहरे पर गर्वीला घमण्ड आ जाता है, ताक़तवर मर्द के साथ का।

"तुम्हें कितनी बार कहा है, पुलोवर पहना करो। सर्दी लग गयी तो?"

मैं उसका गाल थपथपाता हूँ। समझ जाती है कि उसे डॉक्टरी झाड़ने से रोक रहा हूँ।

ब्रांडी चट्टान से उतर हमारे पास आ ठहरा है। कह रहा है कि बेशरमो, उठो। रात घिरी कि घिरी। मेरी भूख का तो ख़याल रखो।

"साला जलता है।" हम दोनों ज़ोर से हँसते हैं। ब्रांडी रूठ जाता है। उसे पता है, उस पर हँस रहे हैं।

उठते हैं। ब्रांडी की कटी पूँछ को उँगली से छूता हूँ। वह मुझे घूरता है। कोई पूँछ पर हाथ लगाये, यह उसे बिल्कुल पसन्द नहीं।

"लैट्स गो, ब्रांडी।"

वह हमारे आगे–आगे किसी सीक्रेट सर्विस एजेंट की तरह चलना शुरू कर देता है, दायें–बायें, ऊपर–नीचे, इधर–उधर देखता है। बिल्कुल आक्रमण की मुद्रा में कसा–कसाया जिस्म।

वापिसी पर हम आहिस्ता चलते हैं। उतराई है। वह थकी भी है।

"मैरिज के बाद हम कहाँ जायेंगे?"

"तुम कहो?"

"दिल्ली।"

मैं रुक गया हूँ। मज़ाक़ कर रही है क्या? शादी मनाने के लिए यह बेतुकी जगह?

"यू आर रियली मैड।"

जब राधा बताती है कि उसने आज तक दिल्ली नहीं देखी तो शॉक्ड हो जाता हूँ। वह मेरे हैरान चेहरे को देखती है। वहाँ कोई है ही नहीं। फिर जाने का मौक़ा भी नहीं मिला। पार्टीशन के बाद यहीं पहाड़ में बस गये। पढ़ाई भी यहाँ, नौकरी भी यहाँ। फिर इसमें हैरानी की बात क्या है कि उसने दिल्ली नहीं देखी और शादी के बाद राधा, निक्की और सन्तोष वहीं जायेंगे।

हम दोनों के रुकने का पता वायु–लहरों के माध्यम से ब्रांडी को हो जाता है। पीछे मुड़ता है। हमारे आसपास दो चक्कर लगाता है। कहीं कोई ख़तरा नहीं, फिर रुके क्यों हैं? हम हँसते हैं। फिर रूठकर सड़क के किनारे बैठ जाता है। कर लो जितना जी चाहे बातें। अब चलने के लिए नहीं कहूँगा।

मैं राधा को खींचकर अपनी छाती के साथ लगाता हूँ। उसका माथा, आँखें, गाल, दाँत पर चढ़ा दाँत और गले की हड्डी बेतहाशा चूम रहा हूँ। आज पहली बार वह मुझे पूरी–पूरी अच्छी लगी है क्योंकि उसने दिल्ली नहीं देखी। खड़े–खड़े मेरी तरफ़ से गोल्डन ब्रिज बनना शुरू हो गया है क्योंकि उसने दिल्ली नहीं देखी।

मैं उसे अब भी चूमे जा रहा हूँ। वह हाथ से मेरा मुँह परे करती है, "पागल हो गये हो क्या?"

ब्रांडी उठकर मेरे पास आ गया है। मुँह उठाकर मेरा मुँह देख रहा है। उसे भी शक हो गया है कि मैं पागल हो गया हूँ।

"यू सिल्ली गर्ल। माई गाड, यू हैव बिविच्ड भी। आई लव यू। लव यू, लव यू।"

मुझे प्यार की बात तीन बार नहीं कहनी चाहिए थी। अपशकुन होता है।

"दिल्ली दिखाओगे न?" राधा छेड़ती है।

"हाँ, रवि से कहूँगा, मैस में ठहरने का इन्तज़ाम कर देगा। किसी दोस्त की कार भी ले देगा। तुम्हें और निक्की को दिल्ली दिखाऊँगा।"

मुझे उसे नहीं कहना चाहिए था कि दिल्ली दिखाऊँगा, लेकिन तब मुझे क्या पता था कि मैं दिल्ली नहीं दिखा पाऊँगा। तब मुझे क्या पता था कि एक बात तीन बार नहीं कहनी चाहिए। अपशकुन होता है।

"योर लैफ्ट फुट इज़ डैड।" और मेरा बायाँ पाँव मर गया।

"योर राइट फुट इज़ डैड।" और मेरा दायाँ पाँव मर गया।

"योर लैफ्ट लैग इज़ डैड।" और मेरी बायीं टाँग मर गयी।

"योर राइट लैग इज़ डैड।" और मेरी दायीं टाँग मर गयी।

एक–एक करके मेरा प्रत्येक अंग मर गया। शरीर से अंगहीन हो गया हूँ।

"योर हैड इज़ डैड।" और मेरा माथा मर गया।

"ब्रीद इन। आई विल काउंट हंडरड।"

उसने एक से सौ तक गिना। लम्बी साँस अन्दर लेती रही, बाहर निकलने के लिए तड़पती हुई।

"ब्रीद आउट स्लो।"

धीरे–धीरे साँस छोड़ी। शरीर भारहीन हो गया है।

"पुट योर हैंड्ज आन द चैस्ट।" हाथ छाती पर रख लेता हूँ।

"नाउ यू आर डैड।" और मैं पूरा का पूरा मर जाता हूँ। काया कट जाती है। जो शरीर है अशरीरी हो गया है। मेरे अन्दर का शरीर त्याग देता है। तितली की तरह हवा में तैर रहा है। कानों को वह पहले ही मार चुकी है, इसलिए बाहर की किसी भी आवाज़ को ग्रहण करके वे अन्दर नहीं फेंक रहे। न कहीं कमरा, न दीवारें–दरवाज़े। समय मुक्त। काल मुक्त। दिशा मुक्त। है तो मीठी ठण्डी नदी का बहाव। सतत लगातार। अटूट। काल से परे।

रोशनदान के रंगीन शीशे के पास हवा के कन्धों पर बैठकर पहुँच गया हूँ। यह मुझे क्योंकर भास हो गया कि रोशनदान के रंगीन शीशे के पास पहुँच गया हूँ। अशरीर होते हुए भी अकारण नहीं हो पाया। ध्यान बहुत जल्दी टूट जाता है। अशरीर मैं हवा के कन्धों से नीचे उतरता हूँ। अपने शरीर के पास वापिस लौटता हूँ और काया प्रवेश कर जाता हूँ।

आँखें खोलता हूँ। अन्दाज़ा करता हूँ कि शायद एक मिनट के लिए ही काया–त्याग कर सका हूँ।

राधा को देखता हूँ। लेटी है। साँस तक नहीं ले रही। उसने बताया था कि शरीर त्यागने के बाद साँस लेने की क्या ज़रूरत है? वह दस मिनट तक शरीर से मुक्त रह सकती है। वर्षों का अभ्यास है। पता नहीं इस वक़्त उसका कायाहीन शरीर कहाँ–कहाँ जा रहा होगा?

ब्रांडी मेरी खुली आँखों को देखता है। पास आता है। मुसकराता हूँ। आश्वस्त हो जाता है कि ज़िन्दा हूँ।

राधा के पास जाता है। अपने को मार चुकी है। ब्रांडी उसे सूँघता है। उसका जिस्म तनता जा रहा है। यह और मुर्दा है। साँस तक नहीं ले रही। उसकी छठी इन्द्री उसे ख़तरे से आगाह करती है। 'भौं' की जगह 'कूँ' करता है और कमरे से बाहर भाग जाता है।

राधा का एक पाँव हिलता है। अपनी काया में वापिस लौट रही है। एक–एक करके प्रत्येक अंग ज़िन्दा हो जाता है। आँखें खोलने से पहले हथेलियों से मलती है। अशरीर शरीर हो गया है।

मुसकराती है। पूछती है, "तुम शरीर त्याग सके कि नहीं?"

एक बार उससे पूछा था कि कभी–कभी कठिन और शुद्ध हिन्दी कैसे बोल लेती है। उसने बताया था कि योग और तन्त्र के विषय में गुरुजी हिन्दी की शब्दावली ही इस्तेमाल करते थे। इस विषय पर वह हिन्दी के शब्द जानती है, बोलती है। वैसे उसे हिन्दी आम हिन्दुस्तानी जितनी ही आती है, रोज़मर्रा के बोलचाल के सात–आठ सौ शब्द।

"बहुत थोड़ी देर के लिए महसूस हुआ कि शरीर से बाहर निकला हूँ।"

"जल्दी क्या है? समय चाहिए, अभ्यास चाहिए। मैं भी अभी दस मिनट के लिए शरीर–मुक्त हो पाती हूँ। गुरुजी बीस मिनट तक कायाहीन हो जाते थे।"

योगाभ्यास मैंने राधा को ख़ुश करने के लिए और उसका साथ देने के लिए शुरू किया था। और नहीं तो एक्सरसाइज़ ही सही। यह शरीर–वरीर त्यागने की बातें शुरू में मुझे मनोवैज्ञानिक मूर्खता लगती थीं। लेकिन नहीं, वह ठीक कहती है। सारा ध्यान एक केन्द्र पर जोड़ लेने के बाद कायाहीन हुआ जा सकता है। कैसे वह मेरे एक–एक अंग को मार देती है? अब तो एक मिनट के लिए किसी–किसी दिन मैं भी देह–त्याग कर लेता हूँ।

अब हम दोनों चौकड़ी मारकर बैठे हैं। लम्बी साँस लेते हैं, जिस्म के अन्दर इसे रोकते हैं, सौ तक गिनती करते हैं और फिर इसे हौले–हौले जिस्मों से बाहर करते हैं। अंग–अंग से तनाव और थकान इस निकलती साँस के साथ बाहर हो जाती है।

वह छोटे तौलिए से छूकर मेरा शरीर सुखा रही है। अच्छी–ख़ासी सर्दी है। फिर भी गरमाइश पसीने की शक्ल में बाहर निकल आयी है।

"हाथ ऊपर उठाओ।" उठाता हूँ। वह मेरी बाँहों के निचले हिस्से को तौलिए से पोंछती है।

वह मेरी छाती में उँगली चुभोकर कहती है, "यू हैव अ गोल्डन बॉडी।"

"देख, नज़र मत लगा देना।"

उसके हाथों से तौलिया लेता हूँ।

"टी शर्ट उतारो।"

"क्यों?" वह दो क़दम पीछे हटकर पूछती है।

"अब मैं तुम्हें पोछूँगा।"

शायद वह मेरी आँखों में बन रहे सोने के पुल को देख लेती है।

"नहीं, तैयार होना है। डिस्पेंसरी खोलनी है।" वह और दूर छिटक जाती है।

एक लम्बा क़दम उठता हूँ। उसके दोनों हाथों को एक हाथ में पकड़कर ऊपर करता हूँ, दूसरे हाथ से एक ही झटके में उसकी टी–शर्ट उतार देता हूँ।

कमरे में सुनहरे सेब उग आये हैं। गुच्छे के गुच्छे। खटास लिए मिठास की सुगन्ध धीरे–धीरे सरक रही है। फैल रही है। मेरे अन्दर जा रही है।

उसकी पीठ को तौलिए से छूता हूँ। काँपती है।

"प्लीज़ सन्तोष, आगे नहीं पोंछना।"

"क्यों?"

"प्लीज़। मुझे कुछ होता है।"

"प्रामिस। कुछ नहीं करूँगा। बस, तौलिए से छूने दो।"

उसके चेहरे पर हार जाने का आनन्द उग आया है। मैंने सिर्फ़ जींस पहन रखी है। ऊपर से नंगा हूँ। उसकी छातियों पर अपनी छाती हौले–से रगड़ता हूँ। वह मेरी बाँह की जोड़ में सिर छिपाती है। पीठ थर–थर काँप रही है। हाथ से मलता हूँ। काँपना कम होता है। फिर बन्द हो जाता है।

मुझे उसके मृत पति की बातें याद आ जाती हैं। कितना बदसूरत रहा होगा जो इस सुनहरे–सेब–रंग जिस्म से नफ़रत करता था, मारता था। उसे गाली देता हूँ बास्टर्ड। मरे हुए लोगों को गाली नहीं देनी चाहिए। लेकिन तब मुझे क्या पता था कि मरे हुए लोगों को गाली नहीं देनी चाहिए।

निक्की आ गयी है। सर्दियों की छुटिट्याँ शुरू। पहले ही दिन उससे छोटी–सी लड़ाई हो गयी। दोपहर से शाम तक मटरगश्ती करते रहे। कोठी में चाय पीने के बाद डाकबँगले अपने कमरे में जाने के लिए उठा तो रूठ गयी। कहती है, मैं वहीं कोठी में आ जाऊँ। नहीं तो वह रात को बातें किससे करेगी? अन्दर से मैं और राधा ख़ुश हैं कि निक्की अब मुझे अपने घर का मेम्बर समझती है, सिर्फ़ उसका और राधा का बी.एफ. नहीं। मैं आनाकानी करता हूँ।

वह राधा से कहती है, "ममा, तुम सन्तोष को मनाओ न!"

"मैं तुम्हारे और सन्तोष के झगड़े में नहीं पड़ती। तेरा बी.एफ. है, मना ले।" राधा ने छेड़ा।

बहाना बनाया कि रात को लिखना–पढ़ना होता है। अमरीकन पत्रिका के लिए हिन्दुस्तानी प्रेत–साधना पर लेख लिखना है, वग़ैरह–वग़ैरह। सोचा कि मेरा काम में हर्ज़ होगा, डिस्टर्ब हूँगा।

कोठी में सात कमरे हैं। पीछे वाले कमरे में मैं रह सकता हूँ। जब काम कर रहा हूँगा तो निक्की मुझे डिस्टर्ब नहीं करेगी। निक्की की मिन्नतें–समाजतें।

राधा मेरे अन्दर आ बैठी है। समझा रही है कि मान जाओ। शुक्र नहीं मनाते कि निक्की दिन–रात का साथ चाहती है। उसने मेरे उन दोनों के पास होने को स्वीकार कर लिया है। अब मृत पिता मेरे माध्यम से उसे डराता नहीं है, दहशतज़दा नहीं करता। जैसे राधा के लिए मृत पति अब मर गया है वैसे ही निक्की के लिए मृत पिता भी अब मर गया। अब पिता की क्रूरता की कल्पना वह मुझमें नहीं करती, भट्टी में नहीं करती, रवि में नहीं करती, वर्मा में नहीं करती। कितनी मुश्किल से उसे विश्वास हुआ है कि हर मर्द उसके पिता का प्रतिरूप नहीं। अब मर्दों के संग में वह सहज है, सामान्य है।

"अच्छा, कल से तुम्हारे पास रहूँगा। डाकबँगले से सामान यहाँ ले आयेंगे।"

"नहीं। अभी लायेंगे। डोंट पुट मी आफ़।"

अब राधा ने भी निक्की का पक्ष लिया है, "नखरे क्यों करते हो? चार तो कपड़े हैं डाकबँगले में। ले आओ।"

मैं और निक्की नीचे उतर रहे हैं। ब्रांडी पीछे–पीछे है। टॉर्च की रोशनी के गोल दायरे के पीछे उछलता हूँ। इस अँधेरी रात में रोशनी के टुकड़े को गेंद समझ रहा है। निक्की कहती है, टार्च बन्द करूँ। बन्द करता हूँ। ब्रांडी 'कूँ–कूँ' की शिकायत करता है। मेरी कलाई को जबड़े में पकड़कर झटकता है। टार्च ज़लाने के लिए कह रहा है। जलाता हूँ। रोशनी के टुकड़े पर छलाँग लगाता है, निक्की की टाँग में सिर लगाकर उसे दौड़ लगाने के लिए कहता है।

"नो ब्रांडी। वाक।" वह कटी पूँछ हिलाकर मेरी बात मान लेता है।

थैले में तहमद–कुर्ता और टूथ–ब्रश रखता हूँ। निक्की एक धुली हुई कमीज़ भी इसमें डाल देती है ताकि कल सुबह मैं कमरे में लौटने का बहाना न कर सकूँ। चौकीदार चाय के लिए पूछता है, हाँ करता हूँ।

उसने बरामदे में कुर्सियाँ लगा दी हैं। छोटी मेज़ पर छोटा–सा लैम्प। मैं रेलिंग पर अपने पाँव रखता हूँ। निक्की भी टाँगें आगे बढ़ाती है, लेकिन रेलिंग पर उसके पाँव नहीं पहुँचते।

शिकायत करती है, "सन्तोष, यू आर वैरी टाल।"

यही शिकायत राधा को भी है।

चौकीदार चाय देता है। गर्म है। निक्की से कहता हूँ–फूँक मारकर पी जाये। टीचर ने बताया है, फूँक मारकर चाय पीना बैड–मैनर्ज़ है। उसे सलाह देता हूँ कि छुट्टियों में बैड–मैनर्ज़ माफ़ होते हैं। हम दोनों फूँकें मार रहे हैं। ब्रांडी हैरान है। हमारी नकल में फूँक मारने की कोशिश करता है, छींक आ जाती है। हम दोनों हँसते हैं। रूठकर दीवार के पास जा बैठता है। राधा पिर्च में थोड़ी चाय डालती है, उसके पास रखती है, "लो अगली। चाय पीओ।" ब्रांडी सुड़क–सुड़ककर चाय पीता है।

आसमान की काली चादर पर एक तारा उग आया है। अधजला पीला अगारा।

"अच्छा सन्तोष, आपके ममी–पापा कहाँ हैं?"

"डैड।"

पास की छोटी–सी पहाड़ी से 'डैड' शब्द टकराता है, पहाड़ी उसे हमारे पास वापिस उछाल देती है।

"कैसे मरे?"

"मार दिये गये। पार्टीशन के वक़्त।"

वह सहम गयी है। उसे पहली बार पता चला है कि मैं उससे भी अनलक्की हूँ।

"उनकी याद आती है?"

"छोटा था तो आती थी, अब नहीं।"

"कौन ज़्यादा याद आता था, ममी या पापा?"

"ममी। पापा तो बास्टर्ड था। शराब पीकर मुझे और ममी को बहुत पीटता था। अच्छा हुआ, मर गया। नहीं तो मैं उसे मार देता।"

वह सहम गयी है। मैं निर्दयी भी हूँ इस बात से या अपने मरे हुए पिता की याद से।

उसने मेरी गोदी में गाल रख दिया है। उसका एक हिस्सा, मृत पिता की क्रूरता वाला, मेरे एक हिस्से, मृत पिता की क्रूरता वाले से जुड़ गया है। पहली बार लग रहा है कि बीच की दीवार को हम दोनों फलाँग गये हैं। एक जैसे अतीत हमें जल्दी जोड़ते हैं।

"व्हाई डु मैन बीट वाइव्ज़?"

"आदमी जन्म से, नेचर से, मीन है, कमीना है। गाड ने उसे ऐसा ही बनाया है।" वह मेरे जवाब से पूरी तरह सन्तुष्ट नहीं।

"अच्छा। आप तो ऐसे नहीं हो न? मारोगे तो नहीं?"

मैं इस बातचीत से ख़ुश हूँ। तो क्या निक्की को पता चल गया है कि मैं उसका पिता बनने जा रहा हूँ? पक्का कर रही है कि राधा को मारूँगा नहीं। मुझे ख़ुश नहीं होना चाहिए था। मुझे ऐसा नहीं सोचना चाहिए था कि वह राधा के सन्दर्भ में 'मारोगे तो नहीं' वाली बात नहीं कर रही, लेकिन तब मुझे क्या पता था कि वह बात उसने राधा को लेकर नहीं पूछी थी।

"तुम आ गये? इतने बरस कहाँ रहे?" उस बूढ़ी अन्धी औरत ने जब यह कहा तो मैं और निक्की हैरतज़दा उसका मुँह देखते रहे। पागल है। ज़रूर पागल है।

इतने दिनों से मैं अपना लेख पूरा करने के चक्कर में हूँ। अमेरिका से ख़त आया है। पत्रिका छापने की डैड–लाइन आ गयी है लेख जल्दी भेजने के लिये।

राधा की किताबों से नोट्स ले रहा हूँ। चित्र भी भेजने हैं। डायन–डाकनियाँ, आत्मा–प्रेतात्मा, साधु–सिद्धि, जादू–टोना आजकल यही सब पढ़ते हैं, मैं और निक्की। इन बातों का किताबी ज्ञान निक्की का मुझसे ज़्यादा है। माँ की इस विषय पर किताबें पढ़ती रही है, रहती है।

राधा ने बताया, पास के गाँव में एक बूढ़ी है। प्रेत–डॉक्टर। गाँव वालों का कहना है उसने प्रेत सिद्ध कर रखे हैं। मैंने इस बात का मज़ाक़ उड़ाया। राधा का सुझाव था मिलने में क्या हर्ज है? फिर भयानक बदसूरत औरत है। उसके फ़ोटो मेरे लेख के साथ फिट बैठेंगे। विच डॉक्टर आव इंडिया।

उसे बताता हूँ कि मैं पहले कभी नहीं आया। उसे ग़लती लगी है।

वह अन्धी आँखें मेरी और फेरती है। रीढ़ की हड्डी में चिनचिनाहट होती है। अन्धी है, देख फिर भी लेती है। जाने क्यों इस बात का मुझे यक़ीन हो जाता है।

"पहले नहीं आये? तुम्हारे झूठ बोलने की आदत गयी नहीं। रानी को यही तो दुख था।"

लगता है, वह बीते बरसों में लौट गयी है। यह रानी को दुख वाली बात मेरी समझ में नहीं आयी।

कमरे के अन्दर कमरे का दरवाज़ा उढ़का हुआ है। हिलता है। एक काला स्याह मुँह बाहर निकलता है, जलते अंगारे की आँखें चेहरे पर रखी हैं। फिर सारा जिस्म सरककर बाहर आ जाता है। काला बिल्ला है। मेरे पास आता है, रुकता नहीं। निक्की के पास आता है, रुकता है। दहलीज़ के पास बैठे ब्रांडी को देखता है, डरता नहीं। आश्चर्य? मैजिक? बिल्ली। बिल्ली कुत्ते से न डरे? सदियों का जन्मजात बैर जो कुत्ते का बिल्ली से है। ब्रांडी के अन्दर जन्म लेता है। वह उठ ठहरा है। पेट ज़ोर–ज़ोर से हिल रहा है। गले में गुर्राहट भर रही है।

"बैठ जाओ।" बूढ़ी ने कहा। पता नहीं बिल्ले से या ब्रांडी से? लेकिन दोनों बैठ गये। बिल्ला उस बूढ़ी के पास और ब्रांडी बरांडे में।

"साथ रानी है न?"

"नहीं। मैं निक्की हूँ। डॉक्टर राधा मेहरा की बेटी।"

वह औरत अतीत से वर्तमान में लौट आती है।

"कितने बरस की हो?"

"नौ।"

"ठीक है।" उसके मोटे–काले स्याह होंठ बुदबुदा रहे हैं।

वह अन्धी आँखों से निक्की को देखती है। पास आने के लिए हाथ हिलाती है।

निक्की मुझे देखती है। 'डरो मत' का संकेत करता हूँ। उसके पास जाती है। बूढ़ी सूखे पेड़ की सूखी टहनियों जैसी उँगलियाँ उसके चेहरे पर फेरती है। साँस लेना बन्द कर देती है, उसके बालों को छूती है।

"तू देवी है। फिर आ गयी? क्यों आ गयी? कितनी मुश्किल से राजा से तेरी जान बचाई थी? आ गयी है तो ठीक है। फिर तुझे बचाऊँगी। राजा को मारूँगी।"

समझ जाता हूँ कि अतीत की तारें अब तक इसके सोचने से जुड़ी हुई हैं, कटी नहीं। रानी और राजा के किसी क़िस्से को फिर से जी रही है।

इसके आगे वाले दोनों दाँत बाहर निकले हुए हैं। सौ साल के आस–पास उमर हो गयी। बाल अब भी काले हैं। ज़रूर रँगती होगी। उससे फ़ोटो खींचने के लिए पूछता हूँ। 'क्यों' के जवाब में बताता हूँ कि अंग्रेज़ी में इस पर लिखूँगा। बाहर मुल्क में उसकी तस्वीर छपेगी।

"अच्छा, तो तू विलायत से लौट आया है? अंग्रेज़ हो गया है। मेरा मखौल उड़ाता है। प्रेत छोड़ दूँगी, प्रेत। रानी को ख़बरदार कुछ कहा तो।"

फिर वापिस लौट गयी है। रानी का पति ज़रूर इंग्लैंड से पढ़कर आया होगा। ज़रूर इस बुढ़िया का मखौल उड़ाया होगा। राधा ने फ़िज़ूल इसके पास भेजा। समय और काल की सीमाओं का अतिक्रमण कर चुकी है। बीते हुए कल और आने वाले कल का भेद नहीं कर सकती, लेकिन इसकी तस्वीर लेख के साथ जमेगी ज़रूर।

"ठहर, फ़ोटू अभी खींच लेना। उसे बुला लूँ।"

वह नीचे झुकती है। बिल्ला अपना कान उसके मुँह के पास करता है। कुछ कहती है। आँगन में एक गढ़ा है। पानी और कीचड़ से भरा हुआ। बिल्ला गढ़े के पास जाता है। तीन बार पंजा ज़मीन पर मारता है। कीचड़ का एक टुकड़ा हवा में उछला है। गढ़े के बाहर गिरता है।

मैं और निक्की काँपते हैं। ब्रांडी टाँगों में मुँह दबा लेता है। मेंढक है। बहुत बड़ा मेंढक। बिल्ले के आगे–पीछे फुदकता मेंढक। अन्धी बूढ़ी के दायें–बायें मैं कैमरा उठाता हूँ।

"खींच फ़ोटो।" और कैमरा मेरे हाथों से गिर जाता है। वह मेरे सामने खड़ी है, चार फुट की दूरी पर। बाहर बरामदे का दरवाज़ा बीस फुट दूर है। 'खींच फ़ोटो' की आवाज़ बरामदे के दरवाज़े से आयी है। यह क्या है? क्या इस बूढ़ी ने मुझे सम्मोहित कर लिया है। शरीर मेरे सामने। आवाज़ कहीं और से आ रही है। शरीर से बीस फुट की दूरी से।

"डर गया? तेरा विलायत? हमारा मखौल करने आया है?" ये तीनों के तीनों वाक्य बीस फुट दूर वाले दरवाज़े से सुनाई दिये हैं। मुँह तो उसका मेरे सामने खुल रहा है। आवाज़ दरवाज़े से क्यों आ रही है?

निक्की मेरे पास खड़ी है। मेरा पुलोवर उसकी मुट्ठी में भिंचा हुआ है।

मैं फ़ोटो खींचता हूँ। टिक की छोटी–सी आवाज़ सुनती है।

"खींच लिया?" बरामदे से उठकर उसकी आवाज़ मुँह में लौट आयी है।

निक्की मेरा पुलोवर छोड़ती है, बिल्ला पंजे से मोटे मेंढक को छूता है। बिल्लौरी आँखें गोल–गोल घूमती हैं। बिल्ला आगे, मेंढक पीछे। गढ़े के किनारे पहुँचता है। छोटी छलाँग लगाकर पीछे घूमता है। बिल्लौरी आँखें घूमती हैं, मुझ पर, निक्की पर, कीचड़–सना मुँह खुलता है। मोटा मेंढक मुसकराता है, गढ़े में सरक जाता है।

"फ़ोटो छपेगा तो पैसे मिलेंगे। मुझे भी देना।"

वह वर्तमान में लौट आयी है। अतीत का फ्रेम उसके दिमाग़ से सरक गया है। बताता हूँ, पैसे ज़रूर दूँगा।

"मुझे ग़लती लग गयी। तू तो राजा नहीं। वोह बड़ा हरामी था, लेकिन ऐसी मार मारी कि बीस साल तक मरा नहीं। तिल–तिल करके सड़ता रहा। रानी हर रोज़ उसे मारती थी। वह मरता था, लेकिन उसकी जान नहीं जाती थी। मेरा जादू का मन्तर था रानी के पास।"

अब फिर अतीत की पगडंडी उसके दिमाग़ में उग आयी है। वापिस गयी कि गयी।

वह उठती है। बिल्ला उठता है। बरामदे में जाता है। वह पीछे–पीछे बाल खोलती है। काले स्याह नागों के झुंड की तरह एक–दूसरे में उलझे हुए, एक–दूसरे से चिपके हुए बालों का बीच का हिस्सा हिलता है।

"जल्दी जाओ। अन्धड़–बारिश आयी कि आयी।"

बरामदे से आसमान का टुकड़ा दिखता है। साफ़–शफ़ाफ़। अन्धड़–बारिश कहाँ से आयेंगे। शीज़ मैड। रेविंग मैड। हाँ, ऊँचाई पर चील ज़रूर उड़ रही है। गोल–गोल।

मैं और निक्की बाहर निकलते हैं। वह और काला बिल्ला हमें दरवाज़े तक छोड़ने आते हैं।

"फिर आना।" वह पीछे से कहती है, लेकिन उसकी आवाज़ मेरे सामने से आती है।

हम गाँव से बाहर निकल आये हैं, ब्रांडी आगे–आगे चल रहा है। डरा–डरा। बार–बार सिर मोड़कर उस बूढ़ी औरत के घर की तरफ़ देखता हूँ, और तेज चलना शुरू हो जाता है।

"उस बूढ़ी का नाम तो पूछा नहीं। क्या नाम रखें?"

"तुम बताओ।"

"डायन ठीक रहेगा?"

"हाँ, डायन ठीक है।"

हम उतराई उतर रहे हैं। आसमान में उड़ती चील चीख़ी। नीचे डाइव किया। ब्रांडी के सिर पर आयी कि आयी। उसका आकार परखा, अपनी ताक़त तौली। नहीं। और चीख़ती चील ऊपर उठ गयी।

ब्रांडी आसमान की ओर मुँह उठाये खड़ा है। नथुने फूल गये हैं। तेज़ भागता है। रुकता है। लौटता है। मेरी पैंट खींचता है।

"इसे क्या हो गया है? डायन ने कोई जादू तो नहीं कर दिया?" निक्की मज़ाक़ करती है।

ब्रांडी फिर मुँह ऊपर उठाता है, नथुने फुलाता है, जोर से भौंकता है।

गर्म धूप एकदम ठण्डी क्यों हो गयी है? मुड़कर देखता हूँ। पहाड़ के पीछे घात लगाये बैठा बादल बाहर निकल आया है। गहरा। घना। काला स्याह। हमारे पीछे चला आ रहा है। तेज़ भागने से पेट में हवा भर गयी है। फूलता ही जा रहा है।

आसपास छोटी चट्टानें हैं। ओट मिलने की आस नहीं। ब्रांडी पगडंडी से ऊपर चढ़ गया है। बादल का छापामार दस्ता सिर पर है। सेनापति ने पीछे से ऑर्डर दिया, 'फ़ायर।' बादल फटा। मोटी–मोटी बूँदों की बौछार की तीखी तेज़ मार जिस्म पर हो रही है। निक्की का मुँह खींचकर छाती में दबा लेता हूँ।

बूँदों की बन्दूक़ों से नहीं गिरा। अब बूँदें ओलों में बदल गयी हैं। तीखे नोकीले पत्थर। अंग्रेज़ी में ठीक नाम है। हेलस्टोंज़। पत्थर निक्की की गर्दन पर पड़ते हैं। हाथ रखकर उसकी गर्दन ढाँप लेता हूँ। ओले के पत्थर हाथ की जिल्द को फाड़े डाल रहे हैं।

ब्रांडी पगडंडी के ऊपर छोटी–सी चट्टान पर खड़ा भौंक रहा है। ओलों के पत्थरों की बौछार उस पर होती है।

निक्की की बाँहों में हाथ डालता हूँ। ऊपर उठाता हूँ। जानता हूँ, ब्रांडी ने ओट तलाश ली है।

उसके चेहरे पर पत्थर पड़ रहे हैं।

"रन आफ़्टर ब्रांडी।" चीख़कर कहता हूँ। ब्रांडी उनकी बाँह पकड़कर घसीटता है। दोनों भागते हैं।

हाथ ऊँचे उठाता हूँ। चट्टान का सिरा हाथों की पहुँच से थोड़ा बाहर है। उछलूँ? पकड़ूँ? चट्टान नहीं। बड़ा पत्थर है। हिल गया तो? पत्थरों की बौछार तेज़ होती है। 'जम्प यू बास्टर्ड' कहकर उछलता हूँ, जिस्म का ज़ोर बाँहों पर डालता हूँ। ऊपर चढ़ जाता हूँ। सफ़ेद ओलों की बौछार में सफ़ेद अँधेरा छा गया है। एक फुट से आगे दिखायी नहीं देता।

"ब्रांडी।" लगता है आवाज़ को ओलों के पत्थर खा गये हैं, लेकिन नहीं। ब्रांडी ने पैंट दाँतों में पकड़ ली है। खींच रहा है। पीछे घिसटता जाता हूँ। छतरी–सी ऊपर से गोलाई में मुड़ी चट्टान है क़िले की दीवार की तरह ओला–पत्थरों को रोकती हुई।

सफ़ेद अँधेरे में हाथ से टटोलता हूँ। निक्की कोने में दुबकी हुई है। पास खींचता हूँ। मुँह झुकाकर उसका मुँह देखता हूँ। जहाँ–जहाँ ओलों की मार पड़ी है, मांस उठ–उभर आया है। चेहरे पर उँगलियाँ फेरता हूँ। गरमाइश आती है। थमा रक्त–संचार चल पड़ता है।

उसने आधी बाँहों का स्वेटर पहन रखा है। पुलोवर उतारता हूँ। पहनाता हूँ। लम्बे कोट की तरह उसके पैरों तक पहुँच गया है।

बादल का टुकड़ा चट्टान के सिर पर खड़ा है। गड्ड–गड्ड 'बाहर निकलो'।

ब्रांडी का जवाबी हमला, "भौं भौं।" बादल भाग जाता है, बौछार के साथ।

हर चट्टान से एक–एक झरना फूट आया है। पतली, लम्बी, मोटी–मटमैली लकीरों में पानी बह रहा है। मेरी कमीज़ जिस्म के साथ चिप–चिप कर रही है। निचोड़ने के लिए उतारता हूँ। निक्की आँखें फाड़े मेरी नंगी छाती, नंगी बाँहें देख रही है।

"माई गाड सन्तोष, यू लुक लाइक चार्ल्स ब्रांसन।"

अब उसने एक और कमीने नायक से मुझे जोड़ दिया है, भिड़ा दिया है।

"मे आय टच यू?"

मैं हाँ में सिर हिलाता हूँ। वह उँगली से मेरी बाँहें छूती है। पत्थर की तरह सख़्त हैं। अगला हिस्सा कमीज़ से पोंछता हूँ। मुड़ता हूँ। वह कमीज़ से मेरी पीठ पोंछ रही है।

"तुम्हारी पीठ बहुत ख़ूबसूरत है।" यही बात राधा ने कही थी।

ब्रांडी चट्टान की ओट से निकलता है। जिस्म छिटकाता है, आसमान की ओर देखता है, ज़ोर से भौंकता है।

बादलों की हरावल पंक्ति के पीछे–पीछे पैदल सेना आ रही है, आगे–आगे अँधेरा फेंकती हुई। पहले बादलों की पैदल सेना सूरज को खा जाती है, फिर चौमुखे आक्रमण के लिए पंख तौलना शुरू कर देती है। ब्रांडी फिर भौंकता है। भागो। निक्की का हाथ पकड़कर भागता हूँ। ब्रांडी ऊँचे पत्थर से नीचे पगडंडी पर कूद गया है। मुँह ऊपर उठाकर मुझे कूदने के लिए झिड़क रहा है। चट्टान से लटकता हूँ। पगडंडी पर कूदता हूँ। चट्टान का तीखा ऊपर उठा किनारा छोटी उँगली के नाख़ून में फँसता है। नाख़ून चट्टान की पकड़ से छूता है, जड़ तक हिल जाता है। बाँह सुन्न हो गयी है। ज़ोर–ज़ोर से ऊपर–नीचे झटक रहा हूँ। निक्की ऊपर मेरी दोनों बाँहों के फैलने की इन्तज़ार में खड़ी है।

ब्रांडी फिर भौंकता है। जल्दी करो। हाथ उठाता हूँ। निक्की नीचे कूदती है। आधे उखड़े नाख़ून पर पुलोवर फँसता है, छूटता है। जड़ से ख़ून की बूँद चलती है, नाख़ून के सिरे से बाहर निकलती है। उँगली मुँह में डालता हूँ। तेज़–तेज़ कोठी की ओर भागते हैं। उतराई है। आगे चढ़ाई भी आयेगी।

कोठी के बरामदे में लैम्प जल रहा है। राधा और चौकीदार बाहर खड़े हमारी राह देख रहे हैं।

निक्की से चढ़ाई नहीं चढ़ी जा रही। मेरा लम्बा पुलोवर अब उसके पैरों में फँस रहा है। रुकता हूँ। ब्रांडी फिर डाँटता है। अन्धे हो? दिखता नहीं? अन्धड़ आया कि आया।

निक्की को उठा लेता हूँ। एक छोटे बच्चे की तरह उसकी छाती मेरी छाती से लगी है और दोनों हाथ उसकी पीठ पर गुँथे हुए।

यह मेरी छाती में मीठी–सी चुभन क्यों हो रही है? क्या निक्की की? माई गाड। निक्की इतनी बड़ी है क्या? राधा से पूछूँगा कि क्या इतनी छोटी उमर में छोटे उठाव आ जाते हैं? हँसता हूँ। भरी जवानी में कुछ

सालों के बाद फ़ादर–इन–लॉ। बन जाऊँगा। बूढ़ा। यह बूढ़ा होने की बात मुझे बहुत अच्छी लगती है।

निक्की को आँगन में उतारता हूँ। राधा झट–से उसे अपनी शाल लपेट देती है।

अन्दर जाते हैं। फ़ायर–प्लेस में उसने आग जलवा रखी है। निक्की को दूसरे कमरे में जाकर कपड़े बदलने के लिए कहती है।

"तुम्हारा चेहरा नीला पड़ गया है। कमीज़ उतारो। मैं रब कर दूँ।"

निक्की लौट आयी है। राधा तौलिए से मेरा जिस्म रगड़ रही है। हाँफ गयी है।

"लाओ ममा, मुझे दो।"

राधा उसे तौलिया देकर अन्दर जाती है। निक्की मेरी पीठ रगड़ रही है। ब्रांडी आग के पास खड़ा जिस्म छिटक रहा है।

"आप मुझे पुलोवर न देते तो सर्दी में मर जाती।"

वह तौलिया हाथ पर फेरती है। टूटे नाख़ून पर रगड़ लगती है। दर्द का दरिया दौड़ता है। उसका हाथ परे झटक देता हूँ।

राधा कमरे में लौट आयी है। ब्रांडी की बोतल उसके हाथ में है। निक्की का हाथ झटकते उसने मुझे देख लिया है।

"क्या हुआ?"

मैं हाथ उसके सामने करता हूँ। वह टूटे नाख़ून को छूकर देखती है। दर्द का दरिया। उसका हाथ भी झटक देता हूँ।

वह मुझे और निक्की को ब्रांडी देती है। दूध का कटोरा लाती है। उसमें थोड़ी–सी ब्रांडी डालकर ब्रांडी के सामने रखती है।

ज़बान से छूता है। भौं। आज दूध कड़वा है।

"ड्रिंक इट ब्रांडी।" डाँटता हूँ। वह मुझे देखता है, मेरी आँखों में ग़ुस्से को देखता है और मुँह बनाकर कड़वा दूध पी लेता है। निक्की के पास आता है। उसे सूँघता है। ठीक है, देखकर आग के पास लेट जाता है।

राधा मुझे कपड़े बदल आने के लिए कहती है। गर्म गाउन पहनकर लौटता हूँ। आग के पास स्टूल पर कैंची, दवाइयाँ और पट्‌टी रखी हैं।

"यह क्या?"

"तुम्हारा नाख़ून उखाड़ना पड़ेगा।"

"क्यों? नहीं, रहने दो। अपने आप ठीक हो जायेगा।"

"उखड़े हुए नाख़ून अपने आप ठीक नहीं होते। सुबह तक हाथ सूज जायेगा।" वह डॉक्टरों वाली आवाज़ में बताती है।

मेरे गिलास में ब्रांडी डालती है। कहता हूँ, और नहीं लूँगा। अब सर्दी नहीं लग रही।

"पी लो। ठीक रहेगी।"

"ममा, नाख़ून उखाड़ोगी तो बहुत पेन होगा।"

"हाँ। अच्छा, तभी मुझे ब्रांडी पीने के लिए कह रही है।"

"हाथ को इंजेक्शन लगा दो न। फिर दर्द नहीं होगा।" निक्की की सलाह।

"लोकल ऐनेसथीसिया है नहीं।"

"ममा, प्लीज, रहने दो। सन्तोष को दर्द होगा।"

उसकी आँखों का काला रंग भूरा हो गया है। होंठ टेढ़ा हो रहा है। दाँत पर चढ़ा दाँत लिश्का है, "तुम बहुत बक–बक करने लग गयी हो। डोंट टीच मी। ओ.के.?"

"सॉरी, ममा।" निक्की मेरे पास आ खड़ी है।

राधा फिर गिलास में ब्रांडी डालती है। डबल लार्ज। 'न' करने की सोचता हूँ। हिम्मत नहीं होती। गल्प कर जाता हूँ। वह निक्की से कहती हैं, "होल्ड हिज़ रिस्ट।"

निक्की मेरी कलाई पकड़ लेती है।

"क्लोज़ योर आइज़ सन्तोष।" मैं आँखें बन्द करता हूँ। जमूर की नोक से नाख़ून का सिरा पकड़ती है। झटका देती है। दाँतों के दरवाज़े कसकर बन्द करता हूँ। चीख को बाहर नहीं निकलने देता। निक्की क्या कहेगी?

जिस्म हिल रहा है दर्द से। माथा गीला हो गया है दर्द से। निक्की तौलिये से मेरा माथा पोंछती है।

राधा मेरा हाथ चिलमची में करती है, लाल दवाई से गंजी उँगली साफ़ करती है। उँगली देखती है। 'ठीक है' कहकर पट्‌टी बाँधती है।

बाँह सुन्न हो गयी है। गाउन से बाहर बाँह निकालने को कहती है, निकालता हूँ। आँखें बन्द करती है। उँगलियों से बाँह छूती है। फ़ैदर टच। सारा का सारा दर्द सोख लेती है। इसके हाथों में हीलिंग पावर है। संन्यासिनी है। योगिनी है। कभी पूछूँगा कि मुझे भी छू लेने मात्र से दर्द सोखना सिखाये।

वह आँखें खोलती है।

"अब दर्द हो रहा है?"

"नहीं, हाथ तो ठीक है। कन्धे के पास थोड़ा दर्द है।"

"निक्की, सन्तोष के कन्धे पर आयोडेक्स मल दो।" निक्की डिस्पेंसरी वाले कमरे में जाती है, मलहम लाती है। कन्धे पर मलती है।

राधा रसोई से बाहर आती है। काँच के गिलास में दूध है, पीले रंग का।

"इसमें क्या डाला है? मैं नहीं पिऊँगा।"

"हल्दी है। पियोगे कैसे नहीं? निक्की वाली बक–बक की आदत तुम्हें भी हो गयी है।"

मुझे डाँट पड़ती देखकर निक्की ताली बजाती है। घूँट लेता हूँ। बदस्वाद है। मुँह बनाता हूँ। निक्की छेड़ती है, "बी अ गुड बेबी। टेक इट्। नहीं तो ममा से डाँट पड़ेगी।"

आँखें बन्द करके छीक लगाकर दूध ख़त्म कर देता हूँ। राधा की ओर गुस्से से देखता हूँ। वह जवाब में मुँह चिढ़ाती है।

"ममा, वह बूढ़ी औरत डायन है।" मैं राधा को बताता हूँ कि हमने उसका नाम 'डायन' रखा है।

"बोलती मुँह से है, आवाज़ कहीं और से आती है।" मैं उसे ख़बर देता हूँ।

"ममा, क्या सचमुच वह औरत विच है?"

"बाल खोलकर आँगन में खड़ी थी। हमें बता दिया कि अन्धड़–बारिश आयेगी, हालाँकि आसमान उस वक़्त बिल्कुल साफ़ था।"

राधा हम दोनों को 'गधा' कहती है। जादू–वादू कुछ नहीं। उस औरत ने स्वर साथ लिया है। वैंट्रीलोक्विस्ट है। स्वर–सिद्धि हो जाये तो बोलने पर लगता है आवाज़ मुँह से नहीं, दूर से आ रही है।

उसने बाल खोले थे तो साफ़ मौसम में उनके हिलने से उसे पता चल गया था कि अन्धड़ आया कि आया।

"तो उस औरत ने प्रेत नहीं साध रखे? बेवकूफ़ बना गयी?"

"नहीं, ऐसी बात नहीं। जादू–टोने तो करती है। कुछ जड़ी–बूटियों का भी उसे पता है। इस इलाक़े के लोग उससे डरते हैं।"

ब्रांडी आग के पास से उठकर हमारे पास रसोई में आ गया है।

"ममा, इसे और दूध दो। ब्रांडी ने आज हमें बचाया है।"

दूध पीता है, लेटता है, फिर सो जाता है। नींद की छूत निक्की को भी लगती है। उबासी लेती है, मुँह पर हाथ रखती है, 'सॉरी' कहती है। राधा उसे बैडरूम में सुला आती है।

लौटती है तो कहता हूँ आज मेरे कमरे में सोये। जब से निक्की आयी है, राधा मेरे पास नहीं आयी। वह न करती है।

"रहने दो। तुम्हारा हाथ ठीक नहीं।"

"बाक़ी सब कुछ तो ठीक है?"

"बास्टर्ड।" प्यार की झिड़की।

"बिच।" जवाबी झिड़की।

मैं अधसोया था तो कमरे में आयी। वैसे ही बेआवाज़ क़दमों से बिस्तर पर एक ओर सरका। उसके लिए जगह बनायी।

"वह बूढ़ी जाने क्या बातें करती है? मुझे राजा समझती रही। विलायत से कब लौटा, बार–बार पूछती रही।"

राधा बताती है कि राजा–रानी की बहुत सारी लीजेंड्ज़ हैं। झूठी– सच्ची कहानियाँ चौकीदार बता रहा था कि रानी घमण्डी थी। राजा औरतबाज़। विलायत से लौटा था। कई अंग्रेज़ अफ़सर उनके यार थे। हर रात नयी औरत के साथ सोने का उसका चस्का था। रानी का घमण्ड उसके आड़े था। पति से प्रार्थना करने से उसे हत्तक लगती थी। एक बार तो हद हो गयी। किसी छोटे–मोटे अंग्रेज़ अफ़सर की बहिन को घर रख लिया। रानी को धमकी दी कि उससे शादी करेगा। रोज़ रात को रानी के सामने उसके साथ सोता था। कहता था, देख इसको, कैसी गोरी–चिट्टी है? मक्खन, मक्खन। पत्नी का इससे बड़ा अपमान क्या होगा कि पति उसके सामने किसी दूसरी औरत के साथ सोये।

कहते हैं, तब रानी इस बुढ़िया जादूगरनी के पास गयी थी। जाने कैसी दवाई उससे लायी? राजा को कैसे खिलायी? अब राजा जीते–जीते मर गया। वह किसी भी औरत के साथ सोने के क़ाबिल नहीं रहा। नामर्द हो गया। अब हर रात रानी उसे मृत्यु–दण्ड देती थी। उसके सामने उसके दोस्तों के साथ सोती थी। लगातार बीस साल तक राजा तिल–तिल करके मरता रहा। हर रात उसकी मौत होती थी लेकिन वह मरता नहीं था।

"वह बूढ़ी सचमुच डायन है।" मैं प्रतिकार की इस कहानी से काँप जाता हूँ।

"तुमने कभी मुझे छोड़ा, या छोड़ने की सोची तो उस बुढ़िया से वही दवाई लाकर खिला दूँगी।" राधा छेड़ती है।

मैं उसे कहता हूँ कि बक–बक मत करे। मैं उसे कभी नहीं छोड़ूँगा। मुझे राधा को यह बात नहीं कहनी चाहिए थी लेकिन तब मुझे क्या पता था कि यह बात नहीं कहनी चाहिए थी।

बादलों ने हल्ला बोला। कोठी काँपी। कोई काँच चटका। घननन... छन्न। नीचे ज़मीन पर गिरा।

"मैं अपने कमरे में जाऊँ? निक्की डर रही होगी।"

डर मुझे भी लग रहा है, लेकिन हाँ में सिर हिलाता हूँ। वह जैसे बेआवाज़ आयी थी, वैसे ही बेआवाज़ चली जाती है।

कन्धे में दर्द फिर उभरा है, ज़ोर का। सिरहाने से इसे दबाता हूँ। राधा से दर्द दूर करने की गोली माँगूँ? नहीं, इतना तो नहीं। नींद आ जाती है।

मैं शायद नींद में रो रहा हूँ। हाय–हाय की आवाज़ मेरी है या हवा की? लेकिन कान बताते हैं कि बाहर तो कोई आवाज़ नहीं। हवा कब की बन्द है। शोर नहीं कर रही। चुपचाप बह रही है। फिर हाय–हाय की आवाज़ क्यों? कन्धे से तकिया परे करता हूँ। बाँह सुन्न है। बिल्कुल अकड़ गयी है। हाथ नीला, सूजा हुआ। मुँह से फिर हाय के रास्ते दर्द बाहर आता है।

दरवाज़ा हिला है। ब्रांडी अन्दर आया है। दिन–भर सोता है तो रात–भर जागता है। मेरे पास आता है। अँधेरे में मुझे उकड़ूँ बैठे देखता है। बाहर भाग जाता है।

दरवाज़े पर लैम्प की रौशनी।

"कौन? राधा?"

"नहीं, निक्की। क्या हुआ? ब्रांडी ने मुझे जगाया।"

मैं कोई जवाब नहीं दे पाता। कोई आवाज़ मुँह से नहीं निकल रही। बड़ी ताक़त लगाकर हाय को बाहर आने से रोकता हूँ।

ठीक हाथ से कलाई छूकर निक्की से टाइम पूछता हूँ।

"चार बजे हैं।" वह लैम्प मेरे चेहरे के पास लाती है। उसका हाथ काँपता है। लैम्प काँपता है। स्टूल पर रखती है।

"देयर इज़ नो ब्लड ऑन योर फेस। क्या हुआ? हाथ में बहुत दर्द है क्या?"

मैं ठीक हाथ से अपनी सूजी हुई बाँह की ओर इशारा करता हूँ। वह कमरे से बाहर भागती है।

राधा को उठा लायी है।

"बहुत दर्द है क्या?"

हाँ में सिर हिलाता हूँ। अकड़ी बाँह छूने के लिए हाथ आगे बढ़ाती है। पूरा ज़ोर लगाकर 'नो' कहता हूँ। वह लैम्प उठाकर बाँह के पास करती है। रोशनी में टेढ़े कोण पर अकड़ी बाँह को देखती है।

"बाँह सीधी करने की कोशिश करो।"

मैं ज़ोर लगाता हूँ। बाँह टेढ़ी की टेढ़ी रहती है। राधा के चेहरे से ख़ून खिंच गया है।

"माई गाड। ब्लड पॉयज़निंग।" उसकी आवाज़ में मुर्दनी है। निक्की उसके हाथ से लैम्प लेकर स्टूल पर रखती है।

"ममा, अब क्या होगा?"

"अब क्या होगा?" राधा जवाब देती है।

"ममा, प्लीज़। कंट्रोल योर सैल्फ़। सन्तोष को कोई इंजैक्शन दो।"

"नो यूज़, डॉक्टर मनचन्दा को बुलाओ।"

"ममा, कौन बुलाये? चौकीदार तो रात को अपने गाँव चला गया है।"

"हाँ, चौकीदार तो अपने गाँव चला गया है।" मशीनी जवाब।

निक्की असहाय आँखों से मुझे देखती है। मैं क्या करूँ। पूछती निगाहों से। निक्की रोयी कि रोयी। उसका डर देखकर अपने दर्द पर क़ाबू पाता हूँ। ठीक हाथ से राधा का कन्धा पकड़ता हूँ। झिंझोड़ता हूँ। वह अपने में वापिस लौट आती है। मरीज़ डॉक्टर को हौसला देता है, "डोंट पैनिक। करना क्या है?"

"एकदम से डॉक्टर मनचन्दा आने चाहिए। अभी तो चार बजे हैं। बस तो सुबह दस बजे शहर जायेगी।"

"तुम बुला लाओ। छोटा शहर सात किलोमीटर है। एक घण्टे में वहाँ पहुँच जाओगी। वहाँ से किसी के घर से फ़ोन कर देना।"

"नहीं, मैं नहीं जा सकती। तुम्हारे पास मेरा रहना ज़रूरी है।"

अब मैं डर गया हूँ। क्या होगा? निक्की मेरा माथा छूकर कहती है, "डरो मत, सन्तोष। मैं और ब्रांडी जायेंगे। फ़ोन कहाँ करूँ?"

यह छोटी–सी बच्ची इस अँधेरे में सात किलोमीटर अकेली चलेगी? न करने के लिए मुँह खुले, इससे पहले राधा उसे कहती है, "ठीक है, निक्की बेटे। भागकर जाना। देर मत करना। रास्ते में साँस लेने के लिए भी मत रुकना।"

निक्की पूछती है फ़ोन किसे करे? ख़याल आता है, डॉक्टर मनचन्दा घर मिलें या न मिलें। सी. एम. ओ. बन गये हैं। अक्सर दौरे पर रहते हैं। निक्की को बताता हूँ कि आर्मी एक्सचेंज का नम्बर घुमाये। वह मेजर भट्टी का नम्बर मिला देंगे। भट्टी घर न हो तो गवर्नर हाउस का नम्बर माँगे। कैप्टन सिंह से कहे कि डॉक्टर मनचन्दा या किसी दूसरे सर्जन को लेकर पहुँचे।

निक्की गर्म कपड़े पहनकर लौटती है। जानता हूँ, सात किलोमीटर चलना उसके लिए मुश्किल नहीं। इतने दिनों से मेरे साथ ट्रैकिंग कर रही है। कपड़ा–परेड शुरू करता हूँ, "हंटर शूज़ आन निक्की?"

"आन।"

"लैदर जैकेट एंड ग्लव्ज़ आन?"

"आन।"

"स्कार्फ़ आन। टार्च आन।"

"बोथ आन।"

सब ठीक है। ब्रांडी मेरे बिस्तरे के पास खड़ा मेरी आज्ञा की प्रतीक्षा कर रहा है।

"ब्रांडी, गो विद निक्की।" वह सिर हिलाता है। कमरे से बाहर भागता है, पीछे–पीछे निक्की।

राधा मुझे सहारा देती है। उठाती है। डिस्पेंसरी के पास वाले कमरे में जाना ठीक है।

मैं फिर कराहता हूँ। वह माथा छूती है। "तेज़ बुख़ार है।" बताती है।

दर्द का दरिया बाँह के रास्ते सारे जिस्म में फैलता है। कई इंच ऊपर उठ जाता हूँ।

"ओ गाड!" राधा आँखें फाड़े मुझे देख रही है। जानता हूँ, होश खो रही है।

"प्लीज़ राधा, डोंट लूज़ योर नर्व। डू समथिंग।"

वह डिस्पेंसरी में जाती है। हाथ में इंजेक्शन है।

"क्या है?" पूछता हूँ।

"मार्फिया का टीका। तुम्हें नींद आ जायेगी।"

वह टीका लगाती है। बेहोश होने से पहले पूछता हूँ, "डॉक्टर मनचन्दा क्या करेंगे?"

"गाड नोज़।"

मार्फ़िया दर्द पर क़ाबू पा लेता है। लगता है कि पास कोई लेटा है। कौन है? राधा। अपने आप परे सरकता हूँ। वह मेरे पास लेटती है। और फिर सारी इन्द्रियाँ बेहोश हो जाती हैं।

आँख क्यों खुली? रौशनी की लकीर शीशे के अन्दर आयी है, आँख पर बैठी है, इसे खोल दिया है। होश वापिस लौटता है, दर्द साथ–साथ। राधा नहीं है। स्टोव की आवाज़ आ रही है। रसोई में है।

बरामदे में बहुत सारे क़दमों की आवाज़। ब्रांडी भौंकता है। हम आ गये की ख़बर देने के लिए।

निक्की दौड़कर मेरे पास आती है। छूने के लिए हाथ बढ़ाती है। मेरा सफ़ेद चेहरा देखती है। हाथ रोक लेती है।

इतने सारे कौन लोग अन्दर आ रहे हैं? भट्टी है, जूही हैं, रवि है, माँ है। कैप्टन सिंह है। पीछे डॉक्टर मनचन्दा।

राधा अन्दर आती है। सिर झुका हुआ है। भट्टी उसे देखता है। मेरे रक्तहीन चेहरे को देखता है और लोहे–सी ठण्डी आवाज़ में राधा से पूछता है, "इसे क्या हुआ?"

ठण्डी आवाज़ का लोहा हम सबको छू जाता है। भट्टी की यह ठण्डी आवाज़ बम फटने की आख़िरी निशानी है।

जूही भट्टी की बाँह छूती है, "प्लीज भट्टी।"

वह उसके कन्धे पर मुक्का मारता है, "परे हट्ट। मरणां ई मेरे हत्थों।" भट्टी पंजाबी में बोल रहा है। आज कोई न कोई मरेगा।

रवि की माँ भट्टी को हाथ से परे करती है। बिस्तरे पर मेरे पास बैठती है। माथे पर हाथ रखती है। दर्द का दरिया लहर मारता है। कमर अकड़ती है। ऊपर उठती है। रवि एक छलाँग में मेरे पास पहुँचता है। दोनों हाथों से शरीर नीचे दबाता है।

डॉक्टर मनचन्दा ने फूली साँस पर क़ाबू पा लिया है। मेरी अकड़ी बाँह, सूजकर मोटे हुए हाथ को उनकी डॉक्टरी निगाह देख चुकी है।

"क्या हुआ राधा?" वह डॉक्टरी आवाज़ में पूछते हैं। बताती है, कैसे मेरी उँगली का नाख़ून तेज़ पत्थर लगने से हिल गया था। कैसे उसने नाख़ून जड़ से कल रात निकाला था।

"ठीक है। निकालना ठीक है, लेकिन..." वह बात पूरी नहीं करते। गंजा चेहरा लाल हो रहा है। इस आदमी को भी ग़ुस्सा आ सकता है? लेकिन चेहरा लाल क्यों हो रहा है?

वह डॉक्टरी भाषा इस्तेमाल करते हैं, "डॉक्टर राधा मेहरा, एंटीगेंग्रीन का इंजेक्शन दिया था कि नहीं?"

"ओ, माई गाड। हाउ कुड आई फ़ॉर्गेट" वह सिर पकड़कर कुर्सी पर बैठती है। मरी–मरी आवाज़ में कहती है, "माई फ़ाल्ट, डॉक्टर मनचन्दा।"

"डोंट काल योर क्राइम योर फाल्ट। इसे ब्लड पायजनिंग हो गयी है।"

राधा का सिर और नीचे झुक गया है। निक्की उसके पास जा ठहरी है। उसके कन्धे पर हाथ रखती है। उसे पता चल गया है, इस वक़्त सब उसकी माँ के दुश्मन हैं।

भट्टी राधा का मुँह ऊपर उठाता है। आवाज़ में अब भी ठण्डा लोहा है, "जे सन्तोष नूँ कुझ हो गया तो तैनूँ जीन्दा नहीं छडांगा।"

मैं भट्टी को मनाने वाली आवाज़ में कहता हूँ, "प्लीज़, भट्टी।"

"तू न बोल भैंण दे यार। वेख, की हाल होया ई।"

निक्की अब सुबक–सुबककर रो रही है। रवि की माँ उसे खींचकर अपनी गोद में लेती है, "तू मत रो, बेटी।" फिर भट्टी को घूरती है, "मैं हैरान हूँ, तुम्हें महावीर चक्र मिला किस बात पर? शेम आन यू। लूजिंग नर्व एट द टाइम आव क्राइसेस। रवि बेटे, यू टेक चार्ज।"

भट्टी का सिर झुक गया है। कमरे में अब और कौन आ रहा है? चौकीदार है। बताता है, नीचे जीप रुकने की आवाज़ गाँव तक पहुँच गयी। भगाता आया इतनी सवेरे–सवेरे जीप। ख़ैर तो है?

रवि उसे संयत आवाज़ में बताता है कि सबके लिए चाय बनाये। फिर डॉक्टर मनचन्दा से पूछता है, "अब करना क्या है डॉक्टर?"

"सन्तोष को शहर ले चलना है, हस्पताल में।"

"हस्पताल? हस्पताल किसलिए?" मैं घबराई आवाज़ में पूछता हूँ।

डॉक्टर मनचन्दा रवि की माँ की ओर देखते हैं। 'सच बता दूँ' पूछती आँखों से। वह हाँ में सिर हिलाती है।

"बी ब्रेव सन्तोष। तुम्हारा हाथ काटना पड़ेगा। ख़ून में ज़हर फैल गया है।"

कितनी आसानी से यह आदमी मेरे हाथ काटने की बात कह गया है। एक बाँह की टेक पर आधा उठता हूँ। अन्धा ग़ुस्सा दर्द को खा गया है। हाथ आगे बढ़ाकर उसका हाथ पकड़ता हूँ। झटके–से पास खींचता हूँ।

"तू मेरा हाथ काटेगा? आई विल किल यू।" डॉक्टर मनचन्दा के हाथ की हड्डियाँ टूटीं कि टूटीं। भट्टी मेरी छोटी उँगली खींचता है, हाथ का शिकंजा खुलता है। डॉक्टर मनचन्दा हाथ मलते हैं।

सब चुप हैं। एक क्षण में समझ जाता हूँ, सब डॉक्टर मनचन्दा के साथ हैं। रवि की माँ से कहता हूँ, "माँ, हाथ नहीं कटना चाहिए न? बिलियर्ड कैसे खेलूँगा? मोटरसाइकिल कैसे चलाऊँगा?"

माँ मेरे बालों में उँगलियाँ फेर रही है।

"हाँ बेटे, हाथ तो नहीं कटना चाहिए, लेकिन करें क्या?"

जवाब डॉक्टर मनचन्दा देते हैं, "अभी तो हाथ में ज़हर फैला है। देर हो गयी तो बाँह काटनी पड़ेगी। प्लीज़ सन्तोष, यू में डाई।"

"दैन लेट मी डाई, डॉक्टर।"

दर्द का दरिया फिर बहा है। कन्वलशंज़ शुरू हुई कि हुई। डॉक्टर मनचन्दा राधा को कोई संकेत करते हैं। जानता हूँ, बेहोशी का टीका लाने को कह रहे हैं, मुझे बेहोश करेंगे। हस्पताल ले जायेंगे और बेहोशी की हालत में हाथ काट देंगे। भट्टी की पीठ मेरी ओर है। ऊपर–नीचे उठ रही है। भट्टी रो रहा है। तो अब कुछ नहीं हो सकता?

"भट्टी, तू इन्हें रोक। कुछ कर न!"

वह मुँह मेरी तरफ़ फेरता है। चेहरा आँसुओं से धुल गया है, "वीर जीओ, मैं की करां? तुस्सी दस्सो। मेरा की वस्स है?"

रवि की माँ राधा के सिर पर हाथ रख़ती हैं, "बेटी, तू न डर। देख लेना, मेरा रवि कुछ–न–कुछ करेगा। कभी दिल नहीं छोड़ता।"

चौकीदार हमारी बातचीत सुन रहा है। सब कुछ समझ रहा है। रवि से कहता है, "मैं बोलूँ साब जी?"

रवि हाँ में सिर हिलाता है।

"गाँव के लोगों को चोट लगती है, ज़हर फैलता है तो जादूगरनी से दवाई लेते हैं, ठीक हो जाते हैं।"

रवि राधा की ओर देखता है, पूछती आँखों से कि चौकीदार क्या बात कर रहा है, किसकी बात कर रहा है? राधा उस टोने–टोटके वाली बुढ़िया के बारे में बताती है, जिसे यहाँ के लोग जादूगरनी कहते हैं, मानते हैं।

रवि भट्टी से कहता है कि चौकीदार के साथ जाये, दवाई ले आये। मैं निक्की को पास बुलाता हूँ, पूरी ताक़त लगाकर शब्द गले में इकट्ठे करता हूँ।

"निक्की, थकी तो नहीं?"

"नहीं। नाट एट आल।"

"तो भट्टी अंकल के साथ जाओ। डायन तुम्हें तो जानती है।"

"देख भट्टी, बूढ़ी से कहना दवाई ठीक है।" रवि सलाह देता है।

"ठीक नहीं देगी तो साली की गिच्ची न मरोड़ दूँगा?" भट्टी हिन्दी में बोला है। मतलब कि अपने पर क़ाबू पा लिया है।

रवि सिंह से पूछता है, "कैप्टन सिंह, पापा दिल्ली से कितने बजे पहुँचेंगे?"

"सर, दस बजे।" सिंह रवि से एक रैंक छोटा है, सरकारी भाषा में बात होती है तो सर बुलाता है।

रवि घड़ी देखता है।

"ठीक, तुम छोटे शहर से घर फ़ोन कर दो। पापा पहुँचने वाले होंगे। मैसेज छोड़ना कि हम दोपहर तक सन्तोष के साथ पहुँच जायेंगे। डी. एस. पी. चौहान से कहो, हस्पताल से एम्बुलेंस लेकर एकदम पहुँच जायें।"

चौहान पुलिस विभाग की ओर से गवर्नर–हाउस में तैनात है।

"यस, सर।"

"एंड कम बैक एट वंस। वी विल नीड यू।"

कैप्टन सिंह तेज़ क़दमों से बाहर जाता है। डॉक्टर मनचन्दा रवि से कहते है, "आप ठीक नहीं कर रहे। सन्तोष की जान को ख़तरा है।"

"आई नो।" रवि छोटा–सा जवाब देता है।

डॉक्टर मनचन्दा माँ से कहते हैं, "मैडम, आप समझाइए। मुझे ऐसे टोटकों में कोई फ़ेथ नहीं।"

"रवि नोज़ बैटर।" वह छोटा–सा जवाब देती है।

डॉक्टर मनचन्दा बेबस सबको देख रहे हैं।

"रवि, प्रामिस करो, तुम मेरा हाथ नहीं काटने दोगे।"

"प्रामिस।"

"चाहे मैं मर जाऊँ।"

"चाहे तुम मर जाओ।"

बेइन्तहा दर्द में भी मैं सुख की साँस लेता हूँ। रवि ने जो कहा है, करेगा। मुझे मर जाने देगा। हाथ नहीं कटने देगा।

राधा से इतनी देर से नहीं बोला। उसे अपने पास बुलाता हूँ। सिरहाने के पास बैठती है, "देख राधा, सब गुस्से में हैं। तुम्हारा कोई कसूर नहीं। डोंट फ़ील सॉरी। तुम्हें पता है न, मैं तुम्हें कभी नहीं छोड़ूँगा। कहीं नहीं जाऊँगा।"

मुझे कभी न छोड़ने की बात नही कहनी चाहिए थी। लेकिन तब मुझे क्या पता था कि कभी न छोड़ने की बात मुझे नहीं करनी चाहिए थी।

ब्रांडी आँगन में पहुँचकर भौंकता है यानी भट्टी और निक्की के साथ गया था। लौट आने की सूचना दे रहा है। भट्टी कमरे में आता है। रवि से कहता है, "बूढ़ी पागल है। सन्तोष को राजा कहती है। 'राजा फिर बीमार पड़ गया?' बके जा रही थी।"

वह दवाई की पुड़िया डॉक्टर मनचन्दा को पकड़ाता है।

चौकीदार बताता है, "साब, ज़हर में बुझी दवाई है। कहती थी, हाथ और बाँह में चीरा देकर अन्दर भर दें। पट्टी बाँध दें। कोई दवाई नही सुँघानी।"

"सुँघाने को दवाई है ही कहाँ?" डॉक्टर मनचन्दा ने कड़वे मुँह से कहा।

"डॉक्टर राधा मेहरा, कैन यू हैल्प मी?"

"यस, डॉक्टर मनचन्दा।"

"ओ.के., गैट रैडी।"

रवि माँ से कहता है, "ममा, निक्की और जूही को बाहर ले जाओ।"

"यस, रवि।" वह तीनों बाहर चली जाती हैं।

डॉक्टर मनचन्दा रवि से कुछ कहते हैं। रवि और भट्टी मुझे बिस्तर से उठाकर आरामकुर्सी पर बिठाते हैं। रवि मेरी ठीक बाँह कुर्सी के हत्थे के अन्दर कर देता है।

उससे पूछता हूँ, "रवि, बहुत दर्द होगा।"

"हाँ, टैरिबल।"

राधा और डॉक्टर मनचन्दा चीरे के सामान के साथ अन्दर आते हैं। दोनों ने सफ़ेद दस्ताने पहन रखे हैं। डॉक्टर मनचन्दा दवाई की पुड़िया खोलकर मेज़ पर रख़ते हैं। लाल सुर्ख रंग है, बिल्कुल ताज़े ख़ून जैसा।

"कहती थी, अंग्रेज़ों की क़ब्रों से फूल चुनकर यह दवाई बनायी है, उनके मुँह की तरह लाल सुर्ख़। ब्लडी मैड वोमेन।"

भट्टी कुर्सी के पीछे क्यों खड़ा हो गया है? रवि मेरी टाँगों के पास क्यों बैठ गया है? ये लोग मुझे क्या करने वाले हैं?

राधा ने मेरी बाँह पर कुछ दवाई लगायी। ठण्डा सुखद स्पर्श मेरी आँखों में देखा। दाँत पर चढ़ा दाँत लिश्का। गुस्सा किस पर? मुझ पर? नहीं, अपने पर।

डॉक्टर मनचन्दा चौकीदार को कोई संकेत करते हैं। वह मेरे सूजे हुए हाथ के पास खड़ा हो जाता है। वह राधा को देखते हैं। सिर हिलाती है। ट्रे से नाइफ़ निकालकर उन्हें पकड़ाती है। वह नाइफ़ की नोक देखते हैं। दवाई की पुड़िया देखते हैं और बायें हाथ का दस्ताना उतार देते हैं। झटके से सिर उठाते हैं, "होल्ड हिम।"

भट्टी ने एक हाथ मेरी गर्दन में डाल मेरा सिर पीछे खींच लिया है। रवि टाँगों पर अध–बैठा है।

चाकू चमका। सूजे हाथ में गर्म–गर्म लोहा सरसराया। चीख़ गले तक आयी। मुँह भींचा। हाथ की चमड़ी फटी। ख़ून का छोटा फ़व्वारा छिटका। गर्दन को झटका दिया। भट्टी की पकड़ से क्योंकर छूटा जा सकता है? अब एक हाथ से उसने बाँहों को पकड़ लिया।

चाकू हाथ से बाहर निकला।

"यू बास्टर्ड! लीव मी।" जिस्म फैला। बाँह का ज़ोर अभी बाक़ी है। आख़िरी हल्ला हुआ। 'टक' की आवाज़ से कुर्सी का हत्था टूटा। हाथ आज़ाद हुआ। पीछे उठा। हरामी भट्टी की गर्दन तोड़ दूँगा। डॉक्टर मनचन्दा चीख़े, "होल्ड हिज़ अदर हैंड, भट्टी।"

भट्टी ने लम्बी बाँह में मेरी कलाई पकड़ ली है। कोण विशेष पर मोड़ रहा है। गालियाँ दे रहा है, "भैंण दे यार, बहुत ज़ोर है। लगा ज़ोर। बुला अपने आपको। डॉक्टर आप बाँह पर कट लगायें। यह भैंण दा यार एक इंच तो हिले।"

मैं सचमुच एक इंच नहीं हिल पा रहा। क्या भट्टी ने मेरी कोई नस दबा दी है? और यह आख़िरी बात सोचते हुए मैं बेहोश हो गया।

बेहोशी में महसूस हुआ, कोई मेरे भिंचे दाँतों में उँगलियाँ डालकर मेरा मुँह खोल रहा है। भट्टी होगा। इतनी ताक़त तो उसकी उँगलियों में ही है। बहुत सारी टेबलेट्स मुँह में डली हैं। नीचे क्यों नहीं उतर रहीं? नाक दबाकर साँस कौन बन्द कर रहा है? भट्टी होगा। क्रूअल बास्टर्ड। गोलियाँ गले के अन्दर चली गयी हैं।

इतनी सर्दी में मुझे नहला कौन रहा है? क्यों नहला रहे हैं? आँखें खुलती हैं। हाथ पर पट्टी, बाँह पर पट्टी। सनसनाहट। हाथ में, बाँह में कुछ सरक रहा है, पारे की तरह।

राधा के हाथ में गीला तौलिया है। निचोड़ती है। भट्टी को पकड़ाती है। नया तौलिया रवि उसे पकड़ाता है।

मेरी खुली आँखों पर उँगलियाँ रखकर राधा कहती है, "बहुत तेज़ बुख़ार है। कंट्रोल नहीं हो रहा। स्पंज करना ज़रूरी है।"

दो बार बेहोश होने से पहले मैंने साफ़ देखा कि जिस गीले तौलिए से राधा मुझे पोंछ रही है, उसमें से धुआँ निकल रहा है या भाप।

यह नयी आवाज़ किसकी है? सुबह जितने लोग थे, उनमें से तो किसी की आवाज़ नहीं। इतनी सख़्त आवाज़ या भट्टी की हो सकती है या रवि के पिता की। आँखें खोलता हूँ। हाँ, वही हैं।

"इसे नीचे एम्बुलेंस में ले चलें?" वे डॉक्टर मनचन्दा से पूछते हैं।

"योर हाइनेस, इस वक़्त शिफ़्ट करने में पेशेंट को ख़तरा है।"

"यहाँ रखने में ज़्यादा ख़तरा है या शिफ़्ट में?" डॉक्टर मनचन्दा कार्नर्ड हो गये हैं। दूसरे को कार्नर करना इन्हें ख़ूब आता है।

"यहाँ रखने में, योर हाइनेस।"

"गुड। नाउ ब्रिंग द स्ट्रेचर इन।"

रवि और कैप्टन सिंह कमरे से बाहर जाते हैं।

"आप कब आये?" मरियल आवाज़ में पूछता हूँ।

"तुम लोग बदमाशियाँ करोगे तो आना ही पड़ेगा।" उनकी मूँछें हिलती हैं।

भट्टी और कैप्टन सिंह मुझे स्ट्रेचर पर लिटाते हैं। सिंह कहता है, "बड़ी जान है सन्तोष की।"

मुझे पता है अपने वज़न का, ताक़त का।

"दारा है साला। कुर्सी का हत्था बाँह के ज़ोर से तोड़ दिया।" भट्टी की फख्र–भरी आवाज़।

आँखें बन्द हो रही हैं। वे डॉक्टर मनचन्दा से कह रहे हैं, "राधा साथ ही जायेगी। किसी की टेम्पोरेरी पोस्टिंग यहाँ कर दें।"

कैप्टन सिंह से नीचे उतरने तक तीन बार रवि और डी.एस.पी. चौहान ने स्ट्रेचर लिया है। लेकिन भट्टी को किसी की मदद की ज़रूरत नहीं पड़ी। गाली देता हूँ। साला फ़ौजी। इससे पहले कि इन्द्रियाँ बेहोश हों, आख़िरी ख़याल आता है कि भट्टी से लड़ाई हो जाये तो कौन जीतेगा? वह या मैं?

एम्बुलेंस के सायरन की आवाज़। ड्राइवर क्यों नहीं चला रहा? रवि क्यों चला रहा है? अच्छा। ख़तरा है क्या? तभी रवि चला रहा है? स्पीड किंग।

माथे पर छोटा–सा हाथ कौन रख रहा है? राधा। नहीं, निक्की। उसका चेहरा मेरे चेहरे पर झुका है। कटे बाल मेरी खुली आँखों में पड़ रहे हैं, "हाऊ आर यू फ़ीलिंग हैंडसम?" वह छेड़ती है।

"फ़ाइन।" मेरी आँखें बन्द हो जाती हैं।

बहुत सारे लोग बहुत सारे दिन कमरे में आते रहे। मेहमान–घर छोटा–मोटा हस्पताल बन गया है। शायद बुख़ार कंट्रोल नहीं हो रहा। शायद मेरी बाँह थोड़ा सूख गयी है। जब भी आँखें खुलीं, राधा बिस्तरे के पास आरामकुर्सी पर बैठी दिखी। बताती है, बुख़ार सिर को चढ़ गया था। रवि के पिता ने बहुत सारे विशेषज्ञ बुलाये थे–आर्मी के डॉक्टर, सिविल के डॉक्टर।

बुख़ार उतरा। जल्दी–जल्दी ताक़त लौट रही है। बकौल भट्टी, सख़्त हड्डी का आदमी हूँ। जूही भी यहीं रह रही है। रात को राधा की जगह मेरे पास बैठती है। ब्रांडी लगातार दरवाज़े के पास बैठा रहता है। हर अन्दर आनेवाले को घूरकर चेक करता है। सीक्रेट सर्विस एजेंट।

वर्मा रोज़ आता है। थोड़ी–थोड़ी देर के बाद बरामदे में जाता है सिगरेट पीने। मुट्ठी में सिगरेट दबाकर कश लगाने की आवाज़ अन्दर तक आती है। राधा का पूछना, "सब तुम्हें इतने क्यों चाहते हैं, प्यार क्यों करते हैं?" आँखों से जवाब दिया, 'जैसे तुम करती हो। क्यों करती हो?'

अब कमरे के बाहर निकलता हूँ। थोड़ा घूमता हूँ। हाथ और बाँह की मूवमेंट ठीक है। डॉक्टर मनचन्दा का कहना है, थोड़े दिनों में हाथ में ताक़त लौट आयेगी। अब वह देसी दवाइयों का मज़ाक़ नहीं उड़ाते।

निक्की फ़ेयरी–टेल्ज़ सुनाती है। दिन में कई बार मेरे बालों में कंघी करती है। उसका वाक्य, "यू सफ़र्ड अ लाट ड्यू टु मी।" उसे बताया था कि दुख तो पहले से तय होता है। दूसरा कोई तो इसे पाने का बहाना बन जाता है।

रवि की पोस्टिंग एक साल के लिए इराक़ हो गयी है। अगले महीने चला जायेगा।

रवि के पिता बताते हैं कि उन्हें गोवा या असम भेजा जा रहा है। अगले महीने चले जायेंगे।

भट्टी की पोस्टिंग फ़ारवर्ड एरिया में हो गयी है, अगले महीने चला जायेगा।

एक शाम सब मेरे कमरे में थे। रवि की माँ ने कहा था, "सन्तोष, राधा ने तुम्हें दो बार बचाया है। पहली बार जब हस्पताल में थे और अब यहाँ दिन–रात जागी है। तुम्हें मौत से छीन लायी है।"

मैंने राधा को गर्व से देखा। रवि ने छेड़ा था, "इस हैंडसम बास्टर्ड को राधा मरने नहीं देगी। ऐसा मर्द कहीं मिलता है, न काम न काज। चौबीसों घण्टे बीवी के बिस्तर में।"

बड़ा दिन आ रहा है। रवि सान्ता क्लाज़ है। मेरे लिए एक सूटलेंथ और एक कॉम्बीनेशन लाया है। उसका कहना है कि अब मेरे पास कुछ तमीज़दार कपड़े भी होने चाहिए। राधा को कुछ नहीं दिया। उसने मीठी शिकायत की।

"क्यों? और क्या चाहिए? यह हरामी सन्तोष तुझे नहीं दिया?"

निक्की के लिए मैक्सी है। कोई दोस्त विदेश से लाया था। उससे मारी है। बड़े दिन निक्की यह मैक्सी डालेगी।

बड़ा दिन है। सुबह हम निक्की के कॉन्वेंट में जाते हैं, ग़रीब बच्चों के लिए फलों–मिठाइयों के टोकरे लेकर। मदर बताती हैं, मुझे देखने आयी थीं। मैं बेहोश था। उन्होंने मेरे लिए प्रार्थना की थी। जीसिस ने ठीक कर दिया।

क्रिसमस ट्री। जगमगाती रोशनियाँ। बँधाइयाँ देनेवालों का ताँता। गयी रात। सबके हाथों में ड्रिंक्स। मेरे हाथ में जूस का गिलास। रवि की माँ राधा को पन्ने का हार देती है। पता नहीं, हम लोग शादी कब करेंगे? वह यहाँ हों–न–हों। गिफ़्ट इन एडवांस।

वर्मा मुझे सिल्विया प्लैथ की कविता–पुस्तकें देता है। कहता है, मुझे प्लैथ को पढ़ना चाहिए।

रवि के पिता चोरी से चेक मेरी मुट्ठी में सरकाते हैं। न करता हूँ तो आँख दबाकर सलाह देते हैं कि मुझे कम–से–कम हनीमून राधा के पैसों से नहीं मनाना चाहिए।

निक्की बड़े दिन बहुत बड़ी लग रही है। मैक्सी और हाई–हील्ज़ के सैंडिल्ज़ में नौ साल की नहीं, पन्द्रह–सोलह साल की लगती है। कई बार उसके कटे बालों का चेहरा राधा के कटे बालों वाले चेहरे का भ्रम देता है। दो सुनहरी सेब। हू–ब–हू माँ का प्रतिरूप। आज माँ–बेटी नहीं, बड़ी–छोटी बहिनें लग रही हैं। भट्टी आदत के ख़िलाफ़ चुप है। दबा–दबा। बुझा–बुझा। रवि के पिता वजह पूछते हैं।

"रवि इराक़ जा रहा है। मैं फ़ारवर्ड एरिया। आप भी अगले महीने चले जायेंगे। देखें, क़िस्मत फिर कब इकट्ठा करती है?"

रवि उसे डाँटता है, "ओये फ़ौजी, ले शराब पी। लड़कियों की तरह रोनी सूरत मत बनाया कर।"

"हम तीनों फिर मिलेंगे। हमें कौन अलग कर सकता है? एन्युअल लीव पापा के पास गुज़ारा करेंगे।"

"हाँ, यह तो मैंने सोचा ही नहीं।" भट्टी के चेहरे पर चमक।

"देख फ़ौजी, सोचने का तुझसे क्या वास्ता? बस, माँ–बहिन की गालियाँ देता रह। जनरल बन जायेगा।"

जूही रवि को सलाह देती है कि अब उसे भी कोई लड़की तलाश लेनी चाहिए। शादी कर लेनी चाहिए। रवि कहता है, उसने लड़की तलाश ली है। कौन? कहाँ है? हमारी आवाज़ें। वह उठता है। निक्की का हाथ पकड़कर उठाता है। उसके सामने प्रिंस के अन्दाज़ में झुकता है, "माई स्वीट हार्ट निक्की। आई विल मैरी हर। विल यू मैरी मी स्वीट हार्ट?"

वह ड्रामा करने पर उतर आया है। निक्की भी किसी राजकुमारी की तरह गर्दन अकड़ाकर जवाबी ड्रामा करती है, "सॉरी, आई कांट।"

रवि की माँ अपना डायलॉग बोलती हैं, "क्यों? हमारे राजकुमार में क्या कमी है?"

"कोई कमी नहीं। बट आई विल मैरी सन्तोष। ही इज़ माई प्रिंस चार्मिंग।"

भट्टी मेरी कनपटी के सफ़ेद बाल उसे दिखाता है, "इससे? जब तक तुम बड़ी होगी, यह बूढ़ा होगा।"

"बट ही विल ग्रो ओल्ड ग्रेसफुली।" निक्की भट्टी का मुँह बन्द कर देती है।

रवि का ख़याल है, हमें नया साल भी साथ–साथ मनाना चाहिए। राधा रानी की कोठी में लौटने की बात करती है। रवि के क्यों पूछने पर मेरी ओर देखती है। मुसकराती है। रवि समझ जाता है। मान जाता है। हम वादा करते हैं कि दिसम्बर के आख़िरी दिन मैं, राधा और निक्की यहाँ आ जायेंगे।

रवि मुझे कहता है, "प्रामिस, सन्तोष?"

"प्रामिस।"

मुझे उस दिन रवि से दिसम्बर के आख़िरी दिन यहाँ आने का प्रामिस नहीं करना चाहिए था। लेकिन तब मुझे क्या पता था कि दिसम्बर के आख़िरी दिन मुझे यहाँ आने का प्रामिस नहीं करना चाहिए था।

छह

कल शाम को मैदानों की ओर जाता हुआ एक सफ़ेद परिन्दा रात–भर के लिए यहाँ रुका था, रानी की कोठी में। सुबह जब वह कमरे से बाहर उड़ निकला तो निक्की की आत्मा भी अपने साथ ले गया। सफ़ेद परिन्दे जब कभी किसी घर के अन्दर आ जाते हैं तो किसी–न–किसी का मरना तय होता है...निक्की भी मर गयी। मैदानों की ओर जाता परिन्दा उसकी आत्मा अपने साथ ले गया।

उसका मृत शरीर कमरे में पड़ा है। थोड़ी देर में जला देंगे। उसे जलाने का इन्तज़ाम किया जा रहा है।

मैं बाहर बरामदे में बैठा हूँ। राधा अन्दर है, बेहोश। उसके होश में आने पर उसे फिर बेहोशी का टीका लगा दूँगा। कल रात से उसे बेहोश रखा गया है।

कोठी पर पेड़ों का घेराव मज़बूत है। पत्ता तक नहीं हिल रहा। चौकीदार का कहना है, सर्दियों की पहली बर्फ़ आज ज़रूर पड़ेगी। यह गुमसुम चुप–चपीते पत्ते मुझे धोखा नहीं दे सकते। पता है कि हवा इन लम्बे–ऊँचे पेड़ों के पीछे छुपकर बैठी है, घात लगाये।

आज रानी की कोठी साँस नहीं ले रही। हवा जो नहीं चल रही। हवा साँस साध रही है। छापामार दस्ते की तरह पहले दबे–पाँव बाहर आयेगी, फिर पेड़ों की टहनियों पर सवार हो जायेगी। हल्ला होगा। रानी की कोठी पर तेज़ आक्रमण करेगी और उतराई से उतर जायेगी।

बरामदा लकड़ी की छत का है, तीन लकड़ी के खम्भों के कन्धे पर सवार। बीच वाले खम्भे से गिलहरी नीचे सरकती है। अपने दोस्त ब्रांडी को भटकती आँखों से खोजती है। नहीं है। मुझसे आँख मिलती है, तैरती गति में ठहराव आता है। पूँछ के बाल एरियल से हिलते हैं, बताते हैं,

ठीक है सब ठीक है। निक्की के कमरे में चली जाती है। हमारी शाम की चाय के वक़्त उसे बिस्किट के टुकड़े मिलते हैं। उसका बिस्किट–समय हो गया है।

छलाँग लगाकर कमरे से बाहर आ गयी है। जिस्म के बाल खड़े हैं, पूँछ आधे दायरे में तनी है। हमेशा की तरह मेरे पास थमती नहीं। ऊँचा उछलती है, खम्भे पर चढ़ती है। छलाँग का वज़न छोटे–छोटे पाँव सँभाल नहीं पाते। नीचे लुढ़कती है। 'चंच–चंच' की चीख़ों के साथ खम्भे पर चढ़ती है। अपने सूराख़ में घुस जाती है। सिर सूराख़ से निकालती है। अपने दोस्त ब्रांडी को ख़बरदार करती है। बताती है कि कमरे में मत जाओ। अन्दर कोई मुर्दा पड़ा है। बेचारी। उसे क्या पता कल निक्की मरी थी। ब्रांडी भी मर गया है। ब्रांडी को दबाना है या जलाना है? पता नहीं, कुत्ते दबाये जाते हैं या जलाये जाते हैं?

कितने भयानक युद्ध के बाद मरा। दुश्मन को मारने के बाद।

सात

यहाँ लौटने के बाद निक्की ने सलाह दी थी कि डायन का थैंक्स करना चाहिए। उसने मुझे बचाया है। चौकीदार से पूछा था कि जादूगरनी के लिए क्या ले जायें? रुपये या कुछ और? उसने सलाह दी थी कि अंग्रेज़ी दारू की बोतल ले जायें। जादूगरनी ख़ुश हो जायेगी।

मैं, निक्की और ब्रांडी। बुढ़िया के एक ओर काला बिल्ला, एक ओर मोटा मेंढक। उसके हाथों में बोतल थमा दी। हिला के गिलास में डाली। एक घूँट में गटक गयी।

"आपने मुझे बचा लिया।"

उसने बिल्ले के मुँह में थोड़ी शराब डाली। अन्धी आँखों से मुझे देखा। "तू कहाँ बचा है राजा? तेरा हाथ बचा है। तेरी बाँह बची है।"

आज अतीत में जी रही है। मुझे कोठी वाला समझ रही है। बताता हूँ, "राजा नहीं, सन्तोष हूँ। उस दिन आया था। आपकी दी दवाई से बच गया।"

"बक मत। बचा कहाँ है? अभी तो तुझे मरना है। तेरी आत्मा भी मरेगी।"

निक्की उसे समझाती है, "आत्मा नहीं मरेगी।"

वह अन्धी आँखों से उसे देखती है।

"मरती है। शरीर के आकार की होती है। शरीर मरता है तो साथ–साथ मर जाती है। दारू दो।"

मैं उसका गिलास फिर भरता हूँ।

"तू अकेली कब आयेगी रानी?" वह निक्की से पूछती है।

निक्की कसकर मेरा हाथ पकड़ती है। बिल्ला दरवाज़े पर बैठे ब्रांडी को घूर रहा है। वह दूसरा गिलास ख़त्म करती है। ढक्कन टटोलकर पकड़ती है, बोतल बन्द करती है।

"मेरी फ़ोटू बन गयी? कब दिखाओगे?"

शुक्र है, वर्तमान में है। पूछता हूँ, "रानी को कौन–सी दवाई दी थी? कहते हैं, राजा बीस साल बीमार रहा।"

वह क़हक़हा लगाती है। आवाज़ को दाँतों की दीवार रोकती नहीं। फ़िस–फ़िस की आवाज़ें फैलती हैं। मेंढक गड्ढे की तरफ़ छलाँग लगाता है। बिल्ला पंजा आगे बढ़ाता है, मेंढक को पीछे घसीट लेता है।

"औरतबाज़ था हरामी। अंग्रेज़ छोकरी से शादी करेगा। रानी रोती आयी। ऐसी दवाई दी कि फिर किसी और औरत के पास जाने के क़ाबिल नहीं रहा।"

"कैसी दवाई?"

वह उठती है। टीन का ट्रंक खोलती है। टटोलती है। शीशी हाथ में पकड़ती है। दिखाती है।

"यह दवाई।"

"रानी ने राजा को कैसे खिलायी?"

वह फिर क़हक़हा लगाती है। फिस्स। फिस्स। मेंढक फिर उछलता है। बिल्ला फिर पंजे में पकड़कर उसे पीछे घसीटता है।

"कौन कहता है राजा ने खायी? दवाई तो औरत को खानी होती है मरद को मारने के लिए।"

"औरत के खाने से मरद कैसे मरेगा?"

"अंग्रेज़ी पढ़ा है, बहस करता है। जिन दिनों औरत को कपड़े न आये हों, यह दवाई खाने से आ जाते हैं। माहवारी वाला ख़ून मरद को किसी चीज़ में मिलाकर पिला दे तो मरद फिर किसी दूसरी औरत के पास जाने के क़ाबिल नहीं रहता।"

गन्दी बातों पर उतर आयी है। उठता हूँ। दरवाज़े पर पहुँचते हैं।

निक्की से कहती है, "तू कब आयेगी?"

फिर अतीत में लौट गयी है। गाँव से बाहर निकलते हैं। निक्की पूछती है, यह 'कपड़े आना' क्या होता है? टालता हूँ। बताता हूँ, महीने में एक बार औरतें बीमार पड़ा करती हैं। इसे बालचाल की ज़बान में कपड़े आना कहते हैं।

"अच्छा, तो सीधे से कहो न मैन्सिस। पीरिएड्ज़।"

निक्की को गुस्से से देखता हूँ। इसे ऐसी बातों का पता तो नहीं होना चाहिए। वह सफ़ाई देती है। स्कूल में सेक्स–एजुकेशन वीक में एक बार

देते हैं। बड़े गर्व से बताती है कि उसे यह भी पता है, बच्चे कैसे पैदा होते हैं, जानती है कि परिन्दे रोशनदान के रास्ते नहीं लाते।

ब्रांडी रुक क्यों गया है? आक्रमण की मुद्रा में उसका पेट ज़मीन को क्यों छू रहा है?

ब्रांडी उछला। चट्टान पर काला साया लपका। खरड़–खरड़ की आवाज़ के साथ पेड़ पर चढ़ गया।

"डायन का बिल्ला है। पीछे आ रहा था।" निक्की ने बताया। मुझे पता है।

आजकल रानी की कोठी में सूरज चार बजे डूब जाया करता है। दिन–भर की यात्रा का थका–माँदा जब घर की तरफ़ जाता है तो गोलाई में गलबहियाँ डाले पेड़ों की शाखें उसे अपनी ओट में से लेती हैं। आज वह वक़्त से पहले थक गया है, घर गया कि गया। लाल अँधेरा पेड़ों से नीचे सरकता है, कोठी के बरामदे में आता है और मेरे पैरों के पास लेट जाता है। उसका जिस्म धीरे–धीरे लम्बा होना शुरू होता है और बरामदे–बाहर सरक जाता है। पेड़ों के पीछे छोटी–छोटी आवाज़ें उग आयी हैं। हवा का छापामार दस्ता अगले हमले के लिए ताक़त समेट चुका है, बाहर निकल आया है। रास्ते में खड़ी जंगली घास नीचे झुकती है, उसे रास्ता देती है। रानी की कोठी पर छापामार दस्ता झपटता है। कोठी हिलती है। हवा बाहर फेंकने के लिए लम्बी साँस लेती है। हवा गुरिल्लों की तरह रास्ता बदलती है, लान पर लेटती हुई दूसरी तरफ़ निकल जाती है।

मौसम के आख़िरी फूलों की गर्दनें इस छापामार दस्ते ने काट दी हैं। टहनियों से छिटककर लान में बिछे लाल अँधेरे पर लेटे हैं। सिर कटे लाल फूल। ख़ून की छिटकी बूँदें।

ख़ून! कल रात निक्की के बिस्तर पर ऐसे ही ख़ून छिटका था...

मैं और निक्की डायन का मज़ाक़ उड़ा रहे हैं। राधा को उस दवाई की बात बताता हूँ जो रानी डायन से लायी थी। जिसकी वजह से राजा बीस साल लम्बी मौत मरा था। निक्की मुझे कहती है कि उसका नाम डायन नहीं, पागल रखना चाहिए। ममा, सन्तोष को राजा समझती है। कहती है कि आत्मा शरीर की शेप की होती है। मैड। रेविंग मैड।

राधा मुझे और निक्की को डाँटती है। ऐसी औरतों का मज़ाक़ नहीं उड़ाना चाहिए। फिर वह कुशते मारती है, ज़हर–बुझी दवाइयाँ बनाती है। कम–से–कम मुझे तो उसकी दवाइयों पर शक नहीं करना चाहिए। मेरा हाथ उसकी दवा से कटने से बचा। अंग्रेज़ी दवाइयाँ तो अब आयी हैं। आख़िर पहले जड़ी–बूटियों से ही इलाज होता था न।

दोपहर को ही शाम हो जाती है। अँधेरा काँच लगी खिड़कियों के पास घात लगाकर बैठा है। खिड़की खुले। अन्दर आये। ब्रांडी झटके से खड़ा क्यों हो गया है? खिड़की से उसकी आँखें क्यों बँध गयी हैं?

हम तीनों देखते हैं। लाल काँच के बीचोंबीच अँधेरे का काला टुकड़ा है, जलती हुई लाल सुर्ख़ दो आँखें। अँधेरा हिलता है। आँखें कमरे में घूमती हैं। अँधेरा हिलना बन्द हो जाता है। आँखें स्थिर–स्थित कमरे में। निक्की ने हाथ आगे बढ़ाया। कसकर मेरा हाथ पकड़ा। उसका हाथ काँप रहा है।

ब्रांडी दरवाज़े के बाहर भागा। अँधेरे का टुकड़ा हिला। खिड़की से नीचे उछला।

"डायन का बिल्ला था।" निक्की ने बताया। मुझे पता है।

ब्रांडी भौंका। हार गया है। निक्की बताती है, "बिल्ला पेड़ पर चढ़ गया होगा।" मुझे पता है।

ब्रांडी अन्दर लौट आया है। अब भी खिड़की को घूर रहा है, जहाँ से अँधेरे का टुकड़ा भाग गया है। उसके क़ातिल दिमाग़ में घात–प्रतिघात चल रहे हैं। रणनीति तय कर रहा है कि बिल्ले को कैसे मारना है? उसे पता है, बिल्ला फिर आयेगा।

निक्की पूछती है, "क्या डायन ने बिल्ला यहाँ भेजा है?" मुझे पता है कि डायन ने बिल्ला यहाँ भेजा है।

"तुम दोनों बार–बार उसकी बातें क्यों करते हो? मुझे डर लगता है।" राधा की आवाज़ में भी डर है, चेहरे पर भी।

निक्की उठती है। लैम्प जलाये। बन्द खिड़कियों से भी अँधेरा अन्दर सरक आया है।

"क्यों सन्तोष? निक्की से बात कर डालो न? तुम तो कहते थे, नये साल वाले दिन शादी करेंगे।"

"हाँ, ठीक है। मेरे ख़याल में वह सब कुछ जान गयी है। स्यानी है।"

राधा 'हाँ' में सिर हिलाती है।

"बी अ गुड गर्ल एंड गिव मी अ किस।"

वह मेरा मुँह चिढ़ाती है। उसके बाल पकड़कर उसका मुँह अपनी तरफ़ खींचता हूँ। दाँत पर चढ़ा दाँत मखमल में रखे मोती की तरह लिश्कता है। चूम लेता हूँ। बाल खींचने से उसे दर्द हुआ है।

"ब्रूट!"

"इसका जवाब तुम्हें आज रात दूँगा।"

निक्की जलता हुआ लैम्प अन्दर ले आयी है। अँधेरा उठता है। दरवाज़े के रास्ते बाहर भाग जाता है। लैम्प मेज़ पर रखती है। एक हाथ रोशनी के दायरे में है, उँगलियाँ फैली हुई हैं, रोशनी की लकीरें। बिल्कुल राधा की उँगलियों की तरह निक्की की उँगलियाँ हैं। चमकदार। कार्निस की तरफ़ देखता हूँ। निक्की की तस्वीर रखी है। तस्वीर में बैठी वह हिली। निक्की को देखता हूँ। कुर्सी में बैठी वह हिली। तस्वीर को देखता हूँ। हिलना बन्द। निक्की को देखता हूँ। हिलना बन्द।

राधा मुझे देखती है। 'बता दो न' वाली आँखों से।

मेज़ पर रखे निक्की के हाथ पर हाथ रखता हूँ। रोशनी की लकीरें बुझ जाती हैं। ब्रांडी उठता है। मेरे पैरों पर सिर रखकर मेरा चेहरा देख रहा है। बताओ न वाली आँखों से।

निक्की का छोटा–सा हाथ अपने हाथ में दबाता हूँ। दरवाज़े से अन्दर आती हवा रुक जाती है। दरवाज़े के पास कान लगाकर खड़ी है। बताओ न।

निक्की को पता है, मैं कुछ कहना चाहता हूँ। मेरी ओर देख रही है। बताओ न वाली आँखों से।

"निक्की, मैं तुम्हारा पापा बन रहा हूँ। राधा से मैरिज़ कर रहा हूँ।"

मेरे हाथ में बन्द उसका हाथ कसता है। ब्रांडी ने राज़ की बात सुन ली है। उठकर निक्की के पैरों के पास जा बैठता है।

दरवाज़े में कान लगाये खड़ी हवा ने राज़ की बात सुन ली है। अन्दर आना शुरू हो जाती है।

निक्की का होंठ थोड़ा टेढ़ा होता है। कुछ चमकता है। क्या है? आज पहली बार नोट करता हूँ कि इसका दाँत भी दाँत पर चढ़ रहा है, राधा की तरह।

मैं और राधा उसकी ओर देख रहे हैं। निक्की सिर झटकती है। बाल हिलते हैं। कार्निस पर रखी निक्की की तस्वीर देखता हूँ। हिली है। बाल हिलते हैं।

"कांग्रेट्स। मे आई गो फ़ॉर अ वाल्क?"

मैं उसके साथ जाने के लिए उठता हूँ। वह न में सिर हिलाती है।

"ब्रांडी गो।" कहता हूँ।

"निक्की, टॉर्च ले लो। अँधेरा घिर आया है। दूर मत जाना।"

निक्की दरवाज़े में रुकती है। मुड़कर हम दोनों को देखती है। लम्बी 'अच्छा' कहकर कमरे से निकल जाती है। पीछे–पीछे ब्रांडी।

"सन्तोष, निक्की कुछ बोली नहीं।" राधा की आवाज़ में डर है।

उसका सिर नीचे करता हूँ। माथा चूमता हूँ।

"तुम्हारी तरह निक्की का भी दाँत पर दाँत चढ़ रहा है।" वह हैरानी वाली लम्बी 'अच्छा' करती है।

लाल अँधेरे में कालापन आ रहा है। जूही निक्की के कमरे से निकलती है। उसे तैयार कर आयी है। सिर झुकाकर मेरे नज़दीक से गुज़रती है। रुकती नहीं।

लाल अँधेरा काला पड़ना शुरू हो गया है। सूरज की रोशनी में मुर्दा जला देना चाहिए। अँधेरा हो जाये तो आत्मा को अपने घर वापिस लौटने का रास्ता नहीं मिलता। भटक जाती है।

उठता हूँ। निक्की के कमरे में चलूँ। जूही ने कैसा सजाया होगा?

कमरे में मृत्यु–गन्ध बिल्कुल नहीं है। पूर्व की तरफ़ वाली जाली–जड़ी खिड़की से हवा अन्दर आती है। पश्चिम की ओर वाली जाली–जड़ी खिड़की से बाहर निकल जाती है। मृत्यु–गन्ध साथ ले जाती हुई। ऊँचा, बहुत ऊँचा रोशनदान। इसके ऊपर का एक इंच हिस्सा पेड़ की ज़द से बाहर। आग में तपे चाकू की तरह चमकता। उस एक इंच काँच से लिपटी लाल रोशनी नीचे छलाँग लगाती है। निक्की की नाक की नोक और ऊपर वाले होंठ पर बैठ गयी है। सुस्ता रही है।

उसकी आँखें नहीं दिख रहीं। आधे गाल नहीं दिख रहे। कटे बालों की चादर ने छुपा रखा है। निक्की से एक बार कहा था कि बाल पीछे किया करे, रिबन से बाँधा करे। उसने कहा था कि ऐसे अच्छे हैं। कमरे में लाइट जल रही हो तो भी वह सो लेती है। थोड़ा–सा सिर को जर्क दिया। बाल आँखों को छुपा लेते हैं। रोशनी गुम। वह मज़े से सो लेती है।

मैं उसकी आँखों और गालों से बाल परे करता हूँ क्योंकि अब तो वह जगेगी नहीं। रोशनी उसे डिस्टर्ब नहीं कर सकती। बालों के हिलने से नाक की नोक पर बैठी रोशनी फुदकती है, उसके गले पर जा बैठती है। मेरी ओर देख रही है। अबके छेड़ा तो वापिस उड़कर रोशनदान में जा बैठूँगी।

किताबों के शैल्फ़ के पास खड़ा हूँ। राधा जो किताबें पढ़ती है, निक्की वही किताबें पढ़ती है। जादू, मैज़िक, श्वेत, व्हाइट, मैज़िक, काला जादू, ब्लैक मैज़िक। विचक्रैफ्ट–प्रेत साधना। रहस्यमय क़बीले–सीक्रेट सोसाइटीज़। उसे तो कामिक्स और फ़ेयरी–टेल्ज़ की दुनिया में होना चाहिए था, जीना चाहिए था। नहीं थी। इसीलिए मर गयी।

शैल्फ़ में सारी किताबें खड़ी हैं। एक लेटी हुई है। तो आजकल निक्की यह किताब पढ़ रही है। निक्की की ओर मेरी पीठ है। उसकी बन्द आँखों के प्रवेश–द्वार का सम्मोहन मेरा हाथ हिलाता है। अन्दर से कोई आज्ञा नहीं मिलती। मस्तिष्क का कंट्रोल–रूम कोई संकेत नहीं देता। हाथ उठता है। किताब उठाता हूँ।

विचक्रैफ्ट पर अंग्रेज़ी की किताब है। हाथ ढीला होता है। किताब खुलती है, आधे मुड़े पेज पर लाल पेंसिल से निक्की ने कुछ लाइन के नीचे गोल–गोल निशान लगाये हैं। जानता हूँ कि निशान निक्की के हैं क्योंकि वह लाइनों के नीचे सीधी लाइन नहीं लगाती, जैसे सब लगाते हैं। पढ़ता हूँ : 'अगर आप किसी को अपने सम्मोहन में क़ैद करना चाहते हैं, उसकी आत्मा को हमेशा के लिए अपना बन्दी बनाना चाहते हैं तो उस आदमी का थोड़ा–सा ख़ून पी लेना चाहिए। फिर वह कभी भी मुक्त नहीं होगा। हमेशा आपका बना रहेगा।'

फ़्लैश–बल्ब चमकता है। अचेतन के काले डार्क–रूम में दबा पड़ा नैगेटिव एक चित्र में बदल जाता है। फ़्लैश के क्षणिक प्रकाश में चित्र आत्मा के अँधेरे से निकलता है और आँखों में आ बैठता है।

कुछ दिन पहले की बात होगी। बाहर जंगली लान में बैठे थे निक्की मैं। हिन्दुस्तानी विचक्रैफ्ट पर अपने लेख के नोट्स तरतीब से लगा रहा था। निक्की ने पूछा था, "ऐसे लेख क्यों लिखता हूँ?"

"क्योंकि हिन्दुस्तान अब भी बहुत सारे विदेशियों के लिए अजूबा है, रहस्य है, रोपट्रिक्स का देश है। थोड़ी–सी चालाकी बरतने की ज़रूरत है, जैसाकि अंग्रेज़ी में लिखनेवाले हिन्दुस्तानी करते हैं। किसी भी

छोटी–से–छोटी बात को मिस्टीरियस रिटुयल बनाकर पेश करना है, इसे आत्मा और स्वयं की खोज कहना है। पश्चिम की दो और दो चार की मशीनी संस्कृति के लिए हमारे यहाँ की गन्दगी, ग़रीबी और गिरावट में भी आकर्षण है। चालाकी चाहिए। भाषा की चुस्ती चाहिए, गन्दी गालियों के गन्दे अनुवाद तलाशने का मुहावरा चाहिए। यह सब कुछ मेरे पास है। बस, लेख तैयार। कम–से–कम पाँच सौ डॉलर खरे। "मुश्किल है न ऐसा लिखना?"

"मुश्किल नहीं, मेहनत है। अभी कुछ महीने पहले बाहर दो आर्टिकल छपे थे। एक यहाँ की फ़िल्मी गायिका लता मंगेशकर पर और एक यहाँ के हिजड़ों पर। अच्छे–ख़ासे डालर मिल गये। कुछ महीने काम से छुट्टी। अब तो विदेश से डिमांड आती है। अगला आर्टिकल पता है क्या लिखूँगा? यहाँ के नेता और उनके ज्योतिषी, ब्रह्मचारी और स्वामी।"

निक्की को हैरानी होती है कि लता मंगेशकर और हिजड़ों पर एक ही आदमी कैसे लिख सकता है? विदेशी पत्रिकाओं में जमने–छपने के हथकंडों से वाक़िफ़ नहीं।

प्रेत–साधना पर रफ़ ड्राफ्ट तैयार है। आँकड़े मैंने अख़बारों से इकट्ठे कर लिए हैं, पिछले साल अलग–अलग देवियों को ख़ुश करने के लिए कहाँ–कहाँ नरबलि दी गयी। डायन का फ़ोटो बनकर आ गया है। फ़ोटो में अपनी सूरत से ज़्यादा भयानक–विचित्र दिखाई देती है। यहाँ के रहन–सहन पर कुछ मसाला, कुछ चौंकाने वाली सच्ची–झूठी घटनाएँ और भारत की प्रेतनियों पर लेख तैयार। सैकड़ों डालर खरे।

मेरे और निक्की के पास ख़ाली पड़ी कुर्सी में धूप चुपचाप बैठी है। हवा आज छुट्टी पर है। रविवार जो है। मेज़ पर काग़ज़ों के छोटे–छोटे टुकड़े। मेरे नोट्स। इन्हें क्रम में लगा रहा हूँ, नत्थी कर रहा हूँ। हम काफ़ी देर से चुप हैं।

"अच्छा सन्तोष, विचक्रैफ्ट में विश्वास करते हो कि नहीं?"

निक्की की आवाज़ सुनकर कुर्सी में सोयी धूप थोड़ा हिली। डिस्टर्ब हुई, फिर सो गयी।

मुझे पता है, इस बात पर बहस में निक्की मुझे हरा देगी। तीन साल की आयु से हॉस्टल में रह रही है। सर्दियों की छुट्टियों में राधा पास रहती है। माँ हस्पताल में। निक्की सारा दिन माँ की इन विचित्र किताबों

को पढ़ती हुई। निक्की ने एक बार बताया था कि इंग्लैंड में तो सीक्रेट सोसायटीज़ हैं। नरबलि देकर 'राक्षस पूजा' होती है। डेविल ख़ुश हो जाये तो कुछ भी हासिल किया जा सकता है।

निक्की सामने बैठी होती है लेकिन कई बार अनुपस्थित हो गयी लगती है, बिल्कुल राधा की तरह। होते हुए भी न होना।

आज फिर मेरे सामने बैठे–बैठे अनुपस्थित हो गयी है।

निक्की धूप सेंक रही बिल्ली की तरह थोड़ा सिर झटकती है। बाल आँखों पर आ गये हैं, शरीर उजाले में आँखें अँधेरे में। वह सामने बैठी है और कहीं चली गयी है। राधा से पूछूँगा। क्या उसने निक्की को देह–त्याग की विद्या सिखायी है?

उसकी उँगलियाँ हिलीं। वापिस आ रही है। बाल आँखों से परे करती है। आँखें फिर रोशनी में आ जाती हैं। वह सुरंग की–सी अँधेरी आँखों से मुझे देखती है, डिबिया से एक पिन निकालती है। अँगूठे और तर्जनी में पकड़े उसे घुमा रही है। मैं नोट्स नत्थी करने लग जाता हूँ।

मैंने पिन उठाने के लिए डिब्बी की ओर हाथ बढ़ाया। निक्की पिन पकड़ी उँगलियाँ मेरी ओर बढ़ाती है। मैं उसकी ओर उँगलियाँ फैलाता हूँ। पिन का नोकीला सिर आगे की ओर है। छोटा–सा झटका देती है। पिन की नोक उँगली में चुभती है। उसकी लापरवाही पर ग़ुस्सा आता है।

"सॉरी सन्तोष, पिन लग गया। मैं तो पकड़ा रही थी।"

उँगली से ख़ून की एक बूँद निकली है। लाल मोती की तरह पोटे पर जम गयी है। निक्की ख़ून की बूँद देखती है, अपने छोटे हाथ में मेरा बड़ा हाथ पकड़ती है, सिर आगे करती है, झुकाती है, मेरा उँगली का पोर मुँह में डालती है, ख़ून की बूँद पी जाती है।

तो क्या निक्की ने मेरा ख़ून इसलिए पिया...

उस दिन मुझे पता नहीं था, आज तो है। अभी कल की बात है...

किताब शैल्फ़ में रखता हूँ। निक्की की तस्वीर पर निगाह पड़ती है। हमेशा की तरह तस्वीर में बैठी हिल रही है।

किसकी लिखी कविता की एक लाइन याद आ रही है? विचित्र लाइन थी। तभी याद रह गयी।

हाँ, सौमित्र मोहन की। कौन–सी कविता? याद नहीं। लाइन क्या थी–'तस्वीर में हिलता हुआ आदमी पागल होता है।'

जब यह लाइन पढ़ी थी तो उसे गाली दी थी। पागल है। झूठ लिखता है। आज फिर उसे गाली देता हूँ। पागल है। सच लिखता है।

तस्वीर फ्रेम से निकालता हूँ। इसे निक्की के साथ ही जला दूँगा अब कैसे हिलेगी? फ्रेम में तस्वीर तो है नहीं।

निक्की के पास आता हूँ। जूही ने उसे जलाने के लिए नहला–सजा दिया है। राधा की बड़े–बड़े फूलों वाली शिफॉन साड़ी। लेकिन साड़ी के फूल आज हिल नहीं रहे। जिसने पहनी है वह मुर्दा जो है।

माथे पर बड़ा–सा टीका। मरने के बाद निक्की कितनी बड़ी हो गयी है? बिल्कुल राधा है। सिडक्ट्रैस। तस्वीर के टुकड़े साड़ी के पल्लू से बाँध देता हूँ। नाक पर बैठी रोशनी उछली है, वापिस रोशनदान में जा बैठती है।

कोई अन्दर आ रहा है। राधा है क्या? दवाई का असर ख़त्म हो गया? होश में है? नहीं, जूही है। मेरे पास रुकती है। मेरी तरफ़ देखती नहीं। जैसे कल से राधा नहीं देख रही। मर्डरर की ओर देखा नहीं करते।

"टाइम हो गया। सूरज डूबने वाला है।"

पता है कि सूरज डूबने से पहले मुर्दा जलाना होता है। आत्मा अपने घर सीधी पहुँच जाती है। रास्ता नहीं भूलती। भटकती नहीं।

"राधा को आप बाहर ले आयें।"

"क्यों?"

"क्यों क्या? आग कौन देगा?"

उसे वहीं खड़ा छोड़कर राधा के कमरे में जाता हूँ। उसकी आँखें खुली हैं लेकिन कुछ ग्रहण नहीं कर रहीं। बाहर का कोई चित्र उसके मस्तिष्क के कंट्रोल–रूम में नहीं भेज रही। डरते–डरते हाथ छूता हूँ।

"क्या?"

"उठो, चलो। सूरज डूब रहा है। निक्की को आग देनी है।"

"मैं क्यों दूँ? तुमने कल मारा था। आग भी तुम दो।"

वह आँखें बन्द करती है, करवट लेती है। मेरी ओर पीठ है।

कल! हाँ, कल।

कल शाम को मैदानों की ओर जाता हुआ एक सफ़ेद परिन्दा रात भर के लिए यहाँ रुका था, रानी की कोठी में। सुबह जब वह कमरे से बाहर उड़ निकला तो निक्की की आत्मा भी अपने साथ ले गया। सफ़ेद परिन्दे जब कभी किसी घर के अन्दर आ जाते हैं तो किसी–न–किसी का मरना

तय होता है...निक्की भी मर गयी। मैदानों की ओर जाता परिन्दा उसकी आत्मा अपने साथ ले गया।

कल। हाँ, कल।

"बहुत देर हो गयी। निक्की लौटी नहीं।"

"दूर निकल गयी होगी। ब्रांडी साथ है। डोंट वरी।"

राधा की आँखों में फ़िक्र है। बरामदे में आता हूँ। गाँव की तरफ़ टॉर्च की रोशनी जलती है, बुझती है। निक्की ब्रांडी से खेलती आ रही है। रोशनी जलाती है, ब्रांडी छलाँग लगाकर प्रकाश–वृत्त पकड़ने को झपटता है, वह बुझा देती है। ब्रांडी हैरान होकर उसे देखता है। रोशनी के लिए मचलता है। वह टार्च जलाती है। ब्रांडी झपटता है। यह खेल अक्सर मैं और निक्की ब्रांडी के साथ खेलते रहते हैं।

राधा मेरे पास आ ठहरी है। इशारे से उसे लौटती निक्की दिखाता हूँ, रोशनी के सिग्नल देती हुई। हवा का बदमाश झोंका आता है, उसके सुनहरे सेब चेहरे को चुटकी काटता है, भाग जाता है।

"सर्दी है। बर्फ़ गिरी कि गिरी।"

उसके कन्धे पर बाँह लपेट लेता हूँ। चेहरा ऊपर उठाता हूँ। वह प्रतीक्षा में है किस करूँगा। नहीं करता। नाक की नोक छूकर उसका चेहरा छोड़ देता हूँ।

"बास्टर्ड।"

"बिच।"

"बहुत घमण्ड हो गया है। पहले मुँह धोना। फिर रात को आऊँगी।"

"सिर्फ़ मुँह? कुछ और भी धोना है क्या?"

वह मेरी बाँह पर दाँत गड़ाने की कोशिश करती है। बाँह थोड़ी अकड़ा लेता हूँ। मांस उसके दाँतों में आता ही नहीं।

"फ़ाउल।"

"रात को जी भरकर काट लेना।"

ब्रांडी भौंका। पहुँचने की ख़बर। निक्की के हाथ में काग़ज़ में कुछ लिपटा हुआ है।

"बहुत देर कर दी। कहीं पैर फिसल जाता तो?"

"गाँव तक गयी थी, ममा।"

"गाँव तक? गाँव तक किसलिए?"

"सिल्ली। आज सैलीब्रेशन नहीं करनी क्या? चिकन लेने गयी थी। बनायेगा कौन? सन्तोष?"

मैं निक्की का माथा और गाल हाथ से रगड़कर गर्म करता हूँ। राधा उसे सलाह देती है, "निक्की, अब इसे नाम लेकर बुलाने की हैबिट छोड़ो। आक्वर्ड लगेगा। 'सिली–बिल्ली' कहना भी बन्द करो।"

राधा को डाँटती निगाहों से देखता हूँ। जल्दी क्या है, समझ जायेगी।

ब्रांडी को अपने पास बुलाता हूँ, नहीं आता। निक्की के उस हाथ के पास खड़ा है जिसमें उसने अख़बार में लिपटा चिकन पकड़ा हुआ है।

"ग्रीडी बास्टर्ड।" ब्रांडी पर इस गाली का कोई असर नहीं होता। वहीं का वहीं खड़ा है। निक्की से चिकन लेता हूँ। एक टाँग ब्रांडी को देता हूँ। मेरी ओर थैंक यू वाली नज़रों से देखता है, अपने हिस्से का लैग पीस उठाता है और फ़ायर प्लेस के पास बैठ जाता है। पंजों से उलट–पलटकर देख रहा है। कहाँ से खाना शुरू करे?

"तुम और निक्की बैठो। मैं बनाती हूँ।"

"नहीं ममा, तुम तैयार हो जाओ न। हम दोनों बना लेंगे।"

"तैयार? तैयार किसलिए? कौन आ रहा है?"

"ओ ममा, यू आर रियली डिम। सैलीब्रेट नहीं करना क्या? देखो! वह पन्ने का नैक्लैस डालना जो रवि की ममा ने दिया है। प्लीज, डोंट से नो।"

राधा को इशारा करता हूँ कि मान जाये। वह अपने कमरे में जाती है। मैं और निक्की बहुत बहस के बाद तय करते हैं कि चिकन मक्खन में फ्राई किया जाये। ब्रैड और साथ में उबले हुए मटर। आज अंग्रेज़ी खाना खायेंगे। निक्की खाने के लिए ड्राइंग रूम में मेज़ लगाती है। आज किचन में नहीं खायेंगे। मेज़ पर मोमबत्तियाँ लगाती है। गिनता हूँ। सात हैं। मेरी सवालिया निगाहों के जवाब में कहती है, "कैंडल लाइट डिनर।" मुझे भी कपड़े बदलने को कहती है। कोट और टाई। उसे कहता हूँ अभी कोट सिला नहीं। ठीक है, वह आधी बाँहों का कालरवाला स्वेटर पहनो जो ममा ने क्रिसमस पर दिया है। टाइट है। तो क्या हुआ? अच्छा लगता है।

मैं आधी बाँहों का कमीज़नुमा स्वेटर पहनकर बैठक में लौटता हूँ। निक्की मेरे बालों को देखती है, "फिर कसकर कंघी की है? कितनी बार बताया है लड़कियों की तरह कसकर बाल मत बनाया करो।" मैं सिर नीचे झुकाता हूँ। वह हाथ मारकर मेरे बाल ढीले करती है।

राधा के क़दमों की आहट। निक्की मोमबत्तियाँ जलाती है। एक–एक करके सातों। लैम्प बुझा देती है।

सात मोमबत्तियों की रोशनी उसके हार पर पड़ती है। पत्थर की शक्ल वाले पन्ने दहकते हैं। मैं उसका हाथ पकड़ता हूँ। अपने पास वाली कुर्सी पर बिठाता हूँ। कैंडल्ज़ की रोशनी टुकड़ों–टुकड़ों में उसके चेहरे पर पड़ रही है। आधा माथा, निचला होंठ और गले की हड्डी रोशनी की ज़द में हैं। हल्की हवा अन्दर आती है। रोशनियाँ काँपती हैं। अब उसकी आँखें और नाक की नोक रोशनी में है। रोशनियाँ फिर अपनी जगह लौट जाती हैं। उसके चेहरे पर फिर अँधेरे उजाले का नया पैट्रर्न बन जाता है। निक्की एक कैंडल उठाती है, उसके चेहरे के पास लाती है, शिकायत करती है; "ममा, सिन्दूर का टीका क्यों नहीं लगाया? मैं लाती हूँ।" उठकर दूसरे कमरे में जाती है।

राधा का चेहरा उँगली से छूता है। अपनी ओर करता हूँ। नज़र नहीं टिक रही।

"माई गाड, यू आर अ सिडक्ट्रैस। माई सायरन।"

राधा पूछती है, यह सायरन क्या है? उसे बताता हूँ, जर्मन मिथ है। समुद्र में चट्टान पर बैठी गाने गाती जानलेवा ख़ूबसूरत औरत। सैलर्ज़ जहाज़ से कूदकर उसकी ओर तैरते हुए। लेकिन वहाँ तक कैसे पहुँच सकते हैं? उसका गाना जारी रहता है और समुद्र की लहरें सैलर्ज़ को निगल जाती हैं। सैलर्ज़ के मरने के बाद भी गाना जारी रहता है, सुनहरे बालों में कंघी करते हाथ।

"तुम पढ़ते बहुत हो।"

"और काम भी क्या है? बुक्सवर माई लाइफ़। अब तुम हो।"

निक्की लौट आयी है। सिन्दूर की डिबिया मेरी ओर बढ़ाती है। छोटी उँगली से राधा के माथे पर बड़ा टीका लगाता हूँ। माथे पर अंगारा दहकता है। निक्की उठती है। पीटर–स्काट की बोतल लाती है। मैं तीन पेग बनाता हूँ। निक्की के गिलास में एक चम्मच। राधा मुँह बनाती है, "मैं नहीं पीती। कड़वी है।"

"ममा, डोंट बी किल–जाय।"

हम गिलास उठाते हैं। रोशनियाँ काँपती हैं। मेज़ पर बने सात दायरे काँपते हैं। रोशनियाँ रुकती हैं। दायरे अब नहीं काँपते।

ब्रांडी को ख़ुशबू आ गयी है। निक्की के पास खड़ा है। मुँह खोले। निक्की उसके खुले मुँह में अपने गिलास से थोड़ी—सी शराब डालती है। ब्रांडी अब भी वहीं खड़ा है।

"गो। डोंट बी अ ड्रंकर्ड।"

ब्रांडी आग के पास लौट जाता है।

मेरा ख़ाली गिलास देखकर राधा कहती है, "तुम और ले लो।"

"नहीं, ठीक है। लैट्स इट।"

"हीज़ अ गुड बेबी नाऊ।" निक्की छेड़ती है।

"ममा को कभी मत मारना।" निक्की का मृत पिता कमरे में आ गया है क्या?

"कभी—कभी तो मारूँगा, निक्की। बताया था न। औरतों को मारना मर्दों की हाबी होती है।" उसका मृत पिता यह मज़ाक़ सुनकर कमरे से बाहर चला जाता है।

ब्रांडी फ़ायर प्लेस के पास खड़ा हो गया है। थूथन ऊपर उठाकर कुछ सूँघ रहा है। क्या सूँघ रहा है? बेआवाज़ कदमों से दरवाज़े से बाहर बरामदे में निकल जाता है। राधा हैरान है, "ब्रांडी चिकन छोड़कर बाहर क्यों चला गया?"

"अपनी सहेली गिलहरी से गुडनाइट करने गया होगा।" आज निक्की सबको छेड़ने पर उतारू है।

रोशनियाँ फिर हिलती हैं ज़ोर से। हवा का झोंका ज़ोर का रहा होगा। सात साये मेज़ से छलांग लगाते हैं, सामने की लाल काँच की रोशनी पर जा बैठते हैं, उसे सुर्ख़ कर देते हैं।

निक्की चीख़ती है। खिड़की से उसकी आँखें बँध गयी हैं। उसकी कुर्सी के पास पहुँचता हूँ। उसके कन्धे पकड़कर पूछता हूँ, "क्या है?"

उसकी निगाहों के पीछे अपनी निगाह बाँधता हूँ। लाल काँचों से अँधेरे का काला टुकड़ा अन्दर झाँक रहा है। अँधेरे के टुकड़े का मुँह खुला। सफ़ेद दाँत चमके। जलती आँखें काँच में सूराख़ किये दे रही हैं। डायन का बिल्ला है। अपने आप हाथ ने पीटर—स्काट की बोतल पकड़ी। बोतल उछली। मिसाइल की तरह खिड़की टकराई। छननन। शीशा टूटा। अँधेरे का टुकड़ा हँसा। फिस्स। नीचे कूदा।

सात रोशनियाँ काँपीं। टूटे काँच की खिड़की से हवा ने सात फूँकं मारीं। सातों रोशनियाँ बुझ गयीं। राधा के माथे पर सिन्दूरी अंगारा दहक रहा है। तीसरी आँख?

लम्बी गुर्राहट। दर्द घुला हुआ। छटपटाने की आवाज़। गुर्राहट हाहाकार में बदलती हुई।

ब्रांडी ने बिल्ले को पकड़ लिया है। पशु–गन्ध से उसे पता चल गया था। बिल्ला आ गया है। इसीलिए दबे पाँव बाहर गया था। गिलहरी को गुडनाइट करने नहीं, अपने जातीय शत्रु का संहार करने के लिए।

"निक्की, टार्च कहाँ है? जल्दी दो।"

वह किचन की ओर भागती है। हाहाकार टूटे काँच से तड़फड़ाता हुआ अन्दर आ रहा है। अब क्रन्दन में बदल रहा है।

ब्रांडी क्यों नहीं भौंक रहा? बुलडाग भौंका नहीं करते। रवि के पिता ने बताया था कि बुलडाग के टेढ़े दाँत जब मांस में फँस जाते हैं तो जबड़ा अपने आप बन्द हो जाता है। बुलडाग के शरीर की यही क्रियाविधि है।

निक्की को टार्च नहीं मिल रही। रसोई में दौड़ता हूँ। माचिस जलाता हूँ। टार्च स्टोव के पीछे पड़ी है। राधा और निक्की से 'डोंट कम आउट' कहकर दरवाज़े से बाहर आ जाता हूँ।

क्रन्दन की आवाज़ें बरामदे के नीचे से आ रही हैं। टार्च जलाता हूँ।

निक्की और राधा मेरे पीछे बाहर आ गयी हैं।

ब्रांडी के दाँत बिल्ले के गले में धँसे हुए हैं। बिल्ला बहुत बड़ा है। ब्रांडी कुछ महीनों का। बिल्ला सारे घात–प्रतिघात जानता है। उसके चार पाँव चार हाथों में बदल गये हैं। चौहत्थड़ ब्रांडी को नोच रहा है। ब्रांडी की पीठ पर लहू की लकीरें निकल आयी हैं। बिल्ले के चीख़ने में अब मृत्यु–भय है। यह कुत्ता छोड़ता क्यों नहीं? दर्द से, डर से मुँह क्यों नहीं खोलता? उसे गाँव के साधारण कुत्तों से लड़ाई का अनुभव है, अभी तक बुलडाग से पाला नहीं पड़ा। उसे पता नहीं बुलडाग का मुँह मरने–मारने के बाद खुलता है।

बिल्ला हल्ला मारता है। ब्रांडी से बहुत वज़नदार है। ब्रांडी उसके साथ घिसटता हुआ चट्टान की ओर लुढ़कता है। जबड़ा गले में वैसे का वैसे कसा।

बिल्ला चीख़ा। पेड़ों में खड़–खड़ परिन्दे उड़े। अँधेरे में उड़ने के आदी नहीं। आर्तनादी आवाज़ें।

गिलहरी पेड़ के सूराख़–घर से बाहर सिर निकाल रही है। बिल्ला ब्रांडी को पत्थर के नीचे खींच ले गया है।

छलाँग मारकर पत्थर के पास पहुँचता हूँ। टार्च की रोशनी में ब्रॉडी की आँख आती है। फूट गयी है। सूराख़ में बिल्ले का पंजा घुसा हुआ है, लगातार नोचता हुआ।

"निक्की, इधर आओ।" चीख़ता हूँ।

वह मेरे पास पहुँचती है। थर–थर।

"टार्च पकड़ो।"

हाथों में टार्च। थर–थर।

"स्टैडी योर हैंड्ज़।" थर–थर बन्द।

हाथ में बड़ा–सा पत्थर उठाता हूँ। हाथ उठता है। बिल्ला उछलता है। उसके सिर का कोण मेरे हाथ के पत्थर के कोण से बाहर निकलता है। हाथ हवा में टँगा का टँगा रहता है। राधा चीख़ती है, "सन्तोष, ब्रांडी को बचाओ।"

बिल्ला फिर उछला। चीख़ फिर उभरी। इससे पहले कि वह अगली उछाल भरे, उसकी गर्दन पर बूट रखता हूँ। बिल्ले के हाथों में बदल गये पाँव टाँग में पंजे फँसाते हैं। क्षणांश के लिए बिल्ले का सिर हिलना बन्द होता है। एक सौ अस्सी पौंड की ताक़त एक हाथ में आती है। हाथ नीचे झपटता है। कड़–कड़ की आवाज़ें। बिल्ले के सिर की हड्डियाँ चकनाचूर।

मरने से पहले की आख़िरी चीख़। आसमान में उड़ते परिन्दों की कुर्लाहट। झटके से सूराख़–घर के अन्दर घुसता ब्रांडी की सहेली गिलहरी का सिर।

हाथ बार–बार उठ रहा है। बिल्ले के मरे हुए सिर को चूर–चूर कर रहा है।

निक्की डरते–डरते बाँह छूती है, "स्टाप, सन्तोष। ही इज़ डैड।"

ख़ून–सना पत्थर परे फेंकता हूँ। अपनी ही ताक़त के ज़ोर से जिस्म काँप रहा है। ब्रांडी हिल नहीं रहा। मांस मिला ख़ून उसकी आँख से बह रहा है। दाँत अब भी बिल्ले की गर्दन में गड़े हैं।

"सन्तोष, ब्रांडी को छुड़ाओ। प्लीज़, मर जायेगा।"

"निक्की, एक लम्बा तिनका लाओ।"

टार्च उसे देता हूँ। मुझे ऐसे देख रही है जैसे पागलों को देखा जाता है। तिनका जो माँगा है।

वह टार्च की रोशनी में तिनका तलाश रही है। राधा को डाँटता हूँ। "मुँह क्या देख रही हो? झाड़ी से तोड़ो। मूव।"

राधा तिनका पकड़ाती है। उसके हाथ थर–थर। मेरे वहशी गुस्से की वजह? ब्रांडी के मरने का डर?

ब्रांडी का सिर पकड़कर इसका हिलना बन्द करता हूँ। तिनके की नोक ब्रांडी की नाक में घुसेड़ता हूँ। आच्छीं। ब्रांडी छींका। गर्दन से जकड़ा मुँह खुला। झटके–से बिल्ला खींचा। ब्रांडी का जबड़ा फिर बन्द हो, इससे पहले दूसरे हाथ से उसका सिर परे। ब्रांडी के टेढ़े दाँतों में अब भी बिल्ले की गर्दन के मांस के टुकड़े फँसे हुए।

एक राक्षस मेरे अन्दर करवट बदलता है। जाग गया है। लगातार भारी बूट वाला पैर ऊपर उठ रहा है। मरे हुए बिल्ले की एक–एक हड्डी तोड़ता हुआ, कड़क–कड़क।

निक्की मुझे खींचती है। परे करती है।

"प्लीज़ सन्तोष, स्टाप इट।"

रुकता हूँ। राक्षस नहीं रुकता। टाँगों से हाथों में आ जाता है। मरा हुआ बिल्ला उठाता हूँ। हाथ तौलता हूँ। पूरी ताक़त से नीचे की ओर वाली खड्ड में उछालता हूँ।

खरड़। खरड़। खररर... झाड़ियों–चट्टानों से टकराता मुर्दा जिस्म। चुप।

खड़–खड़। परिन्दे घरों में लौट रहे हैं।

बेहोश ब्रांडी को निक्की ने उठा लिया है। ख़ून की बूँदें उसके सफ़ेद पुलोवर पर लाल फूलों की तरह उग आयी हैं।

राधा ब्रांडी को टीका लगाती है। तड़पना बन्द। उसकी फूटी आँख को साफ़ करती है। पट्टी बाँधती है।

मैं अपनी जगह पर खड़ा–खड़ा अब भी काँप रहा हूँ। राक्षस अभी तक नहीं सोया। इतने दिनों बाद जागा है। कुछ और ख़ून बहाना चाहता है। किसी और को मारना चाहता है। राधा की आँखें मुझे देख रही हैं। दहशतज़दा।

"निक्की, सन्तोष को एक लार्ज पेग दो।"

"ममा, बोतल तो इन्होंने तोड़ दी।"

"इस घर में नहीं रहती क्या? अलमारी से दूसरी बोतल निकाल लो।"

पिछली बार जूही और भट्टी यहाँ रहे थे। भट्टी चार बोतलें छोड़ गया था। अगली बार काम आयेंगी।

निक्की गिलास आधा भरती है। छींक लगाकर पी जाता हूँ। राक्षस को नशा होता है, करवट बदलता है, सो जाता है। काँपना बन्द हो जाता है।

निक्की के सफ़ेद पुलोवर पर रक्त–फूल छिटके हैं। उसे कहता हूँ, कपड़े बदल आये। राधा के हाथों में ख़ून लगा है। साफ़ करती है। ब्रांडी एक आँख खोलकर हमें देख रहा है। हैरान है, दूसरी आँख क्यों नहीं खुलती? अगला पंजा उठाकर पट्टी बँधी आँख पर रखता है। पट्टी खींचने लगता है।

"नो ब्रांडी।" वह पंजा नीचे कर लेता है। मेज़ पर से चिकन के टुकड़े उठाता है। सूँघता है। पंजे से परे करता है।

"ईट ब्रांडी।" वह वेमन खाना शुरू कर देता है। उसकी पीठ पर फैली लहू की लकीरें देखता हूँ। राधा को देखता हूँ। कहती है, सुबह वैट को दिखा लाना।

निक्की गर्म गाउन पहनकर लौट आयी है।

"निक्की, लैट्स हैव सम कॉफ़ी।"

वह हाँ में सिर हिलाती है। बिल्ले का सिर पत्थर से तोड़ा था। ख़ून के छींटे नंगी बाँहों और चेहरे पर जम गये हैं।

"तुम कॉफ़ी बनाओ, मैं नहाकर आया।"

"इतनी सर्दी में? ठहरो, पानी गर्म करती हूँ।" राधा ने कुक्कर पानी से भरा।

"रहने दो, मुझे ठण्डे पानी से नहाने की आदत है।"

"सुनो, अब यह ग़लत आदतें नहीं चलेंगी। तुम बाथरूम चलो। मैं गर्म पानी लाती हूँ।"

"बी अ गुड बेबी।" निक्की छेड़ती है। हम तीनों मुसकराते हैं। ब्रांडी सिर उठाकर हमें देखता है, मुसकरा रहे हैं। आश्वस्त होकर आँखें बन्द कर लेता है।

राधा गर्म पानी ले आयी है।

"कपड़े उतारो। मैं रगड़कर ख़ून छुड़ा दूँगी। जम गया है।"

"नहीं, तुम जाओ। साफ़ कर लूँगा।"

वह हाथ बढ़ाकर कमर पर बँधा तौलिया खींच लेती है।

"तुम बर्थ डे सूट में अच्छे लगते हो।"

मेरी पिंडलियाँ देखती है। गहरी खरोंचें हैं। पानी में डिटॉल डालती है। तौलिए का सिरा गर्म पानी में भिगोती है, चेहरे और बाँहों को रगड़ती है, ख़ून छुड़ाती है। 'ठीक है' कहकर रसोई में चली जाती है। नहाता हूँ। सचमुच गर्म पानी जिस्म को कुनकुनाता है। अच्छा लगता है।

जींस और कुर्ता पहनकर रसोई में आता हूँ। राधा डाँटती है, "कुछ गर्म डाल लो। कुर्ते में ठण्ड नहीं लगेगी क्या?"

जवाब में निक्की उसे डाँटती है, "ममा, पीछे मत पड़ जाया करो। ही इज़ंट अ चाइल्ड।"

"तुम दोनों बेवकूफ़ हो।" निक्की उसका मुँह चिढ़ाती है।

वह गिलासों में कॉफ़ी डालती है। निक्की को पता है, मुझे कॉफ़ी गिलास में अच्छी लगती है। उसकी आँखों में नींद भर आयी है।

"मे आई गो टू स्लीप?"

हम दोनों हाँ में सिर हिलाते हैं।

"मैं आज अलग सोऊँगी, इनके कमरे में।"

"क्यों?"

"क्यों क्या, ममा? बच्चे बड़े हो जायें तो मम्मी–पापा के कमरे में नहीं सोते।"

राधा मुसकराती है। आश्वस्त। सब ठीक है वाली मुसकान।

मैं निक्की को अपने कमरे में सोने के लिए ले जाता हूँ। पीछे–पीछे ब्रांडी। चारपाई के पास चटाई बिछाता हूँ। ब्रांडी लेटता है। कम्बल दुहरा करके उस पर डालता हूँ। सिर अगले पैरों में रखता हूँ, सो जाता है। निक्की से पूछता हूँ कि लैम्प बुझा दूँ? बुझाता हूँ। बाहर निकलने के लिए मुड़ता हूँ।

"गिव मी अ गुडनाइट किस सन्तोष।" उसने फिर मेरा नाम लिया है। आदत हो गयी है। धीरे–धीरे छूटेगी।

उसके चेहरे पर चेहरा झुकाता हूँ, माथा टटोलने के लिए। वह हाथ ऊपर उठाती है, मेरे दोनों गालों पर रखती है, मेरा सिर नीचे करती है।

यह क्या? यह निक्की का माथा तो नहीं? दाँत पर चढ़ा दाँत क्यों चुभा है? मेरे प्राण साँसों के साथ खिंचकर बाहर क्यों आ रहे हैं?

झटके से सिर पीछे करता हूँ। निक्की से कहूँ कि पिता को गुड नाइट किस माथे पर करते हैं। नहीं—अँधेरे में उसे माथे का अन्दाज़ा नहीं लगा। तभी तो मेरे होंठों...

राधा ने कपड़े बदल लिए हैं। लेटी है। आज बिस्तरे पर दो सिरहाने हैं। चोरी जो नहीं रही। अब निक्की का डर जो नहीं रहा। मैं कुर्ता उतारता हूँ। कम्बलों में सरक जाता हूँ।

"कल रज़ाइयाँ निकाल लें? सर्दी बढ़ गयी है।"

जानता हूँ, कहना कुछ और है। बात को थोड़ी देर तक टालने के लिए रज़ाइयों की बात कर रही है। अभी तक मेरे पास नहीं सरकी। मैं उसके बाल चेहरे से परे करता हूँ। गाल पर हाथ रखकर मु.ह अपनी ओर करता हूँ। वह कहीं टैंस है।

"क्या हुआ, राधा?"

"मुझे डर लगता है।" उसने गाल से मेरा हाथ परे कर दिया।

"डर? डर किसका?" मैंने फिर उसके गाल पर हथेली रख दी।

"तुमसे।"

"मुझसे? क्यों?"

"तुम्हें गुस्सा बहुत आता है। कैसे उस पत्थर से बिल्ले की हड्डी—ह्ड्डी तोड़ रहे थे। मुझे तो उस वक़्त पज़ेस्ड लगे थे।"

उसे बताता हूँ कि हाँ, जब मुझे गुस्सा आता है तो बहुत आता है। ब्लैक रेज। उतरने में कई—कई दिन लगते हैं। तभी तो रवि, भट्टी और वर्मा सब मुझसे डरते हैं। पता नहीं क्या कर बैठूँ?

"भट्टी भी? वह तो ख़ुद बहुत ग़ुस्सा करता है। उस दिन की याद है न? मुझे मार देने की धमकी दे रहा था।"

मैं उसे बताता हूँ कि भट्टी की बात को धमकी समझने की ग़लती कभी मत करें। मुझे कुछ हो जाता तो शायद वह तुम्हें ज़िन्दा न छोड़ता।

"वह भी तुमसे डरता है?"

उसे बताता हूँ, डरता है। एक बार बहुत पीकर किसी किराये पर लायी लड़की को पीट रहा था, नोच—खसोट रहा था। रोका था तो घूरकर

उसने पूछा था, "तेरी बहन लगती है क्या?" गाली मुझे लगी नहीं क्योंकि मेरी बहिन है ही नहीं। लेकिन भट्टी को शायद ताक़त का घमण्ड ज़रूरत से ज़्यादा है। साँप के फन की तरह बँधी मुट्ठी उछली थी। भट्टी का दाँत टूट गया था।

दूसरे दिन उसने रवि को शिकायत की थी कि उसने ही लड़ना सिखाया और उस पर ही मैं दाँव आज़माता हूँ। रवि ने छेड़ा था, 'गुरु गुड़ तो चेला शक्कर।'

मेरा इतना बोलने ने उसका टेंशन सोख लिया है। मेरी बाँह को 'वी' के आकार में मोड़ती है, सिर रखती है।

"सन्तोष, तुम बोला करो। चुप रहते हो, कम बोलते हो तो मुझे डर लगता है।"

मैं उसका दाँत पर चढ़ा दाँत चूमता हूँ।

"अब ब्लैक रेज़ हटने में कितने दिन लगेंगे?"

"बक–बक मत करो। तुम पर कैसा रेज़? अब तो मैं पालतू बन गया हूँ।"

"पीठ मोड़ो।" मैं उसकी ओर पीठ मोड़ता हूँ। जगह–जगह उँगलियाँ चुभोकर दबाती है। सुख लगता है। कन्धे की हड्डियाँ ज़ोर से दबाती है। बिल्कुल हल्का हो जाता हूँ। करवट लेता हूँ। मुँह उसकी ओर करता हूँ। बाँह सीधी करता हूँ। वह फिर 'वी' के आकार में मोड़ देती है, सिर रख लेती है।

हवा दनदनाती हुई अन्दर आ रही है। बैठक–खिड़की का काँच जो टूट गया है।

"कागज़ लगा दूँ?"

"नहीं, मेरे पास लेटो रहो। कल लगा लेना।"

मैं उसके बालों में उँगलियाँ फेर रहा हूँ।

"सो जाऊँ?"

'हाँ' में सिर हिलाता हूँ। वह मेरी छाती के साथ अपना मुँह सटाती है। नाक से रगड़कर छाती के बाल परे करती है। एक बार कहा था कि उसके नाक में टिकली–टिकली करते हैं।

उसके हिप्स पर हाथ फेर रहा हूँ। ठण्डे हैं। गर्मा जाते हैं। वह आँखें खोलती है, "बदमाशियाँ शुरू?"

"हाँ, शुरू। अब रोज़ होंगी।"

वह टाँगें मेरी टाँगों के अन्दर करती है। एडजस्ट होती है। थोड़ा

दबाव देता हूँ। 'ठीक नहीं' कहती है। उसे थोड़ा नीचे सरकाता हूँ। दबाव देता हूँ। 'अब ठीक है' कहती है और आँखें बन्द कर लेती है।

हवा बेरोक–टोक कमरे में मटरगश्ती कर रही है। लगातार रोने की दबी–दबी आवाज़ के साथ।

तेज़ हवा के घायल बैन! किसकी लाइन है? याद करता हूँ। याद आ जाता है। पाकिस्तान के मुनीर नियाज़ी की। पहली लाइन क्या थी? हाँ, याद आ गयी। डगर–डगर पर सुनता जाऊँ, तेज़ हवा के घायल बैन। वह थोड़ा हिली। टाँग सीधी कर रही है।

"हटूँ? थक गयीं।"

"नहीं, ऐसे ही लेटे रहो। अच्छा लगता है।"

जिस्मों के बीच अब चोरी वाली बात नहीं। इसलिए जल्दी नहीं। न उसे, न मुझे। वह कन्धे पर काटती है।

"देख राधा, तुझे कितनी बार कहा है, काटा मत करो।"

"क्यों?" वह फिर काटती है।

"मुझे अच्छा नहीं लगता। निशान पड़ जाते हैं।"

"बड़ा घमण्ड है अपनी गोल्डन बॉडी का।"

"हाँ, है। अब तो तेरी है।"

"अच्छा, बुद्धू मत बनाओ। मैं तो काटूँगी। अच्छा लगता है।" वह फिर काटती है। बालों को खींचकर उसका मुँह ऊपर उठाता हूँ। अपने मुँह पर रखने से पहले सलाह देता हूँ कि बोला कम करे।

अब वह बिना हिले हाँफ रही है। प्यार हो तो हम बैठे–बैठे हाँफ जाया करते हैं। उसका दाँत पर चढ़ा दाँत चुभता है। होंठ उसके दाँतों से छुड़ाता हूँ। वह साँस बाँधती है।

"आओ न, सन्तोष।"

"पहले मुँह धो के आ।"

"बास्टर्ड।"

"बिच।"

हम दोनों के जिस्मों की गर्मी ने ठण्डी हवा को गरमा दिया है। बाहर भाग गयी है। राधा की साँस हमवार चल रही है। सो गयी। बाँह से सिर हटाता हूँ। सिरहाने पर रखता हूँ। छोटे बच्चे की तरह कुन–कुन करती है। सो जाती है।

मुझे नींद नहीं आ रही। क्यों? हाँ, निक्की का ख़याल आ रहा है। दो

कम्बलों में ठण्ड लग रही होगी। टूटे काँच से हवा जो अन्दर आ रही है। उठता हूँ। उस पर तीसरा कम्बल डाल दूँ।

निक्की की टाँगें पेट में चिपकी हुई हैं। तो सर्दी लग रही है। तीसरा कम्बल उस पर डालता हूँ। ब्रांडी सिर उठाये मुझे देख रहा है। उसका दुहरा कम्बल चौहरा कराता हूँ, उस पर डालता हूँ। सिर नीचे कर लेता है।

"कौन? सन्तोष?" यह निक्की की आवाज़ को क्या हो गया है? इतनी मरी–मरी क्यों है? ठीक तो है न?

"क्या बात है, निक्की? कहीं दर्द तो नहीं हो रहा?"

"नहीं, सर्दी लग रही है।"

"एक और कम्बल डाल दिया है।" उसकी चारपाई पर बैठता हूँ। उसके दोनों हाथों को अपने हाथ में लेता हूँ। ठण्डे यख़ हैं। रगड़ता हूँ। गरमायश आती है।

"अँगीठी जला दूँ?"

"नहीं, सब ठीक है।"

उसके सिर पर गर्म स्कार्फ़ बाँधता हूँ। उठने से पहले सिगरेट लगाता हूँ। माचिस की चमकीली चमक में उसका चेहरा देखता हूँ। पीला ज़र्द। ख़ून है ही नहीं।

"निक्की, तुम ठीक हो न?"

"प्लीज डोंट वी फ़स्सी। मैं ठीक हूँ।"

वह आँखें मूँद लेती है। अभी तक डरी हुई है। तभी चेहरा पीला ज़र्द है। मुझे उसके सामने बिल्ले को वहशियों की तरह नहीं मारना चाहिए था। यह ख़ूनी दृश्य उसके दिल में घर कर गया है। आगे से ख़याल रखूँगा।

लेटता हूँ। राधा जग जाती है।

"कहाँ गये थे?"

"निक्की के कमरे में उस पर कम्बल डालने।"

"देर लग गयी।"

"हाँ, थोड़ी देर उसके पास बैठा। अच्छा, अब सो जाओ।"

मैं उसकी ओर पीठ करता हूँ। वह अपना गाल मेरी पीठ से सटाती है। इम दोनों सो जाते हैं।

नींद क्यों खुली है? कम्बल की सिर कौन खींच रहा है? राधा! नहीं। लैम्प की नीची रोशनी उसके चेहरे पर पड़ रही है। बिना हिले–डुले। तृप्त नींद।

कम्बल फिर खिंचा। पलंग के नीचे देखता हूँ। ब्रांडी है। थोड़ी देर पहले की निक्की का बीमार चेहरा आँखों में आ बैठता है। ज़रूर बीमार है। तभी ब्रांडी जगा रहा है।

लैम्प ऊँचा करता हूँ। उठाता हूँ। चार क़दमों में निक्की के कमरे में पहुँच जाता हूँ। लैम्प स्टूल पर रखता हूँ। निक्की ने निचला होंठ दाँतों में जकड़ रखा है। भरपूर ज़ोर से दाँत होंठ में खुभ गये हैं।

ब्रांडी छलाँग लगाकर निक्की की टाँगों के पास बैठता है। भौं। यहाँ देखो। लैम्प उठाकर टाँगों के पास करता हूँ। सफ़ेद चादर ख़ून से तर है। कम्बल एक झटके से उठाता हूँ। उसकी टाँगों के बीच से लगातार ख़ून बह रहा है। रानें ख़ून से लथ–पथ।

भागो। राधा को जगाओ। उसके कन्धे झिंझोड़ता हूँ।

"क्या हुआ?" घबराकर आँखें खोलती है।

"जल्दी उठो। निक्की को कुछ हो गया है।"

राधा का मस्तिष्क 'निक्की को कुछ हो गया है' को ग्रहण नहीं कर रहा। आधा सोया हुआ है। उसकी बाँह पकड़कर उठाता हूँ। खींचता हुआ निक्की के कमरे में ले जाता हूँ।

वह बिस्तरे के पास ठहरी है। उसकी आँखें निक्की की टाँगों के बीच जम गयी हैं। ख़ून की बूँदें टप–टप। उसका हाथ खुलता है। उँगलियाँ किसी मांसखोर पक्षी के पंजे की तरह टेढ़ी होती हैं। पंजा मेरे चेहरे पर खिंचता है। ऊपर से नीचे लम्बे नाख़ून मांस छीलते।

"क्या किया तुमने?" आँखों का रंग भूरा। निचला होंठ टेढ़ा। दाँत पर चढ़ा दाँत लिश्का। पंजा उठा। अगला आक्रमण। पंजा पकड़ा।

"मैंने क्या किया है?"

पंजा मेरे हाथ की क़ैद में छटपटाया। छूटा कि छूटा। उसके होंठों के किनारे पर झाग हैं।

"क्या किया है? तुम थोड़ी देर पहले इसके कमरे में आये थे। यू हैव रेप्ड हर। आईल किल यू। किल यू। किल यू।"

हाथ अपने आप उठा। उसका सिर झटका। फटाक की आवाज़ दरवाज़े से बाहर भागी। लगता है कि गर्दन टूटी कि टूटी। वह निक्की की चारपाई पर गिर गयी है। चेहरा विकृत है। साँस साधती है।

"मारो, मुझे भी मार दो। रिमूव आल प्रूफ़।"

राधा फिर मेरी ओर झपटी। उसके बाल पकड़ता हूँ। हिस्टिरकल हो

गयी है। राक्षस करवट बदलता है। उटता है। मारो–मारो। इसका ख़ून कर दो। कहती है, मैंने अपनी बेटी का रेप किया है।

ब्रांडी भौंकता है। मैं राक्षस को क़ाबू में करता हूँ। उसके मुँह पर लगातार थप्पड़ मार रहा हूँ। राधा को होश में लाना ज़रूरी है। निक्की को वही बचा सकती है। हिस्टीरिया का फौरी इलाज यही है।

उसने सिर हिलाना बन्द कर दिया है। निक्की आँखें खोले हम दोनों को देख रही है। दाँतों से निचला होंठ छोड़ती है।

"ममा।"

राधा होश में आ गयी है। उसे देख रही है। आँखें फटीं की फटीं।

"ममा, सन्तोष ने कुछ नहीं किया। मैंने दवाई खायी है।" वह सिरहाने के नीचे हाथ करती है। दवाई की खाली शीशी माँ की ओर बढ़ाती है।

"दवाई? कैसी दवाई? किसने दी?"

"डायन से लायी थी। कहती थी, खाने से मेन्सिज़ जा जाते हैं।"

"क्यों? क्यों?"

"क्योंकि सन्तोष मेरा है, तुम्हारा नहीं। मेन्सिज़ का ब्लड इसे पिलाऊँगी। फिर यह मेरे पास रहेगा। ही इज़ माईन। आई लव हिम। यू कांट टेक हिम अवे फ्राम मी।"

राधा मेरी ओर देखती है, "यू ब्लडी मर्डरर।"

उसके बाल पकड़कर उसका मुँह ऊपर करता हूँ। हाथ उठाता हूँ। बन्द हाथ। बिल्ले का कुचलता सिर उसे याद आ जाता है।

"डू समथिंग यू बिच। निक्की को बचाओ। बोली तो गर्दन तोड़ दूँगा।"

उसे पता है, मैं उसकी गर्दन तोड़ दूँगा।

"तुम पानी गर्म करो, बहुत–सा।" वह डिस्पेंसरी वाले कमरे की ओर भागती है।

गर्म पानी में भीगी रूई का बड़ा–सा टुकड़ा उसकी टाँगों के बीच रख़ती है। सुर्ख़ हो जाता है। ख़ून से लथ–पथ। दूसरा टुकड़ा। सुर्ख़। भागकर रूई का बंडल लाता हूँ।

"हैमरेज। नो वन कैन स्टाप दिस ब्लीडिंग।" डॉक्टरों वाली आवाज़। रूई का बंडल ख़त्म। दूसरा लाने दौड़ता हूँ। राधा का सिर निक्की की रान पर। बेहोश हो गयी है। उसका सिर रान से परे करता हूँ। ब्रांडी छलाँग लगाकर निक्की के चेहरे के पास बैठता है। उसका गाल जीभ से चाटता है। आँखें खोलती है।

"ममा, फ़ेण्ट हो गयी।" हाँ में सिर हिलाता हूँ।

"इसे इंजेक्शन दे दो।" निक्की जानती है, राधा ने मुझे टीके लगाना सिखा दिया है। डिस्पेंसरी वाले कमरे में जाता हूँ, ब्राल्गन का टीका लाता हूँ, राधा की बाँह दबाता हूँ, नस उभरती है, टीका लगाता हूँ। धीरे–धीरे उसका अकड़ा जिस्म ढीला हो जाता है। उठाकर निक्की के पास लिटाता हूँ। निक्की हाथ आगे करती है। पकड़ती है।

"मैं मर जाऊँगी, पापा।"

मुझे पता है कि मर जायेगी लेकिन झूठ बोलता हूँ, "नहीं बेटे। अभी डॉक्टर लाता हूँ।"

"पापा, मुझे मरने मत देना। दोनों बर्फ़ पर स्केटिंग करेंगे। तुमने मुझे क्रिसमस पर स्केट्स दिये थे न?"

मैं हरामी क़िस्म का आदमी हूँ। रोना चाहिए। रोता नहीं।

"पापा, भट्टी अंकल को बुलाओ। वह मुझे बचा लेंगे। तुम्हें भी सेव कर लिया था।"

"मैं अभी उसे लाया। हैव करेज। आई विल बी बैक इन ट्वेंटी मिनेट्स।"

"नो पापा, डोंट गो आन मोबाइक। इट्स डैंजरेस।"

उसके सिर पर हाथ फेरता हूँ।

"पापा, छोटे शहर से पहले सड़क के किनारे आचर्ड है। पगडंडी के ऊपर चढ़कर। आर्मी से रिटायर्ड अंग्रेज़ का। उसके पास फ़ोन है।"

"अच्छा बेटे, गया और आया।"

"पापा, लैदर जैकेट डाल लो। ग्लव्ज़ भी डालना। इट्स टेरीबली कोल्ड।"

दरवाज़े की ओर बढ़ता हूँ। ब्रांडी पीछे आ रहा है।

"नो ब्रांडी, सिट विद निक्की।"

ब्रांडी छलाँग लगाकर चारपाई पर चढ़ता है। निक्की के सिर के पास बैठ जाता है।

जैकेट मिल गया। ग्लव्ज़ कहाँ रखे हैं? अब तलाशने का वक़्त नहीं।

क्लच दबाकर हल्की–हल्की किकें मारता हूँ। इंजन गर्म होता है। रिस्पांस देता है। दबाकर किक मारता हूँ। इंजन दनदनाता है।

उतराई। पगडंडी। गीली मिट्टी। रवि ने क्या बताया था? ऐसे वक़्त हैंडल ढीला छोड़ो। गाड़ी ख़ुद रास्ता खोज लेती है। पहिए रास्ते को पकड़ लेते हैं।

पगडंडी ख़त्म। छलाँगें लगाती हैड लाइट की रोशनी। रोशनी में क़ैद सफ़ेद पत्थर। सफ़ेद चट्टानें। बर्फ़ गिरी है क्या? नहीं। काले पत्थर। काली चट्टानें हैडलाइट की रोशनी में सफ़ेद होती हैं, रोशनी हटती है, फिर से काली हो जाती है।

क्या बहुत तेज़ चला रहा हूँ? स्पीड देखूँ? नहीं, रवि ने बताया था कि तेज़ चलाते हुए स्पीड नहीं देखनी चाहिए, नर्वस हो जाते हैं।

छोटा शहर आया कि आया? आचर्ड कहाँ है। सड़क के ऊपर। पगडंडी दिखती है। मोटरसाइकिल ऊपर चढ़ानी है। गियर बदलने के लिए क्लच दबाता हूँ। नहीं दबता। उँगलियाँ अकड़ गयी हैं। चौथे गीयर में ही मोटरसाइकिल पगडंडी पर चढ़ा देता हूँ।

बरामदे की लाइट जलती है। मोटरसाइकिल की आवाज़ घर में पहुँच गयी है। रोकता हूँ। मोटरसाइकिल स्टैंड पर नहीं लग रही। बूढ़ा अंग्रेज़ बरामदे से बाहर आता है। मुझे परे करता है, बड़ी आसानी से मोबाइक स्टैंड पर लगा देता है।

"टेलीफ़ोन।" वह बैठक का दरवाज़ा खोलता है। हीटर जलाता है। मेरे दोनों हाथ पकड़कर हीटर के पास करता है। अंग्रेज़ी में कहता है, कुछ दिन पहले एक बच्ची फ़ोन करने आयी थी। सब ठीक तो है?

"शी इज़ डाइंग।" वह फ़ोन मेरी ओर करता है।

आर्मी एक्सचेंज का नम्बर घुमाता हूँ। उँगलियाँ अभी भी टेढ़ी हैं। नम्बरों के सूराख़ में उँगली ठीक से नहीं जा रही।

"गिव मी।" वह फ़ोन अपनी ओर करता है। नम्बर बताता हूँ। घुमाता है। फ़ोन मेरे कान के साथ लगाता है। एक्सचेंज से ड्यूटी अफ़सर का नम्बर लेता हूँ।

"यस?"

"भट्टी के लिए एक मैसेज।"

"कौन भट्टी?" ड्यूटी अफ़सर शायद नया है। गुस्सा आ जाता है। चबा–चबाकर लफ़्ज़ बोलता हूँ।

"मेजर अमृतसिंह भट्टी। महावीर चक्र, ए.डी.सी. टू जनरल। डू यू गैट मी नाउ?"

"येस सर। मैसेज क्या है?" ड्यूटी अफ़सर घबरा गया है। बूढ़ा अंग्रेज़ मेरे हाथ से फ़ोन ले लेता है। फ़ौज की भाषा में मैसेज देता है, "पैनिक

स्टेशंज़। टैल हिम टू रीच रानी की कोठी एटवंस। सन्तोष।" वह फ़ोन रखता है। हैरानी से उसे देखता हूँ। मेरा नाम उसे कैसे पता है?

पिछली बार जो बच्ची आयी थी उसने बताया था। वह थर्मस से कप में काली कॉफ़ी डालता है। रम की बोतल खोलता है। कॉफ़ी में एक स्माल डालता है। न में सिर हिलाता हूँ।

"टेक इक। इट विल हैल्प यू।"

अपने दस्ताने मुझे देता है। हाथों में जा नहीं रहे। उँगलियाँ टेढ़ी हैं। खींचकर उँगलियाँ सीधी करता है, रगड़ता है, दस्ताने डालता है।

बाहर निकलते हैं। मोबाइक स्टैंड से उतारता है, मोड़ता है। किक मारने से पहले पूछता है, "इज़ दैट चाइल्ड इन डैंजर? विल शी सरवाइव?"

"नो। नो, होप।"

वह पूरे गुस्से से किक मारता है। मोबाइक स्टार्ट हो जाता है, "गो। में गाड हैल्प यू।"

जानता हूँ आज की रात गाड मुझे हैल्प नहीं करेगा। हवा मोटरसाइकिल पर आक्रमण कर रही है। इसे नीचे गिराऊँगी। मोटरसाइकिल चीते की तरह हवा चीरती जा रही है। गिरा के दिखा? नाइट गागल्ज भी नहीं डाले हुए। आँखें खुली रखना मुश्किल हो रहा है। स्पीड बढ़ाओ। मोटरसाइकिल ही अपने आप रास्ता खोज लेगी।

कोठी के बरामदे में पहुँच गया हूँ। मोटरसाइकिल फिर स्टैंड पर नहीं लग रही। नीचे लिटा देता हूँ। ब्रांडी भागकर बाहर आया है, मुझे अन्दर ले जाने के लिए। निक्की की आँखें खुली की खुली हैं। क्या मर गयी? नहीं। क्योंकि होंठ हिले हैं।

"आ गये। भट्टी अंकल नहीं आये?"

"पहुँचा कि पहुँचा।" उसके माथे पर हाथ रखता हूँ। बर्फ़ की सिल है। ख़ून की गरमाइश जो नहीं रही।

"ममा, होश में आयी थी। पूछती थी, मर्डरर कहाँ है? आपको मर्डरर क्यों कहती हैं।"

क्या जवाब दूँ? उसकी टाँगों के बीच रूई का बड़ा–सा टुकड़ा रखता हूँ। ख़ून अब भी बह रहा है। हैमरेज। डायन ने कौन–सी ज़हर–बुझी दवाई दी है कि आँतें फट गयी हैं। सुबह पूछूँगा।

"उसने तुम्हें दवाई कैसे दे दी?"

"डायन से झूठ बोला था। कहा था, ममा ने मँगवायी है।"

अब सुबह डायन से क्या पूछना? ठीक कहती थी। राजा, तू बचा नहीं। मरेगा। जाने कितने साल लम्बी मौत मुझे दे गयी है।

राधा हिलती है। उठती है। मेरी ओर नहीं देखती। मशीनी हरकत से निक्की की जाँघों के बीच रूई का टुकड़ा रखती है। कन्धे झुक जाते हैं। हार मान गयी है।

"निक्की को गरम दूध दूँ।"

"दे दो। नो यूज़।"

दूध लाता हूँ। गिलास निक्की से पकड़ा नहीं जा रहा। हाथों का ख़ून भी जाँघों के बीच से बाहर बह गया है। गिलास उसके मुँह से लगाता हूँ। छोटा घूँट लेती है। हाथ से गिलास परे करती है, "पापा, तुम्हें पता है न, मुझे दूध अच्छा नहीं लगता।"

राधा 'पापा' शब्द सुनती है। उसका विकृत चेहरा ठीक हो जाता है। आँखों से आँसू बह रहे हैं। चुपचाप।

"ममा, डोंट क्राई। पापा विल सेव मी। भट्टी अंकल इज़ रीचिंग।"

वह निक्की के हाथ पकड़ लेती है। मैं रूई का टुकड़ा बदलता हूँ। इस बार कम ख़ून निकला है, "ब्लीडिंग रुक रही है।"

"हाँ। देयर इज़ नो मोर ब्लड इन हर।"

"कोई दवाई दो। इंजेक्शन लगाओ।"

"नो यूज़। लैट हर डाई पीसफुली।"

ब्रांडी बार–बार दरवाज़े के पास जाता है। अन्दर लौट आता है। उसे पता है, किसी ने आना है। मैं बुलाने जो गया था।

लगभग एक घण्टा हो चुका है फ़ोन किये। भट्टी को पहुँचना चाहिए। आया कि आया। अगर मैसेज न मिला हो तो? मिलेगा कैसे नहीं? ड्यूटी अफ़सर को जान प्यारी नहीं क्या कि जनरल के ए.डी.सी. को मैसेज न दे?

टूटे काँच से हवा अन्दर आ रही है, पर्दे से छेड़खानी कर रही है। खिड़की में कागज़ लगा देता हूँ। पर्दे का हिलना बन्द।

निक्की माँ का हाथ छोड़ती है। मेरी ओर बढ़ाती है। पकड़ता हूँ, हाथ बन्द कर लेता हूँ। शायद मेरे हाथ की गरमाइश उसे कुछ तपिश दे।

"पापा, मैंने दिल्ली नहीं देखी। ले चलोगे न?"

हाँ में सिर हिलाता हूँ। झूठ! नहीं ले जाऊँगा। राधा ने भी दिल्ली नहीं देखी। नहीं ले जाऊँगा।

"बर्फ़ पर स्केटिंग करना डेंजरस होता है क्या?"

"नहीं। बर्फ़ पर गिरने से चोट नहीं लगती।"

"अच्छा। मैं बड़ी हो जाऊँगी, तो मोबाइक चलाना सिखाओगे न?"

"हाँ।" झूठ! तुम वक़्त से पहले बड़ी हो गयी हो। इसीलिए तो मर रही हो।

तो निक्की के मस्तिष्क में भी ख़ून नहीं रहा क्या? रेविंग्ज। प्रलाप।

"ममा, टाइम क्या है?"

"बेटे, पाँच बजने वाले हैं।"

"फिर अँधेरा क्यों है? सनराइज़ कब होगा?"

निक्की को बताना चाहता हूँ कि अब वह अँधेरे–उजाले, सनसेट–सनराइज़ से मुक्त होने जा रही है। उसके कारण तीन सूरज डूबेंगे। उसका सूरज, राधा का सूरज, मेरा सूरज।

छोटी–छोटी आवाज़ें कमरे में आ रही हैं। भट्टी आ गया। मेरी तरह कोठी तक मोबाइक ला रहा है। आवाज़ पत्थरों से टकराती है। पत्थर आवाज़ को गेंद की तरह उछालते हैं, अगले पत्थरों पर फेंक देते हैं। ब्रांडी क्यों नहीं भौंका? ख़बर क्यों नहीं दी? सोना तो नहीं चाहिए था।

मोबाइक बरामदे में रुकता है। भट्टी हमेशा की तरह धड़धड़ाता हुआ कमरे में आता है, पीछे–पीछे जूही। पर्का उतारता है। मुझे देखता है।

"तुम तो ठीक हो। फिर पैनिक स्टेशंज़ मैसेज क्यों दिया था?"

जूही निक्की की लहू से लथपथ टाँगें देखती है। सुर्ख़ हो गयी सफ़ेद चादर देखती है, भट्टी का कन्धा छूती है, भट्टी की मुट्ठियाँ भिंच गयी हैं। मूँछें फड़फड़ाईं। एक टाँग थोड़ी–सी ढीली होकर झुंकी। आक्रमण की मुद्रा में।

"की कीताई निक्की नूँ?"

राधा भट्टी की आँखों में मौत देखती है, मुझे बचाने की भावना अपने–आप बाहर आती है।

"सन्तोष ने कुछ नहीं किया। निक्की ने कोई ज़हरीली दवाई खा ली है।"

उसकी बन्द मुट्ठियाँ खुलती हैं, थोड़ी–सी टेढ़ी हुई टाँग सीधी होती है, निक्की आँखें खोलती है।

"आ गये भट्टी अंकल। अब मैं मरूँगी नहीं। पापा ने कहा है, आप आयेंगे तो मुझे सेव कर लेंगे।"

भट्टी राधा को देखता है। वह 'न' में सिर हिलाती है। स्टूल खींचकर चारपाई के पास बैठ जाता है। जूही के हाथ राधा के कन्धों पर।

"हाँ, पुत्तर जी।"

निक्की दिल्ली देखना चाहती थी, "इसीलिए मर रही है।"

"अंकल, मुझे नींद क्यों आ रही है?"

मरने लगी है। नींद आने और मरने का फ़र्क़ अभी समझती नहीं।

"शीज़ सिंकिंग। डू समथिंग, भट्टी।" जूही की आवाज़ में आने वाली मौत का संकेत, आभास।

निक्की आँखें खोलती है, पूरा ज़ोर लगाकर।

"डाइंग

इज़ एन आर्ट, लाइक एवरीथिंग एल्स।

आई डू इट एक्सैप्शनली वैल।"

राधा, भट्टी, जूही मेरी ओर देखते हैं। निक्की अंग्रेज़ी में क्या बोल रही है?

"सिल्विया प्लैथ की पोइम्। वर्मा ने किताबें दी थीं न। मैं और निक्की ने प्लैथ की कविताएँ साथ–साथ पढ़ी हैं।"

उसके गाल लाल क्यों हो रहे हैं, गुलाब की तरह? क्या ठीक हो रही है? नहीं। अंग–अंग से प्राण खिंचकर चेहरे पर आ गये हैं। मुँह के रास्ते बाहर निकलने के लिए जोर लगा रहे हैं। टैनीसन की 'डैथ्स डिसास्ट्रेस रोड' पंक्ति कौंधती हैं। गालों पर गुलाब नहीं, मृत्यु–गुलाब खिल आया, है। निक्की फिर बोलती है।

"बिवेयर, बिवेयर
आउट आव द एश
आई राइज़ विद माई रेड हेयर,
एंड आई ईट मैन लाइक एयर।"

यह बोलकर थक गयी है, आँखें मुँद गयी हैं। हाँ, डाकिनी की तरह राख से उठेगी। हवा पर ज़िन्दा रहेगी और मरदों को खा जायेगी। मुझे, भट्टी और रवि को खा गयी है। हमेशा–हमेशा के लिए। जानता हूँ, अब तीनों कट जायेंगे। हमेशा–हमेशा के लिए।

उसका जिस्म अकड़ा है। गले से 'गाँ–गाँ' की आवाज़ें आ रही हैं। चारपाई से उछली कि उछली। भट्टी ने हाथों से नीचे दबाया है। गाँ–गाँ। प्राण निकल नहीं रहे हैं। गले में अटक गये हैं।

"रब्ब दा नाँ लो।" भट्टी ने हमारी ओर देखकर कहा।

रब्ब दा नाँ। मुझे तो लेना आता नहीं। कभी लिया जो नहीं। जूही

गुरबाणी बोलती है–

मेरा मुझमें किछु नहीं,
जो किछु है सो तेरा
तेरा तुझको सौंपते
क्या लागे मेरा।

निक्की ने बाणी सुनकर आँखें खोलीं। प्राण उसके मुँह से निकले। आँखें खुली की खुली। भट्टी ने उसकी आँखें बन्द कर दीं।

फड़। फड़। सफ़ेद परिन्दा फड़फड़ाया। दरवाज़े के रास्ते बाहर निकल गया।

कल शाम को मैदानों की ओर जाता हुआ एक सफ़ेद परिन्दा रात भर के लिए यहाँ रुका था, रानी की कोठी में। सुबह जब वह कमरे से बाहर उड़ निकला तो निक्की की आत्मा भी अपने साथ ले गया। सफ़ेद परिन्दे जब कभी किसी घर के अन्दर आ जाते हैं तो किसी–न–किसी का मरना तय होता है ... निक्की भी मर गयी। मैदानों की ओर जाता परिन्दा उसकी आत्मा अपने साथ ले गया।

कल! हाँ, कल। और आज राधा निक्की को आग नहीं देना चाहती। कहती है, मैंने मारा है। आग भी मैं दूँ।

आसमान का निचला किनारा लाल हो गया है। बरामदे में आता हूँ। भट्टी सुबह शहर जाकर संस्कार–सामग्री ले आया था। पूछा था रवि, उसकी माँ, पिता को बुलाना है? न। हाँ, वर्मा को साथ ले आये।

कोठी के पिछले हिस्से में हमवार ज़मीन का टुकड़ा है। लकड़ियाँ वहाँ लगा दी हैं। भट्टी कहता है, "चौकीदार अभी आया नहीं। वक़्त बीत रहा है।"

चौकीदार को गाँव भेजा है ब्राह्मण बुलाने के लिए। दाह–संस्कार के समय ब्राह्मण तो होना ही चाहिए।

"आ रहा है।" वर्मा बताता है।

चढ़ाई चढ़कर चौकीदार हाँफ गया है।

"पण्डितजी नहीं आ सकते!"

"क्यों?"

"बूढ़ी जादूगरनी मर गयी है। उसका किरिया–करम करना है।"

"क्या हुआ? कैसे मरी?" चौकीदार से पूछता हूँ।

"साब, उसे गले पर पंजों के निशान थे। बिल्ले को कई–कई दिन भूखा रखती थी। शायद रात को बिल्ले ने उसको मार दिया और भाग गया।"

वह भी गयी। ब्रांडी ने उसके बिल्ले के माध्यम से उसे भी मार दिया। क्या डायन की आत्मा बिल्ले में थी? सुबह ब्रांडी नहीं दिखा था। भट्टी और वर्मा ने तलाशा। पत्थर के पीछे मरा पड़ा था। जिस्म अकड़ा हुआ। गले की घायल नस से सारा ख़ून बह गया था।

"ठीक है, सन्तोष। तुम निक्की को उठा लाओ। मैं अरदास पढ़ दूँगा।"

भट्टी ने दो युद्ध लड़े हैं। जंग में जवान और साथी अफ़सर जलाये हैं। मरने की रस्मों का उसे पता है।

मैं, भट्टी और वर्मा निक्की के कमरे में आते हैं। मरने के बाद बड़ी हो गयी है। लम्बी लगती है, बिल्कुल राधा। माथे पर अंगारा दहक रहा है। जूही ने सिन्दूर का टीका लगाया है।

उठाने के लिए झुकता हूँ। पीछे हट जाता हूँ। निक्की मुसकरायी है। नहीं–नहीं। मुर्दे मुसकराया नहीं करते! दृष्टिभ्रम। भट्टी की तरफ़ असहाय आँखों से देखता हूँ। मुझसे नहीं उठेगी। भट्टी सख़्त हाथ से मुझे परे करता है। निक्की को गोद में उठा लेता है। हिलती है।

"टेक केयर भट्टी, गिर न जाये।"

वह मेरी तरफ़ खा जाने वाली आँखों से देखता है। दरवाज़े से बाहर हो जाता है।

चिता के किनारे की लकड़ियों पर सूखी घास और सरकंडे हैं। चिता के ऊपर नहीं। निक्की को लकड़ियाँ चुभेंगी। सूखी घास चिता के ऊपर बिछाता हूँ। भट्टी निक्की को लिटा देता है।

जूही ज़मीन पर बैठ गयी है। मुँह में साड़ी का पल्लू गोल करके ठोंस लिया है। दोहत्थड़ ज़मीन को पीट रही है।

भट्टी घी का बड़ा कटोरा मुझे पकड़ाता है। लकड़ियों पर छिड़कता हूँ। उसने आँखें बन्द कर ली हैं। सिर झुका है। हाथ वाहे गुरु की शरण में बँधे हैं। अरदास पढ़ता है–

> जल की भीत, पवन का थम्भा
> रक्त बूँद का गारा,
> हड्ड मास नाड़ी को पिंजर
> पंखी बसिया बिचारा।

प्रानी क्या मेरा क्या तेरा,
जैसे तरवर पंख बसेरा।

हाँ, निक्की तो पानी की दीवार थी, बह गयी। भला पवन के खम्भों पर कभी कुछ टिका है?

उसके बाल नीचे लटके हैं। गालों पर करता हूँ। आँखें बालों से ढाँप देता हूँ। अपने को जलता नहीं देखेगी तो दर्द नहीं होगा।

बाल हिले। उसका चेहरा मांसखोर पक्षी जैसा क्यों लग रहा है? राधा का चेहरा भी कल रात मांसखोर पक्षी के चेहरे में बदल गया था।

मुझे आँखें बन्द करनी चाहिए। 'रब्ब दा नाँ' लेते वक़्त आँखें बन्द करते हैं।

जब लग तेल दीवे मुख बाती
तब सूझे सब कोई।
तेल जले, बाती ठहरानी
सूना मन्दिर होई।
रे बौरे तोय घड़ी न राखे कोई
तूम राम नाम जप सोई।

मैं आँखें खोलता हूँ, निक्की के बाल फिर नीचे लटक आये हैं। अब उसका चेहरा मांसभक्षी पक्षी का चेहरा नहीं लग रहा।

भट्टी आँखें खोलता है। सूखी लकड़ी जलाता है। मेरी ओर बढ़ाता है। "नहीं, मैं नहीं भट्टी। आग तू दे।"

जूही उठकर पास आ गयी है। मेरा कन्धा छूती है, "सन्तोष जी, आग तो पिता ही दे सकता है। आग लगाने के बाद चिता के सात चक्कर लगाने हैं।"

मैं चिता के पास खड़ा हूँ। चौकीदार सलाह देता है, "साब, हाथ लम्बा करके आग लगायें। आपको सेंक लग जायेगा।"

घास आग पकड़ लेती है। पहला चक्कर। भट्टी शबद पढ़ता है :

जगत् में झूठी देखी प्रीत
अपने ही सुख सिंऊँ लागे,
क्या दारा क्या मीत
मेरो मेरो सबे कहत हैं
हित स्यों बान्ध्यों चीत

मैं चिता के चक्कर लगाते बहुत नज़दीक हो गया हूँ। कपड़े गरमा गये हैं। क्या आग लग जायेगी? अगला चक्कर। आग भड़क गयी है।

मुझे कुछ भी नहीं लग रहा। वर्मा और भट्टी मुझे बाँहों से पकड़कर चिता से दूर करते हैं। सातवाँ फेरा लगवाते हैं।

वे मुझे ज़मीन पर बिठाते हैं। मुँह खुलता है। आसमान का सीना फाड़ती चीख उभरती है, "निक्की। मेरी निक्की..."

वर्मा चुप कराने की कोशिश करता है। जूही उसे परे करती है।

"इन्हें रोने दो।"

एक तरफ़ भट्टी बैठा है, एक तरफ़ वर्मा। जूही मेरे सिर पर हाथ रखे खड़ी है।

"फूल कल सुबह ही चुन लेना, भाई साहब। हरद्वार प्रवाह करने हैं।"

चिता ठण्डी हो रही है। खेल ख़त्म। हमारे पास बैठी गिलहरी पूँछ उठाती है। चिता के पास जाती है, "चँच-चँच" करती है, पेड़ की तरफ़ भागती है, सूराख़ घर में चली जाती है। हम उठते हैं।

भट्टी अपनी मोबाइक के पास क्यों ठहर गया है? क्या अभी चला जायेगा?

वर्मा का चेहरा उदास है, लेकिन आँखों में सच्चे होने की चमक है। कहा था न। फैंटमशिप के पीछे मत भागो। और भागो। मिला मायापोत? जिन लोगों की बुरी बात सच्ची निकलती है, उन्हें इससे कमीनी खुशी मिलती है।

भट्टी ने हैंडल पकड़ लिया है।

"रात नहीं रुकोगे?"

"नो।"

"चाय पी लो। सुबह से कुछ लिया नहीं।"

"नो थैंक्स।" इस 'नो थैंक्स' का मतलब समझ जाता हूँ। अब मुझे कभी मत मिलना। उसे पता है, निक्की की मृत्यु का कारण मैं नहीं। राधा को भी पता है। फिर भी मैं ख़ूनी तो हूँ। रवि भी यही कहेगा। नो थैंक्स। कभी मत मिलना।

वर्मा कहता है, वह भी जायेगा। भट्टी उसे सड़क पर पहुँचने के लिए कहता है। वहाँ से वह उसे और जूही, दोनों को मोबाइक पर शहर तक ले जायेगा।

"मैं रात रुक जाऊँ, भट्टी। राधा को कौन देखेगा?"

"नहीं, मेरे नाल चल।" भट्टी पंजाबी बोल रहा है, गुस्सा आया कि आया।

मोबाइक स्टार्ट। जूही पीछे। हाथ उठाता हूँ। जवाब में दोनों हाथ

नहीं हिलाते। मोबाइक दनदनाती हुई पगडंडी से नीचे उतर जाती है।

मैं और चौकीदार गहरा गढ़ा खोदते हैं, ब्रांडी को भी दबा देते हैं।

बरामदे में बैठा हूँ। रूई का टुकड़ा नीचे गिरा है। सर्दियों की पहली बर्फ़। पहले पेड़ों की चोटियाँ सफ़ेद फाहों को रोकती हैं। मर जाती हैं। फिर टहनियाँ, साँप–पगडंडी सफ़ेद हो गयी हैं। कोठी की छत भी सफ़ेद हो गयी होगी।

चौकीदार चाय का गिलास लाता है। न करता हूँ। पी लो, साब। गिलास पकड़ लेता हूँ।

राधा अब भी सोयी हुई है। नशे के कितने टीके लगाये हैं, गिनती करता हूँ। याद नहीं आते।

उसके कमरे में जाता हूँ। अँधेरा है। सिर्फ़ खिड़कियों के काँच सफ़ेद हो गये हैं। लैम्प जलाता हूँ। आँखें खोलती है, "जला आये?"

हाँ में सिर हिलाता हूँ। आँखें बन्द करती है। करवट लेती है। सो जाती है।

अब राधा के साथ रहा जा सकता है? हाँ, उस जैसा प्यार मुझे और कौन देगा? कोई नहीं, लेकिन उस जैसी नफ़रत भी मुझे और कौन करेगा? कोई नहीं।

निक्की जिन्दा थी तो हमारे बीच दीवार थी। फाँद गया। मर गयी तो हमारे बीच हिमालय है। और हिमालय मैं फाँद नहीं सकता।

डाकिनी बन गयी है। राख से उठेगी, हवा पर ज़िन्दा रहेगी और मर्दों को खा जायेगी।

मेरी, भट्टी और रवि की दोस्ती खा गयी है।

बिल्ला मरा, ब्रांडी मरा, बूढ़ी जादूगरनी मरी।

निक्की मरी, राधा का प्यार मरा। मेरा प्यार मरा।

तीनों कब मिलेंगे? थंडर में? लाइटनिंग में? रेन में?

सारा लेखा–जोखा करता हूँ। मुझे क्या नहीं करना चाहिए था? कहना चाहिए था? लेकिन अगर हमें पहले से पता हो कि क्या नहीं करना चाहिए, नहीं कहना चाहिए तो नियति को, डेस्टिनी को हरा न लें?

मेरे अन्दर के दूसरे हिस्से, मेरी शैडो वर्मा ने ठीक कहा है न! मुझमें आकर्षण है, घातक आकर्षण है। अब तो अपने हिस्से वर्मा के साथ–सहारे भी नहीं जिया जा सकता। हमेशा उसकी आँखों में सच जानने का, सच कहने का कमीना घमण्ड रहेगा तो? मेरा क्या होगा? जानता हूँ सब ठीक

होगा। रवि के पिता असम या गोवा जा रहे हैं। मुझे बुला लेगा? हल्का संकेत तो पिछली बार दिया था न।

हम यायावर, ड्रिफ़टर्ज, पैरासाइट, परजीवी बड़े सख़्त जान होते हैं। मरते नहीं। एक बार राधा से बँधा, निक्की से बँधा। क्या हुआ? अब किसी से नहीं जुड़ूँगा।

राधा के साथ रहूँ? रह लो। सारी उम्र क्षमा–याचना के साथ रहना पड़ेगा। हमेशा दिल में मुझ पर अभियोग चलाती रहेगी? नहीं रहना। क्षमा–याचना से जीना होता तो मैं पैरासाइट क्यों होता?

उसकी हत्यारिन याद तो आयेगी। कहीं भी, कभी भी झाड़ी में छिपे जानवर की तरह स्मृतियाँ आक्रमण तो करेंगी? हाँ, करेंगी। उसका दाँत पर चढ़ा दाँत मखमल में रखे सुच्चे मोती की तरह लश्केगा? हाँ, लश्केगा। सुनहरी सेब सुगन्धा वाला जिस्म भुतहायेगा। हाट करेगा? हाँ, करेगा। रोशनी की लकीर–सी उँगलियाँ कौंधेंगी? हाँ, कौंधेंगी। आँखों का काला रंग जो भूरा हो जाया करता है, दंश मारेगा? हाँ, मारेगा। चाकू–सी चमकती नंगी बाँह मरे हुए फूल हिलायेगी? हाँ, हिलायेगी। उसकी इन घातक स्मृतियों को सह पाऊँगा? हाँ, सह लूँगा। क्योंकि हम पैरासाइट्स, परजीवी बड़े सख़्त जान होते हैं। मरते नहीं।

द्वन्द्व ख़त्म। मैं जीत गया। अन्दर के उस हिस्से को हरा दिया जो राधा के सुख–संग की वजह से कमज़ोर हो गया था। अब फैंटमशिप के पीछे नहीं भागूँगा। मायापोत की यथार्थता का पता चल गया है।

सारी रात बर्फ़ गिरती रही। सारी रात हिसाब लगाता रहा है कि मुझे कौन–कौन सी बातें नहीं करनी चाहिए थीं। नहीं करनी चाहिए थीं, लेकिन तब मुझे क्या पता था कि मुझे कौन–कौन सी बातें नहीं कहनी चाहिए थीं, नहीं करनी चाहिए थीं।

बर्फ़–ढके काँचों में चमक है। तो सूरज निकल आया। हाँ, बर्फ़ गिरनी बन्द। राधा के कमरे में जाता हूँ। सीधी लेटी है, हाथों पर ख़ून के छींटे। मुँह पर धब्बे।

पानी गर्म करता हूँ। उसके कमरे में आता हूँ। रूई गर्म पानी में डिप करता हूँ। निचोड़ता हूँ। उसके चेहरे पर गर्म रूई छुआता हूँ। आँखें साफ़ करता हूँ। आँखें खोलती है। हिलती नहीं। उसके हाथ साफ़ करता हूँ। पीठ पर हाथ रखकर आधा ऊपर उठाता हूँ। चाय का गिलास पकड़ाता हूँ।

वह कुर्सी के पास कन्धे पर लटकाने वाला मेरा थैला देखती है, इसमें पड़े कपड़े देखती है, टूथ ब्रश देखती है और समझ जाती है, मैं जा रहा हूँ। उसे एक बार बताया था कि मेरा घर हमेशा मेरे साथ चलता है, मेरे कन्धे पर लटका हुआ। मैं घर छोड़ रहा हूँ।

"सन्तोष, कल मैं पागल हो गयी थी। तुम्हें गालियाँ देती रही। डोंट गो।"

रह जाऊँगा तो बोलकर गालियाँ नहीं देगी। हमेशा दिल में गालियाँ देती रहेगी। मर्डरर हूँ। ख़ूनी कभी किसी ने माफ़ किया है? नहीं।

वह डर गयी है। मेरी चुप का मतलब है, चला जाऊँगा।

"आई लव यू, लव यू, लव यू।"

अब उसे यह बताने का क्या फ़ायदा कि एक बात तीन बार नहीं कहनी चाहिए, अपशकुन होता है। मुझसे अब भी प्यार करती है? साथ रहूँगा तो हर सुबह प्यार का मृत्युदण्ड देगी। नहीं। मुझे जाना तो है ही।

उठता हूँ। कन्धे पर थैला लटकाता हूँ। बरामदे में आता हूँ। राधा पीछे–पीछे।

"आज मत जाओ। सड़क पर बर्फ़ गिरी हुई है। मोबाइक चलाने में ख़तरा है।"

जिसे जाना हो, वह क्या बर्फ़ के बहाने रुकता है? नहीं, मोबाइक स्टार्ट करता हूँ। काली शाल में लिपटी बाँह उठाती है। शाल नीचे सरकती है। सुनहरे सेब रंग की बाँह चाकू–सी चमकती है। मैं रुका कि रुका। खड़े–खड़े स्पीड देता हूँ। मोबाइक तीसरे गियर में डालता हूँ। क्लच छोड़ देता हूँ। पीछे मुड़कर देखता हूँ। हवा में हिलता हाथ।

मेरा मायापोत आगे और मैं पीछे–पीछे। सड़क आ गयी। चौथा गियर डालता हूँ। मायापोत पकड़ूँगा लेकिन नहीं। मेरा मायापोत आगे–आगे और मैं पीछे–पीछे...

❏❏